东方铁牛

—— 共和国农机长子成长纪实

李芸霞 编著

中州古籍出版社
·郑州·

图书在版编目(CIP)数据

东方铁牛：共和国农机长子成长纪实 / 李芸霞编著 . — 郑州：中州古籍出版社，2024.4
ISBN 978-7-5738-1387-9

Ⅰ.①东… Ⅱ.①李… Ⅲ.①纪实文学 – 中国 – 当代 Ⅳ.① I25

中国国家版本馆 CIP 数据核字（2024）第 085655 号

东方铁牛——共和国农机长子成长纪实

出 版 人	许绍山
项目策划	郑 雄　刘 琳
项目统筹	闵世勇　宗增芳
责任编辑	刘 琳　谢晓敏　周 贝　吴胜蕊
校对统筹	李接力
责任校对	李接力　刘丽佳　岳秀霞　周 靖　唐志辉　苏晓园
美术编辑	曾晶晶
装帧设计	张 胜

出 版 社	中州古籍出版社（地址：郑州市郑东新区祥盛街 27 号 6 层　邮编：450016　电话：0371-65788693）
承印单位	河南新华印刷集团有限公司
开　　本	710 mm×1000 mm　1/16
印　　张	39.25
字　　数	550 千字
版　　次	2024 年 4 月第 1 版
印　　次	2024 年 4 月第 1 次印刷
定　　价	198.00 元

本书如有印装质量问题，请联系出版社调换。

特别鸣谢中共洛阳市涧西区委员会，洛阳市涧西区人民政府，中共洛阳市涧西区委员会宣传部对本书出版给予的大力支持。

这一段洛阳红色工业史,值得我们永远铭记。这是新中国工业的伟大创举,也是新中国第一代工人阶级艰苦奋斗精神和东方红精神的有力展示。

序一 伟大的东方红精神

赵克红

恰逢五一劳动节,芸霞女士拿着即将付梓的长篇报告文学《东方铁牛——共和国农机长子成长纪实》(以下简称《东方铁牛》)来找我,表达了让我为该书作序的想法。为表达对一拖的敬意,我愉快地答应了。

这部长篇报告文学,可以说,是一部"共和国农机长子"——中国一拖创业的史记,它从一个侧面反映了一拖的发展历程。从这部书中,我看到了东方红精神生生不息、历久弥新,看到了一拖作为国之重器行稳致远的精神密码,看到了洛阳先进装备制造业创新发展的动力之源。可以毫不夸张地说,这是一部既有时代价值又有现实意义,既饱含深情又文笔优美的报告文学作品。这本书的出版,对传承先辈基因,赓续红色血脉,对不忘初心,弘扬老一辈开拓进取的精神,都将起到积极的促进作用。当然,这也是对工人阶级、对劳动者献出的一份厚礼。书中展现了一拖建设者艰苦奋斗、无私奉献的感人事迹和真实故事，同时，也寄予了作者对振兴老工业基地的理性反思和对民族命运的思考，具有鲜明的时代特征。

这是一曲反映新中国机械工业建设者艰苦创业、志存高远、甘于奉献、自强不息精神的时代赞歌。从这本书中，我们可以感受到新中国实施工业化的时代脉搏；可以感悟到为了国家富强、为了民族梦想，数万产业大军爱国、敬业，在实现"四个现代化"进程中的壮烈情怀。

20世纪50年代，一个波澜壮阔的工业建设计划，被党中央列入议事日程，156个建设项目落锤定音。156个建设项目，古都洛阳就占了6个，让人更加兴奋的是毛泽东主席亲自批示，把中国最大的拖拉机厂的厂址定在洛阳。于是，彰显着中国工业气质的一拖和与之配套的洛阳滚珠轴承厂、洛阳矿山机械厂、洛阳有色金属加工厂、洛阳耐火材料厂、洛阳四〇七厂等一字排开，在洛阳的涧西，形成了一道绚丽的风景线。

随即，一批批优秀的中华儿女，从东北、华北、西北，从上海、武汉，从部队、乡村、学校，从祖国的四面八方迅速向洛阳集结。洛阳的涧西集中了一批最优秀的领导者、最富有创造精神的建设者。他们为了神圣而光荣的使命奔赴洛阳，投身到火热的生产和建设中。

洛阳，这个刚刚解放的城市，历经沧桑，千疮百孔，胜利的锣鼓声、喜悦的鞭炮声，仍难以掩饰其破败与荒凉。

然而，为了新中国伟大的工业建设，人们克服一切艰难困苦，避开地下的文物宝藏，战严寒，斗酷暑。为奠基、为建厂，多少人流下了勤劳的汗水，涌现了许多英雄劳模，终于使六大厂矿巍然矗立在涧西的土地上。

走马上任的干部们，用曾经握枪的手，翻图纸、开机床。从第一台发动机、第一台机床，到第一个锻件……一个个纷繁复杂的难题，需要他们面对和解答，无数次通宵达旦的研制，无数次的试验，无数次的失败，无数次的反复论证……他们用的是当年战场上誓死拼搏、一定要把红旗插在敌人阵地上的革命英雄主义精神，问题不解决就不分昼夜、不离开岗位和车间的毅力。后来苏联专家因为特殊变故全部撤回，并将图纸带走，原来答应的设备也被迫中断发送。面对这突发的困难，建设者们发扬"有条件上，没有条件创造条件也要上"的工人阶级大无畏的革命精神，从加工出第一颗螺丝钉到建厂房、造机床，从没有图纸到组装出一台台拖拉机。研发过程中，一拖人用聪明才智、汗水和心血，历经曲折与磨难，攻克一个个技术难题。功夫不负有心人，最终他们比预期提前生产出了第一台名为"东方红"的拖拉机，一拖人创造出了令世界刮目相看的神话。

这一段洛阳红色工业史，值得我们永远铭记。这是新中国工业的伟大创举，也是新中国第一代工人阶级艰苦奋斗精神和东方红精神的有力展示。

历史经验告诉我们，但凡一个国家要融入世界的体系之中，就必须有工业文明的大踏步前进。大国的崛起，在那一年隐隐然有了朦朦胧胧的轮廓线。历史就像一艘巨船，装载着人类的记忆驶往美好未来。当中国在世界上拥有越来越重要的话语权时，又有谁会想起新中国成立初期的那段峥嵘岁月？

从1955年10月1日破土奠基的那天起，这块热土上就有了无数个闪耀着光彩的"第一"。劳动者们付出了青春，怀抱着理想，为一拖、为改变农业机械的落后面貌赢得了崇高的荣誉。这是中国工业迈出的第一步。由此，中国工业开始了向世界强国行列靠近的长途跋涉，大国的脚步震动着世界，而这一切，与洛阳有着一定的关联。作为当时国内重要的重工业与装备制造业基地，洛阳的贡献是有目共睹的。

一拖，农业机械的"共和国长子"，中国第一辆拖拉机的诞生地，新中国农业机械的摇篮，是我国目前规模最大、实力最强的拖拉机制造企业。一拖为年轻的中华人民共和国的发展奠定了坚实的基础，也为这条巨龙插上了腾飞的翅膀。

东方铁牛的诞生，为解决中国粮食的种植问题，做出了巨大的贡献，从此，中国渐渐摆脱了人拉牛耕的阶段，也终于甩掉了落后贫穷的帽子，"东方红"拖拉机在古都洛阳的大地上矗立起了一座永恒的丰碑。

《东方铁牛》寄托了一拖人和关注一拖的人的情结，

这部书将我们带到了那个战天斗地的火红年代，让我们再次领略20世纪50年代初洛阳涧西火热的建设场面和几十年来涧西翻天覆地的变化，也再次目睹了"农机长子"的风采。如今那些为数不多的、仍然健在的第一代一拖老人，谈起往事，总是热泪盈眶。为了建设新中国，他们离开了故土，把家永远安在了洛阳，他们当中甚至祖孙三代共同助力一拖，把中国农机事业的发展繁荣，当成自己以及子孙后代的使命。

《东方铁牛》以宽阔的视角还原了那段艰苦创业的峥嵘岁月，还原了"东方红"拖拉机诞生的艰难过程，其中不仅写到了苏联对中国一拖的援建，也翔实记载了来自全国各地对一拖的支援，展现了上百名真实人物。此外，作者亲自采访了20多位第一代一拖人和他们的子女。在两年多的时间里，作者除了辛苦采访与创作，尤为珍贵的是，还掌握了第一代创业者大量鲜为人知的第一手资料，为生动描绘第一代一拖人在那段艰苦岁月所展现出的东方红精神增添了无限色彩。

《东方铁牛》的付梓，不仅是对健在的第一代创业者的最高致敬，也是对已故第一代创业者的告慰、缅怀，更为后代子孙留下了难得的精神财富。

在近70年的岁月里，一拖的东方红精神不断守正出新。一拖持续不断研制新产品、提供新服务、开拓新市场，加快打造中国第一、世界一流的农机企业，真正扛起"农机长子"的责任，让"东方红"这一民族品牌熠熠生辉已经成为一拖人的共同目标。这正是东方红精神的延续。

　　一个作家不仅要有才华、有情怀，更要有使命感、有责任感和担当意识。近年来，能震撼人心的报告文学作品并不多见，工业题材的优秀作品，尤其是机械工业题材的优秀作品极为稀缺，真正能够拨动读者心弦、触及人们灵魂的作品更是罕见，究其根由，是作家不能深入开采和探究所选择的领域。实际上，当今中国的巨变，为报告文学作家提供了丰富的素材和资源。令人欣慰和感佩的是，作者以惊人的毅力，笔耕不辍，从浩瀚的史料中披沙拣金，准确地把握了当下报告文学创作的大好时机，历时两年，通过扎实的采访和充满激情的写作，终于将这部现实主义的巨著呈现在读者面前。在此，我向作者表示感谢与祝贺，并期待她有更多的好作品涌现。

　　同时，我也希望更多洛阳作家扛起责任，深入生活，扎根人民，挖掘本土丰厚的历史文化资源，多出精品力作。

2023 年 5 月 6 日

（赵克红：国家一级作家，中国作家协会全国委员会委员、中国作家协会会员、河南省作家协会副主席、中国铁路作家协会副主席、郑州铁路局作家协会主席、洛阳市作家协会名誉主席）

序二 豪情铸丰碑

冷慰怀

历史是一幅珍藏在时间博物馆里的宏伟画卷，任何细节都无法更改，却能让亲历者反复品味咀嚼，乃至感动和振奋。

70年前的洛阳，被一道强烈的闪电照亮；70年前的洛阳涧西，迎来了一场喜雨。闪电发自首都北京，喜雨来自大江南北；闪电是庄严号令，雨点是万千生灵。这是一场延绵不断催生工业的雨，令一座座厂房如春笋般拔地而起。

洛阳，这方流光溢彩的热土，数千年间屡屡遭战火和硝烟熏烤，又屡屡被憧憬和向往眷顾。中华人民共和国建立初期，渴望耕耘、播种的广袤疆域，亟盼排山倒海般的犁铧。于是，一大批肩负孕育牵引犁铧的钢铁之躯责任的开拓者，听从领袖的召唤，不远千里，日夜兼程，云集在十三朝古都。

在送走了一千多个不眠之夜后，这群所向披靡的精英，用握过半辈子锄把或枪杆的茧手，画出了共和国农业机械化的蓝图，造出了第一台用饱含感恩之情命名的拖拉机。当这头"铁牛"以54匹骏马的气势，用钢铁步履迈出厂房之时，人们都禁不住热泪盈眶，因为它凝结了成千上万人的心血。

　　回首峥嵘岁月，三代人心声澎湃，激荡成这数十万字原汁原味的雄浑交响乐；70年春秋经纬，交织成这电闪雷鸣、沐雨栉风的创业长卷。它还原了一个最纯粹的时代和一个最无私的群体，几名"50后""60后"的退休人员，尽可能学着前辈们的样子，把20世纪50年代发生在洛阳的许多事件，原原本本记录了下来。无论是回忆口述者还是记录整理者，都力争确保文字的分量，让每个字都能在地上砸出一个坑。我坚信，这些呼之欲出的场景，将被聚焦成一帧帧刻骨铭心的图画，并在读者心头回荡着一阵阵轰鸣。本书作者李芸霞，是一拖原计划生育部门的一名普通干部，她手里没有"金刚钻"，却揽下了工程浩瀚的几十万字的"瓷器活"。若要问是谁给了她胆量和勇气，她一定会说，是老一辈创业者们的虔诚奉献！

　　世上没有无缘无故的爱。作者乃至众多职业各异者不计得失地倾情投入，彰显了这群古稀乃至耄耋之年的男女，对父辈们衷心的敬仰和爱戴，对伟大祖国和创业时代无以复加的赞美！这本书，是一曲浑厚的多声部颂歌，更是一座伸手可触、跳动着历史强劲脉搏的血肉丰碑。

2023 年 9 月 28 日

目 录

引子 / 001

第一章 向洛阳集结 / 005

- 国之大计 ………………………… 009
- 干部集结 ………………………… 012
- 坐着架子车来报到 ……………… 017
- 军政大学毕业季 ………………… 020
- "两百罗汉"建一拖 …………… 023

第二章 准备就绪 / 031

- 一支年轻的测量队 ……………… 035
- 钻探古墓 ………………………… 038
- 改变厂址 ………………………… 042
- 大批干部职工外派学习 ………… 047
- 农民兄弟和少先队员送来粮食和蔬菜 ………………………… 050
- 及时纠正浪费和积压问题 ……… 055
- 给中国人民志愿军二级英雄连的复信 ………………………… 059
- 一位建设工人的诗歌 …………… 061

第三章 破土奠基 / 063

- 1955年的故事 …………………… 067
- 孙化民挽救了两座古墓 ………… 069
- 破土奠基 ………………………… 071
- 编修1955年建厂计划 …………… 073
- 基地建筑工程代表组开始办公 … 075
- 到学校招尖子生 ………………… 076

第四章　建设高潮 / 079

- 建厂工作进入新阶段 …………… 083
- 发动机工厂 38 天建成并通过验收 …………………………………… 085
- 第一批开工的车间和工人 ……… 089
- 一拖工会和团工委诞生 ………… 092
- 一拖生产的第一个零件 ………… 095
- 第一个工人政治训练班 ………… 098
- 大批外宾和国内作家参观一拖 … 103
- 1956 年的成果 …………………… 105

第五章　自力更生 / 107

- 部署 1957 年的工作 ……………… 111
- 第一期《拖拉机报》发行 ……… 113
- 一拖工人智慧无穷 ……………… 114
- 1 月 18 日这一天 ………………… 120
- 一拖的第一场雪和第一炉铁水 … 123
- 洛阳市委领导到一拖平整场地 … 125
- 国家为一拖职工宿舍投资 ……… 127
- 提前超额完成第一个五年计划 … 129
- 厂长和工人 ……………………… 131
- 第一次党代会 …………………… 133

第六章　高速发展 / 137

- 艰难起步 ………………………… 141
- 一拖首届职代会二次会议进行总动员 …………………………… 146
- 几封信 …………………………… 151
- 每天都有喜讯 …………………… 156
- 第一台煤气拖拉机提前改制成功 … 159
- 一机部电贺"洛阳"牌拖拉机诞生 …………………………………… 164
- 将第一台拖拉机无偿送给新唐屯 … 166
- 他让车间钻头质量超过英国货 … 169
- 急需 5000 个镀锌零件 …………… 172
- 多了一个 "0" 的后果 …………… 173
- 铸铁车间苦战七昼夜提前出铁水 … 174
- 底盘车间提前出产德特 -54 型拖拉机 …………………………… 178
- 燃料系统车间让发动机的 "心脏" 跳动了 ………………………… 180
- 发动机车间试制出第一台发动机 … 182

设计处试制一台万能煤气汽车

  拖拉机 …………………… 184

万能工具车 ……………………… 186

铸钢车间第一炉钢水 …………… 189

第一台"东方红"拖拉机试制成功

  …………………………… 191

隆重庆祝"东方红"拖拉机诞生 … 195

冲压车间制造出我国第一台自动

  压床 …………………………… 197

铸铁土高炉炼出了铁水 ………… 199

深夜里的身影 …………………… 201

"牛气"冲天的1958年 ………… 203

"东方红"拖拉机上的起动机的4次

  革新 …………………………… 206

运输工作乘风破浪,一车12挂 … 208

1958年的一拖职工医院 ………… 210

第七章 创造历史 / 213

铸钢车间主攻第一线 …………… 217

优秀师傅、优秀徒工授奖大会 … 219

炼铁又炼人,思想、生产双丰收 … 220

奋力抢救炼钢烧伤工人 ………… 222

第一炉水泥的诞生 ……………… 229

洛阳市涧西区委的贺信 ………… 231

国家向一拖下达的第一个任务 … 233

农民写信称赞"东方红"拖拉机 … 237

三台"东方红"拖拉机参加国庆展览

  ………………………………… 239

铸钢车间熔化工部日产8炉钢 … 241

第八章 锦绣花絮 / 243

一拖宣传部部长 ………………… 247

第一台"东方红"拖拉机诞生记 … 254

拆迁的村庄 ……………………… 257

"东方红"拖拉机到北京 ………… 262

扛枪打仗的人学会了管理工厂 … 266

孙旗屯老乡和工人家属的故事 …… 269

教农民学开拖拉机 ……………… 272

工厂周边的商业区应运而生 …… 274

丰富多彩的职工业余文体活动 …… 278

外地来洛修拖拉机的姑娘 ……… 291

第九章　平凡中的伟大 / 295

一支特殊的队伍……………………… 299
装卸队与钢铁之拼…………………… 306
装卸队盖房…………………………… 309
洛阳探墓队…………………………… 314
英雄建八师…………………………… 317
最早倒在一拖建设中的副厂长……… 323
这位副处长打过日军………………… 325
东北来的技术员……………………… 328
"八一"青年炉……………………… 332
扛起"班组"大旗的第一人………… 337
上海来的年轻人……………………… 343
毛体"东方红"三个字的故事……… 345
一拖工人姚长有……………………… 347

铸钢车间的"工人诗人"…………… 348
火红的工厂日记……………………… 352
优秀的工段长………………………… 359
大连来的铆焊工……………………… 362
唐屯来的小伙子……………………… 364
热爱炊事、保育工作的年轻人……… 367
驾驶国产拖拉机的拖拉机手张彦生
……………………………………… 371
一拖第一位女工程师………………… 373
一拖的一个土木工程师……………… 375
一拖摄影师…………………………… 378
剪彩仪式上的两个礼仪姑娘………… 381
为一拖写厂歌………………………… 386

第十章　赤子之情 / 389

设计汽车和拖拉机的奠基人………… 393
一拖机械工程专家罗士瑜…………… 398
赤子之心……………………………… 405

向祖国致敬…………………………… 412
和毛主席握过手的钱端有…………… 415

第十一章　伟大友谊 / 419

给苏联专家列布可夫赠送纪念章…… 423
苏联专家在一拖的日子……………… 425
远方的来信…………………………… 430

苏联拖拉机厂为一拖培训技术人员
……………………………………… 432
为一拖着想的苏联女科长…………… 433

第十二章　火红年华 / 435

跟随丈夫来到一拖 …………… 439
一对伉俪的"十六同" ………… 443
他创造了多个"第一" ………… 449
从太行山下走来的组织部部长 … 461
睡在办公室里的厂长 …………… 470
一封家书 ………………………… 479
勇立时代潮头的郑定立 ………… 487
拥有超凡能力的指挥员马捷 …… 499
为"东方红"拖拉机起名字的人 … 503
上海"师傅"，一拖建造师 …… 512
放牛娃成为党委副书记 ………… 521
悠悠岁月染人心 ………………… 526
一拖人的健康守护神 …………… 533
计划处处长禹治先 ……………… 537
打开一拖计划单列之门 ………… 543
一拖卫士第一人 ………………… 551
一支毛笔书写他和一拖的情缘 … 558
要一拖不要遗产 ………………… 565
"东方红"之恋 ………………… 567
飞上千米高空，拍摄一拖东方红 … 577
一拖工人子弟的往昔记忆 ……… 581

第十三章　永远的"东方红" / 585

"东方红"拖拉机与1元人民币的故事 ………………………… 589
"东方红"拖拉机红遍布达拉 … 595
"东方红"农耕馆 ……………… 597
中国一拖产品遍布全球 ………… 601

后记 / 603
参考文献 / 611

引子

1949年10月1日，中华人民共和国宣告成立。

面对一穷二白的面貌，毛泽东主席感慨地说："现在我们能造什么？能造桌子椅子，能造茶碗茶壶，能种粮食，还能磨成面粉，还能造纸，但是，一辆汽车、一架飞机、一辆坦克、一辆拖拉机都不能制造。"于是，新中国的第一个五年计划应运而生，紧接着，一批大型工业项目开始启动，被称为"共和国农机长子"的中国第一拖拉机制造厂（以下简称"一拖"）等六大厂矿在洛阳奠基。

党中央发出号令，工业生力军一呼百应，加盟156个重点项目的建设者们，浩浩荡荡汇成了一股红色铁流。在洛阳落户的六个厂，犹如六面擂响的战鼓，激励着全国各地的建设者们前来报到。在这六个重点项目中，一拖项目的总体规模最宏伟，对各类技术人才的需求也最迫切，建成之后将填补我国大型农业机械产品的空白。

一拖从诞生起，就肩负着新中国"农机航母"的重任，她要把世代沿袭的传统人力农耕劳作方式，转变成现代机械化耕作。

曾经的十三朝古都洛阳，兴建过多少豪华的宫殿，如今又要打造出以钢铁为脊梁的工业航母群！看哪——刚刚走出校门的工科毕业生，跃跃欲试的技术骨干，胸有成竹的设计师、建筑师和工程技术专家，从长春、广州、武汉、上海等祖国的各个角落出发，朝着孕金吐银的中原腹地，汇成了一条志同道合的红色铁流。

谁能想到，坐落在中原的千年古都，打响了新中国农业机械化的第一枪，而扣动扳机的，竟然是一批从未摸过机器的憨厚农民！根据有关安置政策，耕地被征用之后的农村劳力，有相当一部分成了一拖的工人。他们还来不及拭去额头的汗水，就携带着铺盖卷儿住进了集体培训班的工棚。从农民到工人，仅仅是一夜之间的事情。他们根本没想过这种巨大转折将给自己的人生带来什么变化，只是用好奇的目光，注视着黑板上那些从没听说过的名词。

随着时间的推移，工业区面貌日新月异，一拖的雏形渐趋清晰。厂房基建热火朝天，职工宿舍拔地而起，夜校课堂人满为患，持续升温的红色铁流，在这个巨大的熔炉里沸腾翻滚。

生产拖拉机的一拖，因其占地面积和员工数量雄踞榜首，一直被十大厂矿的工友们尊称为"拖老大"。每天上班，骑自行车的数万职工构成了一道宏伟壮观的风景——涓涓细流从四面八方汇集到南大门，又从南大门分别流向各个车间，日复一日，年复一年，定时出没，有条不紊。

涧河两岸机声隆隆、地动山摇，自开天辟地以来，洛阳从未见过如此多的混凝土搅拌机和大型运输车，喇叭声此起彼伏。一座座工厂、一间间宿舍、一个个街区，迅速派生出学校、幼儿园和哺乳室，还有医院、市场、饭店、浴室、俱乐部、电影院，为千年古城换上了一身现代新装。

1958年，第一台"东方红"拖拉机下线，标志着新中国农业机械化奏响了华丽的序曲，由此掀开了历史的崭新一页。农民兄弟之所以把拖拉机称作"铁牛"，是因为他们的祖先历来与耕牛患难与共，彼此结下了生死相依的血肉情分；而"东方红"三个字，更是寄托了对党和伟大领袖毛泽东的无限感激之情。

已经熟练掌握了操作规程的第一代工人，憋了一身劲儿，人停机不停，昼夜不间断三班倒，甩开膀子全力以赴。通红的铁水浇铸各种毛坯，锻造、车削、热处理、精修、抛光、装配，钻、铣、铆、焊，各种零部件被加工出来，电钳机修兜底保障，到处一派热气腾腾、你追我赶的景象。庞大的拖拉机在组装线上呱呱问世，每十分钟就有一头"铁牛"走出厂房。

中国一拖，是新中国工业建设史上不朽的一页，不仅生产出我国的第一台拖拉机，还生产出我国的第一台压路机和第一台军用越野车。20世纪六七十年代,素有"香港街""小上海"等时髦别称的涧西工业区,集中了来自全国各地的大批专业技术人才,他们夜以继日、呕心沥血,为我国的现代工业化进程绘制了一幅清晰的蓝图……

第一章 向洛阳集结

国之大计

1953年5月15日，中苏两国政府签订了《关于苏维埃社会主义共和国联盟政府援助中华人民共和国中央人民政府发展中国国民经济的协定》，苏联将援助中国新建和改建91个工业项目。加上1950年已确定的50项和1954年增加的15项，共156项，全部列入"一五"计划。

第一个五年计划（1953—1957）是在党中央的直接领导下，在周恩来、陈云的主持下制定的。这既是中华民族工业现代化建设的开始，也是中华民族富强、立足于世界民族之林的基础，更是无数革命者流血牺牲为之奋斗的理想和目标。

1953年7月，第一机械工业部（以下简称"一机部"）和中共河南省委又抽调30多名转业干部到洛阳，参加一拖的筹建。30多名军转干部聚集在省委，听省委领导传达一机部和河南省委关于一拖筹建工作的文件。他们明白，在新中国的156个工业项目中，一拖将在苏联哈尔科夫拖拉机厂专家的帮助下创建，而他们是建厂的第一批铺路先锋。

接着，河南省委配合一机部指示，继续对一拖筹建工作给予强有力的支持，在很短时间陆续从全国、全省各地选调、选派专家和技术人员到一拖工作。

随后，省委向河南各地委专署以及各地、县（市）组织部门发出了一封封调令。处级以上干部的任命书，由周恩来总理亲自签署，从北京一机部发往洛阳。

第一批30多名军转干部，大多数曾担任各地的县长、部队政委。他们弃政从工，要在一无所知的条件下，建一个能生产拖拉机的工厂，这对他们来说，是人生的一次大转折，也是一场不同凡响的战斗。"工业不强，国家怎能强？我们不干，谁来干！"从那一刻起，他们开始学工业管理，学工业技术，那些曾经写满了民主改革、剿匪反霸等内容的笔记本，开始记下有关工业建设的新篇章，记下党中央对工业建设的各种指示精神。

根据一机部的指示，1953年7月12日，洛阳拖拉机制造厂筹备处正式成立。8月1日，一机部向国家计委呈报了《国营拖拉机制造厂计划任务书》。工程代号081，一拖筹备处叫081筹备处。11月28日，国家计委予以批复，确定一拖制造54型拖拉机。1954年2月，有关部门开始了勘察设计、地形测绘、地质钻探等工作。

一拖有了具体目标：年产54型履带式拖拉机1.5万台。1954年上半年开始建厂前的各项准备工作。首先由建筑工程部统一安排，从全国各地选调最精良的建设队伍，齐聚洛阳进行基础建设施工，建设大军高峰时超过2万人，整个洛阳涧西都沸腾了起来，工地上人声鼎沸，热闹非凡。

1954年8月，一拖成立了铸造、发动机等14个生产车间筹备组（1956年12月这些生产车间筹备组被改为车间），同时成立了工艺处等9个处，增设有关职能管理部门，加强基本建设管理。

1955年10月1日，在洛阳涧河西部举行了隆重的一拖建厂奠基典礼，洛阳市各界人士几万人参加了大会。河南省副省长邢肇棠前来剪彩，后与一机部汽车局局长张逢时等人一起参加破土动工仪式，埋设了奠基纪念碑。

随后，又有80名地县级干部向一拖筹备处集结。北京、开封、洛阳三地指挥的拖拉机制造大军，在洛阳燃起了燎原之火，一条滚滚铁流在河洛大地涌动。

洛阳这个古老的中原盆地，13个王朝曾在这里建都，但由于朝代更迭，战争频发，洛阳城饱受蹂躏，千年帝都破败不堪，只有老城几平方公里范围内，还保存着城市的模样。全城没有柏油路、水泥地，没有电灯、自来水，在这样的地方能创造奇迹吗？

1953年，洛阳市总人口约11万，从事工业生产的仅有1000多人，从事手工业的1300多人，从事农业的3万多人，从事商业的2000多人，家庭妇女及无业者1.8万多人。然而，6年后奇迹真的出现了，这里有了全国最大的拖拉机厂。1959年，洛阳产业工人已超过9万人。

种在洛阳这片古老大地上的工业种子，落地生根了，现代化工业迅速改写了这个古老城市的落后历史！铁牛代替了耕牛，洛阳从贫穷落后的小城，崛起为工业城市。

干部集结

一辆吉普车，日夜兼程向开封驶去，车上坐着南阳地委书记杨立功。他正前往河南省委接受任命，出任一拖筹备处副主任。第一拖拉机制造厂项目，由杨立功牵头筹备，他深感责任重大。

出生于1919年1月23日的杨立功，是山东省莘县人，19岁就参加革命工作，同年加入中国共产党。从中共莘县县委书记到随冀南军区南下任新兵纵队团政委，再到南阳地委秘书长、地委书记，他一边打仗一边学习。他爱动脑筋，有魄力，工作能力突出。凭着对党的赤胆忠心，他在血与火、生与死的考验中不断成长。

34岁的他此刻明白，自己肩上的责任有多重。为新中国做开天辟地的事，这个大任降临到他的肩上，他感到很光荣，所以就爽快地接受了。他知道自己文化水平不高，打仗还凑合，建工厂、领导技术人员生产机器，却是个门外汉。这是一个不同于以往任何战役的新战场，他更要学习，更要心思缜密。

在省委，他聆听了省委领导对这一工作的部署。国家要发展工业，中国人民要解决温饱问题，要扩大耕地，要增收粮食，要改变落后面貌，只有靠自己制造拖拉机，这是国策，是当务之急。省委领导说："从现在起，我们要在两三年内造出中国的拖拉机。"他向省委领导表示："坚决完成任务，不辜负党中央和省委领导的期望。"省长的手和他的手紧紧地握在了一起。

省委领导对一拖筹建、地址选择、工厂设备来源、厂房基建以及管理干部、技术人员、生产工人、苏联专家来援等工作，都作了具体的部署。

从现在起，一拖建设进入倒计时！河南省委第二书记的吴芝圃对他说："目前工业建设，是摆在我们面前的新课题，一定会面临很多意想不到的问题，但我们别无选择。党中央、毛主席已经发出号令。你们有什么困难，我们一定会给予支持和帮助。1953年11月下旬开始，干部力量将逐步集中在洛阳涧河以西厂区。"

新中国的工业建设在洛阳的部署就这样开始实施了，杨立功肩负着艰巨使命，开始了新征程。

1953年6月下旬，一机部和河南省委为筹建一拖以及其他重要企业，选调60名地、县级干部到洛阳。这60名干部的胸前都戴着大红花，像披甲上阵的战士，又像荣归故里的英雄。红花映照着一张张曾在炮火硝烟中迎接新中国成立的兴奋脸庞。

中共中南局委员、河南省委第二书记、河南省政府主席吴芝圃亲临会场，他说："过去战争时期是送子送郎上战场，现在是送干部进工厂。党中央提出，各级党委要像战争年代选派大批干部到军队去工作一样，要下最大决心，抽调最优秀的干部，到工业战线上去！"

这些干部大部分来自京广线以西和陇海线以南的河南西南部地区。在开封，他们见到了081筹备处副主任杨立功。杨立功中等个头，身材稍瘦，额骨高高的，戴副眼镜，眼窝深深的，看上去很严肃，非常沉稳干练。他说："我和你们一样，搞工业是外行，拖拉机是什么样儿，我不知道，但这是党中央、毛主席给我们的任务，无论怎样，我们就是再当一回小学生，从头学习，也要把咱们中国的拖拉机造出来！"

他对大家说："从现在起，立刻回去办手续，交接工作。一个星期后，我在洛阳等你们！"

60名干部的心早已搅起了千层浪。大会一结束，他们就回去办理调动手续，杨立功和警卫员也打点行装，前往开封火车站，乘火车直接抵达洛阳。

在火车驶向洛阳的途中，杨立功心里才平静下来。他被从南阳的热土召唤到洛阳，这一切发生得太快了。警卫员杜传来，21岁，背着两个背包，那是他和首长的铺盖卷儿。杜的右肩背着卡宾枪，腰里还斜挎着一支盒子枪。1953年，社会秩序还没有完全稳定，地级领导都配有警卫员，警卫员配备枪支。杜传来问杨立功："首长，开封是个八朝古都，听说咱们要去的洛阳是十三朝古都，比开封这里还要排场吧？"

杨立功说："那当然，几千年来，帝王将相们在洛阳竞领风骚，周王定鼎，魏骨唐风，但他们怎么可能会想到，几千年的帝都，曾经的皇城，如今要机器轰鸣，成吨的钢锭铁水在这里成型，然后有千万台会犁地的拖拉机诞生啊！"

杨立功身着干部制服，腰里别着一把勃朗宁手枪，因为戴一副白边眼镜，倒更像个教书先生，其实他是个文武兼备的干部。他和警卫员坐的是普通绿皮车厢里普通的硬座，车上人很多，座位都满了。叮叮咣咣的火车上，谁也不知道，这位瘦瘦的年轻人，将要在洛阳筹建一个前所未有的工厂。

火车疾驰，窗外田野上一群辛苦劳作的农民正赶着麦收后整地、施肥、耕种。田园风光非常美，劳作的农民挥汗如雨。杨立功有些激动："或许要不了多久，这片土地上便会有拖拉机，那时候农民耕地一定会很轻松。"

下午时分，火车到了洛阳，他们从洛阳东站下车，步行穿过护城河上的石桥，进入小北门，又走过狭窄的街道，来到民主街，洛阳市政府就在这里，他们很顺利地见到了白安平市长。

杨立功和白市长握手，落座后就马上交谈了起来。白市长很激动地说："国家能把这么多厂矿定在洛阳，这真是洛阳的荣耀啊！这个古老的城市就要焕发青春了！"白市长还对杨立功说："我代表洛阳市委欢迎你来筹建拖拉机厂，估计会有很多意想不到的困难，我们一定大力协调解决！"

当天晚上，杨立功和警卫员在洛阳市政府办公室住下。办公室地面是砖铺的，二人打个地铺，躺在一套薄薄的被褥上和衣休息。

洛阳市政府的这个院落，清朝时是洛阳府衙，民国时期成为洛阳县政府所在地。新中国刚成立，市政府还设在这里。院里几排黑瓦房，被苍劲的树木掩映着。6月末的洛阳，暑热已临，睡地铺还比较舒适，但杨立功难以安睡，他辗转反侧，一夜都在思考问题。

第二天一早，白市长安排专车和杨立功一起到涧西。从市政府到涧西，有20多公里路程，途经西关、西工，过了七里河，就进入了涧西。

那时的洛阳，没有宽阔的街道，整个洛阳城从东到西只有这一条窄窄的、凸凹不平的土路，从七里河再往西是大片土地，政府已经将其圈为工业用地，村民大都迁走了，留下未收的庄稼，远处隐约可见土窑和破旧的草屋。不久，这里便有了翻天覆地的变化！

1953年7月，经中共河南省委提出、中南局批准，成立了中共洛阳拖拉机制造厂临时委员会，杨立功任书记。10月4日，筹备处副主任杨立功作为总订货人代表，在莫斯科与苏联正式签订《拖拉机厂初步设计审批议定》。至1953年年底，厂筹备处根据对80多个城市、100多个村镇的调查，分别整理出了设计所需的各种资料。

同年年底，一拖已经集结312人，其中地级干部6人，县级主要干部

28人,县级一般干部26人,区级干部50人,一般干部121人,四级工程师2人,技术员7人,助理技术员55人,学生17人。

1954年,又调入2447人,其中行政干部843人,包括省级2人,地级22人,县级81人,区级219人,一般干部519人;医务人员26人;工程技术人员197人[1]。

---

[1] 洛阳市拖拉机厂档案馆58永,卷137,《人事处1958年工作总结》。

第一章 向洛阳集结

坐着架子车来报到

通往一拖的那条土路越来越热闹,虽是尘土飞扬,但却充满了生气。在不长的时间里,每天都有干部从开封、南阳、驻马店等地来筹备处报到。筹备处指挥部在老城新建校,行政办公室在老城大众街,其他办公机构设在马市街,老城比往日热闹许多。负责接待和保卫工作的人事部门,每天都要到老百姓家里打听,为来洛阳的外地干部找住处。来报到的人被分散安排到老百姓家里,那些带家属的,也只能去租老百姓的房子。

远在南阳地委宣传部的郭燃,某天接到省委组织部的调令,被要求立即前往洛阳一拖筹备处报到。原来是杨立功主任亲自点将,让他来当自己的秘书。

当时郭燃26岁,在南阳地委是响当当的"一支笔",被誉为大才子。妻子李训娥24岁,从淅川县女子中学毕业后,在县城当小学老师。他俩经人介绍,于1951年结为夫妻。这一天,郭燃拿着组织上的调令,对妻子说:"军令如山,我们必须即刻动身到洛阳,杨立功书记在那里等我。"李训娥明白,这是国家工业建设的开始,工厂需要人,她决定和丈夫一起走。国家将改写中国没有农业机械的历史,能亲自参加这一伟大的建设,是多么幸运的事!

他们要从南阳到许昌,然后从许昌坐火车去洛阳。李训娥此时已经有了6个月的身孕，郭燃想办法在南阳雇了一辆架子车。他们的铺盖放在车上，妻子坐在车子上，他自己跟车步行。雇的那辆架子车在当时很是"先进"，车轱辘是胶轮的，安装的是滚珠轴承，有点半机械化的成分，比古老的木制车轮架子车好得多。那时候，人们出远门大都是步行，还要背着包裹跋山涉水。郭燃觉得用这样一辆胶轮架子车，拉着行李和人，不免有点儿特殊化和奢侈。妻子安慰他说："还不是为了早一天报到嘛，我们就搞一次特殊化吧。"

南阳到许昌有二百多公里路，胶轮架子车走了五六天。夫妇俩和车夫每晚就住在村头小饭馆的院子里或村边打谷场上，铺盖底下垫点稻草，睡在地上。李训娥睡在饭馆门口的木椅上，有时向老乡借块门板睡在门板上。

郭燃1948年参加革命，经历了战争支前、民主改革和剿匪反霸等，睡门板、睡打谷场早已是家常便饭。但李训娥是从学校毕业后又到学校工作的青年教师，还怀着身孕，这样风餐露宿、长途跋涉，连续几天急行军似的行程，真是让她吃够了苦头，以至于产生一种幻觉，一闭上眼，睡着了也还感觉是在不停地向前移动。她的身子笨，换一个姿势很不方便，就坚持一个姿势，为了赶路又被颠来颠去，骨头都要散架了。可她始终没有一句怨言，她的表现让郭燃很吃惊。李训娥也说不清楚是为什么，是为了爱情，还是为了工作？是觉悟高，还是因为理想和追求？也许都有，也许都不是。此刻，她能追随丈夫参与一拖筹建工作，既为丈夫自豪，也让自己在这次长途越野中得到锻炼。

走过一座座低矮的土坯房，一个个小村庄被留在身后。路上有时会看到破衣烂衫的农民。她想，不久的将来，他们都会富裕起来的，有了很多工厂，他们能当工人开机器，一定不会是这个样子了。

就这样，他们一路跋山涉水，日晒雨淋，风餐露宿，经方城、叶县，涉汝河，越襄城，最后终于到达许昌，从许昌乘上到洛阳的火车，距目的地也就越来越近了。

当郭燃夫妇到达许昌火车站时，他们怎么也没有想到，杨立功主任已经安排工作人员，专程从洛阳来到许昌接站。那一刻，郭燃和李训娥禁不住热泪盈眶。

郭燃夫妇顺利到达筹备处，他和杨主任会面的第一句话就是："杨书记，您给我安排工作吧！"

杨立功也被郭燃的工作态度感动了，他说："这里需要做的事太多了，你们先休息两天。"后来郭燃担任杨立功的秘书。李训娥先是被分到资料室，之后到一拖工会图书馆工作，直到退休。

军政大学毕业季

1952年春天，华东军政大学迎来了春季开学的日子，这里的青年才俊都穿着崭新的军装，精神抖擞地等待开学典礼。他们翘首期待赫赫有名、威震八方、既是将军又是校长的陈毅发表讲话。让他们没有想到的是，陈毅校长首先宣布的是一条命令："即将进入三年级学习的学子们，你们将要集体转业，进入长春汽车制造学校，你们的学期将再延长一年半时间。你们可能要问为什么，那么我来告诉你们，新中国将要启动一批重点工业建设项目，开创新中国的工业革命，你们将是新中国第一批国家重点培养的工业建设的国之栋梁。"

校长的命令，着实让大家吃惊。这意味着他们将要脱下军装，他们有多么不舍啊！几个女学员已经忍不住，挤在一起抹眼泪了。"你们是我们军队的骄傲，虽然脱下了军装，但并没有退出战场。这个战场虽然没有硝烟、没有枪炮，但依然艰苦卓绝。因为我们国家目前的状况是一穷二白，因为美帝国主义还在虎视眈眈窥视着我们。没有工业，我们腰杆子就不能挺起来，所以，从这里走出去的兵，一定是祖国的精英，人民的骄傲！"

台下响起了阵阵掌声，陈毅校长的话无疑为这些热血青年注入了战斗的强心剂，他们被将军的话鼓舞着，不再为脱下军装而难过，"祖国的需要就是我们的选择"。

第一章 向洛阳集结

1949年，19岁的裘菊琴以优异成绩考入华东军政大学。陈毅校长宣布集体转业的命令后，她服从上级命令，从部队转业到了长春汽车制造学校就读。另一个叫李启明的男青年1950年考入福建军政大学，也奉部队集体转业命令到长春汽车制造学校学习，他和裘菊琴成了同班同学。经过三年的学习这些青年就要毕业了，而新中国的工业建设如火如荼，正在等待着这些新中国培养的第一批精英学子的到来。

经过系统学习，裘菊琴和李启明已经了解和掌握有关工业制造方面的知识，毕业前又进行了专业分工学习，裘菊琴学的是质量检查，李启明学的是质量管理。工厂急需人才，裘菊琴愉快地接受了学校的分配，到洛阳一拖工作。

她得知，洛阳是一个古老的城市，国家在那里开辟了工业重地，其中正在建设的一拖，要以年产万台拖拉机来满足全国农民机械化耕田的需求，改写中国铁犁牛耕的落后局面。

裘菊琴特别喜欢法国作家罗曼·罗兰的《约翰·克利斯朵夫》这本书，书中主人公让她着迷，她希望自己能做一个像他那样的人，在庸俗泛滥的社会里，仍不屈地为自己的信念奋斗。"曾经奋斗，曾经痛苦，曾经流浪，曾经创造，让我在你的怀抱中歇一歇吧！有一天，我将为新的战斗而再生。"菊琴把书中主人公约翰·克利斯朵夫说过的名言抄在笔记本上，她取了主人公姓名中的"约"和"克"，独自做主改了父亲为她取的名字。

从"菊琴"到"约克"，从逃婚到考入华东军政大学，成为一名光荣的女兵，她的经历令李启明很是敬佩，他非常喜欢她。学校里有不少男同学欣赏她，追求她，但他们不知道，她早已有了心仪的人，那个人就是李启明。他长得帅气，也很聪明，学习好，品德好。在班上，约克是组织委员，李启明是班长。

这天，李启明约她，一见面就问："你想好了吗，毕业分配去洛阳？"约克告诉他："想好了，我服从组织安排。"

李启明问："我怎么办？"约克说："你聪明有才华，多才多艺，若能留校最好。"然而，李启明却告诉她："我不会和你分开的，我也向学校提出了申请，和你一起到洛阳第一拖拉机制造厂工作，支援新中国的工业建设。"

曾经的约克为了追求理想，不怕背叛家庭，一直远离亲人，孤独前行。此刻，李启明的一席话深深温暖着她，她说："谢谢你，启明。其实我也很喜欢你，不愿意分开，更不愿你为我作出牺牲。"

从那一刻起，裘约克，李启明，一个是江南秀女，一个是福建男儿，爱和心中的共同理想，让他们肩并肩，手牵手，相扶相伴来到了遥远的中州大地，并永远扎根在洛阳。他们没有辜负部队的培养、学校的教育，在祖国工业建设的最前线，像两颗螺丝钉，拧在了一拖这座工厂，把青春和才华都献给了拖拉机制造事业。

裘约克和李启明这对军政大学培养的工业学子，一来到一拖，就成了不可多得的技术人才。工厂奠基仪式结束的两个月后，1955年年底，裘约克和李启明向组织递交了结婚申请，把爱情和一拖的诞生联系在了一起。那时厂里的房子都在建设中，家属房很紧张，但厂里对他们的婚事很重视，从招待所腾出一间16平方米的房子，还配了一张三斗桌、一个两门柜作为家具。他们很感激也很满足。没有大床，两个人就把宿舍里自己的单人床拼起来。剪了窗花贴到窗户上，招待所派人给门上贴了喜字。筹备处的领导也前来祝贺，送来一对"红双喜"牌暖水壶，这也是组织上的厚礼了。一个温馨的小家就这样开始了新生活。

"两百罗汉"建一拖

1953年,一拖的第一批建设者中,有刚脱下军装不久的30多位"老八路"。他们当中有曾在山东半岛抗日、新中国成立后任南阳地委书记的杨立功,有曾任豫皖苏军区团政治处主任、后任郑州地委常委的马捷,有曾在北平做地下工作、后任河南省委副书记的刘刚,有曾任八路军宛平支队政委、后任河南省总工会第一副主席的杜春永,有东江纵队第四支队的郑定立,有曾在延安《解放日报》编辑毛主席大量文稿、后任新华社中南分社办公室主任的苏远,还有郑维祥、崔维亭、魏世英、姚增绪、孙化民、李成良等抗日战士,他们经历了战争时期的严峻考验和地方工作历练,在组织安排下投身于新中国第一个拖拉机厂热火朝天的建设工作。

在鲜艳的中国共产党党旗下,这30多位"老八路"都有着不同凡响的传奇故事,当接到支援中国一拖建设的调令时,他们没有丝毫犹豫,背着简单的行囊来到洛阳,成为中国农业现代化的奠基人。置身于没有枪声的工厂,不亚于投入一场充满艰难险阻的战斗,他们丢下枪杆,紧握手柄,摇动机床。

有十几位县级以上的干部是在1953年6月和当时的南阳地委书记杨立功一起转业到洛阳筹建一拖的。那时,一拖没有名字、没有办公地方、没有牌子,只成立了个筹备处。一切从零开始,时间久了,大家诙谐地称自己是"生活'两馆'、工作'两白'"。

所谓"两馆",即住的是旅馆、吃的是饭馆。而旅馆不过是一般的民房,饭馆也就是一般的小店。这样近似游击式的生活,他们过了将近一年。直到第二年,才找到了洛阳市刚刚建成的一所中学,学校里边有几十间平房,筹备处借来作为办公室和接待处,就这样总算有了较集中的住处和办公地方。

"两白",其实就是指白手起家和"白脖子"(什么都不会)。当时,调来的同志大部分对工业方面的基本知识一窍不通。还有不少同志文化基础差,要管理工厂,就必须得补习文化。

面对这样的困难,没有任何人叫苦,大家都在努力学习,虚心求教。为此,筹备处领导杨立功、马捷等专门请工程技术人员给大家讲课。他们抱着革命者的大无畏精神、建设祖国的干劲和必胜的信念,投入了一场没有硝烟和枪声的战斗。

1956年,马捷副厂长率先带领124名同志,到苏联哈尔科夫拖拉机厂学习,负责此项工作的是该厂总工程师谢里兹奥涅夫,他问马捷:"你们都是大学毕业吧?"马捷说没有一个人上过大学。他又问:"你们总有人当过工人或者工长、车间主任吧?"马捷摇了摇头说:"我们当过连长、团长或县委书记。"看到谢里兹奥涅夫失望的表情,马捷说:"因为不懂,我们才来学习,你们厂当年也是美国人帮助建设的,也缺人才呀,我们会努力的!"再后来,发生了许多让谢里兹奥涅夫感动的学习故事,最后由他签发的结业证书上,都写着"中国专家某某学习成绩优秀"。

学习是第一个任务,是他们创业的起点。厂长刘刚每天下班后请工程师讲两个小时课,然后自习三个小时,《人民画报》曾以《好学的厂长》为题予以报道。工厂夜校每天灯火通明,大家从最基础的中学数理化学起,

20世纪50年代一拖厂领导
（一排左二杨立功、左三刘刚、左四马捷，二排左二梁自征、左三郑定立）（郑定立女儿郑田芬提供）

扛枪杆子的泥腿子，很快掌握了拖拉机制造方面的工艺流程。

从1953年10月4日到1954年1月12日，30多位"老八路"和从四面八方来的大批建设者一样，住在芦席搭成的工棚里，一起吃变成冰坨子的饭菜，一起拎着铁锹光着膀子、汗流浃背地搬砖卸煤。越是条件艰苦，大家越是奋勇当先。此创业的历程的确是前无古人、开天辟地的。这些曾和日本鬼子、国民党反动派斗智斗勇的老战士，身先士卒带领职工战天斗地，拼了命地苦干，克服了难以想象的困难，创造了令世人瞩目的一拖速度：38个工作日建成22500平方米的发动机车间，32天建成12870平方米的燃料系统车间，刷新和创造了中国工厂建筑工程史上一个又一个奇迹。30多位"老八路"奋斗的身影，已经定格为永不褪色的时代画卷。

中国的拖拉机提前一年造出来了，功成名就后的这些"老八路"，后来又都担任了国家各部门和省、市的领导，如曾任农业机械部部长的杨立功、曾任科技部部长的马捷、曾任天津市委书记的刘刚、曾任建材工业部常务副部长的杜春永等。"东方红"农耕馆里虽然只是寥寥几十个字的介绍，但他们在一拖几代人的心里，是新中国农机工业的奠基者，他们的精神永远激励着后人为中国的农业现代化继续奋斗。

继这些"老八路"之后，有更多技术与生产管理人员向洛阳汇集，20世纪50年代的洛阳成了一片热土。后来陆续到达一拖筹备处的人员中，地级干部3人，县委书记3人，县长13人，县级干部18人，其他干部36人，总计73人，他们的名字都被写在一拖建设历史的首页。

沁阳县委书记郑维祥接到命令后，还来不及细细安排，就先到开封，然后到洛阳，他妻子则带着3个月大的孩子，和其他的干部家属乘大卡车，一路颠簸来到洛阳。

临颍县委书记荆秀元是骑着大马、一身戎装、挎着驳壳枪来筹备处报到的。这让附近十里八乡的老百姓感到很稀罕，有人甚至像赶集一样前来看热闹。后来，当他们知道这些人都是大干部，是来这里建工厂的，便惊叹道："这里将来会不会跟外国一样，出门坐洋车，吃面包、喝牛奶？"

在《洛阳市第一拖拉机厂志》上，有如下记录：

以县委书记、县长等身份来到一拖的有：沁阳县委书记郑维祥，曾担任过的职务是一拖机械处副处长、机修车间主任、副厂长、党委书记，后来，他担任洛阳市委书记、河南省经委副主任。临颍县委书记荆秀元，担任一拖燃料系统党委书记，后来担任新乡市人大常委会副主任。周口县委书记张友德，担任一拖基建处、行政福利处处长，后来担任周口市委书记。灵宝县委书记徐光，担任一拖第一届工会主席、副厂长，后来担任洛阳市总工会主席。永城县委书记鲁仲铭，任一拖筹备处工程组第一任组长，"三厂"联合办公室成员，一拖基建处副处长、处长，铸铁车间党委书记，后任农机部第四设计院（农机工厂设计院）副院长。方城县县长李成良，任一拖筹备处人事组组长、人事处处长，后调至其他大型厂矿任副厂长、党委副书记。唐河县县长孙化民，任一拖工地指挥部指挥长、基建处处长、发动机车间党委书记、一拖党委副书记，后任南阳地委副书记、开封市政协主席。偃师县县长成立功，任一拖生产调度处处长、厂长办公室主任，后任洛阳市委常委、市人大常委会副主任兼秘书长。伊川县县长宋彪，任一拖生产调度处处长兼总调度，后任河南省机械厅机电公司经理。汝阳县县长席光平，任一拖筹备处北京办事处主任、机修车间主任、生产处调度室主任、计划处处长。镇平县县长张亦农，任一拖筹备处干部科长、北京办事处干部、一拖计划科科长。南阳县县长王有山，任一拖党委组织部副部长、人事处处长。邓县县长徐辉，任一拖行政福利处党委副书记、冲压分厂党总支副书记。许昌县县长葛春喜，任一拖供应处副处长、福利处处长。叶县县长刘庆封，任一拖安全处处长，后担任南阳地区纪委书记。开封县县长张灿华（马捷夫人），一拖筹备时期担任宣传组组长，后任一拖油泵分厂党委书记、洛阳拖拉机研究所党委书记、农机部农机研究院党委书记。原阳县县长张青，任一拖设计处处长、洛阳农机学院党委副书记。西峡县县长林青，任一拖铸铁车间主任、学校教育处处长、知青办主任、技校校长。开封市政府秘书长马捷，任筹备组办公室主任，后来任一拖副厂长，带领一百多人到苏联哈尔科夫拖拉机厂学习。南阳行政专署建设处处长夏金钟，任一拖工地指挥部探墓工区主任、机器分厂党委书记、洛阳地区重工局局长。南阳地委地直机关党委书记杨一川，任一拖第一届团委书记、底盘车间党委书记。卢氏县委宣传部副部长郝进第，任一拖铸铁车间党委书记，后任青海铸造厂党委书记，青海省农机局副局长、机械厅副厅长、党委副书记。镇平县税务局局长刘树琦，任一拖生产调度处副处长、装配分厂厂长、锻造分厂厂长。商水县团委书记陈晓光，任一拖筹备处团支部书记，工地指挥部探墓工区副主任，起动机车间主任、团委书记，以及装配分厂厂长、武装部部长、副厂长、党委副书记。许昌县税务局局长马萍，任一拖工会副主席，安全处副处长，厂办主任，洛阳工学院党委副书记、副院长。许昌地区妇联副主任范增华，任一拖冲压分厂副厂长、行政福利处副处长、一拖厂长办公室副主任。南阳地委秘书郭燃，任一拖厂长秘书、团委副书记、党办副主任、机器分厂厂长，一拖革委会副主任。镇平县人事科科长陶桂峰，任一拖电修车间主任，后任洛阳市轻工业局副局长、焦枝铁路指挥部副指挥长、洛阳市郊区党委副书记、洛阳纱厂党委副书记、洛阳市一轻局局长。

还有从其他地方调来的干部：

王俊卿，河北省曲周县人，1954年5月起，历任一拖党委工作部组织科科长，厂党委办公室副主任，装配分厂党委副书记，厂纪律检查委员会副书记，厂党委常委、组织部部长、副书记等职。闫之初，河南省新蔡县人，1954年9月起，历任一拖党委宣传部副部长，665分厂党的核心小组副组长，铸造分厂党委书记，拖拉机研究所党委书记，洛阳市教育局局长，一拖党委副书记、工会主席等职。

河南省当时约有100个县，仅一拖筹备处集结的第一批干部中就包含了河南省13%的县的县长，其中河南省西南部地区，总计有40个县，一拖筹备处第一批干部中，单这一个地区就抽调了30%的县长。可以说，一拖集中了河南一批最优秀的青年干部，这是共和国为一拖注入的第一批新鲜血液，他们在一穷二白的条件下为中国工业建设，发挥了尖兵和栋梁作用。

由此可见，党和国家为了一拖，投入之大、决心之大，是前所未有的。这些人曾经是解放旧中国的英雄和功臣，又成为新中国工业革命的火种，这些红色的星星之火将在洛阳一拖熊熊燃烧。从战场上的血路到破旧的古城小路再到工厂的钢铁之路，直到走出了共和国农机工业的强大之路。

"一五"时期，国家为支援鞍钢建设，曾调集500名县级以上干部，被称为"五百罗汉"闹鞍钢。而一拖"一五"时期集结的200余名县级以上干部，完全可以称为"两百罗汉"建一拖。此外，从1953年到1956年这3年间，中共中央、中南局、河南省委，向一拖调派了3245名干部职工。正是这几千名职工和这"两百罗汉"，从1953年夏天开始，组成了一支最精锐的工业建设先遣队，在洛阳涧西这块土地上，高举大旗，披荆斩棘，建起了雄伟的一拖。

历史选择了他们，实践考验了他们，他们不愧是党和国家、河南省委千挑万选的优秀干部，他们是一拖的功臣、共和国的功臣，无愧为艰苦奋斗的开路先锋。这些先驱者，以自己的淳朴和执着，谱写了一曲新中国工人阶级的赞歌，这段历程将光照千秋。

他们给一拖留下了一笔宝贵的精神财富。在"东方红"农耕博物馆里，这种精神财富被归纳为6个字：学习、创业、创新。

第二章 准备就绪

一支年轻的测量队

1954年下半年,一支测量队活跃在工地上,这是一支年轻的队伍。早晨,当太阳照耀在工地上的时候,队员们早已扛着标尺、平板,背着仪器忙碌着,每天的工作都很紧张。这些年轻的测量队员在10个月前还是学生,1954年8月,他们离开了学校,进入一拖开始了测量工作。他们才十五六岁,可他们很勇敢、愉快地接受了任务。测量工作是露天作业,测量队员将经历艰苦的磨炼。

很快到了冬天,因工作地点是一片雪地,测量队员们要在半尺深的雪地里奔波,不时越过一个又一个雪沟进行测量,艰苦程度是他们没有料想到的。每天,他们的鞋都和冰冻在一起,成了又凉又重的冰鞋,等收工回来脱鞋一看,脚跟儿和脚趾尖都冻成了青一块紫一块的。他们把脚放在火炉边一烘,又痛又痒,有的地方还肿了起来。但这些苦没有吓倒他们,测量队员牛万昭说:"当我们的脚冻得在野地上不能前进的时候,我想到的是为了祖国的建设,我一定要克服困难。"牛万昭的话正是这些同学们的共同想法。就这样,测量队员们忍受着冬天的严寒,终于完成了野外测量任务。

到了夏天,他们又要在酷热的工地上进行测量,被晒得头晕目眩,仍坚持每天下工地,在炎热的天气面前没有人屈服。青年团员段国栋在工地画图,他挥动握着铅笔的手,自信而又自豪地说:"我们在和时间赛跑,现在画下古沟、河道、古墓、土穴，要把探区所有的地下情况和位置精确地画在图上，让我们精心描绘过的地方安全地建造起一座座牢固的厂房。"

这些年轻的测量队员，过得了艰苦的自然环境关，但能否过更加艰难的测量关？刚开始，他们业务不熟，没有经验，工作效率低。队员朱光普、段国栋在开始描图，架设平板时就遇到了许多麻烦，常常是对准了方向，对不准水平和控制点，或者是对准了水平和控制点，对不准方向，往往一两个钟头里架设不好一个平板。这样严重影响工程进度，他们都很着急。但是光着急也不能解决技术问题。于是，段国栋、朱光普和其他同志们一起，每天下工后继续在一起找寻平板架设不准的原因，然后仔细研究平板架设的方向、控制点、水平在架设中的关系，研究平板的性能，互相交换白天架设平板时遇到的问题，交流经验，搞不懂的就向有经验的技术员请教。终于，他们慢慢掌握了架设平板的技术，到后来他们架设一个平板，只要十来分钟，工作效率显著提高。

这件事给年轻的测量队员们一个启发，他们相继掀起了学习技术的热潮，不断创造新的先进工作方法。如定四角桩，由原来的导线式改为交会法，工作效率一下提高两倍；测水准，原来是利用水准仪视距的方法，每天只能量5公里，后来改用绳子量距，每天能量7公里。

从1954年8月到1955年1月，测量队员们共测量厂区和宿舍区78万多个探墓点，包括8000多个古墓、古井和古坑的坐标位置、大小、形状，并测量了厂区的部分公路、供水管道线和高压电线路，共完成14个测量项目，为现场建设提供了宝贵的资料。年轻的测量队员活跃在工地上，天天都在成长，在互相竞赛和互相帮助中，业务由不懂到逐渐熟练。经过10个月实践，他们都能独立进行工作。接下来，他们又在炎热的野外定四角桩，为大规模的厂房建造工程完成测量准备工作。他们知道，早一天定完，工厂就能早一天开始基建，早一天盖厂房。他们每天不知疲倦，不辞辛苦，把自己的青春与祖国的伟大建设事业连在一起。

1955年的春天，测量队顺利开始辅助车间的测量，先是测定辅助车间的四角桩位置。厂房的四角桩精度要求为两万五千分之一，他们从1955年6月开始了定桩这项高精度的工作。这个工作对于测量队的同志们来说不同于路面测量，它关乎厂房质量。对于这个从来没有接触过的工作，测量队的同志感到任务艰巨且重要，大家都特别认真。后来在汪志超工程师的技术指导下，他们都学会了交会与量基线定桩并进的方法。运用这个方法，他们顺利完成了第一座厂房的测定，定桩的精度达到了五万分之一，为重要的拖拉机生产设备车间赢得了建设时间。

钻探古墓

1953年12月，厂区探墓工作已启动，探墓办公室设在符家屯。

这项工作遇到很多意想不到的问题，首批招收400个工人，但很多人还不知道这场大规模探墓的意义和目的，有个别人就是想弄几个钱花，所以只追求数量而不管质量。他们每天天不亮就来干，天黑了还不走，探墓也不看土质，有的一竿子探到底，有的墓被打穿，还出现漏墓现象（根据反馈，1954年七八月份宿舍区就漏了6个古墓），还有人星期六不到下班时间就着急回家，星期天过了却迟迟不来上班。

厂里召开紧急会议，查找原因后，厂领导意识到，面临这样的大规模集体操作，宣传没跟上，思想教育没放到重要位置，既没有制定钻探质量标准，更没有任何竞赛和考核机制，看来领兵打仗的那些革命传统和工作办法还得用上。于是，厂里召开全体探墓人员动员大会。经过动员，探墓人员明确了探墓的目的，这里将来是要建设大工厂和安装大机器的，所以不能把探墓当儿戏。

动员大会之后就有了可喜的变化，工人为了提高干活质量和工作量，自觉到符家屯村换铲头、修铲。杨忠林队的30个人中，换铲头和修铲的就有22个，他们通过积极改善劳动工具，确保在竞赛中超额完成任务。

为了更有利于开展工作，探墓办公室又将400人的大队划分为4个中

探墓工人们（被采访者王协温提供）

队、12个小队，成立了竞赛委员会，设了竞赛办公室和宣教组。随着竞赛运动的开展，办公室对探墓提出了质量要求，制定了操作规程，整个探墓工作走上了正轨。各工作队也专门成立了技术研究小组，为保质保量探墓做好了充分准备。探墓工地自上而下有了新气象，一拖的管理工作其实也是从这里开始的。这些从战场上走出来的干部，拥有以弱胜强、克服困难取得最后胜利的经验和法宝。

工地的陈俊峰副主任为大家分析总结了8月以前探墓工作的成绩和缺点，重新宣布竞赛步骤，鼓励大家争上游。工人们都信心倍增，一些消极怠工、整天懒洋洋的工人也都转变了态度。所有人都定了计划，每队每人都有每天打多少孔的任务和保证不漏墓穴的措施，各小组还制定了保证公约并集体签名。为了竞赛，以往工人都是十四五铲一看土，个别人是一竿子到底或者40多铲了才看一次土；现在则不然，六七铲时就看土样，及时看土并观察土层变化，他们还摸索出从墓室四壁看墓的方法。因为有了责任心，通过在河道花土内仔细观察铲土，他们一下子探出了两个古墓，10月份后再也没有发生漏墓现象。

通过对探墓队伍的有效管理，探墓工人的劳动态度大大改变，过去每天只完成60米，后来能完成100多米。"计划完成了没有？""计划孔打够了没有？""漏墓情况有没有？"这些成了每天下工后大家最关心的问题。原来离放工还有半个钟头，有的工人就歇着不干了；到星期六下午，有的还没到收工时间就偷跑了；有的星期天拖拉着不按时上工。现在这些情况全没有了。工人工作效率越来越高，9月份平均每人探孔9.6米，较8月份工作效率提高了20%。1月份，宿舍区的计划定额为75米，上旬就完成了77米，下旬探厂区时，工人觉悟更高，因为他们已经意识到探墓的重要意义。工人沈端阳说："我们探过墓的地面上要修起铁路和厂房、楼房，感觉特别自豪，我们工作的质量好坏，也关系着将来铁路和工厂建设质量的好坏。"这样一来，大家越探越有劲，在突击12号街坊时是星期天，大家都主动放弃了休息。工人海大运害眼病，也不休息，戴上眼镜继续干。工人马昭然手臂红肿，大家劝他休息，他说："一个人多打一米，几百人就是几百米，拖拉机就能早一天生产。"

探墓会战，成了最先起步的建厂工作之一。大面积地组织探墓，对一拖的管理者们来说也是一种尝试，他们总结经验，找到了激励的办法。同时，他们在技术上严要求并明确工作方向，通过树立先进典型、开展竞赛及时表彰先进，利用黑板报、广播筒、宣传标语等宣传工具，鼓舞工人的斗志，取得了很好的效果，为拖拉机厂日后更大规模的生产和管理提供了宝贵的经验。

在进行到工厂厂房建设区域的探墓时，由于对地下井坑、水道、地洞等的形状、大小、深度只了解到97%，尚未全面摸清，探墓办公室便要求工地进行第4次加密探墓（缩小探墓的距离），确保了工厂地基的安全。为确保第四季度任务的完成,符家屯村工地于12月20日又召开了紧急工作会议,筹备组办公室主任马捷和设计处处长孙化民也到会指导。会议对当前的工作质量、工人技术、操作规程的遵守情况、广大干部群众的思想觉悟和制度的制定与执行等方面,给予了总结和表扬。

1953年7月到1955年3月,100多名干部和1000多名工人通过辛勤劳动,顺利完成了钻探古墓的光荣任务,彻底弄清了厂区内的地下古墓、古井、土坑等的数量以及详细分布情况。共勘探了6个区域,其中包括厂区、宿舍区、铁道、公路、水塔等工程区,钻探了200多万个2到12米深的探孔,发现了2100多个地下古墓和1200多个地下古井和土坑,为厂区的初步设计、技术设计提供了重要的第一手资料。

探墓工作得到了洛阳市政府、人民群众的支持,得到了苏联专家的帮助,于1955年3月26日基本结束。参加钻探工作的同志下一步将转到新的工作岗位。在近两年的时间里,这些特殊的劳动者用特殊的劳动成果,为建厂历史留下了重要的一页。

改变厂址

"一五"计划中几个厂矿的厂址,之所以确定在河南洛阳,有着极其深远的战略考虑。

根据中共中央的要求,国家计委提出:既然是拖拉机制造厂,是为农业生产服务的,就要建在农业区。河南是农业大省,所以最后将厂址定在了河南。

至于建在河南的什么地方最好,苏联专家的意见是建在郑州,而中方主张建在洛阳。为此,一拖派出了第一批干部中的席光平和洛阳矿山机器厂(今为中信重工机械股份有限公司)的焦裕禄两位同志,带领测量队去郑州进行选址。测量队在冉屯、三关庙等地进行测量和地质取样后发现,这些地方的地下水位很高,而且地质条件差。因此,中方更加坚持在洛阳建厂。再者考虑到铁路资源和供应等因素,若在郑州建厂费用比较高,要额外增加很多投资。但苏联专家仍认为,郑州城市大,可利用的资源比较多;洛阳除了土地条件,几乎没有什么可以借助的。

两方僵持不下,最后还是由国家从全国工业布局和战略角度考虑,确定在洛阳建厂。席光平以一拖驻京办事处主任的身份,和一机部汽车局局长张逢时等同志召开会议,将此决定向苏联专家通报,并宣布将厂建在洛阳,苏联专家也只好默认了。

就这样，洛阳这座十三朝古都，向现代化的新兴工业城市迈进。但是，洛阳的条件的确很差：人口少，城市小，没有基本的公共交通设施，工业基础薄弱，城市中可利用的资源非常有限。当年流传着"电灯不明，马路不平，电话不灵"的顺口溜，就是洛阳这座城市的真实写照。

厂址选在了洛阳，但具体到以一拖为首的几个工厂的选址一时还不能确定，最初是到洛阳最东边的白马寺附近考察，后来发现那里是汉魏洛阳城遗址，地下古墓多，水位很浅，不能建工厂。筹备组又将目光移到了西工，那里有一个新中国成立前修建的飞机场，还有一些大厂房，另外留有许多防空洞。如果把工厂建在那里，就可以利用上述基础设施，并且那里离老城也比较近，能够以老城为依托不断发展，对城市发展也有利。但后来发生了意想不到的事情，西工区这个选项被彻底放弃。勘探人员用洛阳铲按图纸探测时，发现了古墓，不敢再探挖下去，便直接将情况向上级反映。得知这一情况后，北京马上派专家前来考察。

此前，筹备组以及多部门研究决定将厂址定在西工，并由任北京工作组组长的崔维亭，将这个意见送达政务院报各部委办理各种审批手续。而同时文化部已得知洛阳发现周王城遗址，文化部部长郭沫若感到事态严重，便指示立即停止施工，待他向有关部门汇报后再作决定。很快，文化部下达了指示，这个地方方圆二十里内都不能随便再探再挖了。事后，郭沫若仍心有余悸地说："洛阳铲探测出的古墓是重大发现，好在反映及时，要不然许多国宝就要毁在我们手里。"

于是，国家有关部门重新组织由一机部汽车局负责人、苏联专家以及有关人员参加的关于洛阳厂矿选址的讨论会。文化部副部长、文化部社会事业管理局局长郑振铎在会上说："西工地下文物那么多，中国几千年的历史就要靠它们来证明。不能从我们手里把老祖宗留下来的宝贝给葬送了！"

当时，崔维亭等同志还有些不理解，他们说："这几千年前的事，部长们是怎么知道的？"

这当然也是所有人都没有想到的，之前他们都认为和工厂选址最不搭界的就是文化部门，上报前甚至觉得最没有异议的单位应该就是这个部门，但没有想到对上报的这个选址表示强烈反对的正是他们。后来，郑振铎告诉崔维亭：洛阳涧河以东的西工有周王城遗址，选址在这里，郭老（郭沫若）是不会同意的，因为那地下有无价之宝，是老祖宗留下的宝贝，是国宝级的文物。

厂址不能定在西工，接下来怎么办呢？大家都陷入迷惘中。1953年12月，国家财政经济委员会副主任李富春同志到洛阳考察了建厂条件，并于1954年1月8日向毛泽东主席作了汇报。洛阳选址的事情引起了政务院有关领导的重视。经毛泽东同志同意，国家计划委员会于1954年2月20日以计发字116号电，正式决定拖拉机制造厂厂址定在洛阳涧河西部[1]。

厂址向西延伸后，就是七里河以西的区域。史载那里是隋唐时期的皇家花园，而且南有周山皇陵，北有八百诸侯会盟的孟津县会盟镇，再向西就是谷水镇，从谷水镇能延至新安和渑池县。事不宜迟，有关部门立即联合一拖和洛阳矿山机器厂共同成立了联合资料办公室和气象水文工作组，开始收集整理这个地区的气象、水文、地震等方面的资料。一拖的席光平同志仍旧参与这项工作。

当时，洛阳只有一个设备很简陋的气象水文站，但没有任何文本资料可以参考。他们只好多次从七里河步行到谷水镇西，向沿途居民调查有关情况，尤其是地质、地震情况。知情人说，这一带虽然发生过地震，但只

---

[1]《洛阳市第一拖拉机厂志》。

造成墙壁裂缝，房屋没有倒塌。后来，席光平又去气象局、长江水利委员会（驻武汉）和空军某部，经过整理和查找，收集到大量有关洛阳城以西地段的水利资料。1954年，席光平（还没调到一拖驻京办事处）在北京办事处拿到了有关资料，与其他资料一起作了汇总。

就这样，他们整理出一套关于建厂选址的资料（共42本）。其中，地震、水文资料最为齐全。从这些资料中可以看出，涧西的地质情况的确不错，比较适合建厂。这样，几个大厂落户洛阳，厂址就选在涧西。这也符合毛主席的愿望和国家重点工业项目的战略部署。几十年的实践证明，把一拖建在涧西，是十分正确的。

当时的涧西还是一片荒地，被涧河隔了开来。涧河以北有铁路，以南是村庄，地下遗存也不多，相对比较安全。但是又有了新的棘手问题，这里有许多村庄，村民必须迁徙，让他们离开祖辈耕种的家园，他们能同意吗？既然决心已定，在既保留文化遗产，又保证厂矿在洛阳落户的重大决策下，再多再大的困难都挡不住开拓者的脚步。经过对广大群众动员，发布征收土地公告，涧西这块土地上，从七里河以西，依次有了铜加工厂、轴承厂、拖拉机厂、矿山机器厂、柴油机厂和耐火厂。从此，洛阳这片古老的土地上，展开了一幅新中国的工业画卷。刚刚从苦难中解放出来的洛阳人民，开始在这片荒野上创造奇迹。

当年，从老城到涧西仅有一条狭窄又凸凹不平的土路，几个月后，这里便灯火阑珊，钢铁成堆，铸件如山。再后来机器转动，马达轰鸣，拖拉机、压路机、大吊车、轴承等源源不断输送到全国各地和世界五大洲。洛阳腾飞了，千年古城成了崭新的工业之城，涧西竖起了一个又一个宏伟的工业标志，一拖以"共和国农机长子"的特殊地位成了这里的工业龙头。

西工的周王城遗址也被保留了下来，在这里有着名扬四海的周王城天子驾六博物馆。

1953年9月，亲历了选址过程的奠基人席光平，再次被调到一拖驻京办事处工作。此时，办事处已设了供应组（负责厂里所需物资的采购）、秘书组（负责迎来送往、日常接待和组织协调工作）、设计组（负责就工厂设计问题与一机部汽车局的技术部进行联络）。后来，由于洛阳没有城市规划、设计机构，办事处又成立了厂外工程组，负责整个工厂和城市规划设计。为了编制规划任务书，厂外工程组工作人员曾去国家计委和河南省、洛阳市有关部门询问是否还建其他厂以及建厂规模，以便按照洛阳城市人口、面积和工厂规模进行规划。

他们的想法引起有关部门的重视，继而编制出了符合洛阳城市人口、面积和工厂规模的规划书。规划书是按照5个厂（3个机械制造厂、1个发电厂、1个棉纺织厂）的规模进行规划、设计的，他们拟定将洛阳建成有30多万人口，包括老城、新城两个城区的新兴工业城市。

他们规划的蓝图实现了，涧西发展了，老城保留了原貌，西工成为洛阳市行政中心，洛阳成为祖国中原腹地一颗璀璨的明珠。

大批干部职工外派学习

刚进厂的职工大都是门外汉，一切业务都得从头学起。1954年，一拖培训工作如期开展，开始积极向外派出大批学习人员。他们要求全厂职工学文化、学技术，并把它当作一项政治任务来完成。

但也有个别干部职工有想法，不安心学习，原因是怕将来当工程师。当年，很多人认为，学文学或入马列学院学习，是思想"红"的表现。也有不少人觉得自己文化程度低，实在跟不上，哪怕是在厂里干点出力的活儿，也不愿外出学习。有些文化程度比较高的同志也有想法，怕学习时间长，5年以内不能提拔。当年，有这些思想很正常，因为新中国要建立自己的工厂，对很多人来说也需要有新的认识。好在职工们的认识很快就被纠正了过来，他们明白了参加培训是为了建设社会主义现代化工业，是为了生产中国之前从未生产过的拖拉机，尤其是那些领导干部，认识到若当门外汉是领导不好工人的。

在哈尔滨工学院学习的范汉斌，为了克服自己文化程度低所带来的困难，每天除了睡觉吃饭，手不离书、笔，终于使自己这个门外汉距离技术人员更近了一步。在交通大学学习的蒋资贤，星期天也在用功学习。在天津大学学习的全体干部，也都克服了"年纪大、基础差、时间短、不易学好"的消极思想，树立了积极的学习态度。在上海机器制造学校学习的同志们更是刻苦，考试成绩大都在4分（满分5分）以上。

蔡田玉是1954年3月转业来到一拖工作的，因为工作需要，在很短时间内，他就调换了几次工种，先是做共青团工作，后被调到工程组，最后又被调到一拖驻京办事处。在北京办事处，他担任供应组组长，这项工作具有一定的技术性，而且涉及面很广。蔡田玉的文化程度本来就不高，做这样的工作，压力和困难可想而知。但他是军人出身，面对组织，"不"字绝不能说。他知道，现在的工作关系到工厂的生产，有一点差错，厂里的工程就要停工。

但这些说着容易做着难，一上来，什么材料的名称、规格和质量全然不知也不懂，什么是"工"字钢、方钢、角钢，什么是机械性质、化学成分，看那些符号就像是看天书。还有，材料供应不光是迟和早的问题，需要的材料是否合乎规格，也会直接影响工程的质量和进展。

厂里正等着要原材料，他只能边工作边学习。每次采购，他都先翻阅有关书籍，了解所需材料的属性。在采购水泥时，他已经提前翻了书，但和某个单位交涉时，因厂里的技术员还未到，更多的有关要求一时说不清，对方大发脾气，差点儿扭头就走，冲他说："你不懂，回去学习学习再来。"蔡田玉还是赔着笑脸接受批评，并请求对方帮助。他的态度感化了对方，任务完成了，他也接受了一次专业补课。此后，他没有情绪低落，而是感觉自己更需要学习。只要能掌握更多的业务知识，他不怕碰钉子，不怕被嘲笑。

蔡田玉随身带着工程材料、五金机械手册，水泥标号和交通运输等内容的书籍，通过积极学习，一年后，他已经成为材料方面的专家，能熟练地处理各种业务了。在物资奇缺的情况下，他运用自己学到的知识，能代用的就代用，及时地帮助厂里顺利解决了房建的各种材料和建设铁路大桥所需的各种钢材的问题，还成功地向国家申请了1955年一拖与国外订货和工程建设所需要的材料。

像蔡田玉这样的情况在一拖建厂初期比比皆是，他们思想政治意识强，但在业务上得从零开始。有的没有时间去专门学习，只能边建设边学习，早上上班前、晚上下班后，包括星期天都成了学习、补课的时间。他们每个人都制订了学习计划，并经常向厂领导汇报学习情况。干部职工们从思想上认识到了学习企业管理和掌握技术是建厂的第一步。

农民兄弟和少先队员送来粮食和蔬菜

1954年10月15日,商水县15个区23个乡35个农业合作社给一拖写信,支援一拖建设。那时,农民们刚成立了互助组,又刚刚转为农业合作社,他们在才分得的土地上,用牛、驴、水车以及自制的步犁,生产了宝贵的粮食。由于连续4年遭受水灾,特别是1954年的严重水灾,全国的粮食供应很紧张。但他们省吃俭用,除了完成国家的上缴计划,把节省下来的粮食、棉花和油都用来支援国家工业建设。

农民兄弟首先想到的是洛阳一拖,因为,工厂造拖拉机是为他们服务的。他们说:"我们应该全力支援一拖,工厂需要啥,我们供给啥。需要棉衣,我们供给棉花;需要粮食,我们供给粮食。"于是,商水县15个区23个乡35个农业合作社给一拖送来了86683斤粮食、5084斤棉花、10355斤油料,同时还附信一封。

拖拉机制造厂的全体职工同志们:

你们整天以最辛苦的劳动,为国家工业建设打下基础,准备为我们制造大批的农业机器。你们这种艰苦奋斗的精神值得我们钦佩、学习。请首先让我们向你们致以亲切的慰问与谢意吧。解放前,咱们都是受苦受难的劳苦大众，在国民党与地主恶霸、官僚资产阶级的统治压迫下，整天吃不饱穿不暖，过着牛马不如的生活。

自从共产党来了以后，领导咱们打倒了地主恶霸，肃清了国民党反动派残余势力，实行了土地改革，建立了工厂，我们分得了土地、房屋，安心生产。咱们不但在经济上翻了身——有饭吃，有衣穿，有房住，而且在政治上也翻了身当了家，做了主人，真想不到咱们这些摸锄头的贫苦老百姓会有今天这样的好日子，这是我们做梦也想不到的事儿，这完全是共产党、毛主席给我们带来的幸福。

三个月以前，全县只有两个农业生产合作社，但通过秋季爱国增产运动，现在组织起了35个农业生产合作社。我们深切体会到使用新式农具的好处，比如一个八寸步犁，犁地犁得深还平，并且还犁得快。双伴犁套三个牲口，每天能犁十亩以上，比小犁子快两三倍。水车一个牲口拉，一天能浇八亩到十亩地，顶五六个人力，这虽然是生产工具的初步改变，成效就这么显著。今后使用拖拉机、抽水机等工具，生产效率将会更高。

亲爱的工人同志们，我们一定听毛主席的话，我们坚决走互助合作社的道路，我们要在工人阶级的领导下，逐步淘汰落后的农具，改用新式的农具，由小牛、小驴犁地改为拖拉机耕地。因此，我们愿意全力支援你们，供给你们工业上的原料，你们要啥我们供给啥。

亲爱的工人同志们，为了早日建设社会主义社会，为了加速国家社会主义工业化，我们要求你们给我们制造更多的农业机器，像水车、步犁、双伴犁、拖拉机等，我们愿意以实际行动来支援你们。我们也希望你们把自己的需要经常告诉我们。我们将充分发挥积极性和创造性，为社会主义建设事业，为我们美好的将来共同努力。

　　此致

敬礼

商水县 15 个区 23 个乡 35 个农业生产合作社启
1954 年 10 月 15 日

1954 年 10 月 23 日，一拖收到商水县送来的粮食、棉花、油料以及信件，全厂职工非常感动。下面是厂里给商水县农民的感谢信。

亲爱的商水县 35 个农业生产合作社的全体农民兄弟们：

　　你们 10 月 15 日的来信收到了，得知你们在总路线的光辉照耀下，听毛主席的话，坚决走互助合作的道路，在很短的时期内已经组织起来 35 个农业生产合作社。为了建设社会主义社会，你们提出以全部力量来支援我们，这种高度的政治觉悟给了我们很大的鼓舞。我们一定要用最快的速度生产拖拉机来供给你们。我们一定要以高度的建厂自觉性来回报你们的支援，现在我们正在完成建厂任务，以积极的行动投入建设的各个方面，并且已获得一定的成绩。我们坚决响应党的号召，保证实现"五七年装备、五八年生产"的光荣任务，我们的工作还存在一定缺点，我们对建设这样大规模的现代化工厂缺乏经验。

　　但是我们坚信，因为我们有党的领导，有毛主席的关怀，有伟大的苏联帮助，有全国人民特别是农民兄弟的支援，有全体职工的努力，我们一定能够克服困难。为了熟悉业务，我们正在加强学习，提高政治思想和业务水平，克服困难，改进工作，我们要用实际行动来报答你们对我们的支援。亲爱的农民兄弟们，为了加速社会主义工业化和农业机械化，让我们携手向前进吧！

专复并致敬礼

拖拉机厂全体职工敬上
1954 年 10 月 23 日

1955 年 5 月，江苏省江都县汤汪小学的少先队员，也把自己在校园地里种的菜卖了钱，寄到一拖，他们以自己的行动支援一拖的建设。

孩子们说请收下这点微薄的礼物吧——

拖拉机厂全体职工叔叔阿姨们：

我们是江苏省江都县汤汪小学的少先队员，我们在校园地里种了约一分地的青菜、茼蒿。我们翻土、整地、撒种、浇水、施肥、捉虫，经过 30 多天的课外生产活动，共收了 231 斤。我们的茼蒿卖了 4 元 8 角 5 分，现在把这些钱送给你们作为建厂费用。

亲爱的叔叔阿姨们，从报纸上见到我国的拖拉机厂正在紧张新建的消息，我们兴奋得都跳了起来。我们都是农民的子女，家里都遵照毛主席的指示组织起来，互助生产，生活得到了改善，但也因为还不是用机器生产，虽有提高，却不能满足我们的要求，我们在图片上看到苏联农庄农民的幸福生活，我们多么羡慕啊！老师说，苏联的今天就是我们的明天。我们想，啥时我国能自制拖拉机多好啊，叔叔阿姨，不久的将来，你们制造的拖拉机将一台接一台地奔驰在祖国每一个角落的田野里，将为千千万万的农民带来无限的幸福，叔叔阿姨们，我们将来还想当拖拉机手呢。

亲爱的叔叔阿姨们，请你们收下这点微薄的礼物，让我们在这个伟大的建设工程里,为尽一分力量而感到光荣吧!

祝你们健康

中国少年先锋队江苏省江都县汤汪小学大队全体队员

1955 年 5 月 10 日

及时纠正浪费和积压问题

1954年,一拖处在筹建阶段,厂房建设开始前,集结干部积极做着机构建立、基建资料整理及勘察和建设工作,在许多条件都不成熟的情况下为厂里盖了7万平方米的宿舍,建设了一拖铁路车专用线和临时的铁路编组站,完成了供电、供水及加工厂、仓库建设等工程。

建厂还没有正式开始,工作量还很少,却已经出现了很严重的材料浪费和物资积压现象。这些现象如不分析研究和及时制止,不仅会影响以后整个建厂工作,还会给国家和人民造成很大的财产损失。

分析造成积压和浪费的原因,正是一个刚刚起步的大厂所必须重视的。为此,杨立功厂长发表了《关于拖拉机厂筹建工作中积压浪费的现象及原因》的文章。

他在文章里指出:经过初步检查,造成积压浪费的原因。第一,由于对中央规定的"好、快、省、安全"的基建方针缺乏全面领会和贯彻,存在着盲目扩大规模的现象,不少同志认为,这么大的工程建设,浪费是不可避免的;第二,缺乏周密的工程计划和组织工作,缺乏严格的责任制度和财务监督;第三,急需组织干部了解、学习、钻研、掌握业务。

他说:"新厂建设中干部情况的根本特点是,转业干部多,业务生疏无经验,而我们在这方面又缺乏教育,忽略了很多干部还不是十分了解这些工作的目的和意义,更不了解具体的工作内容和程序,因此工作中出现了盲目性。负责备料的,却不知材料的用途、要求、规格和性能,以致错购不能用的物资,直接造成浪费。对待施工单位也缺乏积极的协助与严格的监督,误以为甲乙方的正确关系应是同志般的亲密合作,却忽略了其职责是互相监督,有的甚至不顾国家的规章制度,因此造成了严重的积压和浪费。"

如临时工程中的半永久性宿舍,国家批准1.7万平方米,乙方仅建了1.46万平方米,而我们却没加以监督,仅此一项就浪费了2237.92元。同时,在干部中缺乏爱护公共财产的教育,公共财物包括工厂材料及办公生活用具等的丢失、损坏现象十分普遍。

很多程序的实施也处在非正常的情况下,如没有厂区的平面布置图就进行厂房的勘察、设计、备料。施工图未到,既没有预算,也没有合同,就开始施工。这些势必造成混乱、错建和返工。在备料上没有严格计算,总是宽打多备,本着有备无患进行盲目估算。1954年仅宽打多备、备而不用的材料达103种,价值620272元。建设铁路大桥的钢筋只需3吨,却购买了60吨。1954年积压浪费在工程方面最严重,如临时工程中的公路等,其中公路按设计只需555800平方米,却修了800050平方米,多修244250平方米;价值180000元的铁路专用线,设计图未到即施工,比计划多铺了5毫米厚的石子;建设半永久性宿舍时,城市规划未定就施工,结果位置错了,边建边拆,648平方米的宿舍被拆掉重建,浪费了国家资产,也没达到提早入住的目的。

造成诸多积压浪费的原因中,还有我们指导思想上的错误,很多转业干部、农村干部,缺乏经验,尤其是不懂大型企业的组织和管理。由于不懂,所以贪大、贪贵,认为大、贵就好,因而盲目采购了不实用的材料,造成很大浪费。

为了杜绝这些问题的发生，杨立功厂长提出了弥补的方针和措施。他指出："我们没有建设这样大规模企业的知识和经验，出问题是难免的，但不重视各种工作中的计划和组织，放松了对各项工程的精打细算，盲目扩大规模的思想是需要纠正的。对于工程材料及早订货是应该的，而我们没有做精确计算，只根据图纸的轮廓就草率筹备物资，实际只需要8.35公里的钢轨，我们却购了13.5公里，积压了5.15公里的钢轨。瓦斯管、焊接管、胶合板不应该也不需要超程序订购，而我们则毫无分析地全部订购，结果造成了积压。"

他还说："把盲目大规模和百年大计联系起来，也不分析是永久工程还是暂时工程，一切都是大规模，一切都按百年计，甚至连办公室生活用具的购买也讲大规模与百年大计，在国有资产和非固定资产的购置上，贪高、贪大、贪新、贪多，一切都要高的、大型的、新式的、多量的，好像不如此就影响拖拉机生产的大规模。部分干部由于有盲目追求大规模和贪高贪好的思想，而又缺乏识别高低、好坏的水平，于是以价钱为标准，认为一切贵的就是好的，什么贵就买什么。我们还有很多工作是一边停工窝工，一边加班加点；一边返工，一边赶工，造成严重的忙乱被动。如建设铁路大桥，由于勘察错误造成设计返工，结果开头和中间都在停工待料，后期突击赶工。"

他告诫说："由于绝大多数干部是刚由部队转业和农村行政岗位上来的，普遍存在着较浓厚的供给制思想，缺乏经济核算思想，缺乏周密的计划和组织，缺乏严格的财务制度与组织制度意识，因而造成了1954年纯计划外和制度外的开支达689300元之多，这样下去，将失去财务的监制和控制作用，会使厂建工作向无计划、无组织的状态发展，会给积压浪费留下更大更多的空间。"

  杨立功给管理者敲响了警钟。如何应对一个大型企业建设的复杂性以及把握各项工作的整体性，如何建立有计划、有规划和严格的预算财务制度，应成为每个干部职工要补的课。

  杨厂长的《关于拖拉机厂筹建工作中积压浪费的现象及原因》，为一拖接下来大批量的生产、安装和购买，以及如何步入规范和可行的轨道上来，指明了方向。

给中国人民志愿军二级英雄连的复信

国家在洛阳建设拖拉机厂的伟大壮举,引起全国各行各业的关注。1954年10月,中国人民志愿军某二级英雄连给一拖全体职工写了一封信。他们惦记拖拉机厂的建设,关心什么时候拖拉机能生产出来。这封信被刊登在厂报上,全体职工备受鼓舞,厂里给志愿军二级英雄连回了一封信——

亲爱的志愿军二级英雄连全体同志:

你们的来信收到了,并且立即在我们工厂报纸上登了出去。当全体职工看到你们的来信时,大家高兴极了,看了又看,读了又读,欢欣无比。你们在伟大的中国共产党和毛主席领导下英勇斗争的事迹,随时都在给我们增加新的力量。你们保卫着祖国的安全,保卫着建设事业。我们不时从报纸上、杂志上,从前线回来的代表报告中,听到你们英勇斗争的胜利消息,这些消息都给了我们很大的鼓舞,增强了我们全体职工施工建厂的积极性和创造性。

同志们,我们一定要用实际行动来报答你们对我们的关怀。虽然拖拉机厂是新建的厂子,人员多,转业人员多,对建设这种规模巨大的现代化厂子没有经验,业务不熟悉,困难很多,但是在伟大的苏联的帮助下,我们在党中央、毛主席的关怀之下,在全国人民的支援下,全体职工发挥高度的建设工厂的自觉性，一定能克服困难。我们已经派出大批人员到苏联学习，到其他兄弟工厂实习，全体职工也正在学习政治，学习文化和技术，学习建厂任务，以积极行动投入建厂的各个方面，并且已经取得了一定的成绩。

全体职工的情绪很高，互相竞赛，开始创造新纪录。但是我们还有很多缺点，例如计划性还不够，还有某些浪费现象，职工中还存在某些个人主义思想等。这些缺点我们经过最近全厂性的检查后，开始在一一纠正。

亲爱的同志们，你们是我们最可爱的人，你们是战场上的战斗英雄，你们是打击侵略者的能手，我们决不辜负你们的希望和要求，我们一定要学习你们在战场上英勇作战的精神和坚决地消灭美帝侵略集团和国民党反动派的斗志，来建设我们祖国的工厂，来消灭我们建厂中的各种障碍，保证1957年工厂安装，1958年顺利出产拖拉机。亲爱的同志们，让我们共同携手，向着共同的目标社会主义社会努力前进。

此致亲切的敬礼

拖拉机制造厂全体职工敬复
1954年10月23日于洛阳

一位建设工人的诗歌

一位叫炳旺的拖厂工人,完成任务就要离开洛阳了,他深情地写了一首诗歌《敬别拖拉机厂》,字里行间反映出那个年代建设者们的艰辛与自豪。

> 1954年一个严寒的早上,
> 我们来到了洛阳拖拉机厂,
> 那时候冰雪覆盖着田野,
> 寒风不住地呼啸。
> 为了早日出产拖拉机,
> 用我们的热血抵抗了寒风,
> 我们的双足踏遍了白雪茫茫的工地。
> 不管是寒冬苦夏,
> 不管是黑夜白天,
> 用我们灵巧的双手描绘了10万张建厂的蓝图。
> 今天,厂房巍然林立,
> 工厂机器正在安装,
> 部分机器唱起雄壮的歌曲,
> 全体职工都在创造新的成绩。

鲜红的太阳耀射着金光,

纵情的歌声多么响亮,

在这美丽的早晨,

我们整着行装走向

——祖国的边疆。

别了!文明的新洛阳,

再见吧!亲爱的拖拉机厂,

您的怀抱哺育了我,

使我们健康地成长。

紧张建设中(被采访者贾宝源提供)

第三章 破土奠基

1955年的故事

1955年2月，回填古墓工程正式开工，参加施工的全体职工为了加速完成建厂计划，经过紧张施工，12月12日全部完成任务。在回填古墓工程开工以前，曾进行了各项物资和劳动力的调配等准备工作，参加施工的全体职工战胜了初春的严寒和夏天的炎热，回填古墓1300多个、探井301个，共回填土方5.28万立方米，成功完成任务。

施工中，全体职工开展了推广先进经验、保证工程质量、加快工程进度的劳动竞赛。在劳动竞赛中，通过评选劳模、介绍先进小组，普遍提高了至少4倍的工作效率。

在劳动竞赛中涌现出模范小组22个，个人模范291人。回填的古墓、探井，经取土样化验，均合乎质量要求。

1955年5月12日，工地指挥部开大会，欢送填孔工人回乡生产，参加欢送会的职工有千余人。在一年零两个月的时间里，工人们完成了厂区、宿舍区探墓孔的回填工作，质量也基本达到了专家所提出的要求。市劳动局代表夏金钟副指挥长和工区李鹤春同志都讲了话，勉励大家回去后积极参加农业生产。填孔工人代表也在会上发言，表示回乡后一定积极参加互助合作运动，努力生产，多打粮食，支援工业建设。

当年，探井大部分都深达15米多，回填探井很不容易。填探井要浸水压实，但物资供应跟不上，缺乏雨衣和胶鞋。2月份井下还有冰雪，但大家没有向困难低头，都赤着脚、光着背下井干活，有时铁锹不够用，就用手掏土。

3月底回填大墓，大家都为打不好边角发愁，一等模范高占奎想出了打好边角"三猛"（猛拉、猛松、猛刹）和"三光"（角光、边光、接口光）的方法，保证了工程质量。从此，大家都开动脑筋，互相借鉴，总结"夯往上拉就扶夯的下端，夯落时就往上扶"的扶夯技术要点，各墓的边角都打得很好。工人们一夯接一夯，排得非常清楚，又稳又准，不乱打、不少打。4月份雨天与阴天多，缺乏干土，有个模范工人叫安廷栋，他主动向组长要求，每天中午不回家吃饭，留在工地上晒土，这样还可以照料工地上的家具。有一次，他的屁股和大腿上长了两个包，又肿又痛。领导叫他休息，他仍坚持上班。到了麦收时节，他还表示，不完成任务不回家。二等模范赵思树，在回填宿舍区探井时，因井只有五六米深，每天打3个井，要搭3次架。为了节约时间，他想出了抬架的方法，节约了大量时间。二等模范阎纪与，在开始回填古墓时，因横梁架子都被绑死了，不能前后左右移动，每次要上架解结，再重新绑，耽误很多工作时间，他想出了前后左右移动搭架的方法。

正是有这些先进模范带了好头，想了很多办法，才克服了很多预想不到的困难。为了减少事故，他们想出了滑车上安保险绳、横梁两头都绑保险杠的方法。有一个叫赵鸿春的工人，看到天突然下大雨，在黑夜里5次冒雨抢盖墓土，保护了古墓，避免了国家财产受到损失。这些平凡的工人原本大都是农民，他们忘我的劳动精神促使回填古墓的工作保质保量，以致工作提前顺利完成，为后续基建工程的开工赢得了时间。

孙化民挽救了两座古墓

1955年上半年，陈永汉在工地处理古墓工区计划组工作，他自认为，对工地上的事情比较了解，因为各工段每天的工作地点和工作任务，都是他们计划组根据各工段的资料、图纸分配下去的。

有一天，他正在工地工作，工地指挥部指挥长孙化民急急忙忙赶到工地，他把陈永汉拉到一边，说："你马上到唐屯去看一下，屯里不远处，有两个古墓正在开挖，可据资料和了解的情况，这两个古墓是工厂占地处理范围以外的，原则上能不挖就不挖，一是从文物保护来说破坏性太大；二是就人力物力来说，给厂里造成很大的浪费。"

说实话，一开始陈永汉对他的话有点不屑一顾，可又一想，孙指挥长办事一贯认真，若是没有根据，他不会这样着急专门来找他说。但他还是半信半疑，他认为自己未必会弄错，另外熟悉情况的人多得很，每天在工地上来来往往，都看到那两个古墓在开挖，怎么别人就没有提出这个问题呢？

想到这儿，他立马跑回办公室查图纸，这一查，他的心提到了嗓子眼，孙化民是对的，图纸上标得很清楚，在工区以外的古墓是不能开挖的。

好在刚开工不久，他屁股连凳子都没敢挨，立即跑出去告诉孙指挥长，他的意见是对的。孙化民顿时也放下心，他交代陈永汉，立即通知停挖，就地填埋。

孙化民对待工作格外细致深入。当时工地是一片荒野，工段进度参差不齐，作为一个掌握全面工作的领导干部，除了大小事的安排、处理，视线之外的很多问题也逃不出他的眼睛。他天天都在工地上忙碌着，除了开会和重大问题必须在办公室处理以外，一有时间他就到现场去察看。遇到夜间施工，他也是从这个电灯下面走到那个电灯下，把整个工地巡视一遍。晚上如果不去工地，他也不会闲着，就伏在桌上学习图纸，不懂的地方就请教别人，即使是很细小的问题，也要追根问底，一直到弄明白为止。

后来，孙化民被调到厂技术监督处当副处长。当时土建工程的技术监督对孙化民来说，是一项全新的工作，他连一张施工图也看不懂。但他没有退缩，一张一张地翻阅图纸并询问，不懂的地方就一点点弄明白。那股刻苦钻研的劲儿，令大家佩服。就这样他很快就掌握了基本业务，每天可能发生的问题，他都能预先知道。甚至在测量和施工的技术问题上，有些工程师也能被孙处长问住。他不仅在技术上成了内行，连开会总结之类的讲话稿，也都是亲自写。其实大家都知道，很多干部参加革命早，文化水平低，稿子大都是由下面同志帮助写的。但孙化民非要自己动手，故意给自己加压，由此提高自己的写作能力。如果是写给上级的材料，再忙他也不会叫下面同志写；一些重要的报告，他都是在同志们下班以后，在办公室熬好几个晚上才完成的。只有一次他叫办公室同志帮忙写，可写之前他把所有的细节要点交代得清清楚楚，甚至连段落、格式，都给规定好了。他写的一个关于混凝土工程的报告，市委非常重视，立刻翻印，当作红头文件发给各单位，对各个工地混凝土工程的施工，起了很大的推动作用。孙化民说："干工厂，我们都是外行，但只要勤奋学习，一切困难都能解决。"大家谈起孙化民的时候，总感到他有个特点，就是困难再大也一定能干好。这个特点是拖厂很多从革命岗位来的老同志共有的，是共产党人经过千锤百炼的美德。

第三章

破土奠基

破土奠基

1955年10月1日,在筹备处党组书记杨立功同志的带领下,一拖经过几个月的日夜奋战,终于迎来了破土动工的日子。破土动工前举行了奠基仪式,这是令多少人向往的日子啊!仪式就要开始了,霞光万道,普照在这块刚刚苏醒的土地上,铁锹上的红丝绸迎风飘扬,它们预示着新中国洛阳工业的肇始。

仪式上,有先行到达的各级领导,有北京来的设计师,有军转工的大学生,有建八师的基建兵,有上海、大连、长春的技术工人,有豫东商丘等地农村来的青年工人……

杨立功书记首先讲话:"感谢所有先期到达的同志们付出了难以估量的劳动,克服了重重困难,终于在今天,一拖可以破土动工了。此刻,北京看着我们,河南省委看着我们,6亿农民看着我们,7万洛阳市人民看着我们。不久,中国的第一台拖拉机就要横空出世了,我们就要给全世界看看,让那些对我们不怀好意的帝国主义国家看看,中国有了自己的工厂,把资本主义国家的嘲笑丢到太平洋里去吧!"

仪式开始了,河南省副省长邢肇棠剪彩,然后他和一机部汽车局局长张逢时、洛阳市委书记李立、洛阳市工程局领导及一拖厂领导,破土埋设了一拖奠基纪念碑。一块写着"奠基纪念"四个大字的奠基石,被嵌立在一拖的土地上，成为一拖镇厂之宝。会场上很多人振臂高呼，有的甚至吼哑了喉咙，还有人把帽子抛上了天空。

1953年年初，上级领导曾对杨立功主任说："今年把拖拉机厂的第一根桩子揳下去，两年后保证拖拉机厂奠基动工，等第一台拖拉机造出来，我去给你们庆功！"今天终于奠基开工了，不久的将来，拖拉机就会从这里隆隆开出。

在奠基仪式上，筹备处还宣布了拖拉机厂将要设置的各个部门机构。筹备处下设技术部、质量部、培训部、基建科、设备科以及后勤福利科、采购供应科等。

会后，各部门负责人立刻开始工作，工程正式迈上了第一个台阶。

1955年10月1日，主厂房破土动工后，工厂各项工作开始大踏步前进，全国各地继续加大支援力度，有针对性地支援一拖。不久，又有3000名工程技术人员和几百名4级以上熟练技工，以及多名管理干部从东北、上海等地过来支援。

1958年7月20日，全体职工经过奋战，组装出了中国第一台54型履带式拖拉机。从1955年10月1日的奠基仪式，到中国第一台拖拉机的问世，用了不到3年时间。

第三章 破土奠基

编修1955年建厂计划

一拖的五年计划全面轻装上阵，1955年5月，为了迎接大规模的厂房工程的开工，从2月起各工地都在加紧各项施工前的准备工作。经过一个多月的努力，厂区规划材料堆放、临时水电、道路、排水等总的方案已全部准备就绪，并完成了单位工程、主要工种的工作量和机具、材料等的需要量的计算。

根据这个计算标准，总厂又编制了具体措施、施工方法、施工进度方案以及各项定额和技术标准，为施工提供了充分的依据，同时为给厂房施工提供服务的附属企业、加工厂制定了服务细则。木材、混凝土、预制构件等加工厂已基本完成了土建，有的已经开始进行机器设备的安装。木材加工厂的锅炉房、干燥室、制材车间、细木车间及混凝土预制构件厂的搅拌车间等的机器设备，已大体安装完毕，预计7月就可以投入生产。

石灰溶化厂已建成了5个化灰池，土建部分正在进行。这些加工厂建成后，将大量生产各种成品，供应厂房建设的需要，此外为运输材料修筑的铁路专用线已完成了9公里，通往建筑基地的临时公路也完成了绝大部分。满载着各种钢材、木材等建筑材料的列车、卡车正源源不断地开往工地。几项主要准备工程，如场地的古墓勘察和古墓处理工作，属于拖拉机厂自营的部分已基本结束，属于施工单位处理的正准备进行。工厂围墙、厂区道路、排水等工程都将在 7 月初开始施工。

1955 年 6 月 25 日，一拖召开了干部会议，由刘刚厂长、杨立功副厂长及党委宣传部苏远部长，分别传达厂长会议精神和有关总结报告，还传达了李富春副总理《厉行节约，为完成社会主义建设而奋斗》的报告。

6 月 28 日，一拖各部门开始学习。厂党委要求，所有部门明确建厂方针：技术要先进，经济要合理，设备要完好并及时投入生产。

基地建筑工程代表组开始办公

基地建筑工程代表组于 1955 年 6 月 14 日正式成立，并开始办公。过去，基地建筑工程是委托工程局采取内包的形式承包施工的，现在确定由一拖担任总甲方，由工程局承包施工。

6 月 14 日，一拖从工程、财务、计划等部门抽调 9 人，组成了基地建筑工程代表组。全体同志听取了工程处处长刘珉关于工程情况的介绍后，开始和工程局及有关单位联系，并马上会同工程局编制全部工程项目投资及进度计划，日后将有计划地把基地建筑工程的管理工作接手过来。

为加强基建工作的领导，避免被动忙乱，从 1955 年 4 月 25 日开始，每个同志每天都记工作日记，记载的内容主要是当天的工作情况、工作中存在哪些问题及如何解决，并在当天晚上作好汇总。经过一个多星期的试验，取得了较好效果。有了这个方法，每个同志都有了明确的工作计划。

记工作日记这个方法，既让工作有据可查，又方便随时翻看检查过去的不足，找出薄弱环节，从而逐步改进工作。

到学校招尖子生

1954年5月初,22岁的王俊卿从信阳地委调到一拖,在筹备处组织部担任部长。他上任后的第一件事,就是到武汉市汉口汽车学校招收一批优秀中专毕业生,从中选出佼佼者,公派出国深造,然后回到拖厂,让其在重要的岗位上工作。

王俊卿他们到达汉口后,学校非常热情地接待了他们,当知道他们是来招收国家建造拖拉机厂需要的人才时,学校直接拿出了毕业生的档案供他们翻阅挑选,还专门抽出了一些人帮助他们审查。

很快,一批优秀学生被确定了下来,接下来,他们要到每个学生的原籍搞政治外调。所要调查的对象多,但负责调查的只有王俊卿二人,交通不方便,厂里安排的时间却很紧,二人只好分头行动。

这样,从6月初忙到国庆节前,将近4个月,他们的足迹遍及6个省(自治区、直辖市)的20多个县,行程1万多公里。在交通尚不发达的情况下,他们啥办法都用了,有汽车乘汽车,没有汽车租赁自行车,有时候路不好无法骑车,只有步行。每个学生的社会背景都不一样,为了搞清一个学生的情况,他们坐火车、长途汽车,还要搭乘小船,不得已还得借群众的自行车。在一次搭乘老乡的自行车下坡时,王部长的脚被绞到自行车链条里,等把脚弄出来,已是血肉模糊。当时他疼得受不了,好在没有骨折，为了完成任务，他还是一瘸一拐继续搞外调。

在调查过程中，他们遇到了许多意想不到的事情，如语言不通，老百姓讲的是方言，对方听不懂他们的话，他们也听不懂对方的话。为了解决这个问题，王部长想了一个办法，提前把要问的问题记到纸上或者手掌上，到了乡下，先将来意告诉村干部，然后再与老百姓进行笔谈，这样进度就快多了。

经过几个月的不懈努力，他们终于完成了调查任务，便将这批中专生的资料，报批一机部出国审查科审核，出国学习的学生名单终于确定了下来。两年后，这批优秀中专生圆满结束学习，回到了拖厂。

这时，一拖的开工生产迫在眉睫，留学归来的人员立即充实到铸造、发动机、模型、冲压、油泵等生产车间，担任技术和职能管理部门要职，后来他们大多都成了拖厂的中坚力量，为一拖生产发挥了重要作用。

有了这批人才后，厂里负责宣传培训的部门就地取材，在他们中抽调了几个担任教师，分批分期对招收来的干部、工人进行强化培训，帮助他们补习中学的数、理、化课程，然后将其派往北京、天津、上海、长春、哈尔滨等地的工厂或大专工业院校，分专业进行正规学习。对具有较高文化程度的基层干部和部门的主要领导，先培训其学习俄语，然后派往苏联实习，为厂里培训了一大批技术骨干和中高层领导，他们后来在各项工作中发挥了重要作用。

与从专业学校毕业的学生相比较，很多干部包括厂级领导，大多年龄偏大，没有文化，工作繁忙，但学文化、学技术、钻研业务知识，成了雷打不动的任务。他们主动去找大学生给他们补课，几何学、制图知识、机床原理这些都要学，白天上班没有空，只有下班后才能挑灯夜读。在这种学习氛围下，有人若是考试取得了好成绩，会当作天大的喜事，奔走相告。

这也是工业建设起步阶段，一拖呈现出的争当优秀社会主义建设者的崭新气象，也是新中国成立后百废待兴、人人为祖国献忠心的时代缩影。今天看来，这种自我加压以跟上形势发展的风尚仍然让人回味。

第四章 建设高潮

建厂工作进入新阶段

1956年8月16日下午,一拖在涧西工人文化宫举行了设备安装开工典礼。一机部机电安装公司洛阳办事处主任于承斧、技术人员代表张珞(曾经在第一汽车制造厂安装工作中取得优异成绩)、模范小组袁才根小组的代表等,在大会上相继发言。他们都表示在安装施工中一定要克服困难,同志间密切配合,严格执行安装质量标准,保证质量,为提前出产拖拉机而努力。

设备安装工程将从8月22日正式开工,按照开工次序,首先开工的是电修、夹具、冲模、机修车间及辅助工厂。安装工程全面展开后,辅助工厂内部的作业量非常大,室内还在砌隔墙,地坪还要浇灌,但这一切都不能阻挡辅助工厂按期安装的步伐。人们一走进辅助工厂,一幅耀眼的红色标语便映入眼帘,上面写着"认真贯彻又多又快、又好又省的方针,保证完成和超额完成8月份任务",这个标语表达了安装工人们的决心和斗志。

安装过程中,一拖是甲方,负责现场监理,施工单位是乙方。能不能如期完成安装任务,甲乙双方配合好很重要。这之前,双方就有关难点或阻碍安装的地方,商量了对策。

为增强运输力量,通知临时铁道要提前至20号完工。材料供应方面的要求是,所有的加工材料如机床的地脚螺丝、垫铁,都要在乙方开工后全部解决。8月初所需的材料,甲方将依次交付安装公司。为了保证安全施工，增设了现场保卫人员，有关照明、岗哨等都做了安排。按总厂要求：辅助、修铸、木工、锻工等工厂的安装是在9月，甲方代表组要提前一个月到工地办公。

甲乙双方认真学习操作规程，会审了施工图纸后，对这次安装提出了40多条审查核实意见，分别请设计部门逐项解决。图纸上的问题搞清楚了，就为乙方顺利施工提供了条件。同时本着"节约建筑材料，保证重点工程建设"的精神，对拖厂工程建设者提出了10多条节约建筑材料的建议，弥补和解决了部分材料的缺乏。

拖厂有一条横贯工厂南北的古河，其涉及的土方工程量很大，为保证施工顺利，甲乙双方都考虑到了要提前做好防雨措施，于是开挖了5条主要排水沟，修筑了毛石焦渣路及混合砂石路，准备了临时和半永久的防雨棚以及大量的防雨材料。

施工单位也制定了分段包干、分工负责的责任制度，他们把刚挖出的部分土方运入工厂，为以后施工仍能得到质量合格的干土做准备，这样既省力又省钱。

发动机工厂38天建成并通过验收

1956年6月20日，一拖进入设备安装阶段。安装前成立了设备安装审查组，参加审查的有基建计划处、基建财务处、基建管理处等单位及各车间，还有机电安装公司、汽车局的有关同志。审查内容是：设备订货和到货情况、土建交付及安装时间、设计交付进度（包括非标准设备图纸）、安装材料供应情况等。审查的原则：有条件的列入安装计划；条件不够但又必需的，争取列入计划；条件很差但系关键性的设备，列入预备计划，并请示上级进行追加计划；没有条件又不是今年生产的必需设备，不列入审查计划。

刘珉副厂长亲自抓这项工作，对第一批开工车间的安装工作提出要求：安装工程是基本建设过程中最关键的一环，是比较复杂、细致的工程。工厂建设和其他工程不同，不仅每台机床的安装都要经过开箱验收、地面画线、挖基、浇灌、配管、配线，以及最后的调整试车等多道工序，同时还需要土建、水电工程的密切配合。

设备安装战斗就要打响了，土建方面要在安装前完成道路、地坪的建设，以及竣工后的地坪设计，安装中还要与乙方继续配合，随时进行打洞、修补、找平、挖沟。水电方面，要紧跟土建，提早做好管道敷设，保证在试车前完成通风、采暖、电器、照明设备安装等相关工作。除了这一项项内容，由于每台设备规格、型号、需要的材料种类繁多，因此安装前有关设备的技术资料、实物准备，都必须做到有条有理、心中有数，任何一个环节出纰漏，安装就很难顺利完成。

此时，3号工地3500多平方米的杂草，是首先要解决的。得知这一情况，涧西区人民政府派出165个劳动力前来支援。另外，还有许多零星货物急等运输，但一拖运输处早已满负荷，厂里向洛阳市运输委员会请求支援，把运输距离较短、适用于架子车运输的1.9万多吨货物，由市搬运公司代运，厂内又购置了5辆架子车和大板车，随时配合安装。同时，安排了厂装卸队随时为开工生产的车间运送油料、工具、仪器。为了保证运输通畅，运输处还草拟了公路及铁路运输管理计划和管理办法，经厂长审批后正式施行。

设备安装战斗打响了，从发动机工厂传来了喜讯：他们只用38天时间就安装好了厂房。发动机工厂，当时被称为102工区，厂房的安装工程量巨大，时间紧迫，需要甲方（一拖监理）代表组和乙方（施工单位）共同合作。组长李汇渠事先组织代表组全体人员，审查了全部施工图纸和施工计划，明确了"一是土方，二是现场浇灌基础柱子"这两项施工监督重点，其中土方工程主要是对地下物进行处理。鉴于涧西地质条件的复杂性，之前辅助工厂施工时因发生了地下物遗漏，不得不紧急处理。这次，他们引以为戒，赶在发动机工厂施工前，用7天时间对发动机工厂地下物又作了一次普查。在迅速完成了发动机工厂的测量定位后，勘查组的工人不顾高温天气又进行了复查工作，然后绘出了示意图，移交给了施工单位。

发动机工厂共有34种302根柱子，基座32种236个。对于这些深浅不一的基座和原材料不同的构件，代表组对主要原材料和柱子的各种规格、位置，特别是对钢筋的绑扎，进行检查验收。验收中，发现柱子有漏放或错放的情况，为了避免返工浪费时间和材料，他们建议尽量在同一类型中调换位置，由于甲乙双方的默契配合，现场基础柱子的灌浇预制进行得很顺利。

在监督验收中，一拖针对施工单位容易忽略和技术检查薄弱的部位，派出了得力的技术人员亲临现场检查。他们发现钢屋架连接焊板的焊缝处有46处缝隙，立刻通知工程方人员到现场补焊。在审查构件时，发现5月12日和14日安装的檩条都有强度不够的问题，便立即责成乙方调换，确保了这批檩条的质量。

一拖发动机工厂正在安装设备（被采访者贾宝源提供　新华社记者摄）

发动机工厂的吊装要求非常严苛，事先，一拖已组织人员进行测量，并与施工单位测量队互相校正，甲乙双方及时互相复查。

302根柱子在精度上误差一般都在两千分之一以内，所有柱子的标高都必须在设计要求之内，这样才能达到最好的安装质量。在吊装施工中，监理方时刻提醒工人注意操作规程。他们发现起吊柱子时把杆儿倾斜过大，柱子起身不稳有闪折的危险，及时请施工单位采取措施，保证了施工安全。

在屋架与屋架梁的接头处，原设计每端有8个螺丝，但施工方可能为了赶进度，每端只临时上了1个，监理组及时告知施工单位让其进行了纠正。在屋面板的铺设中，双方商量采用轻便轨道运输，有的工人为了赶进度，一次运很多块，超载很容易造成屋面板裂缝和损坏，监理方提出意见后，也得到了及时纠正。

在第一批车间和厂房的安装中，一拖作为监督单位，工艺流程及查验方法逐步成熟。发动机工厂厂房的安装，是甲乙双方一次完美的合作，一改过去发现问题就争吵的情况。比原计划提前了5天，仅仅用了38天就保质保量完成了安装。经审核验收，工程质量完全合格，监理方与施工方的完美配合，为下一步一拖厂房的大规模安装提供了宝贵经验。

第一批开工的车间和工人

1954年到1956年,一拖派出3000名工人和干部外出学习,其中1000多名干部到北京、长春、上海等地实习。到1956年12月,全厂职工增加到5000多人,其中有1500人被分配到了第一批开工的车间,少部分在处室。短短两年时间里,就有了第一批开工的车间,一拖的建设者们深受鼓舞。

第一批开工的车间,主要是机修、工具、夹具、电修、非标准设备车间,这些车间都是生产工具、器具和非标准设备的,它们的存在为第二、第三批直接生产拖拉机的车间早日开工创造了有利条件。厂领导采用"兵马未动,粮草先行"的战术,把制造拖拉机这场战役里的车间,称作"大元帅"(铸钢车间)、"先锋官"(辅助工厂)等,分工细致,责任明确。

厂领导来到了即将开工的车间,对工人们说:"你们不光是先锋官,也是运粮官,因为要靠你们来武装第二批、第三批开工的车间。这些车间被你们武装得兵强马壮了,装备齐全了,咱们就好打胜仗了。"

"老八路"领导拖拉机厂,也是前所未有的事。摆在他们面前的情况是,厂里正处在"四岔口"——土建、安装、清洗、试生产。要想顺利开工,困难何其多。厂大项目多,犹如走在十字路口,不小心就要碰头、撞车,必须科学调度好各路穿梭的车辆。他们没有退路只能前进,因为这是国家和人民交给的任务，国家和翻身的农民们已经等不及了。说一千道一万，只能抱定艰苦奋斗、团结协作的决心，行动起来，快些，稳些。

做没有做过的工作，像盲人摸象，职工们很紧张，但他们不能犹豫，更不能因为紧张而撂下工作，生产拖拉机的时间只能提前。怎么提前？他们共同研究制定出边建设边生产的战略方案，分批开工，用开工车间的产品来武装后建成的车间。

这步棋具有十分重大的意义，厂党委刘冀峰副书记在全厂职工大会上说："第一批开工的车间肩负重任，为一拖以后的持续生产和发展，起到重要的保障作用，必须保质保量和安全生产。我们刚刚起步，要做到这几条不容易，迎接大家的是无数个难题。所以我们全体职工除了兢兢业业，还要刻苦钻研技术、不断学习进步。我相信，你们每一个工人都可以做到，可还要看机器的'态度'怎样。有人说，这不好说。我说'好说'，因为机器是你们造的，你们一定能造出优质的机器来。"刘冀峰还说："还有些困难是我们努力了也无法马上解决的，如住房困难、吃饭困难、理发困难、看病困难、吃肉困难。但我相信你们，比起生产，这些生活上的种种困难，是难不倒你们的。因为这是建设社会主义的困难，是国家暂时的困难，正因为困难，才需要我们来建设，建设就是为了不再困难。"这些话仿佛是一场战役前的总动员和宣言。

因为当时国产机床不多，就算是外国机器，也没有不出问题的，一拖的机修车间必须在短时间里生产出兄弟车间需要的设备，蹚出一条自己的路。

起初，在试生产中，机修车间生产的20多个零件几乎都不合格。这就意味着，开工先要驯服机器，这比完成生产任务更艰巨。但他们没有退缩，硬是把生产零部件的机器驯得服服帖帖。

第四章 建设高潮

全国只有一个拖拉机厂,现在又有了第一个开工的车间,每个车间里又有了第一台开工的机床,大家都欢天喜地做着前人没有做过的"第一",但这个过程也在考验着他们。一开始大家都不知所措,甚至有点如履薄冰。所有的目光都在注视着他们,这所有的"第一"能不能如愿,能不能引来四面开花,他们心中没有数。带着这些重压,带着成功的渴望,他们握紧拳头,暗下决心,迈出这"万里长征"第一步。

这就是那个年代的人,那个年代的风骨,一拖的前辈们为早一天生产出拖拉机,不畏险阻,迎难而上。1956年的一拖,像一个成长中的青年,在社会主义建设的大潮中奋勇拼搏着。

1956年8月上旬和中旬,又有一批工人被分配到锻工车间,其中有工长2人、6级锻工5人,其余都是4级到5级的钳工和铣工。这批工人全部经过上海等地兄弟厂矿的培训,都具有一定的操作经验和技术。他们的到来,为锻工车间提前生产提供了条件,这也是一拖最早一批最有实力的技术工人。

8月22日下午,车间举行了欢迎会,向新来的工人介绍了厂里和车间的情况,对他们的生活和住宿也做了适当的安排。工人们对车间的安排很满意,工长王玉洁兴奋地说:"我们早就盼望着回厂,想早日为祖国生产出第一辆拖拉机,向全国人民报喜。"

工人们一到车间,就开始明确分工,按责任制定操作规程,全力以赴熟悉环境和机械性能,在各自的工序上精心把关,以保证生产的开门红。

1958年一年内安装了全厂60%的设备,部分设备开始调整生产。同年,自制非标准设备2198台,占全厂非标准设备总量的66.3%,制造工、夹、量具2.77万种95万件。

一拖工会和团工委诞生

1956年,一拖工会在上级工会和厂党委的领导下,在行政部门的支持和团组织的配合下,经过工会干部、工会积极分子和其他职工的努力,在很短时间里组建并完善了机构,培养和选拔了一大批工会积极分子。

一拖工会设置了组织、劳保、宣传、财务、工资、女工等工作委员会,还在工具、机修、非标准设备、电修、有色修铸、木工、动力等15个车间建立了工作委员会。到1956年12月底,全厂发展新会员2353人。工会还对各工会小组进行了培训,选出了92名工会积极分子,其中35名工会会员参加了洛阳市总工会召开的工会工作积极分子大会,工具车间工作委员会还获得了市总工会颁发的单位红旗奖。

一拖工会通过加强政治思想教育,大力开展宣传工作,提高了职工的思想水平,尤其是在职工中进行了典型事例的宣传和社会主义建设及洛阳规划远景等相关内容的教育。组织老职工座谈,请老革命干部讲革命史,对新职工进行艰苦朴素和勤俭建厂的教育,发动和组织全厂干部职工积极参与社会主义劳动竞赛,坚持深入推进先进生产者评选制度,这些工作都有力推动了一拖建厂任务的完成。

1956年,编组站保证了二季度出车时间,月月超额完成任务,当年获得了洛阳市运输局超额奖金近1万元,还代表一拖出席了全国省、自治区、直辖市先进生产者代表会议。

一拖工会为紧密配合工厂的生产，在描图、翻译、材料供应、财会、司机、炊事员等特殊工种中开展了竞赛活动，然后向全厂推广，起到了良好的导向作用。此外还在全厂搜集合理化建议，促使工厂的技术革新形成常态。

在保证职工利益方面，工会更是发挥了重要作用。尤其是职工工资改革一事，在政策允许的范围内，保证职工们普遍增加收入。工会又协助行政单位在很短时间里扩建了食堂；增加了25名理发员；扩大了幼儿园，使入园儿童达到225人。为了减轻女职工的压力，还在车间和厂区里建立了哺乳室，收了56名婴儿，既方便了女工哺乳又节约了时间。

工会在维护女职工利益的同时，加强了对职工家属的管理和教育工作。按照家属区的分布，由工会牵头，成立了3个家属委员会，把1200户职工家属组织了起来，培养了125名家属工作积极分子，创办了3个家属文化学习班，组织80户家属办了副业。不仅如此，工会还动员家属们种植了很多蔬菜，改善了生活，并且建立了洗衣组和缝纫组，增加了部分职工的家庭收入。

1956年年底前，工会还给1606名职工发放了救济金，共38377元。

为活跃职工业余生活，工会还积极开展职工文艺活动。仅1956年，就组织各类球赛949次，购置了多种运动设备如球架、单双杠和各种文娱用品；还修建了灯光球场，播放电影125次，举行舞会52次，为图书馆购买图书9848册，订阅杂志121种、报纸121种。

在基建工程建设很紧张的情况下，工会俱乐部的建造工程得到重视，在不长的时间里，基本框架已经竣工。

1956年4月22日，一拖举行了首届职工运动会。参加这次运动会的有18个单位的350多名职工，工人、工程技术人员和行政干部踊跃参赛。

比赛的项目有田径、拔河和自由体操等。铁路编组站队战胜保卫处等队获得了拔河比赛冠军，家属李明义以14.07米的成绩获得女子跳远比赛第一名。从上午9时到下午4时，各竞赛项目经过预赛、决赛都决出了胜利单位和个人，受到大会的奖励。一拖工会，为一拖工人队伍的不断发展、壮大立下了汗马功劳，为保障一拖建设与生产、提前造出拖拉机，做出了突出贡献。

这一年，为了适应建厂的需要，加强青年团的领导，经过厂党委研究，团省委批准，组建了团工委。第一届一拖团工委由姜文选、李敏、刘忠智等9位同志组成，团工委下设3个部（组织、宣传、军体）和1个办公室。11月7日下午，团工委召开了第一次会议，讨论了当前工作和会议制度，决定每月召开一次团工委会议，凡属重大问题，都要提交会议讨论。

一拖团工委的成立，是全厂的一件大喜事，青年人多，只有团结起来、培育他们不断地成长，才能使他们成为工厂的主力军，才能为中国共产党这一先锋队伍源源不断输送新鲜血液。事实证明，在一拖艰难成长的历程中，青年突击队发挥了重要作用。

一拖生产的第一个零件

1956年10月12日,令人十分难忘,一拖机修车间提前一个月开工了。苏联专家诺维科负责机修车间,根据已安装的设备,他认为车间已经具备生产条件。这天,由一拖生产的第一个零件诞生了。

开工前,机修车间和各职能部门为开工生产编制了作业计划,制定了维护保养制度和工艺流程细则,工人们也事先进行了充分学习。负责安装的工人提前完成了清洗试车任务,动力部门为这些机床接通了临时供电线。首批投入生产的设备数量虽少,但种类颇多,有车床、钻床、铣床、牛头刨、锯床和磨床等,这些机床投入生产后,可以为其他车间的安装服务。如在清洗试车中,有些机件损坏了,就可以拿到这里来修理。同时,车间还可以制造一部分工卡具,为其他车间全面生产创造条件。这些设备的投入生产,是对拖拉机厂整个准备工作的一次检验,也是对其他准备开工生产的车间的一个强有力的推动。

10月12日上午10时,机修车间工段长冯定理把工作服和使用合格证发给了车工王荣生、卢喜德等人,车间副主任刘玉林也来检查了现场。开工前一天,生产工人们就来到了车间,对准备开动的设备一一检查验收,并且领了必要的材料和工具。参加生产的工人兴奋地来到机器面前,擦擦这里,擦擦那里,不时还按一下电钮,试试能不能启动。不投入生产的同志也忙着扫地、搬用具、张贴标语，像庆祝节日一样高兴。庆祝开工生产的会议开过后，机修车间的机床发出了轰鸣声。

王荣生首先开动机器，苏联专家诺维科同志站在机床旁边注视着。王荣生加工的零件是停刀杆，他站在这台大连机床厂制造的崭新的机床旁，心情非常激动。王荣生从1947年起就到一家私营工厂当学徒，做了9年工人，使用过很多机床。那些机床大多是美国制造的，也有日本制造的，但他没有使用过国产机床。他来到一拖后看到机床是我国自己制造的，他想："用祖国制造的机床生产，该有多美呀！"10月6日，得知参加第一批生产的工人名单里有他的名字，他高兴极了，接连几天，夜里老是睡不好觉，总想着开动机器的那一刻，刚合上眼，一台新的国产机床就出现在眼前，越想越激动。

此刻，他的愿望就要实现了，可能由于兴奋和激动，天虽然不热，工作还没开始，他已满头大汗，而且车刀老是安不好，不是角度太大，就是角度太小。诺维科看见了，立即上前教他怎样安装，并鼓励他："加油！"不一会儿，王荣生便顺手了，一个漂亮的零件加工好了，经过检验，完全合格。这是个值得纪念的时刻，一拖可以自己生产零件了。多少人的不懈努力，今天有了小小的回报，全体人员都报以热烈的掌声。到了下午，他干得更好了，其他工人师傅也都紧张有序地工作着。

后来的几天，来现场参观的人很多，教育处、行政处、资料室等单位的职工络绎不绝。谁都想多看一眼新机器，听一听机器的响声，看看自己的工厂生产的零件。这个情形让人们想起了1955年10月1日，人们围在刚竖立起来的奠基纪念碑四周欢呼雀跃，而今天大家又一次聚在一起发出欢呼，是因为它标志着一拖离生产拖拉机的日子不远了。

就在机修车间的第一个零件诞生后的第三天，10月15日，一拖办公大楼开始动工了。

这一年10月，铸钢车间建设攻坚战打响，到27日止，除个别图纸有问题的基础土方工程没有开挖外，其他全部开挖，186个基础土方工程都已完成钢筋混凝土浇灌。洛阳工程局把铸钢车间的现场作为施工重点之一，又增派一批施工人员。施工现场的地下室很多，这些巨大的地下室都需要用巨型挖土机挖掘，根据苏联专家的意见，对土建计划进行了编修。落砂工部的地下室，原计划42天完成，编修后35天内完成。负责技术监督工作的人员也来到工区，不放过任何工艺流程，经过检查，所有项目均合乎质量标准。铸钢设备的安装启动，标志着热加工工序要上马了，距生产拖拉机的日子越来越近了。

1956年10月，全厂已经有9个车间陆续投入生产，到1957年3月，全厂共有449台设备投入使用，设备的轰鸣声，给这块土地带来了生气，也催促着后面的工作快步进行。这些车间的开工生产，起到了先行官的作用，急需的零部件可以随要随有，直接支援了其他车间的基建与生产准备工作。

在铸钢车间等第二批开工的部门紧锣密鼓地施工时，5万平方米职工生活区也于10月15日正式动工兴建。

该职工生活区位于5号街坊，分为南、北两部分，中部是商场和绿化带，有23栋楼房、1栋食堂、1栋浴室和2栋幼儿园、托儿所。这批建筑针对过去的图纸进行了修订，将内走廊改为外走廊，走廊可以作为晒衣和休息的地方，方便了职工的生活。房间的布置是每个单元4户，每户有1个厨房、1个厕所，还有水池和垃圾箱，大部分房间为南北向。这些建筑如今已成为洛阳涧西厂区特殊的民居，也是一拖红色工业遗产的一部分。

第一个工人政治训练班

1956年12月,一拖开办了第一个工人政治训练班。刘刚厂长率先来了段开场白:

今天举行工人政治训练班开学典礼,同志们,我先问大家,你们知道为什么要学习政治吗?

有人说,政治就是斗争。没错,我们过去曾经进行的一切斗争,像抗日战争、解放战争、土地改革、社会主义建设等,都是政治需要的各种斗争。党章上有规定,每个党员必须努力学习马克思列宁主义,不断提高自己的觉悟。所以党不论在过去的隐蔽时期,还是在扩大苏区时期或抗日战争和解放战争时期,都举办过政治训练班,这是咱们党的传统。

过去的训练班,有的在战火中的山头上,有的在席棚子里,有的在庙里,因为那时候的条件很差,能在庙里办训练班,那就很不错了。而现在我们能在工厂的地下室里学习,比过去的条件好太多了。

政治训练班很重要,现在党中央举办的有中央党校,省里有省级党校,市里有市级党校,我们工厂目前还没有办学校的条件。趁我们现在还不能马上到机床上操作机器,不能马上投入生产,我们可以来学习，以提高我们的政治思想水平。我们不仅要自己学，还要向周围的群众宣传政治学习的好处，这是党委的义务，也是咱们工人阶级的义务。

刘刚是一个有丰富革命经验的干部，他深入浅出的讲话深深吸引着在座的每个工人。工人们大多从农村或学校来，脑子里想的是开机器，还不懂这些政治名词，更不了解学习政治的作用，但刘刚厂长接下来的讲话，让他们心里仿佛升起了一盏明灯：

如果说政治就是阶级斗争，那向谁斗争呢？过去我国的矛盾是无产阶级与帝国主义、封建主义和官僚资本主义的矛盾。要解决这个矛盾，就要向他们斗争，把他们打倒就没有矛盾了。可现在这个矛盾已经解决了，我们翻身做主人了。那么现在的主要矛盾是什么呢？是落后的经济、文化和广大群众要求之间的矛盾。大家都知道我们国家现在是小农经济占优势，生产能力很弱，粮食产量低，这和广大群众的要求相差很远。要改变现状就要斗争，这个问题要靠我们努力提高生产力来解决。

过去我们解决矛盾是靠小米加步枪，打倒敌人，而现在我们不能完全靠武力，武力是加强国防，我们是要增加生产。过去解决矛盾都是用军事手段，所以把最好的干部调到军队里去，军队的党员力量很强，政治觉悟也很高。而现在，我们站在了生产第一线，我们工人是生产战线的主力军，成为先锋队了，所以就要有很高政治觉悟的工人，因为我们处在最前线。我们工厂的工人要担负起当前的责任，克服困难，逐步解决当前的矛盾，这就是我们办工人政治训练班的任务。我们要建厂，要生产拖拉机，就必须有一支强大的队伍，可是现在我厂的党员仅占职工总数的10%，说明数量还很少，整体政治觉悟相对较差。不少青年参加革命的时间短，政治学习还不够，需要提高，这就是我们要学习的原因。

通过政治训练班，大家就能明白为什么要学习，人为什么要劳动，通过学习让我们懂得劳动就是生活，懂得我们工作的目的和打日本、打蒋介石、打美帝国主义一样光荣、艰巨。今天我们明白了劳动的目的，树立了正确的人生观，懂得了要创造出劳动成果的意义，才会愉快地、自觉地去劳动，才不会被困难吓倒，才会产生辨别能力，遇到问题就能决定该怎么做，拿出解决问题的办法。只有这样我们才有战斗力，才能影响群众，带领群众跟我们走，只有这样我们的工厂才能完成国家交给的重任。我们的工厂执行党领导下的民主管理制，党员是领导生产的核心力量，将来我们要从有政治觉悟的工人中吸收党员。

目前，咱们的管理干部都是从别的工作岗位调来的，只有少数是从工人中提拔的，今后还要不断从工人中提拔。工人阶级是无产阶级，无产阶级最大公无私、政治立场最坚定，过去资产阶级、地主阶级骂我们劳动人民野蛮，其实我们是最文明的，他们才是最野蛮的。

那么我们如何学习？过去在学校里主要学习文化，政治学习比较少，工厂里学习政治也比较少。学习政治恐怕比学文化、技术还要困难一些，但学习政治又是很平常的事情，比如我们对社会主义企业与资本主义企业有不同的看法，大多数人的看法都对头，当然还有个别人说："现在我们厂也有厂长和工人。"可是我们的厂长和资本家厂长有根本的不同。资本主义的工厂是资本家一个人的财产，我们的工厂是属于全体人民的财产，我是厂长，但首先是一个共产党员，你们都是拥护共产党的，咱们都是一条战线的。

大家想想：世界上有哪个资本家先给工人盖这么多宿舍？新中国成立前，焦作煤矿的工人因为没有房子，上下班要走三五里甚至十里八里的路。资本家办工厂为了赚钱，而我们的工厂是为了祖国和人民的需要。也许有人说："我们的工厂不如资本家的工厂好。"这是政治立场不对、是非辨别不清。所以我们要学习政治，明辨是非。刚开始学习不要求太高，主要是通过学习打基础，养成关心政治的习惯。有些人对学习政治感到不习惯，多看看政治书就习惯了。就如湖南人喜欢吃辣椒，辣椒很辣，但经常吃也就养成了习惯。学政治也是如此。有些关心政治的人，几天不看报就感到很不舒服。所以，养成关心政治的习惯，以后学习起来就不难了。这次学习时间短，内容不要贪多，要有重点学，明确几个问题，努力纠正糊涂思想，认清是非，以便更有效地推动我们的生产。

这个训练班，不是一般的培训，而是一个革命的大熔炉，在新中国制造拖拉机，就必须有较高革命政治觉悟的工人。

1957年1月24日，第一期工人政治训练班结课了，这期工人政治训练班达到了点化和示范的作用，收到了立竿见影的效果。学员们初步了解了社会发展史、人民民主专政国家当前的主要矛盾及政策，学习了党的历史、党的团结法宝以及批评与自我批评等课程。通过学习，大家在较短时间里懂得了很多基本理论，明确了国家和个人的关系、工厂和工人的关系，认识到个人利益必须服从整体利益的重要意义。

刚开始，有一些学员学不进去，经过十几天的政治学习，他们仿佛变了一个人。来自郑州技校的白鲁林、吴培义、王兴中、徐茂荣等来学习前，思想上和领导还是对立的，甚至认为某些因级别问题闹事的人是对的，对破坏劳动纪律的行为也不以为意，经过政治学习后，明确了作为一个工人应该有的识大体的素质。有个学员因自己过去有好坏不分的言行，甚至还主动请求组织对其进行处分。

更多学员敢于开展自我批评，学习结束的时候，大家都表示："回到车间后，一定要在生产上起骨干带头作用，确保完成生产任务。"

今天读到刘刚厂长的讲话，仍是那般亲切和受感染。在当年的工厂里，从四面八方来的年轻农民和大学生，的确需要这样的培训和洗礼，只有具有无产阶级政治觉悟的工人群体，才能奉献于祖国的工业建设。"东方红"拖拉机就是一个红色革命的标志，一拖能够成为国家的农机航母，是有底气的。这个底气来源于那些来自各个战场的共产党员和革命干部，他们用高度的无产阶级革命觉悟带动了几万名职工的进步。

大批外宾和国内作家参观一拖

中国的一拖,在世界上引起了巨大反响。从一拖建筑厂房起,特别是开始安装设备之后,就有很多国内外人士来厂里参观访问。厂办公室设立的交际科,仅1956年就接待了1.5万多位国内外来宾。

这一年,一拖接待的外国来宾,有苏联、波兰、保加利亚、阿尔巴尼亚、东德、南斯拉夫、日本、西德、英国、澳大利亚、荷兰11个国家,共43人。其中有技术专家、学者、记者、作家、留学生、和平人士,还有政府官员和政府机构或群众组成的各种代表团。国内来宾有181个单位,共15144人。

这些来宾到厂以后,分别由厂领导和其他同志陪同参观,向他们介绍现场情况。来宾们参观了厂房及家属房,访问了领导干部、工程技术人员及一般干部。参观后,他们向一拖和职工们表达了崇高敬意。南斯拉夫记者包蒙说:"一拖的建设,再一次证明了中国工业发展得很快。"阿尔巴尼亚作家斯杰里奥斯巴西回去后写信说:"预祝拖拉机厂早日出产拖拉机,并希望中国制造的拖拉机奔驰在阿尔巴尼亚的田野上。"

1957年,又有5万多名国内外来宾到一拖参观访问。国外来宾有来自苏联、波兰、捷克、匈牙利、东德、朝鲜、蒙古、保加利亚、印度、澳大利亚、以色列、法国、日本、美国共14个国家的106人,其中有文学家、作曲家、考古学家、雕刻家、教师、工程师、记者、医生等；国内来宾来自59个单位，共5万余人，其中有解放军官兵、学校教师及学生、劳动模范、工人、机关人员、民主人士、人民代表、政协委员、少数民族代表、工商界人士、作家、记者、归国华侨等。来宾们对一拖的建设规模和职工的劳动热情非常钦佩。

某参观团参观一拖后，在留言簿上写道："今天，中国广大的农村已经实现了合作化，明天中国广大的农村就要实现机械化了。"

1956年9月2日，由吴伯箫、马加率领的中国作家参观团一行24人，也来到洛阳一拖参观，其中有小说家、儿童文学家、戏剧家、诗人，也有文艺理论家、翻译家等。参观前，党委宣传部部长苏远向参观团成员介绍了有关情况，如厂址的选择、资料的收集、古墓的处理、土建和设备安装等。参观团成员对勘探古墓所用的"洛阳铲"特别感兴趣，有一位作家还把铲子拿在手里，细心地观察它的形状。参观团成员都说："想不到这样一个简单的工具，竟对建设现代的厂房发挥了如此巨大的作用。"

参观团成员在宣传部苏部长、厂长办公室安主任、工会等负责同志陪同下参观了厂区，听了一拖的情况介绍。他们看到新建的宏伟的厂房，对建设者们的辛勤劳动给予了赞扬，尤其是参观了38个工作日建成的发动机工厂后，都感受到中国共产党领导下的工人阶级力量的伟大。

1956年的成果

1956年的工作方针是："以生产准备为中心，同时做好土建与设备安装工作。"这个方针所规划的目标如期实现了，一拖的建厂进度正大大向前推进。除了铸钢、铸铁车间等的一些室内工程和结尾工程以外，其他室外工业管道和铁路、公路等工程，有的基本上完成，有的构建了外形。一走进工厂，就能看到烟囱高耸，听到机器的轰响震耳欲聋。

1955年年底，生产准备机构的摊子已经铺开了，但是在没有经验和缺少人员的情况下，生产准备工作遇到了极大困难。为了方便管理，总厂合并了工作性质相近的车间，致力于集中解决问题，直到1956年3月才将车间又重新分开。

后来由总厂领导直接领导、管理第一批开工生产的车间，加速推进设备、工具、产品合作和技术资料的准备。在此基础上，9月份总厂又提出了"以组织第一批车间开工生产为中心"的口号，还制定了对开工车间的"三盯四查"规章制度，一步步排除阻碍开工生产的问题。

1956年10月，奠基一年后的一拖，有7个车间先后投入生产，这意味着一拖已经开始为国家创造财富了，这是多么振奋人心的进步！

1956年12月10日，一拖召开了党委扩大会，对各种思想进行了深入的讨论和反思，最后为1957年的工作制定了规划。

1957年的任务仍十分艰巨，因为将要全面进入设备和辅具制造阶段。射向新目标的箭已搭在弦上，为了早日生产出拖拉机，厂领导向全厂职工发出号召：坚决完成1957年的工作任务，少花钱早生产，多建厂房，多开动设备，多创造财富。

第五章 自力更生

第五章 自力更生

部署1957年的工作

1957年，刘刚厂长向全厂职工宣布：以发动机为重点的一拖第二批车间将陆续开工，要求在1957年年底或1958年年初，基本完成技术等方面的准备，以迎接1958年的安装与调试。全厂都要注重发挥已安装的设备的能力，让这些设备一方面为国家创造财富，一方面直接为本厂的生产与安装服务。

刘刚厂长还要求，基建必须服务于生产，服务于第二批车间的安装进度。要与辅助车间的生产相适应，要与动力生产要求相配套，力争第二批车间在1958年第一、二季度全部安装完成。

"没有条件，我们创造条件也要上。"这是当年厂党委提出的口号。铸铁工厂要开工，涉及国内及国外的设备，还需要大批量非标准设备，外厂设备交货日期都要首先考虑到工期。

面对这样的工作目标，刘刚厂长指出：拖厂人员集结为主的时期基本过去了，今后的主要任务是稳定、提高、维持，必须尽快完成各类人员的定岗定位，开展技术和文化业务学习，提高政治思想和业务技术水平，使四面八方来的队伍逐步成为一支真正能在工业战线上打胜仗的队伍。

他第一次提出了计划工作的重要性，要求计划部门严密制定生产准备和人员准备等计划，只有这样才能保证有条不紊地迎接1957年的到来。

一拖第一代创业者们（被采访者梁铁峰提供　摄影者不详）

从不同岗位来到一拖的"老八路"，身负着重任。他们一步步摸索着前进，在对工厂几乎一无所知的情况下，学会了建设和管理这样一个大型企业，他们解决了无数意想不到的困难，并从中吸取了教训，这些都成了他们启示和激励后人的经验。

第一期《拖拉机报》发行

厂党委的《工作通讯》创刊于1954年10月1日，两年多来对指导各项工作起到了画龙点睛的作用。鉴于第一批车间有的已经开工生产，有的即将投入生产，将要竣工的部门也日益增多，今后的任务会更加复杂和繁重，原来通讯报道性的刊物《工作通讯》已不能适应工作需要。厂党委决定，为了充分发挥报刊的宣传、鼓动与组织的作用，自1957年1月起，将《工作通讯》改版为党委机关报《拖拉机报》。

这是一份面向全厂职工的报纸，是在党委的领导下，分工负责，通过民主管理传达上级方针政策的重要阵地。它既是党的喉舌，又担负着反映职工劳动热情、交流先进经验、检查各项任务落实情况的重任。

一拖通过《拖拉机报》这块阵地，把全厂职工团结在了党的周围，定期对职工进行思想教育，鼓舞和鞭策广大干群围绕中心工作，按时超额完成生产任务。《拖拉机报》暂定每周出版两期，由编辑委员会负责日常出版发行工作。

1957年1月5日的《拖拉机报》，报头红色套印，"拖拉机报"几个手写体大字苍劲而飘逸。

这份被分发到每个车间、工段、班组和职能科室的小报，时有振奋人心的生产喜讯被迅速传播，常有暖人肺腑的先进事迹被及时披露。它忠实地记录着一拖行进中的每一步，记录着共和国走向农业现代化的坚实步伐。

一拖工人智慧无穷

铸钢工厂落砂工部 104 根柱子的吊装是块难啃的硬骨头，1957 年 7 月 22 日，在甲、乙、丙三方共同努力及专家指导下，这 104 根柱子于当日吊装完毕。这些柱子结构很特殊，部分柱子需要对头焊接起来，每根柱子的吊装都要两个小时以上。并且它们不适合综合吊装，只能采用大流水线分批单个吊装，给安装增加了很大的难度。

铸钢工厂有较大的地下室，若将 48 吨重的吊车开进去，地下室的楼板有可能发生问题。甲、乙、丙三方决定采用更为稳妥的施工方法，让吊车沿地下室四周进行吊装，中间部分采用人字木扒杆进行吊装。

柱子接头的焊接在拖厂还是第一次，因吊装要求很严格，柱子的中心线偏差不能超过 10 毫米，需要五级以上、经考试合格的电焊工进行作业才行。

施工的第二天，机械化施工队的工人改进操作方法，将原来接头柱子上的固定支架去掉，采用缆风绳固定和人工控制的方法测定柱子中心线，然后再由电焊工焊接。最终保证了质量和安全，让 104 根柱子屹立在了即将开工的铸钢工厂。

为了能早日安装 3 吨锻锤，锻工车间把火车头运进了车间。按计划，1957 年 1 月锻工车间要安装 3 吨蒸汽－空气锻锤。当时各方面的条件都不

第五章 自力更生

厂房吊装（被采访者贾宝源提供　新华社记者摄）

具备，怎么才能将 3 吨锤锻运到车间？就在苦于没有办法的情况下，负责动力供应的动力处想了一个办法，将火车头运进锻工车间代替动力供应。就这样，3 吨锻锤进了车间，顺利安装，进行了试生产。8 月 9 日，这台锻锤终于率先开工，它为一拖各辅助生产车间制造大型锻件发挥了巨大作用，还为洛阳其他兄弟厂矿加工了一些锻件。

煤气站防毒面具的供应，一直是个难题。工厂里的防毒面具是在毒化地区保证从事煤气工作的操作工人生命安全的一种必不可少的、最重要的保护工具。工人常戴的是一种克克 -4 型和克克 -2 型的防毒面具，克克 -4 型防毒面具买一个就要 50 元，使用时需要氧气、二氧化碳、吸入剂等，每个时期还需要补充氧气、修理检查。每个克克 -4 型防毒面具重约 20 斤，一般女同志和力气小的男同志背起来很费力，在高空操作时使用也不方便。

就此问题工人们曾多次讨论寻找解决办法，但因为没有切实可靠的资料，所以数次研究实验都失败了。现在厂里提出要实现"翻五番"，使用煤气的单位一天天多起来。在这种形势下，煤气救护站的下放干部肖树才和钳工董仁安，一心想解决这个问题。

在没有实物、没有老师的情况下，他们找些外国的理论资料，边学习边试验，失败了再来。经过无数次反复的钻研和日夜苦干，他们用面罩、接头、软管这三样东西终于试制成功了第一个软管式防毒面具。

他们制作的这种防毒面具，利用大自然中的空气，节省大批贵重的金属材料和吸收剂，真正称得上价廉物美。这款防毒面具还轻巧、灵便、安全。这种防毒面具的出现，真是煤气工作人员的大喜事儿，这也是一拖提出实现"翻五番"后传来的第一个好消息。

卢学义师傅是个气焊工，他1957年4月从非标准设备车间调到了有色修路车间，当时，气焊工稀缺，很多气焊设备都要靠气焊工自己动手整理安装。卢师傅领到乙炔发生器后，怎么也用不好，不是盖口的地方跑气，就是出气量小不够使用。在切割冒口和大型的铸铁件时，不能很快地把钢铁烧到需要的温度，工作起来又慢又费劲。他看到乙炔发生器的出气管子太细，就想试着改造一下。他在废料里找来一根较粗的管子，换上去后，把盖口边沿不平的地方焊上，又用锉刀把它锉平。经过改造后，盖口不跑气了，出气量够用了，什么材质的工件都能切割了。

车间有一个变速箱，用气焊焊两次，但仍有裂缝（变速箱有裂纹处，不易焊接），后来实在不行只好报废它。可卢师傅心里还是放不下，他想："这是多少人劳动的结晶，报废了实在可惜。"他便去把这个已经报废的变速箱抬了回来，考虑着："是不是气焊热量过大的原因，改用电焊试试。"在电焊过程中，他又使用断续焊法，经过他一番努力，这个报废的变速箱在他的手里又被焊好了，又回到了车间。

朱永青是夹具冲模车间的工人，1957年1月，车间要做一批梯形压板，这项工作的工时定额是每 20 分钟做一件，他和其他同志尽了最大努力，一个小时只能做一件，有时一个小时还做不成一件。朱永青担心这样下去任务肯定完不成，这让他心急如焚，每次他开动机车的时候，不管机器转得怎样快，他总觉得慢。

一天，朱永青看见工艺员张友松拿着一本《机械工人》，上面恰好登载了做梯形压板的经验，朱永青就把它借了过来。中午一下班，他就独自趴在桌子上看，发现自己用的刀片是 40 个齿，而苏联的是 20 个齿。他想，是不是问题出在我国的刀片和苏联的刀片不同上。他用粉笔在桌子上画着，先画圆，再画两个角，再看看书，再想一想，始终觉得自己用的刀片不对头。他想，苏联用的刀片齿少，这样铁屑容易从齿的空隙跑出去，所以切削速度快。而我国的刀片齿多，铁屑不容易从齿的空隙跑出去，才造成刀片进的深度浅，速度慢。想到这里，他一拍桌子，说："问题可能就在这里！"

第二天上班，朱永青开始试着做自己理想的刀片，他参照苏联的刀片做了一个，看上去明晃晃的，心里很高兴，接着就开始实验。他把刀片安在车床上，开始时不太顺利，压板太高，阻碍了刀杆的转动。这时，工人们也都过来围成一个圈儿，看他实验。后来，朱永青又发现了好像不是刀片的问题，要解决的是刀杆儿的转动问题。

于是，他停下了机床，和来围看的工人们一块儿研究。经过一番讨论，他心里有谱了，他在压板上钻了一个孔，刀杆儿能转动了，闻讯来观看他操作的工人更多了。只见朱永青瞪着眼睛看着锋利的刀片，双手熟练地开动了机床，谁知，刀齿就要接触工作物时，只听"铮——"的一声，刀齿坏了，朱永青有点蒙了。这时工艺员张永松向他跑来，他仔细看了一遍，对朱永青说，刀片转得快，铁屑还是出得慢。若能解决这个问题就好了。

在张技术员的启发下，朱永青又把刀片形状做了改变，这次实验后，终于成功解决了问题，每小时能做 4 到 5 个梯形压板，并且刀齿吃的深度由原来的 8 毫米变为 18 毫米。朱永青通过改进工具提高了 3 倍的工作效率。

车间黑板报上因此写了大大的"朱永青革新能手"几个字。

万事开头难，类似这样的事太多了，可困难没能挡住工人们，反而，他们运用智慧创造了一个又一个奇迹。1957 年 1 月，木工车间备料工部团员蒋本信从工长那里得知：2 月份车间有 800 多件活儿，共 58 个工时。他琢磨着自己把它完成了为车间做贡献。他先是到备料的地方看看这批工件的备料情况，拿起一根看，发现这木料非常坚硬，他拿着料去车床上试验，往车床上一卡，木料头部就裂开了，原来是木料太细。最后经过调整总算卡上了，车床一开动，一米多长的木料，在车床上飞快地转动了起来，当刀具和木料接触时，因为料子既长又细且硬，工件跳动得很厉害，很不好车，他把车速放慢，但车出的成品质量很不好，粗细不一。这下他知道了，顺利完成任务都难，想超额完成任务更难了。但是谁干都会遇到这样的问题，不能向困难低头啊，他琢磨着怎样加工更好。于是，无论是晚上还是白天，无论是睡觉还是走路，他都在想如何解决这个问题。

木料之所以头部会裂开，是因为卡活时，木料被卡头铁锥撑裂，于是他在一根圆木头的中间开了一个窗口，把这个带窗口的木头钉在铁的卡盘上，试验的结果良好，解决了裂口问题。至于进刀，他先想了办法又参考别的同志的建议：即在一块长方形的木料上开一个圆洞，洞一端的直径和做出来的成品的直径相同，然后在洞的边上安一把有坡度的刀具。

他到工具库领了一把破刨刀，在火上烧了烧，打了一个坡度，又淬了火，安在挖了洞的木料上。第一次洞挖大了不能用，又重新做了一个。试验时，又发生了问题，木料较长且细，光凭两手拿着工具不行，来回摆动做出来的成品不能保证质量，他想了个办法，把刀具固定在车床上，工长也派出人来帮助他，经过反复调整试验，工卡具改进成功了，这批活儿顺利完成。

第一批车间开工期间，一拖出现了一个富有创造性的仪表工丁祖荫。本来，仪表车间修理间的任务不多，仪表需要进行校验和修理的只有少数。但仪表工丁祖荫却很忙，他每天或坐在桌前，或站在车床前忙着。他做的这些工作并不是车间交给他的任务，而是他自己找的。他看到有几个车间送来的几支光学高温计需要校验，校验这种仪表必须用到一种特殊的灯罩，让光线只从一个小圆洞里露出来，当时厂里没有这种灯罩。他不想因此耽误工作，临时用纸盒做了一个，但很快就给烧焦了。看到这种情况，他花了整整一天的时间，用铜皮、焊锡做了一个精致的小灯架，灯架上还有一个门，开了门即可做普通的照明，这样，工作可以进行了。恰巧，有色修铸车间送来了一个高温表，表里面很多零件都被摔坏了，表的底架也不能使用了。表还缺了很多口，这样一来，密封不好，灰尘就会侵入。丁祖荫用胶木板锉了一个底架，用铜皮、大头针及火漆将表面补好。做这些工作是很困难的，没有砂轮，没有钻床，他就跑到其他车间去做；没有钻小孔的钻头，他就用钢丝做一只。就这样，这只表被他修好了。

另外一只压力表是轴断了，修压力表的同志对它束手无策。丁祖荫想用车床车一只，但是没有这种车刀，他就到处去找，后来在其他车间的地上找到了一块碳素钢，他就用这块碳素钢做了一把车刀。后来这只压力表也被他修好了。丁祖荫有责任心，还有创造性，厂里坏了的仪表都在他的手里起死回生。

1月18日这一天

1957年1月18日，有色修铸车间铝造型工段要开工生产了，工段的工人都迫切期待着这一天的到来。消息传出后，大家既激动，又惴惴不安。毕竟这是开天辟地第一次，能否成功，谁也不知道。虽然事先多次试生产，但正式生产的各环节要求都很严格。大家边算时间，边认真检查自己所负责部分的所有细节，生怕出现纰漏。

1957年建设中的一拖锻工车间（被采访者贾宝源提供　新华社记者唐茂林摄）

就在开工生产的前两天，混砂工人韩壁在生产准备的检查中，突然发现混砂机的加料刀没有到货。没有加料刀，怎么能加料呢？可这会儿再上报也没有用啊，他琢磨着自己能不能做一把。他找来旧木料，丈量了尺寸，很快做成了一把加料刀，解决了加料的问题。

另一边的熔化工人也发现了少两把火钳。这个时候再申请订货，也肯定是远水解不了近渴。这时，他们想到了锻工车间，不知道他们能不能动手给锻打两个火钳。他们来到锻工车间，工人们一听说是本月18号要开工生产的有色修铸车间铝造型工段，遇到了难题，他们义不容辞地帮忙。说干就干，马上开始操作。可是，在加工时发现图纸的尺寸有问题，锻工车间的老宋师傅又亲自到铝造型工段去核对、校正图纸。回来后，大家通力协作，很快就加工出了两把火钳，解了铝造型工段的燃眉之急。

为了全厂这第一个开工生产车间的开门红，1月12日，每个工人都写了保证书：保证自己的工作环节不出问题，保证质量，保证严格遵守操作规程，安全生产，节约材料。1月16日开工生产的前两天，工段的工人们又提出了"百日无事故"的口号，他们要用安全生产来迎接厂党代会的召开。车间工程师吴显鸿，细心地一遍遍检查设备的开动情况和操作规程，铝造型工人们也早就准备好了型砂、模板和加工浇注的模型。

1月18日，工人们期待的这一天终于来到了。下午2点，车间里先举行了迎接铝造型工段开工的仪式，然后，车间主任马奔声宣布："有色修铸车间铝造型工段正式开工生产。"全场立刻响起了热烈的掌声。仪式结束后，工人们迅速回到了各自的工作岗位。混砂工人韩壁用手拨开了混砂机的开关，随着马达发出的有节奏的响声，一架新型的混砂机转动起来了，它均匀地搅拌着制砂用的型砂。工段长张振婷激动地说："其实，韩壁师傅只生产过铸件，他没有操作过混砂机。不久前工段试生产时，他才学会的。"混砂浇注，一个接一个，所有工序有条不紊地进行，记录员小李忙着在记录本上密密麻麻地画上数字和符号，另一边的检查员也在记录着每一件产品的质量情况。

这一天的开工，顺利圆满，实现了一拖第一条自动线生产的开门红。这一次的开机成功，标志着距离拖拉机的生产不远了。

第五章 自力更生

一拖的第一场雪和第一炉铁水

1957年1月12日，工地上降下了漫天大雪。建设者们没有心情欣赏这皑皑白雪，因为屋面上、脚手架上和正在浇灌的基坑里都积上了厚厚的雪花，这些雪花如果到天气暖和后融化在基坑或未完成的屋面上，就会影响工程质量。

天寒地冻挡不住建设者们的热情，工地的人们马上组织起来，开始了一场扫除积雪的战斗。从13日开始，铸钢燃料系统压缩空气站和铸钢工厂的工人们，连续几天忙着清除基坑内的积雪。天正刮着大风，扬起的雪花不断落进了基坑内，工人们一次又一次把积雪扫出。还有20多个人，负责及时扫除屋顶的积雪，保证顶面的工程质量。铸铁工厂正在处理两个古墓，工人们扫出墓坑内的积雪，并在墓坑旁边挖了两条水沟，以免积雪融化流进墓坑内。正在施工的压缩空气站地下室由于没有防雨设备，积雪特别多，扫出来的雪又常被风刮跑，工人们一边扫雪，一边在靠近地下室的地方设一些土方，防止积雪被风刮进坑里。

雪，是大自然的产物，但为了正在建设的厂房工程质量，工人们不顾严寒，与风雪战斗，虽不是惊天动地的大事，却显示了工人们高度的主人翁精神。

1957年4月15日，一拖有色修铸车间冲天炉炼出第一炉铁水。从下午 1 时 50 分出铁水到 3 时 35 分止，共熔化了 7 包铁水，浇铸了约 4 吨的铸件，铁水出炉时的温度有 1400 度以上，完全合乎要求。

这天中午 12 时，鼓风机开始送风，巨大的轰响声中，人们都激动地凝视着冲天炉的庞大躯体，在它的里边，烈火熊熊，铁块儿正在熔化。1 时 50 分，前炉门的铁水槽一打开，炙热的铁水就哗哗流出，随着沸腾的铁水，金色的火花四下飞溅。天车工按照指挥员的命令，把铁水包运往浇铸的地方，一个个铸件被浇铸出来了。大家完全被铁水吸引住了，没有人感觉到车间温度的升高，也没有人察觉到从出渣口喷出来的漫天飞舞的铁花儿落到了脖子里。

冲天炉试生产的成功，对一拖其他车间的铸件生产有重大意义。车间从 4 月 11 日开始准备，生产使用的焦炭、铁块、沙子、造型工具等都提前准备完毕。调度科配台车间专门准备材料，甲方代表组日夜不停催办冲天炉天车和鼓风机的安装交接工作。砂的准备工段在 14 日早晨 6 时就提前上班，专家从烘炉阶段开始就一直在车间进行指导，电气、非标准设备、土木、汽车、机修等车间及洛阳翻砂厂都进行了大力支援。

冲天炉的第一炉铁水，为一拖出产拖拉机，加快了速度。

第五章 自力更生

洛阳市委领导到一拖平整场地

为了按时开工,从1957年5月起,一拖场地平整成为当务之急。平整场地的任务十分艰巨,一拖对全厂职工作了总动员。

得知这一情况,1957年5月8日6时,洛阳市委书记李立、副市长谢黎、市委工业部部长宋国华、市委纪检部部长雷迅、市委办公室副主任周维松等,带领市委、市人民委员会干部90多人,步行5公里多,到一拖建筑工地和木工家具、冲模车间,与70多名工人一起平整场地。李立书记一来到工地就开始装筐。他穿着一件粗布短衣,双手紧握着铁锹,把每筐都装得满满的。李书记的劳动劲头特别大,装筐、抬土、搬石头,不愿让自己休息一会儿。

在休息的时候,夹具冲模车间工人陈国宁热情地给李立书记送来一大碗白开水,并和李书记拉家常。工人张达海、李树青、吴生生、王银富、潘连恩、朱益等,都无拘无束地向市领导反映增产节约、劳动保护用品和职工福利方面的问题。有的问题李立书记当场作了答复;有的问题谢黎副市长记了下来,之后再落实。市领导表示,今后他们还要经常深入车间,希望大家多反映一些工作中的困难。

中午12点,市领导快要离开工地的时候,工人们自动地聚集起来欢送他们。木工车间郭永、彭启来等同志激动得鼓起掌,争着和李立书记握手告别。

洛阳市委领导一行人的到来，让一拖全厂上下都很受鼓舞。还有五分之二的工程要赶在雨季迫近前完成，以便厂房排水畅通。广大职工都认识到这次劳动的意义，劳动热情十分高涨。广大职工走出车间，走出办公室，不管风吹日晒，不怕肩疼腰酸，投入到平整场地的劳动中去，周末休息时间都自动放弃了。有的同志肩头压痛了，丢下杠子，又拿起铁铲；手磨痛了，丢下铲子，又拿起杠子，从不让自己闲一分钟。

在平整场地中，厂党委副书记刘冀峰、副厂长崔维亭、副厂长杜春永、厂工会副主席孙伟以及19个正处长、13个副处长都和各单位职工一起参加了劳动。运输处、保卫处、党委会、设备处、干部处、实验室、锻工车间、木工车间、家具车间、气体车间、资料总室等都参加了劳动。运输处李永善处长三次参加平整场地的劳动，弱电车间话务员轮流值班，抽出一半以上的职工参加劳动。

平整场地从1957年4月25日开始到5月20日结束，完成了辅助、发动机、锻工、有色修铸、木工、冲压、标准金属零件、燃料系统8个工厂及总仓库、油料化学产品仓库、电石库、电动车库、实验室、变压器修理车间、18号变电所的场地平整。参加平整场地的有55个单位，共平整75808平方米，挖填土方3595立方米，清理出石料50立方米，据初步计算，节约资金10530元。第一期平整场地工程虽顺利完成，但还有一部分复杂的、土方量较大的工程没有完成，全厂职工做好了迎接新战斗的准备。

国家为一拖职工宿舍投资

从 1953 年到 1957 年 7 月,国家给一拖职工宿舍建设工程的投资达 1630.6 万元。建设单身宿舍和家属宿舍共计楼房 69 栋、平房 170 栋,安置职工家属 2600 多户,到 1957 年年底达 3200 户,占到厂职工总数的 48%。安置单身职工 4200 多人。

几年来国家在职工宿舍家具方面的投资达 823467 元,购买了床、桌、凳、火炉等大小家具 50226 件,平均每户配备家具花费约 150 元。按一户五口住房面积 22 平方米计算,每月房租 2.31 元,水费 0.5 元,电费 0.6 元,家具 0.28 元,共计 3.69 元。单身宿舍,每人每月水费 5 分,电费 9 分。

其他城市类似结构的民房,每间房房租至少 5 元。一拖补贴水电费达 4175 元,1957 年 1 月至 8 月补贴已达 9.1 万多元,估计全年需要补贴 14 万多元。

几年来,国家在一拖建厂期间,单在宿舍家具上就投资很大,补贴了不少水电费,这在旧社会、资本主义企业,是根本不可能的。

有的职工提出,为什么要 5 年以上工龄的职工才能分配家属宿舍?这样规定的理由是:一、国家是按厂矿总人数的 60% 建造家属宿舍的,这个标准本身就说明不能 100% 解决职工家属住房问题;二、洛阳市人民委员会规定达到 6 年工龄的职工才能分配家属住房;三、一拖职工家属宿舍也

一拖职工家属区（被采访者王协温提供　摄影者不详）

是按照国家规定的标准建筑的。另外，在土建和安装过程中，施工单位也占用了一些家属宿舍，这样60%的安排指标也达不到。国家在困难时期，按工龄的长短、对国家贡献的大小分配宿舍，也是应该的，所以不论是工人还是干部，都要有5年以上的本企业工龄才能分配家属宿舍。

　　一拖当年的住房困难显而易见，但广大职工能理解，他们没有计较，而是把劲头用在了建设和生产上。

提前超额完成第一个五年计划

1957年,一拖的建设进度快,成绩显著,第一个五年计划已经提前超额完成。两年前,这里还是一片田野,厂区里只有写着各种号码的标识和测量队的小红旗。今天,这里已经建起一座座崭新高大的红色厂房,一排排望不到边的住宅楼。从车间到工地,从高空到地下,有成千上万的工人在紧张地为土建结尾工程和设备安装忙碌着。

厂房里机器轰鸣,烟囱顶上云烟袅袅,厂区像一件美丽的刺绣作品。现在,全厂11个大型厂房,除铸铁工厂正在紧张装吊施工、铸钢工厂正在紧张进行砌墙等收尾工程外,辅助工厂、发动机工厂、锻工工厂、有色修铸工厂、燃料系统工厂、标准金属零件工厂、冲压工厂、木工工厂和拖拉机总装配工厂9座厂房均已建成,部分室内工程施工已开始进行。机修工具、非标准设备、夹具、冲模、电修、有色修铸、锻工、木工、动力实验、仪表修理、试制试验等车间已投入生产。

完成了煤气站、氧气站、压缩空气站、实验室和仓库等13座大型建筑的建设,还修建了263200平方米的职工宿舍、8.3公里的铁路、22197平方米的道路。完成了厂区热力管道、煤气管道、上下水管等工程。学校、医院等福利工程的建设也取得很大成绩,1957年下半年,一拖的福利工程及重点工程实现了"三通"(通电、通暖气、通煤气),9月份完成通向热

生产中的一拖工人（被采访者贾宝源提供　新华社记者摄）

电厂的永久电缆 17 根，共 12922 米的铺设工程，提前完成了第一期通电工程任务。暖气工程也已完成，经清洗施压合格。在 4 号、5 号街坊新建宿舍 27 栋，并完成了俱乐部、托儿所、理发室、浴室的建设。

到 12 月上旬，基本建设投资计划完成了 106%（经部局批准后有追加计划），生产计划总产值完成 105%，商品产值完成 102%。第一批生产车间安装设备 918 台，从 9 月到 11 月，完成了第一批生产车间和办公大楼建设，组建水电工程 231 项。

1958 年的计划要比 1957 年大得多，复杂得多。国家要求拖厂加快建厂进度，根据"多、快、好、省"的指导方针，土建要在 1958 年第三季度基本完成，全面进入安装阶段，扩大生产范围，为即将到来的安装高峰和生产高潮创造条件。

厂长和工人

1957年2月，为了迎接全面开工的到来，大批外出培训的技术工人回厂，新招收的工人到厂，住房成了大问题。

这种情况下，全厂领导纷纷主动带头让出住房，以此缓解一大批职工及家属的住房问题。工具处处长杨世金、监委会副书记郝占基等同志，积极主动地腾出房子，让其他职工及其家属居住。车间工会主席黎明同志发现任锡久同志的家属借不到房子住，就马上把自己的家属和保姆的住房紧缩一下，让给任锡久一间。

厂里又采取了外租、外借和调整住房等措施，向乙方要回厂区生活房228间，腾出宿舍区房屋92间，在农村租用民房100多间，工厂又调整出了工具间、仓库平房33间，楼房21间，安置了回厂单身职工3303人。

房产处为了解决职工家属的住房问题，搭建了临时工棚，房产处的仓库又腾出平房47间，安置了31户。在解决房子问题时，各级领导发扬关心群众生活、与群众共甘苦的优良作风，温暖了工人的心。

工具车间切屑二工部磨锋小组因为劳保用品的缺乏影响了工作，厂长们闻讯赶来，现场给工人解决了问题。工具车间切屑二工部磨锋小组，承担着工具车间刀具制造的刃磨和模具工厂旧刀具的修磨工作。修磨刀具都要用砂轮干磨，磨屑微粒容易飞溅到工人的眼睛里，如果不戴眼镜，是不能工作的。但技术安全处发给工人的眼镜都是有度数的老花镜，工人不戴吧，会往眼睛里飞砂粒，戴上吧，模模糊糊的一片看不清楚。有的工人干脆不戴，但两天以后眼睛就红了起来。

杨立功副厂长和工具处杨处长得知后，来到磨锋小组，亲自戴上厂里发给工人的眼镜感受了一下。他们发现戴上这种眼镜工作很不方便，对工人的眼睛也有伤害。杨副厂长说："从工作出发，我们不能不顾工人身体健康，一定处理好这个问题。"在12月上旬，杜春永副厂长也两次到磨锋小组，亲自戴了发给工人的眼镜，并用砂轮做了实验。最后，他给唐工长说："为了工作，多花三五元也是应当的，要照顾工人的健康。下星期一定给工人解决眼镜问题。"

5天后，技术安检处给工人买来了10副平光眼镜，大家都很满意。厂长亲自来过问这个事情，大家都很感激。他们对眼镜非常爱惜，不像过去那样乱扔乱放，工作时才戴上，不用时就保存起来。

第一次党代会

一拖第一次党代会在 1957 年 2 月 25 日召开，这是筹备建厂以来政治生活中的一件大事。全厂职工都兴奋着、关心着，并以实际行动迎接它的到来。

一拖开始筹建的 3 年多来，全厂人员已有 1 万多人，党员已有 1000 余人。各种组织机构比过去健全多了，工作任务也越来越繁重和复杂。因此，党委会决定召开党员代表大会，以自我批评的精神进行总结、审查党委会过去的工作报告，讨论和决定 1957 年的工作大纲。党章第 51 条规定："在企业、农村、学校和部队中的党的基层组织，应当领导和监督本单位的行政机构和群众组织，积极地实现上级党组织和上级国家机关的决议，不断地改进本单位工作。"

这次党代会的任务艰巨、意义重大。为了做好这次大会的准备工作，厂党委于 1957 年 2 月 4 日到 7 日召开了党委扩大会议，针对一拖这个大型企业起步以来的工作进行了一次全面的检查、总结和分析。

第一次党代会胜利召开了，实事求是地肯定了过去一年代表们的工作成绩，指出了缺点，分析了产生的原因，使大家都心中有数，更增强了大家的信心。1956 年，是职工思想教育取得成效、革命觉悟不断提高的一年，在全厂职工中进行了国家工业化相关内容的教育和主人翁教育，批判了右倾保守思想，发动了群众找窍门、挖潜力，开展竞赛，掀起了社会主义建设高潮，对知识分子的教育也取得了很大成效。在这过去的一年中，虽然从数字上看没有完成任务，但建起了9个大型厂房，安装了数百台机器，集结了大批人员，并有7个车间投入了生产，成绩是很大的，但突出的缺点是资金浪费、人员技术方面程度都较低。

但他们认识到，过去一年的缺点，是前进中的缺点，是胜利中的缺点。

党代会还讨论了1957年的工作目标，制定了这一年的工作方针。

一拖第一次党代会，于1957年2月25日上午8时30分正式开幕，历

一拖第一代部分领导
前排左起：马 捷 杨立功 周致远 杜春永 崔维亭（省发改委主任）
后排左起：安道平 苏 远 罗士瑜 梁自征 邵致玉（杨立功的秘书）
（被采访者郑田芬提供）

时 4 天，28 日下午闭幕。出席这次大会的正式代表有 160 人，列席大会的还有 170 人，以及来宾 18 人。中共洛阳市委书记李立及副书记吕英亲临会场，市委生产准备办公室及有色金属加工厂也派人出席，一拖工程师及夜大教师代表也出席了这次大会。全体代表聆听了 1956 年一拖建厂工作的基本总结报告及 1957 年工作任务与领导措施报告。这次大会选举刘刚任书记，产生了中共一拖监察委员会。

党委会执行主席杜春永宣读了中共洛阳市委的贺信，党委副书记刘冀峰代表党委作党委工作总结报告，杨立功同志代表党委作 1956 年建厂工作基本总结报告，刘刚同志代表党委作 1957 年方针任务与领导措施报告。

一拖前进的历史，是在一拖党委领导下，紧跟党中央、国务院部署的历史，正是在党的英明领导下，才完成了这一伟大的工业创举。

第六章 高速发展

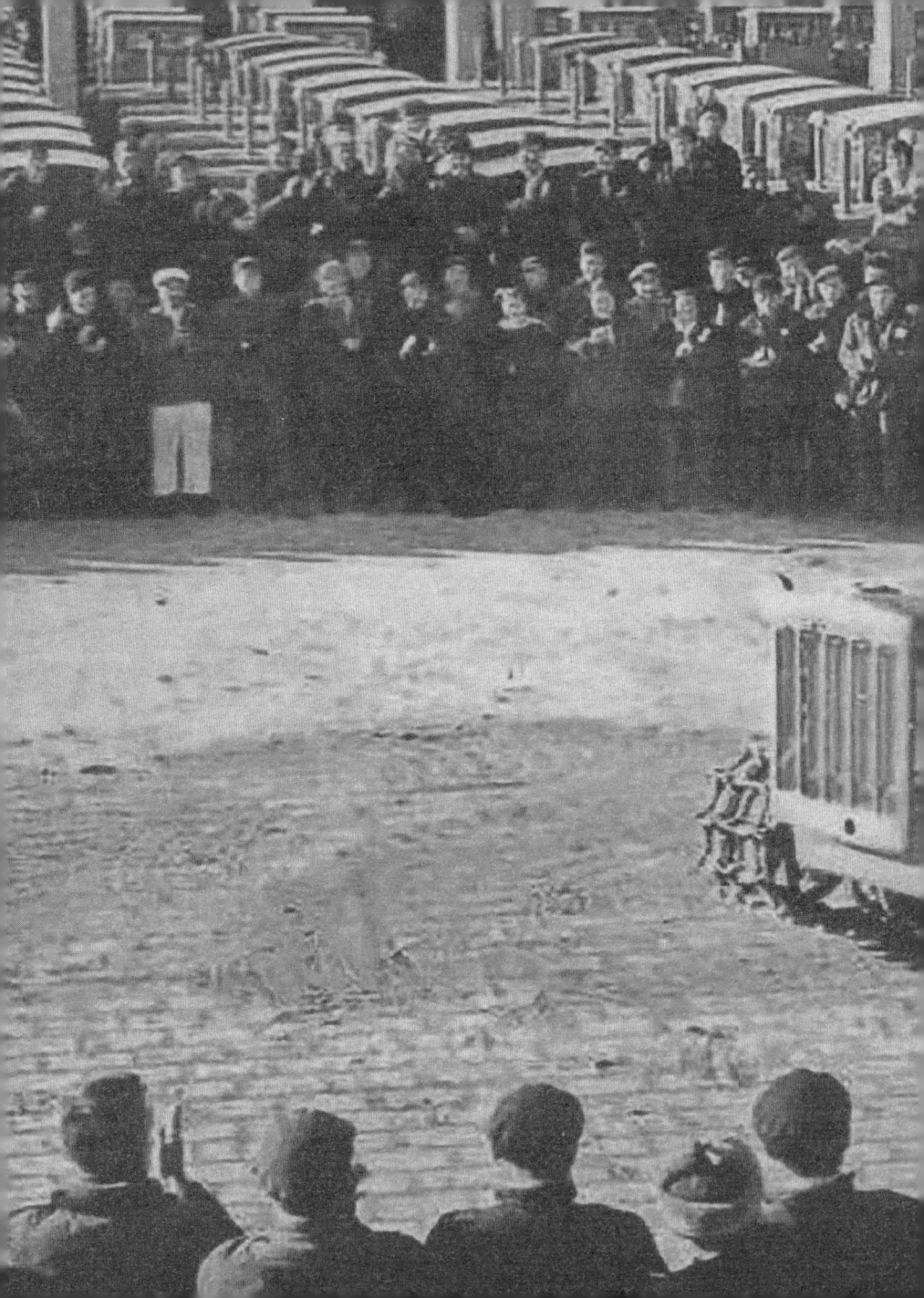

艰难起步

1958年的春天来了,万物复苏、生机勃勃,可一拖最重要的辅助生产车间遇到了一个棘手问题,严重影响到工作进度。除外部因素(材料、毛坯供应不上)之外,在各车间内部都存在着生产能力跟不上生产需要的问题,主要表现在以下几个方面:一、人员方面,新徒工多,老技工少,老技工忙得要命,新徒工插不上手。月初,车工赶不过来;月中,钳工负荷重,装配过慢。二、设备方面,因生产任务与原设计不一致,如原设计专做机修工作的车间,现在要承担各种非标准设备与拖拉机生产任务,专做工夹模具的车间也要生产其他机器,导致各种设备在生产过程中发生负荷不平衡现象,这类设备负荷过满,另一类设备又负荷过低。三、各工种之间也存在不平衡现象,机工技术革新后,生产效率有了很大提高,而钳工配合不上。新徒工增加很多,而工具、工作台、工作场地不够用。四、生产管理方面,因品种多,任务变化大,生产调度混乱,赶不上生产。这些在生产中暴露出来的种种问题,引起了厂领导的重视。

经过多次研究,并不断总结经验,逐步找到了一些解决方法。一方面,提高新徒工技术水平,一人多艺,一机多用。在生产管理上也强调保产量、保品种,发动群众大搞技术革新,开展"千台时"运动。这些方案实施后,在生产小组和工部中产生了良好效果,不断涌现出先进生产小组和模范个人。

20世纪50年代的一拖领导（部分）
一排右一马捷、二排右一郑维祥、二排右二梁自征
（被采访者梁铁峰提供）

车间技术人员在现场(被采访者贾宝源提供　新华社记者摄)

技术人员和工人研究方案
左为共产党员张维茂(被采访者贾宝源提供　新华社记者摄)

在这个过程中，最大的收获是思想和管理意识上的提高，大家明确认识到，要很好地完成任务，就要分工合作，摒弃大生产中的单干生产方法，要意识到工厂和小农经济、手工业单干有本质上的不同，生产中的各工种、各生产工人之间都要把组织性和协调性放在首位。这就是一拖了不起的地方，在实践中他们找到了现代化生产的方法，不然一台台拖拉机不可能提前顺利造出来。

各工种也会有差别，如木模、钳工等要共同承担一套活儿，而技工一个人就能完成几道工序，有些人为了多完成工时，会挑简单的批量的活儿、好干的多出工时的活儿，不愿干单件复杂的活儿。有的师傅为了自己多干活，不愿花时间教徒弟，也不放手让徒弟操作，怕耽误生产。这都直接影响了整个工部的生产。现在大家都明白了，每个人与小组、车间乃至全厂都是捆绑在一起的，一个环节出问题，整个任务都不能完成，要完成生产任务，好活赖活都要干。大家一改过去各干各的工作模式，现在一台机床3个班的工人进行互助，一班的工人为二班的准备好图纸材料，二班的又为三班的做准备。上下工序互相配合，负责粗加工的忙时精加工的工人去帮助做，粗加工的活儿干完了去帮精加工的工人干。闲的人自动做辅助工作，整理工具、领材料、装卡工件、清理工地。整个生产成为一体，使得更多的精力得以投入技术革新。姚长有小组根据生产特点将各种车刀分类，变单件为小批、变小批为大批，这样可以改进刀具、夹具，使之适合成批生产，大大提高了工作效率。

磨锋组根据不同加工对象，将小组机床分为钻头、铰刀、扩孔刀、合金刀、杂活5个小组，进行流水作业。

1958年的春天，一拖提出了1959年交工验收的计划。

1958年1月18日，战鼓咚咚敲响了，刘刚厂长在常务扩大会议上发出动员令：现在全国范围内已掀起热火朝天的农业生产热潮，农民已经伸手向我们要拖拉机了。摆在我们面前的任务是必须加快建厂进度，增加品种，增加产量，适应这一形势发展需要和党的要求。厂里原计划1960年第二季度出产拖拉机，现争取到1959年第三季度出产。我们为提前出产拖拉机而奋斗，同时完成试制与改造任务和扩建准备工作。因此，总厂提出"提前3个季度出产拖拉机"。

刘刚厂长发布动员令后，《拖拉机报》发表社论《鼓起革命干劲，争取提前出产拖拉机》，"提前3个季度出产拖拉机"的号召，极大鼓舞了群众，成为全厂早日出产拖拉机的行动纲领。各单位立即形成了竞赛的态势，纷纷制定出本单位的生产计划，为完成提前出产拖拉机这个光荣任务而奋斗。

1957年，毛主席在《关于正确处理人民内部矛盾的问题》和党的八届三中全会上指出，我们国家工业化的道路是以重工业为中心，发展工业和发展农业并举，同时他还提出了农业机械化的问题。全厂职工更加明白了，面对党交给的任务和农民的要求，要尽最大的努力，争取提前出产拖拉机。

1958年的生产高潮就这样到来了。木工车间提出了"五爱五保"，即爱祖国、爱劳动、爱团结、爱学习、爱护公共财产，保证超额完成生产任务，保证出勤率达96%，保证做到个人与工部之间的配合协作，保证提高政治业务水平，保证不出设备和人身事故。机修车间提出"三保一超"，即保质保量保安全，提前5天超额完成月份生产任务，为国家节约3.5万元。该车间技术科为了赶上进度，提出每人每天由编8张工艺图提高到15张。有色修筑车间讨论计划和保证条件的制定时，把科级以上干部和技术科、调度科的全体干部分到各个生产小组。所有生产车间和职能单位制定了保证书，机修、夹具、非标准设备等车间的个人和小组也制定了保证书。

时势造英雄，许多不可想象的奇迹都在这一年发生了。

一拖首届职代会二次会议进行总动员

1958年3月6日，一拖召开了首届职代会的第二次会议，这是一个促进全厂生产的大会，也是提前出产拖拉机的动员大会。

会议于1958年3月6日在一拖俱乐部举行。出席这次大会的职工代表595人，列席代表286人。会场充满了革命的朝气、志气和勇气。大会提出：争取今年出产500台拖拉机、400台煤气机，以适应农业机械化、水利化的需要。

杨立功副厂长在会上作了十年目标与两年规划的报告，他论述了当前的形势，对一拖提出了要求，即又多又快地供应拖拉机。他讲了一拖"跃进"的具体规划。这个规划共31条，要求在十年远景规划中，确定除拖厂现有的建厂规模外，还要分3期进行扩建，由原设计的1种产品，增至8种基本产品和11种变换型号的产品。大力增加产量，至第3个五年计划的1967年，一拖将拥有强大的生产拖拉机的能力，可年产拖拉机21万多标准台，满足祖国农业发展对拖拉机的需要。到1969年累计生产的拖拉机，可以赶上或超过英国的拖拉机保有量。

他还对1958年和1959年的工作提出了具体要求，要求全厂职工以积极促进的态度，保证1958年25台新产品试制任务完成。根据农业机械化的需要，保证当年完成300台，争取完成500台的生产任务，并生产煤气机 400 台。1959 年出产 1 万标准台拖拉机。

厂首届职代会二次会议于 1958 年 3 月 14 日胜利闭幕。全体参会人员充满了斗志。

针对全年要生产 16 匹马力煤气拖拉机 1000 台、德 T54C 发动机 1000 台及 3.5 匹马力煤气机，1969 年累计生产 71 万混合台的"跃进"规划，铸铁车间职工在会议上发言："跃进"再"跃进"，争取今年"七一"出铁水。当时他们面临着诸多困难，其中在人员方面，需要 722 人，但实际仅有工人 51 人，只能请求有关单位大力支援。

工具车间提出 1958 年五一劳动节前生产出钻头、扩孔钻、铰刀、滚刀、丝锥、三面刃铣刀、卡板、塞规等在内的 11 种产品。他们还提出力争到 1959 年，这 11 种产品，无论是质量还是设计技术水平，都要赶上或超过英国。

基建处制订了规划，争取 1959 年第一季度完成建厂任务，第二季度基本结束第一期扩建工程。

试制车间已经开始试制拖拉机，工人们说："早日试制和出产拖拉机是党和国家交给我们的光荣任务，想到要实现这个目标，大家都很兴奋。"当时，试制车间能力有限，很多条件不具备，得到许多兄弟单位的大力支持。产品合作处职工帮助他们解决了 TA16 拖拉机协作件的供应；非标准设备车间调集钣金工人支援他们，并承制煤气发生炉部分零件；锻工车间克服重重困难，按要求及时供应锻件；夹具车间提前实验台底板，还有其他许多单位都表示可以随时给予大力支援。全厂职工的支援鼓舞着试制车间。他们表示保证完成试制任务。

铸铁车间党支部于 3 月 12 日、14 日召开支委扩大会议，研究和重新规划了车间生产进度，他们的奋斗目标是：1958 年 8 月 1 日出第一炉铁水，

一拖工人俱乐部（被采访者王协温提供　摄影者不详）

1959年2月底正式投入生产，除个别零件外，年底供应全部发动机毛坯。在车间党支部召开的扩大会议上，职工们情绪高涨，纷纷想办法，并以大字报的形式表决心。他们喊出的口号是："四干"，即苦干、实干、快干、硬干；"五打掉"，即打掉官气、打掉娇气、打掉暮气、打掉拖拉、打掉扯皮；"五反对"，即反对右倾保守主义、反对主观主义、反对宗派主义、反对本位主义、反对个人主义；"十二比"，即比多快、比好省、比团结协作、比先进、比干劲、比深入、比效果、比学习、比钻研、比谦虚、比朝气、比立场。

几十年过去了，今天我们仍能感觉到那迎面的奋进热浪。

几封信

1958年1月,一拖收到陕县农民的一封来信,信中表达了对一拖工人老大哥的关心、多产粮食支援一拖的决心,以及早日有机械化农业生产工具的愿望。

亲爱的拖拉机厂全体职工同志们:

我们到贵厂参观时,受到你们的亲切招待,我县代表团全体同志都很感激。现在,我县代表团全体同志谨向你们最亲爱的工人大哥们致以衷心的谢意和崇高的敬礼。

经过参观,我们深深感到大哥们的工作很重要。同时也太艰苦了,在那样规模宏大的厂子里,你们操作着我们从未见到也从未想到过的现代化机器,你们满身油垢十分紧张地进行工作,我们真是敬佩。工人老大哥的辛勤劳动,将使我国的面貌焕然一新,将由落后的农业国变成先进的工业国。

敬爱的大哥们,我们多么期望咱们自己的拖拉机能够很快地制造出来,开向田地工作,那时我们将不愁牲畜少,地犁不完,或因犁得浅而重新返工了。现在我们还使用着落后的农具,费劲,效率低,质量又差,阻碍了农业生产的发展。只有农业机械化,才能克服农业生产的落后，提高农业生产，增加农业收入，改善咱们的生活。工人老大哥们，近年来因自然灾害，使部分地区的庄稼歉收，所以对你们各方面的供应很不周到，使你们在生活上受到了委屈，我们感到极为不安。现在我们正在扭转这些不足的现象。今冬我们开展了轰轰烈烈的兴修水利和积肥运动，我们全专区要在1959年实现水利化，我们县要在今年实现水利化，并且要成为100斤皮棉县。我们有决心实现这些措施，对你们的供应工作也会逐步改善的。

  此致

  敬礼

陕县代表团全体同志
1958年1月

  1958年2月13日上午，一拖产品合作处销售科接到湖北省大冶县供销社采购员的来信，农民迫切想要订购拖拉机。他们在信中说："想要马上订购1000台万能拖拉机，如果没有1000台，三台五台也好。"2月15日上午，河南省潢川县供销社也向一拖销售科来信表示要购买万能拖拉机900台。

  一拖工作人员回信告诉他们，今年是试制，明年才能出产拖拉机。全厂上下正在努力争取早日生产出拖拉机。看到工作人员的回复，他们又迫不及待地要先与一拖签订协议。他们说："现在农民对拖拉机的需求太迫切了，盼望出产拖拉机越快越好。"

  农民兄弟的来信，对一拖职工来说是一个强劲的推动。他们代表了全国农民的心声，拖拉机早一天出产，成了所有人的愿望。

  1958年，一拖给苏联符拉基米尔拖拉机厂寄了一封加急快信。原来，一拖原打算自己生产德特 –54 型拖拉机所需的非标准工具，由于任务紧迫，自己生产这些工具已经很难实现，于是，向符拉基米尔拖拉机厂发出了求援信。

苏联符拉基米尔拖拉机厂厂长、党委书记、工会主席、共青团书记：

由于我国农业合作化的提前实现，广大农村对机器耕种的要求愈益迫切，中共中央三中全会以后，已将早日生产拖拉机以满足农业需要列入工作日程。

在苏联政府、苏联各工厂以及远道来华的苏联专家无私的帮助下，第一拖拉机厂的建厂工作正在顺利进展。除辅助工厂各车间已全面开工外，基本生产车间中有3个投入生产，我们谨向你们以及支援我厂建设的全厂同志们致以衷心的感谢。

生产德特 –54 型拖拉机所需的第一套非标准工具，包括刀具、量具、夹具、冲模、锻模、金属模等，有一部分在你厂制造（这些工具精密度高、大型、复杂，我厂不易自制）。此批工具的支援，将解决新厂开工前的一项重要任务。其中，属于发动机、冲压等调整车间的工具，需用很急，我们盼望能早日收到。这些车间正等待着来自你们的又一次宝贵的援助。

1957年5月，根据当时的情况，曾提出将苏联承制的总值约238万卢布的工具收回自制，你们已做了相应的安排。1957年年底，我们曾通过驻苏商参处要求仍按原协议全部由苏联承制，并于1958年年底前交货，尚未获得答复，为适应我厂进度提前的需要，我厂谨要求你厂大力给予援助，克服困难，仍按原协议工具项目全部制造，因为在1958年以前，我厂以及中国各厂均不能完成这批工具的制造，但需要又极其紧迫，我们希望你们给予珍贵的支援，使我厂在新建与投入生产初期，能顺利地完成拖拉机试制任务，我们等待着你们的回答。

  同志的问候

中国洛阳第一拖拉机厂厂长刘刚

党委书记刘方生

工会主席刘冀峰

团委书记杨一川

很快，一拖收到了苏联符拉基米尔拖拉机厂的回信。

中共洛阳拖拉机厂厂长、党委书记、工会主席、团委书记：

  你们友好的来信，带来了你们胜利地建设拖拉机厂的消息，它使我们非常高兴。

  符拉基米尔拖拉机厂在元月份给你们寄去了5个测量夹具，其余10个测量夹具、36个工作夹具和10个冷冲模，将于今年3月做好，做好后马上寄给你们。祝你们为伟大的中国人民的幸福，在发展拖拉机工业的工作中取得成就。

厂长切尔诺夫

党委书记彼得洛夫

工会主席克拉斯诺夫

团委书记罗歇夫

1958年1月9日，刘刚书记收到了一封信，原来是一拖冶金处翻译组王文杰写的。

亲爱的刘刚书记：

《拖拉机报》登出食堂问题的真相后，我看了四五遍，好几天晚上，我睡不着觉，脑子里总是翻来覆去地想，食堂问题非常严重，这关系着我厂很多职工的身体健康，也关系着生产与工作。我过去在学校里管理过一段伙食，在学校党组织的帮助下，在炊事员和同学们的大力支持下，取得了一点成绩，初步摸索到一些管理伙食的经验。当然，管理学生的伙食与我厂食堂管理有很大的不同，不可能完全把从前的方法搬走。但我想只要按照党的指示虚心学习，深入钻研，将来会胜任食堂工作。

目前我还不能立刻去管理，因为我对炊事员的业务还很不熟悉，我请求组织，这次下放我到食堂去做一个炊事员，经过几年锻炼，掌握了炊事员的业务，熟悉了各方面的情况后，再做适当管理工作，这是我的迫切要求，我也考虑过会有很大困难，但是我相信有组织和同志们的帮助，加上自己的主观努力，没有克服不了的困难。亲爱的书记同志，请将这个任务交给我吧，我迫切地等着组织批准辞职。

冶金处翻译组王文杰
1958 年 1 月 9 日

每天都有喜讯

一拖提前出产拖拉机的伟大目标，鼓舞着全体职工，每天都有喜讯和生产成果传来。

夹具冲模车间 1957 年完成了 22 万工时，1958 年提出把工时提高到 85 万，争取完成 100 万工时。

冶金处打破常规，查协作，查浪费，处理图纸挤压。晒好后的图纸被立即发给车间，配套不全的马上补全。

非标准组、金属模组在很短的时间里，把他们精审过的图纸送到了生产车间。铸工组决定把由外单位制作的 3 台设备改由自己制作，在制作中

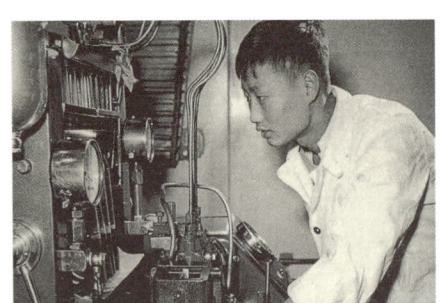 

各个岗位上认真操作的工人（组图）（被采访者贾宝源提供　新华社记者摄）

他们利用废料，为国家节约了400元。他们又把原计划1958年9月完成的水玻璃试验提前到七八月份完成。有22年工龄的沈东泉工长在浇注试验中自制砂箱造型等工具，为试验提供了有利条件。设计处50名职工决定春节期间坚持工作，他们把原计划1958年5月下旬进行的带有16匹马力煤气发动机的拖拉机改装试验，提前至3月15日进行。原计划8月份进行的第一台自制拖拉机的田间试验，提前至5月1日进行。

铸钢车间技术科向各处室车间技术科发出了挑战书。他们说："党号召用15年或更多一点的时间，在钢铁和其他重要工业产品的产量方面赶上或超过英国。我们要在今年9月25日出产第一炉钢水，保证一年的工作半年完成。"

燃料系统决心提前半年出产油泵，车间主任魏世英宣布："半年赶上发动机车间，原计划1959年6月出产油泵，现在提前到1958年年底出产，力争苦干3年，达到设计水平。"

发动机车间积极采取措施，保证全年出产40台成套发动机，并保证超额完成46种拖拉机备件的生产任务。气体车间力争提前两个月生产煤气。

各个岗位上认真操作的工人（组图）（被采访者贾宝源提供　新华社记者摄）

木工车间木模工部 2 月 25 日上午接受了一个紧急任务，要求他们在 3 天内制造出气缸盖、飞轮和飞轮壳的模型，这也是试制车间试制的 16 匹马力拖拉机上的重要部件的模型。当天晚上，车间党总支杨书记召集老师傅碰头研究，为了缩短工期，师傅们提出自己备料，他们分成两个组，开三班生产。曹财旺和寥开太等怕误了时间，干脆不回家了，一天内他们干了 17 个小时，胡治中和杨成水从 27 日下午 2 点一直干到 28 日早晨 6 点，工长狄永臣和桑坚才更是日夜不休息，现场指导，就这样他们苦战三天三夜，终于完成了全部模型的制作。

全厂职工都在比干劲、比先进，和时间赛跑。

第一台煤气拖拉机提前改制成功

又一个喜讯从试制车间传来，这是全厂最激动人心的喜讯：一台16匹马力煤气拖拉机在1958年3月15日改制成功，标志着一拖的拖拉机就要诞生了。

这台煤气拖拉机是根据M-20型发动机（由南京汽车配件厂制造的）和xTg-7拖拉机的底盘改制而成的。在改制过程中，设计试制处、试制车间全体职工和各支援单位尽了最大的努力，付出了艰辛的劳动。原计划1958年五一劳动节将拖拉机试制出来，大家都迫不及待，要提前把拖拉机赶制出来。

试制开始后，设计试制处的职工们，一个多月来不分昼夜艰苦工作，没有歇过周末，许多技术员和工程师天天晚上都加班到10点以后，春节期间仍有40多个工人连日工作，就连到一拖实习的清华大学毕业生也是和职工们一起昼夜不停地工作。

预计4月15日才能完成的图纸测绘，大家夜以继日苦干，3月8日已基本完成。

铣工王庆昌一人独担刨床、插床、铣床的工作，一连干了3个晚上。修理钳工李三元把检查、修理机床放在业余时间和晚上搞，白天照常工作。工人耿明德等几天几夜都没睡觉，一天只吃一顿饭。关键的部位，工长刘锦成、工部主任李仲岳和工程技术人员都是亲自干，处长、车间主任日夜亲临阵地。在试制中出现了很多问题，有的设计不准、零件不符合标准，有的试制中接连发生故障。在试验第二台煤气设备（由一拖自己设计的）时，轴连续断了三四次，车工师傅们听说后，就站在旁边等着，如果断了就再车。后来混合器有了毛病，发动不起来，大家当场动手加工改制，不到一个小时又做出了一个新的。

在这个过程中，全厂一盘棋，各单位对试制车间积极支援，全厂第一次协调作战显示出了团结协作的力量。齿轮轴出了问题，机修车间连夜赶制好送过去；工具车间要热处理工部，就专为需要热处理的拖拉机零部件另开了一个炉子。工件到了，过去一星期才能完成，现在不到三小时就完成了。试制车间急需几个钣金工，非标准车间立刻派钣金工过去。夹具车间机械师工部 3 月 22 日接到 8 种共 432 件标准件和 65 件花键齿轮的加工任务，要求 3 月 28 日就得交货，当时毛坯还未供齐，工具不全，工件复杂，但工人们说："说什么也要想办法完成。"他们从早上 7 点，干到凌晨 3 点，终于按时完成了。

锻工车间有一种锻件模子很难做，为保证质量，就让车间抽技术水平高的老工人干，调度科副科长王立贵也亲自动手。

在装配中，试制车间职工任务最重，困难最多，有的同志熬得眼睛都红了……还出现了气缸跑气、升降机不灵等大大小小的问题，工部主任李仲岳边指挥边动手，昼夜不下火线。煤气拖拉机试制中涉及的所有车间和处室，都在连轴转。

3 月 12 日，天快明时，装配终于成功了，比计划提前了两天完成。经过运行和复核试验，效果良好。3 月 15 日，试制成功 16 匹马力煤气拖拉机的消息一传出，全体职工都沸腾了起来，尽管在试制、装配中历尽艰辛，但拖拉机能成功制造出来，实现了他们心中的目标，回应了全国农民的心声，他们感到无比自豪和光荣。

一拖正是因为拥有了这样一个团结、有着无限创造力和智慧的工人群体，才把不可能变成了可能。第一台16匹马力煤气拖拉机，除发动机外，零件全部是由一拖设计、测绘和试制的。这一台拖拉机经受住了田间试验。当时，大家觉得它是万能的，可以耕地、播种、施肥、收割、运输和灌溉田地，每小时可耕三四亩，耕地深度达18厘米。而耕一亩地费用只有1.5角钱，比用柴油、汽油要省很多（柴油每亩需5角，汽油每亩需1.3元），这样大大减轻了农民的负担。

第一台16匹马力煤气拖拉机试制成功后，厂部决定，1958年"五一"前生产20台煤气拖拉机，要求全厂职工苦战一个月拿下这个目标，向祖国

初建成的拖拉机装配线（被采访者贾宝源提供　新华社记者摄）

和人民报喜。

锻工、有色修铸、试制、机修等车间的职工热情高涨。拖拉机上很大一部分零件都需要模锻,而锻工车间现有的都是自由锻。同时,材料没备好,工具也不够,而且车间原定的生产任务也很重,工人却很少,但这一切困难没有把锻工们吓倒。

修锻工部是完成任务的主力军,3月23日午饭后,3个锻锤立即开始投入战斗。3月22日凌晨1点到27日早晨8点,他们一共打出锻件768件,其中半成品51件,共超额完成工时114小时。热加工部为保证炉子不停火,实行轮班吃饭制。机修站则是随来随修随检。

造型小组的工人把模型造好了,到了下午下班时间还都不走,一直到铁水流进模型倒成零件了才放心回去休息。星期日的早晨,许多工人不等天亮就来到车间照常工作。

机修车间接到厂部"由机修车间生产煤气拖拉机"的命令后,他们提出了"苦战一个月,出产拖拉机,开到天安门,去见毛主席"的豪迈口号。

为了完成这个任务,干部同工人一起日夜奋战,人员少,开三班,每天干12个小时。有的精密零件只能在一种机床上加工,开三班人员也不够,老师傅们干脆不下机床,连续干24小时或者32小时。李雨春小组和车工段王祖德等为了提高效率,建立了技术研究小组。冲压车间模修站负责为煤气拖拉机加工一批螺钉和键,共2600多个,要求4月20日全部交工,可模修站只有两台1A62机床适合加工,怎么办?4月2日他们接到任务后,就将每道工序需要的时间计算出来,发现第一个工序车外圆倒角和切断是关键,每个至少需要5分钟,这时候林工长想出一个方法,在方刀架上固定几把刀头,预先把尺寸调整好,这样,只要两个动作就可以完成整个工序,可以节约不少时间。第一道工序的问题解决了,第二道工序铣圆方又跟不上了，几个同志又研究，装两把铣刀，预先定好尺寸，这样加工一般只需半分钟，第二道工序的问题也解决了。最后一道工序是套丝，他们采用了非标准车间用板牙套丝的经验，每件只需一分钟，两天套出700多个。当他们发现加工零件辅助时间太长，每次都需要停车加紧校正时，朱正书同志和林工长又做了进一步的改进，在卡盘内夹住一废旧的内三角螺钉，将工件的三角头直接插在六方孔内，用手推动板牙进行攻丝，这样装卸零件时不用停车和校正，经过改进，加工时间缩短到半分钟一件。就这样，他们提前了近十天，在4月11日完成了600多工时的任务。

为了"五一"前把拖拉机"开到天安门，去见毛主席"这个朴素的愿望，一拖职工们历尽辛苦，终于从1台到20台，完成了任务，一拖的拖拉机将带着特殊的使命到北京报喜。

此时，拖拉机底盘车间也传出振奋人心的消息，他们制定的"跃进"目标"国庆前，装配出德特–54型拖拉机"也实现了。几年的卧薪尝胆，一拖终于有能力担当祖国赋予的使命了，凭着为国争光的热情和大无畏的创造精神，他们奋力向前。

一拖第一台拖拉机于1958年4月23日启运北京，这台被命名为"洛阳"牌的16匹马力煤气拖拉机，将参加一机部等7个单位举办的全国农机展览会，还要参加北京"五一"的大游行。

一机部电贺"洛阳"牌拖拉机诞生

第一拖拉机制造厂刘刚同志并全体职工同志：

在祖国社会主义"大跃进"浪潮中，欣悉"洛阳"牌 16 匹马力煤气拖拉机试制成功。这是在党的领导下，在整风运动的推动下，全体职工苦干实干的结果。它在我国汽车拖拉机工业的发展史上又写下了光辉的一页，对支援农业生产作出了重大贡献，值得兴奋庆幸，特向你们表示热烈祝贺。

希望全体同志戒骄戒躁，再接再厉，鼓足干劲，积极提前试成"白马"牌拖拉机，更多更快更好更省地完成今年基建和生产任务，全力支援农业"大跃进"。

第一机械工业部第六局
1958 年 4 月 19 日

一机部的贺电，令全厂职工激动不已。20 台煤气拖拉机，是全厂职工经过 38 天苦战的结晶。

这批拖拉机是在边修改设计，边生产、装配的情况下试制完成的。经过调整和试运转，质量良好。拖拉机的图纸虽然预先经过测绘，但在毛坯的生产和机械加工中还是就设计进行了多次修改。包括煤气炉系统的设计、修改，都是设计人员深入现场和工人共同研究后完成的。

装配变速箱时出现了十多起技术问题，包括加工的孔径不符合要求，变速箱的壳体和齿轮互相撞击不能运转。由于缺少拖拉机后轮轮胎，事先也没有订货，市场又采购不到，经过设计人员和工人们共同研究，决定改用铁轮，但仓库没有加工铁轮的钢板，只好又改为铸造，铸造时使用木模不能保证质量，金属模又不能及时供应。最后，有色修筑车间采用压模的方式加工了铁轮。在加工后轮支持器时，缺乏立式机床和高级车工，工长张金初先用刨床刨，再用车床车，将两道工序合为一道，用多种机床分别加工，完成了后轮支持器的加工。夹具车间加工内齿轮，没有专用的拉刀和插刀，工人们便使用普通刀具，分度加工齿轮。据统计，在试制第一台煤气拖拉机的过程中，工人改进加工工艺、工具在60起以上。

在这批拖拉机的生产中，遇到了前所未有的困难，但工人们靠钻研、靠毅力、靠吃苦精神，解决了一切问题。在这批拖拉机的生产中还锻炼了工厂的组织管理能力，统一了调度工作，郑定立副厂长亲自挂帅，组织现场指挥机构，及时召开战地会议，解决和协调了生产中的问题。这也是一拖从奠基、基建、生产准备以来第一次"大集团军"作战。

一拖建厂以来的第一场苦战、恶战，第一次历练的结果非常圆满。实践证明，在各方面都是空白的情况下，在装配设备、工具、人员都不到位的情况下，拖拉机试制和生产能够成功，显示了一拖职工的智慧、潜力和能量，这些力量来自一拖职工的主人翁精神、来自他们对新中国幸福生活的报答。

将第一台拖拉机无偿送给新唐屯

1958年5月3日上午，一拖无偿送给洛阳市郊区杨冢乡第三农业社（新唐屯）一台拖拉机，郑定立副厂长率领一拖工人和技术人员共三四十人前去送"礼"。郑副厂长他们还没出发，农民兄弟已吹吹打打迎接数里路，早早等候在谷水镇街头了。这些兄弟都是在一拖建厂时从唐屯、崔家村搬走的农民，当他们看到在自己的老家建成的厂房中出产的拖拉机时，个个高兴得跳了起来。一路上，拖拉机被人们层层包围着。

在新唐屯的群众大会上，郑副厂长站在拖拉机上向群众讲话："感谢农民兄弟对拖厂的支援，这造出来的拖拉机先送给你们，希望能给你们的农业生产贡献力量。"他还介绍了拖拉机的用途。群众不断地喊着"我们要以实际行动感谢工人老大哥的支援""中国共产党万岁"的口号，新唐屯党支部芦书记致了谢词。

在鞭炮齐鸣、锣鼓喧天、一片欢呼声中，郑副厂长和制造拖拉机的工人们被新唐屯的群众举了起来，以此表达他们心中的喜悦和感动。此时，工人和农民的心融化在了一起，感动于这伟大的团结和互相支持。下午3时左右，拖拉机开到田里作了耕作试验。

新唐屯农民收到拖拉机，欢天喜地，村里那些平日不出门的老人们都出来看热闹，个个围着拖拉机看不够。新唐屯街上人头攒动，争先恐后来

看新出产拖拉机表演的人们（被采访者贾宝源提供　新华社记者摄）

看一拖送来的拖拉机。

日落西山，晚霞染红了天空，夜幕慢慢拉开，大家才慢慢散去。而此时拖拉机厂的车间里仍是一片灯海，马达轰鸣，铁水、钢水飞溅，工人们挥汗如雨，千百台拖拉机即将诞生。

5月4日上午，市郊区杨冢乡第三农业社社长吴运来和全体社员敲锣打鼓，来向一拖职工送"礼"，他们感谢一拖职工送去的拖拉机。在他们送来的礼品中，有一个大红匾，还有鸡、鸡蛋等。送完"礼"后，他们参观了工厂，不相信这就是4年前的老家，看到高大的厂房、整齐的车间内摆满了崭新的机器，都觉得像做梦一般。

他让车间钻头质量超过英国货

工具车间喊出"要使 11 种工具赶超英国"口号后，车间职工全部投入研制中。这之前，滚刀等产品质量已超过了英国，但在钻头上遇到了麻烦。自制钻头和英制钻头在相同转速和走刀量的情况下，英制钻头钻了 34 个孔，坏得还不太严重，自制钻头钻了 8 个孔就全坏了。大家很吃惊，怎么会差这么多呢？他们又将转速和走刀量改变了一下，再试一次，英制钻头钻了 102 个孔，自制钻头只能钻 24 个孔，差距仍很大，大家都有点儿摸不着头脑。

经过工程师、技术员和工人们分析，认为肯定不是机械加工的问题，那会不会是钻头热处理的问题？热处理的问题又出在哪里呢？这时大家都想到了一个人——石磊（下放干部），石磊正在第一汽车辅助工厂实习。半年前他在汽车厂实验室实习时，曾在一本杂志上看到德国经过试验，刀具磷化后使用寿命可延长。他还见过汽车厂实验室试验磷化后的钻头，质量有了很大提高。

在车间没有发出赶超英国的口号之前，石磊就对汽车厂实验室试验的磷化钻头产生了极大的兴趣，因为他知道拖厂工具车间早已开始制造钻头了，但质量还不够高。如果将一拖出产的钻头也进行磷化会不会提高质量呢？为此，他向汽车厂车间技术人员求证过。后来，他还将磷化方法、所需材料等抄录下来寄给了一拖的工程师，建议工程师能够采纳磷化法，并申请在汽车厂再实习一段时间，这样他可多参与一下磷化刀具的试验，但这位工程师没理这回事儿。

1957年9月，石磊实习结束回拖厂后，他又向这位工程师提及此事并希望进行磷化试验，但这位工程师不大相信，说："哪有这种事儿。"他压抑着满肚子的委屈，对这位工程师说："你就让我试试吧，哪怕批给我几十块钱试验费就行。"但那位工程师最终也没有理会他的请求。

后来，他又去找技术科科长，科长也没有明确答复，他还不死心，整天唠叨这个事，后来得到了一个姓高的工程师的支持，让他和戴益清工程师开始试验。

试验需要仪器和化学药品，如马日夫盐药剂，他跑到材料供应处和有色修铸车间去找，没有找到，他便问："哪里有卖的，我去买。"材料供应处的同志告诉他，整个洛阳市可能都没有。

他急于试验，片刻也等不了，于是他抽时间到市里跑了多次，药房、药品公司都跑遍了，终于在一个化学药品公司找到了。

药水煮好了，没有分析器具，他又急急忙忙跑到实验室请求帮助，可实验室的工作人员没有接到上级指示，不便把实验室借给他。他只好借了几个器具，回来自己动手试验。试验中，沉重的工件和器具让他的手腕发困，脖颈发酸，全身疼痛，但他一分钟都不肯休息。因工具槽子小，溶酸度不好掌握，外部蒸发很大，总酸度过高，反应又太快，钻头上附着很厚很厚一层磷化膜，工件外表很粗糙，毛刺儿像锯齿一样，手被磨得很疼。但他仍一遍遍去试，不成功又去翻书，常常工作到后半夜，直到眼睛睁不开为止。然后，第二天又到车间接着试验。在第20次试验后，经过特殊工艺处理的热处理工件，晶莹透亮，细密坚固，从外表看很不错，但最关键的还是要看它在切削试验中的表现。他把刀具交给了车间，可车间没当回事，再没人管这事了。

此刻，"跃进"之风让大家热血沸腾，尤其是11种产品质量"五一"前要赶上英国的口号提出后，大家想到了曾经被搁置的石磊的磷化试验，车间表示，这次会大力支持他。

这让小石心花怒放，在孤军奋战中，他迎接的失败很多，但这次，是要赶英国，已不是单纯的试验了，而是一项非常重要的任务，一定要成功。

车间里要进行切削试验，他们连夜开始，戴益清、唐仁津等工程师也来配合，经磷化处理后的自制钻头钻到了34个孔（因不慎将钻头搞弯才停），英制钻头只钻了28个孔。

但大家不放心，又试验了第二次，这次自制钻头钻孔57个，数量超过英制钻头一倍。大家还是不放心，又提出如果钻头的磷化膜被磨掉了怎么办，他们便当场把磷化膜磨掉，再次进行试验，但仍能钻42个孔，远远超过英制钻头。大家总算放心了。

英国麻花钻头是享有世界声誉的工业产品之一，经过几次切削试验，发现英制麻花钻头的切屑能力是车间麻花钻头的3倍。石磊建议将钻头的齿背进行抛光，磨大钻头的后角，用磷化与氰化相结合的方法，来改变热处理的温度，增强产品的硬度和耐磨性。试验的结果显示，升级后的车间麻花钻头钻了57个孔，英国的只钻了28个半孔，钻孔数量超过英制钻头1倍。

经过全体职工不分昼夜的努力，到4月24日为止，已有钻头、平铣刀、成型铣刀、角度铣刀、三面刃铣、扩孔钻、丝锥、滚刀、绞刀、光滑塞规、卡规、螺纹塞规等12种产品质量赶上或超过英国，工具车间提前6天实现了"跃进"计划，其中光滑塞规和螺纹塞规成为一等产品，达到了国际领先水平。

为实现他们的目标，工具车间技术员和工人师傅们用英勇豪迈的气概，呕心沥血，终于把赶上英国的"跃进"计划提前实现了，这是工具车间职工的骄傲，也是全厂职工的荣耀。

急需5000个镀锌零件

实验室化学工艺组电镀室腐蚀间里，大部分设备和辅助工具均未到货，就在这时候，气体车间急需5000个镀锌零件，厂部把这个任务交给了实验室化学工艺组。组长张爱三觉得困难太大了，这几乎是完不成的事，一没设备，二没人，仅有的3个人中，1人生病，1人左手骨折。可是，生产20台拖拉机的任务，是不能推掉的，她找到骨折的杨志福，说了上级给的任务。小杨这个平时不爱说话心里却很有数的年轻人说："组长，别担心，我们一起努力试试。"

说干就干，没有脱脂槽、电镀槽，他们到非标准车间焊了两个简单小槽，用洗手池来代替冷水清洗槽，用水桶改制成简单的热水槽，用瓷缸代替酸洗槽。由于零件锈皮太厚，用酸洗不掉，他们就到辅助车间用电酸洗，还是不行；他们又到热处理车间喷砂，也不行。后经多次试验，把酸加热到一定温度，再进行强性酸蚀，锈皮问题终于解决。后来他们又用绝缘胶线套代替了帆布绝缘棒、绝缘垫，还以吹风机代替压缩空气和风箱，找不到氯化锌，就用氧化锌代替，还用废铜丝制作了一些辅助工具。在他们的努力下，实验室终于可以用了。4月21日一天就镀出2000个零件，5000个镀锌零件要求月底完成，这样一来就可以提前一个星期完成任务。

多了一个"0"的后果

到过机修车间的同志，都可以看到有一台重型车床闲在那里，车床很大，长达 8.5 米，还有一个很大的卡盘，它是从苏联买来的。1957 年 9 月安装了以后，调整加上切削只开动了几次，为什么利用率这么低呢？原来，原设计标注的是"167 型"，在采购时，不知哪位同志多写了个"0"，变成了"1670 型"。采购回来的 1670 型尺寸、重量及电力容量都要比 167 型增加一倍，仅仅多写了一个"0"字，造成了很大损失。

167 型车床价值 40 万元，而 1670 型车床价值 118 万元，浪费了 78 万元，这些都是宝贵的外汇，原本可以买 75 台 1A62 普通车床。不仅如此，按计划 167 型车床应被放置在车间走廊西边，由于 1670 型比 167 型大一倍，容纳不下，只好修改原设计，把车床移到走廊东边，结果又挤掉了两台立式钻床的安装位置。按计划钻床本应和车床在一起，现在不得不孤零零地与几台铣床挤在一起，还多花了上万元，给它单独做了个设备基础。

这个事例给所有的人敲了警钟，不管什么时候都不能粗心大意。

铸铁车间苦战七昼夜提前出铁水

铸铁车间职工为了实现"七一"出铁水的"跃进"规划,苦战 7 个昼夜,生产了落砂栅。

落砂栅是"七一"出铁水的关键设备,原计划在苏联订购,年底到货,但这样远远赶不上生产进度。改在国内制造吧,落砂栅是苏联标准设备,国内没有图纸。这时,车间机械师工部同志们说:"只能靠我们自己制造了。"于是,他们测绘编制了图纸,选择用机修站刚安装好的一部分设备加工生产。准备就绪,立刻开始了紧张的生产。那些天磨床、铣床、钻床都转得很欢,虽然是深夜,却整晚亮着灯,机器不停地在工作,他们对"七一"出铁水信心倍增。

电炉已经安装起来了,6 月份就要使用,可冲天炉需要用的钢钎、钩子等工具还没有。机械师工部的同志们为赶制落砂栅,顾不上做冲天炉上的工具,熔化工部于德志等就主动担负起制造工具的任务。他们在加油站砌筑了一个炉子,安上一个鼓风机,燃起焦煤,抡起铁锤赶制,不一会儿就制成一个铁钎,再一会儿制成一个铁钩,三个人只花了一天多工夫就赶制了 40 多件工具。他们还为砂芯新工部、清理工部制造了很多急需的工具。

大家知道车间的生产准备工作若出现任何一个薄弱环节,"七一"出铁水就要落空。于是,土建地平赶不上工期,车间和科室干部就赶来支援。

打夯时，技术不熟练，号子也不会喊，但个个干劲冲天，后来党委书记将办公桌也搬到了现场。

为了"七一"出铁水，冲天炉炉体从5月14日下午开始安装。铸铁工厂高空钢架林立，焊花四射，地下沟道纵横，给炉体运载和吊装带来很大困难。工人们决心排除万难，把冲天炉早点安装起来。冲天炉将近4吨重，炉体一人环抱不住，他们用一部绞车、几根枕木和几节钢管，绕过林立的脚手架和钢架，跨过一道又一道的深沟，把炉体运到了安装现场。他们又利用屋面上原有的一个"工"字钢，挂一支"神仙"葫芦，将笨重庞大的炉体一节儿一节儿地吊上来。在安装水套时，又遇到了困难。水套法兰怎么也装不进水套。眼看要延误工期，这时电焊工杜锦洪师傅来了，只见他手中火光闪闪，先把水套切出两道缝，然后让水套法兰服服帖帖地"钻"进了水套。

5月19日，冲天炉底座框架被运到了现场，就要起吊时，小小的螺钉又出了问题。一是连接冲天炉炉腿的16个地脚螺钉被浇死在混凝土基础里，歪歪斜斜地差了好几厘米；二是底座框架的28个连接螺钉中的24个埋头螺钉，原加工单位到现在都没供货。眼看又要延期，安装单位和车间决定由本车间机修站加班赶制。

6月16日，配砂工部的混砂机床的工作台还未安好，他们找来了木板，搭起了临时工作的脚手架，用刚试好车的混砂机供造型车间碾出了2吨质量优良的型砂。6月17日，熔化工部的全体职工、车间主任、技术员都在赶工。6月18日安装电炉盖时，因无合适的起重设备，只能采用滑轮手动起吊。因夹直器的角度不准，电机难以下降。为解决此问题，大家一直工作到深夜3点。6月19日晚，烘炉车间主任朱彪同志干了一夜，第二天又接着工作。许多设备到货晚，职工们想了很多的办法，找到了代用设备。在这紧张的日子里，车间党委书记、车间主任以及各部门的负责同志都是亲自挂帅，深入现场解决问题，车间所有职工也都不分你我，除了完成自己的工作，还参加各种义务劳动。

至此，冲天炉的安装冲破了重重阻力，为"七一"出铁水赢得了时间。1958年6月16日，铸铁车间成功熔化了第一炉铁水。看着第一炉铁水缓缓流出，工人们激动地说："都说困难难得很，可我们比困难还要'很'（狠）；都说铁水热，可我们的心比铁水更热！最终，铁水还是乖乖地服从了我们。"有了铁水，铸铁车间混砂机、造型机也开始了试车。经过连续战斗，6月20日又一主要设备电炉首次熔化了2吨铁水，根据化验，铁水质量完全符合标准。

在出第一炉铁水的过程中，铸铁车间得到了各兄弟单位的热情支持，铸钢车间派出高级师傅协助开炉，有色修铸、木工、工具、机修等车间都为铸铁车间及时赶制了各种设备，各职能处室也很支持，负责同志都是亲自出马，来到现场看看有无他们能解决的问题。

1958年6月20日，铸铁车间全体职工向厂党委报喜：

厂党委、厂长：

经过一个多月的准备和几昼夜的苦战，铸铁车间部分主要设备8台造型机、3台混砂机于16日下午2时开始工作，电炉在20号下午5时进行试车开炉。经过检查，机器运转性能良好，安装质量符合标准，铁水温度、砂子性能、造型质量基本达到要求，并保证了连续的作业形式。这是我们车间进行大生产的开始，确保其冲天炉出铁水，从而为调整和开始生产创造了条件。现特向你们报喜。

  此致

敬礼

铸铁车间全体职工

1958 年 6 月 20 日

  铸铁车间全体职工在厂党委和厂长的领导下，克服种种困难，为开端性的工作赢得了时间。接下来，铸铁车间 7 月底完成德特–54 型发动机部分型板的调正，10 月 1 日完成发动机全部型板的调正，为铸铁车间生产 1000 台发动机和 200 台德特–54 型拖拉机的光荣任务发挥了重要的作用。

  6 月 30 日二号冲天炉开炉，提前半年成功生产出了第一炉铁水，这是铸铁车间献给党的最好的生日礼物。能不能造出拖拉机，铸铁车间很重要，它的主要任务是供给拖拉机上各种铸铁件的毛坯，特别是发动机上的毛坯。铸铁件的生产提前了，生产发动机就提前了，生产发动机提前了又为其他兄弟单位"跃进"创造了条件，确保了一拖拖拉机生产的提前。

底盘车间提前出产德特-54型拖拉机

拖厂制定和调整生产计划，决定1958年生产德特–54型拖拉机。4月中旬，各单位都积极进行生产准备工作。测绘图纸没有到，设计处就先做图纸测绘的准备，他们对德特–54型拖拉机的实物进行测绘，15天里出图300多张，给工艺处等单位准备工作提供了有利条件。仅翻译、复制的德特–14型拖拉机的图纸就有42000多张A4纸，本来需要两个多月才能完成，他们10天就完成了。工艺处锻工车间也开始了工艺、模具、刀具、材料的准备。

底盘车间职工更是在总路线的鼓舞下，鼓足干劲，力争上游，要在"八一"出产一台德特–54型拖拉机。要实现这个目标，他们面前的困难很大很多。没有工夹具，工人们开始了自己设计制造；没有材料，他们拾废料；专用设备未到，就用别的机器代替。

土建工程在甲乙双方联手日夜苦干中，5月份提前完成地坪工程13700多平方米，为大量安装设备打下了基础。车间统一布置安装、清洗、调整工作，大家共同奋战，一个多月就安装了300多台设备。工人们认为："十一"能把洛阳制造的拖拉机开到天安门广场，向毛主席献礼。这是件开天辟地的事儿，拖拉机不仅毛主席和全国人民要看，世界各国代表也都要看。他们不仅要快出，还要保证拖拉机质量，所以，就是拼了命，也要在

"八一"生产出一台拖拉机来!

"十一"把拖拉机开到北京去,这对刚刚起步的一拖来说是个严峻的考验。"八一"出车的消息,让全厂的工人们都沸腾了起来,每个工部都在争着投入生产,车间里响起了"年老筋骨壮,不负少年郎,老年卷胳膊,一个顶十个,青工劲头胜赵云,女工赛过穆桂英,日夜人倍忙,一片'跃进'声"的口号。为了第一台德特–54型拖拉机,工人们干活不分你我,不分工种,哪里有活儿就到哪里。大家比谁干得多,比谁干得好。夜班工人早该下班了,可谁也不回去吃饭。他们说:"我们是为第一台拖拉机做的零件,得亲眼看着零件检验合格才行。"

因为夹具不足,有的零件没法儿生产,他们就用别的方法来解决,没有精密量具,就到处去借;有病的人带病坚持工作。三工部工长李永恒背上生疮,刚开过刀,医生嘱咐,不要干重活,可他负责加工的主动轴轴承座很精密,工差只允许在两丝之内,必须在金刚镗床上加工才能达到要求,但没有这样的专用机床。李工长和大家一起动脑筋,把12道工序改为8道,然后放在车床上加工,终于把零件加工好了。经检查,零件完全达到了质量标准。

燃料系统车间让发动机的"心脏"跳动了

为了"八一"生产出第一台德特–54型拖拉机,各车间都努力克服重重困难,捷报频传。动力车间经过32个小时的苦战,试制成功第一个德特–54型拖拉机机油表,质量良好。锻造车间提前锻造出连杆和凸轮轴。连杆本来要在3吨模锻机床上锻造,但3吨模锻机床还未安装,他们想方设法在5吨模锻机床上成功锻造。没有煤气,没有油炉,工人们自己动手砌了一个焦炭炉,在5吨模锻机床清洗试车时,模锻、钳工、天车等工部都积极配合,在两天的时间内,模锻工部的500吨平锻机、5吨锤和500吨冲压床,在深夜1点钟生产出了两个主要锻件——第一批德特–54型拖拉机的凸轮轴和连杆。7月5日上午,模锻工部工人敲锣打鼓地把这批锻件送给了发动机车间。

随即又传来消息,一拖的第一套燃油泵诞生了,这是燃料系统车间职工发扬敢想敢干的精神于7月8日制造出来的。燃油泵是发动机的"心脏"。当该车间职工得知发动机车间要在7月20日出产发动机时,都一致表示:"我们要超过发动机车间,提前把燃油泵制造出来。"

7月1日从苏联订购的燃油泵毛坯运抵车间时,大部分专用加工机床和工夹具都没有到位。当时,外壳工段的专用设备共有32台,已经安装起来的不到10台,尤其是一些主要的关键性设备都还没有安装,但这些困难没有阻挡住他们。

蒋福川师傅想出用画线的方法找出正孔矩，再以车床代替镗床加工凸轮轴，又用立铣代替专用卧式钻镗床，就这样迂回作战，最终加工好了4个中孔，解决了加工壳体的关键工序问题。

燃油泵对表面光洁度要求很高，对宏观几何形状的要求也极高。该工部仅安装了20台设备，陈旋芳师傅做出了关键工序中磨油针角度的夹具，叶炳坤师傅制成了磨柱塞斜槽的夹具，这些都节约了时间还保证了零件的精度。当时磨凸轮轴的靠模磨床还没有安起来，为了提前出产燃油泵，车间职工大胆使用了没有安装好的凸轮磨床，磨出来的凸轮质量完全合乎标准。

就这样，7月10日制成第一套燃油泵的计划实现了。"世上无难事，只怕有心人"这句话，就是对他们最好的赞美。第一套燃油泵制作成功，为7月底前制成40台燃油泵积累了经验、树立了信心。

发动机车间试制出第一台发动机

燃油泵是拖拉机的"心脏",发动机为拖拉机提供动力,为了"八一"能出产德特–54型拖拉机,发动机车间苦战14天,于1958年7月14日提前试制出第一台54型拖拉机发动机,经检查,质量良好,他们为出产德特–54型拖拉机立了大功。

气缸体是发动机的主体,没有它一切零件便无处安装。生产气缸体的设备重量大,没有起重运输设备,加工起来很困难,加上工序又多,调整时间很长。工部主任李家友带动大家,靠人力起重运输的办法,用了半个月时间,最后又苦战三昼夜,终于试制出合格的气缸体。

气缸套是对光洁度要求较高的零件,但苏联的毛坯未到,本厂的毛坯又不能很快交货。生产组组长马秉广便利用废弃钢套,先对好工夹具,把缺少的夹具提前做好,这样,毛坯一到即能开始加工。

曲轴、凸轮轴、高周波设备、淬火机也未到,但工件又不能不经过淬火处理,工部的同志大胆使用火焰散火法,苦战两天,产品全部达到了技术要求。没有淬火架,工艺员利用两个车床尾架设计了淬火架;没有加热设备,他们利用气焊机加热;没有冷却设备,利用水管喷水冷却。工具车间热处理专家巴达拉克也亲临现场指导。

没有起动机,发动机就不能发动,但工夹具、毛坯技术都有问题,大家又想办法，用半个月时间制成了起动机减速器。工夹具不够，他们又自制了大量夹具；毛坯不齐，就利用棒料。工人们少，他们连轴转，一干就是 20 个小时。

锻工车间 5 天内为他们及时锻出 17 种毛坯，冲压、标准零件、燃油系统等车间都加班加点为发动机赶制零件。凭着这种团结与协作，凭着全厂职工的智慧和敢想敢干的精神，拖拉机就这样被造出来了。

设计处试制一台万能煤气汽车拖拉机

1958年6月30日上午，设计处试制工部试制出一台16匹马力万能煤气汽车拖拉机。这台万能煤气汽车拖拉机能耕地、耙地、播种、施肥、抽水、磨面和收割。每小时行驶19公里多，比"五一"前出的"洛阳"牌万能煤气拖拉机，每小时快7公里，并有一个能载重1吨左右的车斗，若后面挂上拖车，还可以再牵引1吨。车厢可坐十多个人，驾驶室能坐2个人。利用这种机器，农民兄弟可以下地耕种、拉煤、拉农具和载人，农闲时可以搞运输。

试制这台拖拉机，是该工部主任李仲岳提出的。他倡议利用试制16匹马力煤气拖拉机时剩余的部分毛坯成品和废品，在不影响按时完成生产任务的情况下用业余时间来制造煤气汽车拖拉机，向党的生日献礼。这个倡议得到全部职工的拥护和车间领导的支持。

6月11日，他们就开始干了起来。制造这台拖拉机没有图纸、式样和参考资料，工部只有李主任懂得汽车和拖拉机的构造原理，较前面的16匹马力煤气拖拉机，整个车型都变了。刘金成和几位同志跑到运输处参观吉普车和大卡车的式样。他们结合拖拉机的形状和尺寸，设计了机罩、驾驶室和车厢的形状、尺寸及装配位置，经过苦心研究，反复修改，把原来在后面的刹车装置改在驾驶室的前面，并运用杠杆原理，改用单脚刹车，减轻拖拉机手的劳动强度。张启顺等师傅计划更改方向盘位置，解决变速箱和离合器连接问题，虽然连续 3 次都失败了，但最终在李仲岳主任的帮助下将其研制成功。

这台万能煤气汽车拖拉机的驾驶室可多坐 1 个人，离合器改手操纵为脚操纵，轻便实用，为多功能拖拉机的生产提供了经验。

万能工具车

一拖这个年轻的农业机械工厂，点燃了全国人民对幸福生活的渴望，一拖的年轻人更是有着火热的心，他们在制造拖拉机的道路上，创造了一个又一个奇迹。

董桂宝生产小组创造了万能工具车。3月份，安装工程处四工段电工董桂宝生产小组开始搞机床配管，电工们直摇头，说干这活儿，难不死也累死。担任突击队队长的董桂宝心里也清楚，队员们并不是怕苦，是这个活儿确实难。管夹子上需要用手电钻打4个眼，操作时手推不动，得用胸口顶，震得浑身疼，再壮的小伙子，打2个眼儿后也得坐下喘喘气。晚上睡觉时，胸口疼得不敢摸。操作时还容易打坏钻头，孔一旦呈椭圆形，就报废了。

更使董师傅担心的是，操作时很容易出危险。1955年，他在长春汽车厂亲眼看见一个电工在铝母线上打眼时，由于没抓紧，一只胳膊被扭坏了。有没有更好的方法不让工人受罪？加之安装任务这么紧，不改变工作方法会影响拖拉机的生产进度，董师傅想"一定要突破这个难关"，可他不懂机械原理。一次，他在安装设备间，看到一个钻工熟练地操作摇臂钻床，一转一个孔，又快又省力。这下他从中看出门道了，要是手电钻操作也能这样就好了。但又一想，人家这是上下平行钻孔，跟他们的形式不同。但他还是舍不得离开，左右端详着。突然，他脑中闪现出小时候玩的跷跷板，跷跷板能跷起来并左右移动，如果利用跷跷板的原理，不就能上下左右钻孔了吗？当天，他就用铁板做了几个垂直拖板和平行拖板，把手电钻放在上面试验，但问题又来了，100多斤的机械能代替400斤重的机体吗？他想用4个轮子的车子推动，仍不行，向前推动时，车子会因受到冲力而向后移动，这又难住他了。

一天，他在燃料系统车间工作，见吊车正在吊运东西。他又着迷了，吊车本身就很重，又要吊运很大的物件，但为什么能操作自如呢？这时恰好一台吊车正吊着笨重的物件，到达目的地时很稳地刹住了。他发现吊车停住时有两个大螺丝顶着地，这样既保证吊车不摆动，又能减轻压力。他兴奋地把手一拍，办法有了！把工具车四角固定在停车地点上操作，不就可以防止车后退了吗？

原理终于想通了。董桂宝每天不管多晚回家，都会从衣袋掏出笔记本，琢磨到半夜才睡。有时他下班回到家一进屋，脸上手上的灰也不洗，工作服也不脱，就伏在桌上翻书画图。董桂宝整整画了17天，当他拿着画好的草图去和全组研究时，大家都兴奋极了，处工会张主席、团委卢书记知道后，都跑来鼓励他。

经过一个多月的努力，万能工具车终于被成功制造出来了。这台万能工具车上装有电钻、砂轮、钢锯、台虎钳、龙门钳、放线盘、升降梯、螺丝顶角和纵横垂直拖板，前后左右的手摇柄可随需要任意调整，还配有工具匣，可以减少工人上下班来回取工具的时间。这台万能工具车构造虽简单，但用途很广，除一般的操作外，还能放线、套管线，能在机床上打眼儿，也能当作小钻用，更适合铜母线槽到机床配线时用。这台机具与人工相比效率提高24倍，不仅减轻了电工的劳动强度，还保证了安全。原来打一只眼需要 12 分钟，现在 3 秒钟就打一个。

　　这个万能工具车的制作，让董桂宝闯出了一条革新路子，后来他的革新一直没有停。不久后，他试制的管子套线机、拉线机的模型就被制作出来了。

铸钢车间第一炉钢水

1958年7月29日下午,铸钢车间第一炉钢水出炉了,比原计划提前3天。同时,该车间小高炉也炼出了铁水。全车间职工在各项条件不具备的情况下,艰苦努力,获得了圆满的结果。

1958年3月,铸钢车间在厂职工代表大会上提出:"要在1959年10月出第一炉钢水。"他们提前实现了这个目标。

很多人认为铸钢工厂土建、设备都还没着落,安装问题很大,"八一"根本出不了钢水。没有原材料,找代用料;没有设备,配件自己做;其他设备未到货,车间派人到长春、上海、湘潭等地催交。从7月份起他们没

出钢水现场(被采访者王协温提供 摄影者不详)

有休息过一天，车间全体共青团员和青年在 40 天内拣废钢 12.3 吨。

运输处汽车司机在 7 月 27 日晚上说："'八一'出钢水时，你们干到明天，我也跟到明天。"机修、木工、铸铁、底盘、有色修造车间负责设备和备件制造的工人们说："要人给人，要设备给设备，要材料给材料。"23 日电炉到货了，配件不齐，汽修车间在生产任务繁重的情况下立即组织做配件，创造过全国工程安装纪录的四十五工程处安装电炉一般需要两个月，而这次只用了 7 天时间。他们也想为拖厂顺利生产拖拉机出一把力。

1958 年是拖厂职工干劲发挥到了极致的一年，也是智慧和创造力达到极致的一年。9 月 23 日、24 日厂党委又接到特殊任务，要求 29 日要达到日产钢锭 350 吨，争取达到 400 吨，力争达到 500 吨。25 日 7 时，铸钢、铸铁车间 2000 名职工举行了誓师大会，铸铁车间浇铸工王顺福、铸钢车间熔化工靳伯元、工长梁成兴和"八一"青年炉炉长戴尔身在台上发言："工作在炉旁，睡觉在现场，不完成任务不下火线。"

厂部于 1958 年 10 月 11 日下午又召集炼钢土炉负责干部开了紧急会议。会议上，厂党委副书记唐振华和厂长助理孙浩会传达了省钢铁会议精神，布置了第 4 季度炼钢任务。一拖 10 月上旬的炼钢工作，取得了很大成绩。

厂部要求："大战 80 天，力争炼钢 7500 吨。"乘着这股强劲的东风，10 月 9 日下午，"八一"青年炉传来炼钢捷报。9 日下午 4 时至 10 日下午 4 时每炉均炼钢 9 吨多，创造了日产钢 91.5 吨的新纪录。国庆前夕，炼出 150 吨钢，平均每炉炼钢量达到 8.8 吨。

这个炉子只配有 4 个老工人，其余全是来自农村的新工人和外厂实习生。炉长戴尔身和来自东北的 8 级工梁成兴热情地教新工人备料、加料、冶炼，使新工人很快掌握了技术，大部分能上岗操作了。

"八一"青年炉，成为一拖的一面旗帜。

第一台"东方红"拖拉机试制成功

英雄的劳动,伟大的创举,一拖第一台"东方红"拖拉机光荣诞生了。"东方红"拖拉机即德特-54型拖拉机,这是全厂职工忘我劳动,协作配合,攻克难关,苦战20天的结果。这一天,是1958年7月20日,将永载史册。

"东方红"拖拉机的诞生,是一拖职工创建路上第一座丰碑。这种拖拉机是根据苏联的设计,结合我国具体情况试制的一种新型拖拉机。其车身坚固,经久耐用,式样美观又朴素大方。"东方红"拖拉机装有高速柴油机,最大净牵引力为2850公斤,如牵引5铧犁,在中等阻力的土壤里,可以深耕20至22厘米,每个班组(10个小时)可以耕地130亩。每耕1亩地只需柴油0.9公斤。在农业开荒、耕地、灭茬、播种、收割等方面都能发挥作用。每个车身后都装有"功率输出轴",可以帮助发电机、抽水机、碾米机进行发电、抽水、碾米。车尾还装有挂钩,如挂上拖车可用于农业运输。

"东方红"拖拉机的试制成功,是一拖贯彻执行1958年"鼓足干劲,力争上游,多快好省地建设社会主义"总路线的伟大胜利。按照原定的建厂计划,1959年10月1日出产德特-54型拖拉机,现在整整提前了一年。

在"东方红"拖拉机试制的过程中,一拖全体职工发扬了社会主义建设的积极性,以主人翁姿态,以工人老大哥的形象,以优异的成绩登上了新中国的舞台。

1958年5月初，车间还是一片黄土地，二季度末设备到位率不到3%，许多工具还未订货，毛坯还没有影子。但是，人心齐泰山移，困难终将被瓦解。在这之前，"大跃进"中的农民兄弟找到厂里要预定拖拉机，他们又急切又失望的样子，深深刺激着全体职工的心。同时，他们还有一个共同的梦想，在新中国的国庆节，如果能把亲手制造的拖拉机开到天安门前，让毛主席看见，让全国人民看见，那该是多么光荣。工人们说着顺口溜："老婆孩子一起上，重伤不叫苦，轻伤不下线，保证'十一'第一台拖拉机出现。"全厂职工没有周末，车间没有昼夜和上下班之分。车间里到处是"嚓嚓"的切削声、马达"嗒嗒"的轰鸣声，还有工人们劳顿的呼吸声。那难忘的日子里，车间白天一片红，夜间一片红，红色的铁水、钢水，还有人们心中滚滚的热流汇成了红色的河。7月20日早晨，拖拉机在朝阳的映照下徐徐开出了车间，那一刻，谁不感到这莫大的光荣和幸福！

在第一台"东方红"拖拉机诞生的过程中，出现了太多的故事，"十一"第一台拖拉机要到北京去，可要组装了，仪表还没有搞出来。厂领导把这个任务交给了邵士祥和周阿宝。仪表制造最关键的是要先做好波登管，他俩已经不知道做了多少次试验，时间一点点过去，可还是失败了。厂里已经表明，这台德特–54型拖拉机要用由一拖制造出的仪表，总不能叫一拖出产的拖拉机装上外厂造的仪表。想到这些，他俩又提起精神，开始翻阅所有关于仪表制造的书籍，最后在一本苏联翻译过来的书里找到了门路，他们便按照苏联的经验，在焊好的管子里填充食盐，然后燃着喷灯。经过两次试验，终于做出了合格的波登管，他俩高兴得跳了起来，这时曙光已照亮了窗户。

人人为第一台"东方红"拖拉机的诞生欢呼、歌唱，它是在艰难曲折中怒吼着把底盘车间"黄土弹起"而后生的。一台德特–54型拖拉机中有

2008个零件，生产2008个零件就要有2008个零件的生产支流。而这些支流中有一条不能顺利进行生产，就会使拖拉机生产计划搁浅，而这2008条生产支流经过无数曲曲折折终于顺利抵达目的地，拖拉机在无数双劳动的大手上成型了。

全厂各车间加工的部件和零件完成后，接二连三地被送到底盘车间，底盘车间成了大会战最后的汇流中心，这里大部分人员都是军工和徒工，仅有的几个老师傅也只是修过汽车，能装配拖拉机的没有一个，因为旧中国没有拖拉机工业。为了保证最后的战役成功，他们从设计试制处借来了实验拖拉机，分成发动机、后桥、变速箱3个组，然后把实验拖拉机拆了又装，装了又拆，前后共轮换了四五次，就这样每个人掌握了装配技术，熟悉了拖拉机的结构和性能。经他们的手，那一个个生硬的零部件完美组配，一台有生命的"铁牛"诞生了。

在发动机曲轴淬火的关键时刻，远在苏联的发动机专家还没有到，工具车间的热处理专家达拉巴克专家下班后，亲自到发动机车间指导淬火工作。总工艺专家道钦科从北京回厂，得知厂里要提前出产"东方红"拖拉机，来不及进办公室就下了车间。7月18日，装配后桥部分时，齿轮结合不均匀，道钦科又亲自到现场作技术鉴定。他们为能够亲手帮助中国制造第一台"东方红"拖拉机而感到无比光荣和喜悦。

1958年7月12日，苏联又派了5位专家来到一拖，他们分别是锻工工艺专家古谢夫、锻工调整专家普罗哈连科、夹具设计专家布林丘科、刀具设计专家彼德洛夫、冲模制造专家米特洛法诺夫。他们亲自为一拖第一台拖拉机的诞生布阵、助攻。从试制"东方红"拖拉机开始，苏联专家就亲临现场，解决了在试制中很多棘手的问题。他们和工人一样在机床旁半天半天地不离开，他们知道，对于一些高难度的尖端技术问题，一拖还没

车间一角（被采访者贾宝源提供　新华社记者摄）

有形成正常生产所拥有的条件，所以更需要他们发挥智慧，把不正常变成正常。达拉巴克本来7月中旬聘期已满，另一位热处理专家未到，可这个时候，恰好是第一台拖拉机制造和装配最关键的时刻，于是，他留了下来，在他的指导下，淬出了合格的曲轴，他高兴得忘记了吃饭，他对工人师傅说："请允许我用我的双手也来试淬一个。"他拿着锥齿轮跑到辅助工厂去淬火，淬火后摆差是0.18毫米，硬度也很好，符合要求，他兴奋极了。

第一台"东方红"拖拉机装配成功了，道钦科亲自驾驶这台拖拉机，向周围的同志们说："你们能在设备不全、工夹具不足、很多生产条件不具备的情况下，制出了这么好的拖拉机，真是不简单！"

第二天，新华社评论员发表了题为《中国5亿农民的大喜事》的社论。

隆重庆祝"东方红"拖拉机诞生

1958年7月23日晚上，一拖8000多名职工在厂前区举行了盛大晚会，庆祝"东方红"拖拉机诞生。虽说是夜晚，但整个会场明如白昼，到处是热烈欢乐的气氛。两年前在厂前区种植的杨柳和槐树已是绿意盎然。树叶摇曳，7月的风和着歌声，飘扬在会场上空。

职工们高唱着歌曲进入会场，洛阳市涧西区前进农业社40多名社员也载歌载舞来参加大会，河南省副省长齐文俭，中共洛阳市委第一书记李立、书记王天铎，洛阳市市长朱轮出席了庆祝大会，大家和无私帮助一拖建设的苏联专家，共同见证和庆祝"东方红"拖拉机的诞生了。晚上7点，庆祝大会开始，首先奏国歌，接着厂党委副书记刘冀峰致开幕词，正式宣告经过全厂职工20天苦战第一台"东方红"拖拉机诞生了。接着，一拖向河南省委、省人委、省工委、团省委和洛阳市委、市人委、市总工会、团市委报喜。

副省长齐文俭、市委第一书记李立、市长朱轮、驻厂苏联专家组组长道钦科也都在会上讲了话，他们向全厂职工表示热烈祝贺，并预祝大家在今后的拖拉机生产中取得更大胜利。

刘刚厂长在庆祝大会上讲话，他向参与制造"东方红"拖拉机的全厂职工表示亲切的慰问，向无私帮助一拖建设的苏联专家和支援一拖建设的农民朋友、兄弟厂的职工，表示深切的感谢！

杨立功副厂长在大会上宣布了一拖下半年的"跃进"指标：生产16至20匹马力"洛阳"牌轮式拖拉机1000台，"东方红"54匹马力履带拖拉机300台，非标准设备1570台，54匹马力发动机1200至1500台，燃油泵1500至2000台，各种金属器械745台，各种炼钢、炼铁、发电设备384台。另外还要试制6种新产品，扩建有色修铸、铸钢、铸铁工厂，新建第二底盘、车轮和重型设备车间。

底盘车间、发动机车间的工人代表讲了话，前进农业社的农民兄弟也讲了话。晚上9点20分，举行了献礼和联欢活动。工人们抬着新产品，走过主席台，献礼队伍最前头的是"东方红"拖拉机，还有设计处"七一"试制成功的万能煤气汽车拖拉机、"五一"试制成功的"洛阳"牌拖拉机。底盘车间和冶金处等单位的职工还表演了自编的文艺节目，前进农业社的社员们扭起了秧歌。大家一直狂欢到深夜。

第一台"东方红"拖拉机，是一拖人智慧的结晶，更让一拖人引以为豪的是：2000多个零部件，完全是由一拖人制造的。

1958年8月29日早晨，又有2台满身红光的崭新"东方红"拖拉机开出了底盘车间总装配工部。

1958年9月29日，底盘车间成功装配出43台"东方红"拖拉机。国庆节前这43台"东方红"拖拉机将分别参加北京、洛阳两地的游行，向全国人民报喜，其中10台已于9月23日运往北京。

冲压车间制造出我国第一台自动压床

1958年12月26日,冲压车间模修工部制造出我国第一台自动压床。这台压床从生产准备到制造成功,共用了两个半月。拖拉机的水箱散热器是由128个散热片组成的,这之前,这些散热片都是在长春汽车厂的一台50吨自动压床上冲制成的。这种自动压床的结构复杂,有800多种零件,精确度要求很高,送料的长短误差不得超过2毫米,当时中国不会制造,国内也仅有这一台,还是苏联制造的。

早在1957年,冲压车间就想订制一台自动压床,但到1958年年底还没有订到货。1958年年初,车间派技术员王国英前往长春汽车厂进行测绘,测绘中曲线不好画,又怕不准确,他在实物上涂油然后拓印下来,把油纸带回厂里。有了草图之后,就想委托其他锻压机械厂制造。但他们跑遍了东北、上海,还是找不到接受委托的单位,最后找到了一个锻压机械厂,对方需要一年的时间才能交货,费用还要5万元以上。后来又到上海某锻压机械厂订货,该厂提出先由2个技术员做3个月的准备工作,总共需要10个月,工期太长,他们没办法只好回到厂里。

9月份,一拖提出要自己武装自己,特别是厂党委提出"学赶超汽车厂"的口号后,冲压车间决定自己来造这台自动压床,并定在3个月内完成。他们希望向着这个目标冲刺,从根本上解决这个困难。车间宣布让模修站试制，这一下震动了模修站工人，他们想到明年一拖要批量生产拖拉机，他们必须加速制造出一台自动压床。

试制开始了，大家对自动压床的结构还不熟悉，有的加工件还不易解决，有的连图纸也没有，铸件还缺很多，个别人没有信心："人家造成要一年，我们的技术水平低，3个月怎么能完成？"

党支部根据这些思想情况，组织职工进行讨论，给大家打气。调度科的俞国才、张鼎英同志日夜守在外车间催交铸件，技术员徐家振跑遍全厂寻找代用轴承，技术人员汪国英日夜和工人苦战在机床旁。自动压床上需要2个弹簧，几个月来，在郑州等地都订不到货，张鼎英、赵岳兴、林永康和朱正书同志在焊接工的配合下，用热盘的方式，制出了合乎要求的弹簧。没有镗孔设备就由人工操作，没有工具就自己动手改。在制造过程中，厂长及厂长助理数次来车间关心工人的工作情况。

1958年12月26日，我国第一台自动压床在冲压车间制造成功。从投入生产到试车成功总共用了两个半月。消息传来，全厂都在庆祝一拖有了自己的高频率自动压床，它的成功制造填补了我国机器制造的空白，这是1958年一个伟大的胜利，也为"跃进"中的一拖画上了一个圆满的句号。马捷副厂长主持召开战地会议，介绍冲压车间靠自己武装自己解决关键尖端设备的经验，到会的各车间主任和机械师都深受鼓舞。会后，各单位代表参观了自动压床的试车表演。

铸铁土高炉炼出了铁水

1958年9月6日凌晨3时10分，比原定时间提前3天建成的2座阳城土高炉，其中一个炉熔炼出了铁水。这个小土炉每隔50分钟，熔出铁水50公斤，头2炉是白口铁，接着是灰口铁。截至当天下午2时，已练出12炉，铁水质量良好，完全合乎生产要求，在生产转入正常后，这2座土高炉日产量在2000公斤以上。

炼铁车间从8月29日晚动工，5天的时间完成2座土高炉土建及设备安装工作，其余几座在9月12日全部投入生产。

在砌炉过程中，全车间职工不论黑夜、白天，都是以12个小时一班轮换劳动，厂里还派来了50名职工家属，来砸矿石、土块，平土方，运石子、焦炭。炼铁车间的工地上充满了战斗的气氛，炼铁的矿石、焦炭、石灰正在被源源不断地运进现场，这个新建的炼铁车间将要为祖国炼出千万吨生铁来。

工地的办公室里放了一张炼铁车间工作时间表，上面有吃饭时间：上午7时、中午12时、下午6时、晚上12时，却没有写上、下班的时间。

远远能看到工人们正在一丈多高的炉石上砌砖，负责砌炉的赵师傅是专家，他名叫赵明善，17岁开始学当泥水匠，练就一手出色的砌墙手艺。在全国人民大办钢铁工业时，他到河南省各县市参观，学习砌筑土高炉，8

月份到宜阳县，帮助建成了双层炉底吸风炉等先进的炼铁炉子。一拖和宜阳实行钢铁大协作，需要砌筑炉子的师傅，于是把他调到一拖来了。

赵师傅的衣着打扮，引起几个青年工人的不时打量。他上身穿一件灰布衣，下身穿工装裤，脚上却穿着一双胶鞋。有个工人问："赵师傅，大晴天的你穿胶鞋干啥？"经过赵师傅的简单介绍，大家才知道，原来他来厂的前一天晚上，还在宜阳干活，炼铁时突然冒出了一股铁水，喷到他的脚上，左脚穿的布鞋被烧了个洞。这天夜里，他脱了下来，准备请家人补一补。可第二天一清早就接到了一拖的调令，他不敢耽误就穿着胶鞋来了，衣服、行李一概没带。

赵师傅来时，有4个土高炉正在动工兴建。他检查了炉子的图纸和建设进度，发现已开工建设的炉子是单底炉，炉壁由耐火砖砌筑，根据他的经验，这样的炉子是不行的，因为单底炉有封口，进入炉子的冷空气使出铁口的温度降低，铁水容易结块儿，流不出来。加之用耐火砖砌炉壁会产生缝隙，炼铁产生的高温侵入后，容易破坏炉壁，缩短炉子的使用寿命。

赵师傅立即向车间和厂领导建议，砌双层炉底并用耐火泥砌炉壁。双层炉底的炉子分两层生火，加热炉底时温度不会降低，炉腹仍可保持高温，熔炼的铁水很容易从出铁口里流出来。另外，采用耐火泥砌炉壁，可以减少炉壁的缝隙，延长炉子的使用寿命。厂领导采纳了这个建议。后来，这些土高炉都发挥了作用。

深夜里的身影

在 1958 年冬天的一个深夜,风越刮越大,白天下的雪还没有融化,田里的青苗都被雪覆盖,铁道的枕木上也全是白雪,电灯一照闪闪发光。

这时候,忽然在路灯底下出现一个人影儿,那个人弯着腰,既不像车站执勤人员,也不像工区的养路工。这么冷的天,他在干啥?大家问他是谁,他回答"是我",人们顺着答话的方向去看,原来是烧开水的邵福钦。只见他满头大汗,在那儿铲从车皮上掉下来的碎煤。他的老伴儿早就去世了,他终日守着茶炉房,如今深夜不睡觉,就把铲下来的煤往小桶里装。"老邵,你拾煤干啥?"经别人这么一问,老邵好像有许多话要说,但他的手没停,边劳动边说:"这煤不捡太浪费了,大家都在拼命地干活,出汗一多就要喝开水。现在还有一锅水没开,准备烧开了给下夜班的工人用,这煤正好烧开水用。"经他这一说,大家都被老邵的热心肠感动了。为了大家,深更半夜还来捡煤,他累得腰都直不起来了。

大家都劝他,那么大年龄了,不要捡了,他却说:"我没有什么可以奉献的,只能烧水给大家,现在天冷了,不能让 1000 多人用凉水洗脸。每天烧开水,没有 500 斤煤不行,这个数字可不小。"他指着岔路旁堆着 1000 多斤煤的煤堆说:"这都是最近扫的煤,仅 11 月里就捡了 12260 斤煤。"这时,刚刚卸完车的夜班工人正好路过,他们说:"老邵从 7 月份起都是用捡的煤烧开水，给厂里节约了不少啊！"

天仍然很冷，风还在不停地刮着，但是老邵这个孤独的老人，却在寒夜里做着一件让很多人倍感温暖的事。

在1958年上半年的一个黎明，突然狂风大雨，气体车间的机械师沈克明从梦中惊醒，他马上想到了露天的设备在狂风中非常危险，尤其是天车，很有可能会被吹落，这个损失是不可想象的。想到这些，他马上披衣起床。他的爱人对他突然的行动感到很担心，这深更半夜的，这样大的风雨，还是露天高空作业，太危险了，劝他还是不要去了。但他说："正是风大雨大，室外的天车才不保险，我一定得去看一下。"到了现场，天车已被风刮到了最东头，如果不是车挂挡挡住，早已被风刮下，他赶紧冒着狂风爬上天车，把支轮顶死，又找来钢丝绳将天车拴在混凝土支柱上，这样才防止了一起重大事故的发生。

他又看到因为气体车间的土建结尾工程没有完毕，煤气站厂房顶上的通风洞还没安装好，雨水都倒灌了进来，顺着煤斗向下流，厂房受损害不说，已经砌好的耐火砖和保温砖都会遭到严重的破坏。煤气站本来就在最高的屋顶上，风雨正浓，现在上去真的很危险，但问题不处理的话后果很严重，作为一名技术人员，不能看着不管。于是他又冒着风雨爬上屋顶，看到屋顶上有个未安装的通风筒，就把它倒转过来堵住洞口当水盆，等水满了倒出去，就这样他一直坚持到雨停为止，主厂房的耐火砖和保温砖无一损失。

他一直都想做一个吴运铎式的英雄人物，当领导和同志们赞扬他时，他说："比起吴运铎来，这根本不算什么。"

"牛气"冲天的1958年

1958年简直就是"牛气"冲天的一年,"牛事"太多了,报喜的锣鼓声不断。

一拖的第一根曲轴,在1958年8月31日被锻造出来了。这天早晨,锻工车间模锻工部的工人们都非常兴奋和紧张,因为盼望已久的拖拉机的"心脏"——曲轴,今天就要成功锻造了。据说用10吨模锻锤锻造拖拉机的曲轴,在中国还是头一次。

10吨模锻锤本身的重量是270吨,砧座重103吨。它的基础很大,安装起来比较复杂。调整生产过程中检查夹持器的燕尾时,发现键槽比键大16毫米,不能安装锻模,机修工人很快做个新的出来,曲轴锻模顺利安上了。但一检查又发现锤头燕尾角度和锻模燕尾角度不对,而且相差很多。解决这个问题又比较麻烦,苏联锻工调整专家普罗哈连科和机械专家诺维科经过细致的研究后,决定用风动砂轮机磨锤子。这个操作是又脏又累,但大家顾不了这些,为了早日生产出曲轴,模修、生产、机修3个单位组织了一个突击组,经过连续34小时的苦战终于磨成了。

准备工作结束后,8月31日上午正式开始了锻打曲轴的战斗。参加这场战斗的都是工部的精英,苏联锻工工艺专家古谢夫和锻工调整专家普罗哈连科也十分兴奋,跃跃欲试。总工艺专家道钦科听说要锻打曲轴,也亲临现场，后来决定由普罗哈连科亲自操刀。

上午 11 点，坯料已烧到了锻造温度，普罗哈连科站在 10 吨模锻锤的前边，打响了第一炮。只见一个直径 130 毫米、长度 1 米、重 100 公斤的"火龙"被天车吊着从炉子里缓缓而出。通红的坯料很快地被放到了曲轴锻模上，普罗哈连科踩下了第一锤，响声震地，随即又连续打了十几锤，一根带毛边的曲轴打出来了，天车吊着，像玩火龙似的被送到了压床旁边切边，然后在 5 吨锤上校正，就这样第一根曲轴顺利地诞生了。

下午 7 点以后，要在 1250 吨平锻机上锻造曲轴的法兰，普罗哈连科、道钦科、古谢夫又和工人们一起在现场等，晚上 10 点钟第一根曲轴被锻造出来，大家都很兴奋，第二天一早大家抬着曲轴，敲锣打鼓地向厂党委和厂长报喜去了。

铸钢车间弧光四射，锤声震天，承担安装任务的火电一处综合工地的职工通宵不眠地在工作，春节前他们刚安装好 3 个炉子，2 条线形成，铸钢车间基本上构成了一个机械化的生产体系，但是还有一个 5 吨电炉要安装。此任务非常重大，去年在洛阳矿山机械厂安装 5 吨电炉时，用了一个多月的时间，现在一拖要求他们 4 天安装好电炉，3 天半安装好 3 台天车，这相当于过去 21 天的工作量。为了不负众望，他们成立青年突击队，通宵苦战，发挥出最高效率，很快 3 台 5 吨电炉已安装好 2 台，另 1 台也很快安装好。

1958 年，大家曾说："把矿石变成铁，把铁变成钢，把钢变成材，把材变成器（零件），把器变成套（设备）。"这些安装好的电炉就是把矿石变成铁，把铁变成钢的工具，所以称机械工业是工业建设的心脏。

一拖计划在"学赶超汽车厂"中把产量翻五番，实现年产 75000 台"东方红"拖拉机。正是在这样的大背景下，1958 年的一拖，高速发展自己、武装自己。1958年，全国生产1070万吨钢材，这里面就有一拖"八一"青年炉的一份功劳。一拖一年的时间，要制造各种设备3900台，其中非标准设备3966台，标准设备250台，简单设备765台。仅机修车间全年就为底盘、发动机、冲压、氧气站等21个单位制造出各种非标准设备1557台，这些非标准设备绝大部分都是各个车间的关键设备和流水生产线上必不可少的设备，它们可为加速建厂、扩大生产能力、实现生产翻5番起重大的推动作用。

发动机车间从生产工部到机械师工部、动力室工部，从工具科、技术科到调度科、检验科，各部门都动手进行制造，从木模到造型浇注，凡是外边领不到、订货订不到的，都采用自力更生、蚂蚁啃骨头的办法来解决。一拖人用废材或夹具制作简易机床、台钻、砂轮机，甚至是简易的铣床、标准化的龙门铣床，他们完成了49台多轴钻床，另外还拟做100多个气动"葫芦"。一拖人靠自己武装自己，为实现班产150台发动机而努力。

炼钢车间轧钢工部想尽一切办法，突破了长期以来所认为的现有孔型轧不出直径25毫米圆钢的技术关，1958年12月24日轧出了直径25毫米的圆钢，质量完全符合国家标准。直径25毫米圆钢的轧制成功，解决了铸钢、铸铁车间悬挂输送气道上急需的销子所用的材料，对一拖完成1958年国家投资计划起到很大作用。因为只要有1吨直径25毫米的圆钢，就可以完成150台的生产计划。

"东方红"拖拉机上的起动机的4次革新

"东方红"拖拉机上的起动机,原来是个什么样子呢?它共有211种420个零件,每台重80公斤,用途是使拖拉机上的发动机发动。

为了减轻它的重量,发动机车间的起动机工部连续对它进行了4次革新。在"学赶超汽车厂"的运动中,起动机工部要达到班产150台的指标,首先要"革起动机的命"。他们提出:把起动机上的减速器快慢两种转速取消,慢速用一档代替两档。第一次革新于1958年11月26日清晨正式成功。再一次的革新,是取消减速器,用简单的斜齿合子代替,经过两天的苦战,他们终于成功,车间党委和行政领导把红旗送到了起动机工部,祝贺大家。

但是战斗还没结束,每一个起动机上都有调速器,能不能对它也改革一下呢?从简化调速器着手,他们进行了第三次革新。正在试验时,忽然调速器控制不住了,马上就有飞车的危险,正在这时,老工人夏伯蕃急忙上前,把油门控制住了。虽然夜已深,寒意很浓,可他们不畏严寒、不知疲倦,失败、改进、再失败、再改进,大家心里拧着一股劲儿。夏师傅想到会不会是弹簧的伸缩有问题,他的想法一出来,大家马上动手改进出最佳方案,经过试验,当夜就成功了。起动机终于变了样,它的使用性能变得更好。

他们把革新成果向苏联专家巴卡洛夫以及设计处、工程师和车间领导

一拖发动机车间生产流水线（被采访者贾宝源提供　新华社记者摄）

汇报，请求在技术上作鉴定。经过试验，专家们同意了取消调速器和自动分离器，但对减速器中斜齿结合部分提出了意见：在每分钟4000转的情况下，齿轮咬合时发出冲击声，有破坏零件的危险。为了使机器更完善、更安全，他们又进行了第四次革新，把专家提出的斜齿结合子离合改为锥度平面摩擦结合子离合。

一天清晨，工人们兴奋地跑到起动机工部，喊着"偏心轮实验成功了"。主任王连江等马上跑到实验室操作起来，苏联专家巴卡洛夫、罗副总工程师、设计处吴处长、车间焦副主任都来了，他们认真观察了操作，认为结果很好，在零下7摄氏度滴水成冰的气候条件下，也能正常启动。

对起动机发起的4次革新都成功了，这是1958年学赶超运动中盛开的花朵，是一拖工人敢想敢干和智慧的结晶。

运输工作乘风破浪，一车12挂

当年一拖的口号是"支援钢铁元帅，促进全厂'跃进'，自己武装自己"，朝着这个目标，1958年一拖在交通运输方面取得了空前胜利，全年铁路运输货物630784吨，装卸车16353车，站内每车平均停留3.54小时，比郑州铁路管理局合同规定的每车平均停留4小时，压缩了27分钟。从第4季度开始，一拖专用机车等到陇海铁路正线的铁门、观音堂、孝义、黑石关、白马寺等车站运输砖、瓦、水泥、焦炭，供给洛阳市和涧西区各厂矿。第3季度，全厂大搞安装，运输处起运了3900多台工艺设备、1000多台电气设备和3000多吨金属架构，共计55060吨，倒运9000多台。

在"大跃进"中，眼看运力不能满足生产需要，职工们就自己想办法，组织机车库和机修加工组，自己制造出1辆汽车、61辆拖车，共增加运力吨位167个，比原来的运力吨位增长了24%，为汽车系列化创造了条件。汽车大、中修，原来都是委托别的厂，后半年他们决定自己干，完成大修13辆、小修67辆，基本上保证了车辆的出勤。铁路编组站的全体职工也超额完成全国运输任务。

在各项任务中，大家都表现了冲天的干劲。他们的口号是"睡在车上，走在路上，不完成任务决不下火线"。许多同志还向多面手发展，工人李忠柱能熟练操作7种车辆（全班的车种），杨兴礼会4种，郭有明能开3种，克服了人力不足的困难。汽车司机刘景泉,首创洛阳市一车12挂的新纪录,极大地提高了运输效率,在列车系列化运动中发挥了榜样的作用。

1959年,计划完成铁路运输610万吨,厂内运输180万吨,比上一年翻九番,公路运输85万吨,比上一年翻了八番。完成这样艰巨的任务,困难是有的,但是运输战线的全体职工以实干、苦干加巧干的精神,很好地完成了当年的运输任务,为一拖生产大动脉提供坚强保障。

1958年的一拖职工医院

1958年，一拖职工医院成就显著，尤其在防疫保健方面，基本上改善了全厂卫生面貌。加强和新建了多个保健站，除在辅助、铸钢等7个车间建立保健站以外，又在5号、8号、10号街坊建立了3个保健站，到保健站看病不用挂号，随到随看，工作效率大大提高。过去医院门诊量一天120到1500人，20个医生还忙不过来，看一次病挂号、候诊、取药要排3次队。现在每天门诊量600到800人，在只有14个医生的情况下，消除了排队的现象，病床由150张扩充到300张。

1958年，职工医院对19500名职工和新入厂的工人进行了体检，在医疗工作上，扩充病床230张，增添大型设备60余种，完成了290632人次的门诊任务，收容住院患者4337人，已经出院者4117人，全年接生婴儿1039人。

1958年，医院技术条件、设备条件都有显著提高。传染病流行时，医院及时报告疫情，隔离病人，为职工送预防药，对1654人做了牛痘接种，为8924人接种伤寒、白喉疫苗，环境消杀达1839410平方米。

一拖职工医院的医疗水平较之前也有所提高，医疗作风也有转变，如胃切除、胆囊拆除、子宫摘除、胃肠切除缝合等手术，均可操作。在内科、儿科等诊断、治疗上达到较大医院水平。妇产科积极开展妇幼保健工作，给职工上避孕环300个，进行输精管结扎手术若干，对节育起了一定作用。

为加强中医工作，中医人数由2名增加到5名，还发动全厂职工捐献秘方，收到民间单方2000余份，并在治疗上取得成就。如失聪16年的患者，经过月余针灸治疗，恢复了听力；瘫痪几年的病人，针灸后能走路、会跑、会跳。同时，西医、中医相结合，共同研究会诊，也治愈了不少病人。

1958年，一拖职工医院共有技术革新项目350多件，价值2万余元，其中属于改进与自制的130余件，如外科的转动换药台、石膏绷带机、手术器械干燥箱、腹腔照明灯、胃肠减压器，中医的切药机等。

1958年12月，一拖职工医院为面向生产、方便患者，在车间、街坊建立保健站，实行地段包干、人员下放、科室合并、手续简化等措施，创下开放300张床位，不增人员、不要钱，工作效率翻一番的纪录。一拖职工医院受到了广大职工的欢迎。

第七章 创造历史

铸钢车间主攻第一线

1959年是一拖关键性的一年，这一年要完成第一期的建设工程和二期全部扩建任务，"五一"前达到日产"东方红"拖拉机50台、"十一"前日产100台，年底达到日产150台、年产45000台。第二期开工的车间达到年产掘土机或重型拖拉机75500台，第二期开工后由原设计的单一产品、年产15000台的水平提高到3个基本型号、年产75500台的水平，投资要减少几千万元。要实现这个巨大的"跃进"指标任务是艰巨的，但这是党的"鼓足干劲、力争上游、多快好省地建设社会主义总路线"的要求，全厂职工只有去拼搏了。

担任1959年主攻的铸钢车间主任李维先说："1959年的'跃进'计划更宏伟，拖拉机厂要展翅高飞，我们铸钢车间担负着最重要的任务。"

1月8日，厂部召开会议，杨立功副厂长作了指示，全厂总动员，全力以赴，大干苦战30天，力争在春节前，将铸钢、铸铁两车间基本上武装起来。为了确保这一战役的全胜，两车间所需要的准备材料、工艺装备、土建安装等被封上"帅"字，以此任务压倒一切，决心将一拖建成拥有满足拖拉机生产完整体系的大工厂。

铸钢车间职工感到无比兴奋和莫大鼓舞，但他们也有很大的压力。毛坯就是拖拉机的"粮食"，担负毛坯生产的车间一天不生产，拖拉机就没有

"粮食"，没有"粮食"，拖拉机就造不出来，全厂"翻五番"的目标就无法实现。而毛坯的生产，铸钢车间就是主攻，如果他们这第一炮打响了，完成任务就不难了。

"为了铸钢铸铁，保证元帅升帐"，除了铸钢车间进入了战斗的姿态全力以赴攻坚破垒外，木工车间为服务铸钢、铸铁生产，制造木磨、金属模具、烘干板、泥芯卡板、标准沙箱共343项1000多件。

1959年3月5日，主要生产拖拉机上铸钢毛坯件的铸钢车间焕然一新，车间迎来了机械化设备试生产。在26000余平方米的厂房内，326台崭新的工艺设备星罗棋布地构成了机械化程度较高的生产体系，这是他们大战一个半月的结果。这些较为复杂的设备，大部分都是一拖自己制造的。

铸钢车间生产体系由配砂、造型、熔化、清理等组成，车间的姑娘和小伙子们都高兴地说："这下完成生产任务有依靠、有希望了。"的确是这样，机械化生产，大大解放了工人，代替了一部分人工劳动。以前用人工操作，112混砂机几十个人大干一天才生产12吨型砂，而机械化作业，一人操作半小时就生产了50多吨。造型工部铸工输送器和皮带输送机没转动之前一个班生产造型100余箱，机械化制动后，一个半小时就完成了造型任务。

厂党委对铸钢车间提出了"五一"前要达到日产50台拖拉机的要求，车间领导表示："我们三个炉子两条线，天上、地上、地下一起转，有了机械化设备我们一定能完成毛坯生产任务。"

优秀师傅、优秀徒工授奖大会

1959年1月15日，一拖首次召开徒工代表大会，口号是"学赶超汽车厂的突击队，做社会主义建设红旗手"。大会在厂工人俱乐部召开，徒工代表469人，厂党委副书记唐振华、厂工会副主席孙纬等领导参加了开幕式。那天，刚落成的厂工人俱乐部披上了盛装，入口处悬挂着五颜六色的彩带，贴满了倡议书、贺词、决心书。

召开这个大会，是鼓励和帮助一拖广大徒工适应当前建厂和生产任务的要求，以完成当年更为艰巨的生产任务。

10时30分，铸铁、铸钢、冲压、木工4个车间60多名徒工，拿着喜报、贺词、决心书、连环画报，穿着整齐的服装，精神焕发，敲锣打鼓进入会场，全场欢声雷动。

1959年3月3日下午，一拖在厂工人俱乐部召开了优秀师傅培训徒工授奖大会。参加大会的有各车间优秀师傅和有关人员900余人。人事处杨副处长在大会上致开幕词，向全体优秀师傅表示祝贺。这次全厂评出优秀师傅900名，其中：一等奖267名，二等奖633名；男同志857名，女同志43名。评出优秀徒工19名，下放干部被评为优秀的有61名。

炼铁又炼人，思想、生产双丰收

炼铁车间是1958年8月才建立的车间，材料、设备和人力都不足，车间里基本上是空荡荡的。在时间短、任务重的情况下，车间边建炉边生产，从8月下旬动工，到年底陆续建成了1.5立方米阳城小土炉10个、仿阳城小土炉6个、28立方米高炉2个，另外还建成铁屑炉1个，为一拖的生产奠定了基础。车间从9月初到年底，共炼出生铁1973吨，接近洛阳市1958年生铁总产量的一半，有力地支援了一拖的建设。

炼铁的过程也是炼人的过程，车间七八百名新工人都是刚从农村来厂的庄稼人，经过三四个月，都成了比较熟练的炼铁工人。过去是一级技术员看一炉，现在是一级技术员看多炉，一师带多徒，他们掌握了生产技术和独立操作技能，树立了"以厂为家"的主人翁意识，把炼铁当成了国家发展的大事。为此，不少青年都推迟了婚期。大家废寝忘食、夜以继日地苦战，涌现出先进工作者29名。

在厂党委扩大会议上，决定年生产生铁5000吨，并要求以最快的速度再建15个1.5立方米阳城小土炉、2个28立方米高炉，争取10月1日前后投入生产。为了这个目标，除28立方米高炉由专业土建人员安装外，其他由各兄弟车间安装。编组站工人包建了4个节约炉，保卫处警卫队包建了2个炉，厂团委包建了1个青年炉。为此，煤气救护站工人利用业余时间赶制 12 台鼓风机，木工车间工人加班加点赶制主路所需的 9 套木模，有 100 个职工家属报名参加炼铁车间原材料加工、破碎和运输工作。9 月 6 日 1.5 立方米的 1 至 4 号阳城小土炉顺利建成，车间的干部们在做好本职工作的同时，全部到炉子上与工人同吃同住同劳动，每人负责一个炉子。

总厂领导、厂党委刘冀峰副书记，宣传部苏远部长也亲临现场，吃在炉边儿，睡在炉边儿，和大家一起研究和解决生产中的问题。9 月 24 日，刘副书记传达了市委钢铁会议的精神，号召全市大放钢铁卫星。职工们情绪高涨，苦战了一夜，使得 6 个炉子喷出了铁水，9 月 25 日至 29 日连续流出 22 至 36 吨铁水，创造了一个又一个高产，炉子的日产量均超过了设计能力。10 号炉日产达 4.4 吨，还第一次炼出了灰口铁。

根据厂长指示，要生产优质灰口铁。他们在完全没有经验的情况下摸索出了一套方法。即开炉加入碎铁块，利用碎铁块熔化后的热量，使炉缸温度提高到 1600 摄氏度，又加大炉缸直径，再适当地调配矿石与煤的比例，成功地炼出了生产急需的灰口铁。

炼铁车间建立时间虽然很短，但成绩不小，成为全厂的模范车间。

奋力抢救炼钢烧伤工人

1959年3月，一拖炼钢车间因转炉发生爆炸，炉盖被掀起，钢水四射，在场工作的职工大部分受伤，其中轻度烧伤者69人，伤势较重者17人，严重烧伤者4人。

事故发生后，伤员很快被护送到一拖职工医院，医生在很短时间内对伤员进行了包扎、输血、输氧、补液等，防止伤员休克，并将部分伤员转送市内医院治疗。厂党委对这次事故特别关心，书记、厂长立即赶到了医院。

当天下午，洛阳市委书记、市长等负责同志也亲临医院慰问伤员，厂里还向中央、省及上海市委、上海广慈医院发了加急电报，请求调派高级医生协助抢救、治疗。第二天，卫生部医疗预防处陈处长、一机部六局赵主任、河南省卫生厅陈厅长、河南医学院外科主任魏教授，以及河南省立结核病院、黄河医院院长都先后到达一拖，组成医疗办公室，领导医疗工作。上海、郑州等地接到电报后，先后派主治医生以上的外科高级大夫5人、医师4人、护士8人来到洛阳。

在抢救烧伤工人邱财康时，上海广慈医院施主任和上海第二军医大学附属医院烧伤外科方大夫、植皮科高大夫，都亲自来厂参加抢救，采取了注射各种抗生素，配合中西药实行无菌隔离和暴露疗法，逐步进行治疗。

各个部门除人员支援外，还带来很多烧伤药。卫生部送来100瓶血浆，河南省卫生厅送来一箱烧伤药粉，第二天又派专人送来一批药品。上海广慈医院、上海第二军医大学附属医院送来烧伤药20多种。洛阳市医药公司专门派人外购治疗烧伤的相关药品，价值2万余元。为了使伤员换药方便，厂里派人到上海买转床，上海市委立即将刚进口的两张转床支援一拖，并用火车快速运到洛阳。洛阳市商业局领导听说烧伤工人需要用鸡植皮，立刻通知南关养鸡场将准备用来产小鸡的100只母鸡送到了厂里。

上海市场青年营业部派专人联系，需要什么送什么，大批被子、褥子、白布、拖鞋，都被免费送来了。为了满足医疗需要，洛阳市医药公司、上海市场万国药房工作人员打长途电话、发电报到郑州、上海、北京，跟医药公司联络，紧急调来药品。

洛阳各兄弟厂矿、医学院等单位多次来电来信，表示要啥给啥，随时要随时到。当一拖需要车辆转送病人时，矿山机器厂、轴承厂的救护车很快就到了。洛阳医学院派人来一拖，联系献皮、输血，他们说："要什么打个电话就送来。"他们还专门派一名教授协助做细菌培养工作。一拖各个车间也都大力支援，危急伤员需要输血5000多毫升，厂里138人共献血22310毫升，平均每人献血160多毫升，最多的献血290毫升。

中央、省、市和厂领导不断深入病房，慰问病人。河南省工会、钢铁办公室、冶金局及洛阳市委、市人委和各兄弟厂矿，组织了慰问伤病员代表团，送来了水果、饼干、葡萄糖等，并送来慰问信500多封。厂里职工向受伤人员写了27300多封慰问信。理发室全体职工为伤员买了10多瓶罐头、30多盒饼干。基建处混合部李忠旺说："我不会写信，也不能到病房去看伤员，我从家里拿来25个鸡蛋，请转送给伤员。"

各级领导对伤员的亲切关怀，医务人员的大力抢救、治疗，使得伤员很快脱离了危险,伤情也好转得很快,大部分已出院。未出院的伤员精神饱满,他们生活都能自理,饮食也正常。闲暇时间看看连环画、报纸,相互之间聊聊天。伤员王新晨说:"这次事故惊动了很多人,都来慰问我们,刚开始我感觉很难过,听说现在又开始炼钢了,我又高兴了,等我好了要继续回到岗位上炼钢。"

发生转炉爆炸事故后,数十名伤员被紧急向职工医院抬去。当时职工医院的职工正在食堂就餐。听到这个消息,大家把碗筷一放,立即向医院跑去,当看见挤满走廊的伤员,大家都难受得心如刀割,当即开始了抢救。输液、送氧气、包扎、安置,个个争先恐后。更让人感动的是,来不及临时找人输血,医生、护士都知道自己的血型,大家把胳膊一伸说:"抽我的血吧,快抽吧!"一瓶瓶血液被立刻输入到各个伤员的身上。

有的伤员烫伤很重,但不管怎么严重,他们没有一个人叫疼,都在咬着牙忍受着疼痛。病房里只有医务人员的脚步声和研究抢救措施的低语声。重伤员范世超由3个医生看守,被抬来时昏迷不醒,经抢救,他醒了过来,但是一睁眼便问张淑杰医生:"我师傅伤得怎么样?"张医生不认识他的师傅,也不知道哪个是。为了不让范世超担心,张医生就忙对他说:"你师傅伤得轻。"范世超又接着问:"炉子呢?我们的炼钢炉怎样?"在场的医生都感动得你望望我,我望望你,热泪夺眶而出。他们都表态,一定尽一切力量把伤员抢救过来,减少他们的痛苦,医护人员把决心书都贴在了病房门口的墙壁上。

在夜以继日的抢救中,医生和护士把自己全部的精力和心血都倾注到了伤员们身上,他们不怕血脓脏,不顾吃饭睡觉,一点点地为伤员喂饭,日夜守护在伤员的身边。伤员有一点好转,他们就笑逐颜开;有一点不好,他们就暗暗掉泪。轻伤员感到寂寞了,他们就给伤员讲故事。为了伤员早日康复，他们坚持工作十几个小时，院长、支部书记来赶他们，他们才肯回去睡一会儿。在给重伤员进行暴露治疗时，病房里温度很高，满屋充满难闻的气味，但谁也不怕苦，不怕病菌感染。有的同志眼睛熬红了，有的因受感染生病了，也毫无怨言。

为了救活邱财康同志，上海广慈医院医生陈德昌，上海第二军医大学附属医院的高学书、方之杨医生和河南医学院主任医生魏教授等专家，都是在接到电报或电话通知后急速乘车赶来，到院后就投入工作，有时一整天不休息、不吃饭。他们不仅亲自做具体工作，还要对医生、护士千叮咛万嘱咐，一定要把伤员照顾好，有问题马上喊他们。

高度的人道主义精神令伤员们感动，伤员们记住了张医生、李医生、邱医生、王医生以及许多护士的名字。医生张慧凡看护的是重伤员方运杰，他的四肢和头部都被烫伤了，打针都没法打，但她还是千方百计为他输液、输血。为了增进他的食欲，她拿着食谱问他想吃啥。一天，下着大雨，小方说想吃苹果，她很高兴，急忙下楼去拿，却已经没有苹果了。这时，正好许院长来了，说："食堂还有一瓶果子露。"张医生立刻去拿了过来。

一天，张医生给伤员王新春换药时，脓水顺着伤员的脸颊往下流，她心里很是难受。伤员问："张医生，你不嫌我们脏吗？"她连忙答道："怎么会，这是我们的工作，只要你们伤情早点好，我们比啥都高兴！"

伟大的阶级友爱，把受伤工人和白衣天使紧紧连在了一起，一拖烧伤工人在涧西医院也得到及时抢救和精心治疗。3月4日中午，涧西医院的医务人员刚刚进入餐厅，突然从扩音器传来紧急通知：请外科医生统统到病房来。他们立即放下饭碗，向病房奔去。片刻，4个外科医生全到了，还有40多个护士和行政人员也到了。这时病房的走廊里送来了一拖16个被烧伤的炼钢工人。1分钟后，伤员们都已被安排好，那些住院的病号，听说是炼钢工人被烧伤了，都说要把自己的床位让出去。

涧西医院以池医生为首成立了抢救小组，马上开始检查伤情。他们写下了决心书：为抢救伤员，要人有人，要血有血，要皮有皮。就连身体很弱的女同志涂丽华也伸着胳膊，说："我是 B 型血，请给伤员输血吧。"

当医生检查到杜全福的时候，他已处于半昏迷状态，脸上、手上都被烧伤了，身上也有几处烧伤，医生没办法脱掉他的衣服，为了争取时间，护士拿剪子剪破了他的衣服。这时杜全福清醒了一点，他坚强地说："你们快去看看别的受伤同志吧！"医生被他的精神感动着，也知道他说话很困难，急忙告诉他："你好好躺着吧，都安排好了。"但杜全福还是忍不住又说道："工作服是公家的，能不能不要剪烂？"在治疗过程中杜全福和许多伤员一样，都充满着可贵的革命乐观主义精神。他们躺在病床上，心里却时刻想着早日出院，继续投入炼钢战斗。无论怎么治疗，他们从不叫疼，表现得很坚强。医生和所有护理人员都很感动，自己不眠不休，只为伤员能早日康复。池医生忙得一天只吃一顿饭，他除了每天给 16 个伤员检查 3 次以外，还抽空给伤员喂饭。太累时，他就趴在办公桌上睡一会儿。

护士方炳昭看到有的伤员脸部被烧伤，就连夜做了 5 个面罩。她还根据受伤情况做了一个架子，使被子不接触伤员身体。经过 3 天的抢救和治疗，很多伤员的伤情都有所好转。有的伤员需要植皮，要特别控制细菌的感染，创造植皮的条件。全院医务人员在上海广慈医院陈德昌医生及上海第二军医大学附属医院高学书和方之杨医生的指导下，每天把病房消毒 2 次，同时对伤员进行内科和外科的治疗，10 天后，去掉了烧伤工人伤口上坏死的组织，伤口开始长新肌肉了。

在这段治疗过程中，医护人员发挥了高超的医术，使伤员的坏死组织很快褪掉。化验室人员也积极做敏感实验，成功研制出了一种可以消除绿脓杆菌和金黄色葡萄球菌的药膏。

短短10多天时间里，外科技东江主任的心情从沉重到轻松。伤员入院的时候，病房里寂静无声，技主任怕惊动伤员，总是偷偷地站在病房的门口，细听伤员的动静，如果哪一个伤员咳嗽一声，他就会急忙进去看一看。即使天气再冷，他也坚守到深夜两三点钟。一次，他听到病房里边传来伤员十分激动的说话声，连忙进去问："有什么事吗？"几个病情好转的工人异口同声说："我们什么时候能出院？想早日回去上班。"杜全福怕医生批评，补充说："我们躺着不工作，太着急了。"技主任才恍然大悟，耐心地劝他们说，养病也是工作。就这样，伤员们的忘我精神也鼓舞着医务人员，医务人员无微不至的关怀也感动着伤员，治疗工作很顺利，伤员都转危为安。

在洛阳市第二医院住院的伤员一共有20个，截至3月19日，已经出院13个。伤员熊振华见有人来，而且穿着一拖工作服，便立刻把棉袄往身上一披，直起身子向床架上一靠说："我们受伤这10多天里，天天有人来探望，厂长和车间主任都来过好几次，市委、地委和一机部的首长都来看望我们。我们真不知道用啥来感谢上级才好。"躺在床上、脸上还涂着药的小潭说："厂里的同志写来的慰问信那么多，那样关心，都说要血有血，要皮有皮。我听了这些话，又高兴又感激。虽然我受了伤，但全厂职工都在热情支援我们。"接着，他又说："来医院那天，我真着急，那时候我听得很清楚，窗外有一位同志说：'我已经化验是AB型血，快抽出来给伤员。'我是AB型血，是谁给输的，当时我很想睁眼看看，但眼皮烧伤睁不开。现在我能说话了，也能睁开眼了，我很想找找他是谁，要感谢他，因为我们俩的血汇在一起了。"

秦富林是个19岁的小伙子，他抢着说："我听说厂里报名输血的有几百人，有人把自己的血型、住址都写给领导，表示准备随叫随到。这种精神感动得我流出了眼泪，党和同志们真是关心我们。我回到厂里，非一个人顶两个人的活儿不可。"前几天已经能够坐在床上吃饭的小刘，摸了摸自己的脸颊说："你们看，原来大家都说我脸黑，这不幸烧了一下，现在好了，又都说我的脸比以前白了。"屋子里的伤员们都笑了起来。他又说："等我的耳朵好了以后，能下地了，咱们这屋子里的地板就不让大夫和护士拖了，我一个人包下来，出院后我还要继续炼钢。"老熊也忙说："我回厂里后，不光要完成炼钢任务，还要努力学习技术，来报答厂里和国家对我们的关爱，是他们给了我们第二次生命。"护士给他们送来了午饭，正好是12点半，他们又七嘴八舌地说："我们刚进医院时喝口汤都很困难，现在能吃大米和白面馒头了，我们真的非常感谢社会主义大家庭，感谢工厂，感谢党。"

第七章 创造历史

第一炉水泥的诞生

厂区西北角有两座水泥炉，烟囱里冒出的白烟像是在天空中画出的两道银河。1959年元旦前夕，这里的师傅们都还在热火朝天地加紧干活，碾料、筛料、运料、团料球，趴在高高的炉子上装料。天虽冷有的只穿件秋衣，但脸上都冒着热气。

1958年全厂大搞基建时，急需水泥，为了不影响基建工程，职工们提出自己烧水泥。首先得建造水泥炉，没有图纸，大家在地面用手指比比画画；没有材料，就到各单位去借，找点代用品或者废料。当时一连几天雨下个不停，工人们只能淋着雨坚持工作，衣服、鞋子都湿透了，也不理会。由于过度疲劳，凉气一袭，有的人鼻子流血，大部分人的嘴唇裂出一道道血缝，但仍没人退缩。

陈国华副处长也和大家日夜苦战在炉旁，其他干部也都主动在半夜起来帮助运砖运沙。苦战了10多天，终于建起了两座11米高的水泥炉。炉子建好了，还需要一种材料，叫白垩土，这种土要到山沟里去找。几位工人爬上邙山，翻过一道又一道沟，越过一岭又一岭，但始终没有找到。他们又去村里找到老人询问，终于找到了白垩土的蕴藏处。然后，厂里派工人去现场开采，一个多月开采出1500吨白垩土，满足了烧水泥的需要。

为保证后期白垩土的充足供应，谢书成小组的15个小伙子不顾路远天黑，又到五龙沟开采白垩土，因此地与厂区有一定距离，15人需吃住在这里，而这个地方只有一个破窑洞，饿了只有吃红薯充饥。夜深人静时，还能听到动物乱窜的声响和叫声。他们连续苦战，即使下雨天，工作也不停止，雨水、汗水都混在一起……

只有到了夜里，他们才会感到腿疼腰酸，大部分人手上都磨出了血泡，流着血水，但怕第二天不让干活，都忍着不吭声。可不管在什么时候，只要一听汽车响，大家都会赶紧穿上衣服，蜂拥着跑出去装车。运回来的白垩土堆成了座小山。

白垩土、无烟煤、石灰都备齐了，大家都盼望着开炉烧水泥。之前，其实没有一个人懂得水泥到底是怎样烧的。厂区派人到农村看看农民兄弟是怎样用土办法烧水泥的，取经回来后大家就着手建了个小炉子。在最困难的日子里，陈处长和工人们住在竹棚里，和大家一起研究、解决问题。炉子终于开始烧了，可烧了4天，还没有烧出水泥。一天半夜里，值班的李东洋，急得发慌，他从出料口取出几块料带到竹棚让大伙儿看，全屋的人都围拢了过来，一看料球呈黄色，大家都不说话了。水泥没烧成，又是一炉废品，大家心里都很难受。

大家也没心思再睡了，立即又围在一起研究。经分析，炉内温度可能太低了，没有达到1400℃，必须提高温度。有人担心地说："这次如果再烧不成水泥，我们咋交代？"可一旁的小李挥了一下手，说："别吵，你们听。"大家都静了下来，只听见炉内的火焰"呼呼"地响。又过了两天，小李把料口一打开，从炉内滚出了很多水泥球，还发出"哗啦哗啦"的响声。他拿着一个水泥球让大家看，大家激动不已，有的跳了起来，这就是水泥，水泥烧成功了！

大家异口同声地喊："走，赶紧向厂里报喜去！"就这样，1959年元旦前，一拖诞生了第一炉水泥，从此基建工程的用料有了基本保证。

洛阳市涧西区委的贺信

1959年2月2日,一拖召开第二届党员代表大会,中共涧西区委发来贺信《热烈的祝贺宝贵的期望》。中共洛阳矿山机械厂委员会、洛阳有色金属加工厂党委也发来了贺信。以下是涧西区委的贺信:

拖拉机厂党代表大会全体代表同志们:

欣悉你们召开党代表大会,涧西区委代表涧西全党和全区人民向你们致以热烈的祝贺。

1958年拖拉机厂党的组织,同全国各地一样,在中央、省、市委的正确领导下,在总路线的光辉照耀下,正确贯彻执行了以钢为纲,全面"跃进"和党的两条腿走路的一整套方针,大搞群众运动,大闹文化技术革命。全厂职工在学、赶、超汽车厂的响亮口号下,意气风发,干劲冲天,从而使各方面都做出了辉煌的成就。你们用具体实践进一步证明了群众运动不仅适用于小型企业,而且适用于现代化的大型企业。

1958年我们已经顺利度过了,更大"跃进"的1959年已经开始。党的八届六中全会制定了我国1959年各项建设计划的宏伟指标,全国人民在党中央和毛主席英明领导下,以更大"跃进"的速度来迎接国庆 10 周年。这在社会主义建设飞跃发展的时代里，拖拉机厂的任务更加艰巨和繁重了。全国人民都在渴望着大批拖拉机出厂，支援农业机械化的早日实现。我们深信，通过这次会议，在厂内将会掀起一个新的更大"跃进"高潮。

拖拉机厂从开始兴建到现在，都以慷慨无私的共产主义风格，对涧西的工农业生产发展给予了大力支援。我们在此表示衷心的感谢，并希望咱们在今后工作中共同携起手来，为建设伟大的社会主义、共产主义共同前进。

祝大会成功！

中共涧西区委员会

1959 年 1 月 31 日

国家向一拖下达的第一个任务

1959年4月4日到12日,从发动机车间的总装配线上,已经装配出200台用于支援农田灌溉的排灌发动机。这是一拖由基建转向生产的第一个前哨站,职工们克服重重困难,赢得了首战的胜利,给全厂以巨大鼓舞。

在这么短的时间里,完成这200台排灌发动机锻铸件毛坯的调整和鉴定,考验了模型和所有的工艺装备,也初步联动和锻炼了铸铁车间的机械化运输系统。

1959年,一拖接到国家下达生产600台排灌发动机的任务。当时的一拖,生产能力还是弱的,但国家需要一拖担当农业机械供应的大任。1959年的农业生产任务十分艰巨,只有生产排灌机械才能提高农民的生产能力,这也是一拖义不容辞的责任。经过1958年生产第一台"东方红"拖拉机的历练,职工们相信,再多再大的困难都不会压倒他们。在这片热土上,一拖人已经有力量"跳"起来了,他们希望给农民送上自己创造的果实。

任务仿佛是一座山,厂领导也向苏联专家说明了这个任务的重要性,总工艺专家道钦科同志听了非常重视。道钦科的本职工作是帮助工艺处和冷加工车间解决技术问题,已经够繁重了,但他说这是国家下达给一拖的生产任务,一定要支持,他立刻重新安排自己的工作。在马捷副厂长召集的生产调度会上,道钦科说:"排灌发动机的生产主要在发动机车间,发动机车间现在是全厂的中心，我决定由工艺处搬到发动机车间的第一线，什么时候完成600台发动机生产任务，我什么时候回来。"道钦科说话干脆、办事痛快，他在散会后就直接走向车间。

他到车间后，第一步工作就是详细了解每一个工段的生产情况。他恐怕翻译摸不透他的意图，向翻译强调："咱们不能像参观那样，我们是来参加战斗的，打仗要找堡垒，堡垒攻下了才会胜利。"

在气缸盖工段，一群人正在研究气缸盖漏水的问题。由于铸铁车间是头一次浇铸气缸盖毛坯，浇筑的这批毛坯普遍存在气孔的缺陷，但如果把这批毛坯报废，发动机车间完成装配600台排灌发动机就要受到影响，如果就这样装到发动机上，又不能保证排灌发动机的质量。

这也让道钦科感到头疼。他对工艺处刘处长说："报废是最容易的，但在目前的情况下，我们看看能不能帮助改进，既不浪费又保证质量。"道钦科详细地听取了大家的意见，立即到设计处找图纸，深入细致研究气缸盖的产品图。他发现在产品图上有规定：不相邻的两个孔漏水，可以用镶入衬套的办法去补救。

道钦科找到了补救办法，但在镶入衬套以前，还要把原来的孔再铰大，如果专门去做一个铰刀，已经来不及了。道钦科又深入车间在上千个零件里找，终于在钢零件工段找到了类似的零件，尺寸也正好符合要求。他兴奋地告诉车间工人们："气缸盖可以修理了！"大家都向他投来敬佩和感激的目光。

技术科科长对道钦科说："您对我们按时完成600台排灌发动机生产任务发挥了关键作用。"道钦科却谦虚地说："你们才是排灌发动机的制造者，农民朋友应该感谢你们。"

600台排灌发动机按时完成了，可标准零件车间在退火环节，炉子又遇到问题。标准零件车间要负责生产排灌发动机上300多种零件，如果因退火炉的煤气管道问题，材料不能退火，那可就麻烦了。其他机械加工车间也在赶工，爱莫能助。解决问题最快最好的办法，是自己动手安装炉子。

可是，退火炉的煤气管道上的转式阀门全厂都找不到，工程师和老师傅们都急得团团转。车间主任唐瑞阶说："还是我们自己动手做吧。"他跑到机修站对师傅们说："请你们24小时内把零件赶出来。"工人们坚定地回答："坚决完成任务。"阀门的研磨加工要100%合乎质量，错一丝就跑煤气。这样的技术要求一般工人都干不了，自动机工部8级工焦青卿副主任和几个6、7级的老钳工亲自动手，星期天也没休息，突击了一天，终于完成了任务。他们日夜不离现场，用3天烘好了炉子，炉温未完全退却就下料了。4月4日，终于完成了第一炉退火任务。

在赶制排灌发动机过程中，苏联专家巴克罗夫一下汽车就往发动机车间跑，他连翻译也不带，袖子一卷就去帮助工人解决调整问题。当他发现铸件毛坯加工余量大、有气孔、清砂不净，就到铸铁车间找检查员和工长谈，要他们注意质量问题。三气工部的清洗机喷孔被脏东西堵塞，他怕别人修理不好，就自己拆开部件擦，不顾气冲水淋，一头伸进清洗机里清洗，清洗完毕又拿千分尺匆匆去量堆在工部西头的废弃气缸体，量完废弃气缸体后，他对工人说，这些工件不能报废，有些还能加工。说着就把一个气缸体吊在滚筒机上边，边加工边给工人讲解操作方法，实现废物再利用。

6日晚上是第一次在装配流水线上装配发动机。还没有开始装配，装配室里就挤满了人，杨厂长和马副厂长都亲临现场。工人们站在自己的岗位上，等待着流水线的开动，只见蒋工长从这个流水线跑到那个流水线，又从东头跑西头，边走边喊："准备好了没有？"随着他的一声令下，工人们两手按着部件，弓着腰，流水作业开始了。发动机在滚道上徐徐向前，工人们谁都怕自己装备不及，影响下道工序，部件一流到跟前就很快地装配。徒工蒋奉臣是去年8月才进厂的农村小伙子，他怕因个人装配不好影响其他工序，早几天就在分装线上勤学苦练，还在装配汽缸盖的电动扳手上安了一个夹头，不用手拧，而是电动扳手一转就把吊环拧好了，提高6倍功效。

铸铁车间熔化工部担心如果不能把所有的造型浇注完，会直接影响生产计划的完成。为此，他们手快腿快，由过去一包250公斤铁水浇铸中型铸件需30秒，压缩到20秒浇铸完。

造型工部为满足熔化工部浇注，在落砂机还没有安装的情况下，用人工落砂。

人工清理工件，是一项艰巨的任务。他们手持铁锤，将每一个铸件上的毛刺打掉，并清理黏砂，192名工人全部投入还不够，铸钢车间和铸铁车间的清理工人也跑来帮忙。

铸铁车间生产出的95种铸件，可装配200台以上的排灌发动机，有力地支援了发动机车间。

锻工车间连杆小组负责赶制排灌发动机上的连杆，他们夜以继日地工作，4月10日前提前完成2400件连杆生产任务。许工长一连几天都在车间，太累时，就披上一件棉袄躺在车间的僻静处睡一会儿。

有色修铸车间担负着29种25200件排灌发动机上的耐磨铸铁件和钢铸件。为完成这一任务，陈福民师傅把炉膛砌大，炉子容量由250公斤扩大到300公斤，原来6个人每天开2炉，现在开3炉，并且及时把浇注出来的毛坯加工成半成品，为冷加工车间节约生产时间。在全厂职工的努力下，经过日夜赶制，4月5日已经装配出15台，4月份生产了600台排灌发动机。发动机车间的装配实验室里摆满了一排排崭新的发动机，这是全厂职工苦战了无数个昼夜的结果，渗透着全厂职工无数的汗水和智慧，大家抚摸着它，都有说不出的激动。

农民写信称赞"东方红"拖拉机

汝南县光明人民公社拖拉机站写信给一拖,称赞"东方红"拖拉机质量好、工效高。

亲爱的洛阳第一拖拉机制造厂全体工人老大哥:

我站于1959年2月8日接到了两部你厂制造的"东方红"54马力拖拉机。广大社员群众早已盼望使用我国自己制造拖拉机的愿望实现了。

国产"东方红"拖拉机各部质量很好,到站后每台已工作648小时,经过试车和犁、耙、播三项作业的实际考验和技术鉴定,普遍认

夜以继日地向全国各地发运拖拉机(被采访者贾克智提供)

为这种机车质量好，优点多。第一，各部零件质量很好，安装细致认真，机车寿命长，估计如果能认真保养和检修，"东方红"拖拉机20年的作业寿命，可以大大地超过英国"阿尔"牌拖拉机的质量。第二，马力较大，适合深耕要求，合乎我国情况。经实际试验，拖带铧犁深耕达60厘米以上，最深的达72厘米，一天一夜完成286.4亩（熟亩）。第三，操作方便，灵活好用，因此人人热爱"东方红"拖拉机。第四，设计好，用途广，作业项目多样化，除了做犁、耙、播外，还适应碾压、抽水、发电、轧花、磨面等作业。第五，成本低，耗油少，经过春作业，这两部每个折熟亩消耗柴油合0.48公斤，比其他车每亩降低0.06公斤。因此社员在看到"东方红"拖拉机耕地时说："毛主席是咱们的好领导，'东方红'拖拉机真是好，不吃草不吃料，日夜干活呱呱叫；犁得深，耙得到，质量好，效率高，成本低，产量高，共产主义早来到，男女老少哈哈笑。'东方红'，不简单，什么活都能干，农忙去耕地，农闲去磨面，抽水送粪它能干，荒地变粮川，年年季季粮满囤，羊肉鸡蛋盘中餐，我们一起加油干，支援工业化、机械化定能早实现。"

亲爱的工人老大哥，你们成功地制造出了"东方红"拖拉机，这是在共产党和毛主席英明领导下，你们苦干、实干、巧干的结果，是"大跃进"运动中克服困难，开展技术革命的结晶。因此，感谢苏联老大哥，感谢工人老大哥们，让我们携起手来共同努力，继续苦干、实干、巧干的精神，为力争1959年工农业生产更大、更好、更全面的丰收而努力。

　　此致
敬礼

河南省汝南县光明人民公社拖拉机站全体职工敬启

三台"东方红"拖拉机参加国庆展览

1959年6月13日,底盘车间总装配工部为参加国庆展览,精心制作和装配出3台崭新而漂亮的"东方红"拖拉机。这是一拖在生产条件调整中按照苏联设计和工艺,用本厂的毛坯制造出来的,经过技术检验部门严格检验,质量完全符合国家标准。这3台"东方红"拖拉机将参加1959年

拖拉机被起吊装运(被采访者贾宝源提供 新华社记者杨震河摄)

10月1日国庆展览和1959年国际展览会。

由于一拖还处在生产调整时期，生产条件还不具备，制造拖拉机时困难很多。但是，全厂职工积极克服困难，对每一道工序、每一个零件都认真研究，严格按照技术要求。为了每道工序完全达到质量标准，每个工人和技术人员都是通宵达旦、绞尽脑汁，直到工件完全合格为止。

最初做发动机试验时发现气缸盖冒烟，发动机车间经过反复试验，发现所用的活塞销子不合格，车间职工连夜进行修理、加工。驾驶室部分发现有问题，冲压车间也反复进行检查，使其完全合格。铸钢车间供应的导向轮、牵引板的铸钢件，由于还有毛刺，表面还不够光滑，就重复进行喷砂、清理。这3台拖拉机较过去的产品，许多零件有很大改进，如各种操作手把都经过镀铬，驾驶室改为金属结构，在玻璃窗上镶上胶皮框，油箱制造工艺改为风焊等，真是质优、物美、价廉，工人们看着它们，就像看到自己的孩子一样高兴。

铸钢车间熔化工部日产8炉钢

天车在头顶上飞来飞去，浇注滑车忙个不停。炼钢工人们手持铁铲在电炉旁忙碌着，炉口映出的红光照亮工人的脸庞。铸钢车间熔化工部的工人，满负荷、大批量进行生产调整，达到了日产8炉钢，创造了开炉以来的最快生产速度。

工部梁主任40多岁了，身体还有病，但他每天早早在炉旁检查，看到小李拿铁杆的姿势不对，就给他作示范。他对接班的工程师说："要沉住气，按分工进行工作，千万不要慌。"炉长戴尔身开完会就去和组长李太平商量，决心要大干一场，可是临开炉的前两个小时，他的肚子忽然疼了起来。经医生检查，他的体温竟超过了38℃，必须立即休息两三天。小李看到炉长的脸色苍白，站在那里腿发软，便劝他回去好好休息，让他放心，大家保证炼出合格的钢。戴尔身难过地说："我真是对不起大家，现在正忙，我却休息。"

第一炉钢水出完后，要热加料。当炉壁上的温度还有六七百摄氏度的时候，小伙子李海善就趴在炉上加料，汗水浸湿了衣服，脸被烤得通红。就在这时，他发现钢水剧烈沸腾的时候，电极上的螺丝头掉到炉里了。必须赶快扒出来，否则钢水的锰含量要高。旁边的李德修举起铁耙从炉里往外扒，脸上的汗水滑下使他的眼睛睁不开，他用胳膊在脸上胡乱一擦，就又使劲地扒。当他把螺丝头扒出来的时候，才感到脸上被烤得起了一层薄皮。这个小组的工人们就是这样苦干，在两三天内炼出了5吨优质钢。

在这紧张的日日夜夜，铸钢车间的工人时刻想着他们的党委书记刘诗钦。刘书记和蔼可亲，高大的身体、灰白色的头发和胳膊上的伤疤，见证了他以往的艰苦岁月和光荣经历。他一身"老八路"的作风，披着一件穿了10多年的大衣，不分昼夜忙碌在工厂里。他是在沙场上打过强敌，因弹伤而左臂残疾的转业军人，但他不搞特殊，仍像在战场上指挥战斗一样，继续领导大家为制造拖拉机而战斗。

第八章 锦绣花絮

第八章 锦绣花絮

一拖宣传部部长

到一拖报到时，苏远36岁，他的任命书上写着："苏远，职务：洛阳第一拖拉机厂宣传部部长。"

苏远原是新华社武汉分社社长，一拖开始筹建后不久，他接到组织部的调令，调他到一拖任宣传部部长。他以一个新闻人的敏锐洞察力，知道国家要有自己的工业了。156个重点工程，正是新中国成立后第一个重要战略部署。他很庆幸也很激动组织上会选调他。

苏远以最快速度乘火车到达开封。河南省主管文化工作的副省长握着他的手说："你到拖拉机厂当宣传部部长，肩上的担子很重。我们首先考虑在军队的干部里挑选。国家正需要大批军队干部转入工业战线，充实队伍。"苏远表示，一定不辜负组织的期望。

苏远在去往洛阳的路上，都在想拖拉机的事。这之前，他曾到东北采访过，那时新中国成立的礼炮声刚刚响过，国家立即加大了对农业机械方面的投入，在资金十分匮乏的情况下，中央硬是拿出了4个多亿，从国外进口了2.8万台拖拉机，优先供给了东北、新疆的大型国有农场使用。但是，新中国还有80多万个村庄，2.8万台拖拉机是远远不够的。也许正是国家在农业机械供给上太捉襟见肘了，党中央才作出了这样伟大的决定，加速中国工业机械化进程，自力更生，生产我们自己的拖拉机。

就在苏远报到的一个星期后，一拖大会战的"奠基"仪式开始了。那天，洛阳古城几万人参加了仪式。

第二天清晨，收音机里播出新华社的一份关于"一拖会战启动奠基"的简报，这一消息立刻引起了全国的轰动。祝福、祝贺和慰问信雪片似的飞向洛阳一拖。宣传部的同志每天都能收到全国各地的来信，简直应接不暇。经过登记、整理，差不多有2600封。让苏远没有想到的是，黑龙江桦川县一个叫五里屯的偏远村庄的村民来信说，他们早就盼望有一台拖拉机，现在得知我国开始建拖拉机厂，觉得终于有盼头了。为了表达兴奋和感激之情，村民们自发地把节省下来的500多公斤大米送给一拖。

当苏远把这个情况反映给厂筹备处后，厂领导当即指示：马上回电报，农民兄弟不容易，告诉他们，谢谢农民兄弟的情谊和支持，大米我们不能收。可是，五里屯的村民们在桦川县委的支持下，还是不远万里租了专车，把大米送到了一拖工地。在这种情况下，厂里只好收下，准备换成钱给农民们，可他们坚决不要。这样感人的事例还有很多很多。

一天，河南南阳地区的群众给工地送来28吨木炭。他们听说一拖急需木炭，那里山高路远，又没有运输工具，老乡们克服重重困难，用人背肩扛的办法，一捆一捆从山上背下来，然后又背着木炭整整走了半个月，终于把木炭送到一拖，解了工厂的燃眉之急。徐州市送来了全市人民自发捐钱购买的1万多吨耐火土、砖、石块。还有全国上千万名少先队员，开展捡废品活动，把卖废品换来的钱一分不剩全寄到一拖。

一拖的启动，引起了全国人民的关注，同时也得到了兄弟城市和各大工厂的鼎力支持。上海、东北等老工业基地的140多个厂矿，争着为一拖培训技术干部和技术工人，还有150多个单位直接提供了设备和材料。1953年到1954年，全国来了7000名技术人员和工人，其中数建设大军最

第八章 锦绣花絮

为庞大，主力军是解放军建筑第八师和上海第五建筑工程公司。所有人在中央的一声令下，背起行囊就离开了故乡，离开了繁华的城市，来到陌生且条件落后的地方。

全国人民对一拖的关注，苏远作为一个新闻人，时刻被文字背后的故事深深感动着。他在一篇报道中说："当第一根钢桩打进这古老的土地，冉冉升起的不仅有东方的旭日，还有几亿农民炽热而渴盼的目光。"他目睹了创业者们在一穷二白的基础上遇到的无数的艰难，感受到了创业者们在困难面前无私无畏、敢想敢干的英雄气概，目睹了新中国第一台拖拉机的诞生。当首台拖拉机披红戴花驶过一拖大门，广场上欢呼雀跃的人们把庆祝的锣鼓敲打得震天动地，沉寂的千年古城沸腾了，久违的欢乐汇成了海洋。人们像护送国宝一样，护送着这台"铁牛"。

"东方红"拖拉机履带滚压过的地面曾经是农民脚下的黄土地，而拖拉机即将从这片热土出发奔驰在960多万平方公里的大地上。一个叫王铭的摄影师拍下了一张张照片，将镜头聚焦在了"一五"期间拖拉机厂的创建和生产中。在没有任何工业生产基础的情况下，这是人们不可想象的事，这个年代的人们多么值得骄傲啊！苏远从每一张图片、每一篇文字背后，看到了建设者们的汗水、建设者们的奉献。创建者更像"铁牛"，正是因为这些"铁牛"的坚韧意志和吃苦精神，才有了"东方红"拖拉机的诞生。他感觉字典里对"苦""累"两个字解释得还不够，应该加上一些新的延伸，以体现那个时代的一种精神。

由于宣传工作的特殊性，他记录了很多鲜为人知的发生在建厂初期的故事。在1956年厂区工地上，到处竖立着钢筋水泥预制的厂房立柱，10号、11号街坊建成了一批新的红色宿舍楼，先建成的9号街坊第12栋楼本来是给苏联专家住的，但接到洛阳市委的通知，要在西苑路上统一建造一座外宾专家楼，经费由几个大厂出，这个专家楼的名字叫友谊宾馆。

友谊宾馆于1955年12月6日开始动工，1956年10月1日正式建成。友谊宾馆占地近20亩，建筑风格端庄典雅，中西合璧，大气中不失现代气息，是洛阳市当时唯一一家涉外宾馆，也是当时洛阳最时尚的一个地标性建筑，后来被称为洛阳的"钓鱼台国宾馆"。这样，一拖1956年建成的9号街坊第12栋楼就让给了厂部办公室，厂部便从新建校迁到了9号街坊，厂长和书记们则集中在10号街坊第5栋楼。

接下来，按照初步的设计，全厂职工15000人，年产德特-54型履带拖拉机15000台，生产方式是单一、大量的流水线生产。为了宣传一拖生产的拖拉机，党委宣传部专门组织潘承杞等工程师，编写了一本《D.T.54拖拉机》，介绍该拖拉机各部件的性能、用途以及驾驶和保养等知识。

三年后的春天，毛主席十分惦念生产拖拉机的事，并询问和关心拖拉机的式样和性能。他说："拖拉机型号、名称不可用洋字。各种拖拉机产品的样式和性能一定要适合我国的气候和地形，并且一定要是综合利用的；其成本一定要尽可能降低。"

大家听了这一重要指示后都非常激动，党中央和毛主席对中国的拖拉机如此重视。这样苏远他们又纷纷行动起来，发动全厂乃至全社会来帮助起名。时任一拖厂部办公室副主任的安道平向苏远建议，给拖拉机起名为"东方红"。苏远眼前一亮，马上把这个名字推荐给厂长。在厂党委常务会上，大家都非常满意，同意用"东方红"这个名字。上报机械部后，很快得到了批准。从此，一拖生产的拖拉机都用"东方红"这三个醒目的大红字。

安道平提出了这个名字，可他没有向厂里要名誉，更没有要任何奖励，一直到后来，苏远想到这是一件大事，应该让一拖的后人知道，便写了一

第八章 锦绣花絮

篇文章——《"东方红"的由来》。

1959年,周总理视察一拖,苏远和杨立功等厂领导都陪同参观,苏远记录了当时的情景,写成了一篇文章。10月12日,敬爱的周总理亲自到厂里来视察了。那天早上,在职工们的一片欢呼声中,周总理由吴芝圃等陪同乘车来到厂门口。苏远和几个厂长、书记都列队上前迎接周总理。周总理和他们一一握手后,环视四周说:"你们这里好大呀,真是个大厂。"在接待室里,厂党委书记兼厂长杨立功向周总理作了简短介绍。随后,一行人陪同周总理到车间视察。

周总理先后视察了发动机、底盘车间(后来的第一装备厂),每到一处,他总要问这些全新的机床是哪里生产的。杨厂长回答说大部分是国产的,少量是苏联的。周总理又问苏联给的设备到齐没有。杨厂长回答说还有几台关键设备没有到,比如538滚齿机,应到7台,只到3台,另外还有好多技术资料没有给。周总理点点头。

在底盘车间,周总理走到一个正在操作的年轻工人身边,那个年轻工人立刻停下来向周总理行礼说:"总理,您好!"周总理亲切地抚摸着他的肩头,问他多大了,当工人几年了,还夸奖他干得好。那位工人说,他做得还不够,要向姚长友学习。周总理望着杨厂长说:"姚长友是谁呀?"杨厂长赶紧回答说:"我们厂工具车间的工人模范。像姚长友这样的工人模范,还有发动机车间的卢富来、铸钢车间的戴尔身。"周总理露出了满意的笑容,说:"呵,你们已经在注意培养人才了,挺好。"说着他走到拖拉机总装线旁边,看到拖拉机总装线两旁摆放着许多待装的零部件,工人们一一给周总理作了介绍,并按动了总装线的电钮,周总理看到总装线徐徐地转动起来。

这时,马捷副厂长看了看手表,周总理也看了看手表说:"该下班了吧？"马捷说："不，不着急。"周总理又说："你们是吃食堂吧？"杨厂长说："是的。"周总理就说："走，我跟你们一块儿去吃饭。"在一旁陪同周总理的洛阳市委书记吕英急忙说："总理，友谊宾馆已安排了午饭，已经准备好了，去友谊宾馆吧。"周总理对吕英说："不用了，我们在厂里吃完饭还有事要谈呢！"于是，周总理由杨立功、马捷陪同，到办公楼东头二楼职工食堂和大家一起用餐，同桌的还有河南省委书记兼省长吴芝圃和洛阳市委书记吕英。

饭后，周总理没有休息，便到接待室和大家座谈，这时他谈到了一拖的交工验收一事。他一再强调："大会要隆重热烈，但不要铺张浪费，工厂投产后，不仅要生产合格的拖拉机，而且要培养合格的人才。要记住，你们是中国的第一啊，要出中国第一的产品，育中国第一的人才，创中国第一的业绩。"周总理的这些话，让大家非常感动，后来历届厂长、书记都把周总理的教诲当作自己工作的座右铭，把周总理的"三个第一"作为厂训。

就在周总理视察回去不久，1959年10月26日，他在一机部部长陈正人的《关于一拖落成典礼的报告》上批示："请谭副总理主持剪彩典礼。"

1959年11月1日，一拖厂前广场临时搭起了舞台，要在这里举行隆重的落成典礼，庆祝一拖交工验收。大会上，吴芝圃代表国家验收委员会作了验收报告，谭震林副总理代表党中央、国务院向全厂职工表示热烈祝贺，他说："第一拖拉机厂的建成投入生产，象征着我国建国10年来工业建设取得了辉煌成就，是我国沿着农业现代化道路前进的一个胜利的开端。我国农民早已盼望'耕田不用牛，点灯不用油'的伟大时代已经开始了。"最后，杨厂长代表全厂15000名职工，对党中央、国务院、省、市领导的关怀和鼓励表示感谢，并决心做到"三个第一"。时任最高人民法院院长的谢觉哉也在会上讲话。大会还向毛泽东主席发致敬电，向全国群英会发致

刚建成的一拖（被采访者贾宝源提供　新华社记者摄）

敬电，向苏联代表团赠送锦旗。接着，大会主持人马捷副厂长宣布剪彩开始，全厂职工都拥向厂门口。谭副总理拿起剪刀，微笑着看了看新建成的厂房，迅速地剪断了彩带，全场响起了雷鸣般的掌声。

在这样一个个火热的日子里，苏远结识了无数可敬可爱的人，他们为拖拉机的诞生作出了不平凡的贡献。

第一台"东方红"拖拉机诞生记

按照计划,一拖要在 1958 年年底前生产出第一台履带式拖拉机,时间已经相当紧张。为了赶工期,所有人每天早上 8 点进厂开始工作,往往忙到次日凌晨 1 点,为了不影响第二天上班,他们有时会集体睡在厂房内。

底盘装配车间里钣金工、钳工、电焊工、锻工等工种的工人对照图纸,把拖拉机上千号零部件拼接安装起来。他们日夜奋战,包括工人、技术人员和干部们,都经历了无数个黑夜和黎明,在克服了一个个困难后,第一台"东方红"拖拉机就要生产出来了,工人们激动地说:"自己生产的拖拉机如同自己的亲生孩子。这个日子,我们盼望太久了。"

师傅们精心装点这台拖拉机。他们在这台拖拉机的车头上挂上毛主席画像,在车身最显眼的地方用大红纸写上"东方红"三个大字。车的四周围着红绸子,驾驶室门上戴着大红花。随着一阵欢呼雀跃,锣鼓喧天,鞭炮齐鸣,彩绸飞舞,专门从长春汽车厂调来的汽车驾驶员,奉命登上了"东方红"拖拉机的驾驶室。他两手熟练操纵着连杆,不一会儿拖拉机履带缓缓起步,"隆隆隆——隆隆隆——"一头真正的"铁牛",威风地在装配现场来回转着圈,只见它一会儿进一会儿退,一会儿加速一会儿刹车。这头"铁牛"在驾驶员的驾驶下,不断展示着风采。围观的人们眼花缭乱,这就是我们的"铁牛"啊!人们扬眉吐气,不停地热烈鼓掌。直到有人提醒:

前方会场，厂领导和很多群众都在列队欢迎呢！驾驶员立刻调整了方向，在东、西、南、北、中几个方向转了个遍后，一路向正南方向前进，前方是厂区中央大道，聚集在厂大门口的人们在等着"铁牛"的到来。

各厂房和车间的工人师傅也都停下工作，簇拥着拖拉机走向厂区大门。驾驶员驾驶着它，绕着广场沉稳而灵活地转着圆圈，红日和拖拉机飘舞的彩绸交相辉映，驾驶员的脸上布满了红光，他对记者说："我是20岁时学会了开汽车，那已经让很多人羡慕了，可今天我更荣幸了，因为我成了中国第一台'东方红'拖拉机的首位驾驶员。"

这个驾驶员从接到命令那刻起，就开始练习，一直到把每个操作部件的位置、名称都烂熟于心，就是为了今天的展示。拖拉机经过的地方，人们都想伸手摸摸，上前瞧个仔细，大家都喜欢得不得了，陶醉在幸福中。

"这就是'铁牛'啊！"全体人员欢呼着，这台拖拉机是1万多名建设者奋斗得来的，更是为几亿农民准备的，早已聚拢在广场上的群众，无不欢欣鼓舞，每一个人的眉间都挂满了自豪。来自郊区的农民兄弟说："中国人自己造拖拉机，拖拉机厂的工人老大哥多么了不起啊！"

很快，一拖第一台"东方红"拖拉机诞生的消息连带图片被传到了北京。"祝贺！祝贺！祝贺！同志们辛苦了！"时任机械工业部部长谭震林，兴奋得抑制不住，在电话里大声说了三个祝贺，他告诉厂领导："我马上报告给周总理。"

一拖人沉浸在欢乐中。一周后，杨立功厂长接到北京的通知，要用专用运输车把这台（主要靠手工锻打制造出来的）"东方红"拖拉机运送到北京！这是新中国自己制造的第一台履带式拖拉机，它承载着所有建设者的艰苦劳动来到北京，告诉全中国、告诉全世界：几千年来牛犁人耙的时代就要结束了，"东方红"拖拉机就要登上历史舞台。

1959年11月1日,中国一拖迎来了生命历程的又一个庆典日——一拖落成典礼。

从那天起,这头"铁牛"也有了自己正式的机械名——"东方红"牌54型履带拖拉机。从那天起,"东方红"拖拉机完全按照工艺设计流程组装,总装线上每十几分钟就能组装成一台拖拉机。从此,一台台"东方红"拖拉机源源不断地被输送到中国农村。这一台台拖拉机代替了耕牛,带着工人老大哥的自豪,也带着新中国的骄傲,奔驰在祖国的大地上。

一拖几万名职工,在刘刚、杨立功等共产党员、"老八路"的率领下,在以吴敬业、刘尔雄、刘寿荫、罗士瑜为代表的知识分子精英的设计规划下,在以裘约克、李启明为代表的青年才俊的努力下,在以卢富来为代表的技术工人、能工巧匠的操作下,在以装卸队、建八师等为代表的建设者以及千万个从农村来当工人的一线人员的共同打拼下,组成了农机行业的排头兵,组成了共和国工业建设大军。他们展示了中国工人自力更生、无坚不摧的精神,在中华民族的农机生产历史上留下了最浓重的一笔。

半个世纪前,建设156个工业项目,是按照中国的人口大国和农业大国的实际情况作出的英明决策,随之才有了中国人自己的农业机械。一拖生产的拖拉机开垦了全国60%的耕地,真正为提高农民农耕能力、粮食的自给自足提供了物质条件。土地开发、粮食丰收、人民温饱、国家发展,是对世界上想用经济制裁卡中国脖子的西方少数国家最有力的回击。"东方红"拖拉机,不负党和国家赋予的使命,它的名字留在了全中国人民心中,"东方红"拖拉机属于中国,属于工人阶级,属于中国广袤的土地,属于这片土地上的农民。

第八章 锦绣花絮

拆迁的村庄

1954年8月的一天,旧唐屯到处一派劳动的景象,有耕地种麦的,有摘花摘豆的……可就在这时,从地南头大路上开来了一辆汽车,引得人们都停下手中的活,翘首看稀罕。

从汽车里出来几个人,他们没有向田间干活的人走来,而是在地的南头说着什么,蹲下来用手比画着什么。这时村委会主任王仁意把手中的农具往地上一放,赶忙过去想要探个究竟。原来是老汤,前几天就来过,他们是刚刚结识的。老王很兴奋地上前握住了他的手。

老汤和老王打招呼:"王叔,我正要去找你哩!"他身边有几个人拿着长长的探铲在地上捣孔。有一个戴眼镜的人,还把从地下探出来的碎土拾起一块,看了又看,然后装进背包里。

老王感到奇怪,问:"装这土块干什么?"老汤说:"要进行化验哩!"老汤趁势拍了他一下,说:"国家要在这里建设我国的第一个拖拉机制造厂啊!"

王仁意这个刚从旧中国过来的农会积极分子、共产党员,听到国家真的要制造能犁地的拖拉机,高兴得眼睛都发亮了。其实,在去年他就听到过有关建厂的消息,但耳听是虚,眼见是实,今天这架势像是真的。见老王满脸高兴,老汤又把他拉到一边,郑重地告诉他:"在这里建工厂,需要农民们腾出土地，拆掉房屋，迁移坟墓，恐怕这工作有难度，需要你们配合做群众的思想工作。"

老王思忖了片刻，说："要在这儿建设拖拉机厂，是好事，村民们都会欢迎的。如果真有什么困难，动员工作我们村委包做！"

这天晚上，屯里召开了群众大会，老汤在会上讲了建设拖拉机厂对实现农业机械化的意义，接着又把具体情况加以说明。他特别说了，如果建厂占了谁家的土地、房屋，国家都会按价赔偿，并帮助大家解决土地和住房问题。

老汤的话让会场顿时活跃起来。但村子全部拆迁，村民们几辈人都住在这里，先人们也都埋在这地下，现在要离开祖祖辈辈生活的地方，故土难舍啊！尤其是上岁数的人不舍得走，王仁意很理解他们，便耐心地向村民解释。

他说："如今要在咱村的地上盖工厂，这是新中国的大事，听说又是党中央、毛主席的决定，咱得支持。咱们能从旧中国过来，过上好日子，多亏了共产党，现在国家要发展，咱得舍小家为社会主义大家，要相信国家会给咱们安排好的。即使暂时安置不了，将来一定会给咱们安排的。"

他还说："这里建工厂造拖拉机，是代替牛来犁地的，咱们现在把村子献出来，支持工厂建设，等将来拖拉机生产出来了，咱们也能受益。"听了他的话，大家的心里亮堂了许多，王仁意从打"老日"到打"老蒋"，再到分田地搞土改，都是村里的顶梁柱和主心骨，大家伙信得过他。

一些村干部、党员当场表态，都听政府的，啥时叫搬就搬。

很多村民也七嘴八舌，有的说："这有啥想不通的，建拖拉机厂还不是为了咱农民过好光景。过去穷得叮当响，房无一间，地无一分，如今解放了，政府给我们分房分地，现在政府要建工厂，我们哪有不支持的道理。"

有的说："咱也不能只看到那几间房子、几亩地就不同意搬迁，影响建拖拉机厂。"有些年轻媳妇还表示要写信让在外掌鞋、锻磨、打小工、做小手艺的丈夫回来参加拖拉机厂建设。

人群中，唯独王二叔和王二婶两口坐在碾盘上低头不语。见一圈人都说了一遍，王二婶很想要王二叔说两句，可王二叔就是不吭声。王二婶趁着在黑影里，用膀子顶了顶王二叔，没想到这一顶，王二叔立起身来拍拍屁股回家了。王二婶见状站起来说："地方多着哩，为啥拖拉机厂要建到俺们村？俺盖那三间新瓦房才住几天？"听她这一说，不少人站起来要和她理论。老支书觉得有个别人想不通也能理解，需要细致地去做思想工作，也就宣布散会了。

第二天早上，太阳已经升起来了，王二叔家的大门还没开，老汤约着王仁意到王二叔家去走走，敲了半天门才把门叫开。王二叔弯着腰去给老汤、王仁意搬凳子。老汤见王二叔不停地握着拳头捶腰，就问："王二叔有腰疼病吧？"王仁意说："咋不是哩。他那几亩地，全靠人拉犁、担粪，累得他成这个样子。"说起自己的腰，王二叔也说："唉，我咋说呀，这都是解放前俺受苦，给弄成这样的。"说着眼圈就红了。王仁意知道王二叔、王二婶都有一肚子苦水，对王二婶说："还记得狗旦哥是咋死的吧？不就是那年兵荒马乱，地主逼债，你家那一亩多地没牲口种不上，在家饿得慌，我同狗旦哥到集上去要饭，赶上鬼子的飞机来了，他没来得及跑，被炸弹炸死了。"王仁意的话让王二婶忽然想起她的儿子，哇的一声哭了起来。这时，一边的王二叔再也忍不住了，说："建拖拉机厂，我心里高兴得很，啥时候叫搬家，俺啥时候搬。"说着瞥了王二婶一眼，这时王二婶一边抹眼泪一边说："我这个人，真是糊涂了，昨晚不该说那些话。干部们放心，俺支持。"当天，王二婶就叫王二叔扛把锯子，到地头把那 3 棵柿子树锯倒了，说支援国家建设，这次要跑在前面。

就这样，唐屯顺利搬迁。两个月以后，拖拉机厂帮助迁居的农民盖起了一个新唐屯，全村有300多间房子，平均每人可住2间房，并分得了田地。旧唐屯成了工地。建设拖拉机厂的高潮开始后，建筑工人、解放军工程部队、各种管理干部和技术人员，从全国各地拥向洛阳。王仁意把全村40多名青年男女组织起来，成立了一个探墓大队，参加地下文物的铲探和处理工作。

一拖建成了，1958年生产出的第一批拖拉机，送一台给新唐屯。一天，新唐屯的父老乡亲得到这个特大喜讯：一拖要把一台刚生产出来的16马力煤气拖拉机送到新唐屯来，回馈唐屯对拖厂的支持。

送拖拉机的那天清早，工人们给拖拉机披红挂绿。当太阳刚刚从东方露出笑脸的时候，副厂长郑定立就率领着大家，敲锣打鼓，把拖拉机开来了。那天，新唐屯像过节一样，每家每户里里外外被打扫得干干净净，人们都换上了新衣裳。王二叔起了个五更，一连烧了好几桶开水，放在大门前让大家喝。拖拉机的车身前面"东方红"三个大字闪着红光，三个字的下面为镂刻的铁板，上面有一个发出万丈光芒的红太阳图案，非常漂亮。全村的老少爷们、姑娘媳妇们都来观看，队伍排了好几里地，真是比过年还热闹。

这辆锃光明亮的拖拉机，外形像一个漂亮的小房子，红色的车身格外喜庆和漂亮，工人们把它打扮得像个新娘子。王二叔摸着拖拉机，说："从搬家的那天起，就盼望着能使唤咱们自己的拖拉机，今儿可真的能开了。"大家前前后后拥在拖拉机的周围，人们高兴极了。聚集在村头欢迎的农民们，吹拉弹唱，敲锣打鼓，热闹非常。

后来，拖拉机开到了田地边，只见拖拉机的犁铧一过，湿油油的黄土被翻了出来，像地面被划开了长长的河道，又像土地笑得咧开了嘴角。人们惊愕地瞪大眼睛，欢呼声中，有人把帽子掷向天空，笑声被风吹了几里远，整个村庄一连几天都在沸腾。

拖拉机被送到新唐屯的第二天，为了感谢工人们的支援，村里组织了一个慰问队，到一拖热闹了一天。从那以后，一拖和新唐屯成了"亲戚"。逢年过节，职工总要到村里串门，村民们也会到厂里探望工人。

"东方红"拖拉机真的代替了耕牛，新唐屯成为第一个有"东方红"拖拉机的村子，新唐屯也红了。

"东方红"拖拉机到北京

王俊卿结束优秀中专生的培训后,被委任到新的岗位,来到最重要的拖拉机底盘装配车间任领导,这个车间负责拖拉机完成组装下线的最后一步。当时,厂房虽然已经建成,但除了机修站有几台设备外,绝大部分设备还没有安装。一直做共青团和组织部门工作的他,对设备安装一窍不通,甚至连设备名称和实物都对不上号。接受任务后,他边学边干,依靠有经验的师傅,慢慢地摸索,懂得并熟知了整套安装流程。后来,每当有重要领导来这里视察,参观拖拉机生产流水线时,他都能够熟练、准确地讲解。"实践出真知",他常常用毛主席的话来鞭策自己。

具体到拖拉机装配线,当时困难重重,整个古城洛阳,工业基础是十分薄弱的。完成一条装配线,连一些最简单的辅具都没有。首先是安装机器急需的垫铁没有,就是掏钱也买不到。被小小的垫铁难为住了,这怎么办?王俊卿先是带着工人们到厂里的各车间寻找边角余料,把厚度差不多的垫铁捡回来再进行加工,就这样搜遍了角角落落,这个问题终于解决了,可之后又遇到了新问题。

安装机床时,需要一种遂平县出产的沙子,他马上派人到原产地寻求帮助,在颇费了一番周折后,终于找到了。后来,安装时又需要大量的螺钉、螺帽,到哪儿弄这么多啊?这时,东北来的车床师傅说:"咱们不是有

发往全国各地的"东方红"拖拉机（被采访者贾宝源提供　新华社记者摄）

万能车床吗？我们可以自己加工，这样一来，需要多少，需要什么样的尺寸、直径都可以满足。"车床师傅的一席话，所有的问题都解决了。

后来，装配线需要两根小轨道，经多方打听，得知洛阳市安装公司有，但因材料少，人家自己都不够用。王俊卿和市安装公司讲明情况，最后他们把所有库存的材料都给了一拖，解了燃眉之急。装配线是拖拉机诞生的摇篮，在克服了无数个困难后，总装配线终于安装完毕，大家无不百感交集，似乎有一种万里长征后的喜悦和自豪，大家都说："这条线我们成功了，后面再大的困难都不怕。"

那个时候，王俊卿作为车间领导，最难做的工作是劝工人师傅回家休息，他怕大家把身体搞坏了。可无论怎样劝，工人还是不肯走，他们要么偷偷地加班加点，要么这边刚劝走一批，另一批又偷偷回来了。他们这样不辞辛劳，为的是拖拉机早日从这里生产出来。正是凭着这股子不要命的精神，拖拉机的总装设备全部提前安装完成。第一台拖拉机缓缓下线了，在一片欢腾中，王俊卿和很多工人都流下了激动和幸福的眼泪。尽管这台拖拉机的毛坯都还是由苏联提供的，但它标志着一拖已经具备了装配能力。

1958年的国庆节就要到了，一拖要向新中国成立9周年献礼，全厂人等的就是这一天。很快，总厂得到北京的指令，组装40台拖拉机，并从中挑选17台送往首都，参加在北京天安门广场举行的国庆庆典活动。

此刻装配线还在不断地调试，工人们有的坐在地上，有的趴在地上，一摊儿一摊儿地组装。在这个节骨眼上，生产驾驶室的设备还没有着落，车间立刻组织成立了突击队，再安排机床生产已是来不及了，于是决定由几名技术过硬的老工人手工敲制，突击完成。

9月29日，一机部汽车局又传来消息，要求一拖生产出两台54型履带式拖拉机，在国庆游行时作为其他礼品车的牵引车。消息传来，大家欢欣鼓舞，随之压力也更大了，但大家没有退缩，而是更加拼命，车间里灯火通明，他们不分昼夜、通宵达旦。到了最后的冲刺阶段，大家对每一辆车试了又试，查了又查，挑了又挑，选了又选，最后在15台54型履带式拖拉机中挑出了两台性能最好的。这两台拖拉机的颜色是紫红（红色是后来才定的颜色），又挑出了驾驶经验丰富的张洪和方建军两位师傅前往北京。

为防止拖拉机轧坏路面，大家又想办法用胶皮把履带包裹起来。就这样，"东方红"拖拉机迎着朝阳，搭乘火车、汽车，24小时不停地奔驰，终于在规定的时间内到达北京。10月1日凌晨3时，张洪和方建军驾驶着拖拉机来到东长安街东头指定地点，当时除了驾驶员和王俊卿外，工厂其他随行人员都站在拖拉机两侧，和其他游行群众一起编队。

终于到了最激动人心的时刻。上午10时整，北京市市长彭真宣布庆祝中华人民共和国成立9周年大会开始，接着响起了雄壮的《义勇军进行曲》，然后是震耳欲聋的礼炮声。礼炮声后，阅兵式开始，人民解放军海陆空部队意气风发、精神抖擞，人们热血沸腾，口号声、欢呼声此起彼伏，震耳欲聋。

阅兵结束了，群众游行开始了，一拖的"东方红"拖拉机随着游行的队伍，缓缓驶向天安门，在通过天安门时，按规定可以稍作停留。那一刻，他们看到了毛主席和其他国家领导人正频频向停留的车队和群众招手。此时，王俊卿再也控制不住激动的心情，满含热泪，不停地高呼："共产党万岁！毛主席万岁！"

"东方红"拖拉机在国庆之日亮相北京，一拖人在国庆庆典上见证了这一幸福和难忘的时刻。这次经历是一拖工人最值得自豪和骄傲的事。"东方红"拖拉机划时代地第一次亮相国庆盛典，成了新中国社会主义建设里程碑式的镜头，永远被载入新中国的史册和一拖的史册。

"东方红"拖拉机在长安街上行驶的过程中，受到路人和游行群众的欢迎。所到之处，人们都会驻足观看，人群里都会响起阵阵欢呼声。庆典一结束，王俊卿立刻跑到邮局给厂里发了电报："我们的拖拉机已顺利通过天安门，向厂长和全体职工报喜！"

回到洛阳后，王俊卿所在的车间沉浸在幸福和兴奋之中，但他们心系工作，又马上投入新的战斗。他们知道，真正繁重的工作还在后面，那就是迎接1959年11月1日的一拖落成典礼。这之后"东方红"拖拉机将正式大批量投入生产，这才是"铁牛"成长起来的标志，这个日子成了全厂所有人心中最重要的日子。

扛枪打仗的人学会了管理工厂

为了建好一拖,河南省委下了大力气,将全省的县委书记、县长,市委书记、市长调来了一半,这些人在战场上出生入死,在解放战争时期斗地主、分田地,搞农会,立下过汗马功劳。当初,他们办工厂,领导工人,还真有点摸不到门路。但他们都勤奋学习,和技术人员、工人师傅打成一片,很快适应了工作,成为工人们信服的领头人。

1947年冬天,天寒地冻,曾经是沁阳县委书记的郑维祥,看到干部、战士都还穿着单衣,冻得瑟瑟发抖,有的战士们不得已白天只好披着被子。于是,他发动干部自己动手做棉衣,用5个银圆买了土布,又用稻草灰将土布染成灰色,请当地能裁剪的妇女帮忙裁剪,每个干部也都拿起针线学着做棉衣、棉帽,这样大家很快就穿上了暖和的棉衣。

曾有过这样的经历,郑书记心里想:战场上那么艰苦我们都过来了,工厂里也一定没有我们克服不了的困难。他到一拖后,负责机械供应。一开始他一筹莫展,别说采买机械了,他连机械是啥名称都不知道,很多更是听都没听说过。为了解决这个问题,他想到一个办法,直接去找设计师、工段长、工人师傅,和他们一起翻阅图纸,不厌其烦地把几百个零部件所需要的材料和名称都一一标记好,然后按这些名称进行调拨采买。没想到这个乱如麻的事被他轻易解决了,及时地完成了拖拉机组装。有了这个经验，他心中更有数了。遇到新问题，他就学习、摸索，不仅掌握了更多的机械零部件名称，还了解到它们在哪儿用、用途是啥。就这样，在他的安排下，全厂所有车间的设备、产品所需的材料都得到及时供应。这个当年能做棉衣的县长，后来一跃成为一拖机械处处长、副厂长，一直到洛阳市委书记、河南省经委副主任。

来自临水县的县委书记荆玉秀，在一次突围战斗中负了伤。他把从身上取出的弹片和炸他的空弹壳都保存着，并随身带着，以警示今天的生活来之不易。他来到一拖后，负责全厂的燃料供应。在他心里，这些都是国家紧缺的计划物资，决不能有任何纰漏和疏忽。这样一个在战场上出生入死的人，考虑的不是躺在功劳簿上享受，而是怎样为国家、为工厂节约，虽然所处的不是生死考验的战场，但他同样是一个敢于担当的合格指挥员。

永城县委书记卢中铭，到一拖后负责基建工程。那时，国家物资匮乏，但为了保证一拖的早日建成投产，他认真组织有关人员，审定各工程图纸、施工方案，根据实际需求，克服重重困难，一次次上北京机械部跑资金，还要找熟人、托关系到各地调运水泥、木材、砖、石、钢材，及时地保证了材料供应，使得看似无法按期交工的基建工程如期顺利交工。

南阳行政专署建设处处长夏金钟，1953年来到一拖工地，是工地指挥部负责探墓的工区主任。他每天都在工地，就是为了保证探墓速度。一度人手不够，他跑遍洛阳城区和市郊的大街小巷，找来上千个会捣窝打墓的人员，昼夜不停地干，为工厂早日开工争取时间。后来探墓结束，基建开始，工地急需木材，他又跑回自己的老家联系，终于搞来木材，保证了工程顺利进行。

伊川县县长宋伟彪，任一拖生产调度处处长兼总调度长，还负责总装车间工作，拖拉机正式投产后，班产达到了70台。装配线每天24小时运转。他作为总调度长，基本上也是天天陪伴着履带式拖拉机装配，晚上10点了，他还站在装配线旁，一直要看着装配工人结束工作洗澡下班了，他才离开厂房。那时的履带式拖拉机是一拖的主产品，也常常是生产组织的矛盾焦点，与此相关的有几十个分厂，在零部件供应的环节上若出现任何衔接不上，都会给装配线造成很多、很大的麻烦。为此他要解决所有有关分厂出现的问题。他的时间表上，早已没有了上下班的概念，分不出是白天还是晚上，他的心和腿都安在了总装线上。早已过了下班时间，可看到当天的装车计划还没有完成，干部、工人都还在埋头苦干，他只有赶紧通知食堂不要关门，快点给装配工人做点饭送来，工人们边吃饭边工作直到当班的任务完成，他才松了一口气。

如果遇到哪个分厂影响装配线总装，他会发怒，如果还不能到位，他会立即让那些单位的领导来总装现场，让他们亲自看看疲惫不堪的装配工人因兄弟单位没有好好配合而不能正常下班，使得那些领导再也不敢怠慢和掉以轻心。

工人们信服这样的领导，他们曾经是新中国的功臣，当新中国的工厂需要时，他们又把自己交给了工厂，把生产现场当成了战场，只要他们在，阵地就在，只要他们在，就没有克服不了的困难。一拖有这样一批扛过枪杆子又来摸机器的领导和工厂、工人心连心，工人们跟着他们走，就有精神，就有力量，他们是红色铁流中最先涌动的那股，是一拖的先锋和排头兵。

孙旗屯老乡和工人家属的故事

1957年2月1日上午，冒着纷飞的大雪，《拖拉机报》记者任继武到孙旗屯第一集体农庄参加工农联欢会。

联欢会在孙旗屯村北头的广场上举行，虽然人们身上落了薄薄的白雪，脸都冻得通红通红的，但欢乐使得人们不觉得冷，大家都笑嘻嘻地交谈着一年来工厂生产和个人生活上的重大变化。孙旗屯乡党支部书记孙中生也向大家报告集体农庄的成绩，一拖职工代表立千仞等同志，对农民给予的多方支援表示感谢。该村小学生还表演了手铃舞和秋收舞。

联欢结束后，任继武到几个工人家里访问。原本想着他们会向他诉苦，没想到他们都讲到当地乡亲们对自己的帮助。当初，因厂里房子紧张无法安排这些从北京、广州、上海来的职工家属，只好把他们安置在孙旗屯。老乡们听说后，都以最高的礼遇接待他们，把自己最好的房子腾出来。

全屯共腾出了150多间房屋。他们说："工人老大哥的家属从北京、上海到咱这里，为谁呀？还不是为咱们能过上好光景嘛！造拖拉机，这对咱的生产有多大的帮助啊！"乡干部怕工人家属说话老乡们听不懂，生活细节和风俗习惯不同，和当地的工农不好相处，特地召开了多次村民大会，教育大家主动团结工人家属。还怕孩子们淘气顽皮，特别交代学校教师给学生们讲，要他们和工人家属的小孩团结友爱，互相帮助。

工人家属来的时候，农民们赶着牛车跑七八公里路去帮他们搬家，拿出自己家的东西给工人家属使用……这中间发生了很多感人的故事。来自上海的工人家属仇月华感激地说："农民们对我们真是太好了，我头一天到，没有柴火也不会生火，房东就拿出自己的玉米秆帮我生火。年前，我家蒸笼坏了，她家的也坏了，她就跑到对门借了人家的给我送来。馍蒸好了，我送几个给她，她说啥都不要。他们的生活很艰苦，吃的都是杂粮，就连她家媳妇小产，吃的也是玉米面。我送了点白面给她，谁知人家一下给我送来35斤红薯，过年时，又给我送来一大筐。我过意不去，就送给他们5斤大米。现在，我和房东就像一家人。"

就在她和记者交谈时，又来了好几个职工家属来找仇月华出去玩。看任继武和她正聊着农民的事，她们也争先恐后说了起来。

任继武问她们："你们在上海，吃得好、住得好、买啥有啥，乡下生活过得惯吗？"仇月华说："农民吃的啥、穿的啥，我们的生活比他们好太多了。农民对我们很实在，有一点好东西都先送给我们尝。"她们的回答，让任记者很感动。他知道，这些家属住到这儿，买菜吃肉都困难，也没地方转，但她们从没有埋怨，反而都理解和支持丈夫工作。仇月华还让他看了看孩子们穿的新衣服、新皮鞋和堆满屋子的过年物品。任记者问："你爱人的收入不少吧？"她笑着说："我爱人是4级钳工，每月74元，家里共6口人，老奶奶还长期有病。但日子能过，比起这里的农民，我们过得还不错，主要是我们也是有计划节省着。"

任记者离开时，夜幕将要落下。广场上联欢的人也早已散去，漫山遍野都是灰蒙蒙的，只有白雪映照的地方，还是明亮的。风雪打着他的脸，走路都很困难，可他的心里却很暖。这些家属远离大城市来到洛阳，为生产拖拉机作出了很大的牺牲，可她们生活上很知足，从不计较这些。还有那些淳朴老实的农民，不怕麻烦，无私地给予支持和帮助。这一切的一切，都融化了他身上的寒冷，使他看到了一拖的明天，看到比鲜花还美好的工农联盟友谊。

教农民学开拖拉机

一拖的拖拉机生产线正在加紧建设,正式投产的时间可能大大提前,而农民兄弟姐妹们会不会使用呢?厂里早就想到了这个问题,于是,有关部门决定在拖拉机制造出来前,就教会他们使用。这样,拖拉机一出厂,他们就能驾驶着拖拉机在田地上耕作了。

一拖在1957年2月22日、2月28日、3月20日派出5名技术员,到洛阳市郊安乐窝给农民讲有关拖拉机的知识、拖拉机的操作和维护保养方法,有100多名青年农民和乡干部前来听课。

为了便于农民理解和接受,他们除了充分备课、认真细致地讲述,还把厂里的拖拉机开去一台,让农民兄弟姐妹们对实物有所了解。拖拉机开到了家门口,农民兄弟姐妹们既感动又好奇,学习劲头大得不得了。工厂技术员对着拖拉机讲解,农民兄弟姐妹们听得也很明白,他们竖起大拇指称赞技术员。

他们说:"真不愧是工人老大哥,觉悟就是高。这样关心我们,我们一定要早点学会使用,搞好农业生产,保证粮食大丰收,更好地支援一拖的工业建设。"学员们热情很高,好几个青年都是跑十几里地来学习。其中,有个叫赵麦女的青年妇女,已是两个孩子的母亲,也来学习。她说:"驾驶拖拉机是我的梦想,也是我们农民的梦想。这次学习,我觉得我有信心,

洛阳农民群众第一次看到中国制造的拖拉机（被采访者贾宝源提供　新华社记者摄）

不管多大困难，我非学会不可，为我们女青年争光。"

课讲完了，农民兄弟姐妹们都不想离开，围着拖拉机摸摸这里、看看那里，依依不舍。他们在回家的路上还想象着有一天自己开着拖拉机在田野上奔驰的样子，异常兴奋。

技术员们没想到农民兄弟姐妹们这样喜欢和爱护拖拉机，更没有想到他们的学习热情这么高。技术员说，以后有时间还会来给他们作辅导。

早春三月，天还是冷冷的，技术员们心里却是热乎乎的，他们说："我们回去也要加油干，争取拖拉机早点出产，给农民兄弟姐妹们一个大大的惊喜。"

工厂周边的商业区应运而生

第一个五年计划里有 6 个工业项目落户洛阳，给这个古老的城市注入了新的能量。转眼的工夫，人们像不认识这个古城似的，西部不仅有了那么多工厂，还多了一个崭新的、五花八门的商品世界，解决了几个大厂职工的商品供应问题。

一拖最早实行供给制，后来是工资制，没有奖金，没有加班费。可他们每天工作时间远远不止 8 个小时，那个年代对他们来说，重要的不是物质待遇，而是忘我的革命精神。可毕竟还要生活，这些来自全国各地，特别是来自上海、北京、广州、大连、天津等大城市的建设者，工作慢慢稳定了，生活方式随着生活环境都发生了很大改变，他们虽能克服困难，但购物还是成了他们最头疼的事。眼看随身带的用品都用完了，一些生活的必需品却买不到，比如牙膏、护肤品等，穿的就更不用说了。有些特殊的物品，比如像苏联专家吃的面包，都得到郑州去采购。

一下子拥进几万人的建设大军，让洛阳的商品供应严重不足。不少人说："洛阳古，洛阳土，洛阳的生活苦又苦。白天走路像摸黑，夜间电灯像蜡烛，要啥啥没有。"确实，在这之前，洛阳全城的商业网点主要集中在市区东边的老城，洛阳市 4.5 平方公里的范围内，没有一个像样的市场和百货商店，大部分货物也都是由传统的手工小作坊做出来的。涧西的工人们来这里购物差不多要跑10公里远，其供应的物品也根本满足不了人们的需求。

为了涧西几个大厂生产不受影响，保证这些工业建设者在洛阳长期稳定，让建设者们安心，解决工人们的生活物资供应，成了洛阳市政府的当务之急。为建设大军做好后勤配套服务的另一场战斗打响了，这场战斗虽不属于国家的"156项目"，但它却能辅助相关项目在洛阳很好地完成。

于是，洛阳一边确定在涧西建立物资买卖市场，一边向发达的大城市请求支援，希望上海、广州等大城市的商户们来洛阳开商店。洛阳市政府一边派人到上海、广州进行游说动员，一边先在涧西厂区周围建几个小市场，来缓解工人们的日常生活物资供给问题。这些小市场的名字，也都是根据工地名称起的，如704工地附近的市场就叫704市场，703工地附近的市场就叫703市场；河南人集中居住的地方叫河南市场，上海人集中居住的地方叫上海市场。这些所谓的市场，其实就是用芦席棚搭起来的四面透着风的简易营业房。

围绕这些市场，有关部门随即也根据洛阳涧西工业区的分布，开辟和修建了一条条马路。这些路名都很好听，如景华路、太原路、长安路、天津路、青岛路、湖北路等。围绕这些路、街坊，按顺序排号，即0号街坊、1号街坊、2号街坊……从此，这些街坊和老城区的大街小巷，共同出现在洛阳城的地图上。

有了烟火气息的街坊，加上几个特色的小市场，很快稳定了人心，市场上来来往往的人渐渐多了，商品也逐渐丰富了，小商业区很受欢迎。

上海和广州那边也传来好消息，一批商户即将来洛阳落户。另外，围绕几个大厂矿将着手筹建大的商场。洛阳市政府和"156项目"有关工厂商定，在华山路与景华路交叉口、景华路和太原路交叉口筹建两个商场，名字就叫"上海市场"和"广州市场"，每个市场占地面积达到3万平方米。从那时起,洛阳有了这样两个大型百货市场,它给工厂提供了强大支撑,也给洛阳商业发展带来了机会。从此,洛阳"上海市场"和"广州市场"这两个市场,为这个古老城市增添了一对展翅腾飞的翅膀。

洛阳市政府前往上海、广州等商贸业发达的城市招商引资,是一次成功的尝试,引来的商户,有国有企业,也有私营商户。他们来到这里,一方面是因为看到了商机,另一方面是出于对洛阳这个新兴工业城市的支持,另外,当地政府请他们来为自己家乡的来洛建设者们提供方便,好让建设者们更安心地工作。

一年后,上海、广州等地共来了约350家商户和88个商店,职工2000多名,这是继建设大军之后,又一批为了新中国的工业发展举家迁徙的城市居民。他们当中有不少是携老带幼、带着全部身家来到洛阳的,他们同样表现了一种奉献精神。

商户们的到来,使整个洛阳城的物资供需发生了根本的变化。尤其是他们带来的商品,方便了建设者们,也影响了当地人固有的生活方式。也是从那时起,涧西工业区人们的消费观念,极大影响着洛阳这个古老城市中的居民。

一些墨守成规的洛阳老城人,慢慢也丢弃了某些旧传统,他们先是欣赏涧西人的穿戴,后来自己也讲究起吃穿了。洛阳当地人喜欢喝汤、吃水席,涧西人喜欢吃米饭,配几个炒菜,但这些饮食习惯慢慢都融合在一起了。

谁也没有想到,因工厂而派生出来的商业,会改变和影响这个城市,两大商贸市场成了这个城市亮丽的风景。如果说工人们是为国家的富强而创造财富,那么市场的繁荣也让人们享受到社会主义丰富的物质,让人们越来越体会到劳动带来的幸福。

上海和广州，在旧中国，它们是十里洋场、灯红酒绿的花花世界，但洛阳的"上海市场"和"广州市场"与旧世界的不同，他们在洛阳这个古老的城市里，在新中国工业建设繁荣发展的历史中，焕发新颜，是一个全新的、蒸蒸日上的，充满社会主义新风尚、新思想、新面貌，为工农大众服务的市场。洛阳城的巨变，是新中国社会主义工业建设的结果。

如今的洛阳，早已成为一个既古朴又新兴、既传统又华丽的全新的、举世闻名的城市。20世纪50年代建设者们刚来时，洛阳城还仅仅是个小城。很快，东有小北门集贸市场、十字大街、老集花鸟市场，西有广州市场、上海市场，广州食堂（后改称广州酒家）、永余照相馆、万氏照相馆（后改称人民照相馆）、红光照相馆、三友理发店、上海理发店、上海旅社、万国药房等，丰富、方便了人们的生活。"小上海"和"香港街"的名字不胫而走，名扬全国，成为继十大厂矿之后洛阳又一个特殊标志。

因为工厂，那些建设者们早已把洛阳当成了第二个故乡，这一条条路和一条条街坊，一家家商店和市场，有他们的脚步、身影和笑声，见证了他们生活的苦辣酸甜。

"广州市场"及"上海市场"的上千名职工和他们的子孙，也和几万名建设者一样，永远扎根在洛阳这块土地上。他们和来自四面八方的建设者们共同为城市带来了改变，他们口中的上海话、广东话、东北话、天津话、湖北话等，也都成为这个城市跳动和交流的音符，和着工厂的劳动号子，一同汇成了一曲新时代的交响乐。

洛阳如今成了充满工业气质的现代化都市，这里的白杨树和法国梧桐，高大气派，它们搭起绿色长廊，让年轻的建设者闲暇时在这里享受新生活的惬意。

丰富多彩的职工业余文体活动

"东方红"拖拉机正式投产了,一拖没有辜负亿万人民的期望,一台台拖拉机驶下生产线,从工厂到农村,真正成为农民喜爱的"铁牛"。工厂蒸蒸日上,而在另一片天地里,一拖职工业余文体活动也开展得热火朝天。

那时的一拖,工人业余文学创作组、美术创作组、文工团等文艺创作和演出团体的活动开展得轰轰烈烈,犹如一个文学艺术的殿堂,工厂里人才辈出,文艺成果也如雨后春笋。

在厂党委宣传部和厂工会宣传部的领导下,1958 年 7 月 1 日成立了一拖工人业余文学创作组,李清联任组长,方常良任副组长。此后他们开始了以工厂生活为主题的文学创作活动,利用周日或其他业余时间集中学习,拿出各自的作品,供大家讨论。就这样,由工人创作的一篇篇佳作诞生了,在社会上引起轰动,反响强烈。1959 年的《河南日报》用大半版篇幅刊出了李清联、方常良、高林生的诗歌作品和业余美术创作组王洪仪所配的插图。

1959 年年初,厂党委宣传部创办了不定期文艺刊物《东方红》,在当年 10 月 1 日,交给一拖工人业余文学创作组主办,直到 1963 年 9 月 1 日,共办了 14 期,李清联、方常良、高林生等为《东方红》的主编,他们把业余时间几乎都用在这一宣传阵地上。

1959年一拖工人业余文学创作组合影
前排左四组长李清联、左五副组长方常良，前排左二高林生、左七夏池娃、
左八杨绪业，后排左五边玺中、左七王益龙（被采访者提供）

以文学为载体，宣传广大职工克服困难圆满完成生产任务，对职工们起到了鼓舞和导向作用，厂党委副书记唐振华、工会宣传部部长陈新元也都带头创作。人们生产之余读读这些讴歌工厂、赞美拖拉机、赞美工人、紧跟时事的诗歌、小说、散文，享受文化大餐。

在中国诗坛上曾有"北有一汽王方武、戚积广，中有一拖李清联、方常良"的美称，一汽、一拖两支工人文学创作队伍，并立在20世纪50年代中国工人诗坛上，为新中国的诗歌事业作出了重要贡献。后来，李清联出版了《我们沸腾的工厂》《拖拉机开出了厂房》《新犁催开浪花》3本诗集。

不少创作者从《东方红》起步走向全国，方常良的杂文、评论在省报发表，高林生的诗集和杂文集出版。边玺中、李六正的诗歌，夏池娃、杨绪业、王益龙的小说，都分别在全国、省、市报刊发表。在河南人民出版社出版的《河南十年诗歌选（1949—1959）》一书中，收录了一拖多名工人业余文学创作组成员的诗作。由一拖工人业余文学创作组编辑、人民文学出版社出版的诗集《我为祖国造铁牛》，共收录一拖33名创作者的60多篇诗作。作为一家国家级出版社，为一个工厂的业余文学创作组出版诗集，这是不多见的。

著名作家艾芜，诗人光未然、郭小川、戈壁舟、安琪，农民诗人王老九等，都先后来一拖参观并对业余文学创作组创作活动进行辅导。大家创作的诗歌内容清新、充实，格调豪迈、爽朗，鼓动性强，极富有时代感。这是因为他们都生活和工作在一拖，熟悉工厂的生产，亲自参加了火热的生产建设，其感情自然真切，读者能从字里行间感受到工厂的沸腾，听到时代的脚步声。

他们的作品为一拖增光添彩，当年创作的诗歌和文学作品，在《诗刊》《奔流》《河南日报》《洛阳日报》等国家、省、市级报刊上发表。

一拖还有一个业余美术创作组，成立于1957年，岳西岩任组长，贾宝源、陈锦顺任副组长。他们以工厂为题材，创作了大量反映工厂生活的作品。从第8期《东方红》开始到第17期，他们和一拖工人业余文学创作组合编了10期刊物，并为该刊提供了数十幅美术作品。业余美术创作组经常举办职工业余美术作品展览会，产生了曹森尧、蔡嘉谷、王洪仪、郭万松、禄海重、张增云、王波等一批创作者。创作组成员创作的油画、版画、中国画、水彩画、插图、剪纸等作品，一部分参加了全国、省、市美术作品展览，一部分作品还在全国、省、市级报刊发表，还有单幅宣传画出版发行。

在1961年洛阳市文学艺术工作者第四次代表大会上，洛阳市文联第三届委员会所作的《洛阳市第三次文代会以来的文学艺术工作基本总结》报告，对一拖的文艺创作活动给予高度评价，特别对岳西岩创作的油画《第

一拖贾宝源创作的木刻版画《待发》（被采访者提供）

一拖岳西岩创作的油画《第一台拖拉机的诞生》（被采访者提供）

1959年一拖业余美术创作组合影
左五组长岳西岩、左六副组长陈锦顺、左九副组长贾宝源、左二王波、
左三王洪仪、左七张增云、左八张兆华（被采访者提供　王铭摄）

一台拖拉机的诞生》（刊登在河南省文艺刊物《奔流》上）、贾宝源创作的木刻版画《待发》（刊登在《人民画报》1960年第23—24期合刊上）给予了表彰。人民文学出版社出版的《我为祖国造铁牛》一书封面，由一拖业余美术创作组陈锦顺设计，同时他还和业余美术创作组的王洪仪、周华强共同承担了该书的插图工作。

1961年前后，河南省美术协会主席、著名画家谢瑞阶，中国美术家协会副主席、著名画家叶浅予，到一拖参观时都对业余美术创作组给予很高的评价并进行指导。

一拖业余文工团也成绩斐然。业余文工团成立于1956年，厂工会宣传部文艺干事潘克芳（后任厂俱乐部主任）和姚斌（后任厂俱乐部文艺干事）、

1959年拖拉机厂业余文工团团员合影（被采访者提供）

孙建贵先后专职主抓业余文工团工作。业余文工团由数百人组成，包括民族乐队、管弦乐队、合唱队、舞蹈队、话剧队、豫剧队、曲剧队、越剧队、曲艺队等，业余文工团参加全国、省、市文艺会演，屡屡获奖。业余文工团创作队伍人才济济，反映工厂生活的自编自演节目所占比重非常突出。

在音乐创作上，工具车间技术干部刘造新是成就最突出的一个。他从1958年到1961年共创作了31首作品，他作曲的《"东方红"拖拉机开出厂》，获1960年河南省文联举办的业余歌曲创作比赛一等奖、1960年中国音乐家协会举办的业余歌曲创作比赛三等奖。由河南省歌舞团表演的《"东方红"拖拉机开出厂》在全国职工文艺会演上获二等奖（厂业余文工团团员车玉民参加演出，刘造新任指挥）。演出结束后，著名作曲家时乐蒙、马

河南省歌舞团在北京举办的全国职工文艺会演上表演由王益龙作词、刘造新作曲的歌曲《"东方红"拖拉机开出厂》。照片上的指挥是一拖业余文工团民乐队队长刘造新（被采访者提供　贾宝源摄）

可上台接见了演员，并对这个大合唱给予高度肯定，马可还在《工人日报》上对这首歌进行了解析。

　　1962年，在洛阳市群众业余文艺交流演出中，业余文工团自编自演的节目名列前茅。一拖工人业余文学创作组王益龙作词、业余文工团刘造新作曲的《给农业插上金翅膀》获创作、演出优秀奖。《革命历史歌曲联唱》获演出优秀奖，其朗诵词是由一拖工人业余文学创作组方常良创作的。曲艺队王惠改编的相声《标准钟》获创作奖和演出奖。除了自编自演节目外，在这次会演中得奖的节目还有：《民乐合奏》，舞蹈《扎丝罗》《剑舞》《巧

一拖业余文工团排的话剧《夺印》《渔人之家》《红岩》等的剧照（被采访者提供　贾宝源摄）

姑娘》《阿拉木汗》，话剧《红花》等。一次会演，一拖业余文工团有这么多节目、演员和创作者获奖，让一拖职工们扬眉吐气，更加增强了他们作为主人翁的自豪感。

在戏剧创作方面，一拖也是成果频出。1963年豫剧队上演的大型现代豫剧《夺印》《我家来了一客人》都十分出色。话剧队吴英杰创作的反映工厂题材的现代豫剧《发放窗前》，也在省里比赛中获创作奖和演出奖。

在20世纪60年代，当时由新华社记者在一拖俱乐部拍摄的业余文工团的大合唱照片被发向全国，影响深远。《人民音乐》杂志、《奔流》戏剧

1965年,中共中央候补委员、八机部部长陈正人观看一拖业余文工团演出后接见全体演职人员(被采访者提供)

1963年,八机部领导和厂领导观看一拖话剧团演出的话剧《霓虹灯下的哨兵》后接见该剧的演职人员(被采访者提供)

1962年,八机部副部长杨立功与市文联等领导观看一拖话剧团演出的话剧《山花烂漫》后接见该剧的演职人员(被采访者提供)

20世纪60年代,一拖业余文工团演出的舞蹈《丰收》参加一拖俱乐部举行的中日联欢晚会,获得好评(被采访者提供)

专刊、《河南戏剧》也相继刊出业余文工团演出时的照片。

业余文工团的话剧队,更是扬名省内外的一朵瑰丽的奇葩。20世纪50年代,在工人、导演兼编剧的王益龙等主创人员的带领下,一拖由一个话剧队发展成话剧团。话剧团演出了《夺印》《渔人之家》《红岩》《霓虹灯下的哨兵》《年青的一代》《山花烂漫》等剧目,这些剧目多次获奖,他们的演出还受到八机部领导陈正人、杨立功的喜爱和肯定,也受到本省、市话剧团的青睐，有外省、市的话剧队专程来洛阳观看和交流。中共中央候补委员、八机部部长陈正人看后很激动，鼓励一拖话剧团创作自己的好剧本，到北京演出。

一拖话剧团演出的大都是自编自演的节目。王益龙编剧、导演的话剧《豫西烈火》，王道行创作的反映工厂生活的独幕话剧《岗位》，吴英杰创作的工厂题材的独幕话剧《检查团到来之前》，都非同凡响。厂话剧团演出的这些剧目，影响至今犹存。

1961年，一拖工会宣传部特制了别样的贺年卡，贺年卡上印的是一拖业余合唱队、管弦乐队、民族乐队、舞蹈队、曲剧队、话剧队、曲艺队等演出时的照片，以示纪念和鼓励。《人民音乐》1964年第7期刊出了一拖大唱革命歌曲的赛歌场面的照片。

1961年，洛阳市召开文学艺术工作者第四次代表大会，一拖党委宣传部部长张青及业余文学创作组的李清联、方常良、高林生，业余文工团的刘造新，业余美术创作组的岳西岩、贾宝源共7人出席了会议。业余文学创作组组长李清联和业余文工团的刘造新，还分别在大会上作了发言。

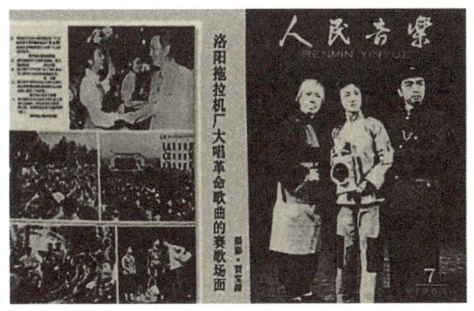
《人民音乐》1964年第7期刊出一拖大唱革命歌曲的赛歌场面的照片（被采访者贾宝源提供）

20世纪60年代初，在一拖俱乐部拍摄的一拖业余文工团大合唱的场景（被采访者贾宝源提供）

孙文才（左一）和一拖职工业余篮球队队员们（被采访者贾宝源提供）

20 世纪 60 年代，一拖的文艺创作及演出活动富有成效，究其动力，应是源于一拖的诞生、中国人自己制造出了拖拉机。

一拖能有如此丰富的文化活动，令人赞叹、值得喝彩。其中，有一个鲜为人知的故事。在建厂初期，一拖用一台拖拉机换来了中央体育学院篮球系毕业的优秀体育人才——孙文才。孙文才来到厂里后，担任俱乐部专职体育干事，主抓职工体育运动。不久，在八机部陈正人部长的倡导下，由一拖牵头承办了第一届面向全国大企业的篮球邀请赛，活动圆满结束，影响很大。后来一拖又成功举办三届运动会。一个体育健将带动和发展了一拖的职工体育运动，为该厂职工文化生活增添了又一亮点。

用一台拖拉机换来一位体育人才，在今天看来，有些不可思议，因为现在的人们难以想象当年购买一台"东方红"拖拉机有多难，先不说钱的多少，购买须凭票，一票难求啊！一拖能有这样的大手笔，可见领导的魄力和气度，也足见工厂领导对一手抓生产劳动，一手抓精神文化生活的强调和重视。据统计，从 1953 年到 1962 年，一拖在省、市篮球、足球、乒乓球、游泳等体育比赛上场场夺冠，当年的一拖，俨然是洛阳市乃至河南省文化体育明星！

还有两个团队不能不提，他们不仅丰富了一拖职工的业余生活，而且给支援一拖生产建设的苏联专家带来了巨大的慰藉，那就是一拖的民族乐队和管弦乐队。

在 1956 年至 1959 年的建厂初期，民族乐队活跃了职工文娱生活。该支民族乐队由厂里工程技术人员、管理人员、医务工作者和工人等组成，队员最多时有 30 多人。在建厂初期较艰苦的条件下，厂俱乐部为乐队提供排练场地，为队员发放各种民族乐器。队员们也克服种种困难，一边搜集各种民间舞曲、地方小调和民歌等，一边自己整理、汇编乐谱，并坚持利用业余时间排练节目。为了能给来自全国各地的建设者们在艰苦生活中增添点乐趣，厂俱乐部每周末都要为职工举办一次舞会，而这支乐队无偿为舞会伴奏。

民族乐队和管弦乐队还承担另一个特别任务。当年，洛阳友谊宾馆是援建一拖的苏联专家的住处，洛阳市为他们每周举办的友谊舞会，伴奏就由一拖的民族乐队和管弦乐队担任。让乐队没有想到的是，舞会上苏联专家对民族乐队演奏的具有中国民族特色的民间舞曲、地方小调和民歌特别喜爱，每次都好像听不够、跳不够。若遇重大节日，这个乐队还要排练一些较大型的民族音乐节目，在厂里的晚会上演出。

在那个艰苦的年代，民族乐队为一拖职工带来了难以忘怀的幸福时光，民族乐队和其他文体组织的队员们一道，为一拖建设和发展作出了特殊贡献。

追忆一拖当年文体活动的盛况，重新认识这一个个鲜活的人物，他们既是在各个工作岗位上兢兢业业的好工人，又是热情投入业余爱好的文艺人才，他们不图名不图利，但都有一个共同的心声，那就是对工厂、对祖国、对新生活的爱！正是这些爱，让他们在工作之余，用自己的歌声、舞蹈，在工厂的舞台上展示美丽，一拖繁荣的业余文化生活，是红色铁流中的一朵朵美丽浪花，永远流淌在一拖的历史长河里。

他们当中很多当事人还健在，都愿意回忆这些经历，却不愿意写他们的事情，他们说："我们不是劳模不是大人物，不值得写。但还是让我们记住那个年代和那个年代里许许多多这样可歌可敬的小人物吧，分享他们的人生，以纪念那个年代里每一个为新中国工业建设而忘我劳动的人们。"

外地来洛修拖拉机的姑娘

随着一拖"东方红"拖拉机的正式生产,很多拖拉机已在田野上工作,受到广大农民的热烈欢迎。但它毕竟是机器,在高强度的磨损、消耗中,会有一些零部件需要更换。

1960年11月下旬,陕西某县尧生公社的拖拉机出故障了,喷油嘴堵塞,只能再买新的更换。公社派女拖拉机手方梅到一拖购买。临走的时候,公社领导王学义对她说:"农忙时节都等着咱的拖拉机耕地呢,你快去快回!"方梅长这么大,除了到陕西插队,什么地方也没去过,哪里知道什么叫出差?感觉心中没底。但为了完成组织上交给的任务,她也学着老乡们用头巾包住额头、鼻子和嘴巴,只露出眼睛,壮着胆子踏上了去洛阳的路。

下了火车,已经过午,方梅几经打听到了一拖,可一问门岗,人家说,工厂不卖零件。她哪里知道这些,全公社都等着她带回零件,好让拖拉机开工耕地呢。跑这么远的路,哪能就这样回去呢?于是,方梅硬着头皮给人家说好话,请求帮助,经过一阵忙活,有个好心人把她领进了厂长办公室。一位同志接待了她,这个人很和蔼,问方梅有什么事,方梅把自己来一拖急需买零件的事讲给他听。当这个同志听说公社拖拉机坏了,急等方梅买零件回去,尤其是她一个姑娘家为买一个零件从陕西那么远跑来,便赶紧给她倒了一杯茶，然后又问："'东方红'拖拉机，老乡们喜欢吗？""当然喜欢啊！耕地又快又好，可解了燃眉之急，这不公社领导和乡亲们，都盼着我买零件赶紧回去呢！"聊完这位同志就出去了。没等多大一会儿，他拿来一盒喷油嘴，并告诉方梅，厂里不卖这个，是厂长特批给他们公社的，不要钱。方梅激动得不得了，抱上那盒喷油嘴，如获至宝，连连感谢这位老大哥。

可算完成了任务，方梅高兴极了，直到走出工厂好远，才感到肚子饿，原来她一天都没顾上吃饭，赶紧找地方吃饭。在一个卖包子的餐馆，她把粮票和钱递了过去，一个服务员又把粮票退了回来，原来这个粮票是陕西粮票，在河南不能用。

"怎么办？我真的一天没吃饭了。"方梅嘟囔着。

卖饭的大妈听到她是外地口音，便从自己的上衣口袋里翻出一张一斤的河南粮票递给方梅，这才买了包子。由于饿极了，一斤包子很快被她狼吞虎咽地一扫而光。

走出餐馆，街灯已经亮成一片了。方梅想找个睡觉的地方，可是到哪里去找旅馆呢？这时，她的两条腿已经走得僵直了。有位好心人告诉方梅，这里很多场所都在兴建中，旅馆很少，不好找，你不如去澡堂看看。后来，方梅终于在澡堂里找到了一个睡觉的地方，但店主要她等到没人洗澡时才能进来休息。方梅等到夜里快12点终于可以进去休息了。经过一天的劳碌，她头一沾枕头就睡着了。但仅仅睡了一会儿，有水滴打在她的脸上，她被惊醒了，原来是天花板上的水滴掉下来了，一夜就这样反反复复没怎么睡好。想到明天的吃饭问题，她彻底没了睡意，又想起了一拖那位和蔼可亲的同志，想着天亮后还得去麻烦他。

清晨，浴室就要开始烧水准备营业，方梅赶紧起床，她也想看看洛阳的景致，顺便看看一拖厂景。这时厂大门口人流涌动，有下夜班的，有上早班的，看到工厂这么大、这么红火，她好生羡慕啊！时钟一过8点，她就拿着公社开的介绍信再次进了工厂，径直来到厂长办公室。那位同志正要出去开会，看到是方梅，便问："怎么回事？还没办好吗？"方梅犹豫着说："我没办法吃饭，因为我带的粮票是陕西的，这里不收，昨天是一个好心的大妈给了我一张河南粮票……"

"哦，是这样。"他返回办公室，从自己办公桌的抽屉里拿出了一张粮票，递给方梅，说："你拿着先去吃饭，等下我再给你解决点儿。"方梅很是感动，她接过来一看是5斤的全国粮票。"这很贵的，这怎么行呢？"她不敢拿。"拿着吧，你大老远来到一拖，是对我们工作的信任，就当我请你吃饭了。"方梅这才接住，结结巴巴地说："您给我留个地址，等我回去了给您邮过来。""地址可以给你，拖拉机上有困难可以随时来厂里，粮票的事就免了。"方梅赶紧向此人鞠了一躬。谢过人家后，就到外面赶紧吃饭，想到公社领导还叮嘱她快去快回，便连忙赶到火车站买了回去的车票，安全返回尧生公社。

方梅把一路的经历告诉了领导，公社领导非常感动，专门写了感谢信。方梅怎么也没有想到，这次她来洛阳买零件的事，也引起一拖领导的重视。大批拖拉机进入市场，零部件的需求量一定很大，厂党委针对这种情况制定了"零部件的生产以及对外销售"的具体方案。也是因为这个关系，他们公社和一拖还共续了一段佳话，尧生公社在拖拉机零部件上只要有需求，一拖都大力支持。

这个故事已经过去了这么多年，而这个帮助方梅的同志，至今人们还不知道他是谁。

第九章

平凡中的伟大

一支特殊的队伍

这是一支怎样的队伍啊！他们在一拖创建初期做出的可歌可泣的事迹，今天的人们是无法想象的。他们不同于车间里那些穿着工作服每天和机床打交道的工人，他们的肩膀、脊背和双手是干活的"工具"，工作地点是铁路编组站货场，鸣笛声就是他们的工作号令。一旦听到货车进站的鸣笛，他们就要争分夺秒从货车上把货物卸下。这就是一拖最早进入工作的物资装卸队。

1948年6月开封解放了，政府把零散的拉车夫组织起来，组建了开封搬运公司。搬运公司规模宏大，有8个大队上千人。公司的第一个任务就是往长江边运送子弹，浩浩荡荡的架子车队一眼望不到边，这支队伍很是威风。

1953年6月，开封搬运公司接到省、市的通知，需要抽调200名思想好、觉悟高、身体好的队员，组成一支装卸队到洛阳，支援一拖建设。

由于任务急，第一批先来了100多人，离开开封时，搬运公司领导告诉他们：你们到洛阳的具体工作，就是从火车上装卸拖拉机厂需要的物资，只要人去了就行，你们平时用的架子车就作价留给公司，稍后厂里会再解决你们家属的问题。领导的这番话让他们明白，去洛阳可能不是一时半会儿的事。事实也真是这样，这一别他们和开封便永久分离。

没过多久，第二批又来了100多人，这次是直接带家属来的，车票是一拖统一为他们购买的，很多人从来没有坐过火车，这种感觉真好。这次领导明确地说，他们去了就是一拖的工人，再也不用拉架子车出苦力了。"不用再出苦力了"，他们心里别提多高兴。然而，接下来他们面临的实际情况，却是做梦也想不到的。

他们更不知道，要去的一拖，是国家"一五"计划中的一个大型农业机械厂，规模宏大，机床、设备、原材料等创建阶段所需要的物资，全部由全国各地运进来，运进来多少，就要卸下来多少，这是一场史无前例的建设。

火车就要到洛阳了，前不久他们当中曾有一部分人奉命来洛阳，为建解放军的八步校（解放军外国语学院的前身）送砖。当时，他们乘坐一个闷罐车，连人带架子车一起从开封来的，车到后直接到洛阳的北窑，那里是砖窑场。烧好的砖由他们拉到谷水供建校用。讲起这次拉砖的经历，他们说："洛阳可真稀罕，遍地都是煤土。"因为开封人祖祖辈辈烧煤时需要的土，城市里没有，全靠黄河边的淤泥，这些淤泥运到开封城里是要卖钱的。当在北窑看到洛阳遍地都是黄土，开封汉子们直咂舌，这洛阳遍地都是钱啊！这一路走来人们听着趣闻，心里都美滋滋的，他们对将要进入一拖工作充满了期待。

厂里前来接车的人早早到了，他们领着这些搬运师傅，沿着铁轨一路向西行走，在一片荒芜的地方停了下来，正南是一望无边的荒野，领队的同志告诉大家：这就是一拖的厂址，目前空空荡荡，但很快就要建起来，你们就是先头军。领队继续向他们介绍：眼前的这条河叫涧河，河北边是陇海铁路，你们的工作地点就在那儿。那儿是铁路上专门为一拖建的货场和编组站，你们的任务就是从货车上卸货，然后运送到工厂，你们现在就

是一拖的物资装卸队。

那是1954年的冬天，天还下着雪，他们看清了，大雪覆盖着的荒野上除了钻探的人，就是他们了。领队也诚恳地告诉大家，因为一切都刚刚开始，住房都还没有，大家的吃、住会比较艰苦，工地的建设者都住在工棚里，有家属的住在附近老乡家的窑洞里，工厂随后会对大家统一安排。开封来的这些装卸队员，大都是25岁到30岁的壮小伙儿，听了领导的话也没有多余的想法，都说："听从厂里的安排，我们既然来了，就服从工厂领导，领导叫干啥就干啥。"

涧河上只有一座铁路桥，是建八师刚修的，桥修好后留下了一个大工棚，一部分装卸队员就先住在工棚里。所谓工棚，其实就是用两张席中间加一层油纸搭建的，他们把大一点的工棚隔成十几个小隔间，每个小隔间的地上放着几块木板，上面铺了一层厚厚的麦秸，这就是装卸队队员们的床了。在这个荒郊野地，简易的工棚是难以御寒的，加上河边连一棵挡风的树都没有，西北风卷着沙石呼啸而过，风大的时候能把人吹跑。工棚距编组站还有一段距离，他们半夜或者黎明时分去上班，在通过这个铁路桥时，从涧河刮过来的风，冰冷刺骨，掠过脸面，仿佛刀割。队员们都裹紧棉袄用铁锨挡着脸，侧着身子前行，那沙石打在铁锨上"啪啪"的像鞭炮响。

有家属的职工，被安排住在涧河南岸附近的符家屯、王府庄农民家里，安排不下的，再往偏远点的涧河北边的罗湾等五六个村庄安置。厂里按家属人口多少，给他们报销房租，有电的房间，每间房可以安一个40瓦的灯泡，由厂里每月给房东结账。家属住下了，可队员们上班得蹚河、得踏冰。虽说他们都能出力、能吃苦，但这个苦够他们领教了。

货场的货车停车时间是有规定的，而进站的时间不一定，因此不管白天还是夜晚，车来了就得赶紧卸货，这些装卸工人知道这是国家交给的重任，也是工厂对他们的信任。望着货场运来的货物堆得跟小山似的，他们挽起袖子就开始了这荒郊野外的卸车工作。他们一口气干了两个月，年关快到了，有不少人也都惦念起开封的妻儿老小。厂里了解到这个情况后，特批了装卸队在不影响工作的情况下，分批回开封，第一批没带家属的，这次可以把家属接来。厂里给每个人开了迁移户口的证明，队员们一听都非常感激，觉得这些日子的劳累也值了。家里的老婆孩子听说能到洛阳也都很高兴，街坊邻居也都羡慕。

涧河上没有渡桥，装卸队队员们每天上下班都要蹚河过去。冬天河水结冰就踏着冰过河，夏天河水泛滥时，要蹚着齐腰深的河水过河。但真正的考验才刚刚开始，1955年，一拖开始了基建工程，大批的砖、水泥、煤，一车车运来。

卸砖，是装卸工人面临的第一场战役。建厂初期，盖厂房、垒围墙需要大量的砖，砖是一辆接一辆用火车运来的。他们要不停地把这一车车砖卸下，同时垛成一排排"墙"。前方建设工地如火如荼，砖一刻也不能断。往往是一列火车刚卸完，又一列满载而来。这样周而复始，他们没有喘息的机会。手套一双双被磨破，露出的手都被磨得鲜血淋淋，到最后双手僵直，伸开来就合不拢。身上脸上的汗水就不用说了，每天的衣服就像是在盐水泡出来的。运砖的货车不分白天黑夜，这些小伙子都累得腰疼、胳膊疼，人都快垮了。他们问："建个拖拉机厂怎么要这么多砖呐？"车站的调度员告诉他们，这些砖不光一拖用，还有洛铜、洛轴、洛矿，几大厂矿都用，看来这个活儿一时半会儿没完。最繁忙的时候，曾有几列车同时停在铁道线上等待卸车，按铁路调度要求，洛阳段货车站进入一拖编组站的车是不能过夜的，来车即卸不能压车。

装卸队的全部人员曾经两天两夜没喘息、没停歇地卸车。一个叫马培元的装卸队队员，负责在车下接递过来的砖再垛成"墙"，可他干着干着，怀里抱着5块砖，竟困得睡着了，突然手松了，怀里的砖一下子砸在自己的脚面上，给他疼醒了，不一会儿脚面肿起来，但他还在坚持干活。

在这种情况下，仅靠两只手卸砖，是完不成任务了，怎样又省力又快？队长可应龙和队员们吃饭、睡觉都在琢磨这个问题，他们开动脑筋，有的还画图纸，有的做试验，终于设计出了卸砖工具"砖卡子"。这个"砖卡子"，每次可以卡5块砖，大大加快了卸砖速度，同时能保护装卸工的手。试用后，效果良好。在机械化特别落后的年代，"砖卡子"成了这个行业的宠儿，后来被广泛推广。他们用这个"砖卡子"卸车，一个平板车装有五六十吨的砖，25分钟内5个人就能把车卸完。

卸砖苦，但还有比卸砖更苦的，那就是卸煤，尤其是夏天卸煤。烈日炎炎，装卸队的工人都是挥着大铁锨光着膀子干，煤尘和汗水在脸上、身上留下道道黑水印。每次卸完煤，他们除了牙齿是白的，身上、脸上都是黑的，看去就像一群非洲人。装卸队工作时的艰苦劳累的情景，厂领导也都知道了。为了支援他们，厂里号召，厂领导们业余时间和礼拜天都要到编组站去参加义务劳动。他们去了后，和装卸队队员一样光着膀子干得汗流浃背。该吃饭了，他们也一样用黢黑的手拿着干馍啃。干部们的精神，令装卸队队员们备受鼓舞和感动，他们说："这些老领导都是老革命，有的曾经流过血，为了一拖快点上马，他们这样受累，我们还年轻，怕啥？"装卸队队员们就是这样，夏天一身汗，冬天一身灰。

装卸队员们在卸水泥时，又遇到了困难，一是一不小心就会把包装袋弄破，水泥洒在地上，浪费不少；二是卸水泥时腾起的粉尘，把人弄得灰头土脸，呛鼻子眯眼的。装卸队里年龄较小的郭东山，遇事爱动脑筋。他琢磨出了一种简单实用的方法。他在工地上找了几块宽木板，两边钉上挡板，板子中间用刨子反复刨平，打磨成一个光滑的平面，然后将卸下来的水泥往上一放——"哧溜"一下，一袋百十斤重的水泥就滑下去了。这个办法既省力，又提高了工作效率，还保护了水泥袋。

队员分成两班，24小时卸车不停。他们没有回家吃饭的时间，队员的家属们拎着饭罐把饭送到卸货场，但有时卸货要紧，只能瞅时间扒拉两口，饭菜也大都凉了。这样一来，饥饥饱饱、热热凉凉的，很多人都得了胃病。

装卸队的工棚不能洗澡，脏衣裳扔到河里涮几涮，搭在河边的草棵上晾干后再穿上。他们1954年冬天来的时候，尽管领导交代过带点儿过冬的衣被，可他们还是准备不够，大都是单衣薄被。干活时冒汗，没活时被冻得瑟瑟发抖，仅有的几件衣服也被磨破还顾不上及时缝补，远看装卸队队员像一群"叫花子"。后来厂里了解到这一情况，立即给装卸队购买棉衣，让队员们先穿上御寒。当时，厂区还没有商店，想购买棉衣也不是件容易的事。那时一拖大明渠的北边刚成立了一个"河南市场"，他们千方百计搞来了棉衣，从而解决了装卸队队员们的穿衣问题。

1957年2月13日上午10点整，38节满载着红砖的火车徐徐进入了编组站，卸车的工人拿着工具很快上到了每个车厢。这时，总支部书记和站长也都赶到现场参加紧张的卸车，不知不觉快12点了。因时间限制，大家没法离开机车去吃饭，这时扳道部发扬友爱精神，给调车人员做好了饭菜，也给装卸工人送去了饭菜，支持他们顺利完成了任务。

这边同志们刚刚喘了几口气，东边的汽笛又响了，一列满载的14节煤车开来了。工人们又开始了紧张的卸车工作。1小时40分钟内卸完了这列火车，从金谷园车站又过来了17箱石渣，工人们又不辞劳苦地完成了第三次任务。短短10个小时内，他们卸了69节车厢，货物重量达2365吨，平均每人卸 20.5 吨。这是 1957 年以来任务量最大的一天，也是完成得最好的一次。铁路规定平均每车卸货时间 3.3 小时，这天，他们平均每车用了 2.5 小时。

装卸队是一拖建厂初期一支特殊的队伍，他们用双手双肩保证了建厂的物资供应。随着洛阳其他几个"156 项目"的工厂基建接近尾声，编组站的铁道线也分别延伸到了洛铜、洛轴、洛矿、洛耐各厂区，运输材料各归各家，装卸队才完成了它的历史使命。

今天我们走过七里河以西的这几座同样雄伟的大工厂，可曾想到，20 世纪 50 年代，靠这 200 多名装卸工人用血肉之躯卸下的数以万吨的建筑材料，才有了涧西这一派现代化工业气象。

装卸队与钢铁之拼

装卸队队员们一天也没有在车间厂房里待过，但工厂里的人都称他们是一拖了不起的"起重机""运输车"。但这"起重机""运输车"不是钢铁制成的，是他们用意志和身体组成的。他们要直接和钢铁较劲。厂领导考虑过给装卸队配备机械化装卸设备，但条件有限，只能是想想而已。

随着一拖部分厂房的落定，很多车间都在争分夺秒地安装设备。装卸队这边要卸的货物也变成了钢板、机器、零件。最让他们害怕的是卸钢板。因为没有机械吊装设备，钢板也得靠人工装卸。一块钢板厚的有几吨重，抓也抓不住，抬也没法抬，一不小心，还会碰伤人。为此，他们想了很多办法，先是用撬杠撬起四个边，垫上木块，每边两人同时抬起，中间再迅速拱进去两个个头较高一点的、相对壮实的人，这两个人要用背撑着钢板的中间，然后一个人喊着号子，大家听着号子一步一步地挪动，就像长江、黄河岸边的纤夫。

大庆工人当时为了多出石油，喊出"有条件要上，没有条件创造条件也要上"的口号，而洛阳一拖的装卸队也是这个口号的践行者。如果按现在的企业安全操作规程，是不允许这样操作的，但受当时的条件所限，厂里生产机器的工人在玩命干，厂外装卸队也是在玩命干。

那段时间，回到家里，每个人的背上都是通红通红的，有的地方磨掉了皮，嫩红的肉露着，手上也满是血泡，腿上、脚上、胳膊上的伤都没断过。那是生产拖拉机大决战的前夕，每个车间都在争分夺秒，等着安装。尽管队员们伤还没好，第二天活还要照样干。背磨烂了，衣服和脊背的肉被血水粘连在一起，回家后，家属们弄点草药捣烂涂抹在装卸队队员的背上，起到消炎、止痛的作用。

队员家属中有个媳妇，看丈夫背上烂得可怜，就找来些帆布头叠上好几层，厚厚实实地缝成一个垫肩，两头再缝上两根绳，然后系在脖子上，这个垫肩对脊背能起到保护作用。后来家属们都学着做，每个队员扛活的时候垫上。有的家属背后议论说，早知道是干这种活，咋着也不让他们来，拿他们当"铁人"使呢！

可"铁人"也有倒下的时候。这天，一个1.8米高、近200斤重的大个子装卸队队员，一步没走好，在踏板上连人带包摔倒了，大伙儿赶紧放下手中的活儿，把他从麻袋下抬出来，好在没多大事，就是腿骨折了，像这样的事好多人都经历过。队里还发生过一个事故，在装卸货物时，一个队员突然看到货物偏斜，就要摔下来了，他想：这可不能摔，这是台设备，这设备得多少钱啊！摔坏了，国家损失不说，说不定影响了哪一个生产线，拖拉机生产就要停工了。他为了保护这个设备不被摔坏，冲上去硬是用自己的肩膀和胳膊顶着，等着其他人腾开手来救援时，已经来不及了。巨大的重力下，只听"噼啪噼啪"两声后，胳膊已经断了，他疼得浑身发抖，腿一软，差点儿要倒下，黄豆般的汗珠顺着脑门而下。大家帮他先将设备安全放在地上，然后把他扶到一边，设备保住了，而他的胳膊和腿却粉碎性骨折，很久不能工作。

一拖从1953年开始筹备，1958年生产出第一台拖拉机，从砖、水泥等基建材料，到机床、钢板等，这些以吨为单位的货物，都是用装卸队队员们的肩膀、脊梁扛下来的，他们的血肉之躯成就了一个个发动机车间、铸钢车间、工具车间、设备制造车间，虽然他们没有直接参与拖拉机的制造，可每一个零件和设备都有他们的汗迹和血印，拖拉机上有他们的功绩。

装卸队盖房

1958年8月27日下午，一拖铁路编组站职工举行大会，庆祝"节约村"落成，住在8号街坊、王府庄、符家屯的编组站职工家属也都高兴地来参加大会。"节约村"的四周，种着一片碧绿的庄稼，门前竖立了一个深红色的牌坊，上面悬挂着一个淡红色的匾额，匾额上书"节约村"。匾额两旁有一副对联，上联是"人人歌颂劳动手"，下联是"个个欢庆节约村"。这匾额和对联，是厂党委和厂工会为庆祝装卸队"节约村"的顺利建成特赠给编组站职工的。下午4点半，庆祝大会开始，运输处李永善处长介绍了建设"节约村"的经过。

这是装卸队队员们在4月24日动工兴建，突击96天完成的。共建起7栋宿舍，他们没有花国家一分钱，不仅没有影响卸车任务，上半年还超额完成了任务。另外，他们打算年内再完成1000至1600平方米宿舍的建设。

装卸队的工作性质很特殊，工作地点是在货场，工作时间是由铁路调度火车进站后的停车时间决定的。不卸车的时候，他们就躲在远远的铁路桥底下的工棚里，可不住在工棚的队员们，只能任凭风吹日晒。夏天酷暑、冬天寒冷，长期下去都会把队员们身体搞垮。还有吃饭问题，货场上没有炉子，队员们只能吃点干馍、喝点水。为了改善工作环境，装卸队前后经历了两次建房。

第一次，是一拖的基建工作还没有开始的时候，队里向上级领导提出，在编组站所在的铁道边盖个遮风避雨的简易工棚。问题提出来，可工厂还是一片空白，厂领导说，编组站那个地方是个"北大荒"、乱坟岗，你们怎么建呢？再一个，厂里还没有基建队伍，谁来盖？装卸队队员们说，只要厂里同意，他们自己想办法。

虽然他们面前有整车皮的砖，但这是工厂的物资、国家的财产，不能用。后来，他们想到一个办法，涧河边的黄土很多，他们有的是力气，就打土坯来代替砖。说干就干，他们用黄泥掺麦秸，打成土坯，晾晒后很结实。就这样，用一块块土坯垛成了房子的墙体。房梁怎么办？房梁可不是小树枝能替代的，如果买木材，钱从何而来？后来，队长和大家商议，每人每月两天义务卸车，用这两天的计件工资合起来买木料用。

谷水西、涧河北边有个村子专门出售木料，他们攒够了钱，去买了木料，可怎么运回去又是个难题。他们用两只手能卸下一整辆火车的货物，可这木料仅用手拖不走。后来眼前湍急的涧河水让他们想到了运送木料的好办法。他们把木料扎成筏，把这些木筏推到河里让它们顺水而走，另一部分队员在编组站后面的河边准备着捞木筏。就这样木料顺利被运回了场地。房梁有了，还需要大大小小的椽子。他们想到工厂运来的大大小小的机床包装箱，拆开后有很多小木料，大都被丢弃在路边，于是他们去捡回来，长的锯短，短的接长，接下来砌墙、上梁、上门窗，个个都成了盖房的能工巧匠，八仙过海，各显其能。就这样，简易工房搭起来了。

有了这个简易工房，装卸队队员的工作环境得到大大改善，吃饭也方便很多。不卸车时，大家可以在里面稍作歇息，虽说简陋了点儿，但他们说，比上甘岭的猫耳洞强多了。装卸队队员们没有什么文化，更不谈什么豪言壮语、远大理想，他们凭着身上那种朴实的团结和力量，尽量不给工厂添麻烦，用自己的双手解决自己的困难，学习延安的南泥湾精神，在一拖谱写了自力更生、丰衣足食的篇章。

当一拖厂房、家属房、学校等的建设就要完工时，装卸队又开始第二次盖房经历，而这次他们是放弃了自己和家人的利益，向工厂、工作倾斜。

原来工厂家属房建设完成一部分后，厂领导首先想到了这些风餐露宿的装卸队队员们，最先给他们分了厂里的家属房，可他们又喜又忧——从工作上来说，厂里的家属房并没有给他们带来便利。依照苏联提供的图纸，为方便工厂职工上下班，家属区都规划在工厂的附近。可装卸队的工作地点位于工厂后面最北边，如果从家属区到编组站，要穿越厂房，走很远的路，回家吃饭不现实，家属送饭也不现实。装卸队是"招之即来，车不过夜"的工作，从工作和生活考虑，装卸队经过集体讨论决定放弃这批分到的家属房。他们决定再次盖房，这次不是为了队员的休息，而是为了把装卸队队员们的家安在这里。原先分配给他们的房子，可以给厂里更需要的人。他们向厂领导再次打了报告，领导们看了之后非常感动，装卸队之举，既是为工作着想，也是为工厂着想。但领导们还是说，目前建厂房都紧张得很，建筑工人都是白天黑夜连轴转，哪有人来给你们这里盖工房呐！装卸队表示，那还是我们自己利用业余时间盖吧。为了支持他们，厂里决定，盖房所用的材料，砖、水泥、瓦、木料等全都由厂里出。

于是，装卸队在不影响正常工作的情况下，在一年的时间里，自己动手盖了15栋平房，每栋8间，共100多间。此事当时在全厂引起轰动，厂长杨立功等领导亲自到场祝贺，表彰他们说，建厂初期困难诸多，装卸队卸车、盖房两不误，自力更生替工厂排忧解难。

15栋家属宿舍（即"节约村"），就这样出现在了一拖的版图上，它建在铁路和涧河之间的空地上，方便了装卸工集中居住，回家吃饭也方便，家属们也能来这里和她们的丈夫住在一起，享受温馨的生活。这个在一拖规划中找不到的项目，却意外成了一拖建厂史上的一个典范。

但也有人讥笑他们，"憨子办傻事，自己坑自己"。因他们的住房盖得很简易，与一拖家属区红瓦青砖木格板的苏式尖顶楼无法相比。随着工厂正常开工，这里成了被遗忘的角落，一拖家属区离学校、幼儿园及市场都近，生活条件也好，而编组站的家属生活却非常辛苦。路远不说，在铁道边噪音大，火车窜来窜去极不安全，孩子们上学都要从厂区穿过，路上到处都是铁屑。为了工作，家属们也不管这些，还是坚持了下来，在"节约村"里过着他们自得其乐的"世外桃源"生活。一直到装卸队解散，他们才又被分配到各个岗位，家属们也回到了家属区居住。

一个200多人的队伍，拖家带口，离开开封，来到洛阳，在那个特殊的年代，不甘寂寞、不怕艰苦，成为一拖建设史上不可忘却的优秀群体，他们的事迹永远刻录在一拖铁路线上。由于工作特殊，他们大多数人都患了疾病，不同程度地落下残疾，甚至献出了生命。

从1953年中国一拖在洛阳城西涧河以南撅下第一根木桩开始，他们像一群铁人一直坚守在物资运输的第一线，200多个壮汉用血肉之躯书写了一部一拖铁道线上的史诗。

他们的功绩受到了嘉奖。1956年4月30日，全国劳模大会在北京召开，一拖装卸队的可应龙队长作为工厂代表，到北京出席了会议，受到毛泽东主席等党和国家领导人的亲切接见。

坚持到最后的装卸队队员有121名。装卸队队员刘得仓之子刘福生为父辈创作了诗歌《当年的劳动号子曾在这里吼响》："一股股铁道线千里延绵／那头通往北京／这头连着洛阳的六大厂矿……"装卸队队员王恩彦之子王建河创作了《编组站的思念》："离开你太久太久／但你常常在梦里出

现 / '编组站——'喊出你的名字 / 父辈的音容再现 / 记住！我们是编组站人！那是我们生根生长的开始 / 二百壮士在那里创造了奇迹！"

在新中国工业建设的艰难时代，每一个参与的人都把自豪感和主人翁精神与"东方红"拖拉机浇铸在一起，装卸队工人们更是镶嵌在拖拉机上的一朵朵鲜艳的红花，永不凋谢。

洛阳探墓队

一拖建厂初期，有这样一群人，近两年的时间，在洛阳西郊一片荒芜的田地里开始钻探、挖掘，他们打了多少探孔，熬了多少个夜晚，流了多少汗水，已无人知晓，他们就是首批建设一拖的洛阳探墓队。正是由于他们的探路，一拖建设才得以拉开序幕。

一拖是一座大型现代化农业机械工厂，探明地下的地质情况，全靠洛阳探墓队。这支探墓队的工具非常简单：一根丈把长的小竹竿，底端有一个半圆形的小铁铲，再加上一根30多米长的麻绳，它就可以向地下铲探10多米深，最深可铲探到20米以上。这种简单而又有技术的工作，让苏联专家们觉得颇有意思，他们一开始非常好奇，了解情况后又大为赞赏。

1953年7月，探墓工地上出现了一辆接一辆的运输汽车和长蛇般的架子车，它们日夜往返在新修的公路上，运送着大批的砖瓦、石灰、木材等建筑材料，一拖大规模施工的日子一天天逼近，探测队既要赶速度还要查清区域内地下的情况，对勘探出的古墓挖掘后，还要填实墓坑。按苏联专家的意见，探墓布孔要在5分米内，保证不漏掉一个古墓。这样一来，工地上从四面八方集中了1000多名探墓工，他们利用"洛阳铲"日夜不停地进行探墓工作。

转眼到了12月10日，要求12月30日要交出最先施工的3个工厂和一部分宿舍区的古墓地质资料，若完不成任务，厂房设计、施工就无法进行。经过初步计算，这3个工厂和宿舍区的地下，要打3万多个探孔，按20天时间，每天要完成1500多个探孔，任务非常艰巨。为了争取时间，他们不顾天寒地冻，冒着寒冷和风雪，衣服结了冰，手脚冻得失去了知觉，但是没有一个人退缩，他们都在半尺深的积雪里坚持工作。布孔的白石灰点被雪花盖住看不见了，他们用手轻轻拨去雪花再用麻秆、草根在原来的石灰点上做标记。

他们提出了口号："完不成计划，就对不起全国人民的支援。"经过大家的努力，不断改进工作方法，终于在12月24日圆满完成任务，3万多个探孔顺利验收通过。

探孔，为我们了解厂区的地下情况提供了第一手资料，接下来还有一个重要工序，就是填孔工作。挖了多少孔就得填多少孔，工作量同样很大。按照操作规程，用来填孔的土需要过筛，土质不能太湿或太干。开始大家使用的方法，是用手捧土灌入孔中，每捧土都要用锤捣十几下，当时宿舍区和厂区未填的探孔有841675个，这样的工作量，如果不改进工作方法，按当时人力计算，完成此项任务，得两三个月才行。

在苏联专家的建议下，工人们也动脑筋想办法，后来他们经过试验，终于想出了一种先进的办法，将手工捧土填孔改为"泥浆灌注法"填孔。把含有20%左右水分的土壤，再加水18%，通过漏斗倒入孔中即可。这样一来效率提高了十几倍。宿舍区和厂区的探孔填堵全部使用这种方法，为国家节约资金4万多元，提前完成了填孔任务。

自铲探开始后，他们经历了炎热的夏天，一个个汗流浃背，被太阳晒得两眼红肿，还有被太阳灼伤、皮肤过敏的，大家忍着难受，坚持工作。他们经历了寒冷的冬天，寒冬腊月，大雪纷飞，北风呼啸着，手冻烂、脚冻裂，地冻如铁，"洛阳铲"打在地上就跳了起来。大家想了个法子，每打一个探孔，先用镢头把冻土刨开，然后再下铲子。大雪下了半尺深，瞧不见地皮了，拿着扫帚，到工地上去把雪扫开，继续探墓。没有一个人叫过苦，有的人脚冻得麻木了，连鞋子掉了也不知道。

探墓工作一直到1955年3月才彻底结束。作为施工前开路先锋的探墓队，他们整整在工地上奋战了一年零八个月，彻底弄清了厂区内的地下古墓、古井、土坑等分布情况，保证了建厂进度，也为工厂的建设打下了坚实可靠且科学的基础。

3月26日下午，工地指挥部召开欢送大会。欢送会在热烈的气氛中进行，指挥长孙化民说："铲探古墓工作已经胜利完成了。你们的劳动成果将在拖拉机厂的建厂历史上留下不可磨灭的一页。祝你们在新的工作岗位上继续发扬艰苦奋斗的作风，为祖国社会主义工业化作出更大的成就。"

这支探墓队是洛阳人民的骄傲。

第九章 平凡中的伟大

英雄建八师

建八师是一支英雄的部队,他们在峥嵘岁月里经历了无数次战斗。新中国成立后,他们转战到工业建设这个战场,虽说远离了战火硝烟,但他们完成了常人无法完成的艰巨任务,并屡建功勋。从1952年4月至1955年4月,3年的时间里,他们用双手在洛阳涧西建立起一个新的现代化工业区。在这场战斗中,他们流血流汗,有的付出了生命。至今,他们建起的厂房、修筑的道路,仍然在洛阳发挥着作用,到处闪烁着他们留下的劳动印记。

20世纪50年代,国家把洛阳几大厂矿中的一拖和矿山机械厂的基建任务交给了建八师。接到任务后,他们要完成的第一项工程却是修路和开挖大明渠。当时,整个洛阳城从七里河到涧西,仅有一条土路,故而急需一条畅通、结实、宽阔的道路,等待车水马龙的建设大军和成千上万吨物资通过。部队一声令下,修路的战斗打响了。

当年,还没有挖土机、卷扬机、升降机,战士们只能凭着手中的镐、耙子、铁锹、筐子、绳子来修路,双手双肩磨破是常有的事。在很短的时间里,他们建设完成了洛阳城的中州路、建设路、中州桥、编组站等重要项目。

在开挖大明渠时,几米深的河沟,战士们仍然是最原始的人力施工,在沟越挖越深的时候，土扔不上去了，战士们只能用传递的办法一锹一锹传上去。

虽不是战场，但工期就是命令，部队根据工厂筹备组的要求，对每个路段都规定了完工日期。有段时间，天接连下雨，战士们急得不得了。在一次雨刚停下来时，战士们就纷纷跳入渠底，接着挖渠。但没有料到，长时间被雨水浸泡的堤坝，突然坍塌，正在干活的几个战士被埋在了湿土里，等把他们挖出来时，他们已经没了呼吸。

既要保工期更要保安全。无奈，大家只能和时间赛跑，和老天进行较量。天气好的时候，就抢时间，昼夜不停地干。连续不断地挖渠是大体力劳动，战士们的体力都严重透支了。当时，国家的粮食供应有困难，战士们的口粮刚刚够吃，而且菜中油水少，很长时间也吃不到肉，战士们都出现了精疲力尽，两腿发软，举起镐、拿起锹时眼冒金星的情况。但他们谁也不说停，凭着钢铁般的意志挺下来了。就是靠着他们这种拼命的精神，大明渠终于修好了，连接城区、厂区的一条条道路修好了，一个个桥梁建好了，洛阳城南来北往，畅通无阻。

这些穿军装的"建筑工人"，在共和国工业建设的历史中有着光辉的一页。他们本属部队编制，是一支不拿武器却有着超强战斗力的基建工程部队，建八师被誉为"猛虎之师"，哪里需要去哪里，打起背包就出发，即使在工地上也依然保持了战场上的英雄气概。他们每到一个工地，到处是猎猎招展的红旗，架在工地上的高音喇叭，每时每刻都在播报工地上的好人好事，红色电波在工地上时刻流动着，激励着战士们你追我赶。不管遇到多大的困难，他们都保持着高昂的战斗士气。

这让工地上的苏联专家百思不得其解，战士们称这个小小的喇叭是"发动机"，它只要一发动，他们的士气就被打得足足的。有一次，苏联专家特意问战士们"发动机"在哪里，战士们通过翻译告诉他们："这个'发动机'是中国军人的法宝，靠这个'发动机'，我们小米加步枪打败敌人，今天还得靠这个'发动机'建设新中国。"苏联专家们理解不了为何这个"发动机"如此厉害。但苏联专家们看到的是，红旗飘扬下，在喇叭声中，建八师的战士们按预定时间不可思议地完成全部建设任务，为一拖的落成、开工，提供了保障。

在建造拖拉机厂的过程中，建八师遇到了前所未有的挑战。有的困难不是凭力气和干劲能解决的。因为这些工程不同于建造一般的房屋、围墙和马路。它是按大型的机械制造工厂的技术规格和要求来建造的，每一个厂房和车间，都有特殊的生产要求。有的厂房里要浇筑水泥柱子，而所用的水泥、石灰、石子、沙子都有一定的比例，同时还要加入钢筋，然后再进行浇筑。这在以前的工程里，他们从未见过。他们遇到的最大的一个工程，仅钢铁柱子就要20多根，且要一次浇筑成型。初听到这些，有的战士

工程兵们为建设厂房日夜奋战（被采访者提供）

说：“这些'铁牛脚柱'，要把我们的腰压弯了。"

建厂用的柱子的质量要求非常严格，有一天，负责检查验收的同志发现，这一批柱子都有不同程度的砂孔，如果这批柱子不是工厂里用，可能不碍事，但这是大型厂矿，承载的重量非同一般，这样会出问题的。于是，通知部队，这20多根水泥柱子要全部打掉再重新浇筑。一时间很多干部、战士无法接受这个事实，本来劳动强度已超常，重新浇筑，大家都吃不消。

针对这个问题，部队专门请来技术人员给干部、战士们讲解工程质量的利害关系。聆听讲解后，干部、战士们都明白了：工厂是百年大计，工程质量是工厂的生命。战士们说："我们是工厂的卫士，坚决执行命令，抓紧时间返工。"从那以后战士们都严格按质量技术标准来施工，时刻把工程质量放在第一位。

他们遇到了一块难啃的骨头，接受的任务是承建一拖最大铸钢厂的厂房地下室。这个地下室如足球场那么大，但它又不是开阔的广场，布局像个迷宫，里面要放置各种各样七拐八弯、横高竖低、凸凹不平、奇形怪状的设备。这样一来对技术要求更严格，安装的各个部位都要和图纸不差分毫。在这样一个抬头不见天的地下室里完成这个蜘蛛网似的工程，战士们开玩笑地说："赶上修皇宫了。"

但这就是任务，是实现现代化工业必须要完成的施工任务。于是，他们给工程起了个"现代化工业地道"的名字。为了造好这个"现代化工业地道"，在将近半年的时间里，战士们几乎没见过白天，没晒过太阳。他们把一双大手，变成了像拿绣花针一样灵巧的手，在每一个步骤都小心翼翼地摆弄着，直到分毫不差地安装好设备上每一个零件。最终他们按时完成了这个复杂的工厂的"地下皇宫"，并顺利通过单位验收。

建八师又接到了承建一拖办公大楼的任务。根据苏联专家提供的图纸，这是两栋东西相望的办公楼，红砖尖顶，东西对称，庄重大方。办公楼的身后便是机床轰鸣、锻锤重响、铁花飞溅、日夜不停生产拖拉机的厂房。年轻的工程兵们想到这些，心情非常激动，决心通过他们的双手把这两座办公楼打造得优美壮观，显出中国工厂的气派。于是这两栋美丽的大楼在战士们一点一滴的汗水里完美建成了。如今，这两栋大楼成为中国一拖的地标，远远望去，就像两个英姿飒爽、风华正茂的哨兵，守护着工厂，见证了第一台"东方红"拖拉机从这里缓缓驶出，见证了每天如潮涌般上班的人群，见证着中国一拖的辉煌兴盛。

随后，建八师安装了一个个车间、厂房、仓库。那是沸腾的岁月，工厂一边建设一边开工生产，战士们更是每天都盯着工程进度，几乎都是连轴转。战士们"比学赶帮"，人人练就了过人的本事。有的战士创造了单人日砌万块砖的纪录，而他们的手早已被磨得血肉模糊。工地上的高音喇叭不停地报道着一个个英雄人物，他们谁都不愿意落后，有点小伤不是赶紧处理，而是躲着卫生员，害怕被发现。如果被发现了，不等包扎完，人就偷偷跑回工地了。

在工程接近尾声的时候，也是一拖要提前一年生产出拖拉机的日子，部队也向全体战士下达了命令：以优异的成绩、最快的速度、最好的质量，保证第一拖拉机制造厂按时开工，用工人自己生产的拖拉机向新中国第六个国庆献厚礼。"为国庆献礼"成为战士们奋力拼搏的动力。他们没有让领导失望，更没有让工厂失望，提前圆满完成建设和安装工程。

建八师从师长、团长到连长、排长，个个都是"拼命三郎"，他们带领战士们挖地基、拉土方，总是抢着干最重最累的活，和战士们一样睡地铺、住窑洞和简易窝棚，和战士们一样吃干馍、喝冷水。那时，战士们每月每人供给的粮食定量标准是10元，对于这些干重体力活，每天肩扛手提，用铁锹、扁担拼力气的人来说，都是咬着牙关拼着命在干的，很多的时候是又饿又累，可他们手里的活儿不能停下来，因为他们是军人，是任何时候都不能叫苦的兵。他们不愧为"英雄的建八师"，一拖正是这群身穿军装的工程兵打造的农机航母。

就在一拖正式投产后不久，建八师接到国务院和国防部的命令，撤销部队编制，战士们集体转业。他们就要结束军旅生涯了，大部分干部、战士都选择了一拖，在他们亲手建造的工厂里当一名工人。

王建成和冯大华，都是1954年随部队转战到洛阳的。在一拖的工地上，王建成、冯大华和其他战士经过3年苦战，终于听到了隆隆的机床声，亲眼看到了第一台拖拉机的诞生。各工程师番号被取消了，王建成选择了洛阳工程局，冯大华则选择了在一拖当工人。王建成去世后，他唯一的一件遗物，就是洛阳工程局的布质胸章，家里人也一直当宝物收藏。

建八师的战士们是工程兵，也是英雄的兵，更是工人阶级队伍中的先锋兵。

建八师，让洛阳路宽了，让河水变清澈了，让厚重的历史文化里有了沸腾的工厂文化，让古老的洛阳焕发出现代之美。建八师当年的小伙子们，如今早已成了耄耋老人，很多人永远地离去了，而他们建造的厂房还在，那红砖尖顶的一对办公楼还在，涧西区的一排排厂房和一栋栋住宅楼还在，学校、幼儿园、医院都在。在光阴流转中，这些都在无声地述说着建八师英雄们的故事。

最早倒在一拖建设中的副厂长

刘珉同志是一拖第一任基建处处长，后来又任一拖主管基建的副厂长。从一拖的厂址选择到第一期工程完工、国家验收，都留下了刘珉同志辛勤的汗水。他当年的工作情景和对同志们的关怀，经常被广大职工提起，大家都无法忘记。

1954年年初，大家都听说从武汉一机部中南建筑公司调来一位老革命，他就是刘珉处长。刘处长来了以后，首先要求全处工作人员要有一个好的工作作风，要雷厉风行，不拖拉、不扯皮。在一拖建厂时期，工作千头万绪，非常繁忙。建设这样规模宏大的工厂，对每个人来说都是第一次。刘珉同志对每项工作都亲自参加、临阵指挥。1954年夏季，为了赶修铁路专用线，刘珉亲自率领基建处干部和工人在专用线工地上安营扎寨，日夜奋战，解决了一个又一个难题，终于使铁路专用线按期通车。

刘珉同志在任基建处处长时，还兼任基建处党支部书记，他经常为党员上党课，有时还邀请一些党外知识分子参加，使更多的职工加深对党的认识、了解建设一拖的意义，提高职工们的主人翁意识和责任感。

一拖当时主要设备来自国外，也有的是国内制造，但一拖的热加工需要大量的非标准设备或部件，都要靠自己制造和补充，这意味着白手起家，有千头万绪的工作要做。他要组织协调有关设备、材料和工艺技术，还要边学文化边干业务，他每天吃住在现场，夜里两三点以前从来没有休息过。工人们都说他"上班有时，下班没点"，就是这样日久天长、日积月累，积劳成疾。

刘珉同志是洛阳市三山村人。他17岁时就参加了革命，后经吴芝圃同志介绍去了延安。同行的7人，只有他一人历经千辛万苦到达目的地。抗日战争时期，他在冀西太行山区参加游击队。解放战争时期，他又跟随刘邓大军转战大别山区。新中国成立后，刘珉同志曾在信阳地区任县委书记、地委委员。第一个五年计划刚开始，他从地方转到一机部中南建筑公司任经理，后又被调到一拖。刘珉同志平易近人，联系群众，没有架子，闲暇时，和处里职工一同下棋、聊天。1958年，有一次上级决定将处里一位姓李的工程师调到外地某单位工作。处里已经给李工程师开了欢送会，可刘珉得知这位工程师家中人口多，上有老、下有小，搬家有困难，向有关部门领导汇报后，经过研究撤销了对李工程师的调动，还要他有困难及时反映。

1959年11月，一拖交工验收，正式开工生产。刘珉当时已出任副厂长，主管基建，工作更加忙碌。1960年他患急性肝炎，住院后又转北京治疗。病愈后回厂，但有一只眼睛不行了。谁也没料到，没多久他的肝病复发，转北京医院检查，确诊为肝癌。虽经过紧急治疗，还是于1961年年初不幸去世，年仅40岁。

在追悼刘珉同志的大会上，许多同志都流下了眼泪。他成为一拖第一代革命干部中最早倒下的人，虽然他走在一拖开拓路上还不到7年，但他给人们留下了不可磨灭的印象。他没有倒在抗日战争和解放战争的战场上，却倒在了新中国社会主义建设的进程中，一拖的史册里记载着他的功劳和奉献。

第九章 平凡中的伟大

这位副处长打过日军

1942年,在山西屯留县,有一个叫李成良的游击队队长,正领导他的游击队员跟日军打游击战。为反击日军大扫荡,他们上山和日军周旋,这时大家早已顾不得个人的生死,甚至家人的安危。李成良把两个小孩送到深山里,交给一个姓关的老人看管,这个老人给地主当了一辈子长工,老了干不动了,地主也不要他了,他无家无子女无田地,李成良让他帮助看管孩子,他很高兴,认为孩子的爸爸领导民兵打日本鬼子,自己有责任好好帮他照顾孩子。以后每当李成良有任务,老人就主动来看管孩子并帮助他做家务。就这样,这个老人和李成良成了非同一般的患难朋友。

1953年,李成良奉命来到拖厂,被分配到干部处担任副处长。由于工作忙,他很久没和老家人联系了,老家那个曾替他照顾孩子的关老爷子已有67岁了,托人写了很多封信,想要来看他和孩子,但因为工作实在太忙,一直到1955年10月,李成良才抽出时间来安排关老爷子的事情。他放下工作亲自去车站接他,接回来后把他安排在自己家里住下,回去时又给他返家路费,老人家非常高兴。再后来,李成良还不忘给老人寄些生活费。

其实,李成良全家4口人,就靠他一人的工资,生活比较困难。1954年,他爱人生小孩后又生了病,工资花光了,只能靠借钱渡过难关。工会听到这个事,研究给他补助40元,被他坚决拒绝,他说:"个人生活上的困难，省吃俭用就行了，怎能要工厂补助呢？"

1957年10月，差不多10年没见过面的岳父岳母，要从山西屯留县来看他，他感到又高兴又为难，高兴的是他们一别10年才重逢，为难的是他们来了生活就更困难了，没办法他又悄悄借了钱。

工会知道这一情况后，又决定补助他40元，这次没让他知道，直接给了他妻子，可后来他还是知道了，又坚决要求退回。他说："我们注意节约点就克服了，不能给厂里增加负担。"他非要把补助的钱送回处里，后来处里经研究决定再次补助他，他这才同意收下。

由于过去打游击，吃饭是冷一顿热一顿，饱一餐饿一餐，他的胃病很严重，来到一拖，条件艰苦，但工作千头万绪都要去适应、去协调，他不仅带病工作，而且从没有休过节假日和星期天，即使夜里发高烧，第二天早晨还照样去上班。

1956年12月29日，为了赶年终工作总结，他一直工作到深夜2点才回家，可没想到，刚到家他就倒在了地上。孩子看到后大哭起来，爱人在隔壁听到孩子哭声，急忙过来，发现他倒在地上已神志不清、四肢发硬。爱人吓得赶忙跑到隔壁请邻居帮忙把他抬到床上，经过人工呼吸这才慢慢醒过来。可第二天就休息了半天，他又去了厂里。

除了这样忘我地工作，他还保持着打游击时的艰苦朴素。1950年，国家给他发了一套呢子制服，后来他穿着来到工厂。几年之后，呢子制服的绒毛已完全脱光，黑色变成了棕红色，衣领上的纽扣也掉了，露出了粗糙的布纹。他还一直穿着。他的棉裤也是几年前做的，经过几次拆洗短了很多，他让爱人在两个端口缝上4到5寸长的裤口，冬天又照样穿上它。大家都说他："你也该换件衣服了！"他却说："比起战争年代好太多了，现在国家还不富裕，再坚持坚持。"

他是个为新中国的成立立过功的人,可他从不计较自己的待遇,想的总是群众遇到的困难。

1954年,筹备处人员还在新建学校办公,涧西工厂刚开始筹建,住房更是非常紧张,为了方便处级以上干部的工作和学习,给处级干部每人分配了一间房子。但是不久,有一个同志的对象从广州来到厂里结婚,房子成了大困难,东找西找也找不到。李成良知道后,就告诉通信员,把自己住的那间房子让给他们,两个年轻人有了房子顺利结了婚,而他却睡在了办公室。

干部处的职工对自己的副处长都很钦佩,他艰苦朴素、一心为公,大家都说,有这样的干部,是全体职工的福气;这样的干部,也是一拖的宝贵财富。

东北来的技术员

1957年年底，12名技术工人受命从长春第一汽车制造厂来到洛阳，支援一拖建设。那时，技术工人的眼前还是不成规模的厂房，很多机床、设备要安装在临时搭建的简易厂房里。厂领导交给他们的任务是，尽快在苏联专家的指导下拆封、清洗、组装设备。这些技术工人都是长春第一汽车制造厂里技术比较过硬的人员，调他们来，就是当生产骨干的，很多难活儿要靠他们来完成。这些来自东北老工业基地的技术人员，是一拖初建时期的主力军团之一。

很快，在组装机床设备的过程中，工友们发现，凡是图纸上标出"急"的零部件，都是从苏联运来的。但查了好多遍，竟然一件都没有看到，而此时前方催促零件的电话一个接一个，那情形真是十万火急。一台设备中缺一个零件哪怕是一颗螺丝钉都是不行的，可现在是缺一大批，而且更麻烦的是，这些缺东少西的设备，让原先已经好不容易组装好的设备也都成了废物。这些问题如果不解决，已有的设备就是一堆废铁。

他们和其他技术工程师们都心急如焚，几乎天天都去设备处询问。有一天，他们得到了一个消息，这个消息让他们从失望变为绝望。原来苏联单方面撕毁了援助协议，苏联专家也放下了手头上所有的工作准备撤离，所有零部件和设备、物资都停止供应。这个情况让大家很震惊，这明摆着就是给中国人出难题，想让刚刚起步的拖拉机厂陷入困境、绝境。

"中国的拖拉机制造难道离开人家就干不成，要半途而废吗？"大家反反复复地想着。虽然全厂职工都愤愤不平，但光埋怨也解决不了问题。于是，工友们商量："人家就是要掐我们的脖子，不希望我们顺利建厂。我们怎么办？我们得争口气。咱们先干起来再说，有困难解决困难，让他们看看离了他们中不中。"

大家说干就干。在一没设备，二没图纸，一切毫无头绪的情况下，他们首先成立了科技攻关小组，就现有的苏联专家留下的零星图纸和数据，进行研究、摸索和攻关。他们一遍遍画图、设计，然后拼试组装，其间经历了数不清的失败，甚至有一段时间，攻不破的难关让攻关组的成员们夜不能寐、茶饭不思，人人都急得快魔怔了，说话、吃饭、睡觉、走路，满脑子全都是图纸和设备。

功夫不负有心人，他们终于从破解一张图纸的秘密开始，逐步解开一个个难题，设备一件件被顺利组合安装，成功让他们欣喜若狂。消息传开，全厂职工更是备受鼓舞。卢富来攻关组经过努力，完全破解并谙熟了苏联援助的全套工艺流程、技术指标以及设备构造。根据这些工艺流程和技术要求，一拖生产准备车间加工出了开工所需的大部分零件和设备。

就这样，一套完整的生产流程和设备器械由工人组装成功了，通过严格试验，又经过国家一机部验收，这套设备完全符合标准。从此，这套越过了无数坎坷和艰难的生产设备，正式上线了。经过不断地运转，这套设备从最初的样机生产到最终的大批量拖拉机生产，经受住了考验。

这套设备的成功组装和运转，是中国工人阶级智慧的体现，也是一拖工人自力更生、奋发图强精神的体现，在中国拖拉机生产的历史上留下了可歌可泣的一页。卢富来和他的东北工友们在这段历史中立下了汗马功劳，他们成为一拖工人队伍中的佼佼者。

东北"军团"中，有一个从大连来的搞电焊的技术人员叫牛德成，他来一拖的理由很简单，也有点传奇。他是听厂里的人说，洛阳城市不大，但物价低、东西好，比如说鸡蛋就很便宜。于是，他就报名来了。来了之后，他发现5毛钱就能买一大兜鸡蛋，可是接下来，要把这鸡蛋从生变熟就难了。因为洛阳做饭烧的是煤灰，而他们大连早都用无烟煤了。

就住处来说，厂区还是一片庄稼地，连一间像样的房屋都没有，他们只能搭竹棚、睡地铺，或者跑到较远的农家住窑洞。更让他万万没有想到的是——这里的冬天好冷啊！虽说，东北的冬天比这边不知道冷多少倍，可东北家家都有火炕啊，而这里什么都没有，别说火炕了，连像样的房子都没有，他们住的工棚，刺骨的寒风棚里棚外一个样地吹，雪下得像刀子。没多久他们的手、脚和脸都被冻伤了。夜里困得不行，可他们刚睡着就被冻醒了。

寒冷并没有把这些东北人吓走，他们说："既然来了，咱就不能退缩，咱东北人要有东北爷们的气度。"后来，他们用了各种抵御寒冷的办法，遇到夜里实在冻得受不了的时候，大家干脆起来点一堆柴火唠嗑，轮着讲故事，想办法熬过这寒冷的冬夜。

大连起重机厂第一机械车间的李治国，是1956年7月1日接到厂里的通知，要调他去洛阳支援一拖建设。那时，他结婚还不到半年，接到命令后，他没有任何犹豫，20天后就赶到了洛阳。

负责接待的同志把他安排在了一个简陋的招待所，吃饭在集体食堂，工友告诉他："你老兄还真不错，安排得比较好，有很多来支援建设的外地人，都没有房子住，要走很远的路到老城住或者在涧河北岸搭工棚住。"

工友的话他明白了，厂里条件不好但对他还是特殊照顾了。他对自己进行自我批评:"我是来为祖国搞建设的,不是来享福的,那些私心杂念要不得。"很快,他便积极投入工作,表现十分突出,后来又动员了新婚妻子来到洛阳。1955年国庆节那天,厂里举行隆重的主厂房动工奠基典礼大会,夫妇俩在有"奠基纪念"四个大字的奠基石旁边照了一张照片,寄回了老家,照片中他们的脸上充满着自豪。大连和洛阳的距离遥远,通过照片,家人们知道了他们工作的地方,还把照片给父老乡亲看。夫妇俩在信里详细介绍了他们艰苦又火热的生活。看他们开心的样子,家里老人也都很放心并且十分支持。先前家中的老人担心年龄大了需要有人照顾,也曾很多次提及让他们调回去,但现在他们说:"我们不能拖他们的后腿,他们是造拖拉机的,是为国家效力的。"

一个时代诞生一个使命,每一个使命都需要有人赴汤蹈火,为了结束几千年来农业上的落后局面,洛阳大地有幸聚集了这一批东北来的为国家舍小家、无私奉献的人。

"八一"青年炉

在一拖，提到铸钢车间，人们都知道有个"八一"青年炉，提到"八一"青年炉，都知道有个大名鼎鼎的炉长叫戴尔身。戴尔身还有个称号叫"钢人"，光听这称呼就知道，戴尔身是一条汉子，而这座"八一"青年炉也是一座英雄炉、功臣炉！

一拖在1955年10月1日奠基动工后，1956年9月15日开始兴建铸钢车间。1959年国家要正式验收一拖，全厂各个车间必须按照这个时间点安排好生产进度。为此，原计划1959年1月1日出第一炉钢水，后改为1958年10月1日，不久又提前到1958年8月1日。1958年，一拖所有车间都还在土建施工中，但设备安装以及初步的设备调整与试生产，也都要在这一年完成。

开工在即，形势不等人。铸钢车间土建施工还在扫尾中，厂房内空空一片，在外地订的整套电炉设备也还一台未到。熔炼钢水的技术，全车间几百名职工中只有两位鞍钢来的师傅懂得，刚由农村招来的青年农民、学生和一些复员军人、转业军人，连钢水的样子都没见过。这样，要在1958年8月1日炼出钢来，困难可想而知。

就在这时，戴尔身站了出来，他向铸钢车间领导建议，成立一个筹备小组，大家提前作准备。车间党支部同意了这个请求，并给这个筹备小组起了"八一"青年炉的名字。筹备小组由 6 个人组成：顾问梁成兴，他是由鞍钢调来的 8 级炼钢工。炉长戴尔身，5 级炼钢工，也是由鞍钢调来的。成员：刘诗钦，技术员，1956 年太原机器制造学校毕业；薛伟勋，技术员，1957 年太原机器制造学校毕业；杜全福，技术员，1957 年太原机器制造学校毕业；郑全富，徒工，复员军人。他们将要在 1958 年 8 月 1 日开工冶炼第一炉钢水。

筹备组的每一位成员，都意识到所肩负的任务艰巨。他们说："为了早日生产出拖拉机，我们决不辜负众望。"白天他们做生产准备工作，晚上到已开工生产的有色车间去学习冶炼技术。这同时，车间派了一个叫吴必光的技术干部到长春电炉厂催交订货，吴必光到了长春电炉厂后，诚恳地向厂方讲述一拖的形势和存在的问题，得到了长春电炉厂领导和职工的理解和支持。长春电炉厂决定优先安排一拖的电炉，通过厂里组织人员加班加点，终于提前完成了一拖铸钢车间订的整套电炉设备，厂里又协助吴必光安排火车及时发货。

因火车要经常调度编组，为争取时间，吴必光决定随车押运，这样他能及时了解编组情况，可以随时与铁路调度部门沟通，及时发运。在几天几夜的行驶过程中，他窝在电炉炉壳里，身下只是铺些草。白天酷热，晚上风寒，饿了啃几口上车前带的干馒头，渴了喝几口凉水。设备终于安全、顺利并提前运到了厂里，职工和领导都高兴得欢呼雀跃起来。人们发现吴必光整个人竟瘦得变形了，脸也黑了。

在吴必光到长春催交电炉设备时，戴尔身他们也开始了砌电炉炉底的工作，因为这个工作费工、费时，如果等到设备回来后再砌，就赶不上 8 月 1 日出钢了。为此，"八一"青年炉召开了"诸葛亮会"，有丰富经验的梁成兴师傅提出：先按电炉图纸设计要求的尺寸，在地上挖个坑做成炉底壳的模型，再比着这个模型，把几百块耐火砖预先加工好，铺在模型上并编上记号，待电炉设备一来，安装时就按编好的记号将砖正式砌到电炉里。这样会节省很多时间。由于采用了梁师傅的这个方案，砌炉底的时间大大缩短，正常情况下要4天，他们只用了1天。他们是算着8月1日的时间，争分夺秒完成的。

电炉就要安装了，他们发现预留的地脚螺栓孔和电炉上支架的安装孔不符，导致电炉无法安装。而原来的施工单位也不知转到哪个工地了，再去查找和协调，只会延误出钢计划。问题突发，时间有限，"八一"青年炉的成员们以及熔化工部的青年们决定自己打地脚螺栓孔。没有风镐，他们就找来大锤和钢钎代替，在坚固的水泥地基上，锤头舞动，火星直冒，砂石飞溅，他们连续苦干了12个小时，终于重新打出了十几个600毫米深、直径260毫米的地脚螺栓孔，这样电炉设备才得以安装成功。在这12个小时里，从运输到安装、砌炉、塞杆，他们连续奋战，分秒未停，甚至连眨眼的工夫都用上了。抡大锤的过程中，手上的虎口被震裂开来，流出鲜血，稍微包扎一下，就又继续干。当任务完成了，他们才发现胳膊肿痛得都抬不起来了。

就要开炉了，又一个问题来了，原材料废钢迟迟未运到。巧妇难为无米之炊，没有废钢，这炼钢就是一句空话。不能再等下去了，车间团委向全体团员和青年发出"人人捡废钢，为'八一'出钢贡献力量"的号召。所有的年轻人，立刻行动起来，他们不怕烈日晒，不怕汗水淌，有的用手搬，有的用筐抬，有的用车拉，很快就搜集到了十几吨废钢，从四面八方送到炉前。

1958年7月29日那天上午，铸钢车间现场设立了临时指挥部，人流像潮水般涌向铸钢车间，厂领导和各兄弟单位职工也纷纷赶来助威，共同期待第一炉钢的到来。八点半，梁成兴师傅最后检查了一遍电炉和有关设备，确定正常后，向"八一"青年炉下达了立即装料送电开炉的指令。只见杨立功厂长来到炉前，他手持铁锹奋力向炉内加料。炉长戴尔身此刻冲在最前面，炉员刘诗钦和其他几个成员紧随其后，他们不时交替操作着。只见电炉内弧光闪闪，响声隆隆，经过两个多小时的熔炼，第一炉钢水炼成了，火红浓烈的钢水从炉内流出直接注入钢水包，霎时，火光四射，钢花飞舞，照亮了整个厂房，映红了人们激动和欢欣的笑脸，戴尔身他们更是热泪盈眶。

"八一"出钢计划的完成比预计整整提前了3天。此时，车间的厂房外红旗招展，鞭炮齐鸣，锣鼓喧天，到处都是庆祝的欢呼声。为了这一天，戴尔身他们没日没夜，干在车间、睡在车间，整整苦战了40天。钢水出来了，他们中有人累得倒下了。戴尔身曾代表"八一"青年炉许下诺言："没有炉子自己造，不会操作请师傅教，钢水不出决不下火线。"此刻，他们实现了这一诺言。

随后，在铸钢车间现场召开的庆祝大会上，厂团委书记杨一川宣读了厂团委正式命名这台炼钢炉为"八一"青年炉的决定。铸钢车间主任李维先为"八一"青年炉的每个成员佩戴上了大红花，那是他们毕生难忘的一刻！

此后"八一"青年炉又不断地创造新的业绩，每炉只能炼出5吨钢件，距离完成生产任务差距很大，怎么扩大吨位呢？戴尔身又和大家一起研究，决定用加大炉门、扩大炉膛、多次加料、大电流熔化的办法来提高产量。经过他们大胆试验，用这个方法一炉就炼出了10吨钢，后来在此基础上，他们又继续研究试验，最后达到了每炉22吨的产量。

产量上去了，但质量上不够理想。通过检验，其中含硫量和含磷量都达不到质量要求，戴尔身为此十分苦恼，坐立不安。如果炼出的钢水质量不好，拖拉机的质量也一定不好，那怎么行！于是，他提出了"苦战20天，突破硫磷关"的口号，又得到了大家的响应。

他们经过反复试验，终于摸索出了一套方案。就是利用碱性炉脱硫、磷，酸性炉加热的"双联脱硫、磷"的方法，终于使硫、磷含量降下来了，达到了质量要求，从此他们的炉成了优质高产的先进炉。

戴尔身作为炉长，爱炉子胜过爱自己的生命。有一次，他已经下班了，小李说："这炉钢水锡含量高。"他们让戴尔身先回去休息，问题他们来解决。可戴尔身根本听不进去，他三步并作两步到了现场，和小李等几个当班的师傅研究怎样解决。一直到钢水质量过关了，他才放心离开了车间。可他一到家，人就昏迷不醒了，好在被家人及时发现并送到了医院。医生诊断说是劳累过度了。他醒过来后，医生和家人都劝他好好卧床休息，他嘴上答应了，实际上却没有听话，第二天又继续上班。他说他不能离开岗位，戴尔身"钢人"的称号也就此传开了。

1959年11月1日，一拖落成典礼上，他作为先进代表发言，1959年11月2日《中国青年报》还报道了他的事迹。

1959年，炉长戴尔身代表一拖职工出席了在北京召开的全国群英会，在会上受到了毛泽东主席、周恩来总理等中央领导的亲切接见。他和"八一"青年炉在一拖的史册上留下了光辉灿烂的一页！

扛起"班组"大旗的第一人

卢富来，高挑的个子，皮肤白皙。除了上海话，还会流利的俄语。他出生在香港，长在上海，从上海劳动局技工学校毕业后留校当了教师。后来调他支援长春第一汽车制造厂，为了更好地和苏联专家进行工作上的配合，他整整进行了一年的俄语训练。一年后，他担任长春一汽发动机车间工长。就在工作非常顺利的时候，1957年12月的一天，他又接到调令，要他到洛阳支援一拖建设。那时全国工业几乎是一片空白，像卢富来这样的技术人才，是十分紧缺和宝贝的。

和其他来自上海的师傅一样，他的技术也是在旧上海资本家工厂学来的，在学徒期间吃了很多苦。新中国给了他们工人应有的地位以及生活保障，受人欺辱的苦日子才一去不复返，所以他们打内心感激新中国。此时，祖国需要他们，他们义不容辞地响应。

卢富来就是抱着感恩之心，一次次接受组织上的调动。他来洛阳时，一拖还是荒地，只有为数不多的厂房，吃、住都挺差。但大家的工作热情非常高，为了赶进度，每天早晨不到8点就进车间，一直干到凌晨才回家。若问题处理不完，卢富来干脆就不回家了，随便睡在车间地板上。有的工人吃不好、睡不好，劳累过度，甚至晕倒在工作现场，即便这样也没有一个人抱怨。

卢富来发现，工人来自五湖四海，大都是地方口音，交流很是问题，有时打个招呼就得重复好几遍，更别说交流工作中的问题了。后来，他让大家伙儿每人都随身带着纸和笔，实在听不懂，就写下来给对方看。

从上海到长春再到洛阳，几番周折，经过比较，卢富来心里清楚，洛阳的条件差，不仅自己要适应，也要带领身边的人适应，这样才能更快投入拖拉机生产制造的准备中。当时厂里从豫东、豫南和豫北农村招来很多人到生产一线当工人，这些年轻人虽然很服从管理，都满腔热情想把工作干好，但对着会转的机床和装配的设备，很无措，无从下手。他们对工厂的概念、对生产的要求、对零件的加工，由于不懂，都普遍存在着轻视或者马虎的意识，有的还带着干农活时的习惯——"差不多就行了"。他们时常把机器零件像扔红薯一样丢来丢去，造成很多残次品。担任班长的卢福来看着很心疼，也很着急。

有一天，他问一个工人："你知道机床上的油孔是干啥用的吗？"那个工人实话实说："你若问我红薯怎么种的我知道，你问我这机器上的事，我还真不懂。"卢富来又问："那你们谁知道，为什么机床每个油孔要加不同的油？一天加几次油？夏季和冬季为什么要加不同的油？"大伙儿都面面相觑答不上来。看到这种情况，他对这些青年说："我们来当工人，机床就是我们的伙伴，设备是我们的朋友，我们要像熟悉自己的身体一样，熟悉它们的每一个部位，甚至每个螺丝钉，我们才能操作好它，另外我们还要保护它，它才能替我们干好活儿。"

这些刚刚走进工厂的农民兄弟，听了班长的话，似懂非懂，但他们也透出了强烈的求知欲望，这让卢福来心里有所安慰。他在上海技工学校当过教师，有跟苏联专家学习的经历，对生产一线的流程和操作非常娴熟，如生产调整、机床清洗、调整零件、调试设备等，这些也都是每个工人日常工作的核心。他也明白，工厂里有了高素质的工人，才能制造出高质量的产品。

他琢磨了一个多月，设计出了一套"班前三件事，班后五不走"操作流程，决定先从他的班组做起，要求每个人都要按这个操作流程执行。具体来说就是：班前读一篇报纸，对昨天发生的好人好事进行表扬，布置今天班组的任务。班后，任务没有完成不走；交接班日志没写完不走；工具、量具没收齐，机床没有擦干净不走；成品零件没整理到位、归置不整齐不走；工作中的问题没弄懂不走。嘿——没想到这"班前三件事，班后五不走"挺管用，每天的班前班后事、每天的责任都具体化了。看似简单的"班前三件事，班后四不走"让他们学会看图纸，认识每个符号，熟悉并爱惜机床。这一操作流程，大大增强了他们的主人翁意识，提升了生产能力，也促进了班组的团结。这套流程，很快让班组管理和生产走向了正轨。

卢富来小组的经验被车间看到了，车间推广到各班组。很快，全车间也呈现出一种少有的"比学赶帮"气氛，每个人都不甘落后，连工余休息时间都不放过，有空就看书、记笔记。工人懂得多了，技术能力也强了，也有了在生产过程中当一名骨干的能力和勇气，和原先那一问三不知的情况截然不同。不久，卢富来管理班组的经验引起厂领导的重视，在厂党委和厂宣传部的主持下，在发动机车间召开了现场会。现场会上卢福来向全厂来参观的班组车间代表详细地介绍了自己所创的"班前三件事，班后五不走"的内容，一些工人也在现场交流了通过这个活动自己的真实感受和思想上的进步。

"班前三件事，班后五不走"成为一拖一件大大的"法宝"。现场会后，全厂推广了卢富来小组的管理经验。他的班组带动了车间，车间带动了全厂。为此，他被誉为一拖"扛起班组管理大旗"的第一人。

再后来，这个"班前三件事，班后四不走"的管理流程，又受到了机械部的表扬，并以卢富来的名字把他所在的小组命名为"卢富来小组"，机械部还派他去潍坊柴油机厂等大型机械制造厂传授经验。当年建工厂、管理工厂，还没有经验可循，像这样在实践中摸索总结出来的方法，行之有效。如果把工厂比作钢铁大厦，那么车间和班组就是这个钢铁大厦的基石。一拖有着几十个分厂、几万名职工，有上千个班组，如果班组井然有序，工人素质高、技术能力强，无疑对工厂这座大厦起着奠基的作用。

在这个大型拖拉机制造工厂建立的初期，卢富来创造出这样一个班组管理模式，难能可贵，他也成为全国工业战线上一面鲜艳的旗帜。

战争年代，"支部建在连上"使千军万马步调一致夺取了最后的胜利，而卢富来是把生产管理建在班组上，为一拖顺利投产并走向成功发挥了巨大作用。

在那段艰苦的火红岁月里，卢富来作为一拖第一代有技术的工人，一步步成长为管理者：1957年12月他来到一拖发动机车间，5年后他成为这个车间的工长，后来又成为车间书记、分厂党委书记。在一拖交工验收时，卢富来被推举为设备和验收委员会成员，一起参与了设备、厂房的验收工作。

一拖落成典礼前十多天，他接到通知，由他代表厂里2万多名职工上主席台发言，时间不超过8分钟。当听说中央和省里的大领导都要来，谭震林副总理还要亲自给一拖竣工剪彩，他十分激动。为了少点浓重的上海口音，让发言更清楚明白，他一遍遍地练习普通话，甚至想方设法学习河南话。

几十年间，他无数次回忆那天的情形。洛阳的11月天气已经很冷了，那天早晨5点多，天还没亮，一批批群众就已经敲锣打鼓围拢在工厂大门口。8点不到，主席台下已是人山人海。在主席台上，他和中央、省、市

1959年11月1日，卢富来在一拖落成典礼上发言（被采访者提供）

的大领导挨在一起。当国家验收委员会主任、河南省省长吴芝圃宣布厂房设备验收合格时，会场上群情激昂，欢呼声一浪高过一浪。之后谭震林副总理开始讲话了，他说："中国人民从此进入了点灯不用油、耕地不用牛的时代。"这句话让到会人员感到特别震撼，台下更是响起雷鸣般的掌声。卢富来激动之余，赶紧拿出笔，迅速把这句话加在了他的发言稿中，当主持人宣布他上台发言时，他大步向前，声音响亮、慷慨激昂，充分展现了一拖工人的自豪感和无上的荣誉感。讲话中他引用了谭副总理的"中国人民从此进入了点灯不用油、耕地不用牛的时代"这句话，台下再次响起热烈的掌声。

他的发言结束了，当回到座位上，身边的领导都对他点头夸奖。他这才如释重负，因为稿件是审核过的，他冒失地添了句子，不知是否合适，心里有点忐忑，由于太紧张和激动，后来发现，不知什么时候嗓子都有点嘶哑了。

曾有记者问他:"你的青春从繁华的上海到长春又来到洛阳,和工厂机床设备打了一辈子交道,你后悔吗?"他说:"工厂在哪里,我的青春就在哪里,我不后悔。洛阳,有我为之奋斗的拖拉机厂,有我的儿女、我的家,我不后悔。我早已把洛阳当成了自己的第二故乡。"

上海来的年轻人

他们是来自上海的年轻人,来到洛阳,就是告别了上海话,告别了狭窄的弄堂,告别了喜欢吃的大米、红烧肉、狮子头。他们作为最早的迁徙者,是怎样度过这段岁月并且习惯和爱上了洛阳这座城市的呢?

那是1955年元旦后的一天,上海市各个街道都在召开动员会:"在中原,有个洛阳古城,国家要建设一个最大的、能供给全国农村的拖拉机制造厂。现在工厂需要大批支援者,上海人口众多,工作岗位有限,而那里会让你们大有作为。年轻人,来报名吧,好男儿志在四方,请你们到祖国最需要的地方去!"

于是,这一天成为很多人难忘的日子,也是这一天,改变了很多人的命运。在祖国的召唤下,加之中原古城的吸引,年轻人激起了心中的理想,他们来内地的情绪非常高涨,希望能成为一个光荣的社会主义建设的开拓者。此时,他们顾不上去想所要面对的困难和艰辛。

7月18日这天,来自上海各区支援洛阳一拖建设的队伍,统一乘坐大轿车,浩浩荡荡地穿过市中心,赶往上海火车站。欢送的锣鼓更是热闹,仿佛惊醒了古老的黄浦江,而从大轿车上下来的人们,每个人胸前都戴着大红花,那种支援内地建设的热情也犹如黄浦江滚滚的波涛。在市领导热情洋溢的讲话后,在市民们热烈欢送的掌声中,来自上海市200多个工厂的技术工人，乘坐由上海开出的一趟专列，越过江淮平原，风驰电掣般直奔洛阳第一拖拉机制造厂。

毛智慧也是这批援建洛阳的上海青年，她本来是上海市一个区里的图书馆管理员，她的男朋友俄语很好，本来要去苏联进修，但由于后来两国的特殊情况，他直接被调入一拖参加筹建工作。毛智慧毫不犹豫放弃舒适的工作环境，立即报名，和男朋友一起来到洛阳。

她哪里晓得，这个时候的洛阳连一条像样的马路都没有，市里最宽的道路只有一条，且两辆汽车并排都开不过去。这里更没有高楼大厦，仅广州市场有一栋三层小楼，和上海的十里洋场、灯红酒绿相比简直差了一个世纪。更令她迷惑的是，这里哪有工厂的影子。她问男朋友："这儿哪里有工厂啊，这能造出拖拉机吗？"男朋友说："工厂就是要我们来建的，等工厂有了，电灯、电话、高楼大厦、宽阔的马路都会有的，到那时，这里灯火通明，烟囱高耸，拖拉机、汽车、运输车川流不息，电影院、歌舞厅也都会有的……"不管男朋友说的是真是假，毛智慧脱掉了高跟鞋，剪去了大波浪长发。就这样，毛智慧和其他来自黄浦江畔的上海年轻人，在洛阳这块贫瘠落后、一片空白的土地上安营扎寨，经过艰苦奋斗，终于迎来了1959年11月1日——一拖落成典礼的那一天。

一拖的发展和变化，凝结了上海工人的心血，他们为我国农业机械化做出了巨大贡献。几十年来，来自上海的这些同志大都成了生产管理者和技术骨干。他们中有25人成为分厂领导、处级干部，26人成为工程师、机械师、技师，300余人成为车间和科级领导。

毛体"东方红"三个字的故事

随着一拖的机器轰鸣,在工人、技术人员、设计人员夜以继日地奋战中,离第一台履带式拖拉机诞生的日子不远了,给拖拉机起个什么名字,成为大家茶余饭后的议题。机械部汽车局提名"铁牛",后来又有部门列出了"龙门""白马"这两个有洛阳特色的名字,与"铁牛"这个意思简单的名字相比,赞成的人较多。一拖宣传部门还为此专门设计了一个"白马"铭牌,铭牌中的白马头朝左侧,四蹄奋力飞奔。尽管"白马""龙门"代表了一拖所在的城市,但对于中国工人自己生产的拖拉机来说还有一定的局限性,而且名字也不够响亮。因此,全厂上上下下都期待有更好的名字。

后来,厂办公室副主任安道平受到陕北民歌《东方红》的启发,提出了"东方红"这个名字,得到机械部、河南省、洛阳市有关领导的一致好评,也得到了全厂职工的认可。

"东方红"这三个字,也让时任《拖拉机报》美术编辑的贾宝源突发灵感,如果能用毛体写出"东方红"三个字来,就更好了。恰好在1960年7月,一拖党委宣传部要编印一本《东方红诗歌与歌曲集》,封面交由他来设计。他就琢磨着尝试一下,用毛体来表现"东方红"三个字。在这之前,一拖工人俱乐部竣工后,上面要写"第一拖拉机厂俱乐部"几个字,他曾成功地用鲁迅先生的手迹拼写出了这几个字,非常漂亮也非常有意义,后来被采用了。由于有这个经历，他对拼写毛体"东方红"三个字也充满信心。随即，他开始在大量的毛泽东书法中，寻找"东方红"这三个字。

"东"字不难，毛主席的很多落款都有。"红"也不难，《红旗》杂志的刊名是毛主席的亲笔题字。可这个"方"字，让他为难了。一连几天，他翻阅了很多资料，都没有这个字，就在他想不出好办法的时候，摆在桌上的《红旗》杂志，突然让他眼前一亮，"旗"字的偏旁不就是"方"吗？虽说不是毛主席单独写的"方"字，但这个偏旁是出自毛主席的手，于是，他细心拼制，最后成功拓制出了"东方红"三个字。

经过细致的排版，他把这几个字用在了党委宣传部《东方红》刊物的刊头上，加上"东方红"三个字是大红色，非常显眼漂亮。

让他没有想到的是，没多久他发现自己拓制的毛体"东方红"三个字，出现在新生产的拖拉机车头上。在这之前，拖拉机车头上"东方红"三个字是非常漂亮的楷书，现在换成了毛体"东方红"。开始，他不太相信，仔细察看，确定就是他拓制的毛体"东方红"三个字，心里特别激动和兴奋。

为此，他还跑到厂技术科等有关部门，想询问其中的缘由。一个设计师很惊讶地问他："这不是毛主席亲自为我们拖拉机题的字吗？"贾宝源笑了，赶紧解释说："这是毛主席手笔，但不是毛主席亲自题的，是我自己在毛主席手迹里拓制的。"这位设计师很是惊奇，说："原来是这么一回事啊！"

长期以来，很多人都像这位设计师一样，认为拖拉机上"东方红"这三个字是毛主席亲自题写的，大家并不知道事情的来龙去脉，但一拖生产的嵌刻着"东方红"三个字的拖拉机，成了全中国人民的最爱。

一拖工人姚长有

1959年11月1日，一拖落成典礼前夕，姚长有作为一拖的先进生产者赴北京参加全国群英会，这是让他一生自豪和光荣的经历。

姚长有1955年毕业于长春技校，1956年被分配到一拖工具车间切削一工部刀一组。那时，他们一个班都是二十几岁的年轻人，30多个人中就有十几个共产党员。在党小组的带动下，大家心往一处想，劲儿往一处使。目标就是超额完成任务，争分夺秒地把工作做好，把产品质量搞好。那个年月，大家为自己是一名一拖工人而感到无比自豪，所以工作起来不知道啥叫苦、啥叫累，下了白班连二班，下了二班连三班。有时，工作一忙，干脆连家也不回，在班上睡一会儿，醒了就又接着干活。

当时，姚长有所在的班组被厂里、市里、省里评为先进班组，1959年，姚长有代表班组出席了在北京召开的全国群英会，见到了毛泽东主席等中央领导同志。

姚长有成了一拖的标兵，他领导的小组被命名为"姚长有小组"，成为一拖技术革新创高产的一面旗帜。

铸钢车间的"工人诗人"

1958年,一拖铸钢车间电工班来了一位24岁的电工,叫李清联。

他早就向往来一拖当一名工人,来到车间后,他觉得用"火红"二字来形容一点都不为过。当时正是一拖准备正式投入生产的日子,车间里热火朝天,每个工人都是干劲十足。青年们日夜艰苦奋战,不计工作时间,不怕加班加点,不讲报酬,只想着把任务完成。

李清联所在的电工班负责铸钢车间的全部电器。这个岗位很重要,车间的熔化、浇铸等生产线,有一处出现故障,全车间都得停下来,有的岗位还会造成很大损失。铸钢车间生产的是拖拉机上的底盘、履带板、履带销、大梁、前桥、气缸体、二轴等重要的部件。工人们开玩笑说,这些零部件就是"铁牛"的骨骼、腿,电工班的任务就是保证车间各工段生产正常运行。

熔化后的钢水吐着火舌,如一条红色的巨龙,在工人们的操作下被倒入模箱,很快被浇铸成拖拉机上的各种零部件。在高温下,每个工人的汗水都湿透了后背,这场面看着壮观但有一定的危险性。这就是一拖的热加工,也是最热、最脏、最累的地方。作为电工要不停地在高温现场巡视,车间24小时不停炉、不停设备,工人也不停炉、不停设备,电工就更不能停。李清联被工人们忘我的劳动精神感动了,他利用工余时间写出了一首首赞美工厂、赞美工人的诗,相继发表在《拖拉机报》上。随着这些诗歌的发表,李清联的名字被越来越多的文学爱好者关注,他被誉为新中国第一个"工人诗人",他的诗作得到了文学评论家们的肯定:"那和铁流一样炙热的诗句,是只有当过铸钢工人的人、只有亲手参与制造拖拉机的人,才能写出来,才能唱出这样的赞歌。"的确,是工人们生产拖拉机的力量给了李清联创作的动力和灵感。

在铸钢车间,他仿佛进入一个沸腾的新天地。工人们为了迎接第一台拖拉机的诞生,不知道奋战了多少个日夜,在对每一个岗位的巡视中,一个又一个感人的场面录入他的脑海,成为他创作的源泉。李清联的诗是因为感动而从心底里涌动出来的,他的文思和闭门造车的想象不一样,他写工厂的生活、写车间的紧张、写工人忘我的劳动,真实地再现了工厂里的劳动场景。这些诗句像和工人说话,亲切自然,他用优美的诗句把朴实的劳动升华,用诗作反映新中国火热的工厂生活,把工人师傅作为他歌颂的对象。他的诗歌不仅是一拖职工的最爱,也受到全国人民的喜欢。

他作为一拖的一线工人,工作是第一位的,因为生产任务繁忙,他只能用工余时间来写作。住房紧张,他和老母亲、妻儿挤在一个十几平方米的房间里,他总是等家人休息了,才坐在灯下写作。

平时在工作中,他养成了习惯,不管多累,只要有灵感,他都会赶紧找片纸记下来,时间长了,有时工友们一见他拿笔,就会围拢过来说:"清联的诗句听着老美,俺们都没听够。"有的工友还调侃说,能不能给自己写一段。工友们的喜欢和夸奖,也让他更有动力。他说:"工友们喜欢,我就写,我是工厂的歌颂者,更是诗坛的打铁者。"他的诗句给劳动中的工友们带来鼓舞和精神享受。除了电工,他后来又在车间里干勤杂工、修炉工、团委干事等,所到之处让他接触了更多的人,有了更多的感受。每一个岗位上都有着不平凡的人和事，都成了他创作的源泉，工人阶级优秀的品质更是他创作的力量。加之他本身就是一个劳动者，他的亲身感受让他更能淋漓尽致地表达新中国的工人师傅们热爱工厂的赤子之心。

中国一拖影响了整个农机行业，而"一拖工人诗人"李清联的诗歌也给那个时代的文学天地吹起了一股朴实豪迈之风。就在他到铸钢车间的第二年（1959年），他出版了诗集《我们沸腾的工厂》，后又出版了《拖拉机开出了厂房》和《新犁催开浪花》。如今再次打开这一本本浸着汗水、沾着油墨、蕴藏着鲜活人物原貌的诗集，字里行间仍令人怦然心动。

《打铁者》："午夜。大地沉睡。鹅毛大雪在下/两个锻工，在地球的一端锻打/轮轴。炉火的朝霞散漫于/宇宙鸿蒙之中，把茫茫黑夜烤红半边/两个锻工，臂上的肌肉把帆布工装/绷得紧紧。那红红的坯料在铁砧上/像一个小红孩儿在舞蹈。而那火花的流星雨/天女散花般落在打铁者脚旁。"

《烟囱》："奔放出漫天的花朵/风送来煤屑的芳香/啊！那是从发电工人的心中开放的/献给社会主义祖国的诗章/因为它占的篇幅太大太长/所以用烟囱作笔/蓝天作纸张。"

《当车床复活的时候》："你古怪的脾气真不好/难道人家要把你报销/开车你就吱吱铛铛地响/没转两下就折断了车刀/你要是再不听话不服软/那就熬上几个通宵/看看你的骨头硬/还是咱工人的志气高。"

《当车床复活的时候》的诗句是工人对一台旧机床说的话，为了不让它在"大跃进"中落伍，工人师傅把它又复活了。这简短的几句诗不仅表达了工人对这台机床的深挚感情，更展现了工人阶级不怕困难、乐观坚定的高尚品质。他的语言是工人的，思想感情更是工人的，"工人诗人"的称号他当之无愧。

他用诗歌颂了建厂初期工厂的领导者，他们密切联系群众，在生产劳动中处处能看到他们的身影。干部和工人同甘共苦，也是当年党的光荣传统的缩影。

他在《拖拉机开出了厂房》的后记中写道："我热爱工厂和机器，热爱我战斗在各个岗位上的工友，这就是我歌颂的主题，生活本身催促着我逼着我在工作之余，拿起笔描绘我的祖国、歌颂我的人民。"

李清联不同于其他作家的是他根植在一拖火热的生活中，这也成为他创作的源泉。有一天，他干了一个通宵，第二天在交接班后，诞生了一首《黎明》："酣战了一夜／身上倍觉轻松／抡起车工的榔头／打落了最后一颗明星／喉头一阵发痒／多想唱支《东方红》／呀！来了亲爱的接班弟兄。"

这个当年的电工，为工人歌唱，名扬天下，他在担任一拖业余文学创作组组长时，创作组非常活跃，大家写出了很多优秀的作品，不断发表在报刊上，形成至今人们都非常怀念的一拖作家群。

后来，李清联调离一拖，先后担任《洛神》杂志主编、洛阳地区文联筹备组副组长、洛阳市文学协会副主席、河南省作家书社社长、《大河》诗刊社社长等职务。李清联长期担任河南省诗歌学会顾问，是首届中原诗歌突出贡献奖获得者，龙文化金奖获得者和《钝》诗刊、中国青年诗会终身成就奖获得者，他还是河南省文联第二届委员、中国作家协会河南分会理事、河南诗词学会理事。

2019年2月，85岁的李清联病逝。那些经历过这种生活的人，也越来越少了，那些劳动的场景也慢慢消失，但诗人的这些诗句给人们留下了一个时代的鲜活记忆。

我们向那个时代致敬，向那个时代里工人阶级的劳动创造精神致敬，向讴歌那个时代的作家、诗人致敬。

火红的工厂日记

1949年，一个没有见过父亲、6岁时母亲又因病去世，和爷爷、奶奶、叔叔相依为命，徒步乞讨历经一个多月才回到河南延津老家的苦命男孩王协温，在度过一段艰难的日子后，终于迎来了"解放"。新中国给了他上学读书的机会。他天资聪慧又热爱学习，上小学时，从二年级一下跳到了四年级，在老师不够用的时候还能当低年级的代课小老师。

后来他考入滑县中学，但因家里负担不起7元钱的生活费，叔叔很无奈，来到学校想把他领回去，学校很为他惋惜，先后给他免了两次学费，生活费只需要交3元钱，他这才勉强读完中学。

中学毕业了，他成为村里、队上和农庄的会计，工作干得非常出色，还被县里请去为全县会计人员补习，他成了家里的希望。

有一天，他在路上碰到了小学老师，老师告诉他："国家一机部在县里招人，你去报名试试。"老师的这个消息让他有了改变命运的机会。

1956年，全县共招收12名男青年进一拖，他就是其中之一。不久，大卡车把这12名青年送到新乡电厂实习代培。就这样，他离开了家乡，离开了爷爷、奶奶，成为新中国的一名工人。两年的实习时间里，他系统地学习了很多电器知识和操作方法，又因为学习成绩优异，被评为新乡市劳动积极分子。

1958年，一拖就要正式投产，他们被接了回来，分配到铸钢车间动力电工班。

王协温6月进厂，马上就投入迎"八一"用第一台拖拉机向祖国献礼的活动，他一边熟悉机床设备，一边把车间的每一个重点部位和每一台设备的电路图都画在笔记本上：从中央控制中心到龙门刨、铣床、车床、钻床等，全都绘制出来，非常醒目，这样很方便操作。对那些在电路电器业务上还一窍不通的徒工们来说，是最实用的教科书。

他也没有想到，这些细腻缜密的电路图还赢得了一位技校姑娘的青睐，这个姑娘后来成了他相伴一生的妻子。原来，王协温徒弟的女朋友和这位姑娘住一个宿舍，那天，她看到这位徒弟拿着一本工作笔记在抄写，在她不经意的一瞥中，那一幅幅电路图，从线段到每个开关符号甚至每个字母、数字都非常漂亮、标准，还有那娟秀的字体，她惊叹不已："你的师傅真了不得，一定是个心灵手巧、漂亮的姑娘。"

可徒弟的回话，让她差点儿笑傻了："我师傅是一个20岁的未婚男青年。"说者无意，听者有心，这位眼光相当挑剔、要求很高的姑娘，突然想会一会这个线路图的描绘者。会一会的结果是，他们成了牵手一生的夫妇。

爱情的滋养让王协温更愉快地投入工作，很快他被选为团小组长。他有一个雷打不动的习惯，就是每天工作结束后一定要用日记给工作做个小结，久而久之记了一本又一本工作日记。这一本本日记追随着他的生命旅程，被他保存了几十年，每次看到它，就像观看一幕幕老电影，使他回味着工厂里难忘的岁月。他的笔下，留下了20世纪50年代，留下了他和一拖一起走过的足迹，也留下了他们战天斗地为生产拖拉机而无私奉献的历程！

1958年的6月，他在上海市场购买了笔记本，在扉页上写道："第一拖拉机制造厂。政治是统帅,技术是武器;干劲加钻劲,政治加技术;谦虚不骄傲,虚心来学习。"

让我们走进这火红的工厂日记,去感受那沸腾的工厂生活——

1958.6

铸钢、铸铁车间是生产拖拉机最关键的岗位,铸钢要浇筑拖拉机的履带、大梁、前桥、底盘、二轴、气缸体等等部件,也是铁牛的身体和腿,能在这里工作是莫大的荣幸。

1958年6月课堂笔记

电机学

第一章 变压器

1. 变压器的一般性质和工作原理

2. 变压器的类型与结构

3. 仪用变压器及变流器

……

工作笔记——车间

一、车间概况

车间是一个"U"字形,厂两个编组站位于西北角,有五条铁路,三条为铸造工厂服务。

生产铸件(锭钢和碳钢)。

技安、工会、劳保组织。

二、铁路的安全区

规定距铁轨中心 1.5 公尺以外安全区。

三、(铸件)机械化运输的优越性

1958.8

越来越感觉肩上的担子重，因为铸钢车间太重要了，拖拉机厂的动力电80%是供给铸钢用的。为了确保铸钢钢水熔化炉24小时不间断，有一条专线是由市供电局直接调配的，随时调整负荷。我们动力电工班所负责的熔化、造型、泥芯这三个车间有很多设备，其中有龙门刨、铣床、车床。这几天为了配合调试，已经在厂里待了三天了，困得不行了，就在车间里找个地方眯一下，睡觉做梦都是机床调好了。

1959.2.10

机电支部会议内容（摘录）

目前机械、动力合并为一个团支部。以后，属于要做的工作：

如何开展突击活动，开展优秀徒工运动，加强政治思想教育工作，加强组织生活会，对团员进行思想全面的摸底工作、站队，处理团员当中犯错误的遗漏问题。

另外，我们要写诗10首，完成5000个工时，评选5个红旗突击队，建立5个哲学小组，每人做5件好事。

1959.2.15

车间职工大会

一、徐书记传达我厂二届党代表大会精神，会议共计八天时间。会议通过了马厂长（马捷）和杜书记（杜春永）作的关于我厂工作报告的决议。选举产生厂党委班子，贯彻了八届六中全会和省、市党代会的精神，会议明确指出，加强党的领导和中央提出的两条腿走路。这次大会是继续反对保守，鼓足干劲的大会，给今后我厂的"大跃进"打下了思想基础。

①杜书记的报告

a. 成绩和存在问题。b. 工作中的经验教训。c. 大搞群众运动。d. 党的领导问题。e.1959 年的方针任务。……

1959.6.16（星期日）

白天玩，吃过晚饭后学习党章的收获：

党的性质：中国共产党是全中国工人阶级的队伍，中国共产党的目的要在中国实现社会主义和共产主义。

党员的义务有十条……

1959.11.6

厂俱乐部召开全厂青年为实现开门红比武大会。

厂团委杨书记作报告：

他说，目前的形势，总的一句话好得很，我们厂已经向国家正式交工验收正式投入生产了。在交工验收的落成典礼上，党中央、省、市各级负责人都到会祝贺，这并不意味着我们的厂大厂好，而是我们所处的地位重要，是农业机械化主力军。党中央对农业提出了四化：机械化、水利化、化学化、电气化。……

1960.8.2 晚 11 时

今天是我开始担任工长这一领导工作的第二天，首先在工作中碰到了很多具体问题，深知自己知识不足，能力有限，有些具体问题自己感到束手无策，更显得经验不足，被很多困难包围，但是作为一个革命战士，一个共产党员，决不能向困难低头。……

亲爱的党，你是多么伟大，是你给了我温暖，给了我生存的阳光，在暗无天日的旧社会，一个穷孩子是被看不起的，是党和人民培养了我，给了我知识和力量，我要将自己的毕生献给党的事业，为了党的事业宁愿牺牲自己的一切！……

1963.5.4

我见到了朱总司令。

今天上午,我怀着万分高兴和激动的心情,参加厂第四届团员代表大会,这时大会执行主席说:"今天厂长有重要接待任务,厂党委建议把会议向后推迟半天,暂时休会,大家回到自己原单位等候通知。"

回到车间后,听支部书记说,今天朱总司令要来我厂参观,还要接见全厂职工,这时我有说不出的高兴。

上午十时半,我们排了长队,站在装配厂西边门外的马路两边等待这一幸福的时刻。当朱老总从总装线出来时,站在马路两旁的群众响起了热烈的掌声,朱老总向大家挥手致意。虽然已到了七十七岁的年龄,但他身体还那样健壮,精神饱满,党和国家领导人的健康真是全国人民最大的幸福。

……

他的笔记本记了一本又一本,因为工作出色,获得的奖状可以按年按月接龙。他老婆心疼地说:"这些有啥用呢?天天为了工作,为了你的日记,早出晚归,连孩子、老婆你都快不认识了……"

在他看来,党的命令、组织的召唤,就是比家里事大,比孩子、老婆还重要。1963年的一个早晨,他接到一个任务,属于保密性质,对车间领导也不能说。也就是从那天起,他进入保卫工厂的隐秘战线,成为沸腾的炼钢浇铸线背后的人。他在这个战线,从分厂做到总厂。干保密工作是孤独寂寞的,苦辣辛酸无处诉说,日记成了他的知心朋友。就这样,他坚守了30年,直到"解甲归田"退休回家。

一拖作为国家的重点项目,一直都受到党和国家领导人的关心,几十年里不断有领导来厂里参观视察。他们做保卫工作的，必须把每个分厂、车间，每个角落都转遍，摸清底细。因为工厂的安全比天大，首长的安全比天大。很多和他一样资历的人，因为在一线工作岗位，后来都晋升为处级或总厂级领导，而他却在保卫战线的办公室里默默奉献着。

有不少同事为他没能提干而惋惜，但他无怨无悔。他在日记里写道："我是一个农村苦孩子，如果不是解放了，我上不了学，如果没有党和社会主义，我进不了拖拉机制造厂，厂级、处级的位置可以没有我，但拖拉机厂的保卫战士不能没有我。在社会主义的春风里，我如一颗落入第一拖拉机厂大地的种子，终生无悔。"

在做保卫工作过程中，他荣获了很多荣誉证书以及证章。证书、证章、奖状，是对他的最高褒奖。几大本发黄的日记，也成为他留给后人的一笔精神财富。

一拖铸钢车间的电工组里两个普通的电工，日后一个成为全国知名的"工人诗人"，一个用日记记录了几十年繁忙充实的工厂生活，这些日记成了无价之宝。

第九章 平凡中的伟大

优秀的工段长

一拖培养了很多优秀的工段长，在工厂里，他们是兵头将尾，但他们在生产中起着举足轻重的作用，是支撑一拖这座铁城的栋梁。

李建材是北京人，1953年以前在北京汽车附件厂当挡车工，1954年被调到一拖，先被安排到大连学习一年俄语，接着随马捷厂长到苏联哈尔科夫拖拉机厂实习，1956年5月回厂后，担任工具车间7工部磨锋工段的工段长。

每当回想这段经历，他的感激之情就难以抑制，他说是新中国和共产党培养了他。新中国成立前，他们弟兄3人全是学徒，可还是养活不了自己，更多的是受气、挨打。师傅（老板）不好好教他们技术，也不把他们当人看。在新社会的工厂里，他仅高小文化程度，厂里安排他学习俄语，还派他去苏联工厂向专家们学习，这是家里几辈人都想不到的事。他非常珍惜这样的学习机会，学习非常刻苦、认真。

刚到苏联，他的俄语太差，听不懂苏联人说的话，再加上自己从没有见过那么多的设备，为此他下决心克服语言关，主动和苏联朋友搞好关系，帮他们干活。看到苏联工人给机床加油，他就跑过去帮忙，遇到粗活累活他都抢着干。一次，他看到一个老师傅在润滑油油桶里摸渣子，便立刻跑过去帮忙。渣子弄完了，衣服也被弄脏了。一边的苏联女工看到了就说中国同志的劳动态度真好,她们一边向他伸出大拇指,还一边喊着"毛主席、毛主席"。后来,他真的和他们成了好朋友,下班后或者周末,苏联朋友会主动约他一起玩儿。通过这样的努力和交流,他的俄语进步很大,和工厂里的师傅们交流起来方便多了。

不久,苏联专家安排他实习工段长的工作。其中一项工作是每天给工人发牌子,若有的人想提前离开,没有牌子就出不去,这样,出不去的人对他有意见,他感到为难。他给苏联专家说:"工段长这个事不好干,我怕干不好。"苏联专家说:"如果是这样,那你回工厂怎么领导你的工人呢?工段长为了工作,不能爱面子,工厂培养你出国,就是让你回国后把工作搞好。你说对吗?"专家说得很有道理,他感觉不能为自己的私心而放弃原则。于是,他愉快地接受了工段长这一职务。

踏实肯干是他的特点。回厂后组织上分配他主管附件,当时库里有3位新来的转业军人,他们都是高小文化程度,附件这东西,他们从来没见过,也不懂它们的用途,工作起来很困难。为了帮助他们克服这个困难,他准备了不少资料,每天早上抽出一小时给他们讲课,连续讲了一个多月,让他们按名称检查、认识附件。经过这样的训练,这3位转业军人很快能够独立工作了,其中有2位还被评为学习模范。

汽修工部安装设备,整个工部有100多台设备,附件很多。为了使附件库不乱,他带领大家去工地上捡工人扔下的硬纸板儿,回去剪成一张张的卡片,把设备、附件的名称记在上面,然后把装附件的箱子以及上面的钥匙编上号。这样一来,附件一点也不会乱。在他的指挥下,几百台设备、上千件附件都井然有序,给全厂的安装工作带来很大方便。有时,个别附件实在不清楚叫啥名字,他就到机床上试一下,弄明白了,记下名称,心中有数才放心。

他从苏联回来时，苏联专家曾对他说："我们经常听北京的广播，希望将来能在里面听到关于你取得成绩的声音，听到关于你们工厂有了劳动成果的报道，我们等候并祝福你！" 1958年7月，一拖就造出了第一台拖拉机，这里面有许许多多像李建材这样的工段长的奉献，苏联专家一定听到了，全世界也都听到了。

大连来的铆焊工

1956年9月1日，陇海线上一辆自东向西奔驰的列车，徐徐驰进洛阳车站。列车停下后，一个背着行李走出车站的中年人，见到了迎面而来的两个接待员，对方问他："同志，你是郭礼寿师傅吗？"他连忙回答："是的，我从大连来的，是到拖拉机厂工作的。"听到这些，两个接待员热情地接待了他。

郭礼寿同志是大连机车车辆厂的铆工，那年47岁，却已经有29年的工龄了。1955年秋天，大连机车车辆厂开了一个动员大会，动员技术工人支援一拖建设。一些青年工人一听到是去洛阳工作，都不大愿意来，他们担心洛阳生活条件不如大连，还担心新建厂福利待遇不如老厂好。

看到这种情况，郭师傅坐不住了。他想：这个时候，是国家建设最需要我们的时候，支援祖国内地的建设，肯定艰苦，我们不能怕艰苦，更不能光想待遇和福利。动员会结束后，他就第一个报了名。

小时候，他们家兄妹7人，人口多，吃了上顿没下顿，12岁那年，家里仅有的3亩地被地主强买抵债了，他只好给地主放牛、砍柴。21岁那年，他到日本人在大连开办的一家工厂工作，受尽了资本家的剥削和虐待。为此，他曾经和工人兄弟一道做过多次罢工斗争，一直到新中国成立，才结束了这样受压迫的生活。他每当想到这些，总是提醒自己：不能忘了国家的恩情。现在国家要造拖拉机，也是为农民兄弟翻身解放、发展农业的好事情，再艰苦也得去。不久，领导批准了他的请求。

虽然他早做好了吃苦的准备，但他没有料到是那样困难。一到工厂，他就被分配到非标准设备车间，第一个工作就是焊接煤气支架百叶窗。当时厂里没有电焊面罩，没有电焊镜。因为这个活儿没人能干，而焊接不进行，下面的工作再急也没办法。他二话没说，临时找了一副老花镜就开始干了起来。焊接的火花噼噼啪啪地响，焊光直刺眼睛，老花镜的镜片形同虚设，但他为了焊好工件，还得睁大眼睛，耀眼的火花刺着他，他坚持到最后圆满完成了焊接任务。但由于火花的强烈刺激，当天他眼睛就不舒服。第二天他的两只眼睛红肿得像两个大灯泡，领导过意不去，却也很无奈。他没有抱怨，红着眼睛又去上班了。

1957年2月9日，工厂的工地上到处是白皑皑的积雪，这时工地急需槽钢用来加固机械化运输轨道，可槽钢都被埋在雪地里。郭礼寿来到现场后立刻用手扒开积雪，搬出槽钢。天气太过寒冷，他的双手都被冻僵了，裂着血口子，脖子里也钻进不少雪，他顾不上这些，又把一根根槽钢搬进车间开始焊接，焊好的槽钢及时地被送到了工地，没有耽误加固和抢修运输轨道。

这个47岁的大连人，到一拖3个多月，事迹就已传遍整个工厂，当年就被评为非标准设备车间先进生产者。

唐屯来的小伙子

在一拖，许多人都知道一个叫王金彪的小伙子。

1954年冬，一拖要在他的家乡唐屯兴建，金彪早就有了"到工厂去当工人"的打算。他父亲得知后，也对他说："金彪，家里活儿我来干，你到拖厂去当工人吧。以后有了拖拉机，犁地也不用牛了，农活也不费力了，我一人就行。"

就这样，1956年春天，他如愿以偿来到了一拖工作。到厂以后，他被分配到机修站给郑师傅当徒工。他非常听师傅的话，也始终记着师傅的吩咐：每天起早来到工段，把工作服穿好，把需要用的工具、材料都放在机床边，然后等候上班。当师傅操作时，他就在一边细心观察琢磨，把学的东西记到笔记本上。

有一天，郑师傅在加工一个零件，车床轰隆地转动着，当快要停车测量的时候，师傅迅速地转动手柄，金彪则立即伸手把电门拧小，还顺手把卡尺递给郑师傅。金彪这种机敏灵巧劲儿得到了郑师傅的赞扬，郑师傅很喜欢他，觉得金彪这个小伙子值得培养。

于是，第二天上班时，郑师傅让金彪试着车个螺丝。金彪站在机床旁虽然不像才来时那样胆怯，但心里仍免不了有点紧张。当他看过要加工的尺寸以后，伸手就去按电门，谁知，"哗啦"一声灯罩破了，他惊慌失措，原来是因手忙脚乱，机床开动后，机床上的灯忘了恢复到原来的位置。一旁的郑师傅没有责怪他，而是更耐心地给他讲操作方法和注意事项。这个小事件，让金彪体会到当一个合格的工人很不容易。这以后，他更加刻苦学习，每次操作前，认真记住每一个工作步骤。他还坚持参加技术理论课的学习，听课时拿着笔记本，认真记录，下课后再到工段上试验，遇到复杂的操作时，就是走路，他也在考虑怎样操作机床。

世上无难事，只怕有心人。一个月以后，王金彪能够独立操作机器了。一次，工段接受一批曲轴的加工任务。党支部李书记找到他说："曲轴任务要求急，又不好加工，先要设计出一个曲轴磨头才能工作，你和郑师傅配合好，完成这项任务。"金彪知道为设计磨头的事，郑师傅已经忙了几个昼夜，还没有眉目，听了书记的话，他也开始琢磨这个问题。后来他真想到了一个办法：把磨头加高，在曲轴的另一端做一个卡盘固定起来，这样就能批量加工了。他把想法告诉了郑师傅，师徒俩经过试验，效果果然很好，任务顺利完成了。

这件事得到了郑师傅的肯定和赞扬，郑师傅还找到车间书记说："老师傅们都解决不了的问题，金彪却很好地解决了，每次交给他任务都很放心。上次加工那批刹车毂时，开始一天加工两三个，大家费很大劲一天也只能完成四五个。眼看那边装配车间催着要，这边就是加工不出来。到了最后交工的那天夜里，已经到深夜12点了，还有8件刹车毂没完成，大家都很发愁。可谁都没想到，第二天大家一来，发现8件刹车毂已经加工好了。再一看，金彪正躺在地上一块木板上呼噜呼噜地睡着。原来，那天已经下夜班的王金彪，走到半路又拐了回来，为了在规定时间里完成任务，他琢磨着怎样把刀子磨好，让车刀更好地发挥作用。就这样他逐步加大了吃刀量，大大提高了效率，天亮前，8个工件全部完成。"说这些时，郑师傅非常感动,全车间的人也都在夸金彪。

一拖占用了他的村庄,也给了这个农村娃一个机会。这个进厂时才17岁的青年,找到了用武之地,由于表现突出,进厂一年后,他就加入了共青团,不久又成为中国共产党党员。

1959年10月2日,《中国青年报》报道了他的光荣事迹。

热爱炊事、保育工作的年轻人

28岁的雷全永，进厂后被分配到10号街坊北幼儿园当了一名炊事员。刚来时，阿姨们都不相信他能干很长时间。不管别人怎么看他，他只管一心一意干活，干起活来也干净利落，丝毫看不出他不安心。时间久了，大家发现他真的很热爱自己的工作。一年后，园里面貌就发生了很大变化，每当大家夸奖他时，他都很不好意思，但心里却乐呵呵的。

雷全永不仅工作积极主动，还注意饭菜卫生，更注重饭菜质量。他要给80名幼儿做饭，为了让孩子们喜欢吃，他经常变着花样做，不仅要做得精细、可口，还要易消化、有营养。当时的厨房条件很差，没有下水道、没有鼓风机、没有抽油烟机，做饭的水都还得自己打。尽管这样，但他从不叫苦，每天早上5点就起床，先是把厨房清扫擦洗一遍，然后开始打水做饭。饭做好了，还帮阿姨们端饭、送饭。开饭时，他细心观察孩子们的就餐情况，专心听取阿姨和老师的意见，及时改进烹调方法。还向年龄大的阿姨学习做各种花卷馍和面食，满足孩子们的口味。后来，他利用星期天去了一家点心铺，向人家学习做蛋糕和面包。回来后，园里没有烤点心的设备，他就试着用锅来做。通过摸索，终于学会了。他用锅代替烤箱给孩子们做出了各种蛋糕和面包，孩子们都高兴坏了。

托三班有几个刚从哺乳室转来的15个月到18个月的婴幼儿，幼儿园的饭他们吃不习惯,雷全永就到班上征求阿姨的意见,发现不合适,就马上改做别的饭菜。还有一些孩子,没有养成统一睡觉的习惯,吃饭时间也不一致,他不得不在一天里做出4顿饭,中途还要再热几次。在他的精心照料下,孩子们入园以后不久都吃胖了。小雷的工作精神受到全园职工的称赞,曾怀疑他干不久的人,也都对他刮目相看。

他每天除了完成自己的工作外,还挑水、打扫院子。人家问他累不累,他笑着说:"只要大家满意、孩子们能吃胖,我累,但心里高兴了。"在后来的工作中,他年年被评为先进工作者。

1957年5月19日上午,一个高个子的小伙子走进了一拖工人管理科,听候分配。该科同志说:"分配你做炊事员,你有没有意见?"

小伙子思考了一会儿,回答:"没有意见。"管理科的同志都被他响亮干脆的回答震惊了。随后,他就被领到了食堂管理科。这位同志就是基建处的描图员张清河,他是1956年7月来到一拖工作的。因为工厂食堂很需要人,发了布告,他看到布告后就报了名,自愿来干这个工作。

他到食堂管理科后,很多人都担心他不一定能长期干下去。管理科的同志去食堂看他,见他正在忙着择菜,就问他:"怎么样?"小伙子说:"要学的东西太多了,我现在啥都不会。"得知管理科的同志想和他聊聊,他说:"以后吧,我现在没啥好说的,等我干出点成绩了再说。"

半年后,管理科的人还惦记着他,又约他谈谈,他如约去了。大家问他:"工作愉快吗?"他笑着说:"工作是愉快,可就是还摸不着门。"开始他怕不会干,怕别人笑话自己。到那里后,同志们对他很热情,手把手教他,并鼓励他:"年轻人,好好学,一定能干好。"他也有了信心,老师傅叫他干啥他就干啥。这两天已经学会切青菜,但是还不会切肉。

谈话中,发现他手上包了块白布,还透着血印。问他这是咋回事,他不好意思地解释道:"不小心弄的,但不要紧,弄啥都是开头难嘛。"通过谈话,大家才知道,炊事员的工作是很紧张、很辛苦的,凌晨3点就起床准备东西。刚去时,他不习惯,第一天就起得晚了,第二天他干脆凌晨2点就起来了。

从谈话里,大家相信了他是真的热爱这个工作。他还说:"我干炊事员,一些同学、朋友都不理解,他们问我,你为啥要做这个工作呢?我的回答是:炊事员的工作也是社会主义工作。再说了,职工们都在为生产拖拉机忙得没日没夜,总得有人做饭吧。"

他的回答,让管理科的同志很感动。问他现在有什么困难,他说:"你们不要小看这工作,里面学问大着呢,光菜就有各种各样的切法,炒菜里面更有很多学问,里面有配料,还要掌握火候。我现在一边留心师傅的操作,一边准备攒点钱去书店买几本有关炒菜、烧饭的专业书看看。"

说话间,他突然问他们几点了,原来,他怕耽误上班时间,赶紧结束了谈话。管理科的同志怎么也没想到,这个年轻人觉悟这么高。那时候,大家有一个共同的想法:不管干啥,只要是厂里需要的,就全力去做。

建厂初期,为了方便哺乳期女工的工作,厂里设置了很多哺乳室。在哺乳室工作看着轻松,其实很不好干。这对于万友芝来说,就更难了。她要一个人在哺乳室照顾几个小孩,每天早上从7点30分一直工作到傍晚6点。照顾几个月的娃娃是件特别劳累的活儿,可她从没有怨言。她觉得若能照顾好孩子,前方的妈妈们就能安心工作,她也是为厂里做贡献。

她经常和家长们保持联系,有事了能互通信息。她总是抓紧每一个空闲时间扫地、打水,把室内收拾得干净整洁。小孩子的玩具、口罩、手巾,都洗得很干净,孩子们的手和脸一天到晚也都是干干净净的。孩子们来到她这里不久,都被她调教得很有规律地睡觉、起床、吃奶,家长们都感到孩子们长胖了，比自己带得还好。后来她又被调到别的哺乳室，也照样干得很好。每当要调动她到别的哺乳室时，家长们都不舍得让她走。她也说，和孩子们有感情了，也都舍不得。每天上班就是再累，一看见孩子她心里什么烦恼都没了。孩子们是社会主义建设的接班人，她觉得付出再大的心血也是值得的。由于表现突出，1956年，她被评为洛阳市保育工作积极分子会议代表。

驾驶国产拖拉机的拖拉机手张彦生

2009年11月10日,在"中国一拖再赠唐屯村'东方红'拖拉机"交接仪式上,已经92岁高龄的张彦生,再一次坐上了他热爱的"东方红"拖拉机。

虽然已是老人,但张彦生的身板依然硬朗,精神矍铄,坐在拖拉机上显得非常兴奋。张彦生小时候家境不错,新中国成立前曾在村里念过几年私塾。20世纪50年代,听说要在洛阳涧西建拖拉机厂,他和全村人一样都很高兴,盼着能尽快用上中国人自己制造的拖拉机。

1957年,由于张彦生有点文化,他被洛阳市工农乡唐屯村推荐到一拖学开拖拉机。当时整个乡里就推荐了他一个人,他感到非常荣幸。虽然半个多世纪过去了,张彦生老人仍记得,当时教他开拖拉机的师傅名叫徐敬诚,他对张彦生要求非常严格。那时拖拉机还没生产出来,可徐师傅就已经教他学习了有关拖拉机的知识。

1958年11月1日,一拖把一台崭新的"东方红"拖拉机送给了唐屯村,张彦生从此真正地开上了拖拉机。他回忆说:"当时感觉真的很风光。每次我开着拖拉机到地里耕地,都会有很多人来看稀奇,有的村民还拿着尺子来量耕作深度,然后再和牛耕地作比较。"

"东方红"拖拉机耕地深、效率高,有一个干了一辈子农活的老把式,竟激动得流出了眼泪。张彦生更别提有多自豪了。他驾驶着拖拉机干活儿时，特别认真，就想着把地耕得漂亮，耕得多点。那时候，经常有记者采访他，跟在他的后面看着他驾驶拖拉机在田里干活，像发现新大陆一样稀奇。一拖厂长杨立功也专程去看过他，看了他耕的地，直夸他拖拉机开得好。那个时候，张彦生有一句名言："手磨烂，腿跑断，活不干完不吃饭。"同时代的老人们都记得，当年的张彦生干农活和修拖拉机，在方圆十里八乡都是闻名的。

到了20世纪六七十年代，一拖生产的拖拉机种类开始多了起来，张彦生又开上了不同型号的拖拉机，有"东方红"75型履带式拖拉机、"东方红"40型轮式拖拉机，还有"东方红"履带式推土机。在全国各地农村开展"农业学大寨"的那段时间里，张彦生开着"东方红"履带式推土机在唐屯和周边的村里平整土地，又立了大功。

20世纪80年代，张彦生还为洛阳周边的拖拉机站培训拖拉机手。这些机手大多来自孟津、新安、偃师等地，文化程度参差不齐，但张彦生还是十分有耐心。从拖拉机的使用、保养及故障排除到实地操作，都认真讲解，这些学员也很快地理解、掌握，后来都成了优秀的拖拉机手。

张彦生教了不少徒弟，徒弟"毕业"后，他还专门去当地实地考察他们的实际操作情况。不会的地方，继续给他们指导。

到了20世纪90年代，张彦生年纪大了，不再开拖拉机了，但他还没有离开拖拉机，还继续给青年人做些指导性工作。张彦生的大儿子是一拖工人，后来从中层干部岗位上退休，他也为父亲是洛阳首位国产拖拉机手感到光荣和自豪。

一拖第一位女工程师

郭霞荣是一拖新提拔的女工程师,也是厂里第一位女工程师。她个子不高,脸庞消瘦,衣着朴实。1949年,24岁的她从广西大学毕业。那时候,广西还是在国民党统治之下,一起毕业的70个人,只有一个同学找到工作,她和爱人都回家了。1949年11月,广西解放了,给青年们带来了希望。她只有一个念头,早日参加工作,好把自己的知识献给祖国的建设事业。她天天去打听国家招收工作人员的消息,一天,她在报纸上看到东北工业部招聘团招生的消息,回去后便和爱人商量一起去报考。当时东北工业部招收的是煤矿企业技术人员,而她学的是机械制造专业,专业不对口,但他们没过多考虑这些。有人说东北气候冷、解放区生活艰苦,他们毫不在意,反而觉得解放区是祖国的工业基地,若能在那里工作,一定能更好地提高自己。

1950年4月,她和爱人离开了温暖湿润的广西,奔赴雪花纷飞的东北——阜新煤矿机械厂。1951年年底,根据需要,他们被调到柳州机械厂。郭霞荣不怕艰苦,工作和学习都非常努力,在该厂的4年时间,她连续6次被评为工作模范和先进工作者。

1956年年初,他们夫妇被调到洛阳来支援一拖的创建工作。初到厂里,还没有开工生产,郭霞荣被安排到机械处搞非标准设备管理和准备工作。她之前是搞内燃机设计的，生产准备工作根本没有做过，尤其是新建厂，她知道这些工作相当复杂，刚开始有点摸不着头脑。后来经过不断学习，逐步有了头绪。她发扬一贯的认真、吃苦耐劳的精神，工作做得很到位。她发现，由他们负责的各种报表，经常因资料不全和个别车间完成报表不及时，造成数字不够准确的问题，因此工作不能正常开展，对下达计划有很大影响。为了解决这个问题，她主动下到各单位进行摸底。

有一次，她发现铸钢、铸铁车间提供的设备清单已经收到过一份，过了几天又送来一份，她立即打电话询问工艺处和供应处。工艺处的同志回答，两份清单就是一样的。可她还不大放心，万一有什么问题，麻烦就大了。后来，她干脆直接到铸钢、铸铁车间去问，这才发现第一份清单是不准确的、是作废的，如果不是她工作一丝不苟，后果一定很严重。

1956年7月，酷暑逼人，郭霞荣怀了第三胎，已经有7个月的身孕，但她仍坚持和同志们一样晚上加班。大家劝她休息，她说："我不要紧。任务紧、人员少，我若再休息人就更少了，大家的压力就更大了。"就这样，直到临产的前一个小时，她还在和一个技术员研究关于齿轮计算的设计工作。

后来，她又用业余时间学习机床金属切削方面的知识，为了适应各种工作，每天晚上都要学习两个小时；星期天料理好家务以后，她也要看看书，并靠自学学习了俄语。她家的住房窗户向西，又是顶层，夏天晒一天，晚上热得像蒸笼，实在没办法，她就拿着书到室外读，遇到不懂的问题，回到家里和爱人一起研究。这样一来，她的技术水平和组织管理水平提高得很快。她刚到厂时是三级技术员，不到一年就被提拔为区级工程师，后来又成了机械处设备改装组的负责人。

她终于实现了当初上大学时的愿望，让学到的知识在新中国的建设中发挥作用。作为一拖第一位女工程师，她也感到骄傲和自豪。

一拖的一个土木工程师

一个普通的日子，一拖的一个朋友发来一张照片，那是20世纪50年代他随马捷副厂长去苏联实习时与几名员工的合影。左边的第一个人，是一拖第一个土木工程专业毕业的大学生，他的女儿告诉我，一拖俱乐部、幼儿园、职工医院等，是她爸爸参与设计的。

对一拖俱乐部，我们都有深刻印象，但一拖的这位土木工程师，我还是第一次听说，我有一种直觉，他一定是个有故事的人。在采访他的女儿时，她递给我一份资料，那是她从档案室复制来的一份履历表。她的爸爸妈妈都出生于地主家庭，爸爸叫唐文质，1918年出生，天资聪明，学习好，1941年毕业于国立武汉大学土木工程系，毕业后先去云南昆明机场工作，后因筹办湖南石门第一高中，他回到石门第一中学当了一名教师。

1953年，国家"一五"期间启动156个建设项目。这年8月，风华正茂的他，告别家乡和他工作的学校，来到一拖，开始了厂址勘探以及有关厂房建筑的设计工作。当时，他是唯一一个科班出身的土木工程师。

那时的涧西还是一片荒野，沟壑成片。他带领测量队的几个学生，从坐标到拉线，从勘探到厂房规划，开始了紧张的工作。自己的专业技能，在新中国的社会主义建设中有了用武之地，无论生活怎样艰苦，无论工作环境多么恶劣，他都充满信心。不久，第一批厂房开始兴建，俱乐部、幼儿园、职工医院也都开始动工。此时，为了支持他的工作，远在湖南教书的妻子于允泉，带着儿子于1955年2月来到洛阳。于允泉毕业于湖南省第一师范学校，来到一拖后从事幼教工作。很快，第一座幼儿园开园了，从招生到教学、管理，进行得很顺利，解决了干部职工的后顾之忧。后来，根据工厂的发展，不断新建和扩大幼儿园，每一次她都肩负重任。

正当夫妇俩全身心投入工作时，他们的命运发生了变化。他俩都出生于地主家庭，虽然从小到大都在上学，可唐文质在大学毕业那年，稀里糊涂和全班同学一起加入了国民党，尽管什么也没有做过，甚至连一次会都没参加过，但这也成为他人生的一个"污点"。

后来，不相干的一件事，成了唐文质被批斗的导火索。他的一个远在长春汽车厂的学生，不知因为什么被批斗，在这个过程中，办案人员发现了他和这个学生的大量来信，尽管内容都是交流工作，但还是牵连到他。

接下来，妻子也差点儿受影响，子女们更因此受到很大的心灵创伤。大儿子不能加入红小兵、红卫兵，被同学们讥笑、看不起，没有小伙伴愿意跟他玩，他感觉很丢人，抬不起头来，每天把自己关在屋里不出来。后来，他们的小女儿下乡回不来。唐文质决定提前退休，让小女儿接班。但作为工程师，不能提前退，他跟有关部门沟通，把自己的职称降为工人，这样他就可以提前退休，女儿也顺利接了班，他这才感到一丝欣慰，终于能给孩子点儿弥补。在小女儿选择工种的时候，他没有任何非分之想，而是告诫女儿干什么工种都行。后来，他女儿凭着自己的勤奋，工作得非常出色，当了基建处通信员，然后又考进了会计科。有一天，她到总厂取报纸，在整理分报的过程中，她惊喜地发现了《拖拉机报》上的一段文字，欣喜若狂，嘴里喃喃道："爸爸平反了，爸爸平反了。"原来，那是组织上关于唐文质工程师的平反告知。

唐文质终于等到了平反昭雪的这一天，他激动不已，重新燃起了工作的热情，不少单位都来聘请他。后来，厂里得知他不得已提前退休的原因，也很快给他恢复了工程师职称，还返聘了他。

这一家人终于有了开心的日子。唐文质本来就是多才多艺的人，青年时期喜欢打球、歌唱。平反后，他专门买来了一套卡拉OK设备，闲时就在家里尽情唱歌。他为一拖创业时期土木工程设计做出了不少贡献，带的学生、徒弟也很多。

唐文质2007年去世，他的妻子2021年去世。他的妻子从师范院校毕业后搞了一辈子幼儿教育工作，手非常巧，自己设计、制作衣服，画画，写字。他们的女儿也继承了母亲的心灵手巧。她制作的发卡、设计的围巾、写的书法，也让人开了眼界。她说，爸爸妈妈的资料家里都没有了，她只能去档案室复印了他们的履历表，还有仅有的两三张照片，其实她们对父母的事知道得也很少。

是的，我们应该为老一辈开创者留下文字，作为一拖人的后辈，我们有责任让他们的精神发扬光大，感染更多的人。

一拖摄影师

王铭是一拖土生土长的专职摄影师,他的摄影生涯和一拖同龄。正是这样,他目睹了一拖的成长,用镜头记录下一拖成长过程中的一个个历史瞬间,那一张张感人至深的照片,展示了一拖最难忘的历史画面,汇成了一拖的美丽画卷,永载史册。

从跨进一拖那一刻起,他就背着照相机跑遍了一拖的各个角落,每一个沸腾的地方都有他的身影。他拍摄了无数个第一:一拖奠基,第一个安装调试的厂房,第一个开工的车间,第一炉铁水,一拖交工验收典礼,等等。

1959年10月12日,敬爱的周恩来总理到一拖视察工作,他全程为周总理照相。

正值一拖交工验收的前夕,一架直升机在洛阳市降落,在机场他看到了周总理神采奕奕地走下飞机,时间已是中午12点。市委书记想让周总理先吃了饭再去厂里,周总理说:"先去拖拉机厂,在那里随便吃点就可以了。"

他清楚地记得,周总理一进接待室连一杯水都没喝,就要听厂长杨立功汇报一拖工作情况。

周总理来到一拖的消息立刻传遍全厂,厂区中央干道、办公楼周围挤满了工人。面对一张张笑脸,王铭不知按了多少次快门,拍下了职工们对日夜操劳的周总理的热爱!直到下午两点前后,总理听完汇报,才到食堂用饭。周总理亲切地接见了炊事人员,并表扬炊事员菜炒得好。饭后,周总理立刻去车间视察。途中,周总理频频向工人招手致意,处处是总理爱人民、人民爱总理的场面。

周总理日理万机,还为早日实现农业机械化而操心,对一拖的建厂、试生产、产品质量以及工人的劳动情况都表示出无微不至的关怀。当周总理看到生产的发动机时,他向检查员了解质量情况。到发动机装配流水线时,周总理又亲自试试气缸盖的重量,嘱咐身边的厂领导要关心工人。周总理见到一位女电焊工,亲切地向她了解来厂时间和工资情况。周总理还告诉她要对生产质量严格要求,一丝不苟。周总理来到拖拉机总装配线,坐上一台刚装好的拖拉机,向司机了解拖拉机的结构和性能,下了车又立刻和周围的工人一起合影。

王铭当时由于太激动了,加上闪光灯出了问题,换了几个灯泡都没有把这张照片拍好。周总理还打手势安慰他:"不要慌,等一等。"周总理亲切的鼓励,使王铭心里平静了很多,他终于把这张合影拍成功了。周总理那和蔼可亲的神态以及感人的话语,让他永远回味。周总理的无产阶级革命精神和全心全意为人民服务的崇高思想,永远鼓舞着一拖人前进。

为了拍摄的需要,王铭还无数次登上高高的支架和厂房屋顶,但他最难忘的是三次登上洛阳热电厂的烟囱。洛阳热电厂也是"一五"计划中洛阳市十大厂矿之一,当年它的烟囱应该是洛阳市的最高建筑。

王铭第一次登上洛阳热电厂的烟囱是在1956年冬天。当时,一拖正处在热火朝天的基建时期,吊车伸着长长的铁臂不停地摆动,勘察人员来回摇摆着红旗,工人们在大地上画出一条条白线,一根根柱子被竖立起来,他顾不上看别的,抑制住自己兴奋的心情,赶紧把这工地上忙碌的场面拍下来。

后来，他有了第二次登上洛阳热电厂烟囱的机会，那是1959年秋天，一拖厂区已基本建成，即将交工验收。这次他爬上的烟囱比第一次所爬的还高20米，登高眺望，一拖的厂区全貌尽收眼底。烟囱有近百米高，上面风很大，可他告诫自己，一定要抓住这个机会，把一拖美丽壮观的俯瞰全景拍好。他前后左右拍个不停，留下了一张张刚刚竣工的一拖厂房图。

他第三次登上洛阳热电厂的烟囱，是在1984年。一拖创建将近30年了，而这时的烟囱已超过100米，一拖也为国家生产了50多万台拖拉机。这次和他一起登上烟囱的，还有一拖的另一位摄影师贾克智。因为高，能看得很远很远，远景、近景都错落有致，无比壮观。一拖厂区一幢幢红色厂房掩映在绿荫中，火车正载着拖拉机运向全国各地，那长龙似的火车在大地上移动，厂区里运送零件的电瓶车、汽车、小货车，在中央大道上穿梭不息，煤气管道犹如无数银龙向各个厂房延伸。这就是发展壮大的一拖。他激动得不停地拍照，再次运用光和影记录这神奇的工厂，让全国人民都来欣赏她的身姿和美貌。

王铭的这三次不同时期的登高摄影，留下了一拖创建、交工、建厂30年三个阶段的俯瞰全景，这些照片成为一拖的珍贵史料。

剪彩仪式上的两个礼仪姑娘

1959年11月1日，一拖在厂门口举行隆重的交工验收仪式。按周总理批示：请谭副总经理主持剪彩典礼。仪式上，谭震林副总经理为一拖剪彩，因此留下了一张记载历史的照片，也成为一个时代的记忆。每一个看过这张照片的人，都会想起当天谭震林副总理在交工仪式上说的那句"耕地不用牛的时代来了"，都会想到当时那群情激昂的热烈场面。

照片前排，站着两位穿着朴素、端庄秀丽的礼仪姑娘，一个双手托盘，面带微笑，落落大方；一个捧着红绸缎一端的大红花，文文气气，羞羞答答。她们又紧张又兴奋，静静地等待着谭震林副总理的剪彩。随着相机的"咔嚓"声，画面中的人物被永远定格在了历史的长河中。

手捧红绸花的礼仪姑娘叫隋玉兰，如今已经是九旬老人。她回忆："那时我才20岁，在油泵厂机动科工作刚刚一年，还是个学徒工。有一天，厂领导告诉我，要调我到总厂一个星期，说是给落成典礼大会做服务工作。我的任务主要有两个：一个是到车站为谭震林副总理献花，一个是为谭震林副总理剪彩服务。当时，这个工作是作为政治任务来做的，我感到非常幸福，也有些紧张，唯恐自己出半点差错。"

就这样，隋玉兰经过一段时间的培训，在举行典礼大会当天，她5点多就起了床，换上她老早就准备好的最合身的衣服，还把过腰的辫子用漂亮的手帕扎了起来。那会儿姑娘们还不懂化妆，只是洗了把脸就到厂里了。出门的时候，她又加穿了一件玫瑰色小呢子外套，到厂里后，另外一位参加大会服务工作的女同事说："你的衣服颜色太浅了，我的是红黑格子上衣。你要和首长在一起，穿我的衣服照相会好看。"隋玉兰听了，就穿了女同事的外套，一试刚好合身，还真是挺好看的，她就穿上了。

6点多，隋玉兰和厂里的其他接待人员就来到火车站。一看到火车停下来，她就开始紧张，因为长这么大，她还是第一次见国家领导人。这时，她看到谭震林副总理下车了，正在向她们走来，她马上跑过去献花。献完花后，隋玉兰的心还一直嘭嘭猛跳，因为她太激动了，也没敢仔细看谭震林副总理，只觉得他接过花后笑容满面，非常和蔼。

从车站献完花回来，隋玉兰又赶紧准备参加剪彩仪式。当时，大会现场人山人海，她一想到，等下自己还要和领导人一起站到最显眼的位置，有那么多相机对着她，会场所有人的目光都会看着她，她又一阵激动。从来没见过那么大世面的她，又紧张得心怦怦直跳。当时负责为剪彩服务的有3位女同志，中间拿托盘的是个舞蹈演员，另外一个就是她们厂和她换衣服的那个，但很可惜，那天的相机没把她给照上。再后来，那两个女同志都调离了一拖，参加剪彩的姑娘就只剩她了。

每当人们称赞她是一拖最早的"礼仪小姐"时，她都风趣地说："哪能称得上'礼仪小姐'啊！我们3个人，个子都不高，只有1.6米左右，也不穿高跟鞋，和现在的'礼仪小姐'简直没法比！"

为此次剪彩服务，隋玉兰她们演练了很长时间，可剪彩仪式一两分钟就完成了。剪彩一结束，她们就如释重负，欢天喜地到台下听领导的发言。

典礼结束后，隋玉兰又回到油泵厂正常工作。一周后，在同事们的提醒下，她在《拖拉机报》上看到了自己在剪彩现场的照片，她的亲戚在南京也看到了那张照片。那时，不管她走到哪儿，总有人问起照片的事情，她也因此成了名人。她现在退休多年了，听到女儿说，大家都还在关心她，也仍津津乐道当年剪彩仪式上她大方美丽的身影，老人很激动也很感激。

一拖的历史犹如一本厚重的典藏大书，书中的每一张照片、每一段文字，都能让人看到一段故事，这些故事都是宝贵的财富。

就在隋玉兰老人的故事被登出不久后，又有了照片上另一位礼仪姑娘的消息，原来这是一个尘封了很久的故事。中间那个双手端着托盘、自然得体的女青年非常惹人注目，但很多人都不知道她的名字，只知道她擅长跳舞，因为在剪彩仪式后不久，她就被调走了。直到有人看到隋玉兰老人的故事，知情人才讲出了她的名字和近况。

讲出这个故事的是一拖的工友刘文广，他是从他母亲（已去世）那里得知的，这个礼仪姑娘叫毕毓新，早年和他母亲在一个办公室工作。故事要从一拖的厂志说起，20世纪80年代，一拖厂志编纂出版。2008年，刘文广好不容易得到了一本厂志的上册，如获至宝，带回家给已经退休了的母亲翻阅。正是这本书引出了一个关于毕毓新的故事。

有一天，刘文广需要查找资料，却怎么都找不到厂志，他问母亲，母亲说，她把这本书寄给她的好姐妹了。母亲的做法让刘文广很难接受："这是一本厂志啊，不是谁都能搞到的。尤其是这里面都是一拖史实性的资料，是很珍贵的。"儿子的话让母亲恍然大悟，她没有想到儿子这么看重这本书。那么，她为什么要把书寄给别人呢？

原来，刘文广的母亲翻阅厂志时，突然看到了那张交工验收剪彩的照片，这让她感到非常意外，同时也欣喜若狂，因为照片中间的姑娘是她的好姐妹，也就是毕毓新。她知道，毕毓新很早就被调走了，现在也应该退休了，要是看到这张照片，不定有多高兴呢，刚好有其地址，于是就把这本书寄给毕毓新了。

母亲说，毕毓新喜欢跳舞，年轻漂亮。她是从一个财经学校毕业后被分配到一拖的。后来她结婚了，丈夫在石家庄某高校教书，她很想把爱人调来，厂里也答应了，可后来一直没有动静，他们一直两地分居。直到1972年，她丈夫的单位好不容易给了一个指标，把她调走了。毕毓新所在的一拖铸造分厂财务科的同事们都很舍不得，在她走之前，相约到厂门口，请红旗照相馆的师傅照了个合影，算是一个分别留念。从此，毕毓新和一拖就再没有联系了。

母亲突然在厂志上看到这张照片，一下子就认出了照片上端托盘的毕毓新。当年的毕毓新多年轻啊！没想到她离开一拖50多年了，厂志里还有她的照片，这真是太珍贵了！这个意外发现，让刘文广的母亲很激动。她又翻出当年和毕毓新分别前的合照，喜极而泣，顿时也打开了记忆的闸门，想起了她们共同为一拖奋斗的日子。如果毕毓新看到了这张照片，一定会比自己更激动。当年，她爱人调不过来，要调她走，她是多么不想走，为此，她哭了好几次。想到这些，母亲才萌生了一个想法，把这本厂志寄给毕毓新，让她留作纪念更有意义。

刘文广根本没有想到会发生这样的故事。当母亲说出缘由后，他也很感动，母亲还把当年她们的合影拿出来让他看，母亲告诉他，毕阿姨收到书后非常吃惊，以至于流出了眼泪，一遍一遍地说："谢谢，谢谢！真是没有想到！真是没有想到啊！"

2016年，刘文广的母亲去世了，但刘文广一直珍藏着母亲和毕阿姨的合影。后来，当得知隋玉兰阿姨现在的情况时，不由得想起母亲和毕毓新的故事，他也很激动，虽然他和毕阿姨未曾谋面，但母亲和她的姐妹情，毕阿姨和一拖的情，应该让更多人知道。谁会想到，一张照片，竟引出了这么多故事。无论多久远,都挡不住在一拖曾发生的事所带来的那扑面而来的温暖和感动。这些感动都和这张新闻照片有关,它不仅仅留下一个时代的故事,还留下了一拖人一代接一代的光荣和梦想。

为一拖写厂歌

2006年4月,中国一拖集团有限公司面向全国以万元重奖征集厂歌。

这则消息引起了一位1979年进厂、在一拖工作40年的老同志的注意。他叫鲁晓阳,见证了工厂的成长,曾有过喜悦,也有过迷茫,但始终不离不弃,在工厂里奉献自己最美好的年华。他压抑不住内心的激动,想为一拖写首歌。

他虽在此前也有作品见诸报纸杂志,但写歌词和写文章是两个不同的概念,虽有愿望,他不确定自己能不能写出来。眼看一天天临近征稿截止日期,一种不甘心、跃跃欲试的感觉愈发强烈。他想,厂歌就是要表现企业的形象,反映职工的精神风貌,忌口号式说教,还要适合职工传唱。厂歌要像歌曲《东方红》一样,深受人民喜爱。而"东方红"拖拉机作为中国一拖的主导产品,不仅仅是一个商标,更是一种精神和文化的象征,它和《东方红》歌曲一样,凝聚着中国人民的浓厚情感。一拖的厂歌就要传递和表达一拖人在中国共产党的领导下不断突破创新、迈向新时代的情感。

想到此,他的心里敞亮了,以此为主线,开始构思。当时正值7月盛夏,忙完一天的工作后,他回到家就把自己关在闷热的小屋里,全身心投入创作,直至深夜。经过几个夜晚的鏖战,在征稿截止日期的前两天,他终于完稿,把这首歌定名为《我们就是一拖人》,歌词如下:

迎着朝阳／一拖人奏响"东方红"的序曲／前辈的谆谆嘱托／让我们承载着民族的希望／国人的殷切期盼／让我们信心倍增／我们自豪／我们就是一拖人！

　　风雨兼程／我们取得了历史性的跨越／多元化的发展／让"东方红"品牌续写着辉煌／"三个第一"为核心／让我们勇往直前／我们呐喊／我们就是一拖人！

　　踏着晚霞／一拖人享受着成功的喜悦／和谐的企业氛围／让我们团结一心开拓进取／放飞今天的梦想／耕耘明天的希望／我们歌唱／我们就是一拖人！

　　将歌词投寄给厂歌征集组委会后，他的心情也逐渐平复了下来，本来他就是抱着尝试的想法，随着时间的推移，也就逐渐淡忘了。他还不知道活动得到了社会各界的广泛关注和大力支持，厂里共收到来自24个省、自治区、直辖市的作者创作的近300首作品，其中不乏一些知名的词曲作家，洛阳著名词曲作家柳江虹也在其中。

　　一年后的2007年7月初，他突然接到公司党委宣传部的电话，告知他撰写的歌词已被评为50首优秀作品之一，此消息让他兴奋不已。宣传部的同志还告诉他，能被选入前50首，很不容易。

　　这次活动专门成立了专家评审委员会，按照厂歌征集要求和评审规则，对应征作品进行了全面对比、筛选和多轮无记名投票评审，然后在50首中最终确定了20首。

　　后来，厂里公布了最终确定的20首歌词，虽然没有他的作品，但他依旧难以抑制激动的心情。

第十章 赤子之情

第十章 赤子之情

设计汽车和拖拉机的奠基人

吴敬业,祖籍河北省滦州市,生于1916年12月11日。18岁时,他同时被清华大学、北京大学、齐鲁大学录取,但他选择进入清华大学机械工程系学习。1938年10月,他闻知清华大学迁至昆明后与北京大学和南开大学组建了西南联大的消息,即刻和同学一起前往报到,迅速补齐了落下的学业。1939年7月毕业后,他又到云南、甘肃、贵州、重庆等地工作。29岁那年,他通过了赴美公费考试,到美国学习,先后在美国纽瓦克、芝加哥和底特律学习汽车装配制造与维修技术。

1949年5月,为报效祖国,他毅然放弃国外优越的工作环境和优厚的待遇,怀抱着发展中国汽车工业的远大理想,回到了祖国。看到战后满目疮痍的祖国,他更坚定了用学到的知识报效祖国的决心,不久,他担任上海邮电总局车船股股长。

1950年7月,重工业部在北京建立了新中国第一个汽车实验室。吴敬业被直接调入重工业部汽车工业筹备组担任第一汽车实验室主任。该实验室后来成为中国汽车研究所和拖拉机研究所,成为中国汽车与拖拉机工业体系的重要组成部分。在任实验室主任期间,他收集阅览和潜心研究了大量的国外有关汽车结构、性能以及制造工艺的资料。自此,他开始了对中国的汽车和拖拉机等的研究和设计工作。

实验室的工作,就是为新中国的汽车工业和拖拉机工业的诞生作准备。他不负众望,在这场汽车工业之战中,以小小的研究所打通了新中国伟大的汽车工业建设之路。

吴敬业以一个中国汽车专家的身份,与前来支援建设的苏联专家共同投入研究。很快,中国第一汽车制造厂建厂的计划进入了审查阶段。3年后,中央把中国第一汽车制造厂的厂址选在了吉林省长春市郊区。1953年3月,他正式担任中国第一汽车制造厂总设计师兼设计处处长、技术处处长和工艺处处长。他组织和领导了厂里的技术准备工作,为一汽的顺利投产和尽快达到预期的设计水平发起冲锋。从此,吴敬业和一批汽车设计、生产者,为我国第一批汽车的生产奠定了基础,也积累了丰富的经验,保证了中国第一汽车制造厂的顺利投产并在很短时间内达到了先进水平。

1956年7月13日,他目睹了第一辆"解放"牌卡车顺利驶下生产线。那一刻,中国向世界宣告,中国从此结束了不能生产汽车的历史。

1958年,吴敬业又主持设计了中国第一辆"东风"牌轿车,"东风"牌轿车就是中国"红旗"牌轿车的前身。车头标志是一条金色的龙,象征着古老的华夏,车身后面的大灯为红色的宫灯形状。他永远都忘不了那个日子,1958年5月21日上午9点,按照上级的安排,"东风"样车开到了中南海怀仁堂门前。下午2点的时候,一个魁梧的身影健步走来,那是伟大领袖毛主席,他在秘书长林伯渠的陪同下,坐进了轿车。只见"东风"轿车缓缓启动,围着花园跑了两圈,然后在原地停了下来。毛主席一下车,便和每个人握手,他高兴地说:"好啊,终于坐上我们自己的小轿车了!"

消息传来,吴敬业非常激动,他心里曾经无数次涌动的理想与抱负,此刻终于实现了。他又着手编译《汽车工程》《汽车发动机浅说》《汽车是怎样制造的》等科普丛书。他又成为把设计、理论与实际经验相结合的著

作人。

1958年5月,吴敬业奉命从中国第一汽车制造厂调到洛阳一拖担任一拖总设计师兼设计处处长,后来陆续担任了副总工程师、总工程师等职务。当时,一拖还处在建厂初期,各方面都十分困难,他带领全厂的技术人员,又开始为中国第一台拖拉机的设计和投产卧薪尝胆。当初,专业技术人员极其缺乏。他深入生产第一线,亲自对各个零件、制造设备和生产线进行调试,掌握了第一手资料后,很快制定出了方案,为第一台"东方红"拖拉机的下线和批量生产作了技术保障。

他相继完成了对75型履带拖拉机和"东方红"665型军用越野车的设计和生产任务。前者获国家科技进步一等奖,后者在1979年荣立战功,他本人也荣获了中央军委嘉奖,并受邀参加了国庆35周年的天安门广场阅兵式。他在装配线上看着组装成的拖拉机一批又一批被开下总装线,并被源源不断地送往全国,无比自豪。之后,他又投入研发拖拉机新产品的工作。在中国第一汽车制造厂工作9年后又到中国一拖坚守了30年,他称得上是中国汽车和拖拉机制造的开路人。

他带着为数不多的设计师和刚走上设计岗位的大学毕业生,到工作的第一线,熟悉每一个零部件的性能指标,并告诉他们要出最好的产品。以他为首的一拖设计团队,成功设计了宽履带、窄履带、高地隙拖拉机和推土机、液压提升机、中马力轮式拖拉机、风冷柴油机等一大批产品,他还领导编审了中国一拖技术管理规章制度,对稳定提高产品质量、提高经济效益起到了重要作用。他懂英语和俄语,可读、可写、可会话。他把多次出国考察所得的同行业的先进制造技术和管理经验,都运用在中国的农机研发及制造中。他在担任一拖总工程师和副厂长期间,为引进消化意大利FIAT轮式拖拉机和英国KiCardo公司100系列柴油机产品,抱病出国考察,掌握了多种产品的使用情况，并从中分析出产品的发展趋势，为中国的拖拉机创新发展早作筹划。他在报刊上发表一系列有关拖拉机方面的文章，参加了机械工业出版社出版的《机械工程手册》的编辑工作，这个手册后来成为每个一拖职工的必备工具书。

吴敬业没有知识分子的架子，作风正派，平易近人，工作严谨，不尚空谈，是受工人爱戴的德高望重的工程技术专家。他对社会主义祖国无限忠贞，也与广大技术干部和工人群众建立了深厚的感情，以自己的言传身教培养和影响了一拖一批又一批年轻的技术干部。

1963年，吴敬业带领技术人员在孟津县南麻屯做"东方红"40型拖拉机2000小时连续耕作试验，白班连夜班，人停机不停。身为总工程师的吴敬业也给自己排了班，而且每次都是自己亲自开拖拉机。一连几个月的拖拉机试验，他都是亲力亲为，从没有以一个高级知识分子、一个领导自居。

1964年，他的二女儿考取了北京医学院，当时洛阳几乎没有公共汽车，每当寒暑假结束返回北京时，都是他亲自骑自行车送女儿去火车站。可他平时从不骑车带人，当女儿抱着行李袋笨拙地跳上车时，车子就会侧翻，女儿和他一起摔倒在地，但每次他都鼓励女儿说："没关系，再来！"摔倒两三次后，车子才平稳上路。女儿摔疼了，委屈地想：爸爸就不能用厂里的汽车送送我吗？但她不敢说，她知道，爸爸是绝对不会用公家的车来办私事的。

1973年12月28日，他年仅22岁的儿子，在工作岗位上为抢救民工的生命而牺牲。爱子的突然离去，给他们夫妇及整个家族带来致命的打击。后来吴敬业的儿子被追认为革命烈士、模范共青团员，事迹被刊载于《河南日报》上。他在《清华十级纪念刊》中发表的《年逾古稀话当年》一文中说："有子若此，也为之骄傲了。"

令他更为骄傲的是，他在56岁那年加入了中国共产党，完成了一个爱国知识分子到共产主义革命战士的转变，实现了他追求革命的理想。他说，祖国培养了他，他的使命就是要一生为祖国勤勉工作。在很多次重要的大会上，他都要给大家讲一拖的远景，说一拖应该是中国第一流的制造厂，第一流的工程机械厂，要造世界第一流的拖拉机。经过几代人的努力，一拖终于实现了这一目标。

吴敬业退休后，仍然十分关心一拖的生产和发展，经常提出一些有关一拖振兴方面的意见和建议，他被一拖人赞誉为"献身一拖的后辈楷模，科技兴厂的卓著功勋"。吴敬业曾当选为洛阳市人大代表、市政协副主席、河南省第四届政协常委和全国政协第四届、第五届委员。

1989年秋天，他因病到北京协和医院做手术，术前他谢绝了厂领导的照顾，也拒绝乘坐公车游览北京。住院时，他再次谢绝了厂里的特殊照顾。他作为爱国知识分子中的一员，在长春一汽、在洛阳一拖兢兢业业工作了近40年，做到了甘洒热血、两袖清风！河南省豫政改字〔1990〕6号文件通知，吴敬业享受教授、研究员同等待遇，是我国首批享受国务院政府特殊津贴的专家之一。

1992年11月9日，他因病永远离开了爱他的家人和工友。在追悼会上，省、市、厂各级领导，各分厂代表及亲朋好友近千人参加了悼念仪式。76岁的他永远离开了，在他的人生中，汽车和拖拉机托举了他生命的高峰。吴敬业为新中国的汽车和拖拉机制造事业做出了卓越贡献。

一拖机械工程专家罗士瑜

罗士瑜是一名机械方面的专家,他长期从事拖拉机的设计、制造和研究的技术领导工作。他还擅长铸造及热处理工艺技术,为生产适合中国国情的拖拉机做出了卓越贡献。

罗士瑜 1915 年出生于天津市一个医生家庭,1922 年就读于天津私立第一小学。1928 年至 1930 年在天津南开中学读书,后因病停学,1930 年 8 月又就读于天津新学中学。罗士瑜自幼好学上进,省吃俭用,还把零用钱全部用于购买自己最感兴趣的机械书籍。他才华出众,高中 3 年,每学期总分都是第一。

1936 年毕业后,他同时考上了清华大学、协和医学院、济南齐鲁医学院,最后,他选定了清华大学工学院机械系。1937 年暑假,七七事变爆发,全面抗战开始,清华大学工学院迁到长沙,一学期后又搬到昆明。此时正值抗战时期,为挽救自己的祖国,罗士瑜下决心发奋学习,用科学知识报效祖国。在校学习期间,他钻研业务和技术,学习成绩在班里总排在前三名,得到清华大学副校长刘仙洲的高度评价。

从清华大学毕业后,罗士瑜因学习成绩好,得到系主任李辑祥的赏识,李主任要他留下当助教,并安排两年后送他出国留学。但为了在实践中检验自己学到的理论知识,更好地为工厂服务,他婉言谢绝了系主任的好意,系主任只好将他推荐到了昆明中央机器厂工作。

在昆明中央机器厂的5年里，罗士瑜把在校所学知识与实际工作紧密结合，并利用业余时间到附近研究所借阅了大量资料，拓宽了知识面。在他和有关同志的共同努力下，一个大型铸造车间建设成功了，其中冲天炉、鼓风机、混砂机、10吨天车都是由他设计的。两年后，他被提为副工程师、热处理车间主任。1945年他又回到了清华大学工作，同年6月他考取了赴美留学的资格。在美国留学的两年，是罗士瑜理论与实际经验有重大进展的时期。为了获得更多的实践经验，他放弃了到密歇根大学攻读硕士的机会，先后在6个工厂实习。面对先进技术，他如饥似渴，尽最大可能地掌握各门技术，主要学习热处理、铸造、锻造、模具设计制造等技术，为日后报效祖国打下了良好的基础。

1947年，罗士瑜从美国留学回国，到天津机器厂工作。1949年1月14日，天津解放，接收工厂的军代表请罗士瑜担任设计科科长，同年又把他调到新成立的华北机器公司工程师室任副主任。

1950年，罗士瑜调任重工业部中央机器工业局技术室科长、工程师，执笔编制了机械工业"一五"发展计划。1952年，他调任一机部第一设计分局，担任副总工程师。1955年，他又调任一机部第五设计分局副局长、总工程师。其间，他负责搞了大量的工厂设计，为中国机械工业的振兴做出了重大贡献。

1951年，中国要编制机械工业第一个五年计划，罗士瑜接受了编制《机器工业》一书的任务。当时，新中国刚成立，机械工业处于起步阶段，全国所有机床设备总共只有8000多台，大部分在铁路修理厂且都是老式的皮带传动。如何使中国机械工业尽快崛起，制定好"一五"发展计划至关重要。罗士瑜接到这个任务后心情很振奋，他仿佛看到了祖国的工业在中国共产党的领导下逐步走向强大，也感谢领导和组织对自己的信任。为了设计好国家的机械工业发展计划，他把自己关在一个八九平方米的办公室，每天都干到晚上十一二点。由于当时强调计划的保密性，规定除他执笔外，只能同正、副局长研究，这无形中加大了工作的难度。

他夜以继日、细心研究，并参照苏联机械工业情况，结合中国的国情，从汽车、拖拉机、矿山机械、石油钻探机械、柴油机等方面，再到具体的车床、钻床、磨床、铣床、通用机床占发展总数的比例，经过科学分析，同局领导反复研究，终于在1952年的第三季度编完，得到重工业部和国家计委的肯定，为中国机械工业的早期发展立下了头功，也当之无愧成为"中国工厂设计"第一人。

1953年年初，罗士瑜在一机部第一设计分局担任副总工程师，其间，他又根据重工业部的要求，创立了工厂设计机构，使中国的工厂设计部门从无到有，从小到大。工厂设计机构成立后，负责设计重型机械、矿山机械、汽车、农机、轴承、仪表等工厂。他先后担任副总工程师、总工程师，在设计分局6年期间，共负责组织设计了大连机车车辆厂、齐齐哈尔机车车辆厂、第一拖拉机制造厂、洛阳轴承厂、洛阳矿山机器厂、江西拖拉机厂、天津拖拉机厂、北京内燃机总厂、兰州石油机械厂、苏州动力机厂等22个工厂。

罗士瑜还编制了一套工厂设计程序和规章制度，详细规定了从项目的立项、审批、投资规模，到产品图纸、设计任务书，以及生产什么零件、需要什么设备、建哪几种车间、达到什么规模，再到动力系统、运输系统、土建等，使设计工作有章可循。

1958年5月，罗士瑜被调到一拖担任副厂长兼总工程师。于是，他又着手设计了一整套的设备。1958年，一拖还处于筹建阶段，土建工程尚未竣工，大量设备需订购、安装。罗士瑜作为总工程师，主抓工装和设备。1958年，"大跃进"开始，全国大炼钢铁，使得一拖和国内生产非标准设备的厂家合同告吹，直接影响一拖按期建成投产。对此，罗士瑜心急如焚，他根据厂内的情况反复考虑后，会同厂领导，本着自力更生的精神，让第一批完工的辅助工厂，如有色修铸工厂、锻工工厂、设备制造工厂，开始自制非标准设备，从技术上解决了很多订购不到又急需的非标准设备，加快了工厂的建设进度。他又带领工程技术人员做了大量非标准设备的设计和制造的工作，为一拖节约了大量资金。

罗士瑜把所学知识与工厂的实际情况相结合，组织厂内的工程技术人员和几千名技术工人，全力开展了自行设计制造非标准设备的工作。这些非标准设备有造型机、泥芯机、铸工输送器、加料机、锻造加热炉、锻件退火炉、热处理马孚炉、加工线专用设备、清洗机、生产线滚道和装配线等。到1959年，一拖自制的非标准设备达到3209件，占全厂所有非标准设备的97%；自制标准设备640台，占全厂标准设备的6%；自制电动机2766台、25068千瓦；自制工装20484种，占全厂所需工装总数的99%。前后共节约费用7000多万元。

罗士瑜设计的这些机械设备都带着一拖的独创性，大长了中国人的志气。一拖提前建成、顺利投产，罗士瑜功不可没。

1959年10月12日，敬爱的周恩来总理到一拖视察，在厂接待室接见厂领导，随同的还有省、市领导，人很多。周总理问在场的厂领导："你们厂的总工程师呢？"随即厂领导派人把罗士瑜请了进去。周总理一见他便问："你为什么不进来？"接着为他找了座位，亲切地询问他："多大年龄了？哪个大学毕业的？学的什么专业？到过哪些国家？以前都做过什么工作？"总理亲切自然的问话，让罗士瑜非常激动，他赶紧一一作了回答。

中午，周总理在厂里吃便饭，见罗士瑜坐在长条桌的最末端，便在自己身边加了一个座，叫他坐在自己身边，边吃边谈。周总理向他询问了厂里的工装设备情况，有多少是进口的、国产的或是自制的，罗士瑜回答说："工装大部分是自制的，省了不少钱。"周总理听了笑着点点头说："工作量不小啊，你们做得对，是要自力更生。"

这一天，罗士瑜陪同周总理视察了几个主要车间，周总理高兴地坐在刚装好的75履带拖拉机上，对陪同参观的一行人说："第一拖拉机制造厂，要永远生产第一流的拖拉机。"多少年过去了，和周总理在一起那短暂的时刻，成为他一生难忘的记忆。

后来在全国第四届人大会议上，罗士瑜作为一拖的代表参加了会议，再次见到周总理，并聆听了周总理关于在我国尽快实现四个现代化的政府工作报告。当时，他听说周总理已患病，因此在会议中，他格外注意周总理的一举一动。他见周总理的精神很好，心里稍稍宽慰了一些，但没想到一年后，周总理就去世了。他心里默默地呼喊："总理，您走得太早了！太早了！"他把对周总理的怀念都寄托在了工作中，牢记周总理的嘱托："第一拖拉机制造厂，要永远生产第一流的拖拉机。"在以后的工作中，他牢记心中的追求和目标，不计名利，兢兢业业为新中国的工业建设奉献自己的才华。

在担任一拖总工程师期间，为了使一拖的拖拉机能更好地服务于农业，他对原设计的单一产品54型履带拖拉机进行了一系列技术改造。他还根据市场要求，开发了轮式拖拉机和其他新产品，使一拖的经济效益稳步提高。作为总工程师，罗士瑜感到，一个大厂仅生产单一的履带拖拉机是危险的，万一没有销路，工厂就要关门。他翻阅了大量国外的资料，发现没有一个拖拉机厂是专搞履带拖拉机的，美国、苏联的拖拉机厂都是轮式和履带式拖拉机并存。他又分析中国的具体情况，如马力太小，难以深耕，马力太大，也不适宜，他选定了搞中型马力的轮式拖拉机。在征得部领导同意后，1964年，在罗士瑜的组织下，一拖根据中国广大农村多种作业的要求，开始了对40型轮式拖拉机的研制工作。1965年1月至9月，一拖进行全套图纸的设计、工艺审查，并试制3台样机。1965年12月至1966年4月，一拖进行技术攻关，同时进行生产准备。1970年，40型轮式拖拉机正式投产。这一年，他兼任一拖党委副书记。

实践证明，他的担心是对的。20世纪80年代，一拖遇到市场经济的严重冲击，大型拖拉机滞销，他提前设计并开发的产品立即发挥了作用，给一拖带来起死回生的机会。150型轮式拖拉机，是罗士瑜针对广大农村承包经营后的需要而开发的新产品。1979年，他曾几次到部里找部长汇报，最终得到了许可，但开发费用需厂里自筹。为此，他克服重重困难，仅用9个月时间就拿出了样机，并于1983年正式投产，当年年产达6万台，给厂里创造了经济效益，同时深受农民喜爱，至今仍是一拖的主要产品之一。

罗士瑜给一拖的贡献远不止这些。闻名全国、全军的产品有：665越野汽车、704坦克以及1981年经验收合格的26英寸和28英寸自行车等，这些产品为国家的国防科工做出了贡献，为解决一拖市场经济中的困难起了重要作用。

在担任总工程师的24年间，他带领全体设计人员，使得一拖生产的产品，由原来的单一产品发展成5大系列13个品种，即75型履带式拖拉机系列及其变型产品6种、150型小四轮拖拉机1种、704产品1种、665汽车3种、自行车2种。截至1981年，一拖共生产履带拖拉机259977台、推土机33826台、40型轮式拖拉机31625台、665汽车1844辆、704坦克25辆、发电机组24990台、排灌机11324台。

罗士瑜，从1958年43岁时来到一拖到1987年退休，在整整30年的工作中，像是上了发条的钟表，一刻不停地工作着，他为一拖书写出一个个精彩的篇章，在一拖红色的铁城里树起了一座丰碑。

1948年1月，他乘船从上海出发，漂洋过海去美国，28年后他乘飞机从上海出发飞往美国。旧地重游，他感慨万千。他在美国跑了15个城市，参观了7个工厂、3个工程中心和多所大学，美国确有很大变化，但他更感到社会主义制度的优越性，他看到了中国人在美国有了很高的社会地位，听到了美国朋友对中国经济飞速发展的赞叹。他为自己的祖国骄傲，也为自己实现了知识报国而自豪。

罗士瑜一生廉洁奉公，严于律己，每次因公出国，他哪怕是收到一个小小的纪念品，都会上交给组织。按资格，厂里准备把他安排到厂干休所，他婉言谢绝。他的独生女儿，下乡到许昌，当时一起去的人都回城了，但他的女儿还在乡下。罗士瑜的战友在轴承厂，听说这个情况后，想办法把她招到了轴承厂。女儿在生产一线三班倒，他每天夜里去接送女儿，直到女儿有了孩子，他年龄也大了，楼下邻居看到这个情况，出面帮忙把他女儿调到了一拖。

1997年罗士瑜82岁时，在洛阳这块土地上，安详地走完了他的最后人生。这个新中国培养出来的优秀学子，实现了他的赤子之心，微笑着长眠在牡丹盛开的地方，继续聆听他曾经为之奋斗的"东方红"拖拉机奔驰的轰鸣声。

赤子之心

1948年，陕西西安有一位英俊帅气的男青年已24岁，名叫刘寿荫。大学毕业时，受到父亲的影响，他报考了国外的几所知名大学，很快就收到了美国斯坦福大学的录取通知书。

刘寿荫出生在一个爱国知识分子家庭，他父亲早年毕业于美国匹兹堡大学矿业工程专业，他父亲心系祖国，学成后义无反顾地带领全家回国落脚西安。他的母亲是一位赴日留学后回国的知识分子。还在儿时，他就听父亲讲，当初赴美留学，其实是为实现祖国的兴盛而去的。父母亲对祖国的热爱，深深影响了他。他决定也像父亲那样，为了能掌握更先进的技术，先出国深造，然后回来报效祖国。

而就在他出国学习了两个学期之后，突然和父母失去了联系，没有了经济来源的他，无法缴纳高昂的学费，只好选择了半工半读，但仍负担不起学费。无奈之下，他忍痛离开了自己心爱的名校，转到能为他提供全额奖学金的奥立冈州立大学。其间，学校告诉他，如果他不选择机械工程专业，毕业了还可以留在这个学校，但他坚持选择机械工程系，因为他知道旧中国工业落后，新中国要强大必定需要这方面的技术。

1951年，他拿到了该校工学硕士学位，正当他打算回国的时候，时局发生了变化。先是听到了科学家钱学森回国的消息，由于美国敌视新中国，很恼火钱学森等科学家回到新中国，美国政府的反华倾向加剧。刘寿荫每天都会听到这方面的消息，回国的愿望更加迫切了。

他悄悄做着筹划回国的事宜。但形势急剧变化，朝鲜战争爆发了，美国政府公开发出禁令：不许在美国境内的中国科技人才回到"红色中国"。这一禁令让渴望归国的学子陷入深深的绝望中。在没有办法的情况下，他决定一边工作一边再攻读博士学位，择机行动。这时，他又和国内的父母联系上了，父亲来信告诉他，国内正在筹建拖拉机厂，不久的将来，中国的农民兄弟一定能用上自己国家生产的拖拉机。

正在这时，他收到当时大名鼎鼎的万国拖拉机公司的来信，希望他能去该厂工作，这让他非常兴奋。此时若能去万国拖拉机公司，所学的机械制造的知识一定能派上用场，正好检验一下自己的才能，还可以进一步了解拖拉机的生产制造，为回国以后搞建设积累经验。

于是，他愉快地接受了邀请，到公司后他担任了新产品部的设计工程师。凭着才学，他很快在公司站稳了脚跟，万国拖拉机公司非常赏识这位才华横溢的中国设计师，并给他提供了不错的待遇。当时的美国，正经历着被农业机械化狂潮席卷的时代，进行着一场农业机械革命。刘寿荫抓住机会，认真关注着这场变革，脑海里也不断浮现着家乡"二牛抬杠""牛耕人拉"的原始景象，先进与落后的强烈对比刺痛着他的心，更让他下定决心回国，把学到的知识奉献给国家。为了这个日思夜想的回国梦，他多少次坐在工程师设计室里，心却飞到魂牵梦绕的故乡。就在他想回国却无门、备受折磨的时候，1955年的一天，他突然接到美国移民局通知说可以回国了，他立即着手筹备回国事宜。但他又听说，因为美国到中国大陆没有空中航线，要回国就必须坐船经日本中转。这样充满了危险，因为前不久，华罗庚教授在经日本中转回国时，日本政府只承认在台湾的国民党伪政府，

当时华罗庚持的是旧护照，日方认为他应该去台湾。

这让他心里一沉，自己拿的也是旧护照，并且父母也已迁往台湾，如果从日本中转，肯定会被勒令去台湾。怎么办？这让他寝食难安。思忖良久，他想了一个借道欧洲，再巧妙周转回到祖国大陆的"曲线回国"的办法。就这样，他很快选择了西德的奔驰公司，给公司寄去简历后不久，便接到奔驰公司的回信，他们邀请他到西德斯图加特的机械制造厂担任工程师。由于他有想法，他和奔驰公司的合同期暂定为1年。1955年4月，刘寿荫卖掉汽车凑齐路费，乘坐玛丽皇后号邮轮，从纽约启程到了欧洲。

起先，他的目的只是曲线回国，可真正到了德国以后，德国堪称世界一流的制造业让他的想法完全改变了，他觉得脑子和时间都不够用，每天都沉醉在学习中。这里先进的汽车、农机制造及设计技术，给他又增添了更多的营养，他知道只有努力学习掌握更多的知识，才是对自己的国家最有力的帮助。合同快要到期了，他又一次开始着手与各方面联系，争取能早日回国。没想到一个机会悄然来到。

有一天，他接待了一个来工厂参观的中国代表团。见到祖国的亲人，他激动的心情无与伦比，迫不及待地向他们询问国内的情况，并告诉他们自己想回国参加工业建设的愿望。代表团同志们非常意外也非常重视和欢迎，给他出主意：时任中国驻波兰大使王炳南，经常前往瑞士处理事务。瑞士是个中立国，前往那里再回国，成功的概率会很大。听了他们的建议，他立即赶往瑞士日内瓦，在那里他终于见到了当时新中国叱咤风云的外交家王炳南。

恰好，当时的王大使作为中华人民共和国的代表，正在日内瓦与美国代表就双边问题进行正式会晤和大使级会谈。王炳南看着这个爱国的年轻人才，说："新中国百废待兴，多么迫切需要像你这样的工程技术人才，你若愿意回国，我会全力提供帮助。"

终于，经过中美两国大使级的艰苦谈判，根据1954年达成的"中美承认在中美两国愿意回国者的返回权利"协议，美方允许包括钱学森在内的科学家及愿意离开美国的中国留学生回国；中方遣返一批在朝鲜战场上被俘的美国军人等。此前，钱学森等50多名在美科学家和技术人员作为第一批归国人员，已离开美国。刘寿荫他们是第二批归国人员，共70多人。盼望已久的日子终于到来了，刚好，他与奔驰公司的合同也到期了，他迫不及待地打包行李，终于踏上了朝思暮想的回国之旅。

1956年9月，年轻的刘寿荫博士辗转多处，终于登上了柏林至莫斯科的火车，几日后，又经苏联中转，顺利抵达满洲里火车站。那天，天空下着大雨，而他的心中却腾起浓烈的热火，火车到站停车的一瞬间，他冲出车厢，站在这块日思夜想的土地上，瓢泼的雨水无法浇灭他内心的激动和热烈，他抬头看到一面高高飘扬的五星红旗，失控地抓住检票人员的手，眼泪奔涌、声音哽咽，大声喊着："这是祖国亲人的手啊！中国，我的祖国，我终于回来了！"

他回国后就收到了中国科学院长春机电研究所的聘书，甭提有多高兴了。他感受到新中国的蒸蒸日上，也看到了各行各业的蓬勃发展，尤其是国家156个项目，党和国家把汽车、拖拉机的生产看作重中之重，要研制我们自己的汽车和拖拉机，要彻底改变落后面貌。而这正是他学习的专业，现在终于有用武之地了。

没有多长时间，他的命运又迎来了一次大的转折。就在他回国不久，大批苏联专家撤出中国，其中有苏联专家参与的几个重点项目都遭受到了很大的阻碍。其中正在建设的中国第一拖拉机厂，遇到了极大的挫折。苏方没有留下任何辅助资料，他们认为中国没有专业人才，仅有的几张图纸也都是废纸，这样中国就难以生产拖拉机。听到这些，刘寿荫无法按捺内心的情绪。也正在此时，一拖党委书记杨立功和总工程师罗士瑜向北京求援，工业机械部当即选派刘寿荫到一拖担任首席设计师。理想、责任和现实不谋而合。接到这个命令时，他正处于新婚时期，机械部领导特意告诉他，他可以国庆节后再去一拖报到。可他一刻也不想等，决定马上就走。他对自己说，祖国的需要最重要，父亲就是这样做的，父亲一生都想着怎样为祖国奉献，自己也绝不能落后。

在1958年一个风和日丽的早春，刘寿荫带着新婚不久的妻子来到了一拖，也带来了当时世界一流的设计理念和技术知识，受到厂长和全体设计人员的热烈欢迎。那一刻，他终于和拖拉机如愿牵手，而这一牵就再也没松开。很快，他用学到的知识破解了苏联专家的设计方案。他不分昼夜，把所有拖拉机的装备图纸看了一遍后，心里已经有了底儿。他把当时很多还没有成形的和无法使用的装配图纸，按照自己的理念绘制成完整的装配图，给当时已经进入拖拉机设备调试倒计时的工厂注射了一针起死回生的强心剂，使拖拉机制造工作掀开了历史新篇章。

很快，凭借着刘寿荫扎实的知识功底和在国外拖拉机厂工作的经验，一拖完成了第一台轮式拖拉机的设计和制造。

1958年，当新中国的第一辆拖拉机披红戴彩地驶出一拖的大门时，刘寿荫被安排在主席台最显眼的位置。那一刻，他流下了难以抑制的泪水。

1959年11月，一拖正式通过了国家验收并投入生产。这意味着，中国人能自己独立制造拖拉机的历史开始了。中国人自己制造的拖拉机的诞生，让刘寿荫的梦想变成现实。半个世纪的时间证明，中国人设计制造的拖拉机是质量优良的拖拉机，是可以与当时国际上同类产品相媲美的拖拉机。拖拉机的成功投产实现了以吴敬业、罗士瑜、刘寿荫等为代表的一大批海外赤子在海外学习而为自己的祖国母亲效力的夙愿。

后来，刘寿荫除了参与设计和制造我国第一台履带拖拉机，还先后主持设计制造了我国第一台手扶拖拉机、第一台压路机、第一台军用越野汽车、第一台180马力四轮驱动的轮式拖拉机……他作为最主要的设计人员，使我国第一代手扶拖拉机的设计得以定型，并在全国得到了大规模推广应用，许多拖拉机企业都大量生产了这一型号的手扶拖拉机，这也是真正由中国人自己设计的手扶拖拉机，深受农民欢迎。

夜深人静时，他很多次都辗转反侧，如果父母知道了他现在的成就，该有多么高兴。虽然实现了他的梦想，可他始终愧对父母，因为他没有尽到孝心。他和妻子来到洛阳后，曾接到过一封来自台湾的母亲的信，但直到1960年，他才被允许前往台湾探亲。遗憾的是，到了台湾，迎接他的是父母的遗像。这个自24岁与父母分别后就再也没能和父母团聚的人，在无论多么大的困难面前都没有退缩和叫苦的人，此时难以抑制悲痛，泪水打湿了衣襟。为了报答父母，他更加努力地工作。当时，计划经济的制约，影响了拖拉机的更新换代，但他没有怠慢，而是主动探索，大胆改革，进行了有关拖拉机的大量改进设计和攻关。他的设计作品以优秀著称，因此他也成为全国知名的拖拉机专家。

他热爱拖拉机，并为此付出了全部的精力和才华，即使退休之后，仍然又接受了返聘，在一拖继续主持新型农机产品的设计和研发。在74岁那年，他耗时3年多，设计出了全国第一台"摆轴式推力管支撑底架农用运输车"，这项设计使他获得了两项国家专利。

刘寿荫思路敏捷，浑身散发出智慧与书香，是一个有着智慧与魅力的人，他和一拖的其他设计师们，为中国的工业建设，为中国的拖拉机事业，留下了无比绚丽的篇章。他们凭着对祖国的赤子之心，以渊博的学识把新中国的农业机械水平至少提升了 50 年。

向祖国致敬

1955年9月15日，在美国的旧金山，刘尔雄等20位中国留学人员登上克利夫兰总统号邮轮。途经洛杉矶时，钱学森夫妇等4人也按计划登上该船。经过22天艰难曲折的海上航行，他们借道香港抵达广州，在广州的报纸上，24名留学回国青年发表了著名的《向祖国致敬》的公开信。

公开信写道：今天我们重新踏上了祖国的土地，觉得无限愉快和兴奋，回想以前人民生活困苦，国际地位低下。再看现在的祖国，充满着生气和希望。我们决心处处向人民学习，向社会主义的光明前途迈进。

这一天是1955年10月8日，在古都洛阳，中国第一拖拉机制造厂举行的7万多人参加的奠基仪式才刚刚过去7天。

刘尔雄从小就怀着科技报国的梦想，在20岁那年他独自到美国求学，就读于波士顿大学。1951年，在美国波士顿大学毕业典礼上，主任将一本黑色羊皮毕业证书，递给了80名机械系毕业生中唯一的中国学生刘尔雄，毕业证书上印着"优等生"字样。他先后在美国考门柴油机厂、桥梁公司担任工程师。

就在此时，刘尔雄却向有关部门递交了一份申请：我是中国人，我要回中国。因为刘尔雄听说中国共产党正在领导中国人民进行社会主义建设，他恨不得插翅飞向祖国。他知道此时的祖国正处在一穷二白的时期，多么需要技术人员。为此他不惜抛弃自己在美国的漂亮住宅和高级轿车，祖国再穷，他也愿意回到祖国，与同胞们共患难。刘尔雄归心似箭，他接二连三向美国当局递交回国申请，三番五次请律师为他回国辩护，但美国对这些申请回国的人员进行监视、盘问，以各种理由予以拒绝。一直到后来中国和美国达成了协议，刘尔雄和钱学森等留美学生才破例获得了离境签证。

他们乘坐的克利夫兰总统号在太平洋上从9月中旬一直走到了10月初，一路曾停靠过夏威夷、日本横滨和菲律宾马尼拉，他们没有心情欣赏沿途的美景，直到他们看到了迎风招展的五星红旗，所有人的眼中一下子涌出了泪水，他们终于回到了日思夜想的祖国的怀抱。

1955年，刘尔雄刚刚踏上祖国的土地，就直奔一拖。他以前所未有的热情投入到建设中。他们和工人一起住在工地上简陋的工棚里，行走在泥泞的道路上，吃饭是馍就咸菜。这里没有周末舞会，每天晚上还要给工人和技术人员进行没有任何报酬的技术辅导。这一切都与美国不同，然而，白天，刘尔雄投身工作现场，组织技术攻关，培养技术干部，解决技术上的难题，晚上一头钻进书堆里直到深夜。就这样，他毫无怨言地打拼着，致力于提高中国的拖拉机质量和生产技术，任劳任怨。整整33年，他凭借自己的学识先后担任一拖副总工程师、副厂长，参与了"东方红"40型拖拉机、665汽车的试制与批量生产以及"东方红"75型履带拖拉机等20余项技术改进工作，为中国农机事业做出了巨大的贡献。

20世纪60年代末，刘尔雄光荣加入了中国共产党，自此他的人生道路又添了灿烂的一笔。从此他更加坚定不移地投身社会主义建设中。在富贵与功业的十字路口，刘尔雄和一拖其他从海外归来的知识分子一样重功业、轻富贵。他们怀着强烈的爱国之心，认为世界上最快乐的事就是为理想而奋斗。

他们早已把自己的命运与国家的命运紧紧连在一起，把智慧与才干奉献在农业机械化事业上，无怨无悔。

历史不会忘记他们，祖国不会忘记他们，一拖不会忘记他们。

和毛主席握过手的钱端有

钱端有是一位从旧中国走过来的老技术人员,对于新旧时代的对比有着切身感受。在国民党反动统治时期,祖国是半殖民地半封建社会,科学技术上一穷二白,知识分子无用武之地。新中国成立后,国家建立了成千上万的工厂,培养了一支庞大的科技队伍,很快,祖国的民用工业发展起来,重工业门类也齐全了,技术人员也有了用武之地,钱端有感到十分幸福!

解放初期,他在天津拖拉机厂工作。为了支援解放军南下,工厂很快造出了军队急需的汽车配件。随着解放战争的迅猛发展,部队在前方急需通信、照明发电机组。当时旧中国只能生产单小发动机,不能制造几十马力的多缸发动机。毛泽东主席说:"在帝国主义封锁下,不立足于内是没有出路的。"于是他们自力更生,从做发动机开始,然后配成整套机组,这样就能用来发电,有了动力还可以制造汽车、拖拉机等能行驶的车辆。

虽然天津拖拉机厂是个只有几百人的小厂,但他们以当家做主人的自豪心情,奋力开创,几经努力,终于试制成功了四缸汽油发动机,配成了发电机组,给前线提供了电源设备,还装成了吉普车,全厂职工决心用实际行动向伟大领袖毛主席报喜和献礼。

那天,他和同志们一起,把吉普车开到了北京中南海。当天,毛主席正在开重要会议,由朱德代表毛主席接受献礼,并接见了他们。朱委员长转达了毛主席对他们的殷切希望，并指示全厂职工再接再厉，多生产发动机、汽车，为进一步发展我国机械工业而奋斗。他们回厂后，向职工传达了毛主席和中央领导的指示，全厂顿时一片沸腾，毛主席和工人群众心连心，给了大家巨大的力量。

1953年8月的一天早上，天津市委通知厂里，中央领导同志要在上午10点钟来厂里视察。10点刚到，一辆黑色轿车开进了工厂，毛主席在市委书记陪同下，来到了工厂。喜讯传来，全厂职工从四面八方汇集到一起。毛主席穿着白色衬衫，满面红光，微笑着向欢迎群众招手致意。毛主席健步来到车间，仔细观察了他们的产品和生产情况，边看边询问，对工人的工作和生活情况关心备至。视察完毕，临上车时，毛主席还向市委领导提出了要关心职工生产、生活的要求，对工厂今后的发展也一一作了指示。

当时，钱端有就在旁边，聆听了毛主席的谆谆教导，他望着毛主席伟岸的身影，一股热流暖透身心，眼眶几次湿润，感到了前所未有的幸福。毛主席从百忙中亲临工厂视察，他心中装着全国人民，也没有忘记他们这个小厂。他伫立久思，更加深了对伟大领袖毛主席的敬仰。

钱端有在1957年被调到一拖工作。自1959年起，钱端有共参加了6次全国人民代表大会，每次大会，都聆听了毛主席对广大知识分子和祖国科学技术的发展寄托的极大希望。回到厂里，他更是努力工作，为一拖的拖拉机生产和技术革新、产品开发不断努力。

后来，由于很多知识分子包括他在内都被打成"反动学术权威"，有劲使不上，他欲干不能，欲罢不忍，苦恼极了。1976年10月，在党中央的领导下，全国各行各业千帆竞发，捷报频传。他这个曾被打倒的"反动学术权威"也得到了平反。1978年3月，他又出席了第五届全国人民代表大会，在人民大会堂看到华国锋主席和各位副主席以及党和国家其他领导人时，一下子又想起当年毛主席接见他们的情景。他决心不辜负党和国家的期望，向着毛主席指引的"四个现代化"的宏伟目标前进。

他明白，在这个伟大的新长征中，知识分子和工人阶级都肩负着极其光荣而繁重的任务，一拖正面临着技术改造的艰巨任务，他表示一定要竭尽全力，做好工作，为加速我国的农业机械化、早日赶上世界先进水平而奋斗，以告慰伟大领袖毛主席、敬爱的周总理等老一辈革命家。

钱端有是幸运的，和毛主席握过手，不止一次近距离见到了人民爱戴和崇敬的毛主席。他把这个幸运和幸福都转换到了毛主席最关心的拖拉机事业上，作为副总工程师，他为一拖的事业奉献了一生。

第十一章 伟大友谊

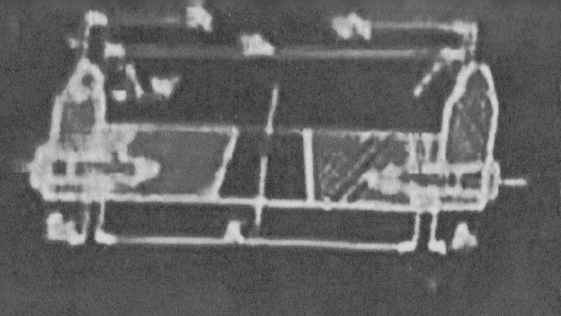

给苏联专家列布可夫赠送纪念章

1958年1月19日，一拖300余名职工代表聚会欢送苏联专家列布可夫。列布可夫是在1956年1月20日到一拖的，到1958年1月20日期满。列布可夫虽然来厂时间不长，却帮助厂方解决了很多重大疑难问题。一拖在土建、安装、生产准备等方面取得的伟大成就，都与列布可夫两年来的辛勤劳动分不开。

会上，刘刚厂长代表全体职工致欢送词，同时勉励全厂职工认真落实专家的建议，虚心向专家学习，坚决贯彻"勤俭建厂"和"多、快、好、省"的方针，以此作为欢送和感谢的珍贵礼品。

厂工会副主席孙玮代表全体职工宣读了感谢信。总冶金师钱端有也发表了讲话，感谢总专家对一拖热加工系统的生产准备工作所做的贡献及对他本人的帮助。

最激动的时刻来到了，刘刚厂长代表周恩来总理赠送给列布可夫同志纪念章，并代表全厂职工赠送给总专家锦旗、国产金星钢笔、江西茶具、洛阳仿制唐三彩马、一拖图片等纪念礼物，会场响起一阵阵热烈的掌声，传递着两国人民的伟大友谊。

列布可夫非常激动地向大家致谢，他相信在不久的将来，全厂职工一定能制造出人民非常需要的国产拖拉机。

他回国不久,就接到杨立功厂长的电话:一拖生产的拖拉机名字起好了,叫"东方红",拖拉机也正在加紧组装试验。他听后非常高兴地说:"'东方红'这个名字太漂亮了!每天清晨,我们的农民开着拖拉机迎着朝阳,这是多么令人高兴的事啊!"

苏联专家在一拖的日子

苏联专家在一拖有很多感人的故事。谁都没想到这些外国专家那么能吃苦，他们总是把工作放在前头，从不计较生活条件。

作为外国朋友，苏联专家能处处为一拖的建设着想，这是很多人没有想到的。刚刚兴建的一拖厂，生活条件差，工作压力大，总专家列布可夫到厂的第一天就跟厂长说："生活的苦我不怕，请厂里不必过多地担忧和照顾。"

总机械专家诺维克刚到北京就说："我们经历了卫国战争，我们都是工人阶级的一员，到中国来任何困难都不会怕的。"在他的提议下，这两位总专家都买了一双高勒儿皮鞋，以便在泥泞的道路步行。洛阳的气候，让苏联友人不太适应，夏天温度可高达39℃，总专家列布可夫身体又胖，大家都很发愁，他能受得了吗？这些，总专家其实早就想到了，为了不影响工作，同时身体也不要出问题，他每天提前起床，很早就下工地，当太阳从东方升起时，正好工作已完成。假若赶上了正午酷暑，他的工作也不会停，他一边不停地擦着汗，一边不停地工作。

苏联专家不但在工作上吃苦耐劳，在生活上也非常节俭。他们在《中苏友好报》上看到中国猪肉供应非常紧张，就主动向友谊宾馆食堂建议"我们的菜里少放肉"。

春节前的那段时间，天气特别冷，专家的办公室都没有暖气，可这并没有影响他们的工作。一天，郑维祥副厂长来看望他们，征求他们生活方面的意见，专家说："这里的生活条件当然不如苏联，但我们不是来贪图享受的，我们生活得很好，感谢厂领导的关怀。"

于金莲是一个接待员，总专家列布可夫到拖厂将近一年了，她总是被总专家那种艰苦朴素的工作作风和伟大的国际主义精神深深感动。6月至7月，洛阳的天气最热，有时温度达到了42℃。列布可夫的衣服每天都被汗水浸透，没干过。于金莲将厂领导的话转告给列布可夫：国务院规定"外国专家在中国工作满一年，可以休息一个月。夏天太热了，可以休假"。他听了，却摇着头说："谢谢关心，我有很多事要做，不能休息。"他不但没休息，反而更勤奋，每天都是来得早，回得晚，认真对待每一项工作。

有一次，总专家为了及时了解工地的情况，顾不得吃早饭，就到了现场，厨师知道后，让人把饭送到了他的办公室。他一直忙到了上午10点才回来，看到送来的饭菜激动地说："多谢，多谢，你们对我真是太关心了。"其实大家更是被他的工作精神感动了。

还有一次，总专家拔了牙，医生要他休息3天，可他只休息了1天，第二天就又到了办公室工作。刘刚厂长得知后竭力劝他，他这才勉强回去休息。夏天天气炎热，厂领导决定给他送克瓦斯面包水（一种清凉饮料），并买些冰块放在他的办公室里消暑，可他不想让工厂花钱，坚决不同意。为了节约，他一个夏天连电风扇也很少开，总是一只手不停地擦汗，一只手拿着图纸考虑问题。冬天的一个下大雪的日子，他要到工程局办事，那么远的路，也不让派汽车，自己冒雪步行，让翻译、接待员都非常感动。

巴拉莫诺夫是苏联派来支援建设的另一位年轻的专家。每一个和他接触过的人，都能感受到他那和蔼可亲的态度和实事求是的工作精神。大家都说，在他身上看到了白求恩大夫那种伟大的国际主义精神。

1956年9月，许树桐翻译到北京去迎接这位专家。他记得，巴拉莫诺夫从火车上一下来就问："厂里已有几个车间开工了？"许树桐回答说："现在才安装机床。"他一听就急了，连忙说："这样不行，应该早日开工。"

北京是那样美丽，许翻译想带他去游览一下故宫、颐和园等名胜古迹，在这里多玩几天，可他说："北京真的很可爱，像莫斯科一样，我非常喜欢。可是，我是来帮助中国同志建设拖拉机厂的，我们还是早些回洛阳吧，拖拉机厂比北京更吸引我。"

巴拉莫诺夫就这样稍作休息便马上转车，来到了洛阳。他一到工厂就开始了工作，并很快和一些设计人员建立了密切的联系。很多人向他请教问题，直到请教问题的同志满意地走出他的办公室，他的脸上才露出丝丝微笑，但是他还是担心自己的解答让中国同志听不懂、不满意。每次人走后，他都反复向许翻译询问："许，你看我这样回答，可以吗？"巴拉莫诺夫这种谦虚、认真、负责的态度，让许树桐和厂里的其他同志都非常感动。

此外，他还发现工厂的工作没有一个较长远的计划，设计人员往往在月末还不知道下一个月应做什么。巴拉莫诺夫很生动地比喻说："工作没有计划，就意味着寸步难行，也就像坐在办公室从窗户往外看，只能看到外边的街道，但是如果有了计划，就像登上了高山，可以看得很远。"这些都是非常影响工作进展的具体问题，经他提出并在他的指导下，厂里以及设计组的同志们都一条一条有效地给解决了。

怎样提高同志们的技术水平，这是巴拉莫诺夫经常考虑的问题。当许翻译告诉他，厂里将专门派出指定人员，向他以及其他苏联专家学习时，他非常高兴，他说："我举双手赞成！"

有一次，设计组负责人在和巴拉莫诺夫交流工作时说，某些同志不安心于自己的工作，他们认为工厂建成以后，设计组就没用了，不如早一点转业。巴拉莫诺夫听了以后，对这种想法既感兴趣又觉得奇怪。他说，这种想法他是第一次听说，这肯定是一种很幼稚的想法，说明了大家对工厂的发展缺乏认识。在一次座谈会上，巴拉莫诺夫专门针对这个问题和设计人员进行了谈话。他耐心地给大家说明设计工作的光辉前途，并特别强调设计工作将来还要向自动化和机械化的方向发展，只要拖拉机厂存在，设计人员总有工作的，而且要领先时代的发展，这样拖拉机厂才有生命力。

这次座谈会发挥了很大作用，给广大年轻的设计员增加了很大的动力和信心，使他们懂得了自己工作的意义。同时，大家更佩服这个和自己年龄差不多的苏联专家了。

1956年8月的一个晚上，翻译小组的老黄同志找到组长说："组长，今天找你不为别的事，就是希望组织上批准我的要求。"还不等组长反应过来，他又说："两个月以前，组织上让我给苏联的设计专家当翻译，我实在干不了。我在学校学习时，就没选择口译，所以俄语会话很差，还是另换一个人吧。"

听了老黄近乎央求的请求，组长真有点儿发愁了，如果答应他的要求，一时半会儿找不到合适的人，不答应吧，怕他情绪不好，影响工作甚至和苏联专家的关系。但组长最后还是说："你还是干吧。只要努力学习，困难会克服的。况且在咱们拖拉机厂这个创业阶段，有几个人是干过这个活的？"组长的这些话，虽然不能从根本上解决老黄的思想问题，但其中的道理老黄心里也明白。抱怨归抱怨，他还是嘟嘟囔囔地说："我不是闹情绪，这是赶鸭子上架。"

老黄说的苏联专家就是设计专家巴拉莫诺夫，不知不觉5个月过去了。一天，翻译组召开漫谈会，交流和苏联专家一起工作的心得体会。轮到老黄了，他结结巴巴地好像不会说话了，可仔细一听，大家都乐了。原来他的态度变了,他说:"我和大家一样,一定会把口译工作做好,而且我也很喜欢这个工作了。"大家都惊奇地说:"不说赶鸭子上架了?是怎么转变过来了?"看大家伙儿这样关心他,他不结巴了,还讲了缘由。

原来,他刚开始给专家巴拉莫诺夫当翻译时,有很多顾虑,怕自己口译不好,专家听不懂,而专家说的话,他确实也有点搞不懂,但这些顾虑很快就被打消了。因为专家知道他的情况后,就格外照顾他,跟他说话时有意识放慢一些,就像老师对小学生讲课,见他实在答不上来,还用会意的办法帮助他理解,这对他鼓舞很大。这样的大专家能这样照顾他,他怎能不好好努力呢?慢慢地,他们之间的交流就顺畅多了。

但巴拉莫诺夫是搞设计的,大多数工作要和图纸、计算打交道。老黄最怕看图,甚至是一窍不通,但是在翻译时,不能正确表达对方的意思是绝对不行的。巴拉莫诺夫说:当翻译,这些技术知识是要补课的,你到图书馆借本有关制图的书,看一看,慢慢熟悉了就好了。老黄觉得专家的话非常诚恳,自己应该好好努力。这样下来,老黄学了理论知识,在工作中专家又不厌其烦地给他讲解机器、零件,还教他技术上的知识,这让老黄对学习技术产生了浓厚的兴趣。

后来又发生的事,更让老黄感动不已。有一次,老黄生病住院了,巴拉莫诺夫几次跑到医院看望他,看他喉咙发炎,饮食困难,还把从莫斯科带来的炼乳送到医院让他吃,老黄这个大老爷们儿被感动得直掉眼泪。病没好,他就要求出院,想早一天跟着专家工作。老黄对大家说:"苏联专家都很有人格魅力,是翻译工作让我接触了他们,有了这样的感情和友谊,我应该感谢组长给我安排的这个工作,我从中受到很大的教育,我一定要把这个工作做好,让苏联专家满意。"大家都为老黄鼓掌,因为老黄说出了大家想说的话。

远方的来信

1957年4月，斯大林格勒拖拉机厂《拖拉机报》古里科同志给苏远同志寄来一封信——

亲爱的苏远同志：

不久以前，我的朋友作家加林同志曾在贵厂参观过。他给我寄了一封信，向我转达了您希望和我们的报纸建立友谊通信的愿望。同样，这也是我很久以来的夙愿。

许多年以前，我就和中国的劳动人民相识了。我曾作为一个商船的海员到过你们国家的港口。在卫国战争的年代里（1941—1945），中国同志和我们在一个游击队里并肩作战，在沿海阿木鲁和扎白卡里州等地共同抗击外国干涉者和白匪军。

我现在简单地向你介绍一下我个人的历史。我已是一个65岁的老人，当过工人、海员和国内战争的参加者。国内战争结束时（即1922年），我受伤复原后就开始学习文学，以便成为一个教员。但受党的委托，我成了记者，在斯大林格勒拖拉机厂《拖拉机报》工作了26年，其中19年是做报社的编辑工作。我的党龄37年。

我们报纸的读者和全苏人民一样，极其关心你国人民的斗争建设和你们厂的同志怎样掌握制造拖拉机的技术。我以急不可耐的心情等待着你的回音。希望介绍一下您编报的情况和您个人的简历。

苏联斯大林格勒拖拉机厂

《拖拉机报》编辑古里科

1957 年 4 月 26 日

苏联拖拉机厂为一拖培训技术人员

从 1955 年到 1957 年，苏联哈尔科夫拖拉机厂、哈尔科夫火塞厂、亚德斯活塞环厂，为一拖培训了 170 多名技术人员。苏联帮助脱产培训的技术人员中，有副厂长、副总工程师、正副处长、正副车间主任、正副技术科长、动力师、设计师、工艺师、冶金师、机械师、设计员、工艺员、冶金员、实验技术员、工长、调整工、熔化工等。

实习生在苏联学习时，都得到了实习工厂党政领导的帮助和关怀，受到热烈的欢迎和接待，对方组织他们参观生产，参观工厂。实习开始后，他们选派最优秀的工人或工程技术人员担任实习生的老师，帮助实习生制订学习计划。在他们的帮助下，实习生进步很快。他们出国前不懂技术，在苏联实习一年左右，有的仅八九个月时间就较熟练地掌握了生产技术和有关理论知识，回厂后能够担负起技术工作。

1956 年，一拖派往苏联实习的职工，有的提前 5 个月就完成了实习计划，还有 24 名职工提前两个月完成了实习计划，他们回到厂里后都分别参加发动机、轴瓦、起动机、有色修筑精密铸造车间的工作，为开工建设发挥了作用。

为一拖着想的苏联女科长

远在苏联的安达玛诺娃·安·米，有着伟大的国际主义精神。她是苏联哈尔科夫拖拉机厂发动机车间技术科副科长，也是一拖赴苏实习生李立均同志的老师。在她的悉心教导下，李立均的技术水平提高很快，提前两个月完成实习计划。

她对一拖一直很关心，实习生在她们厂里实习时，她告诉实习生立式旋转炉和箱式炉的优缺点：立式旋转炉坏了不好修理，产量低，设备贵，每台5万多卢布；箱式炉是她们最近设计的，产量高，坏了也好修理，每台需要6000卢布。她还说，今后她们都要改用箱式炉。因此，她建议一拖还没有正式生产前，不要用立式旋转炉。后来她还打听到苏联给一拖设计的是立式旋转炉，就马上协助一拖实习生到中国技术科（哈尔科夫拖拉机厂设立的为中国服务的一个科）要求改变这台设备。

但是，反馈过来的消息说，立式旋转炉的设计已到达中国了，若要改变很困难。安达玛诺娃·安·米就一再向中国技术科说明理由，她说："中国正在大规模搞建设，资金很宝贵，我们应该为中国的生产和节约投资着想。"后来，中国技术科终于同意了，把原来给一拖设计的立式旋转炉改为箱式炉，为一拖节约人民币2万多元。

后来，一拖又遇到了一件麻烦事。厂里想到了在苏联的实习生，看他们能不能请苏联的工厂帮忙给解决一下，于是给在苏实习生写了一封信，让他们打听一下，发动机车间起动机上用的两个零件能不能由固体渗碳改为气体渗碳，因为固体渗碳在生产中对工人身体健康有影响，如果能更改，能否通过试验给确定一下。一拖实习生向安达玛诺娃·安·米请教时，她思索了一下说："你们的这一想法很好，我一定尽力帮助。"经过她的协调和几次试验，结果显示完全可以改变。她高兴地拿着试验的结果证明与有关单位进行了联系，一拖的这个问题得到了解决。

第十二章 火红年华

跟随丈夫来到一拖

1953年,从南阳来洛阳的一辆卡车急速行驶,偶尔停下来让车上的妇女儿童稍作歇息。卡车上坐着的全是来洛阳支援拖拉机厂的建设者的家属,其中有夏金钟的妻子吴慎、郑维祥的妻子范春桂。她俩怀里都抱着正在哺乳的孩子,两个孩子都才三个月大,一个叫夏效东,一个叫郑鲁豫。

为筹建一拖,夏金钟和郑维祥先前已经跟随杨立功书记到开封集合,学习结束后又跟随杨立功到了洛阳,他们一直都在为筹建工作忙碌。当时一拖还处在保密阶段,厂名为代号"081",夏金钟是"081"工地的总指挥,当时主要工作就是探墓。

吴慎和范春桂到洛阳后,被暂时安排在老城马市街闲置的民房里,夏金钟和郑维祥办公的地方在老城的新建校,工地在涧西。当时那里还是一片庄稼地,夏金钟正在全力以赴组织勘探队探墓。探墓用的是洛阳地方特产的一个工具,当时还不叫洛阳铲,人们叫它"捣窝铲"。

探墓任务很重,为了尽快完成勘探工作,夏金钟在孙旗屯、老城等四处奔波找能探墓的人手,工期紧张时,有上千人在勘探。夏金钟整天都在工地上,为了赶进度,探墓工作几乎昼夜不停。吴慎知道丈夫夏金钟有胃病,每天都给他准备个暖水袋,让他放在怀里贴着胃暖着。一天,丈夫一瘸一拐回来了,一问才知道,工地上草深,看不出是一条大深沟,他一脚踩下去，掉到了沟底。当时也没去医院，想着慢慢就好了，第二天瘸着腿又去了工地。谁知，从那以后，他落了个走路一瘸一拐的毛病。

夏金钟在工地上忙，吴慎也有了自己的工作。她先是到筹备处参加培训学习，学习结束后，被分配到拖拉机厂工会部门工作。在众多的家属里她是为数不多的有学历的人。吴慎是襄樊人，从小就爱读书，想上大学。有一年，恰逢桐柏学院来家乡招生，她满心欢喜地报了名，夏金钟就是招生的老师之一。后来她被录取了，报到后，她才知道这是一所共产党培养革命干部的学校，她非常激动。那一刻，她想到了理想，想到报效国家，想到自己很喜欢的古时的一个名人杨慎，此人一生高洁谨慎，她决定把自己的名字改叫吴慎。以至于后来有不少人问她为什么叫吴慎这个名字，她总是笑笑，因为这是她参加革命的一个秘密。从桐柏学院毕业后，吴慎参加了革命工作，和夏金钟老师有了更多接触，后来组织上从中牵线，她和夏金钟组成了革命家庭。

得知杨立功在拖拉机厂担任筹备组领导时，她说，她很早就知道杨立功。吴慎在殷庄驻队参加土改工作时，杨立功是南阳地区土改委员会主任，他有一次到殷庄下乡视察时，见到了吴慎，他说："小吴，到这边来坐，给我说说土改情况。"她很大方地坐在吉普车的副驾驶位上，把自己了解的情况向杨立功作了汇报，然后又全程陪同杨立功等领导下乡巡视。

回来后，杨立功将巡视的情况汇总成了材料给大家做了报告，她没有想到，杨立功这一次仅仅几天的巡视，竟比她们驻队几个月掌握的情况还多。他一条条地列举着，并给大家分析、总结，还给她们指出下一步的工作方向。那次她对杨立功印象至深，所以当听到丈夫要和杨立功等一批人一同到洛阳组建拖拉机厂时，她非常激动并也做好了思想准备，准备好好干一番。

一拖工会，当时还是和工青妇组织等部门在一起办公，组织成立之初，就几个人，但这几个人都非常能干，组织能力很强。当时，厂里每天都有从全国各地来的支援一拖建设的人。其中有一批来自北京的大学生，他们年轻，文化素质高。有一天，领导给她一个任务，让她代表工会为一对大学生主持婚礼。这真是一件大喜事啊，工会很重视这个活动。吴慎从来都没干过这种工作，但她理解这个活动的意义——让建设者感受到厂里的温暖。于是，她决心把这个红娘当好，把婚事办得让年轻人满意。

在她的张罗下，工会几个人都来帮忙布置新房，当时条件很差，但她们还是搞来红纸，贴了"囍"字，剪了窗花。她以红娘的身份，代表组织给予这对新人祝福。这是拖拉机厂迎来的第一对新人，上上下下都热闹得不行。吴慎这个红娘，也当得非常出色，让那对大学生印象深刻，以至几十年过去了，当年的这一对新人已经有了子孙，但他们一直惦记着这个给他们主持婚礼的红娘，还专门去看望她。

吴慎在工会的第一个领导是齐文川的妻子，后来，吴慎又迎来另一个她极为敬佩的女领导，就是马捷厂长的夫人张灿华。当年在开封地区，张灿华和马捷都是响当当的老八路，马捷是远近闻名的游击大队大队长，张灿华还是新中国第一个女县长。洛阳创建拖拉机厂后，他们夫妇调来洛阳。吴慎说，张灿华到厂后，虽然环境变了，职务变了，可她照样出色，工作起来雷厉风行，虽然她个子不高，但利利索索，工作很有能力。

那时，每一个人对工作和组织上的安排都是无条件地服从。后来，吴慎又奉命到职工医院做组织工作，再后来又被调回工会。工会虽不是生产拖拉机的第一线，但却是厂党委的有力助手，维护职工们的权益、落实党委部署等职责，是其他政治部门不可替代的。吴慎在工会岗位上一干就是几十年。当年，她的丈夫夏金钟探墓工作结束后又去非标准件车间当了主任,工作依然很忙,她在工会也忙,两个人都没有时间照顾小孩,于是,大的送厂里幼儿园,小的请保姆。她说,那个年代,大家都是这么干的,工作是第一。

她到洛阳的第二年,一拖在涧西盖了几栋楼房。她和其他家属才从老城搬到了涧西,她住在10号街坊。

吴慎出生于1928年,现在90多岁了,还非常健谈,并且还记得许多往事。关于自己读书上大学的经历,她说,因为家里穷,高中勉强上了一年就辍学了,是桐柏学院改变了她一生的命运,让她走上革命道路,还让她日后组成了幸福家庭,所以,她对党满怀感恩。

她还回忆说,马捷聪明能干,听说他要带领一个队伍去苏联学习,她和夏金钟也都非常想去,但组织上考虑他们都属于有文化的,还是先让更需要学习的人员去。后来支援地方工业,丈夫夏金钟被调到洛阳市重工局当局长,组织上说她也可以调到市里,可她说:"我对一拖有感情,我的儿子,我的领导、同事,我的工作都在一拖,我离不开这个地方。一拖就是我的家。"

在手机上翻出一张照片,她一眼就认出了照片上的马捷、杨立功、梁自征等。她还说起,当时生第二个孩子,没有吃的,小孩饿得哇哇哭。组织部长梁自征当时负责接待外国朋友,听说了这一情况,就把招待外宾剩下的一瓶罐头派人给她送来了。她说,那是美国产的,打开后全是油,香味扑鼻。那时油金贵得很,那瓶罐头没舍得吃,都用来炒菜,给家里解决了很大的难题。

丈夫去世后,几个儿女轮换照顾她,吴慎老人晚年过得很幸福。

一对伉俪的"十六同"

一拖有这样一对革命伉俪,他们从相爱那一刻起到从工厂里退休,创造了"十六个相同"。或许,每一对夫妻都会有很多相同的经历,但要做到这么多相同,怕是不容易。他们的"十六同",仿佛是一幅跨越时空的画卷。

他们就是一同从长春汽车制造学校来到一拖的裘约克和李启明。他们的十六个相同是:同是军人,同学,同一专业,同事,同时被分配到一拖工作,同进拖拉机学院学习,同是中国科学院培训进修学员,同是一辈子在原单位搞技术工作几十年不变,同样有成果在机械工业部展览厅展出(李启明的自动化检验机创新项目展出,裘约克的个人事迹展出),同是共产党员,同是机械工业部办的工程师进修大学学员,同时晋升高级工程师,同是年年先进,同是河南省先进工作者,同有省、市级多项获奖成果,退休后同被原单位原岗位返聘(裘约克又干了6年,李启明又干了9年)。

李启明是一拖高级工程师。他于1955年11月到一拖,先后在起动机分厂、发动机分厂和总厂技术检查处工作。裘约克到一拖后在齿轮车间做技术检查工作。当时的工业战线,一切都在摸索之中,而对于自动化很多人更是听都没听说过。质量管理处是全厂业务的领导机构,各个单位的各种质量标准、规章制度、总结报告,都是由李启明负责编写的。

李启明进厂3年后,即在他28岁那年,就自行设计并试验制作了自动化外圆自动测量仪、自动分组仪、气动测量仪等。他几乎平均一年就完成一项科研攻关项目，成为拖拉机厂技术队伍中的佼佼者，也是妻子心目中的大才子。当时，他发明的外圆自动测量仪还被中国农业机械部选中，应邀送到北京农业先进技术展览馆展出。

有了小家庭，工作中不甘落后的裘约克不得不分点心来照顾小家。对她来说，生活不比工作简单，从小不会干家务活的她，一切都得从头开始。她学习打煤球，用炉子做饭……由于使用炉子不熟练，晚上不会封煤火，炉子经常灭，早上生火更难，煤烟呛得她直流眼泪。当这一切慢慢熬过去了，他们的心还放在读书学习上。没有小孩时，两个人没逛过街，没去过公园，没串过门，有一点儿时间，就是各自分开看书学习。两个风华正茂的青年，全身心地投入工厂的建设。他们放弃了所有的爱好，连厂里放的露天电影、俱乐部放的室内电影都没有去观看过，一天到晚就是工作和学习，加班加点地干。

因为车间人手少，工作忙，裘约克怀着身孕，一直干到孩子快要出生了才休息。她的工作和丈夫有所不同，她要直接面对齿轮生产第一线，车间工人白班、二班、三班连轴转，很多时候，需要她来处理现场的事情，所以，她也得跟着转。领导看她太累了，三番五次让她回家休息，但无论怎么赶都赶不走她。她担心一旦哪个地方出现问题，拖拉机组装就会受影响，国家财产也会遭受损失。那时候，国家钢材极度匮乏，浪费就是犯罪。很多次，她累了、瞌睡了，就在机床旁打个盹，醒了接着干。

眼看预产期就要到了，可工厂这边正赶上拖拉机要正式投产，对所有产品要严把质量关，不能漏掉一个非标零件，她更不能离开了。

每个齿轮都是实打实的铁块，很重，检查时要一个个搬到工作台上，然后再搬下工作台，之后还要一个一个摞好。一天下来，搬来搬去的，体力再好的人也累得腰都直不起来了，裘约克的胳膊肿了，疼得抬不起来，加上她一米五左右的瘦小个头，又挺着大肚子，弯起腰来很困难，很让人揪心。领导不得不做出决定，让她在工作中只能动嘴，不能动手，像搬动零件的事，给她配专人来做。就这样，她一直坚持到快要生产的时候才离开工作现场。有一次，她在车间不小心被地面的油污滑倒导致骨折。当时，丈夫又出差不在家，厂里赶紧把她送到医院，打了石膏后，把她送回家里休息。她的腿被高吊着不能做饭，孩子们只好到食堂打饭吃。与此同时，李启明正在北京请机械部有关专家讨论审核拖拉机制造厂的质检标准和质检管理纲要细则。他带去的成果，专家给予了高度肯定，也得到了有关部门的认可。他们说，一拖的拖拉机的质检管理，是可行可信的。要知道，有关部门认定的这个一拖质检管理纲要细则，就是拖拉机正式投产的通行证。当他带着红彤彤的证书回到厂里时，厂里早已锣鼓喧天。裘约克看着李启明的获奖证书，像又得了一个宝贝儿子一样，心里也多了一分喜悦。

李启明看到妻子又是工作又是带孩子，还骨折了躺在床上，心疼得不得了。他俩一辈子没吵过架，秘诀就是互相心疼、互相谦让，即使两人意见有分歧，李启明也总让着妻子，裘约克不管是不是自己的错，也会主动向丈夫认个不是。

夫妻俩最幸福的事，是在工作上暗暗地比赛，丈夫带回了部里颁发的荣誉证书，妻子也拿出一张证书——厂里给她的"洛阳市三八红旗手"的嘉奖令。两个人互相拿着对方的证书，看了一遍又一遍，共同分享其中的光荣。李启明知道妻子付出得较多，心疼妻子，但从工作出发，又不得不告诉妻子："以后，我要专门搞质量管理工作了。这是一个庞大的体系，由于我们的工业起步晚，要和世界上先进的国家相比，任务很重，因为我们在这方面基本上是个空白。我们要拿出自己的东西来，加班、出差会很多，家里主要靠你了。"

裘约克虽是个纤秀柔弱的江南女子，但骨子里倒像男子汉。她说："你放心好了，我不拖你的后腿，但我也不能因为家庭影响我的工作，也不能落在你的后面。"休完产假后，裘约克就把孩子送进厂里哺乳室。每次到喂奶的时间，阿姨总见不到她的人影。没办法，哺乳室阿姨总是把嗷嗷待哺的孩子抱进车间找她。孩子再大点儿，被送进托儿所，而她也总是去接得最晚。阿姨说，这个妈妈真是拼命，自己不嫌累，连孩子也不要了。裘约克说，她的两个孩子跟阿姨相处的时间比跟她和启明相处的时间都长，好像她们才是孩子的亲生母亲。

这一对伉俪，走过参军、考学、转业、转工之路，然后又从遥远的长春奔赴洛阳。无论怎样的艰苦曲折，他们都毫无怨言地把青春年华和聪明才智无私地奉献给了中国的建设事业。

李启明在一拖工作的47年间，一直从事质量检查与质量管理工作，卓有成效地解决了工作中的一个个难题。他先后写的24篇技术性文章被刊登在国家级报刊上，有的文章还被收入《河南省技术革新汇编》《农机维修经验汇编》《农机节能文选》《拖拉机的100个为什么》等10本书中。他收到国家颁发的10个论文证书，汇编过14本技术类书籍，写过21本有关拖拉机产品检验标准的书籍，填补了一拖、河南省乃至国家在这方面的多项空白。他多次被评为河南省先进工作者。从进厂那天起，他一直在创造性地劳动，其劳动成果直接服务于生产，成为一拖质量检查与管理方面当之无愧的开拓者、发明者，他把自己的工业机械知识完全、彻底地用来为工厂服务。

1955年11月以后，拖拉机厂交工验收了，第一台拖拉机生产出来了。可随着工件产品质量的不断提高，检查手段、检查标准又成为不断提高的新课题，李启明仍然不停地探讨着、钻研着。青年时期的李启明，攻研检验仪器；中年时期的李启明，把工作实践中的经验教训写成书籍，这些书籍成为工厂的专业指导资料；老年时期的李启明，完成了多项技术论文和管理成果论文。退休后的李启明，被返聘后又干了9年，他把自己所写的所有技术标准和指导进行汇编，给工厂留下了珍贵的、不可多得的技术指导书籍，在工厂的生产与质量检查方面发挥了重要作用。人生能有几个十年，而他每个十年都成果卓越。丈夫去世后，裘约克把丈夫的科研成果汇编成两本书，这两本书是技术领域不可多得的。这两本书的背后，是李启明一颗对工厂爱极了的心，是李启明对祖国一生一世的情。这两本书也凝结着裘约克对丈夫的爱和心血，成为她的最好慰藉和陪伴。

与丈夫李启明相比，裘约克的工作做得也毫不逊色。几十年间，她在一拖获得许多荣誉称号，从"洛阳市三八红旗手"到"河南省先进工作者"，应有尽有。1986年离休后，她又被返聘原单位原岗位工作了6年。她支持丈夫的工作，家庭、孩子也没有影响她的学习和工作。她用业余时间，上拖拉机学院、电大，上机械工业部办的工程师进修大学，上中国科学研究院的培训课。

为了排解对老伴的思念，她想到了写诗，用文字和老伴聊天，来怀念他们共同的峥嵘岁月。找到这种宣泄思念的方式后，就一发不可收，十多年里她又在文学天地里完成了9本诗集和1本散文集。她还为军政大学老同学成道御编写了《成道御——自强不息的人生》一书。学理科的她，70多岁以后又成了一位诗人、作家。从《一路芬芳》《左边右边》《风轻云淡》到《梦里江南》等，都流露出她对生活的热爱，对丈夫的怀念。2016年，在洛阳市第十三届牡丹文化节"洛阳牡丹甲天下"朗诵会上，她的作品获洛阳市文学二等奖；2017年，在洛阳市第十四届牡丹文化节上，她的《与玉环媲美》获洛阳市文学三等奖。她的作品在洛阳网《河洛文苑》得到众多文友的青睐，有关她的作品研讨会多次在洛阳市举行。

2003年12月，一拖齿轮分厂为她的赠书安排颁奖仪式，一拖电台全程报道；2003年，她被一拖集团公司老干处评为2002年度健康明星；2005年，接一拖集团公司总厂工会通知，她代表洛阳市十大厂矿参加洛阳市政府召开的各行业代表年终座谈会。

从2016年4月起，她开始在微信文学平台上投稿，发表作品300余篇。她的很多作品获奖并被收入书中。

裘约克从20世纪80年代开始就被媒体关注和报道。2021年，北京东方歌舞团以她的故事为原型，编导的音乐剧《青春那年》在洛阳上演。2019年，她荣获党中央、国务院、中央军委共同颁发的共和国功勋纪念章。

如今，裘约克已是90多岁的老人了，可她思维灵活，写诗歌，玩微信，已成为大家公认的网红。裘约克见证了一拖建厂以来的60多年历史，她和李启明是完美的革命伉俪，在一拖的史册上写下了美丽的篇章。

他创造了多个"第一"

1949年,新中国在东方地平线上巍然屹立起来。河洛大地有一个12岁的少年,为了庆祝洛阳解放,正和大人们一起排练曲剧《金不换》。这部剧讲的是中国共产党领导穷人翻身得解放的故事。后来,这部剧在多个乡村演出,小小年纪的他从中受到了很深刻的革命教育。在演出前后,这个少年还给老百姓读报,讲革命故事。回到家,他爬到很高的旧炮楼上,点个煤油灯,用旧报纸做喇叭筒,向村民宣传共产党的政策。

这个少年的表现,引起了洛阳县第九区王小平政委的注意。1949年10月的一天,学校老师对这个少年说:"区里王政委今天来学校了,专门问你的情况,还看了你的作文,他稍作修改,准备让你在洛阳县第九区庆祝中华人民共和国成立大会上,代表全区的中小学生发言。还有几天时间,你赶快把稿件背熟。"少年高兴极了,他用了一两天时间就把稿子背得滚瓜烂熟,还标了讲到哪里要大声、讲到哪里要挥手的记号。

那天,洛阳县第九区区政府在刘李村的大操场上搭了主席台,主席台上悬挂着毛主席和朱总司令的画像。兴高采烈的农民、民兵、学生都列队从各个村来到会场。当区长成立功讲过话后,宣布请学生代表上台发言时,这少年快步走上台,声音洪亮地发言。发言中,台上有人不时领着高呼"中华人民共和国万岁""毛主席万岁"的口号,台上台下的欢呼声和掌声此起彼伏。这个经历，对这个少年来说印象太深了，从那以后，一些红色的词语，如革命、祖国、奋斗、奉献等永远烙在了他的心里。1951年，他以优异的成绩考入了洛阳市第三中学。

1954年7月，根据上级指示，从洛阳的几所中学毕业生中分别挑一名品学兼优的学生，17岁的他以全优的成绩被洛阳三中推荐。第二天，他和来自其他学校的刘聚康、朱光甫、牛万昭、朱干超等6名学生集合后才知道，组织上有重要的任务交给他们。这个任务领导只说了一个代号——081，他们全然不知，他们将要参与国家在洛阳部署的伟大的工业建设，而他从此和这个建设有了不解之缘。

这个少年就是段国栋，《拖拉机报》主任编辑，从他被选中参加"081"这个项目那天开始，他的一生都和一拖连在了一起。

在夕阳的余晖里，最让他沉醉的是，在一拖，他经历了很多"第一"，其中许多都是鲜为人知的故事，有"上了一次台""打了一个桩""办了一份报""挂了一个牌""编了一部志""发了一篇文"等。

这一切得从1954年说起，他们几位初中毕业生，被选定以后分配到测量队里工作。从那一刻起，他们从学生转成了干部，成了测量员，每人都发放了和测量有关的劳保用品和工具。

第二天清晨，他们扛着经纬仪、水准仪、大铁锤、木桩等，从七里河的小桥进入涧西区段，迎接他们的不是鸟语花香，而是没有房屋、没有道路、荒草丛生的沟岭，死寂一片，偶尔蹿出的一只野兔，让他们目送很远很远。他们的任务是，在这个地方以陇海铁路线为基点，向南、向东、向西标出坐标，然后进行海拔和水准高度等测量。

晚上，他们一行人被安排到孙旗屯老乡家里一个大点儿的牛棚里住宿。兴奋和激动，让他们连初春农村冰凉的地铺也不在乎了。到半夜里，突然一阵"雨点"惊醒了他们,醒来才发现,原来是老乡家里的耕牛撒尿了。这味道和本来就潮湿的地铺,让他们个个又缩进了被窝里。

第二天一早,简单吃了饭,他们穿好工作服装,又背着各种测量仪器,向陇海线奔去。一条石子土路,偶尔有汽车通过。后来才知道,这是洛阳唯一的一条入潼关进西安的要塞通道,扬起的黄色灰尘,淹没了这几个青年的身影。从陇海线向南,根据有关单位提供的设计图纸,使用经纬仪测量后,用导线的计算方法,他们首次在这块荒芜的土地上,找出了一个四角方位,然后又用钢卷尺量出所需要的尺寸。卷尺是用一种特殊材质制作的,很硬,但为了准确无误,他们还是使劲把卷尺拉紧、拉直,100米做一个记号,然后100米100米地向唐屯方向推进,一切弄好后,他们兴奋地砸下了第一个界桩。

就在他们那天砸下第一个界桩时,几乎每个人的脚上和手上都磨出了血泡。晚上,队长来看望大家,问他们:"你们今天干了什么?""测量,打桩。""你们可知道打的是什么桩?""木桩啊……"几个青年回答道。"你们打的桩,是一个工厂的界桩。不久那个地方就会有机器轰鸣。这个工厂就是中国最大的第一拖拉机厂,你们可都是拖拉机厂开天辟地的第一批人啊!"

几个青年愣住了,他们怎么也想不到,这些天忙忙碌碌竟干了一件惊天动地的大事,后来又听说拖拉机厂这个厂址,还是毛主席在1954年1月8日亲自决定的。这几个青年别提有多开心,有的还激动得流出了热泪。段国栋当晚坐在被窝里,给父母写出了有生以来的第一封信,告诉了他们这个天大的喜讯。

从那以后,他们工作更努力了,有一种初生牛犊不怕虎的干劲儿,又是测量又是定位,标出了编组站,标出了涧河铁路桥,这个铁路桥后来就成为一拖以及矿山机器厂和轴承厂运输物资的大动脉,也成为几个工厂的生命线。要办厂先修路,他们又担负起中州路的测量工作。这条大道是贯穿洛阳城东西的一条大道,也是涧西区多家厂矿重要的运输公路。测量这条道路时,几个青年为了节省时间,也只当锻炼身体,他们一早起来,拉着一条100米长的麻绳,从七里河处开始向谷水方向跑步前行,每跑100米,就做一个记号,等跑完了全程,数数有多少记号就知道该准备多少木桩。就是这样,他们完成了中州路的测量、定位。也就是从那以后,洛阳有了中州路,涧西区有了景华路、西苑路……

随着测量工作的一步步推进,一拖的探墓、工厂基建工作也迅速展开了。他们的测量工作也更加紧张和繁忙了。全厂所有的车间厂房,如铸钢、铸铁、辅助厂房等,都要等定位后开工建。在测量中,他们发现了锻造厂的位置就是曾经的唐屯。厂房定好后,他们还要监测乙方的施工是否合格,这样他们每天的工作很重要也很累,但没人叫苦。因为这里马上要造拖拉机了,他们非常兴奋……

几年后,这个被他们定桩的工厂里早已是机器轰鸣,烟囱林立,钢水、铁水浇铸着"铁牛",再也找不到当初他们在这块土地上的足迹了。可段国栋每当从这里走过,都会骄傲地说,他曾在这里打下"第一个桩",这是他人生的无数经历中担负的第一个无上光荣的使命。

此时,年轻的段国栋除了测量工作,还喜欢上了写作,他每天下班都要把工地当天的各种新鲜事记录下来,有的写成通讯报道投给厂部。没想到,这些稿子很多都被厂部《工作简报》选用了。宣传部的领导看到了这些文章,也发现了这个年轻人的文采。他没有想到自己从此遇到了另一个机会。

随着开工、生产形势的需要,从1957年1月起,厂党委办的《工作简报》正式改称《拖拉机报》。在筹备工作中,厂里把段国栋作为一名新秀,分配到厂报编辑部里。随后,一纸调令使这个干了两年技术测量工作的测量员,从基建战线转到了新闻战线。那一刻,幸福真是来得太突然了。他虽然只是个初中毕业生,报社里可都是从全国各地来的"大秀才",他们参加革命早,都有宣传、写作的经验,但他说:"只要组织上信得过,我向他们学习,一定要干好这个工作!"

报社里每个人都是采、编、写样样都行。虽然他不懂那么多,但又拿出了十二三岁时勇敢登台讲话的精神,全身心地投入写作和编辑中。当他采编的文章变成了泛着墨香的铅字出现在《拖拉机报》上时,他看了一遍又一遍,爱不释手。这就是报纸啊!他做梦也想不到,一个只有初中文化程度的穷孩子,如今成了报社编辑。

从那时起,他再也没有离开过这个编辑部,这是他与报纸结下的人生奇缘。他喜欢这份工作,即使组织上想把他调到其他单位或者市里任职,他也丝毫没有动心。一辈子办报,他觉得是一件很自豪的事情。从第一期《拖拉机报》开始,40多年来,他从记者、编辑做到主任编辑、副总编,直到退休的那一天。用"从一而终"来形容他,一点儿都不为过,这在拖拉机报社是独一无二的。为此,他写了一首诗《四十年抒怀》来表达自己的情怀:"这是一方很小的天地 / 这是一个很大的窗口 / 报纸版面容纳的文字是有限的 / 在油墨清香中定格的岁月却是无穷的 / 四十年了 / 为你那一次又一次再生……"

到《拖拉机报》编辑部没多久,他经历了又一个幸运。1958年2月的一天,时任厂宣传部部长苏远,把段国栋叫到办公室,说:"小段,给你一个任务,而且要马上去办,到友谊宾馆请找谢老(谢觉哉)给咱们厂题写几个大字。"

这么重要的事情交给自己，段国栋一听，心里一阵惊喜。苏远部长还叮嘱他，去办公室领墨汁、毛笔和宣纸。他接受任务后，一刻也不敢耽误，拿了东西立即往友谊宾馆赶。当时，天下着细雨，地面泥泞，但他仍然快步如飞。来到宾馆，他刚要上楼时，被保卫人员拦住了，人家问他："你找谁？哪个单位的？干什么？"他说："我找谢觉哉，谢老。""有介绍信吗？"保卫人员这一问，他才想起，激动中竟忘了带厂里开的介绍信，心里又后悔又着急，再回去拿，怕是要错过时间。于是，他诚恳地向保卫人员说明是厂里和谢老说好了的，来请他写几个字。说着，他将写着"第一拖拉机制造厂"和"拖拉机报"字样的纸条递了过去。保卫人员说："这样吧，我去向谢老说，你在大厅里等着。"段国栋坐在宾馆大厅里等的时候，心里七上八下的。一会儿，保卫人员从楼上下来了，拿着墨迹还未干的纸张对他说："谢老写好了，你看看吧。"

段国栋接过纸张一看，是"第一拖拉机制造厂"和"拖拉机报"的两幅题字，字体刚劲有力。这下他悬着的心总算落地了。他连忙说："问谢老好，谢谢他，谢谢！"他把题字折好，怕被雨淋，揣在怀里，然后又一路小跑回到了厂里，将题字送到苏远部长的手里。没过多久，拖拉机厂大门口东、西两座办公大楼中间的门楼上都出现了谢老题写的"第一拖拉机制造厂"几个大字，非常醒目，每一个从这里路过的人都能看到。

这几个题字，守着岁月，陪伴着工厂，成为一拖的标志，可段国栋和这个标志的故事，却很少有人知道。段国栋无数次走过大门口，每次他都会不自觉地驻足看一看这个标志，这个标志里有他的故事，他非常荣幸自己能够成为这件事的亲历者。

两年后的1959年11月1日，经过4年多的艰苦创业，在全国人民的瞩目下，拖拉机厂终于要交工验收了，拖拉机就要正式投产了。段国栋目睹了建设者们是怎样夜以继日、不畏艰难困苦，为早日开工投产而努力的。他虽不在生产一线，但也是加班加点，昼夜不停奔忙在各个工地上，抓紧采访，赶写发稿。他的报道《第一拖拉机制造厂争取国庆节完成建厂任务》的消息在一机部《机械工业》报上发表了，这个报道非常及时，引起了全国人民的关注，给拖拉机厂领导和职工增添了动力。

就在这个消息发表10多天后的8月25日，一拖正式向国家提出交工验收的申请报告。一机部立即在9月8日的报告上指出，第一拖拉机制造厂已具备全面投入生产的条件，同意在11月1日进行国家验收。10月12日，周总理还亲自到拖拉机厂视察，回到北京后，就在拖拉机制造厂举行落成典礼的报告上批示："请谭副总理主持剪彩典礼。"

消息一出，从洛阳到北京乃至全国都沸腾了起来。而就在几天前，段国栋收到了一个邀请，他将作为一拖唯一的一名记者参加这次庆典大会，并在主席台上观看。想到即将和全国各新闻单位如人民日报社、新华社、河南日报社，还有苏联的塔斯社和真理报社等媒体的记者同席而坐，他激动得睡不着觉，幸运又一次眷顾了他。入场券是一个绿色丝绸牌，上面只是简单地用毛笔写了"记者证"三个字，但他收藏了半个多世纪。

那天，当谭震林副总理在典礼大会上讲到"我国农民早已盼望'耕地不用牛，点灯不用油'的伟大时代已经开始了"的时候，台下的欢呼声一片，掌声如雷鸣一般。坐在主席台上的他，也无法按捺自己的心情，只觉得血液沸腾，他握笔的手都是颤抖的，有一肚子想说的话。那一刻，他为自己，也为工厂，感到无比光荣。交工验收典礼上激动人心的场面，永远写在了历史的篇章里，他成了这个幸福时刻的直接参加者和见证者。那年他刚刚22岁，"上了一次典礼台"的荣耀，深深印在他的记忆里。

就在庆典大会结束的当晚，他奋笔疾书，和任继武同志连夜写了长篇通讯《"东方红"铁牛的摇篮》。就在举行典礼大会当月的 29 日，这篇通讯被刊登在《中国工人》杂志的首页。当时，他正在北京学习，当报社同仁把此消息告诉他时，他欣喜若狂，马上跑到街上的报亭里买来一本《中国工人》杂志。之后，他写的关于拖拉机厂交工投产的报道如井喷似的发表在国家各大报刊，如发表在《工人日报》头版头条上的《在平凡工作中学习雷锋》、《中国青年报》上的《好徒工》、《河南日报》上的《倔强的姑娘》、《洛阳日报》上的《钢人戴尔身》等。这是他发表文章最多的一段时间，是工人们的创造精神鼓舞了他。

长篇通讯《"东方红"铁牛的摇篮》这篇报道，向全国人民介绍了一拖"东方红"拖拉机诞生的历程，反映了一拖人艰苦奋斗的精神风貌，得到广泛好评，在厂内外的影响之广、鼓舞之大，是他没有想到的。这是他生命里的又一个"第一"。第一次在国家级报刊上发表文章，成了他记者生涯里一个里程碑式的纪念。

1984 年下半年的一天，总厂领导让他到党委办公室去一下。厂领导说，省里下达一个政治任务，每个企业都要编纂本厂的厂志，一拖作为河南省乃至全国的特大型工厂，更得带头完成这部厂志。领导还说，一拖厂志，要在明年 10 月 1 日前完成，向建厂 30 周年献上一份厚礼。

修志，是一个多么庞大复杂的工程啊！段国栋在想，古人说"修史之难，莫过于志"，自己首次修志，更是难上加难。一是没有经验；二是时间紧，压力太大；三是涉及建厂后的 30 年，很难处理。想到这些，他说："这事我干不了，找别人干吧。"这是他有生以来，第一次跟组织说这种话。

"找了，找了很多人，没找到合适的人。经过各方面的考察，我们认为你是最合适的人选，来也得来，不来也得来。"领导如此斩钉截铁的话语，让他不知该如何回答。一阵沉默后，他说："我考虑考虑再说。"或许还是当年那种初生牛犊不怕虎的劲头，或许是一拖给他带来那么多的幸运，或许是"东方红"铁牛名扬四海的魅力等，最终让他接受了这个"烫手"的工作。他也想到了万一，但"黄沙百战穿金甲，不破楼兰终不还"的壮志让他下定决心，"明知山有虎，偏向虎山行"，一定把组织交给的这一任务完成。

厂领导把这一重担压在段国栋身上，真是选对人了。1984年12月9日，一拖党委发文，正式决定原党委书记赵毅同志兼总编，刘明、段国栋、莫校中、郑家穆等同志为副总编，同时明确了段国栋负责志书的编辑工作。

段国栋不敢怠慢，在老书记赵毅的带领下，立即排出《洛阳市第一拖拉机厂志》的编纂程序，定出了收集资料、完成初稿、修改补充和定稿的时间。

为了实现这个编纂计划，段国栋提出："要求每个单位、每个系统交过来的每篇文章，都必须经过一把手的签字盖章，出了问题，哪怕是一个重要的数字，你的官位就没了，乌纱帽就不要戴了。如果我这里出问题了，我一样扫地回家。"他的建议得到了赵毅书记的支持。为了使编纂、审阅和印刷等工作能顺利完成，他夜以继日、废寝忘食地工作，从资料室到档案馆，在堆积如山的文稿里奋斗，如同进行一场鏖战。厂志还涉及很多老领导，但领导换了好几届，很多已经调离了洛阳。为了落实每一个大事件，他不辞辛苦，上北京，到天津，去西安，一次又一次采访老领导，去收集必要的资料。

对于那些复杂的历史事件，他也很头疼，于是向厂志编纂领导小组提出自己的意见：以党的三中全会精神为纲要，符合的就上，不符合的通通去掉。厂党委同意了他的意见，这样一来，棘手的问题就顺利解决了。

他几乎天天泡在办公室里，晚上12点以前很少回家。在将近一年多的时间里，老伴儿在睡觉前从来没见过他。这都是因为他的身心全在编稿、审稿中，其他的都置于脑后了。

一拖的很多档案都保存在中央档案馆，也有部分在其他大档案馆，这些馆大都在一、二线城市，而且都在郊外，路途远，交通不方便，但不管路途多么艰难，他都要赶去翻阅、记录。回到旅馆后，他还要整理到后半夜。在这期间，他查阅了很多重要资料。其中，周总理在拖拉机厂申请交工验收的批示上"请谭副总理主持剪彩典礼"的手迹，就是在西安档案室发现的。他如获至宝。征得同意后，立刻请有关人员拍了照片，回来后就编进了厂志。

在一拖，他也是个"年轻的老人"了。当年，刘刚、杨立功、马捷等老领导认为他速记好，让他成了领导讲话的"复写机"。就连省里领导和部里领导进行一些特别重要的讲话、单位指示时，都点名让他去做速记，这项本领为他编纂厂志、访谈老领导，都起到了很大的作用。在编纂厂志的一年里，他也补充学习了很多知识。如何写厂志，文体的格式、要领，他都是边学边用。终于，第一卷上、下两册共55万字的《洛阳市第一拖拉机厂志》初稿完成，根据各届厂领导和省市修志专家提出的意见修改后，于1985年8月和9月送到安徽合肥新华印刷厂印刷成书，又经过紧张的装订，终于向一拖建厂30年庆典送上了一份厚礼。

功夫不负有心人，他的努力和付出得到了国家、省、市领导及专业人士的称赞。《洛阳市第一拖拉机厂志》影响到了全国，在短短的6年时间里，全国200多个单位来人来函索取。中国修志专家、中国地方志协会副会长董一博先生看后，非常激动，专门给厂长和书记写了一封信，说："该志内容翔实，图文并茂，是一部反映企业特点和时代特点的新型志书……它在工厂专志的编纂上，从内容到方法均有独到之处，在我国新出的大量志书中还是鲜见的,值得表扬和推广。"后来,《洛阳市第一拖拉机厂志》被评为河南省地方史志一等奖,他也获得河南省地方史志编纂工作一等奖。

这中间有多苦,只有他知道。一拖作为新中国第一个特大型农业机械企业,那么多事、那么多人,怎样记录、怎样编写、给后人留下一段怎样真实的历史,是很多人都不敢想的事,但他和他的团队做到了。如今,这部厂志已成为一个"资料库""信息库""数据库",常常被人们翻阅。

厂志工作圆满结束后,他又回到了拖拉机报社。他看到报社里不断进来有学历、有才华的年轻人,认为要多给年轻人锻炼的机会,让他们挑大梁,于是他自己不当总编,甘愿当副手,一些年轻人相继得到了提拔。他并没有因此放松自己,因为他从来都是一个不甘落后的人。

按照国家上岗和评定职称的要求,做编辑工作必须经过国家有关统一考试,虽然他已年过半百,但也只能这样。学习谈何容易,特别是哲学、古代汉语、现代汉语、外国文学史、中国古典文学、中国现代文学等,这些东西听着就够累的,可他硬是把这些学会了,有的他能背得滚瓜烂熟。

在全省新闻干部集训期间,他看到有的同志学习很吃力,便把自己的学习方法告诉人家,当别人对他投来不屑一顾的眼神时,他也不生气。在有些人因回答不出老师的问题急得抓耳挠腮时,他却能回答得很正确。看到他回答得好,有人就来考问他,还专挑自以为很难的问题来难为他,他都对答如流,这让大家刮目相看。那次,洛阳地区参加考试的人员很多,但顺利拿到红皮证书的很少,他便是少数中的一个。

对于编了一辈子报纸的他来说,这本证书绝对是含金量很高的证明。后来,他又收到了中华全国新闻工作者协会为他颁发的荣誉证书和荣誉勋章,获得这个荣誉,必须在新闻战线上工作30年以上,还要具备高级职称,因此,能获得此殊荣者极少。幸运的是,他满足这个苛刻的条件。这40年里，他经受了艰苦生活的考验、知识更新的考验以及其他无数风风雨雨的考验，所以他把国家给他颁发的这个荣誉证书看作对自己工作历程的完美总结。当年，在拖拉机报社乃至全洛阳市新闻界，他是唯一一个获得这个殊荣的。1993 年，他又被河南省企业报评为优秀编辑。

每每想到这些，他都有种无法言说的幸福。他觉得，自己获得的这一切，最应该感谢的是党，是国家，没有党和国家的培养，就没有今天的他。还应该感谢的是一拖，没有一拖，就没有他的今天，就没有那么多的"第一"。其实，他的很多个"第一"的故事，不仅是他的人生故事，也是一拖一个个重要事件的缩影。

如今，这位 80 多岁的耄耋老人，每天练字看书，或许正是这种学习精神，才使得他有一个又一个的好运。

那一日，再次想起他的故事，再次提到"段国栋"这个名字，突然间，似乎有了答案。国栋，"国之栋梁"，作为一拖的一名员工，作为一生都在编报纸的人，他可以称得上是拖拉机报社的栋梁之材；能完成一拖首部厂志，他称得上是编纂厂志的栋梁之材。

从太行山下走来的组织部部长

1920年，山西武乡有两个相距七八里路的村子又添了一男一女。男孩叫梁自征，女孩叫赵艾英。1935年，15岁的梁自征到太原城一个做手榴弹的兵工厂当工人。在那里，他接触了革命思想，并于1936年加入了抗日组织同盟会。1937年，日寇侵入太原，他被迫回家。不久，他参加了抗日工人自卫队，并担任指导员，那年他刚刚17岁。这个革命意志坚定的青年，于1937年11月加入中国共产党，很快又在抗日政府同盟会任二区区长。年轻的梁区长，瘦瘦高高的个子，工作起来毫不含糊，认真踏实，不断地被领导重用。

后来，村里人把赵艾英介绍给梁自征的父母。家里人很满意，捎信让梁自征回来成亲。成亲几天后，梁自征把照顾父母的事嘱托给新婚的妻子，自己又踏上了革命征程，赵艾英从此替他承担了家里所有的赡养和抚育义务。

其间，梁自征一直在外忙工作，很少回家，连他们的第一个小孩夭折，也没顾上回家，一直到1943年，他们才有了第二个孩子。这时期，梁自征已调到专署任县委秘书长。根据形势需要，抗日干部要奉命南下，26岁那年，梁自征又被调到河南省汤阴县委任秘书。这次走之前，他回家看望了父母儿子。经组织批准，赵艾英也和他一起走，而3岁的孩子只能交给赵艾英的娘家，由姥姥、姥爷、舅舅照看。这一走，梁自征直到去世，竟再没回过故乡。

赵艾英跟随丈夫到了专署机关后，先进入补习班补习文化，而后进入工会工作。1947年，梁自征又被调至淇县当副县长，赵艾英也逐步适应了机关的工作。

这时，他们不知道，自己的儿子梁铁峰正遭受着一个又一个磨难。由于日本鬼子的猖狂侵略，老百姓被搞得整日不得安宁，一次次"跑老日"，姥姥、姥爷和舅舅都得带着这个小娃娃，缺吃少喝，受尽了折磨。这些灾祸刚刚躲过去，又有了疾病。小铁峰先是发烧，郎中看了像是白喉，家里人都被吓得不得了。那年月没有啥好法子，喝点中药，总算熬过来了。可没多久，孩子又得了猩红热，这可把舅舅一家折腾坏了，他命大又熬过来了。之后，他又得了疥疮，满身的脓包，受尽了折磨。梁自征夫妇哪会知道孩子一次次在死亡线上挣扎，他们的心都扑在了革命事业上。

1949年，安阳（当时属平原省）解放了，梁自征任安阳市政府民政科科长，后又任组织部部长兼市总工会主席，赵艾英在市总工会女工部工作。这时他们的儿子已经6岁，该上学了。

一天，一头大骡子来到小铁峰的姥爷家门口，随后进来一个干部模样的女同志，还跟着一位警卫员。小铁峰打量着来者，既好奇又不安。姥姥告诉他："这是你妈妈，快叫妈。"他被吓跑了。他说，这不是他妈妈，他要舅舅带他去村里找妈妈。

因为路途遥远，没有交通工具，梁自征工作忙，不能前来，组织上就租了一头骡子，派警卫员和赵艾英回山西武乡接孩子。就这样，梁铁峰哭闹着被抱进骡子背上的筐子里，离开了老家。他们翻山越岭，日夜兼程，向安阳进发。几天后，他们母子到了安阳，梁铁峰第一次见到了爸爸。随后，他被送去上学。这个学校就是为解决干部子弟的上学问题而设立的，学校是全托，每个孩子享受供给制，只有星期天才可以回家。那个年代，很多革命干部家的孩子，学习和生活的问题解决了，但与父母是陌生的。孩子每周在家里的时间只有一天，但父母仍旧是忙于工作，很晚才回来，彼此交流很少。梁铁峰平时在学校食堂吃饭，睡大铺，生病了，也见不到父母，一个人躺在医院的长椅上。在旁边照顾他的，是学校的保教人员和老师。

1951年5月1日，铁峰的妹妹梁一萍出生了。哥哥比妹妹大了8岁。一萍曾很多次问母亲："为什么我的哥哥比我大这么多？人家都那么多姊妹兄弟，我们家为什么就我和我哥哥？"天真幼稚的妹妹哪里知道，父母都忙于工作，根本无暇顾及生活。后来她大一点了，母亲告诉她："生你时，本来还不到预产期，是'五一'那天，安阳市总工会组织大家举行庆祝'五一'劳动节游行活动。由于活动量大，加之劳累过度，还没回到家，就不行了，赶紧到医院，你就哭闹着出来了。"

梁一萍，就是这样"抗议"着、"哭闹"着来到了这个世界，而她的倔强脾气和叛逆性格，在很长时间里都成为她母亲最头疼的事儿。母亲要工作，只好给她找了一个奶妈，她是在奶妈家里长大的。那时的干部，他们的心里只有工作，即使有了家庭，有了子女，也都全然将之放在工作之后。

1954年，梁自征随同安阳市委书记刘方生、办公室任志新，由平原省政府派往洛阳，支援洛阳一拖建设。刘方生任一拖副厂长，梁自征任一拖组织部部长兼团总支书记。那一年，梁自征34岁。

由于儿子正上学，女儿还小，赵艾英留在了安阳，一边工作一边继续补习文化知识，还要兼顾孩子。这个农村妇女所有的文化，都是在参加革命工作后刻苦补习出来的。就在这年的六七月份，只身来到洛阳的梁自征，住在洛阳老城新建校（新建校在陇海线南边烧沟村前面，被拖厂筹备处临时征用）。这些前来的干部，每家一间10多平方米的住房，几家共用一个"巨"字形的院子，房间里配置一张桌子，一个木制的脸盆架，一张床。梁自征、李芳生、刘冀峰等和警卫队共用一个院子。院子里有一个棚子搭的厨房，有一个自来水水池，大家共用。梁自征只身一人，缺少妻子的照顾，平时也不在意自己的吃喝，饿了就买个烧饼、红薯，很多时候是馒头就咸菜，渴了就喝口凉水，就这也经常是有一顿没一顿的。加之又有千头万绪的工作，身体劳累，又染上了痢疾，很严重，眼看危在旦夕。刚刚分配到一拖的河南省医学院的毕业生孔靖涛夫妇，马上赶来给他救治，给他输液喂药。好在救治及时，他慢慢好了起来。儿子梁铁峰放暑假，闻讯赶来看爸爸，当他看到爸爸时，竟不敢相信，本来高大魁梧的父亲，这时身体蜷缩着，异常憔悴，高高的额骨和消瘦的脸庞显得两只眼睛特别大。虽然经救治康复了，但这场病还是给梁自征的身体造成很大的伤害，为日后埋下了祸根。

1955年的冬天，在组织的安排下，赵艾英也终于调到了一拖。她带着一对儿女前往洛阳，可刚刚4岁的女儿，抱着奶妈怎么也不松手，哭得跟泪人似的。在火车上，她不吃不喝，到了新建校，也不进屋，还是哭闹着要回安阳找奶妈。赵艾英实在无奈，只好任她在雪地哭闹。后来，还是别人家的保姆把她抱起来，哄了她很久很久。

梁一萍性格倔强，她很长时间里不认眼前的父母，还对父母存有戒备心理。1956年，他们家从新建校搬到涧西的10号街坊的楼房里。爸妈下班了，她钻到床底下怄气，就是不出来。有一次，她自己跑出去，差点儿跑丢了，害得全家人到处找。

现在已经当了奶奶的梁一萍，印象最深的就是，白天见不到爸爸，总是半夜里被爸爸的说话声惊醒，可第二天一睁眼，爸爸又不见了。她不止一次地想:"半夜里,爸爸回来,路上那么黑,遇到坏人怎么办?"有一天,爸爸把她拉到身边说:"你一人在家时,听见枪声一定不要起来,要赶紧趴下,子弹就是飞来也打不住。"再后来,她觉得爸爸就像报纸上的焦裕禄,衣服破旧,眼窝凹陷,也是黑瘦黑瘦的,身体那么不好,却不知疲劳地整天工作。她说:"这就是爸爸留给我的记忆和爱。"

他们住的10号街坊是苏式建筑房,一个单元房,两小间,梁自征自己占了一间,里面有电话,孩子们觉得又新奇又神秘,但妈妈教育他们:"不要随便进爸爸的房间,更不要随便摸爸爸的文件。"后来他们也发现,每当爸爸谈话或打电话,都是要关着门不让人随便听的。他们长大了才明白,这一切都是因为,爸爸作为拖拉机制造厂的第一任组织部部长,正是为一拖选送、考核和培养干部的重要时刻,特殊的历史背景和这个工作的性质,使他养成了严肃认真、谨慎保守和孤独的性格。梁自征没有直接和拖拉机打过一天交道,从到厂的那天起,他就是在工厂机器的背后,在一条看不见的战线上为工厂工作着。面对着一个有两三万名职工的企业,要对每一个干部审核、考察、选调并安排岗位,他肩负的重任是常人难以想象的。

因父亲的工作关系,梁铁峰频繁地转学。他在洛阳北关烧沟村上过学,又到周公庙附近的一个完小上过学,初中时在五中、二中、九中上过学。1963年高中毕业后,他考入隶属北京八机部的师资班(大专),毕业后被分配到贵州工作。

梁铁峰的爸爸忙,而他的妈妈当时担任着工会女工部副部长的职务,后来又调到组织部做档案管理工作,再后来又调到为安置厂职工家属建立的五七工厂,担任领导。为了支援街道办事处,她还兼任了长安路办事处的工作,任居委会主任和涧西区长安路党支部委员。妈妈也根本顾不了家里。有一次,他的妹妹不知道吃什么食物中毒了,全身浮肿,头肿得像个大头娃娃。妈妈没时间陪在医院，就让当哥哥的他去帮忙照顾妹妹。

由于工作忙，爷爷去世时，爸爸都没能回去，也顾不上处理爷爷的后事，全由妈妈去料理。姥姥、姥爷、舅舅的生活，也全是由他妈妈一人照料的。长大后，梁铁峰才懂得了，他的妈妈是多么能干、多么有担当的人。

1964年，北京传来周总理亲自签名的对梁自征下达的副厂长任命书（这份任命书，一直在北京机械部档案室，现收藏在一拖农耕博物馆）。那时，梁自征已经有病了，他其实可以不担任这么重要的职位。但是，他们那一代人，把自己的整个生命都交给了党，党指向哪儿，他们绝不会有任何犹豫，更不会拒绝。

在"文化大革命"期间，什么都乱了，很多干部靠边站，可一拖的生产不能乱。梁自征正是在此时临危受命，担任工厂"三结合"领导班子副主任。他带病接待外宾，组织生产，落实干部政策，处理不安定的复杂局面。为了让党中央、国务院放心，让周总理放心，梁自征完全把自己的病痛置之度外，在混乱的时期里，保证了一拖的"东方红"拖拉机仍然源源不断地运送到全国各地。

梁铁峰记得，就在他考上师资班的时候，爸爸和他谈话说爸爸有可能要调入北京，要他在这里安心读书，完成学业。而爸爸后来没有调走，他隐约知道，是中央组织部没有批准，没有批准的理由是洛阳拖拉机厂更需要爸爸。就这样，梁自征继续早出晚归地忙工作，一直不在意自己的身体。他已经很消瘦了，还拖了很久才到医院做检查，查出是胃病，且发现肝上的病更严重。医生让他卧床休息，可他根本做不到，把药塞进口袋里，又坚持去上班。没多久，他的病情急剧恶化，经检查已是胃癌后期并转移到了肝上，他被送到北京医治。没住几天院，刚好又赶上重大事件的发生，在京的外地人员要全部离京，病重的爸爸被特批留在北京，但他的家人、同事，包括一拖的领导，任何人都无法前去，他的身边只有一个陪护人员。1969年10月的一天，梁自征在没有亲人陪伴的情况下，孤独地走完了自己短暂的人生历程，那年他刚刚49岁。去世后，他被安葬在北京八宝山革命公墓。

此前，梁铁峰带着妻子到贵州报到，从开封特意到医院看望了父亲。当时，梁自征已知道自己的病情，他对铁峰说（也是爸爸去世前留给他最后的一段话）："你母亲身体不好，你要照顾好她。"铁峰含泪告别了父亲，然而，这竟是和父亲见的最后一面。

爸爸走后，铁峰在贵州工作，妈妈在洛阳与上中学的妹妹相依为命。两年后，妹妹响应上山下乡号召，被分配到伊川当知青。本来妹妹可以留下的，但有人说，你是革命干部子弟，你起个带头作用吧！母亲赵艾英更是没什么好说的。妹妹下乡了，留下母亲孤独一人。梁铁峰知道后，怎么也坐不住了。为了爸爸的遗愿，也为了母亲，他与妻子同时申请调回了洛阳，进了一拖。当时，一拖只能安排他们到车间里当工人。即便这样，为了母亲，他也毫不后悔。他在发动机分厂当了一名钳工，一干就是30年。由于身体底子不好，又常年在高温、充满油烟和噪声的车间里工作，后来，他得了肺结核，咳嗽得很厉害。这个病传染性很强，他无法在车间里待下去了。1974年，党校副校长王俊昌对他说："你来吧，党校正在筹建，来这里干。"党校，在远离市区的谷水西边。每天，他骑车去，在那里拉砖挖土，栽树种花，晚上下班再骑车回来。没想到，就这样没过多长时间他的病竟好了。但党校离市区太远，早出晚归，不好顾及家里。为了照顾市区的母亲和孩子，他又不得不调回厂里。之后，他先到组织部，然后下分厂，后来又调回组织部，一直干到退休。退休后，他继续担任一拖集团公司社会保险事业服务中心党委委员，义务帮助社保中心解决退休职工社保方面的问题。

　　他是"拖二代"的老大哥。和父亲那一代人比，他感觉自己是幸运的，但工作上的奉献，却是远远不够的，他愿意像父辈那样多做贡献。所以，当接到社保中心的邀请时，他没有任何犹豫就干起了这个"党代表"。退休了还能继续为拖拉机厂服务，他觉得更多的是出于对父母、对父母拼搏过的工厂的热爱。

　　梁铁峰从工人做起，到组织部副处级纪检员，再到二装分厂党委副书记、纪委办公室主任，再到后来的党委书记助理、党委组织部部长。就是这样巧合，那长眠于地下的爸爸，何曾会想到他的儿子在几十年后，又接过他的接力棒，也在一拖组织部部长这个岗位上坚守到退休。梁铁峰没有辜负父亲让他照顾母亲的嘱托，长大了，他也更理解了父母。让他引以为傲的是，父母以媒妁之言走到了一起，他们彼此结成革命伴侣，无论在战争年代，还是在中华人民共和国的工业建设时期，父母都坚守初心，互敬互爱。尤其是他的母亲，没有文化，但一生都在刻苦学习，她坚定地追随着父亲，一点一点地进步，胜任了组织上分配的各种工作。同时，母亲又是个工作和家庭一起担当的人。她承担了父亲没能完成的对老人养老送终的义务和对孩子教育照顾的责任。梁自征去世后，她强忍悲痛，更加努力地工作，从不给组织找麻烦。对儿女的工作，她完全服从组织的安排，从没有提过特殊要求。儿子不在身边，她本可以要求女儿不下乡，但她没有。她的儿子、儿媳妇从贵州回来，她完全可以打个招呼给安排个轻松的办公室工作，她也没有。正是受到父母的潜移默化，梁铁峰也非常低调。其实，梁铁峰的岳父，即妻子常南云的爸爸，官职比父亲还要大。然而，他们在他人面前从来没有炫耀过，也没有任何让单位予以照顾的请求。妻子从贵州回来后，一直在弱电分厂基层工作。他们作为一拖的第二代，这种任劳任怨、默默奉献的工作精神，是值得肯定和赞扬的。

梁铁峰的母亲在晚年的时候，又做了一个重大决定：她请求组织，允许把丈夫梁自征从八宝山革命公墓迁出。她和子女们送丈夫回到了故乡，她要和丈夫一起，守候在太行山这片红色的土地上。她知道丈夫生前没有好好地照顾双亲，她想帮助他实现对父母尽孝道的遗愿，守护在父母的身旁，陪他们看日出，赏明月。后来，梁铁峰兄妹帮助母亲完成了这个心愿。

赵艾英和儿子、儿媳妇、孙子们一起生活到90多岁。她病重时，交代儿女，在她走后，请儿女替她完成最后一个心愿：一次性向党组织交2000元的党费。梁铁峰和妹妹做到了。

梁铁峰说："我一天也没有照顾过父亲。没有对父亲尽过孝，心里很愧疚。父亲有家，有亲人，可他很少享受其乐融融的家庭亲情，一生都是孤独谨慎，严肃而沉默寡言。"他自己曾经那么看不懂父亲。

是的，这是一个动人也略显悲切的故事，但这就是那个时代献身革命的共产党员的缩影。梁铁峰因父亲而骄傲，一拖因梁自征而自豪。

梁自征、赵艾英这样的共产党员、革命夫妇，是一拖的一面旗帜，一种精神，是中华儿女优秀品质的体现，一拖人会怀念每一个为之奋斗和付出的前辈。

睡在办公室里的厂长

周华嶽，1929年出生在山东省莱西县（今莱西市），15岁那年他在莱西参加了革命队伍，17岁加入中国共产党。1946年，他所在的部队被整编为三野第九纵队。1948年，他随部队南下。1949年5月抵达汉口后，他被派往长沙汽车修配厂任军代表。那年，他20岁。

1930年，黑龙江省哈尔滨市有一个女孩诞生，15天后，还在襁褓中的她却永远失去了母亲。她被送到一个无儿无女的人家，直到7岁才被接回了自家，并在姐姐和后母的呵护下渐渐长大，养成了坚强和独立的性格。这个姑娘叫李秀文。

16岁那年，李秀文在哈尔滨参加了革命。1949年1月，作为穿军装不授军衔的教导大队人员，她随四野从哈尔滨南下，于1949年5月到达湖北汉口。武汉解放后，她被分配到武汉市总工会工作。1952年，她成为一名共产党员，同年和周华嶽结为革命伴侣。1953年有了女儿后，她才调到了长沙汽车修配厂，和已是厂长的丈夫团聚。1954年，他们有了一个儿子。而这一年，周华嶽厂长接到调令，前往国家"156项目"之一的洛阳一拖工作，李秀文也同时调入，她所在的汽车修配厂人事科的白科长及科员易昆云也一同调入。

1954年9月26日，有色修铸、铸铁等几个车间成为第一批基建动工的车间。周华嶽受命任有色修铸车间的车间主任，并同时收到筹备组的指令，有色修铸车间计划于 1959 年 7 月竣工。

妻子李秀文被分配到厂教育处。或许是周华嶽来自长沙汽车修配厂的缘故，他的车间是生产拖拉机最重要的热加工单位，这里泥芯、造型、配砂、浇注工作的环境异常脏乱。而那些从未进过工厂的人，虽没有工作经验，但都能吃苦，不怕脏和累。周华嶽全身心地投入工作。工作千头万绪，但每一个环节，他都要摸个遍。在李秀文的印象中，他每天都是在忙。早上干干净净出门，晚上回来只有牙齿是白的。有时还两三天不回来，星期天也很少休息。

1957 年，在大部分车间厂房还没有盖起来的时候，有色修铸车间部分工段于 1 月 18 日按计划试生产了。由于处在摸索阶段，有很多意想不到的问题出现，周华嶽和工人们根据图纸要求，按照设备特点，发扬蚂蚁啃骨头的精神，一点点调试安装。由于计划供应等方面脱节，有些零部件达不到一线生产的需要，常常因为一个生产工具被耽搁直接影响其他工序往下进行。为此，他们不知道克服了多少困难。有色修铸车间铝造型工段就要试生产的消息传出，立刻成为全厂的重大新闻。

周华嶽主任知道这次试生产意义重大。1 月 12 日，他带头从办公室车间领导做起，每人都写了保证书，要求车间每个人精心操作，只能成功，不能失败。1 月 18 日下午 2 点，有色修铸车间召开了简短的开工仪式，然后，车间的另一位主任马奔大声宣布：推闸，开工！由于准备充分，型砂、模板和浇铸的模型以及混砂浇注，工序一个接一个，有条不紊地进行，车间里响起了雷鸣般的掌声。这一天的开工，标志着距拖拉机的生产不远了。周华嶽雷厉风行的工作作风，受到了上级领导的赞扬。

1956 年，在一拖首次青年建厂积极分子大会上，他被评为建设积极分子。此时，李秀文所在教育处的工作也非常繁重。她们仅有的3个人，要负责对全厂来报到的工人进行培训。之后，李秀文接到了调干学习通知，负责人王俊卿已经和她谈了话，学习地点是她的家乡哈尔滨，多好的事啊！然而，周华嶽这边是根本不可能分心来照顾家庭和孩子的。商量的结果，周华嶽对妻子说："放弃吧。"

李秀文也明白，不是他不支持，而是真的走不开，可她还是委屈得掉了眼泪。就在这时，家里又发生了一件事。一天，天气突然变冷，刮大风下大雨，她想起幼儿园的两个孩子衣服都很单薄。因为两个人都忙，把孩子送到全托幼儿园，一星期才能接回来一次。她怕孩子们冻坏了，拿了厚衣服给孩子们送去。当她到了小儿子的班里，儿子见到妈妈，很委屈地喊着："妈妈，我要回家。"李秀文哄着孩子说，星期六早点来接他回去，可孩子哭得更厉害了，他哭着说："妈妈，我脚疼。"起先，她还想着是孩子故意找理由，可等她把孩子的鞋子和袜子都脱了后，才发现孩子的脚趾头肿得像红萝卜。这下，她紧张得不得了。这时，儿子又指着另一只脚说："这个也疼。"她又赶紧给孩子脱了鞋子和袜子，一看，真的也是红肿着。顿时，李秀文不敢怠慢了，她和阿姨说，这孩子她得抱去医院看看。

当时，洛阳仅有一家医院，叫土岗医院（现在的市中心医院）。幸好碰到了一位有经验的老大夫，他看过后，说这是一种急性多发性风湿，要抓紧治，不然严重了，孩子的腿就走不成路了。李秀文听了很后怕。后来，孩子吃了很长时间的药才慢慢好了。她看到丈夫没日没夜地忙，也不想增加他的负担，直到孩子的病好了才告诉他。周华嶽听了也非常心疼！他告诉妻子，车间里的工人们都是连轴转，有的工人往炉子里堆坯件时，还搬着坯件就睡着了。还有，刚开工，厂里也没有条件买劳保用品，有些岗位毛坯件缸体都很重，工人穿着布鞋不小心被砸一下，脚都被压坏了，可他心里又着急又没办法，只有一遍遍叮咛、检查。孩子的病，他根本顾不上。有一天，周华嶽瘸着腿回来了。原来，他在车间现场被一个掉下来的泥芯毛坯件砸了脚，一会儿就起了个大血泡。他悄悄到医保室让护士用针给挑破，放了血水，然后又回了车间，谁也不知道。周华嶽一米八几的个子，本来是个相貌堂堂、非常英俊的汉子，自从到了热加工车间，每天泥芯、熔化、浇铸，油烟煤灰把脸整得看不清模样。李秀文说，他整天就是一身工作服，工作服更是油腻得看不出布缝来。就连过年，每年都是去厂里和工人们一起过。

他的女儿周铁军还记得，爸爸说自己是一个大老粗，要领导好一个厂，必须补充专业知识。为此，他买来很多专业书籍，一有空就看书、记笔记。周华嶽在一线岗位上，从热加工到冷加工，到过有色修铸车间、铸钢车间、铸造分厂、四零分厂等很多单位，从车间主任到分厂厂长、总厂厂长、拖厂党委书记，这些都是与他的能力和努力分不开的。1982年9月，他还当选为党的十二大代表。

1958年夏天，周华嶽在有色修铸车间的造型工段，看到了一个正在干活的工人。他又瘦又矮，好像比工件高不了多少。他问他："叫啥？多大了？哪儿来的？"听到周华嶽的问话，小伙子有点紧张。他也认出来者是车间周主任，他喜欢这个整天和他们一样穿着工作服，整天闲不住的领导，看到他的目光也还随和，犹豫了一会儿说："我叫陈松旺，从许昌来的。今年……今年……15岁。""15岁？不到18岁，是招工来的吗？""是的，但我虚报了岁数。""家里人送你来的？""我偷偷去报的名，通知单来了，我又偷偷出来了。怕爷爷和父亲心疼我年龄小，不让我来。可我很想从农村出来，闯出一片新天地……"

几个月后，陈松旺接到通知，到车间办公室当通信员。是什么原因让周华嶽作出这样一个决定？或许是因为疼爱他还是个孩子，或许也因为想到了当年15岁的自己。陈松旺从此当了周华嶽的通信员，后来又当了秘书；从有色修铸1000人的车间，到1963年包括有色修铸分厂在内的铸钢等5个热加工分厂合并成为5000多人的铸造分厂，周华嶽任厂长，他仍跟随左右。

周华嶽要求他读书学习，让他下车间摸情况，学着处理简单的问题。时间久了，耳濡目染，周厂长的一言一行让他终生难忘。周华嶽对人对己都严格要求，公私分明。有一次，陈松旺用厂里的信封给家里写信，周华嶽看到后，对他说："公家的东西，我们私人不能用，哪怕是一针一线。"当时，陈松旺年龄小，还有点不大理解。他想，不就是一个信封吗？但后来发生在周主任身上的很多事，使他明白了为什么厂长会那样告诫他。

有一次，车间加工浇注了一批铝锅，办公室的人没给周主任说，就派小郑把一个铝锅送到了他的家里。周主任知道后，马上告诉办公室，赶快让小郑去取回来，并批评他们说：以后绝不能再出现这样的事。周华嶽每次去食堂吃饭，炊事员总会给他多打点儿。他会直接说，不能这样，但几次下来，仍是如此。他干脆让通信员陈松旺去替他打，而且告诉他，不要说是帮他打的。

陈松旺看到周主任每天都是那样的劳累，每顿却只吃一个馒头和几片咸菜，很心疼他。周华嶽却说："比起我们在部队时，好太多了。"周华嶽在厂里是这样，在家里也是如此。当得知单位给自己分配的住房里还给配备了简单的家具，他硬是不要。他说，这是公家的财产，我个人不能用。

陈松旺当了通信员以后，因为是单身，也为了工作的方便，便吃住在了办公室里。而周华嶽差不多每天都要从早上一直忙到晚上10点以后，遇到情况，还要干到夜里两三点，早上7点又要准时来到厂里。这种情况下，他怕影响第二天上班,就对陈松旺说:"我不回去了,让我跟你挤挤,凑合着睡吧。"听了这个话,陈松旺心里总有说不出的滋味,他会赶紧多让出位置,睡的时候也尽量不动弹,好让周主任睡个好觉。

很难相信,周主任就这样在办公室与通信员凑合着一块睡,竟凑合了10多年,直到陈松旺的家属从老家来到洛阳,陈松旺搬出了办公室才结束。陈松旺永远忘不了,周主任每天一身汗,一身灰。工人一下班就洗得干干净净,可他要跟几个班,等他到办公室,满手满脸都是黑污油腻。周主任对待工作的投入,令他由衷地敬佩,也由此结下了深厚的同志加兄弟的友谊。周主任遇事不是光讲大道理,他还用行动告诉你:做人做事不多吃多占,工作不讲价钱,不搞特殊化。他对工人始终是平易近人的,关爱下级胜过关爱自己。

有一段时间,陈松旺情绪低落,流露出想回老家的念头。原来,陈松旺的妻子在老家当民办教师,有了孩子后,妻子太累了。陈松旺却什么忙都帮不上,所以他决定回乡。

周华嶽知道缘由后,感觉自己没有照顾好自己的下属,和陈松旺推心置腹地说了自己的想法,从他现在的工作,谈到将来孩子上学,都希望他留下来。周华嶽对陈松旺说,可以让家属先来洛阳做个小买卖,孩子在这里可以受到好的教育。周主任的爱人李秀文也关切地对他说:"小陈,你就听老周的吧。"最后,陈松旺接受了周主任的建议,他的妻子也决定辞去民办教师的工作和他一起在洛阳安家。只不过,妻子来洛阳后,没有做小买卖,而是暂时找了一个在厂区扫马路的工作。为了不让人议论,影响爱人的名声,她总是戴个大口罩。后来,在周华嶽的帮助下,他们租了一个十几平方米的房间。

这样的日子虽然清苦,但陈松旺一家其乐融融。他牢记周华嶽的教导,不搞特殊化，不给组织上添麻烦。后来，他妻子的工作关系转来了，可厂里当时不好安排。为了不给周主任添麻烦，他和妻子商量，热加工铸铁分厂需要人，学校安排不了，咱就去车间里干吧。妻子后来真的在铸铁车间当了一名搬运工，而孩子的户口，一直到20世纪80年代才得以解决。当知道这些情况后，周华嶽一面为陈松旺感到高兴，一面又为自己没给他帮上什么忙觉得对不住。此后，他一直惦记着这个当年的通信员，甚至当了总厂厂长，他还惦记着陈松旺有3个孩子，且工作累，工资还低。他总是用自己的方式，来补贴陈松旺一家。过年了，他都会让家人多买一些米、油送去。

有一年，周华嶽给陈松旺打电话说，家里有一袋大米让他来拿走，陈松旺急忙说"不用了"。可半个小时后，有人敲门，陈松旺一开门，发现是周厂长老两口抬着一袋大米给他送到了三楼，陈松旺一时都不知道该说什么了。"叫你去取，你不去，看把我俩累的。"看着老领导夫妇俩气喘吁吁，又听到他如亲人般的话语，当时，陈松旺感动得直流眼泪，半天说不出话来。

几十年过去了，陈松旺想起老领导送大米的这一幕，仍热泪盈眶，几度哽咽。周华嶽就是这样的人，革命军人的优良作风、革命干部的廉洁和朴素像是融化在了他的血液里。

周华嶽的女儿原来在机器分厂电修车间，车间的工作性质是，越是过节越忙，越要加班。而女婿又在部队，家里的孩子照顾不了。他们住的地方虽然离女儿不远，可他们自己每天都忙得昏天暗地，也根本没有时间管，只有靠女儿的婆婆抽时间来帮忙照顾。可婆婆后来要随公公调往郑州工作，临走前，放不下心的婆婆才出面请人帮忙给儿媳调了一个不用节假日加班的工作。但周华嶽知道后，却对女儿说："在工厂里，能当一个'周师傅'

多好！"

周华嶽于1994年离休回家了，但他的心仍在工厂。其实，他的爱人李秀文在工作上也毫不示弱。她的个头不到一米五，身材纤细，看上去柔柔弱弱的，可她也是个工作起来不要命的女强人，在她的工作履历里，哪里需要去哪里，从教育处到设计处，在试制车间当党支部书记，到铸铁分厂工模具科当科长，又到六六五分厂磨具科，然后又到厂印刷所。当她看到印刷所只有几间没有房顶的简易棚时，就立刻去找厂领导，打报告，要钱买砖。因为经费紧张，也为了省点钱买好的砖，她决定用架子车去拉回来，还亲自上阵拉砖。砖拉回来了，她的两只胳膊却肿了，有很长时间都抬不起来。

后来，她临危受命，被调到厂计划生育办公室当主任。那时，计划生育工作不好干，有一票否决权，且非常严厉。记得有一个男职工因超生被扣了奖金，他找到计生办，和李秀文理论，几句话没说完就想动手，办公室的人赶紧上前制止。一拖有很多男职工的家属在农村，被称作"一头沉"，他们的生育情况也直接影响工厂的效益考核。为此，她经常下乡调查，做说服工作。当时有句流行语是说计划生育干部的："吃饭没人管，狗咬没人撵。"虽然她们心里也有想法，但当时计划生育是国策，她们也必须执行。在她们的努力下，在十大厂矿的评比中，一拖被评为先进单位。1985年，李秀文被评为全国计划生育工作先进个人。证书和奖章证明了当年她们工作的艰辛。

李秀文一心扑在工作上，家务活儿可就苦了女儿铁军。铁军很小时就带弟弟，再稍大点儿，就买菜、做饭，到了逢年过节，还帮着大人洗被单、衣服。女儿的忙碌，让李秀文心疼不已。2006年，周华嶽厂长不幸病逝，他留给老伴儿和儿女的遗言是："不和活人争地，不烧纸钱污染环境。"李秀文按照丈夫的遗言安排。

本来，李秀文想把房子收拾一下，接下来独自生活。可孝敬的女婿郑鲁豫对爱人铁军说："把妈妈接来和我们一起生活吧，我们来照顾妈妈。"就这样，李秀文被接到女儿家，孩子们对她非常好，她却说："我给孩子们添麻烦了，女婿对我太好了，我活了这么大岁数，是享了他们的福。"老伴儿走后，老人晚年在女儿、女婿家不知不觉生活了10多个年头。如今，她依旧保持着原来干工作时的学习劲头，每天看报，关心一拖的命运，看到情况不好的时候，她会揪心。她说，一拖就像自己的孩子，早已成为她生命的一部分了。

已经90多岁的她，每月还会挂着拐杖去干休所参加党支部政治学习活动，雷打不动。也许，很多人会对她的这种精神和情怀感到不可思议，但只有在这块土地上打拼过的人才能理解。

周华嶽和李秀文是从军队中走来的又一对优秀的革命伉俪，也是共和国第一代工业建设者，我们应该向他们致敬。

一封家书

一封家书被郑鲁豫保存了48年，至今似乎还留着父亲的体温，从字里行间他似乎能看到父亲那殷切的眼神。这是一位父亲写给儿子唯一的一封家书。这封信更像指挥员给战士、上级给下级的信。这是怎样一个对军队、对毛主席赤胆忠心的老人？时空隔不断那个年代的感动，信中仍保留着岁月里那一抹永不褪去的颜色。

郑鲁豫：

来信收到，内情尽知。

关于提干问题，要有正确认识，要正确对待。当兵当干部都是革命的需要，就是当干部还应能上能下，更不用说新提拔干部了。

绝不要因为没提成干部而消极，而更要积极。真正的一个战士，当一个毛主席的好战士也是不简单的，还需要努力学习马列主义和刻苦读毛主席的书，不断提高两个觉悟，积极苦练杀敌本领，做好战争的准备。这是一个战士应具备的条件。

另外，又要宣传演出，这也是革命的需要，应愉快接受，必须做到党叫干啥就干啥，绝不要由着自己性子来。

你小弟暑考基本已完，很快放暑假，长生来信可能于8月初探亲，时间 7 天。

郑维祥　樊春桂
7月8日

郑维祥和樊春桂是郑鲁豫的父亲和母亲。他们写这封信的时间是 1973 年 7 月 8 日。

郑鲁豫于 1970 年 1 月 1 日参军，当时部队是二年兵役制，可他已在部队服役 3 年半，很想在年底复员。他把自己的想法告诉了父亲，父亲就给他回了这封信。

其实，郑鲁豫在 1973 年年初就进行了提干体检，但由于名额限制，一直没有下文。也许爸爸的来信给了他力量和鼓励，他没再坚持复员，并于 1974 年被任命为排长。

在记忆里，郑鲁豫对父亲很陌生。父亲忙于工作，他和弟弟们从小生活在幼儿园（全托）、小学（保姆代管），至他 16 岁离开家到浙江去当兵，几乎只知道有爸爸这个人。

而这封敞开心扉的信成了父子俩情感连接的唯一的纽带。这封信，他珍藏了 48 年。在后来的岁月里，爸爸依旧是忙。写这封信时，爸爸已从拖拉机厂调到了农机学院，后又从农机学院调到洛阳四〇七厂。就在他收到这封信不久，爸爸又调往洛阳轴承厂了。

爸爸有着怎样的人生经历？郑鲁豫说："我了解不多，小时候经常不在一起，长大了就离开了家，而且爸爸也不讲。"在郑鲁豫 43 岁时，爸爸不幸去世了。爸爸留下的笔迹和那字里行间的叮咛，都成了他对爸爸回忆中最珍贵的遗物。

这一封家书，打开了一份怀念。1923 年，郑维祥出生在山东省冠县斜店乡西野庄。他15岁参加革命，16岁加入中国共产党，小小年纪就从村青救会主任做到了区委书记、县委书记。从少年到青年时期，他经历、参与、领导过抗日战争、解放战争和土改运动。

1939年任区委书记期间，他认真执行党的抗日民族统一战线政策，积极发动群众，建立了地方抗日武装和鲁西北抗日根据地，使抗日救亡运动和人民游击战发挥了巨大作用，因此遭到敌人的疯狂报复，家被烧了，东西被抢劫一空，但他没有害怕，没有动摇，继续战斗在对敌斗争的最前线。他亲自率领民兵配合部队反"扫荡"、反封锁、反"蚕食"斗争，分化瓦解伪军，为最后的胜利发挥了重要作用。

解放战争时期，支援前线是一项很艰巨的任务。当时的状况是，解放军向全国进军，但兵员不足，粮食和物品奇缺。郑维祥想尽一切办法，动员青年参军；发动青救会和妇救会做衣、做鞋、做被子，征集粮食；组织了运粮队、担架队，送衣送物。他还亲自到前线帮助运送伤病员，他选送参军的青年农民，战斗都很英勇，有的立功，有的还成为干部。

土改时期，他担任山东省馆陶七区区委书记。在极其困难的情况下，他带领全区群众开展土地改革斗争，经常要应对敌人的威胁和冷枪。他夜以继日，走村串户，给群众讲政策，鼓励农户同地主恶霸开展面对面斗争，把地主的土地分给贫苦农民。郑维祥领导的七区成为全县的先进区，受到上级表扬。

刚刚解放，他又配合保卫部门铲除汉奸，谨防特务，组织农会、青年和妇救会，开展减租减息运动，反对恶霸势力。

这些艰险的斗争经历是一个不到20岁的年轻人的真实革命写照。在那个艰苦卓绝、斗争残酷的年代，可以说他是掂着脑袋干革命的。也正是这革命的洪流，锻炼了他，使他成长了。1947年年底，为开辟中原解放区，适应解放战争的大形势，郑维祥参加了南下干部工作队。经过3个月的集中培训后，从孟津渡黄河，于1948年7月到达河南省桐柏区，他出任区党委机要秘书。当年，该地区境况复杂，斗争依然激烈，他还是利用以往在地方斗争的经验，深入一线调查研究，为区（地）委机关决策提供了可靠的依据。中华人民共和国成立后，他到沁阳先后担任宣传部部长、县委副书记、县委书记。在第一个五年计划开始的1953年，大批干部支援工业建设，他奉命随杨立功等同志到洛阳担负筹建一拖的工作，那一年他30岁。

他先是到开封集合，后到洛阳新建校拖拉机厂筹备处，而他的爱人樊春桂，则带着几个月大的儿子郑鲁豫随其他自南阳来支援洛阳拖拉机厂的干部家属坐一辆卡车来到洛阳。后来，他带队挂职被派往长春第一汽车厂实习，任该厂的机电处副处长。

郑维祥原来一直在地方上组织、领导革命，此时此刻，来搞工业，他意识到，必须系统学习有关工业的基础知识，学习设备安装、制造等机械技术及企业管理知识。全新的工作环境以及工作内容的改变，使他再次拿出当年与敌人斗争的精神，转向了没有枪炮声的书本和车间的战场。

1956年2月，他回到了洛阳，担任一拖机械处（后来的机器厂）副处长。后来，他又担任了处长以及一拖副厂长、党委副书记。1976年12月，他任一拖党委书记，不久任洛阳市委第一书记、革命委员会主任，一拖党委第一书记，洛阳拖拉机工业公司第一书记、经理。再后来，他又担任中共河南省委委员，被选举为中国共产党第十一次党代会代表。这期间，他几易岗位，在党和人民最需要的时候，勇敢上任。1966年，他被调至北京农机学院工作组任副组长，1968年7月任洛阳农机学院革命委员会主任，1969年1月又调任四〇七厂革委会主任，1974年又任洛阳轴承厂党委书记。

他在担任洛阳市委第一书记和一拖党委第一书记时，克服重重困难，积极落实党的方针政策，让很多老干部、技术人员、专家、艺术家重新走上工作岗位，为社会主义建设发挥了作用。

1979年7月，售给北京通县的一台拖拉机发生故障，停在了田间，动弹不得。郑维祥正在北京开会，听说后，他立即从北京会同各级干部及群众在田间召开了现场会，并以拖拉机厂厂长的名义向农民兄弟道歉，他还要求厂里尽快给群众更换零件。问题解决后，他要求工作人员把故障零件背回工厂，就摆放到厂大门口，让上下班的职工都能看到，给工厂敲响警钟，让每个人都受到教育。郑维祥以这个反面教材，在全厂职工之间开展了质量大讨论活动，全厂各车间开展了找问题、查原因的活动。他把拖拉机的质量视为工厂的生命，而且逢会必问质量，见人就讲质量，这让全厂职工刻骨铭心，职工和群众称他为"质量书记"。

1980年6月，郑维祥同志调任河南省经济委员会党组副书记、副主任，主持全面工作。他的视野又放在了研究河南的经济发展上，并为河南经济振兴做出了贡献。1983年11月，郑维祥刚刚60岁，便响应中央号召，也为让更多的年轻干部走上领导岗位，主动申请辞去领导职务。他离职休养后，依然保持革命干劲，又担任了河南省人民政府联络员，继续为河南的经济建设发挥余热，用实际行动践行了入党宣誓时为共产主义事业奋斗终生的誓言。

1996年5月，73岁的郑维祥辞世。他为一拖，为洛阳，为河南做出了巨大的贡献，他的名字永远留在历史的篇章里。郑维祥和樊春桂是拖拉机厂的又一对革命伉俪。郑维祥的爱人樊春桂一直跟随其左右，她除了支持丈夫的工作，还坚持做好自己的财务工作。从1956年随丈夫从一汽财务处返回拖拉机厂后，樊春桂先后在拖拉机厂基建财务处、生活福利办公室和发动机分厂、模型分厂、齿轮分厂财务科工作，1990年年底从河南省机械厅财务处离职休养。无论是顺境还是逆境，她都处变不惊，守护在丈夫身边，给他以照顾和体贴。她还把3个儿子都送到部队去锻炼。他们夫妇和周华嶽夫妇有幸结成了一对亲家，郑家的儿子郑鲁豫和周家的女儿周铁军成了拖厂第二代人中的一对革命伴侣。一拖第二代人组成家庭，可以说是一拖独特的风景，是他们独有的幸福。他们中的每一个人都无比热爱一拖，并为一拖奉献了他们的青春和力量。

很多人猜测，郑鲁豫和周铁军的婚事一定是两家大人撮合的。其实，谁都不会想到，郑鲁豫和周铁军的结合完全是两个人自己的意愿。当年，郑鲁豫在部队上有机会去上军校，如果上了军校，一定会有不一样的发展。但当时的情况是，周铁军一人带女儿又上班又要照顾孩子，而郑鲁豫的爸爸妈妈远在郑州，周铁军的爸爸妈妈又都忙得不可开交。于是，郑鲁豫决定转业，他想担当起家庭的责任，不能让妻女受委屈。当时，部队转业到地方，就面临着降职使用，而且企业的前途也未知，可他还是决意来到一拖，以中校军衔的副团职被安排在厂公安处任办公室主任。

两个年轻人不再聚少离多了，他们沉浸在小家庭的幸福之中。然而，很多考验接踵而来。首先是郑鲁豫的工作，有不少人认为，有父辈的关系，一定会给他安排好，但事实并非如此，甚至为了避嫌，当时还在总厂当厂长的岳父周华嶽，不得不出差离开"是非"旋涡。

郑鲁豫的内心，除了妻子谁还能理解呢？他是郑维祥的儿子，他知道爸爸的光辉不属于自己。他说："我要用行动书写自己的历史，规划自己的人生。"正是带着这种坚定的信念，他没有任何犹豫，从转业前的武装部转行做了公安保卫工作。

有一点倒像他父亲，他干起工作来也是个拼命三郎。他转业一年多后，在公安处担任处长助理、副处长，主管消防工作。哪怕是半夜三更，只要有警笛响起，他都会一骨碌爬起来，穿衣就走。时间长了，甚至妻子女儿也跟着他养成了职业习惯，不论何时何地都能惊醒，甚至做梦也经常梦到警笛声。

不管是在武装部还是在公安处，他踏实负责，关心群众，受到群众的信任和好评。后来，他用了20多年的时间，做到了集团公司两办（公司办、党办）主任、党委副书记、纪委书记、监事会主席。这绝不是因父辈的关系，如果有父辈的影子，就是那封唯一的家书。父亲那句"当一个毛主席的好战士"，成为他的座右铭。现在，他可以告慰父亲的是，他做到了，他没有给父亲丢脸。

他在纪委书记这个岗位上干了近12年，处理各类违纪违规案件200多起，如果没有自身的清正廉洁、自律奉公，怕是难以胜任的。至今，工厂上下对他的工作都有很高的评价。他用自己的奋斗，证明了"拖二代"是值得信任的。他身上不仅有父辈革命的基因，更有在中华人民共和国的红旗下成长起来而树立的远大抱负和理想。他在父辈们创建的拖拉机厂这块热土上，用青春，用拼搏，再次书写着辉煌。

周铁军的妈妈说，郑鲁豫这个女婿，工作上认真努力，对家庭和我们老人都好，凡事都想得很周到。

退休后的郑鲁豫，也像他父亲当年那样，又投入社会公益事业。他现在是洛阳市老干部督导团的一名志愿者，为洛阳市创建文明城市做工作，每天过得充实而有意义。谈起他过往的工作成就，他总是谦虚地说：过去的就不要说了，也没什么好说的，我干是应该的，即使有了成绩，也是大家的。

周铁军没有想到，选择了郑鲁豫，也就是选择了像妈妈那样除了家务还要肩负对丈夫的支持的生活。军功章的背后，也有她的辛劳。丈夫无论是在部队，还是回到厂里，她甘愿是爱人背后的那个"无名英雄"。他们这样一对伉俪，从结合时就被双方父母的光环笼罩，也被人们特别"关注"，但他们用单纯和真情，诠释了爱情的力量。他们没有对名利的追求，他们向往的是奉献，向往的是理想。

如今，他们作为第二代一拖人也都退休了，在一个屋檐下各自做着自己喜欢的事，享受着岁月静好。

这两个大家庭的故事里，又派生出一个小家庭的故事，他们是当之无愧的红色加红色、革命加革命的伉俪组合。他们也是一拖千万个家庭里美好的代表。在走过的深深浅浅的脚印里，他们每个人始终都与一拖分不开。祝福他们，也祝福一拖所有的职工家庭幸福美满。

勇立时代潮头的郑定立

郑定立是一拖最早的领导者之一，也是第一代一拖人中为数不多的"世纪老人"。

1920年，郑定立出生于广东潮阳县（今汕头潮阳区）。从小自立好强，追求上进，敢闯敢干，在中学启蒙时代又深受爱国主义和民主进步潮流的影响，因此当1937年抗日救国的热潮席卷中国大地时，学习成绩优异的他，毅然决定中断中学学业，奔赴延安参加中国共产党领导的抗日救亡运动，那年他才17岁。

1938年夏天，一到延安，他就进入抗日军政大学学习。由于各方面表现出色，1938年9月便加入了中国共产党，以后又进入了延安马列主义学院深造。他在延安艰苦的环境中生活和工作了9年。其间，他担任过陕西省安定县（今子长县）宣传部副部长和中央组织部中央党务委员会秘书。在延安，他聆听了毛主席等党的领导人的报告和讲话，也曾见到从苏联回来的毛泽东的长子毛岸英。

1947年解放战争开始后，他又一次决定放弃延安机关的后方生活，前往山东加入华东野战军，参与筹建两广纵队的工作，其间担任过华东野战军两广纵队教导支队组织科长、三团副政委、民运科长，后又任独立师政治部主任、两广纵队炮兵团政治委员。

在两广纵队时，他先后参加了南麻战役、临朐战役、诸城战役、济南战役、淮海战役。1949年10月，他和团长袁庚率两广纵队炮兵团进入广东境内作战，经和平、河源沿东江挺进珠江三角洲，解放了广东大部分地区。1950年2月，郑定立奉命调离部队，担任南海县（今佛山市南海区）县委书记。在成功完成了南海县的基层建党、建立政权、清匪反霸、土地改革、发展生产等任务后，于1954年春被调到广东省粤中区财政经济委员会任副主任。

1954年，国家实施第一个五年计划，开始大规模工业建设，中共中央和中南局发出了关于迅速抽调优秀干部增强工业战线的决定和指示。郑定立知道这个消息后，非常兴奋。他希望自己能赶上时代发展的浪潮，投入祖国工业建设的洪流。于是他便向时任粤中区党委第二书记兼财政经济委员会主任的李坚真说出了自己的想法。可李书记坚决不同意，说："调你来就是为了经济建设，你不能走。"见他仍不甘心，李书记说："刚好省委书记陶铸同志来了，要不你去找他，他如果同意，你就可以走。"抱定了决心的郑定立，真的当即找到了陶铸书记。听了郑定立的要求，正值中年的陶铸书记也是个很有革命激情的人，他被眼前这个充满理想和热情的年轻干部打动了，他同意了。

就这样，郑定立带领全家在1954年夏天到达武汉，任武汉内燃机厂筹备处副主任。后来，内燃机厂因故停建，他又按照中南局和一机部的安排，担任第一拖拉机制造厂副厂长，带领内燃机厂筹备处三分之二的人员到达河南省洛阳市，参加一拖的筹建工作。

从南国潮阳到古都洛阳，郑定立没有想到，洛阳会和他有着不解之缘。1949年4月两广纵队到河南洛阳协助地方剿匪，然后准备南下渡江。就是部队在洛阳东关驻地休整期间，他和黄玲向组织上打了结婚报告。黄玲是东江纵队的一名老战士，16岁时在广东惠阳参加革命队伍，在东江纵队和战友一起编辑东江纵队政治部的《前进报》，后随部队北撤山东，加入两广纵队，在转战山东和中原大地的过程中，郑定立与黄玲从相识到相爱，最后经组织批准成为夫妻。当时郑定立难以抑制内心的激动，写下了一首诗：洛阳三月气象新，东郊民院绿茵茵。黄玲今日来相会，约好中午即定亲。

如今，当再一次踏上洛阳的土地时，他和黄玲已经是三个孩子的父母了。不仅如此，随后他的母亲，他的五弟、六弟、七弟，还有黄玲的弟弟，也先后来到洛阳，共同为建设一拖贡献力量。

郑定立在一拖建设初期，负责一拖的人事、劳资、职工教育、生活福利方面的工作。在计划经济时代，一拖不仅要建工厂，还要建设全体职工的住房、医院、学校、商店、娱乐等各种配套设施，是个"大而全"的特大型企业，因此郑定立的工作任务是相当繁重的。

在人事工作方面，郑定立首先要做的是制定一拖的组织机构设计和人员编制方案。如各职能机构与各车间之间的工作分工与互相关系应如何确定，技术人员、管理人员与工人如何配置等，像一拖这样万人以上的制造大厂，当时只有长春的第一汽车制造厂（简称"一汽"）和一拖相似，郑定立就带人到那里去学习和翻阅资料。另外，苏联援建的哈尔滨工具厂也有一套较完整的组织设计方案，他们也去那里学习。

在确定了组织机构人员编制方案之后，接下来的任务更加艰巨，就是如何将所需的技术人员、管理人员和工人调集到厂里来。当时一机部党委作出决定：全国支援一汽，一汽要负责帮助一拖。郑定立首先从一汽调来一批必需的技术干部骨干和与各工种配套的关键工种的工人师傅。然后从上海要来一批老工人骨干，还从一机部在洛阳办的技工学校（后来下放给一拖管理）招来很多中专毕业生。对于生产一线各个岗位所需的大批工人，则在河南本地招收，然后送去上海等地的工厂进行培训。

据统计，1953年至1959年，一拖先后从全国各地调进管理干部2065人，技术人员1508人，招收和调入工人15257人，其他人员2642人。到1959年年底，一拖职工总数已达20501人，基本满足了各部门和车间的需要，为全面投产打下了坚实基础。

1956年在党中央提出"向科学进军"的口号鼓舞下，6月份一拖厂党委发出"向文化科学进军"的号召，同时建立学习委员会，由郑定立担任该委员会的主任，并成立了职工业余大学，对各级干部专门办起了业余高中班、中技班和大学进修班，还开办了领导干部特别班。当时一拖全年参加技术、业务学习的有3181人，其中参加各种专业班及专题讲座的有1448人，参加职工业余大学学习的职工达927人。

在一拖的这股学习热潮中，郑定立作为领导干部，更是以身作则，学习格外勤奋和刻苦。

郑定立原来的文化底子只有初中程度，高中课程基本上没有念。在参加革命之后，从延安抗大到马列学院，学习和研究的主要是社会科学，而要熟悉工业需要学好数理化基础知识，因此他首先从复习初中的数理化开始，在学习高中课程时，有的可以自学，有的就得请老师来辅导。他专门请了一拖职工业余大学的数学老师和刚从清华大学毕业分配来一拖的大学生辅导高中物理、化学与大学的部分基础课程。时间不够用，他就早上提前两个小时上班，晚上在办公室再加班两个小时学习，早晨7点到厂，晚上10点以后才回家。由于采取抓重点内容学习加专门老师辅导的方法，所以他能比较快地掌握有关的科学技术知识。在那些日子里，常常是一大早孩子们还未起床，郑定立就已经上班了，等他回家了，孩子们又都睡了。

在这样经常两头不见面的日子里，他只有在周日偶尔能够挤出一点时间带家人去逛逛市场，那时孩子们简直比过节还高兴。

1956年一拖因投资紧缩，基建工作暂停，郑定立趁此机会到长春汽车拖拉机学院（后改为吉林工业大学）参加干部班学习。在该学院学习期间，他基本上学完了机械专业的技术基础课，包括机械原理、机械制造工艺学、金属热处理、电工学、解析几何、微积分等课程。1957年一拖投资增加，基建与整个筹备工作又开始之后，郑定立就结束了在学院的学习，继续回到一拖工作。

在筹建期间，一拖还派出了几批管理人员、技术人员与工人到苏联实习，时间一般为一年。当时一拖的两位副厂长先后带队到苏联哈尔科夫拖拉机厂实习。去苏联学习是多么令人向往的事！人人都想去。但郑定立服从工作需要和组织安排，担负起了领导全厂生产准备工作的重任。他原先分管的人事、劳资、生活福利工作则交给另一位副厂长负责。

生产准备工作包括辅助生产系统的建设工作以及技术和安全方面的准备工作。

辅助生产系统包括动力处、机械处、电修车间、机修车间、工具车间、木工车间和有色修铸车间。其中动力处负责全厂各种动力设备包括电力、煤气、蒸汽、压缩空气、上水、循环水、饮用水、氧气、乙炔、采暖水设备的管理和维修工作。电修车间负责各种电机、电器的制造和修理。机械处负责全厂各种机械设备的管理和维修工作。机修车间主要负责全厂各种精密机床和通用标准机床的修理，各类设备的备件，液压元件的制造，各种非标准设备的制造、安装，以及新产品的试制、总装等任务。工具车间则承担各种工具、夹具和冲压模具的制造任务，提供为生产54型履带式拖拉机所需的2.05万种非标准工艺装备，以及制造各种标准工具。

木工车间担负生产 54 型履带式拖拉机随车的木质零件和盒件、木质包装箱、工具箱以及所有铸件木模以及金属模的木模制造任务。有色修铸车间则供应铸钢、铸铁车间各种铸件的模具及其辅助夹具。

据统计，到 1959 年一拖第一期工程向国家交工验收时为止，一拖的上述辅助生产系统自制各种非标准设备 3209 台，占全厂非标准设备的 97%；自制各种标准设备 640 台，占全厂标准设备的 6%；自制各种电动机 2766 台共 25068 千瓦；自制工装 20484 种，占全厂所需工装总数的 99%。

总之，一拖的辅助生产系统对于一拖的顺利投产发挥了极其重要的作用。对此郑定立后来在回忆文章中说：

一拖在 1959 年 11 月正式投产之前，我用三年时间搞完生产准备工作，其中辅助生产系统是承担全厂任务最重的一个方面。一拖建厂步骤是先建辅助车间，因此在基本车间未投产之前，辅助车间需先承担起生产 50% 的工装和 100% 的非标准设备的任务。一拖与一汽不同，一汽是苏联全面帮助建设的，他们提供了第一套调整生产用的各种工具，各种非标准设备都是苏联提供的。而一拖除了个别的模具是苏联做的以外，其余的量具、模具、刀具、夹具和全部非标准设备都是自己设计制造的，种类很多，数量很大，技术要求很高。中国工业不发达，当时连普通的车刀、钻头都买不到，一年一度的订货会也只能满足百分之十几的需求，所以复杂的刀具如铣刀、拉刀都得自己做。当时全厂除在国内能买到一部分标准机床和向大连机床厂定做的专用机床之外，其他技术装备都要自己生产。一拖的辅助生产系统的力量是很强的，有工具车间 1200 人，机修车间 800 人，电修车间 200 人，修铸车间400人，木工模型车间300人，试制车间150人，还有全套动力系统和电讯系统，全部人员有4000—5000人，相当于一个完整的大型通用机械制造厂。

此外，郑定立分管的技术安全处负责开展安全宣传教育，消除事故隐患，进行尘毒治理，保护职工的安全与健康等工作，责任重大。

安全生产，人命关天，每当厂里发生重大安全事故时，第一时间要向郑厂长报告。他家里的电话只要是晚上来的，多半是有生产安全事故，他马上就得赶到现场去处理。

有一次，工具车间一个19岁的年轻徒工下夜班正在换工作服时，接班的工友在车床上车棒料，工件未夹好就开车，结果棒料像条钢鞭甩起来，正好打到那个徒工头上，徒工倒在地上昏死过去。郑定立与医生赶到现场后，马上和北京中央卫生部联系，通过他们联系到北京宣武门医院脑神经外科专家王忠诚大夫，王大夫请郑定立尽快将病人送到郑州人民医院。那时洛阳到郑州道路交通不便，于是郑定立马上派车送病人到洛阳飞机场，同时给洛阳空军学校校长（他是郑定立在抗大时的同学）打电话，请他帮助派飞机送病人到郑州。他们到达郑州人民医院时，王大夫已从北京乘飞机先到，马上给病人做了初步处理，然后带这名工人一起飞回北京，在宣武医院继续治疗。由于这位徒工的部分头盖骨已被打坏，王大夫给他换了塑料骨。经过三个月的治疗，该徒工的记忆和智力逐步恢复，只是手有些不便，但其他功能基本恢复。这在当时是一次很成功的手术，也是一段厂、医、军、民联手抢救工人兄弟生命的感人故事。

一拖从此与北京宣武医院建立起密切关系。宣武医院希望一拖为他们制作一种用于头盖骨开刀的电钻，这是一种精度很高的国外进口产品，郑定立就安排工具车间的精密工段制作了出来，宣武医院的王大夫非常满意。郑定立亦派厂职工医院的孔大夫到北京宣武医院去学习，因为从建厂以来已发生过多起工人的脑外伤事故，而在整个河南省都没有脑神经外科专业。孔大夫学习回厂后，就在职工医院建立了脑神经外科门诊和手术室，后来成为河南省第一个具有脑神经外科的医院。而宣武医院的王忠诚大夫后来亦成为享誉海内外的脑神经外科权威专家、中国工程院院士、全国先进科技工作者。

郑定立过去在延安、两广纵队和南海县工作时就有做群众工作的丰富经验，对劳动人民怀有深厚感情。他经常下车间和工人一起干活，一起学习，一起吃饭。如机修车间主任刘玉林是上海的一位老工人，曾在长春一汽当过机修车间主任，具有丰富的专业知识和生产经验。郑定立就向刘玉林学习如何安排生产任务，如何研读图纸、分析产品结构特点，如何确定需要什么材料、使用什么设备等。他还和刘玉林交上了朋友，经常到他家看看，帮助解决一些困难，如刘玉林的爱人无工作，还有两个小孙子要上学，家庭负担很重，郑定立就建议厂工会给予补助。在劳动中，他了解到有色修铸车间的铸工们工作又脏又累，经常加班加点，就向厂里建议提高他们的工资。

参加一拖建设的，不仅仅是郑定立一个人，而是一家人。郑定立的妻子黄玲担任一拖人事处的科长。工作任务十分繁重，很多工作不得不等到晚上孩子们都睡了以后再熬夜完成。她在完成好本职工作的同时，还要把家庭、老人、孩子和爱人的弟弟们照顾好，是家中最辛苦和操心的人。

他的母亲在洛阳期间为了让儿子、儿媳有更多时间投入工作，承担了家里的做饭、洗衣、卫生、照看5个孩子等许多家务，一生默默奉献的老母亲，最后以93岁高龄安然谢世，长眠在距洛阳龙门石窟不远的墓园。他的五弟是参加过抗美援朝志愿军的汽车兵,一等残疾军人,在复员来到一拖后,自学成才,成为一拖发动机研究室的高级技师。他的六弟在一拖木模车间是技术能手,曾经带着徒弟们在全国比赛中获得大奖。在郑定立调到北京后,几个弟弟仍然坚守在一拖,直至退休。

1959年10月12日,在一拖准备国家验收投产的前夕,周恩来总理曾亲自到厂里来视察。1960年4月21日,在一拖投产以后,刘少奇主席也亲自来一拖视察。他们来厂时,郑定立都参加了迎接,这是郑定立自1939年在延安马列学院时听周总理介绍在国民党统治区的斗争的报告,听刘主席作关于共产党员修养的讲课20年后,再次见到他们,并且和他们握了手,因而备感亲切、备受鼓舞!其中刘主席与郑定立握手的照片,郑定立视为极大荣誉,一直摆放在家里的玻璃框中,但由于"文化大革命"运动,如今只留下了一张在一拖厂部大楼外迎接周总理的照片,记录下了当年那激动人心的场面,也成为郑定立一生中的光荣一页!

在一拖举行投产典礼的当天下午,郑定立代表一拖将一台刚出厂的"东方红"54型拖拉机送到了洛阳市郊区涧河人民公社。对此事,当年新华社以《第一拖拉机制造厂赠送"铁牛"给涧河公社》为题播发了一条消息。摘要如下:

> 第一拖拉机制造厂今天赠送给洛阳市郊区涧河人民公社一台"东方红"拖拉机。授礼仪式在这个公社所在地的谷水镇举行。还在拖拉机工厂确定在这里兴建的时候,涧河公社的社员们就热情地把一部分土地让了出来,并且把自己的子弟送进厂里当工人,现在,他们的子弟很多都成了优秀技工。拖拉机厂副厂长郑定立在授礼仪式上,代表全厂感谢涧河公社在人力、物力上所给的支援,并且说:"我们还要生

产更多更好的拖拉机，支援农村，加速农业机械化。"

从1954年到1961年，是郑定立一生中从农业战线到工业战线的转型时期。他回忆在一拖的工作时总结说：

> 在一拖这一段是我一生中很重要的一段时期，是从农村到城市，从农业到工业，从地方党政领导到企业业务领导的转型时期，我在一拖从在一片麦地上建设开始，从设计、培训、制造、安装到全面投产，整整七年时间，经历了一个特大型机械制造厂的建设全部过程，相应地系统学习了有关的技术理论，增长了不少工业生产实践知识，由于我拼命学习，所以很快从外行变成内行，这一切为我后来主管全国的农机工业工作积累了宝贵经验，打下了比较坚实的基础。

1961年1月，党的八届九中全会提出了对国民经济实行"调整、巩固、充实、提高"的方针，根据这"八字方针"，农业机械部开始调整和压缩拖拉机等主机厂建设规模，加强配件厂的建设，整顿企业管理，提高产品质量。为此，农业机械部拖拉机局急需在这方面懂行的领导干部，郑定立就是在这种形势下被调到农业机械部工作。

去北京前，一拖的领导同志们专门欢送他并合影留念。

郑定立调到农业机械部工作后，先后任拖拉机局副局长，拖拉机内燃机总公司、农机配件总公司负责人。在此期间，他还亲自策划和组织实施了将上海、天津的6个拖拉机配件厂搬迁到我国"三线"四川省的任务，在我国西南地区建成了一套完备的汽车、内燃机、拖拉机的"三机"配件生产基地，郑定立认为这是他到国家机关工作后最满意的一个成就。

1973年郑定立恢复工作后被分配到一机部计划基建局任副局长，主管农机重点企业的规划和扩建等工作。此后又被调到北京市农机局任副局长。1977年年底，郑定立又被调回到一机部计划基建局副局长的岗位，主管全国农业机械重点企业的规划、基建和技术发展等工作。

1979年3月郑定立被委任为农机部科技教育局局长，担负起农机部在科技教育战线拨乱反正的重任。

1979年至1982年，郑定立在担任农机部科技教育局局长期间，对农机部所属的7所大专院校大力进行了恢复、调整和整顿工作。各校陆续开始招收四年制本科生，到1982年农机工业系统部属的7所高等院校在校本科生已有1.4万多名，研究生374名，教师4000多名，其中教授、副教授366名。各院校进一步积极推进教学改革，加强了规章制度管理，增设新专业新课程，扩建新建了一批教学、实验设施，1978年到1982年，农机部用于部属高等院校的基本建设投资达4628.42万元，为1959年至1966年投资的2倍。教育经费逐年增加，1978年到1982年共计达1.1亿多元。

1982年上半年，年已62岁时任农机部科技教育局局长的郑定立，在北京农业机械化学院领导同志的恳切要求下，向组织上表达了愿意到该校承担重任的愿望，并经中央组织部任命，于1982年6月任北京农业机械化学院院长，12月任该院党委书记兼院长。在其后的两年时间里，郑定立以"明知山有虎，偏向虎山行"的气魄和胆略，党政领导责任双肩挑，以"只争朝夕"的干劲，勇于开拓，狠抓整顿和调整，大力推进校舍恢复，深化各项改革，并成功"交班"，于1984年9月离休（享受副部级待遇）。

2023年5月16日，郑定立这位年龄103岁、党龄85年的"世纪老人"，于北京逝世。他的一生历经抗日战争时期、解放战争时期、新中国建设时期，在历史发展的大潮中勇立潮头，逐浪前进，卓有贡献。他在晚年先后荣获了中共中央、国务院、中央军委颁发的纪念抗日战争胜利60周年和70周年、庆祝中华人民共和国成立70周年和"光荣在党50年"等荣誉奖章，这是对他一生的最好褒扬，一拖人将永远怀念他！

拥有超凡能力的指挥员马捷

一拖曾经的厂长——马捷，是个响当当的人物。说起马捷，就不能不提到又一个响当当的名字——他的妻子张灿华，他们是一拖又一对革命伉俪。

马捷，曾用名马学敏，中等身材，浓黑的眉毛，宽宽的前额，有股精明强干的劲儿。1923年1月出生于河南省沈丘县槐店镇一个回族家庭，他16岁参加革命，同年加入中国共产党，次年进入抗大四分校学习，曾任新四军第四师政治部干事、指导员，豫皖苏军区宣传科科长、团政治处主任，后来历任界首县（今界首市）支队长、界首县人民政府县长、中共开封县（今开封市祥符区）县委书记。

张灿华也是从小加入革命组织，在真枪实弹中和男子一样英勇无畏地战斗在前线。后来，她担任了开封县县长，成为中华人民共和国的第一个女县长。

他们率领游击队驰骋疆场，出生入死，打土匪，分田地。马捷、张灿华都是经历过真刀真枪战斗的人。那时候，国共势力犬牙交错，匪患极多，常有地方干部为敌所害。这样的革命生涯是多么不容易，多么了不起！

中华人民共和国成立以后，要发展工业，马捷和张灿华奉命调入一拖。他们带着革命战士的英雄历史，给一拖再添精彩篇章。这对于他们来说，是弃武从工的又一场战斗。来到一拖，马捷担任副厂长，张灿华担任油泵车间主任。对于当时30岁出头的他们来说，一上任就肩负着不同寻常的重任。半个世纪过去了，许多人和事会被遗忘，但在一拖提及他们俩，大家都会交口称赞："这两口子，有能力，有文化，办事有魄力。"张灿华从县长到车间主任，如同焦裕禄从企业副厂长再去兰考做县委书记一样，践行的都是"革命战士一块砖，哪里需要哪里搬"。由于时间久远，张灿华的故事流传下来的不多。在《洛阳日报》原总编李宗挺同志的一篇回忆文章里有一段文字，是对张灿华工作经历的一个简介。

大概是在1954年或者1955年的"三八"妇女节前夕，报社要求写一写支援洛阳建设的女同胞。报社人员和《河南日报》洛阳记者站的记者张一弓几经考量，最后决定到一拖采访，到厂里后，就听到了一个车间女主任的事迹。

这位主任曾经是一个战士，参军时个头还没有步枪高。她打过仗，在战斗中非常勇敢，曾临危不惧地到战线前沿向负隅顽抗的敌人喊话。解放战争胜利后被提为县长，在担任县长期间，她领导的剿匪、反霸、土改等工作样样都不含糊。后来和爱人作为筹备组人员，来支援洛阳拖拉机厂，投入国家工业建设。于是，他们迫不及待地去采访了这个曾经的女县长，她就是张灿华。

张灿华从地方来到工厂工作后，被分配到油泵车间当主任。她最初的想法就是，这里不是她的强项，光靠看和说，指挥不了人，一定要了解工厂，懂得机床，掌握一定的专业技术，才能当好车间的领导。为此，她放下一切，踏踏实实去钻研，自学工业生产、工厂管理，这才慢慢从不懂到明白再到精通，从外行逐步成为内行。当时，这两位记者都被她的这种进取精神感动了，后来写了一篇通讯《在第三条战线上》。张灿华后来还到工会和拖拉机研究所等单位担任过领导。她中等个头，人长得干净利落，干活更有巾帼不让须眉的那股劲儿，给人们留下很深的印象。

相对来说，她的爱人马捷肩上的担子更重一些，也留下了更多不同寻常的经历和故事。为了尽快满足形势的需要，变外行为内行，他找到厂二中的教师赵子琢帮自己学习数学，跟车间的王兆通师傅学习泥芯，还拜工艺处陈总师为师。

1956年，总厂决定从一拖挑选出100多人，由马捷带队到苏联哈尔科夫拖拉机厂学习。这些人大多是有一技之长的技师、工长等，他们学习回来后，都成为了一拖的中坚力量。原本厂里给他配有翻译，但马捷认为，到异国去如果不懂俄语，离开了翻译就会变成聋人、盲人，怎么能工作？于是临去苏联前，他刻苦学习3个月，一般的交流可以不用翻译。

从那一刻起，马捷对自己有了更高的要求。苏联之行，他要求自己负责好全体人员的工作、生活和学习，也必须抓好自己的学习，多了解工厂，了解生产，学习如何管理工厂、如何组织生产，力争把自己从门外汉变成内行。

本计划为期3年的实习，因实习期间工人们掌握了基本操作技术能够独立完成操作，经过综合考虑，提前结束了实习计划。苏联哈尔科夫工厂也非常配合，经过对实习人员一一考核，宣布这次实习圆满结束。

他们回来时，正赶上一拖安装调试、提前交工验收、迎接第一台拖拉机诞生的紧张时候，他们一被分配到岗位上，就马不停蹄地开始工作，对工厂的生产和管理都发挥了重要的作用，他们都成为一拖的宝贵财富。1960年5月，八机部创办"七二一"大学（后来的第一拖拉机学院，马捷任院长），这批实习工人中的大部分人都考入了这个大学。

马捷不负众望，不仅把100多位实习工人带出去又满载而归，还勇敢维护一拖的权利，有张有弛地让苏联厂方履行了供货合同。一拖向苏方定购了一台靠模铣床，这是一台很大很关键的设备。当时因缺少资金，经过多次协商，一拖最后用了 80 多吨猪肉换来了这台设备。苏联之行，展现了马捷卓越的领导能力，他逐步成为农业机械大型工厂的内行和指挥员，不仅熟悉拖拉机身上的每一个部件，能说出整套拖拉机流水生产线上的每个车间，还能操作一两种机床。他和工人师傅们一直保持着很好的关系，工人们称赞他是"合格的内行厂长"。

一拖三十年大庆，他和建厂时期的所有老领导都回来了。很多老师傅得知后都争先恐后去拜访他，从市领导到炊事员、理发员，来看他的人络绎不绝，他对来看他的同志都非常欢迎。他像回到阔别多年的家。当又来到厂里熟悉的车间时，他更是难以抑制激动，师傅们围拢过来，他甚至还能叫出几个人的名字。他对一旁的年轻人说："我们都老了，你们是一拖希望的一代，不仅要学习业务，而且要学习马克思主义理论。青年人要有理想，否则活着就如同饭囊衣架，我们中华民族的精神是很可贵的。"

2007 年 6 月 19 日，马捷在北京逝世，享年 84 岁。至今，一拖人还念念不忘这个有着超凡能力、善于组织和指挥的厂长。

为"东方红"拖拉机起名字的人

这是一拖原副厂长安道平的故事,故事从"东方红"之名开始。"东方红"拖拉机驰名天下,给它起名字的人叫安道平,这是一个被尘封的传奇故事。

当清晨的阳光洒下来,拖拉机停车场张开宽阔的胸膛迎接一批批拖拉机的到来,中国的大地有铁牛了,中国农民播种幸福的日子有希望了。这件事惊动了北京,牵动了毛泽东的心,他对一拖即将生产的拖拉机专门作出几条重要指示:"拖拉机型号、名称不可用外文。各种型号的拖拉机式样和性能一定要适合我国的气候和地形,并且要综合利用;其成本一定要尽可能降低。"最高领袖对一件工业产品作出如此具体的批示,这在中外历史上也是绝无仅有的。

一时间,给拖拉机起个好名字成了一件具有社会政治意义的大事,引起了整个工厂甚至全社会的重视,大家都在对拖拉机的名字进行讨论和提建议。就在拖拉机的名字一直没有着落的时候,负责到市里文化部门询问拖拉机名字社会征集情况的安道平,在回来的途中,经过厂区时听到食堂里传出职工们"东方红,太阳升"的歌声,一个激灵,突然间,他想到了一个名字。"东方红,东方红……"他不断地重复着,按捺不住内心的激动。于是,他大步上楼,找到厂宣传部苏远部长,问他拖拉机的名字叫"东方红"怎么样？苏远部长说："好，好，你等等……"苏远快步来到厂长办公室。

接下来的情况大家都熟知了，"东方红"这个名字在厂党委会上一致通过，接着上报八机部通过，一经公布，更是博得满堂喝彩。从此，一拖制造的拖拉机带着这个名字奔驰在祖国的大江南北。

如果起名字的故事说到这里，你一定会认为这是巧合，是歌声给了他灵感！而当我们走近这个人物，走近他经历过的革命历程，你会明白，他能起"东方红"这个名字，绝不是那么简单。

安道平参加过学生抗战运动，立志到前线杀敌。他到过延安，喝过小米汤，唱过陕北民歌，唱过《国际歌》，参加过黄河大合唱，写过歌颂延安的诗歌，还接受组织的安排，成为党的一名地下工作者。国家要建立拖拉机工厂，他成为一拖的一员，从此开始新的人生历程。只有经过了战争洗礼，经过了革命的生死考验，才会更深刻地懂得人民对"东方红"的爱。所以，安道平为拖拉机想到了这样的名字，我们就不觉得奇怪了。如果没有这些亲身经历和感受，即使对歌曲再熟悉，也不会有这样的想法。就这样，一个光荣而永不褪色的名字诞生了，在大江南北、长城内外火了。"东方红"拖拉机的名字，早已成为那个年代的一个佳话，成为中国经久不衰的品牌。

1955年1月，安道平同志奉命到一拖工作，到厂后任厂长办公室副主任。他一面工作，一面学习，有着出众的才华，且平易近人；有着较强的领导能力，且低调实干。他为职工解决大量的实际问题，受到全厂干部职工的称赞。

安道平当副厂长时，一天，工会宣传部主抓文艺创作的贾宝源向他反映，厂里文学创作组组长、闻名全国的工人诗人李清联同志，业余时间创作了大量反映拖拉机工厂的诗歌，有的在报纸上发表，有的被出版社出版了诗集，可他的写作环境非常不好。因为住房紧张，李清联的母亲、爱人、孩子四个人挤在一个十几平方米的房子里，他连个安静的写作地方都没有，要他看看能不能给帮助解决。

李清联跟车间说了很多次，至今都没有解决。贾宝源也明白，工厂正在为拖拉机的生产投入大量人力物力，后勤住房非常有限，但他还是决定去找副厂长安道平。安道平说："一个业余的工人作家，写出那么多好的诗歌给人们鼓舞斗志，厂里再困难也得想办法给他解决。"让他先回去，等待消息。让他们都没想到的是，没有多久，安厂长亲自解决了李清联的住房问题，这让贾宝源喜出望外，而李清联更是感动不已。

从1960年年初开始，国家经历了严重的经济困难时期。安道平主管全厂几万名职工和家属的一日三餐，工作量之大和压力之大可想而知，眼看不少职工饿得浮肿，有的得了肝病，他常常半夜惊醒。

在大面积粮食和物资匮乏时，河南省又是重灾区。一拖作为国家重点企业，虽然职工都有粮食定量，但没有粮食供应，全厂大部分工人都处于"吃了上顿没下顿"的状态，工人抡不了大锤，开不动机床，如果这样发展下去，后果不堪设想。安道平的妻子也患了肝炎，大女儿因营养不良出现严重的脊柱畸形。来家里找他反映生活问题、要求给予解决困难的职工络绎不绝。他无暇顾及生病的妻子和女儿，决定走出家门想办法。于是他从东北边陲到南国广东，从西北高原到西南各地，不拘多少，想方设法弄回一批批粮食、肉类及其他各种食品。

在广东湛江，他费了很大力气才搞到一批海草；在内蒙古，他通过部队的军马厂，搞到一些牛肉、马肉，又搞到几十万斤大豆。这对于当时吃到块红薯都十分困难的职工来说，无疑如同过年。他又策划在正阳县办农场，把洛阳市郊拖拉机的实验场改成蔬菜基地，又成立了"肝炎食堂""回民食堂"，加大力度让厂职工医院的设备更齐全。至今职工们回忆起当年的情况，无不感慨地说，一拖能顺利度过那段困难时期，没有因饿因病耽误生产，安厂长可是立了大功。

有一次，他弄回了几百只羊和几吨土豆，真是雪中送炭，解决了工厂的燃眉之急，工人师傅有劲儿了，能一刻不停地生产。他搞到的粮食和其他食物陆续到厂，在各县建立的农场、鱼塘和畜牧场也发挥了作用，困难局面缓解了，加上上级部门以及国家的关怀，几万职工和家属终于度过了饥荒，度过了那段艰苦的日子。

安道平还有很多鲜为人知的故事。与很多参加革命的共产党人不同，他出生在南阳镇平的一个富裕大家庭里，勤奋、善于经营的爷爷把家里的生意做到了武汉。1918年1月，安道平出生在镇平县晁陂镇关帝庙村。幼时，安道平就开始读私塾，14岁时考入南阳中学，不久转入汉口市立一中学习。

安道平原本可以过衣食无忧的生活，但他从小就有一种向往，想到上海等大城市看看。他还是个文艺范儿十足的青年，能书会画。开明的爷爷、父亲也鼓励他去实现自己的人生理想。从此，他与富足安逸的家庭越走越远，迎接他的是一个又一个艰难曲折、惊心动魄的革命征程。他原名安心义，出于革命工作的需要，他前后曾用过安达宁等13个化名。

从宛西山村进入武汉后，环境发生了很大变化，安道平目睹了内忧外患的中国社会现状，看到了工人、农民饥寒交迫的生活境况，立志报国救民。从此，他接触进步师生，阅读进步书刊，参加进步社团活动，并屡屡在学校参加反帝反封建的运动。卢沟桥事变后，安道平难以平复自己的一腔热血和激情，曾多次向学校地下党组织表达自己奔赴前线杀敌报国的强烈愿望和决心，并时刻准备启程奔赴山西。而就在这时，他在南阳遇到了平津救亡大学生抗日宣传队的领导人袁宝华。袁宝华告诉他，在后方参加宣传队也是抗日。于是，他加入了宣传队，游行、书写标语、创作诗歌并积极参加抗日活报剧的演出等活动，充分展现了爱国热情和出众才华。

1937年冬，接到学校党组织让他加入宛属平津同学会并到河南方城去组织抗日救亡活动的任务，他满怀报国热忱来到方城。1938年1月，20岁的他光荣地加入了中国共产党，因表现突出，不久便担任区委书记。方城县委成立后，他又担任方城县委第一任书记。1938年春夏之交，方城县抗日救亡宣传团中来自平津地区的同学，根据形势的变化和组织上的调整，都相继离去，安道平留了下来，继续主持方城县委的工作。他在进步人士方城中学校长李武桥的支持和掩护下，住进学校，开展工作，并办起《战斗生活》刊物，他提出"学习，学习，再学习！不学习，毋宁死"等口号来坚定大家的学习意志。

那时的南阳地区，共产党的势力还很薄弱，开展工作十分艰难。1939年4月，安道平调任南阳县委书记。5月，日军入侵唐河、新野等地，形势骤变，到任不久的安道平日夜奔忙，从各区委秘密收集200多条枪，准备开展游击斗争。后来，敌人撤退，收集的枪支被疏散隐藏了起来。安道平又以教师的身份，白天备课、教书，夜间到附近的党支部组织党员学习，到群众家中传播革命思想。群众称他是知识渊博、教学有方的好老师。

安道平在南阳县委时期，生活十分艰苦。当时，县里只发给学校两个教师的工资，当地的商业会馆给解决了三个人的工资，供十个教师分享，他们连衣食住行都得不到保证。寒冷和饥饿无时不在侵袭着他的肌体，从小没吃过苦的安道平，为了自己的革命信念，从没有叫过一声苦。1941年1月，安道平接到命令，与另一个县委领导朱晓山去南召组织撤退工作，5

月赴延安参加整风学习，后来进入延安行政学院及延安大学学习。

延安，革命的摇篮，在那里，他的革命情怀得到了进一步的释放，创作了大量诗作，并在报刊上发表。1944年，为开辟豫西抗日根据地，安道平随河南区党委副书记刘子久率领的100多名干部，从延安夜渡黄河再次来到豫西。1945年1月，中共渑池县委成立，安道平任县委副书记、组织部部长兼农会主任。县委建立后，他带领群众开展减租减息、征粮运动，并发展多名党员，建立了渑池县第一个农村支部——庄子支部。正当县委工作刚刚打开局面，取得初步成绩时，富有革命经验的安道平察觉到县长上官子平（原系地方自卫队司令，后改为独立第七旅旅长兼县长）要预谋叛乱，他立即向县委反映并建议对上官子平实行"剃头"政策（即收缴其全部武装）。县委接受了其建议，但遗憾的是，县委的措施和建议没有得到分区和地委主要领导的重视和采纳。不久，上官子平突然叛变。5月26日晚，趁兵力空虚之机，他同时在全县十二个地方发动了"只用刀砍，不许有枪声"的叛乱，就在这一夜之间，县委书记王舟平、副县长张君英等49位同志壮烈牺牲，5位同志遭逮捕。

在这危急时刻，安道平被小乐村支部书记秘密掩护了起来，才免遭劫难。第二天晚上，支部书记护送他到洛宁二分区。平叛后，安道平又回到渑池，立即向党中央写信反映这一事件的前后情况，表现了一个共产党人的革命责任感。安道平得知县委书记和那么多亲密战友被害，无比悲痛。为此，每年5月他都回去祭祀，对烈士的孤儿遗孀，他照顾了大半生。

1945年8月15日，日本无条件投降后，党中央发出"向北发展，向南防御"的指示，要求八路军撤出豫西革命根据地，安道平被调到河南省军区司令部任职。由于革命形势的需要，他带两个同志去武汉市潜伏下来，开展党的地下工作。但没想到，当时武汉的形势十分严峻，没多久，一起去的一个单线联系的同志不慎被国民党抓获。在武汉无法存身，他只好通过关系于1947年3月先到南京资生高级农校当了教员，以此掩护身份。不久，他去了中共中央代表团所在地南京梅园新村，找到了代表团，周恩来同志接见了他。他急切地说明了自己的情况，并要求重回解放区工作。周恩来同志对他说："从解放区往白区派出个人很难，你既然在白区，就不要回去了，党需要大量干部配合将来的城市解放。"邓颖超也提醒他在白区工作，一定要用化名，并给他提议，叫"王道平"吧。为了避免因改名带来嫌疑，他采用了安道平这个名字。从梅园新村回去后，他找到在国民党南京财政部税务总署当稽查的同乡王品早（又名王维汉），希望他帮助自己谋个差事。这时，王品早正好要去开封出任要职，知道安道平有文化，就带他同赴开封，安排他当了一名税务助理员。从此，他有了职业做掩护，并与其他地下党员建立了地下联络点，坚持秘密开展党的地下工作。

1948年10月24日，开封第二次解放了，安道平担任第三税务所主任。1949年5月，开封市税务局成立，安道平任税务局副局长，1951年任局长。1953年后调任开封市经委副主任和市政府秘书长。1955年1月，安道平奉命来到一拖工作。1978年，调任河南省第二轻工业厅副厅长兼党组织负责人，从此离开他工作了23年的一拖。由于积劳成疾，1983年，他就去世了。

安道平21岁即担任中共县委书记，可见其工作能力和领导才华的卓尔不凡。不仅如此，他脱离家庭义无反顾地走上革命之路，其间，无论经历多大的磨难，都始终忠诚于共产党和马列主义信仰，坚持自己的革命信念。

在安道平留下的资料里，有一张中国革命博物馆征集文物的收据，名称是"苏皖边区邮票5分，0.20角3张"，落款是"中国革命博物馆委员会"和"首都工人、中国人民解放军驻中国革命历史博物馆毛泽东思想宣传队"，时间是"1969年6月12日"。

他的日记里，对这件事有一段记录："1969年4月18日……我将保存22年半的毛主席画像邮票三张准备献给（党的）'九大'，这些相片曾经不断鼓舞我前进。在敌人的心脏里（地下工作），这些毛主席像邮票，给了我无穷的力量和勇气。为了使这些珍贵的邮票不丢失，而使更多的人看到，我决定给'九大'作献礼。"

在特殊的环境里，所有有关革命印记的物品都要销毁掉，而他不惜冒着生命危险，把那几张解放区发行的邮票保存着，带在身上。据考证，他收藏的这套邮票是发行在新四军苏皖边区政府成立后的1945年11月到1946年，而苏皖边区邮政管理局存在仅有5个多月，这5个月里共发行邮票6套26枚，是收集难度较大的珍稀邮票。这套绝版的、有着重要革命意义的邮票，是他冒着生命危险保存下来的。如今这套邮票带着主人的挚爱静静地躺在中国革命博物馆里。

在艰苦的战争年代，在行军路上、取得胜利的间隙、延安学习期间等，安道平用手中的笔写下许多诗篇，成为鼓舞他和读者斗志的战斗檄文。他利用业余时间创作了新旧体诗数百首，由于经历了那么多战乱波折，很多诗作都丢失了。后来，这些诗作由安道平的夫人邢素文以及子女们收集和整理，于1985年4月由方城文史资料室编纂成《安道平诗存》，共65首。

他青年时代的诗作多数都发表在当时的《新民报》及开封《中国时报》的副刊上。从他的诗作中，你可以听到抗日战争的号角声，可以感受到革命圣地的风貌，可以听到对旧社会的控诉，更能感受到对社会主义现代化建设的热情讴歌。

在一拖工作期间，他更是表现出对社会主义现代化建设的极大热情。他的诗作不失为向广大青年进行爱国主义教育的好教材和宝贵遗产。这里采撷两首，以飨读者。

1946年写的《延安晚会》：明月当空照，深谷水声回。窑前空地小，晚会篝火陪。挤挤再挤挤，女坐男后立。男的相谑笑，女的相偎依。枯草加新枝，火苗高人齐。烟火交飞腾，辟辟复唧唧。兄妹开荒罢，齐声信天游。低唱黄河怨，高歌走西口。

《1944年由葭县（今佳县）渡黄河到晋西北根据地》：曲折二里路，又到黄河边。水流仅百尺，难过十座山。行军如火急，参谋团团转。大爷如猛虎，少年似蛟龙。刚才闲散状，而今战斗情。急流漂对岸，三次不能靠。老幼傍船走，携物来慰劳。有捧红蜜枣，有提开水壶。幼者拉我衣，老人道辛苦。欢愉咽枣肉，含核不忍抛。人民一颗心，勉我把国保。

66年的生命历程，安道平走得太早了，但他的名字却永远铭刻在一拖的史册上，永远值得后人怀念。

上海"师傅",一拖建造师

2022年的一天下午,坐在96岁的杨惠忠老人对面,不由自主地就有了一种亲近感。老人和蔼可亲,谈吐利索,尤其是他那流利的俄语,令人惊讶。他能用俄语说自己的名字、"你好"等。如此好的记忆力,标准的发音,实在是难得。

很难想象这是一位将近百岁的老人,干净利落,浅灰色的细羊毛衫上衣,梳理整齐的银发,依旧是上海人那种装束。他是浙江宁波人,半个世纪过去了,他的普通话仍然带有浓重的家乡口音,如果人们有个别听不懂的地方,他会用笔写下来,写字时他不戴老花镜,字写得很漂亮。他非常健谈,随着他的回忆,我仿佛走进了遥远的古巷,走进了旧上海。

为了国家的工业建设,他背井离乡,来到一拖。多少人的精彩故事已被永远埋进历史的尘埃里,而他却能把自己的人生经历向晚辈娓娓道来,这是何等幸福的事。

杨惠忠本来姓张,先祖是"宋末三杰"(文天祥、张世杰、陆秀夫)之一张世杰的后代。南宋末年,张世杰曾率二十万水军在南海与元军决战。南宋灭亡后,其后人为避免被元军追杀,改为母姓,在宁波定居。杨氏家谱,在国家、省、市图书馆都有留存。

杨惠忠老人的家在宁波鄞州区章水镇。这是一个美丽的竹乡,溪水环绕着村庄，山清水秀。他的家族人丁兴旺，三十多口人在一个锅里吃饭。杨惠忠却非常不幸，不到3岁，母亲去世。8岁以前，他体弱多病，但找不出病因，曾经奄奄一息。一次他的外公来看他，他非常高兴，就用力地喊了一声"外公"，令外公非常吃惊。外公高兴地拿出几块银圆说："再喊一声，我给你两块。"可是，他再也没力气喊第二声了。正巧，村里来了一群普世济民的郎中，外公拿出4块银圆给了他们，请他们给杨惠忠治病，他们在他背部的穴位上点燃了几个艾条。当时他连哭的力气都没有了，只知道疼。从那以后，奇迹就发生了，他一天比一天好了起来，说话有力气了，也能站起来走路了。更让人不可思议的是，从此以后，他的身体再也没有出现过大的毛病。

他开始读私塾。每天上学的第一件事，就是向孙中山遗像默哀三分钟，然后背诵孙先生的遗嘱。90多年过去了，他现在仍能张口即诵，能全篇不漏一字地背下来。他小小年纪就受到三民主义思想的影响，后来又受到了共产党的教育，他的老师和堂叔，都是地下共产党员，这使他的人生之路走得很坚定。

1945年，上海地下党成立了工会组织，他们到工厂秘密组织活动，教育工人，尤其是学徒工，启蒙他们团结起来跟资本家斗争，教育他们工作讲策略，时机不成熟不要暴露。杨惠忠和一些进步青年一块，帮助地下党贴标语，搞革命宣传，接受共产党的革命思想。1949年，他加入了中国共产主义青年团。上海解放了，上海活塞厂也成为公私合营的社会主义性质的工厂，他也有了工资。

1955年的上海，正经历着新中国成立后的第一次大规模的人员流动。时任市长陈毅曾对上海的产业工人讲话："各位工人同志，你们都是上海的宝贝，但今天需要你们去支援祖国建设，到内地去，那里要建工厂，那里生活很苦，但很光荣，这是党的召唤、祖国建设发展的需要，希望你们要有思想准备，志愿报名，积极报名，去了就不要当逃兵。"杨惠忠毫不犹豫地报了名。当时，对报名的人员都要内查外调，出身不好，表现不好，还得不到批准。杨惠忠政审合格了。

1955年7月18日，他和几百名技术工人，分别乘10辆大卡车来到火车站，在乐队和几万名上海市民的欢送下乘火车离开上海。他被分配到一拖，很快，厂里安排他们先到长春学习俄语，然后再学习技术。这期间，他的妻子还在上海活塞厂工作，还要照看3个孩子。他支援内地建设后，妻子要工作，没办法带孩子。在组织的帮助下，3个孩子的户口都迁回宁波，由老家人照看，这才解决了他的后顾之忧。在长春学习期间，艰苦的生活给这批上海人带来了极大的考验。冬天零下几十摄氏度，手脚都被冻伤了。他们也极不适应当地的饮食，高粱面做的窝窝头很难适应。有一些人忍受不了这环境，就打报告不干了。而杨惠忠很坚定，开始了建设工厂的艰苦奋斗的历程。

1956年，由马捷带领着一拖派往长春的100多名工人到苏联哈尔科夫拖拉机厂实习。第一站是莫斯科，大使馆招待了全体人员，那一顿饭准备得非常丰盛，他们吃了在国内没有吃过的饭菜。他们知道这是祖国对他们此行的厚望，一拖的未来就寄托在他们身上。

吃过饭，马捷安排大家到莫斯科大学和著名的红场参观，大家激动不已，纷纷排队拍照。他们第一次看到地下铁道，3层深约90米，票价也只有7元。地铁的长廊里都是艺术雕像，非常宏大气派。在地下铁道百货商店里，他们发现轻工用品很少，毛衣毛料基本没有，妇女的裙子倒是有很多。接下来他们便乘火车、坐汽车，终于来到了哈尔科夫拖拉机厂。

在一抹夕阳下，眼前的哈尔科夫拖拉机厂的大门似曾相识，那一个个街坊也仿佛是洛阳涧西的街坊。原来，洛阳的一拖和苏联的哈尔科夫拖拉机厂包括街坊都是用一张图纸建成的。一拖就是苏联哈尔科夫拖拉机厂的翻版。他们每个人的实习岗位都不相同，基本上是按每个人在一拖的工作岗位来安排的。杨惠忠被分配到发动机连杆小组，在一起的还有后来的车间主任陈晓光等11个人，张江在齿轮小组，赖振添是技术员，陈德顺是工艺师，还有马修林、田宝林等。每个人都有固定的老师，杨惠忠的老师比他还小几岁，但很有水平，也很负责任，对他非常好。车间里有400多人，白班、夜班两班倒。连杆车间的零件多，且都很重要，老师把每个零件的工艺卡交给杨惠忠看，让他看懂并记住它们的名称。很快，他熟悉了各种各样的机床，还进行了实际操作。其中有一台12轴组合机床，这个机床2米宽、4米高，操作起来并不难，难的是调整。它是制造发动机的关键，质量要求极其严格，设备调整责任重大。连杆上的大孔和下端的小孔都要同时在这台机床加工，同时要进行钻孔、扩孔、铰孔多道工序。连杆上连活塞，下连曲轴。如果不熟练，就容易出现失误。心灵手巧的杨惠忠很快就掌握了机床的操作要领，他还坚持每天记下工作过程和解决问题的经验。

　　学员们每30天就要测验一次，每一次都是由车间主任亲自对大家进行考试，由同去的赖振添来当翻译。主任是个专家，也是从车间里一步步成长起来的。一次考试时，主任提问："停缸的过程中，加工余量大点儿好，还是小点儿好？"一连几个人都答不上来，杨惠忠看到他的老师在担心他也答不上来，紧张得身体都有点儿发抖。

　　当主任问到杨惠忠时，老师想替他作解释："我没给他讲过这些。"可这时杨惠忠站起来，一边示意老师一边回答："停缸留余量，留40丝或50丝即可。"主任又问："余量大点儿可不可以？"杨惠忠回答："从经济质量看，不会好。"主任又问："为什么？"他又回答："磨的时间长，质量不好把握，大了小了都不好。"听了杨惠忠的回答，主任激动地站起来用俄语说："非常好，中国实习生了不起！"他的老师更是激动，但也纳闷：真的没有给他讲过，他是怎么知道的？其实，这都是杨惠忠平时在看师傅们干活儿时通过细心询问和观察得来的。例如，杨惠忠看到缸模有一个女师傅（全车间就她干得最好），就去请教她，女师傅告诉他，这个活儿全凭经验，也凭观察。他就留心记下这段话。这次考试，杨惠忠不仅给中国工人争了脸面，也让大家看到了自己的潜力。

杨惠忠的精彩故事远不止这些。有一天，杨惠忠发现车床旁的一个姑娘在抹眼泪，杨惠忠问旁边的人怎么回事，她们说："出废品了。"他走过去，想安慰她，可她哭得更厉害了。她说："我这个月日子没法过了，废品出得太多了，没有工资了。"说着，女工指着地上加工好的活塞，这些都是废品。杨惠忠心里一咯噔，这下可麻烦了。他弯腰拿起零件问："怎么废的？""孔偏了，不在中心，3天了，废了这一大堆。工资要全扣完了，家里没饭吃了。"那个女工说。看着看着，杨惠忠似乎发现了什么，他说："先别哭，你去借个百分表来。"那个女工说："算了，不量了，再量也不会好的。""我看这责任不一定在你。"杨惠忠说。女工这一听，赶紧借来了百分表，杨惠忠把表装在机床上，手动检查，果然不在轴心上，一边大一边小。杨惠忠明确告诉她："不是你的责任，这是夹具的责任，机床可能没有及时调试，机床的中心有偏差。"

这下，整个车间都轰动了，车间60多岁的工艺师也来到现场，他重新进行检查和测量后发现确实不是女工的责任。他叫着杨惠忠的俄语名字："瓦夏，瓦夏，了不起！"工艺师把夹具科长叫了过来，夹具科长承认自己疏忽了。女工终于不哭了，她对杨惠忠感激得不得了。由于他在考试中正确地回答问题，且发现夹具有问题为女工解了冤屈，同时为车间挽回了损失,车间决定嘉奖他,给他颁发了奖状,奖状上有列宁的签名,还盖有车间的章。这个奖状是他在苏联实习最好的见证,这是一份至高的荣誉,记录了他在异国的劳动履历。

杨惠忠他们要提前结束在苏联哈尔科夫拖拉机厂的学习。临别前,哈尔科夫拖拉机厂的师傅们很舍不得他们离开。杨惠忠他们把自己的脸盆、茶缸、毛巾等日用品送给了师傅们。杨惠忠更是拿出了他来之前就精心准备好了的特地在上海买的金质五星纪念章。当年,上海的金子90元一两(很便宜),他用自己的工资买了两枚金质纪念章。一枚送给了他的老师,一枚送给了车间的工艺师。而他也收到了他们送的贺卡,他一直珍藏着。

从苏联回来后,他被分到一拖起动机车间做调整工。当时,车间各方面条件都不具备,但为迎接第一台拖拉机的诞生,大家都投入紧张的生产准备工作。接下来又发生一件让杨惠忠刻骨铭心的事。第一批开工的铸钢车间,遇到了麻烦。那天,只见车间田英奎书记慌忙地找到他,说:"铸钢车间主任来找我,一个大型轧钢机轴瓦被烧坏了,十万火急。"这台轧钢机在拖拉机生产中太重要了,可在这节骨眼儿上坏了,造成停工,会直接影响拖拉机的组装。在这种情况下,他们只能寻求发动机车间起重机工段轴瓦小组帮助。可轴瓦工段当时还没有一个工人,他们又找到了起重机工段的田英奎书记,田书记只好来求助于刚从苏联回来的杨惠忠,虽然杨惠忠是负责起重机车间工段连杆的,可田书记把唯一的希望寄托在他的身上。

杨惠忠当时也没有多大的把握,他没敢明确地答复田书记。田书记一再对他说:"你一定想想办法,你看需要啥条件?车间来配合你。"田书记的话让杨惠忠心里更是揪成一团。他知道这个活儿很难做,那还是在上海活塞厂当学徒时,曾经看到过,但那时还小,整个操作过程他不是很清楚。可看到田书记那么着急,又想到轧钢机在那儿坏着,全厂生产又等着,他已经没有退路了。

经过一夜的思考，第二天，他找到田书记，要他安排人在厂外砌个炉子，再买个人铁锅，他分析轴瓦被烧坏的是巴氏合金，烧坏的原因很可能是生产忙，白天晚上连轴转，还有工人们对其性能不够了解，没有及时加油。他知道，轴瓦是要天天加油的，烧坏了很麻烦。因为轴瓦是由两个半球组成的，体积很大，直径大约有150毫米。他现在要做的是重新把巴氏合金涂上，但又不是想涂就能涂得上的，它的表面需要用硫酸清洗，生硫酸还不行，要用熟硫酸。而制作熟硫酸又是件比较麻烦的事，要准备适量的锌皮放到生硫酸里起泡反应后才能生成熟硫酸。用这样的硫酸清洗后，再涂上一层锡，这样才能涂上巴氏合金。这也是他要砌炉子的原因。

接下来的制作过程非常不容易。他先要在炉子上把巴氏合金熔化，待用。两半的轴瓦，里面还要放铁芯。铁芯没有现成的，他又跑到车间废料库，找了一个实心铁棒，按尺寸加工好，放进轴瓦里，然后用铁丝把两个轴瓦半圆固定好，外面用泥巴糊上，然后用勺子把熔化的巴氏合金慢慢灌进去。然而，第一次失败了，原因是泥巴见高温就收缩裂缝了，巴氏合金流了出来。他又进行第二次制作，这次，他把泥巴加厚，同时旁边再准备些泥巴，发现有裂纹就随时糊上，这一次成功了。

这还没有完，灌好锡和合金后的轴瓦还要上车床加工，三爪卡盘的机床卡不住，又借来四爪卡盘。杨惠忠发现原来的轴瓦没有油槽，为了避免再次被烧毁，他想办法在轴瓦上加上注油槽，在机床加工完了以后还要进行轴研磨配合。为此，他整整搞了4天的时间。这边，他挥汗如雨，每道工序都是把心提到了嗓子眼儿。而那边，铸钢车间职工度日如年，急得火烧火燎。田书记这边也时刻等候消息，见杨惠忠终于把轴瓦加工好了，他像宝贝似的接过轴瓦，立刻跑着亲自送到了铸钢车间。铸钢车间的师傅看着新做好的轴瓦，高兴极了，像得了宝贝似的。这轧钢机终于又可以正常工作了，而且还很好用，领导高兴坏了，可杨惠忠却高兴不起来，甚至有点儿闹心。原来，发动机车间在1958年7月1日党的生日那天举行全体党员宣誓大会，可偏偏在那天，他正在修轴瓦，田英奎书记还特地交代："党员宣誓大会，我替你请假了，你安心做这个事。"杨惠忠就这样与自己心目中这个最神圣的活动失之交臂。轴瓦是成功了，但他既欢欣又失落，他觉得党员宣誓是他政治生命中的第一次，不应该也不能缺位，但他也不能放弃手中的活儿，应该说，他用实际行动向党作了最好的宣誓。

按说他能为工厂解决这么大的问题，在第一台拖拉机诞生的关键时刻做出了这么重要的贡献，应该给他个大大的奖励才对。然而，在那个年代，没有谁会这样想。因为，那时的人们看得更至高无上的是对党的忠诚。当年，杨惠忠亲手加工制作轴瓦这个事，随着领导人的调走，随着时间的流逝，几乎没有人知道了。他没计较也没想那么多，但他一生都没有忘记，为能在第一台拖拉机的诞生过程中做成这件事感到骄傲和自豪。他在一拖还先后带过30多个徒弟，这些徒弟也都在生产中发挥了很大作用。

农机部根据工业建设的需要，在一拖成立大型企业大学，专门为工厂培养高级人才。一拖成立了拖拉机学院，马捷任院长。招生时，工厂有一个规定，毕业后除特殊情况外，不能私自调离拖拉机厂。已经38岁的杨惠忠被所在单位推荐来拖拉机学院学习，他非常珍惜这个机会。拖拉机学院一共两个班，刚开始是半脱产，上午干活，下午上课，经过4年漫长而艰难的学习，杨惠忠以优异的成绩拿到了国家颁发的大专证书。

这段时间的学习，成为杨惠忠人生的又一次飞跃。他弥补了少年时家里贫穷不能上学的缺憾，同时也让自己在有实践经验的基础上有了理论的提高。他保留至今的由国家有关部门统一颁发的大学毕业证书上，记录了他优异的考试成绩，毕业证书上盖有马捷校长的印章。

杨惠忠毕业后，恰逢一拖已接受了生产军车的任务且成立了六六五分厂。他被分配到六六五分厂技术科，负责六六五汽车工艺流程。在整个工艺设计中，主力就是他们这些拖拉机学院的毕业生。杨惠忠负责设计的是665发动机需要的8个缸，是难度最大的，但他还是攻破了一个个难关。那又是一段鏖战的岁月，军方要求的严苛程度，几乎到了他们设计的极限，他们绞尽脑汁，设计和生产了具有顶尖性能的军用运输车。

后来，杨惠忠到齿轮热处理车间当支部书记，之后又到孙旗屯公社带队管理知识青年，这让他有机会全面了解了洛阳市郊区各个地方的农业，包括农作物种植、水利等情况。两年后，他回厂到工艺材料研究所担任副科长和支部书记，又到生产技术处担任工程师。也就是在这时，从一拖调到洛阳市工科委已担任洛阳市副市长的潘志远，急需一个管理农业的副手，他想到了杨惠忠，并亲自两次登门相邀。杨惠忠知道自己是可以胜任的，可考虑再三他还是放弃了。因为他要照顾家庭和多病的妻子。后来，他又被调到自行车厂技术组工作，最后从生产处技术科退休。

就在采访杨惠忠后第二年的3月，杨惠忠老人因病去世了。

放牛娃成为党委副书记

闫之初，1928年11月10日出生在河南新蔡练村集。在家里4个男孩中，他排行老三。种了一辈子地的父亲，没有文化，可仍然惦记着让自己的儿子们读书，还给老三起了"之初"这个有文化的名字。

他的家里人口多，地很少，只好租地主家的田地种。父亲省吃俭用，供他读书。8岁时，他才读了私塾，每天背《三字经》的"人之初，性本善，性相近，习相远……"小学毕业了，家庭条件好的人都跑到县城里读中学。他辍学了，回家放牛、割草，而命运却眷顾了他。日寇攻打到汝南时，省立中学要搬到他们练村集镇上。父亲在路上听到了这个消息，连忙回家告诉儿子："你又可以上学了。"省立中学搬到他们这里后，有不少上学的学生要借宿到乡亲们的家里，他们拿来粮食给老乡，以代替住宿费，然后在老乡家里吃住。闫之初家里也住了学生，这样，他家里条件相对有所好转，闫之初也进入中学。后来，进入政治学院学习。

1949年，他们还在学习中，陕县（今三门峡市陕州区）一座重要的铁路桥被炸，当时中国革命已进入解放大西北的关键阶段，必须在短时间内修复这个重要的交通大动脉。政治学院接受并参加了这个修桥的任务。修桥的民工共分七个大队，他被编入第二大队担任宣传干事。除了贴标语，做群众动员，他还和民工一起挖土、担土，住的是在野外临时搭建的简易工棚。时间紧任务重，他们苦苦干了两个月，才把大桥修完。

在这次修桥的过程中，闫之初表现突出。他的鞋子被磨烂了，前后都露着脚，但他仍旧忘我地劳动着。全校评出了12个优秀学员，并被誉为"模范干部"，他是其中之一。他们一个个上台亮相，成为大家学习的榜样。

他的政治觉悟有了很大的提高，干部们看到了他的表现，问他："想不想加入中国共产党？"没想到他干干脆脆地说："我盼望已久了，我出来就是干这个的，请组织上接受我、考验我！"1950年6月，他光荣地加入了中国共产党。当时，他的家乡还不时有反动派进行破坏活动，他把自己加入共产党的事告诉了家人，让他们心中有数。

在毕业前夕，他接到了调令，到中南局军政委员会直属党委保卫科任保卫干事。为了满足国家经济发展的需要，中南局工委和军政委员会组织了一个全国性的土特产展览会，地点在武汉中山公园，时间为两个月。这场中华人民共和国成立后的第一场贸易大交流活动，对保卫工作是一次大检验，闫之初所在的大队直接负责展览会的安全保卫工作。在这次展览会上，21岁的闫之初表现突出，工作能力强，又一次名列前茅。这次立了一大功，他得到了人生的第一张奖状。

展览会结束后，中南局直属党委把保卫工作直接交由公安部接管，原党委保卫科成为中南局纪律检查委员会，闫之初任纪律检查委员会干事。1953年，国家第一次评级时，他就被评为17级正区级干部。

1954年，中南、华西、西北、华南各局撤销，每个干部可以志愿报名，可以上学，也可以选择其他项目。闫之初看到了"156项目"之一的洛阳第一拖拉机制造厂。当时，工厂正在筹备，他离开新蔡的老家很久了，也想家了，洛阳就在家乡附近，于是他选择了一拖。从那天起，闫之初这个由党一手培养起来的革命干部，坚守在一拖，在这里走过了40多年的人生历程，直至离休。

1954年9月，闫之初来到洛阳新建校筹备处报到，一推门，愣住了。"是你？苏远主任！""是你，小闫！"还在闫之初担任中南局军政委员会保卫科保卫干事时，他受组织上的委托，到新华社了解一个案子，苏远当时是新华社的办公室主任，说明情况以后，案子很快就解决了，他俩也就熟悉了。没想到这次他俩又成了战友，苏远任一拖宣传部部长，闫之初任宣传部教育科副科长。

在1954年至1956年的拖拉机厂筹建期间，汇集了一批批地方干部、技术人员和技术工人，但他们大都没有见过拖拉机，更不要说制造拖拉机了。因此，尽快培养出一批管理干部和技术骨干，以适应建厂的需要，成为当务之急。闫之初所在的教育科，把培养人才作为一项重点工作去做，对每一个进厂的人员，一是进行形势教育，为了让大家有吃苦的准备，他们请来老红军做报告，讲取得革命胜利的艰难困苦，讲不怕困难、不怕牺牲的精神，教育大家造拖拉机照样需要这种精神；二是学文化知识，对领导干部进行强化培训，给其他人员补习中学的数、理、化课程，把部分重要岗位的人员派往北京、天津、上海、长春、哈尔滨等地的大专院校，分专业进行正规学习；三是对一些既有经验，又具有较高文化程度的基层干部和厂里的主要领导，通过补习俄语后派往苏联实习深造，以便迅速掌握相关知识和技术。

他记得，当年马捷、杜春永、魏世英等一大批领导和技术人员都被派到了苏联，郑维祥还带领一部分人到长春汽车厂学习。仍然坚守在岗位上的人员，包括厂领导在内，也是边工作边学习，做到工作、学习两不误。当年，闫之初所在的教育科对职工的培训教育，为一拖的顺利开工奠定了重要的基础。

筹建一拖期间，闫之初记得，担任厂长的刘刚是清华大学毕业的，可他还是请了一个工程师来给自己辅导，他学习刻苦得很。其他副厂长也都不管是盛夏酷暑还是寒冬腊月，每天早上先学习后吃饭，然后上班。他们还下车间找工人师傅学开车床，熟悉各种设备，后来都成了行家。至今想起当时的情景，闫之初仍回味无穷。

2022年，闫之初已经94岁，虽然心脏不太好，可老人的思维能力、语言表达能力、记忆力都非常好。他谈话有层次，条理清晰，说起时局和国家大事，都能侃侃而谈。说起他的个人经历，他只是说："我的一切都是党给的，没有共产党就没有我的今天。"他从宣传部教育科副科长做到宣传部副部长，也当过铸铁分厂、六六五分厂党委书记、工会主席等，干了一辈子宣传工作。

20世纪80年代，他担任总厂党委副书记时，工厂遇到了计划经济向市场经济过渡的困难时期。大拖拉机没单子，小四轮不让上，工人们当时没活儿干，有的车间领导领着工人去卖牛肉汤。于是，厂党委提出："找米下锅。"他在这时又担任了全国拖拉机制造业总公司的副总经理。他知道安阳的"飞鸽"牌自行车很畅销，为了给工厂排忧解难，他奔赴安阳，找到了当年在一拖的部下，并说明情况。看到闫书记亲自来找项目，老部下也没有半点儿犹豫，当场就让他拿走了全部图纸。一拖因此建立一个自行车分厂，生产"东方"牌自行车。厂里顺势而为，"东方"牌自行车到了供不应求的地步。这段历史让闫之初难以忘怀。

他61岁那年，经河南省委组织部批准光荣离休。说起他的家庭，当年由于一直忙于工作，他27岁了还是单身。洛阳市卫生局局长是和他一起从中南局调来洛阳的战友，当时住在一个老百姓的家里，这家有位正在体育学院学习的姑娘，就把他介绍给了这个姑娘。没有想到，那姑娘当即就从北京回来和闫之初见面，他去火车站接她。一见面，两个人都被对方吸引了，闫之初长得精神，有文化，口才又好。女孩作为体育学院的大学生，不用说，身材好，长得漂亮，他们很快就结婚了。有了孩子后，妻子推迟毕业，后来由苏远部长介绍到洛阳敬事街小学工作，1959年调到了一拖教务处工作。他的妻子叫白丽清，为人热情，工作积极，在同事中威信很高。晚年，她不幸患上阿尔茨海默病，闫之初陪伴和护理多年。后来，老伴儿还是先走了，老伴儿走后，闫之初称自己的生活成了三点一线：早上起床后去散步，中午午休，下午在院子里转转、看看报，他不玩微信，不用智能手机。

他离休后担任了一个由12人组成的支部委员会的党支部书记，他们坚持每月进行政治学习。因年龄、身体等原因，现在这个小组只有几个人了。几个人中，有的耳朵聋了，有的眼睛看不清楚了，有的行动不便了，大家都由护理人员送来送去。闫之初所在的支部年年都是先进，他个人从2001年到2020年先后有11年荣获厂党委颁发的"优秀共产党员"证书。众多红色奖励证书摆放在他的床头，非常显眼，这是他坚持学习的证明。

他的书架上摆满了马列主义书籍，书都翻看得很旧了。他说："我非常感谢党对我的培养，我的每一个重要工作，都得到了领导对我的帮助和爱护，还有同事们对我的关心。俗话说，一个篱笆三个桩，一个好汉三个帮。没有这些，我不可能取得这样的成绩。离休后，我又得到干休所的关怀，我更没有想到我能活到90多岁，没有想到今天的生活这么幸福，我心满意足了。"

悠悠岁月染人心

17 岁，我们能干什么？今天 17 岁的人，大都还在读书，还在父母的照顾下过着无忧无虑的日子。而在 20 世纪 40 年代，17 岁的他，已经参加革命工作了。

29 岁，我们在干什么？大都为了工作，为了小家庭努力拼搏，而他已经是湖北省团省委副书记了。

80 岁，我们可能已人老眼花、体弱多病、步履蹒跚，需要有人照顾，而他仍能侃侃而谈。回忆当时来到一拖的情况，回忆他担任厂长时一拖的年产值达到 3 个多亿的辉煌成就，他满是激动。

97 岁时，他的记忆力、思维能力衰退了，只能重复着单调的几句话："我是赵毅，我是赵毅。""我是衡水东葛村人，我是……"他还会说："谢谢，谢谢。"

这多么无奈，他再也不可能向后生们诉说往事，诉说他的革命生涯，诉说他对一拖的情怀。他的女儿鄂青说："爸爸……他什么都讲不了，他老年痴呆了，几乎丧失思维能力了。"

赵毅，曾用名赵仙洲，1924 年 12 月 21 日出生在直隶省衡水县（今河北省衡水市）东葛（盖）村。他 11 岁在本村小学读书时，已经是一名抗日儿童团团长。16 岁时，他到冀南五专属抗日中学学习，几个月后，天资聪颖又表现突出的他，就成为衡水第五区、第六区祝家店小学、石辛庄小学和清凉店的几个小学的教员。

1941年10月到1946年5月，他先入了中国共产党，然后担任了中共衡水村委第五区委员会宣传委员、区委书记和游击队政委，从此，开启了他的革命生涯，后历任衡水县委第五区委宣传委员、团县委书记、湖北省团校教育长、湖北省团省委组织部部长、湖北省团省委副书记等。

在国家进入全面建设社会主义时期后，担任湖北省团省委副书记的赵毅，看到了国务院向各省市发布的通知："要想工业化，全国来支援；要想农业机械化，洛阳第一拖拉机制造厂是第一。"这就是说，全国各单位在选调人员的时候，都必须把最优秀的干部送到工业建设的岗位上来。正是国家的这一重大战略部署，使得他在1954年欣然接受了省委的安排，进入长春汽车制造学校学习。后因工作需要，他还没有学完就又受组织的安排，前往长沙技工学校担任校长和书记。

1956年，他被调入国家一机部汽车局干部处任处长，1959年任第八机械部教育司副司长。其间，他所在的教育司牵头，通过集中高等院校的专家、教授，完成了农机专业基础技术课和专业技术课教材这个重要项目，国家从此有了农机专业的教科书。

1964年2月的一天，他向洛阳出发，没想到那一年他踏进一拖，从此就注定了他要和一拖相伴一生。在当时的环境中，这个特大型工厂的稳定尤其重要。这时，赵毅得到上级组织的通知，要他留在一拖参与领导班子工作。

他的妻子胡文娟和孩子们需要做艰难的决定。胡文娟在北京的工作很稳定，孩子们都正在上学。他们居住的一机部汽车局大院，就在东西长安大街边上，离天安门广场很近，不懂事的孩子们一听说要迁到洛阳，还要转学校，都哭闹起来，但胡文娟告诉孩子们：为了支持爸爸的工作，我们必须迁走。她给孩子们穿上新衣服，带他们到天安门广场拍照留念。胡文娟早在 21 岁时就成为衡水县城关镇妇联干事，22 岁时加入中国共产党，1952 年任共青团湖北团校、湖北省委组织股副股长和组织部组织科员，1956 年到 1966 年 2 月任一机部干部处干部科科员、副科长。1967 年，胡文娟和正在上学的儿女们都从北京来到了洛阳。胡文娟来到一拖后，先是担任职工医院党支部书记，后来担任党委办公室主任，一直到 1983 年 2 月离休。

1965 年年底，一拖成立了由有色、铸钢、炼钢、铸铁、模型、精密铸造六个热加工单位组成的大铸造厂，有 5000 多名职工，赵毅任党委书记，周华嶽任厂长。赵毅在 5000 多人的大会上讲话，没有稿子，但讲得头头是道。1967 年后，铸造厂又分解为五个分厂。这个时候，赵毅已不再是上级派来的工作人员，而真正成为一拖人了。他心里产生了一种自豪："拖拉机厂的雅号就叫'拖老大'，听到这个，我就感到光荣。老百姓谁不向往拖拉机厂，我赵毅也一样。能在这里工作，我感到很荣幸。"

留在一拖后，他先是担任生产指挥部指挥长，不管当时外界怎样动乱，他都保证了拖拉机的正常生产。1976 年，赵毅成为一拖的第四任厂长兼党委第二书记。他上任后的第一件事，就是重建被破坏的机构。作为一个领导者，从行政管理到经营管理，是一门新的学科，他主动补习。他认为，厂长的责任不是说得好、写得好，而是要用效益来说话，厂长是一头连着国家，一头系着职工。与时俱进的他，担任厂长后，为保证工厂效益制定很多规定。有了这些规定，一拖为了一个共同的目标，开始了动乱后的大踏步前进。工厂恢复了正常生产，赵毅这些领导则带领技术人员集中精力投入产品的研发中。

1978年,中华人民共和国第五届全国人民代表大会第一次会议召开,他作为为全国人大代表参加了会议。他在回来的途中,根据会议精神构思了一拖的发展蓝图,那就是在生产履带拖拉机的基础上,把665汽车、40轮式拖拉机、1970年搞的坦克的生产,做一个整体恢复。

1980年,一拖的履带拖拉机产量达到了14900多台,达到历史最高水平。一拖的生产总值增至3亿多元,职工的福利、收入也有了可观的提高,也为洛阳的经济带来了大发展。出门在外,无论在火车上还是在飞机上,一说起自己是第一洛阳拖拉机厂的,人家都会肃然起敬,那真是"我骄傲,我是一拖人"。

但是,赵毅怎么也没有想到,不久后,一拖就遇到前所未有的困难。1980年以后,国家不再对一拖下达指令性计划,中央调整政策,并决定让一拖自己想办法,自己解决困难。巨大的压力压在赵毅的肩上。

1981年春,随着农村联产承包责任制的深入开展和农村运输业的迅速发展,一直供不应求的主打产品——履带式拖拉机的销售量大大下降了,从1980年的销售2万多台,到1981年骤降至不足1万台。"东方红"拖拉机怎么了?一拖怎么办?

另外,大批上山下乡知识青年要返城和被安置,一拖作为大型企业,每年按指令性的目标都要安排几千人就业。一拖有各种身份的职工共56000人,吃什么?如今"吃喝不愁"的历史过去了,为了工厂的出路,为了近10万职工和家属的生计,1981年,赵毅书记组织若干小组,分别去南阳、驻马店等平原地区进行市场调查。

通过和各地农民座谈,他听到了最不想听到的消息:现在已经很少有人需要大拖拉机了,尤其是对履带式拖拉机的需求量更小,而最受欢迎的是小型轮式拖拉机。他又组织并亲自带队,先后派出500多人,分赴东北、华北、华东、中南、西北、西南等 15 个省 47 个地区 106 个县，进行实地调研。农民们告诉他："你们能不能生产小一些的拖拉机，用 1 头牛的价钱，买来能顶 3 头牛的力气，又会犁地又能跑运输？"

那一刻，他心绪难平，彻夜难眠，有关人员根据摸底情况算了一笔账：在一个有 200 多户的村子里，他们可以购买 80 台拖拉机，有兄弟几人合伙买 1 台的，也有自己一家买 1 台的。根据责任田的大小，农民大多只需要 8 马力的、12 马力的或者 15 马力的，价位在 2000 元到 3000 元。这样看来，销路不成问题。

经过这样详细的调查，又经过认真分析研究，大家认为要想摆脱市场经济带来的困境，一拖必须从市场需求出发，从农民兄弟的需求出发。于是，厂里做出决定，把履带式拖拉机的产量减下来，改为年产 40 万台小型轮式拖拉机。相对售价 14000 元的履带式"东方红"大拖，无论价格还是实用性，农民兄弟们都喜欢 3000 元的小四轮。

工厂迅速新建了小型轮式拖拉机生产线，很快就有了订单。当年年产量达到了 1 万台，成为农机市场上的紧俏商品，厂里很快就有了经济效益。

后来又一个改变命运的机会也来了。赵毅书记正在召开一个生产大队的调研会，忽然有人跑进来告诉大队书记，让派人到公社去领自行车票。赵毅书记问：你们对自行车需求大吗？不等大队书记回答，大家几乎是齐声说："每家都要，就是买不到。"赵毅书记和几个领导立刻动起了脑筋。时任副书记的闫之初，了解到原来在一拖工作的办公室主任任志新，从一拖调走后，在安阳市担任人大常委会副主任，而安阳的"飞鸽"牌自行车非常火。于是，他立马赶赴安阳，一见面就说："一拖几万人需要吃饭，工厂要找米下锅。"任主任来自一拖，那深厚的感情怎能忘掉？他没有犹豫，通过多方面协调，很快，把整套自行车的图纸送给一拖。回来后，一拖立刻组织生产自行车，年产量最高时达到30万辆，"东方"牌自行车一票难求，一拖自行车火了。

接下来，总厂又要求各分厂都"找米下锅"，大到坦克、推土机、压路机、拖拉机维修、机械加工，小到修修补补之类和各种服务业。终于，全厂包括5万多职工在内的近10万名职工和家属的吃饭问题解决了。一拖稳定了，洛阳也稳定了。这不仅是一拖的大事，更是关系到一方平安的问题。一拖在中国的改革转折中做出了贡献。

一拖走出了困境，又可以自豪了。而就在此时，有位记者采访了赵毅。赵毅说了一段从没有对人说出的话："我个人荣辱无所谓，一拖交给了我，连职工带家属近10万人啊，吃喝拉撒，有一点弄不好，就会出社会问题。我不负责任谁负责任？"是的，责任比天大，他努力了，坚持了，成功了。他带领一拖职工走过了最困难的日子，也为一拖后期的发展积累了经验，奠定了基础。今天，一拖的"东方红"仍唱响中国，走向世界，我们不能忘记一拖历史上这一个特殊的历程。

这一段难忘的经历，关乎"拖老大"的命运，几万名职工都经受了考验，20世纪50年代是刻骨铭心的创业时期，80年代是关乎一拖生死存亡的转折时期。赵毅为一拖奉献了自己的人生，无论他还能不能记得，职工们是不会忘记的。

洛阳的今天，离不开几大厂矿打下的深厚基础，60多年过去了，曾经背上行囊支援洛阳工业建设的小伙、姑娘们，如今已年逾古稀，赵毅也是其中之一。来自全国各地的建设者，早已把洛阳当作第二故乡。1986年正式退休后的赵毅，仍关心着一拖和洛阳的发展，他曾担任一拖干休所党支部书记、洛阳市老干部协会副会长、洛阳市老年大学副校长、洛阳市关心下一代工作委员会副主任等职。

如今，赵毅成为孩子们眼中的老小孩，陪他看看院子的风景，听他漫无目的地说着呓语，只有那"我是赵毅""我是衡水东葛村人"的话语，才会让人想到那个从小山村的抗日儿童团团长当上团省委书记，从北京来到洛阳，从一拖走到田间乡村，经历了风风雨雨的男子汉赵毅。

一拖人的健康守护神

1954年7月1日,孔靖涛从河南省人民医院脑外科调到一拖职工医院,一直工作到退休。他医术高超,医德高尚,擅长对重型脑外伤、脑出血等病症的诊治,视病人为亲人,是职工的健康守护神。

一个漆黑的夜晚,通往厂职工医院的路旁深沟里,一辆自行车斜歪着,沟底躺着一个昏迷不醒的人。几个路过的工人发现了他,原来是孔靖涛医生,人们立即把他抬进医院。

"孔医生摔伤了!"这个消息迅速传开,病房门口一大早就挤满了人,工人们都焦急地打听他的伤情,恳求去病房看望孔医生。医生刚劝走一些人,可更多的人又拥来了。一个老工人泪水纵横地说:"孔医生是为俺工人摔伤的,他是俺工人的好医生,可不能有个好歹啊!"

孔靖涛,一个看上去很普通的人,微凹的眼睛,瘦削的面容,外表并没有特别吸引人的地方,可他的伤情牵动了厂里很多人的心。这是因为,职工们都知道孔大夫总是把关怀和温暖送到病人心里。

七五发动机分厂女工李华芬,在生产中左臂不慎受伤,断臂相连处仅存5厘米宽的皮层,不仅创面大,而且油污严重,当时按一个工厂医院的医疗条件,接臂是难以成功的。孔靖涛和同事们怀着强烈的责任感,细心做手术,将小李的断臂成功接上。后来,当上海第六人民医院的专家看到小李复原的手臂时，也为一个工厂医院能做出这样的手术而惊叹。

孔靖涛常说："医生的责任不仅是看病，还要通过手术把温暖送到病人心里。"病房里躺着一个面容憔悴、生命濒危的女同志，孔靖涛和她所在单位的领导都焦急地守护在床前。病人是后勤处的一名女职工，因长期患病，经检查发现大块缺损，片子送到外地医院后被诊断为胃癌晚期，不宜手术。

她是三个孩子的母亲，年幼的孩子依在病危的妈妈身边，啜泣着，哭唤着，病魔曾过早地夺去了他们爸爸的生命，妈妈是他们唯一的亲人。孔靖涛见此情景，心像针扎似的难受。他想，对女工最好的安慰就是挽救她的生命。他走到病人床前，想说什么还没张口，这位女工就对他说："孔医生，您就大胆做吧，我已经是这样了，失败了也没啥。"他感谢病人对自己的信任，可他明白，此刻女工手术成功的希望是极其微小的，很可能死在手术台上。怎么办？但眼前他没得选择，他想冒险试一试，或许能挽救她的性命。他亲自操刀切除了肿瘤，使这位女工又获得新生。后来，这名女工一家一直生活得很幸福，工作也很起劲。

孔靖涛高超的医术和一心为病人的事迹被传为美谈，病人都愿意找他治疗。他的家成了"日夜门诊部"，每天都有病人叩门。有一天清晨，孔靖涛抢救完一个病人回到家，一夜的劳累使他很快睡下了，蒙眬中，他听到门口有陌生人问："孔医生在家吗？""嗯……不在，我爸爸还没回来。"孔靖涛听出是女儿支支吾吾的语调，便急忙起床，走到门口，他看见女儿正在轻轻地关门，急忙对女儿说："是来病人了吧？快去把病人叫回来。"女儿看着爸爸那双布满血丝的眼睛，不忍举步。孔靖涛说："病人遇到了痛苦才来找我，我是医生，救死扶伤是我的天职。"女儿只好又把病人叫了回来。孔靖涛把病人让进屋里，进行了细致诊断。像这样的事不知有多少回，家里也成了他的诊断室。

1954年，一拖刚刚兴建，孔靖涛就和爱人离开了条件优越的省人民医院来到这里。那时，工厂的条件很艰苦，医院也非常简陋，他一个医学高才生的工作也不过是"红汞碘酒，一抹就走"。但他把一片空白建成了一座拥有多个科室、几百个床位的大医院，并与工人建立了水乳交融的感情。

他刻苦钻研业务，对医术精益求精，攻克了一个个难关，由他做的手术已经数不清了，但没出过任何大的医疗事故。

铸铁工人符战衡1961年患静脉栓塞，左腿浮肿不能站立，10多年中到上海、郑州多次治疗未果。孔靖涛大胆进行手术，一次手术即成功治愈。

装配分厂一女徒工，右手无名指被截断，孔靖涛和李国瑞医生联手执刀，经过8个多小时手术，使断指复活。

长期的职业生涯，使孔靖涛养成了严谨细心的性格，可是他在生活上却闹出很多笑话。1975年寒冬，他参加赴南阳灾区医疗队去救灾。临行前，爱人怕他冷，特地叮嘱他，提包里多塞了几双袜子。等回到洛阳，爱人发现他的脚冻肿了，埋怨他："光顾工作，自己也不知道照顾自己，给你带的袜子为什么不穿呢？"孔靖涛迷惑地说："袜子？在哪儿？我都不知道。"这下让爱人惊诧了："临走，我还特意嘱咐你，冷了就套上。"孔靖涛不好意思地说："我这记性就是不行了，一忙就糊涂了。"

在困难时期，孔靖涛想到自己家境贫寒，是党把他送进大学，培养成一个人民的医生，所以无论遇到怎样的压力，都要坚持为职工看病。那天，他摔到沟底，就是因为医院接了一个股动脉损伤的病人，手术后血循环不好。晚上，他下班回家后仍放心不下，就又骑上车子到医院，一路上他只顾考虑病人的病情，这才连人带车摔进深沟里，造成了严重的肾挫伤。在他住院的日子里，每天都有人来看望他。一位老工人，平时是不做饭的，可他亲手精心做了些小饺子，让孔靖涛吃。当那喷香的饺子端到孔靖涛面前时,孔靖涛的视线模糊了,泪水充满了双眼,这是工人对他的一片深情啊!从那时起,他更加感受到了工人师傅给他带来的力量,觉得自己的工作更有意义了。

计划处处长禹治先

一拖诞生于国家逐步走上计划经济体制的头七年。作为农业机械类的特大型企业，一拖的计划组也应运而生。当时，计划组下设教育小组、财务小组等。第一任计划组组长是张银龙。

当中国的经济体制要实现从计划经济到市场经济的转轨时，计划经济时期社会福利制度的影响却是牵涉甚广的。一拖从建厂起，就保持了大厂的优越性，突然间没有了国家计划的保障，几万名职工的生产、工资、生活都面临严峻考验。

国家在摸索，工厂在摸索，一拖计划处也在摸索，一拖已走到了计划经济的边沿。禹治先见证了这一变革和摸索的过程。一路上，他遇到了三个要感恩的人。

第一个是马学增。禹治先从记事起就没见过父亲。旧社会，他们孤儿寡母的生活境况可想而知，尤其是一直相依为命的爷爷突然去世，娘儿俩的生活更是举步维艰。后来，姥爷、姥姥把他接走了，他们仅靠姥爷种的三亩多地勉强维持生活。六七岁时，别的孩子已上学了，但他没有。他也非常想上学，但家里情况不允许。1944年，他8岁的时候，家里说让他去上学试试。他喜欢上学，且非常珍惜这个机会，学习成绩一直名列前茅。1951年1月，这个村里就只有他一人考上了原阳县中学，但因为每月要交一斗米的伙食费，家里拿不出，他只上了一个学期就辍学了。

1951年7月，就在他上学无望之时，有一个学校来招生了，这就是平原省财经学校。平原省是刚解放时，国家为了恢复当地经济和综合治理黄河而设立的，主要由现在河南省的新乡、焦作、安阳、濮阳和山东省的菏泽、聊城等地组成，省会设在新乡市，省委书记是潘复生，省长是赵哲普、罗玉川。这个学校是省财政厅主办的，校长姓肖。学校共设八个班，财政部有五个班（两个中级班，三个初级班）。课程设置为两年制，内容有政治、语文、数学、经济建设的常识和会计珠算等。学校没有课本，都是老师编写讲义，解放军老干部担任政治老师，税务局干部讲税务知识，另外有专业老师，如会计、珠算老师教经济常识，一个解放军女干部担任班主任。就是这样，禹治先他们成了中华人民共和国成立后国家培养的第一批经济人才。

在平原省财经学校，学生的学习费用以及吃住费用，全由国家承担。学生的伙食很简单，常年是小米汤、小米面馍。学校没有正规教室，教室设在新乡东关路北的一个破庙里，桌椅凑合着用。

因为没有学费及其他费用的压力，他一门心思用在学习上。他因为成绩很好，被选为财经课代表。在几个财经班的政治考试中，只有他的考卷被老师评为满分。老师认为他是一个搞经济的好苗子。一年后，禹治先从平原省财经学校毕业，被分配到平原省濮阳专区税务局地税科。在这里，他遇到了帮助他、培养他的濮阳专署税务局科长马学增。

禹治先工作很积极，但不知道从哪儿下手，学到的理论在实际工作中对不上号，有一段时间很苦闷，也很着急。马学增当时是代理科长，找他谈话说：先不要着急，你先转发省里的文件吧，这项工作要先看文件，在看的过程中一是间接地熟悉了业务，二是再通过编写转发内容，锻炼写作技巧，了解业务的术语，一举两得。禹治先按马科长的安排干了一段时间后，觉得非常顺手，尤其抄写文件的过程对他是一个很好的锻炼。后来，又让他搞会计工作。刚开始，他害怕和钱打交道，担心会出问题。领导告诉他，学经济搞财经，就是要和钱打交道，要经得起考验。这一段是他最难忘的经历，为日后担任一拖财务集团副总经理打下了坚实的基础。

一年后，平原省被撤销。这个变动，使他的命运再次发生了改变。

1953年10月，一个代号为081的工厂到濮阳整体接收了这批学生，接收条件是年龄在18岁左右，初中文化程度，共青团员，条件符合的可以直接转到工业战线上。他的三个条件都符合，兴奋得几个晚上都睡不着觉，一直到当时濮阳的地委书记请他们吃了饭，送他们坐上大卡车，他悬着的心才放下。他们一行人在新乡市上了火车，100多人满满坐了一车皮。

来到洛阳老城新建校081厂筹备处后，他被分配到一拖计划处当计划员。他们30多人睡在一个教室里，个别带家属的被安排在附近百姓的窑洞里。濮阳来的人没有见过窑洞，每当火车通过，他们就担心窑洞塌下来。

领导告诉他们，他们是一拖招收的第一批河南本地有文化的青年，是工厂非常需要的人才。禹治先在计划处是基建计划员，处长李宝善曾经是信阳地区专员。当时，一拖的干部级别较高，县委书记最多只能当科长，禹治先能当一名计划员，也是不简单的。他疑虑重重，自己连工厂的门都没进过，根本就不了解工厂，怎么搞计划？就在这时，他接到了调令，要他到山西太原矿山机器厂实习车间做计划员。

实习期间，他遇到了第二个贵人岳光海。实习生活给他的人生和工作又带来了一个大的转折。岳光海是熔铸车间的，得知一拖还在搞基建，得知禹治先根本不知道工人到底怎样生产、怎么管计划时，就告诉他，这是个很好的学习机会，要对自己树立信心。岳光海年龄不大，但已是个很有经验的八级工。他告诉禹治先：你要先从工厂车间的生产开始，先熟悉铸造厂的生产过程，熟悉了铸造厂的生产工艺和一般生产技术，再了解计划管理就容易多了。岳光海还给他两本书，一本是《铸造工艺学》，另一本是《机械工业平面制图》，并要求他不要死看书，先看书再到班组看看工人怎样操作，把书和生产结合起来，看不懂的就问工人，再看不懂的，他来讲解。对禹治先来说，遇到岳光海真是太幸运了，通过岳师傅的指导，他一边看书，一边到车间观看、实践，不懂的地方再问，这样理论联系实际，学得又扎实又快，实习的一年中，禹治先的进步非常快，被该厂评为八级计划员。

山西太原矿山机器厂的熔铸车间，类似于一拖的铸造车间。不同的是，太原矿山机器厂的每一道工序，如清理、铸造、造型、熔化等都要靠手工操作，而一拖是较先进的现代化自动流水作业。流水作业靠的是协调，一旦有一个地方出现问题，就会影响全部。在山西太原的这段实习经历，让禹治先开了眼界。实习期满回到一拖时，绝大多数人还没有见过车间是什么样子，他却已胸有成竹了。

实习期间，他还有一个意外收获。太原矿山机器厂是个老厂，厂里老干部多，老党员多，老工人多，政治力量非常强，他们为一拖培训业务人才，同时也非常重视对实习生的政治思想培养。后来，厂党组织了解到，他从小就没见过父亲，一直不知道父亲的下落。厂党组织就派人在山西、河南两个省进行调查，最后查清了在他一岁零三个月的时候，他的父亲就被国民党抓壮丁抓走了，从此下落不明。工厂这样关心他，让他很感动，他向车间写了入党申请书，没想到厂党委马上指定厂党委委员、厂工会王主席约他谈话。1956年8月，他被太原矿山机器厂批准加入中国共产党。

实习期满，他回到一拖，遇到了人生的第三个贵人周华嶽。1957年1

月,禹治先被分配到铸钢车间担任计划员,1964年被提升为铸钢车间计划科副科长,车间主任是周华嶽。周主任发现禹治先工作有条理,思维缜密,工作踏实,先后解决了生产中的很多具体问题。为便于协调管理,总厂将第一批开工的精铸、木工、炼钢铸钢、铸铁、有色修铸等热加工车间组合成了一个5000多人的铸造分厂,但其过程事务多、问题多,周华嶽就马上把禹治先调到办公室担任办公室主任。周华嶽和禹治先,一个是指挥者,一个是计划实施者,他们相互配合,在生产管理上"打出了一张张好牌"。禹治先从周华嶽那儿学到了既远虑又务实、不断开拓、与时俱进、不达目的不罢休的工作作风,使自己的思想觉悟上了一个台阶,工作能力大大提高。周华嶽担任一拖总厂党委书记和厂长后,新的形势需要再次组织新的计划处,他就选择让禹治先来担任处长。

禹治先跟从周华嶽19个年头,经历了一拖建设的初期阶段、计划经济到市场经济转型阶段和一拖单列后独立经营的三个阶段。禹治先有幸成为这三个阶段的参与者,为一拖的发展、转型、创新做出了突出贡献。

禹治先和周华嶽联手"打出的第一张牌",是制定了系统的管理制度。这种纲举目张的措施,极大地调动了全厂职工的生产积极性,使一拖这个特大型企业的现代化生产管理步入良性循环,为接下来的历任厂长提供了很好的借鉴,有些措施一直被沿用至今,甚至成为一拖的法宝。

20世纪七八十年代,厂里搞平均主义,吃大锅饭,干好干坏一个样。周华嶽厂长带领禹治先和有关人员,到外面学习和调研,回来后起草了有关方案,最终形成了"包保经济责任制",严格贯彻社会主义按劳分配的原则,实行多劳多得、少劳少得、不劳不得的分配制度。

随后,"包保经济责任制"又增加了针对各处室的"四承包""三挂钩"考核制度,从而使前后方、处室、生产车间一个样,使工厂出现了一浪高过一浪的生产热潮。计划处成为一拖的生产指挥中枢，计划决定生产，计划决定全厂的产值，计划关系到一拖的发展和命运。

一拖的计划工作步入正轨后，又借鉴和学习了首钢经济责任制的管理经验，设立了基金计划科，将全厂 30 多个分厂、300 多个科室、3000 多个车间班组纳入统一考核，形成了一整套体系。现在，考核、奖惩"一条龙"，终于把一拖这盘棋盘活了，一拖的这个体系得到了省、市领导的肯定。

市场是不断变化的，改革开放后的 20 世纪 80 年代，大拖拉机滞销，没有订单，几万人的衣食住行怎么解决？在这个过程中，周华嶽又带上禹治先等人，到全国各地调研，除西藏、新疆、宁夏、青海几个省区没去，转了大半个中国。

经过考察，根据禹治先等的周密核算，周华嶽力排众议，坚持上 15 马力小拖拉机；在讨论生产小柴油机时，他坚持选择适当外包以减少搭建厂房和投资的麻烦；选择合作单位时，他果断舍远求近，选择了开封、郑州等地合作单位，为工厂节约投资 3000 万元以上。小拖拉机提前一年半上市，不仅节约了工业用预留地，还使一拖冲破重重险阻，扭转了局面。

禹治先从一个名不见经传的计划科副科长，成长为市场经济大潮中的弄潮儿，与老厂长更是结下了深厚的革命友情。周华嶽不摆架子，不搞特殊化，在工作上细致认真，生活上要求很低，出去开会，除了大会安排，自己不住宾馆，不下馆子。

正是这些点点滴滴，他把老领导当作一生最敬仰的人和学习的榜样。也正是这样的耳濡目染，为禹治先日后创造不凡功绩打下了良好基础。

打开一拖计划单列之门

一拖有个响亮的称号——"拖老大"。改革开放前,"东方红"拖拉机一票难求。但是,从1981年起,国家不再对一拖下达指令性计划,同时家庭联产承包责任制的实施让土地变成一块块"面条田",大型履带式拖拉机失去了用武之地。这一年,"东方红"履带式拖拉机销量从1980年的2.4万台,跌到了不足1万台,一拖陷入了困境。"小毛驴趾高气扬,老黄牛重上战场,大拖拉机离岗休养"成为当时的真实写照。

就在这个关键时刻,禹治先应邀参加了一汽的一个重要会议。这个会议的议题就是全国特大型企业如何由计划经济转换到市场经济。会上,来自国家计委的汪博士讲道,国家经济体制改革是一场翻天覆地的重大改革,我们社会主义国家自新中国成立几十年来,一直实行计划经济体制,现在计划经济严重制约了国民经济的发展,加之国有企业背负着沉重的社会福利的负担,已累得苦不堪言,更重要的是改革开放后农村土地使用及分配的改变,企业走向市场经济是大势所趋。

这次会议,就是向各大企业打招呼、通信息,让计划经济向市场经济过渡得更快、更顺。在这次会议上,禹治先第一次接触"企业单列"这个说法,趁休息时,他专门就此向汪博士请教并询问企业单列的有关事宜以及它在市场经济中有哪些利害关系。

汪博士说，企业单列后，企业的各项计划都将划转到国家计委名下，国家能保证原材料供应，交通、运输、能源、电力、石油等方面也能得到满足。单列后，企业在生产经营中遇到的问题，可以向国家有关部委直接对话，使问题能得到尽快解决。汪博士还说，这一条条无疑是给企业注入了新鲜血液，是企业在市场经济中兵强马壮、立于不败之地的最大保障。

禹治先还得知，二汽、重汽等大型企业已向国家计委申报单列，并已被批准。他当时就心急如焚，作为国内唯一的特大型拖拉机厂，自己好像还被蒙在鼓里。从那一刻起，禹治先有种预感，一拖面临着一场战斗，尽快申报国家计委的单列是重中之重的大事。在某种意义上，计划单列就是一拖从计划经济走向市场经济的命运转折点。

他一回到厂里，就向厂领导做了详细汇报。厂领导没有半点犹豫，将一拖申报计划单列正式提上了议事日程，并决定由禹治先来负责单列事宜。那时，禹治先根本没有想到，为了争取单列，一拖竟走了几年的曲折道路。一直到1988年12月，一拖才完成了建厂史上这场有着非常意义的单列工作。

禹治先起草的报告，上报到洛阳市、河南省后，很快得到了同意，但是到了机械部却石沉大海。禹治先通过一些渠道得知，国家计委不太了解一拖的情况，因为一拖属农业机械，一直隶属于机械部。加之一汽、二汽等大型企业纷纷单列，机械部对一拖更不想放手了。这样一来，情况变得复杂了。机械部是一拖的顶头上司，这门打不开，申报压在那里，想让国家计委批准单列，那几乎不可能，知道了卡在哪里，接下来怎么办呢？厂党委研究决定，仍由禹治先负责办理。为了工厂的发展，禹治先拿出"一条道走到黑"的勇气，决心一定要把此事办成。

这时，他想到了曾经的同事、原计划科科长张兰。张兰是在苏联国际儿童院长大的，后来她在苏联上了小学、中学，接着又考取了莫斯科工程经济学院。大学毕业后，她怀着建设国家的美好愿望回到祖国，来到一拖计划处工作。

张兰刚回来时一句中文都不会讲，为了适应国内的工作和生活，一本汉语词典伴随了她三年，后来才终于闯过了语言这一关。她虽然是个留学生，但从没有留学生的架子，在一拖计划处默默无闻，埋头工作，几十年如一日，由于表现突出，她多次被评为优秀共产党员、先进职工。现在找张兰，是因为她在苏联时有个要好的女同学，现在机械部工作，这个女同学的爱人叫邹家华，在国家计委工作。禹治先想通过她，看看有没有办法。

禹治先立即联系张兰并在电话里说明了此事，张兰一听，非常乐意帮忙。她还安慰禹治先说，一拖在国家农机行业中的地位举足轻重，拖拉机利国利民，按理说部里会支持的。

禹治先把张兰的话汇报给何泽民厂长。何厂长亲自打电话邀请张兰，请她和禹治先马上赶赴北京去疏通这个事。在机械电子工业部的一间办公室里，他们说明了来意，工作人员同意让张兰拨打电话。不一会儿，她和老同学联系上了，那边电话一接通，张兰就急切地说："叶楚梅，我是张兰，我来北京了，想见见你。"可电话那边传来的却是："张兰？张兰是谁？我不认识张兰呀！"

听到这儿，气氛一下紧张起来。"难道打错了？怎么可能，对方的名字是对的啊！"张兰一时也没了主意。这时，一旁的禹治先说："你们都在苏联留学，留学时的名字叫什么？是不是不叫张兰？"经禹治先这么一提醒，张兰一下子醒悟过来："对哦，我们用的都是俄文名字，平时也都习惯称呼俄文名字，我用俄语和她讲话，试试看。"当张兰再次拨通电话，用俄语自报家门后，果然，电话那端的叶楚梅也立刻想起了这位多年不见的老同学。

"是你呀，老同学！"两个人一下子拉近了距离。叶楚梅听了张兰找自己的缘由后明白了，原来老同学是为厂里的事专门进京找她的。看来，他们是真的遇到困难了。叶楚梅在电话里说，容她考虑一下，回去后把情况告诉她爱人，若他能在工作范围内给予帮助，这个事情就有眉目了，她让张兰等她的电话。

很快，在叶楚梅的积极协调下，她爱人让禹治先把一拖的申请，省、市报批的意见，转交机械部有关部门。然后，他亲自给机械部打报告并陈述了自己的看法。禹治先和张兰做梦也没想到，机械部很快就对他递上的报告进行了调研和报批。没多久，一拖的单列计划就被机械部批准了。禹治先非常感激张兰，张兰更感激老同学，一个俄语电话，促成了一拖的转轨。一拖在那个年代是全国的关注点，凝聚着全国人民的感情。机械部的大门就这样被打开了，压在禹治先心上两年的石头终于搬开了。

接下来，就是国家计委的审批。其间，根据形势的需要，一拖在北京设立办事处。由于单列的事，禹治先成为办事处的不二人选。当时，他上有年迈的老母亲，下有正在上学的几个儿女，一下子都甩给妻子，有点儿难以接受，但这是关乎全厂的大事情，他没得选择，只好走马上任。但是真去了北京，他这个计划处处长一想到要和高层领导和重要部门打交道，很不自信，感觉困难重重。后来厂领导对他说，在北京，从一拖走出去的老领导任高职的有很多，比如老厂长杨立功，比如大名鼎鼎的厂长马捷，他们对一拖都有深厚的感情，去了以后，一是代表我们经常去看看他们，二是把咱们的困难告诉他们，他们一定会帮忙的。

就在机械部批准了一拖的单列申请，但在国家计委一时还找不到合适的渠道时，他想到了老厂长杨立功。杨立功到北京后，先后担任一机部、农机部等部的部长。禹治先在电话里告诉杨立功，自己来自一拖，首先代

表一拖全体职工来看望他，同时也将单列的事及遇到的困难告诉了他。杨立功非常热情，问这问那，话语中满是对一拖的牵挂，得知厂里卡在这个口上，他当即就答应出面来运作这个事，请他们先回去，等他的电话。

没过几天，禹治先就接到杨立功的电话，让他来取杨立功亲笔写给时任国家计委副主任房维忠的信。禹治先心头一热，杨立功亲自出马，显然对一拖的爱早已深入骨髓，不管走到哪里，都会把一拖的荣辱兴衰放在心里。

有了老厂长这封信，事情就好办多了。可接下来怎么去找房主任？他在哪儿？他不敢有半点儿怠慢，立即动身到国家计委找到综合计划司、计划管理处处长李雷同志（后为价格司司长），他得到的确切消息是，房主任由于身体状况不佳，组织上安排他到珠海疗养。

禹治先将情况电报给洛阳，厂长何泽民因故不能到，杨部长的信里是说由尹家喜去面见房主任，但得知房主任不在北京，厂长希望禹治先全权代表。这样一来，禹治先作为一个一拖驻北京办事处的主任，深感忐忑，自己这个级别怎能和这么大的领导对话呢？万一搞砸了怎么办？一夜难眠的他，经过思想斗争，还是决定去找房主任。那一刻，英勇无畏的精神让他豁出去了。

可能是太紧张，他上飞机前，给广东一拖农机联络站发了"请他们接站"的加急电报，但自己还没下飞机，电报就被退了回来。原来，他发的电报只有单位没有地址。北京办事处的同志说，这下禹主任可要遭罪了。同志们的担心不无道理，那边的粤语他根本听不懂，他说话人家也不明白。最要命的是，他被贼盯上了。贼把他的衣服割烂，把钱包偷走，好在那封信没被偷走。他赶紧在附近找了个小招待所住下，立即与北京办事处联系，那边早已在电话机旁守着呢。这样，北京办事处立即和广东农机办事处联系上了。广东农机办事处的人得知禹治先此行的任务,以及此时的境遇,立刻告诉他,请他先住下,明天一早去接他。

广东农机办事处的人听说了禹治先此行的目的后,表示一定要助他一臂之力,先帮他联络正在深圳的杨遂安副厂长。杨遂安是杨立功的儿子,当即决定和禹治先一同前往,把父亲的亲笔信交给房主任。那一刻,父子两代对一拖深深的情感交汇在了一起。有杨遂安陪同,禹治先也不再担忧了。广东农机办事处派车送杨遂安、禹治先到珠海,车子一路飞奔。到了珠海后,他们在房主任住的宾馆附近住下,商量怎样去见房主任。

房主任疗养的地方是一个封闭的海滨浴场。出入把控很严,禹治先和杨遂安想办法进去了,终于找到了房主任住的房间。接待人员让他们在大厅等,不一会儿,房主任回话说自己马上下来。

禹治先的心都快要跳出来了,房主任下来后,他恭敬地把信递上。房主任接过信后,看得很认真。禹治先指着杨遂安对房主任说:"这是杨立功部长的儿子杨遂安厂长。"房主任笑着对他们说:"情况我都知道了,我马上和办公室联系,问问情况,这样吧,明天下午,你们再来。"

杨立功曾告诉禹治先,当年"农业学大寨"时,他和房维忠在一个组。此刻,又听了房主任的话,禹治先和杨遂安心里轻松多了。当时的心情真是无法形容,杨遂安出了门就兴奋地说:"你立了大功,我请你吃大餐。"一向谨慎的禹治先说:"先不急,不拿到单列批文,都是一句空话。"当天晚上,禹治先也没有闲着,他分别通过各种渠道和人脉关系,告诉国家计委有关部门,希望接到房主任的电话之后,他们配合房主任把一拖单列之事顺利办成。这些部门的人听了后都表示会给予支持。

第二天下午,他们早早就到了房主任下榻的宾馆等着。房主任下来了,对他们说:"事情已经办好了,国家计委批准你们一拖单列,但马上过元旦了，你们过了节去计委拿文件也不迟。"就这样，跑了好长时间，令一拖上上下下不安的事解决了。那一刻，禹治先的内心五味杂陈，无数的酸甜苦辣都在心中泛起，他的眼角湿润了。

从周华岳到杨立功，一拖老领导的人格魅力永远印在了禹治先的心里。他在北京很无助的时候，就找老领导，老领导都会关心、询问一拖的情况，这让他备感温暖。他曾去看望马捷，马捷身体不好，因为他曾在西北国防实验基地担任现场指挥，整个实验过程中要几个月都待在地下室，实验结束，他已经走不成路了，都要靠战士们把他从地下室里抬出来。当年，马捷在一拖的贡献是有目共睹的。到了北京任工信部副主任后，马捷直接在主任张爱萍的领导下工作。一拖人到了家门口，马捷是一定要接待的，并亲手给他们削苹果，看他们吃了才高兴。

这些老领导对他像家人一样，他们为党、为工厂无私奉献、鞠躬尽瘁的精神也深深影响了禹治先。单列批准的事情汇报给厂里，厂领导都非常高兴，困扰他们的这件大事有了结果，接下来是该怎么甩开膀子干了。

1989年4月，经国家计划委员会批准，一拖成为河南省唯一一家获批单列的企业。又经过几年的打拼，一拖集团的财务公司，于1992年8月在得到国家批准单列后，很快又得到了中国人民银行总行批准，为一拖颁发了中华人民共和国经营金融业务许可证，这也是河南省第一个经营金融业务的企业。

这对于一拖来说是具有划时代意义的事件，它的意义在于企业不仅有工业资本经营，而且增加了金融资本经营，使企业的血管更加粗壮，血液更加充足。它是企业的一个资金库，当企业需要钱时，它可以吸收存款；当企业资金充裕时，它可以投资，以钱生钱。这是计划经济时代不可想象的，也是一般企业不能做的。就是在这个时候，禹治先出任了一拖财务公司副总经理。

如今，财务公司已经成立几十年了，而且还在不断地发展。财务公司的经营规模由原来的 2000 万元到后来的 5000 万元，现在已发展到 10 多个亿，为工厂生产发展起到了很大的作用。禹治先的内心也充满了自豪。爱学习的禹治先，根据改革开放中那一步步惊心动魄的历程，动笔整理出一系列文章，有专题调研，有的发表在经济科学出版社的《经济研究参考资料》上，这些都是在实践中总结出来的理论性文章，有一定的经济价值和学术价值，如《轻松捉住金凤凰》；还有国家经济体制改革初期，对经济体制改革的探索等，发表在各种报纸杂志上，为计划经济到市场经济变革的历史留下了史实论述。

中南海是明清皇家园林，也是中华人民共和国成立以后党中央、国务院办公的地方和党政最高领导人居住的地方，既神秘又神圣。担任一拖财务公司副总经理的禹治先，因为工作两次进入中南海，一次是 20 世纪 70 年代初去参观毛主席在中南海的故居，另一次是 1993 年深秋，由驻京联络处负责联络，开着小车从西华门进去送一份重要报告。

禹治先退休后，身体状况越来越不好，走路不便，听力不行，眼睛也有毛病，可他仍努力拿起笔，把对老领导的思念写进文章里。已经 86 岁的他，脑力、视力都在衰退，真正到了提笔忘字的地步，有些话到了嘴边说不出来，但他还是完成了回忆录。能和一拖这个"农机航母"有紧密联系，这既是他个人值得珍藏的记忆，也是一拖的珍贵历史。

一拖卫士第一人

他是土生土长的洛阳人，他说自己"生在公安局，长在一拖厂，老（退休）在法院"，这个人就是张太义。他时刻听从党的召唤，在每一个需要他的地方，冲锋陷阵，战绩赫赫。他从一个孤苦的穷孩子，成长为市级干部。

1930年农历三月，在洛阳市东郊一个叫马沟的村庄里，一个姓张的贫苦人家，在生了两个女儿后又添了一个男孩。小男孩特别瘦小，父母怕他将来有啥不测，就给他起了一个很好的大名叫张太义，又给他起了一个乳名叫"狼"。

1948年3月，洛阳解放了，张太义第一个报名参加工作。他积极参与村里的支前工作，向后方（今新安县北冶镇）送夏季公粮。当时，郑州、开封都没有解放。

后来，他被分配到洛阳县第三区（今洛阳市孟津区平乐镇）秋屯工作队，工作内容仍然是到各村催收秋季公粮。随后又到孟津县宋庄乡和洛阳县第七区（今宜阳县丰李镇）工作，他负责催收的小米、土布、布鞋等完成得很好，有力地支援了前线。完成任务后，由于表现出色，张太义被安排到洛阳市行政干部学校学习。学习结束后，他就在本地搞农运，开展剿匪反霸工作。

1949年，张太义正式成为洛阳市公安局东关派出所的一名户籍警察。

真正成为一名党和国家的工作人员,每月伙食费按规定配给,吃的是小米饭和玉米面馒头,也有白面或玉米面花卷,每月8角钱的中州币(当时只在中原流通的货币)零用钱,半斤烟叶,一双布鞋,这个待遇在当时已算是很好的了。他非常激动,把烟叶送回家给堂哥,把钱给了堂嫂和大姐张秀亭,鞋子留下自己穿。

根据当年洛阳市公安局的部署,要对每家每户登记户口,对居民出生、死亡、迁出、迁入、暂住等进行全面申报登记。同年6月,实行户口分段管理,张太义被分配到东关下园东西中南街(今旭升村)。他每天身穿灰色平布警服出入在街段,逐户核对、登记,晚上住在所里。他工作认真负责,遇到婚丧嫁娶或生小孩的,他都主动到家里帮忙,得到了群众的好评。

1949年9月,他加入了中国新民主主义青年团,年底被评为洛阳市公安局三等功臣。1950年9月,他光荣加入中国共产党,年底又被评为模范工作者,并出席市、区公安系统劳模会和市政府首届劳模大会。1951年,他被提升为派出所公安员(干部)。

1953年,国家进入大规模经济建设时期。1953年2月,一拖筹备处成立后,洛阳市接到河南省公安厅指示,081工程的保卫工作由洛阳公安系统承担。于是,省公安厅下令,孟津县公安局局长张治平、洛阳市公安局秘书股股长张太义和陕州闵乡县公安局预审股股长杨风清三人,即刻到081筹备处报到。就这样,张太义作为一名洛阳本土的公安干部进入了一拖筹备处。

1953年11月20日,张太义到筹备处报到,到1982年12月调任洛阳中级人民法院院长,在近30年的时间里,他都在为一拖工作。1954年,同样在洛阳市公安局南关派出所的户籍民警丁淑琴(张太义的妻子)也奉命调入一拖,负责全厂的户籍工作。她后来担任基建处等分厂的党委副书记,直至退休。因此,一拖就是张太义夫妇奉献青春的地方。他们见证和经历了一拖从无到有、从弱到强的过程,张太义也完成了从农民、公安战士到厂领导的转变。除了大量刑事侦缉工作,他还参与和指挥了生产拖拉机与销售拖拉机的工作。在他23岁到52岁的生命旅途里,他的家也安在了一拖,四个孩子都生长在一拖,他生命中最重要的时光是和中国伟大的农业机械事业一起度过的。

1953年11月20日到一拖筹备处报到后,他经历了三个阶段:第一阶段,选厂址,主要是取样本,包括地质资料、水文资料;第二阶段,对选拔出国去苏联哈尔科夫拖拉机厂实习人员进行政治审查并上报一机部汽车工业管理局;第三阶段,办理刑事案件。

张太义到筹备组不久,就接到了接待和保护来一拖考察的中央首长(李富春)的任务,同行的还有苏联的土木专家。当时的洛阳老城那一片区域,从东关到西关,从西关到北关,既没有柏油路也没有自来水、电灯、电话,更没有带抽水的卫生间。张太义他们一连几天都在想办法,最后找到街上的白铁匠,让他手工敲制成一个大点儿的白铁桶,然后把铁桶挂在墙上,里面装上温水,再装个水龙头,就这样代替了自来水,专家们可以洗脸、刷牙、洗头。他们还连夜给苏联专家住的房间打地平、铺上砖,就这样接待了从北京来的领导和苏联专家。

一拖在筹建中,急需选调一批车间主任、技师以上的技术管理人员赴苏联学习,按当时的政策,派出国的人员必须经过严格的政治审查,为此厂里专门成立了出国审查科,张太义也被安排在该科做此项工作。由于当时的时代背景和政治形势,国家对出国人员有很高的要求。出国人员的首要条件是政治可靠,可靠的依据是家庭出身和个人历史要清白、社会关系要干净。除了家庭出身,还要查三代,就是本人直系亲属三代人都要干干净净，另外还有其他用人部门审查技术条件。

一拖的大部分人员来自全国各地，东北、东南沿海等工业较发达地区的人员较多，由于地域、生活条件不同，许多人的家庭以及本人社会关系都很复杂，要筛选出一个出国人员，需要做大量的工作，到很多地方取证。张太义到厂前，没有离开过洛阳，没有坐过火车，但为了审核赴苏人员的资料，他和科里的同志跑遍了全国各地。1954年8月，他第一次出差去北京，也是第一次坐火车，他的心情非常激动和自豪。下火车后，他看见什么都觉得新鲜，当天就在北海公园拍了一张纪念照。

那时候出差很苦，由于工资收入低，张太义每月只有40元，他和妻子合起来也才70多元，到上海后，他每天只敢吃一碗阳春面。如果到农村就只能骑单车，张太义大部分时间都是步行。但他没有任何怨言，只想着把任务完成好。1954年到1955年，他北到内蒙古、黑龙江，南到广州，东到上海、南京，西到甘肃、陕西，几乎一年都在外面，在广州就过了两个元旦和一个国庆。

1954年10月2日，张太义的爱人丁淑琴提前分娩了他们的第一个孩子，因为先前已经决定国庆节放假后到上海出差，最后，他还是决定继续出差，妻子和孩子只好请姐姐来帮忙照顾。这一趟出差一个多月，张太义一下火车，还没到家就得知由于孩子生病，爱人和孩子仍然住在医院，从病友到医生都知道孩子的爸爸因公出差，由于还没有给孩子起名，所以孩子住院的病床床头挂的牌子上写的名字是"张小孩儿"，张小孩儿成了洛专医院的名人。姐姐告诉他："孩子生病时，你不在家，淑芹抱着孩子哭。"听到这里，这个刚强的男子流下了眼泪。

为了提高职工的技能，厂里要求全体干部补习文化课。由于以前家里穷，张太义和爱人的文化程度都比较低，地方各级党委机关选调来的干部大部分文化层次也比较低,为此一拖教育处办了各种层次的文化补习班。张太义报了高中班,妻子报了初中班。

妻子怀着第二个孩子,快生了还在班里学习。那天正上课,她感觉不对劲,赶紧回家打算准备好东西再上医院,可已经来不及了,只好让家里人请医生到家里来接生。产后休息56天就要上班,妻子边上班边带孩子,还坚持学习,后来终于拿到了初中文化课结业证书。张太义经常出差,不能按时上课,虽然主观上很努力,但缺课太多,所以学习效果不理想,但他不甘落后,只要有时间就抱着书学习。

1958年,张太义被任命为一拖保卫处第二科(刑事侦查科)科长。在侦查破案的过程中,他靠胆识和智慧侦破了一个又一个大案要案。当时行政案件多数是盗窃,1958年至1960年,生活困难,吃、穿、用都很紧张,所以偷钱、粮票、饭票的案件特别多。盗窃者常趁职工上班后到宿舍撬门别锁,有的在澡堂更衣室盗窃手表等贵重物品,也有的在工厂生产现场盗窃便于携带且容易销售的精密零件。他和科里的同志们始终保持警惕,哪里有案件就出现在哪里。

1959年到1960年,一拖9号男职工宿舍一连被撬了10多个门,一时闹得人心惶惶。那时,宿舍里也没有柜子,工人们都是把钱、粮票等重要的东西放在枕头下或者包袱里。盗窃者一旦进入,工人们的钱物基本上就会被洗劫一空。

张太义他们日夜蹲守,终于在一天夜里11点左右,当场抓获一名又准备下手的盗窃者,原来这是市里一个挂着号的惯犯。大家把他扣在旁边的自行车上,又去执行任务了。然而,那盗窃者又跑了。张太义非常懊恼,夜里12点,他告诉了处长李柏廷(省公安厅二处原处长),李处长望着他们说:"别生气,我们可以再把他抓回来。"张太义他们第二天向全市发通告。不久，在一次王城公园放露天电影的现场，该嫌犯被市公安局一位同志发现，又一次被抓到了。

后来，他们又接到报案，厂东楼会计室被盗，张太义与负责技术工作的黄子亮立即赶到现场。他们发现被撬开的暗锁锁眼儿内留了一小段扁铁。调查中，他们得知，楼下办公室有人听到，后半夜楼上有脚步声，脚步很重，他们初步判定是内部人作案，怀疑是苏某。他们在家访中也了解到苏某后半夜才回家。与此同时，张太义看钥匙孔里那段残留的东西，像是做鞋用的钳子把儿。于是，他扮作街坊邻居，到其家里向其岳母借这个工具用，老人说"可以"，但找了半天也没找着。这说明苏某家确有钳子。后来派侦缉人员对他谈话审问，最终苏某承认是他干的，工具在作案中弄断后扔了。

张太义带领保卫人员，日夜保护着一拖职工的财产，一旦发现盗贼就坚决打击，对罪犯起到了震慑作用。从1954年起，张太义连续五年都被评为先进工作者，并出席洛阳市公安系统积极分子表彰大会。后来，随着工厂发展的需要，他又被派往生产和销售第一线。

20世纪70年代末，厂里生产秩序不好，完不成拖拉机生产任务，装配线上有句顺口溜："跟着齐文川，没有星期天。大月三十五（天），小月三十三（天）。"就是说，每个月底都得加班才能勉强完成任务。为了扭转这一局面，厂党委派张太义到最繁忙的七五装配分厂担任党委书记，以求改变这被动的局面。他上任后向总厂保证，两个月后，不再向别的车间借工人，保证每班生产45台，一天生产90台，每月生产2000台。他唯一的要求是，若能完成任务，请总厂为车间包场电影。后来，张太义和钟风志、季伟康、刘尔雄等领导班子成员实现了预定目标，这一战绩保持了近两年时间。总厂也果真为日夜奋战的拖拉机装配线职工放了一场电影。

20世纪80年代，企业正在转型，大拖拉机严重滞销，一拖党委又把张太义安排在销售前沿，让他担任销售处党委书记和处长。又是临危受命，张太义没有怨言，立刻调研拖拉机销售市场，带领一批销售人员，开始去全国各地找路子，跑遍了大江南北。他的汗水没有白流，销售团队在长沙订货会上签订了几亿元的单子。回来不久，他接到了省委组织部和洛阳市政府的调令，让他担任洛阳市中级人民法院院长。

离休后，他经常给孩子们讲法治课。闲暇时，他写回忆录，整理画册。他以70年的党龄，书写了精彩的人生篇章。他的信条就是永远踏踏实实地干，让党和人民放心。

8年前，妻子离他而去。妻子去世前，张太义照顾了她8年。他说一定要领好这四世同堂几十口人的大家庭，以此告慰爱人。坚强乐观的张太义说："国家给我幸福生活，共产党把我培养大，我生在公安局，长在一拖厂，老（退休）在法院。我想对家人和年轻的法官们说，听党话，跟党走，实实在在地干，不忘初心，永远前行。"

一支毛笔书写他和一拖的情缘

一拖最初的创业者中,有不少相继过世了,有一位老人分别为他们写下挽联,这一写就是 25 年。

老人哽咽着说,他和一拖,和那些老领导,早已成了一家人,感情甚至超越了普通亲情,是一拖这个特殊的大熔炉锻炼了他,塑造了他,是一拖改变了他的人生。他和家人,都在一拖获得了幸福。这位老人叫陈松旺。

陈松旺家在临颍县台陈乡(今台陈镇)一个小村庄里,15 岁那年的一天,他无意间听到在大队当村支书的父亲跟爷爷的谈话,知道洛阳第一拖拉机制造厂来县城招工。他听了心里就开始翻腾,一晚上也没睡好觉,第二天一早就偷偷跑到县里,找到一拖招工的地方。工作人员问他多大了,他大声说"18 岁"。招工的人说:"看着不像。"他说:"我生月小,刚过了生日。"看到他说话很有底气,也就让他参加了目测、体检、考试,然后让他回家等通知。他回到家,也没跟爸爸和爷爷说,日子就在等待中一天天过去了。

就在他快要淡忘此事时,有一天父亲急匆匆回家来找他:"这是咋回事?你怎么有拖拉机厂的招工通知书?"他赶紧夺过来看,一看真是自己的名字,这才把他偷偷报名的事说了。可爷爷不舍得这个孙子走,说啥都不让他去。陈松旺心里早有了主意,他知道爷爷最疼爱他,不想让他跑那么远，可他想要出去闯荡。于是，他表面上答应爷爷不去了，实际上暗暗做着出发前的准备，先是偷偷用家里的粮食换了五元钱和一些粮票，又挑选了几件衣裳。到了报到那天早上，他趁家里人都还在熟睡时，便拿了简单的行李悄悄出了家门。

村子还在夜色中，谁家的狗听到了他的脚步声，使劲叫了几声。他孤独地行走着，回头望望越来越远的村子，突然鼻子一酸，眼泪止不住地流了下来。他知道，从此他将远离家乡，不在这里生活和劳动了。他告诫自己，既然下了决心，就不能动摇。他一路狂奔，径直来到招工报到处。那天，报到处一共招了300个青年。经过简短的训话，他们全都坐上了一辆闷罐车，一刻不停地向洛阳方向驶去。

到了一拖筹备处，他们经过短时间培训，被分配到各个车间。他到了有色修铸车间，当了一名造型工。那时还没有单身宿舍，他们全部被安排到一拖招待所，每个房间8个人，全部打地铺。陈松旺从农村来到车间，这个转变是他坚持的结果。

他一到车间就遇到了贵人，这个贵人就是时任有色修铸车间主任的周华嶽。周华嶽看到眼前这个稚气未脱但工作却毫不含糊的"小鬼"，不由得想起自己当年参军的样子，没多久，就调他去车间当通信员。这个车间有2000人，主任看中了他，陈松旺觉得自己真是太幸运了。从那以后，他把自己的铺盖卷儿都搬到了车间办公室，随时听从领导调遣。陈松旺很勤快，眼里也有活儿，啥时叫啥时到。周华嶽忙得没有上下班时间，常常从车间回来，跟他挤在一起凑合着休息一晚，一早起来接着上班。他们一起躺在床上的时候，周华嶽会问问他的工作情况，每次都会叮嘱他，要不断学习，要提高自己的工作能力。

眼前的这个车间主任（当时分厂称车间，因此称"主任"），让他感受到了一个以厂为家、有着超凡的革命干劲、视工作为生命的共产党人的精神。他还知道周主任是个南下的干部，是个资历、级别都很高的干部，可他天天和职工吃一样的大锅饭，一天到晚穿着油腻的工作服，骑着一辆旧自行车，工人干多少活，他也流多少汗。周主任对他就像对自己的孩子一样，殷殷教诲，让他读书写字，教育他节俭。从那时起，他在业余时间开始练书法。当年，厂里的标语、横幅，很多都出自陈松旺之手。每天，他小小的身影在车间里上上下下地跑，不久又被提拔为秘书。

一个虚报了年龄的少年，几年时间已成为车间主任的得力助手。身边的主任就是他的楷模，车间师傅是他的老师，他们用自己的言行影响着他，培养了他，后来陈松旺也成为一名共产党员，也像主任那样践行着入党誓词。

一拖虽不是战场，却有很多来自延安、曾经浴血奋战的战士，他们带着革命的优秀传统来到工厂，他们身上那种红军战士的革命气概成了年轻的一拖的主流。这些优秀的老红军、老八路的精神在这里传播、发扬。调集这么多优秀的人来，是党和国家对一拖的厚爱。这些革命者从战场转移到工厂，给工厂打下了坚实的根基。在一拖，很多像陈松旺这样普普通通的农家孩子，受到熏陶，鼓足了革命干劲，为社会主义建设事业做出了贡献。

转眼间，陈松旺到了结婚的年龄。他找个对象并不难，喜欢他的姑娘不少，可他有自己的想法。他觉得城市的姑娘漂亮、洋气，可是不能吃苦。而他心里早有一个喜欢的，那就是在老家时的一个同班女同学，人漂亮，学习好，性情好，当时在乡下当民办老师。他思来想去，然后写信把自己的想法告诉家里，请家里人去提亲。

不承想，厂里有个喜欢他的姑娘也早打听到他家的地址，后来到他老家偷偷见了他的家人，还说自己是陈松旺的对象。所以，家里看了陈松旺的信后一头雾水。后来问清楚了缘由，陈松旺考虑再三，最后还是婉言谢绝了厂里那个姑娘的好意。而家乡的那个女同学得知情况后，也非常乐意。于是，他俩很快就定亲并结婚了。但没过多久，他就体会到了两地分居的苦涩。孩子、老人都是爱人一人照顾。她要教课，还要处理家务，非常辛苦。他一年只有夏收和秋收的假期，很多忙都帮不上。想到妻子的劳累，他心里很不是滋味。这个做事一向很有个性的年轻人，决定离开一拖，回家乡去帮助妻子。

能进一拖是多难又是多让人羡慕的事，但为了家里，他只能这样做。后来，他闷闷不乐的情绪被周华嶽主任发现了，周主任理解他的难处，帮他分析回家乡的利弊。周主任说："你回去能干什么，种地还是当工人？如果还到工厂，就是偌大的县城也找不出一个像样的工厂来，而且孩子们的上学、教育，哪有洛阳好啊，把她们都迁到洛阳吧。"

陈松旺听了觉得是这个理，可她们的户口、工作、上学甚至住房，该怎么办？周主任说："车到山前必有路，困难是可以慢慢克服的。没房可以租房，你爱人没工作，可以做个小生意。"人生虽然很长，可关键的只有几步，有时一步错就会步步错。好在陈松旺在这个人生的岔口，听了老领导的话，把妻子和孩子都接到了洛阳。

几十年过去了，陈松旺一家在洛阳生活得很好，孩子们从一拖职工学校毕业后，有的考上技校，有的进了厂，他的妻子由于指标有限，进学校当老师有困难，先是在厂区扫地，后来也干脆改行进了铸铁分厂。

1973年，陈松旺离开他跟随了10多年的老领导，调入总厂知青办工作，老主任也升任总厂厂长。陈松旺一刻也不敢松懈，他说，我不能给老主任丢脸。三年管理知青的工作结束后，他又被调到了东方实业有限公司劳动服务公司公安科当科长。就在这一年，他立了一等功。

1985年5月8日下午，在原来的5号澡堂外边，一个男青年挥舞着一把一尺多长的杀猪刀，追逐一个女青年。原来，两个人处对象，男的因干了违法的事被判刑后保外就医，这个女青年要和他分手。他哪里肯，一定要报复这个女青年。他说："你要与我分手，我先把你杀了，谁也别想好过。"女青年被吓得一路疯跑，一下冲进了女澡堂。可男的急红了眼，说话间也要冲进去。人们都被吓得惊恐乱跑，发出了"有人要杀人了"的尖叫声。

这个拿刀的青年是李某，赤着脚，穿着大裤头，从8号街坊一路追到5号街坊，人们被吓得乱成一团。当时，陈松旺的办公室就在5号街坊第二招待所里。听到嘈杂声，他立刻跑了出来，眼前的景象让他一惊。他想都没想就冲上去，冷不丁地把李某的刀打掉了，然后又猛地一推，把李某按倒在地，李某死命地反抗，并叫喊着："老子跟你决一死战，有你没我。"

陈松旺也拼尽力气，死死按住李某，并希望有人来帮忙，可两边的人看着李某凶狠的样子，没有一个人敢上前。就在这时，公安处欧处长闻讯赶来，赶紧通知公安处队员前来支援。李某被带走了，陈松旺也累得瘫软在地上。这时，人们围拢过来，有人说："你胆真大啊！你没看见那明晃晃的刀啊？"他笑笑，什么话也没说，周围群众都对他伸出了大拇指。公安处领导对他的行为给予充分肯定和表彰，给他记一等功，还将他树立为见义勇为的典范。

他在公安战线上做的还不止这一件事。

为了制止厂里物资被盗，他曾多次在夜深人静的时候去抓盗窃分子。有天半夜，他骑着自行车到编组站找个隐蔽的地儿蹲着，突然见有人过来了，而且看样子盗窃已得逞，那人背着鼓鼓囊囊的编织袋，快到他跟前时，他大喊一声："站住，不许动！"那个小偷被吓得半死，扔下编织袋拔腿就跑。他在后面紧追不舍，那小偷见甩不掉，竟不顾后果扑通跳到河里。他啥也不顾，也跟着跳下去。黑咕隆咚的夜，等他看到小偷时，小偷早已逃到了对岸。他打开编织袋，发现里面什么都有，钢筋、铁锭、铜块，全是工厂的财产。

家里人担心他，他却说："我的职责就是这，我要是怕了，还咋工作？"因此，他多次立功并受到表彰。

回想起这些，他的心里很平静，他之所以能这样做，都是因为老领导们的教诲和他们作为榜样传递的力量。他不能给老领导丢脸，一定要做出点儿成绩来。

陈松旺不能忘记，他十几岁来到办公室当通信员时，车间主任周华嶽就跟他说："没事了好好练练字，将来对工作都有用。"没想到老领导的这句话成为他一生的动力，他坚持不懈练习写毛笔字，几十年过去了，他越写越好。因此，他2000年一退休，就被社保中心返聘，一是担任龙鳞路社区2000多名退休职工管理站站长和党组书记；二是负责为去世的工人写挽联，以表哀思。这是一项特殊的任务，很多人可能不理解，可他一写就是20多年，服务了1万多逝者。人们都说，他做了件积功德的事。其实每一副挽联，都代表着工厂对逝者的关怀和纪念。对于写挽联，社保中心什么时候叫，他就什么时候到。此外，他还创作了百米书法长卷《七律·长征》。

他还是个热心人，平日里街坊四邻只要有事找他，他都有求必应。工作时，他多次立过功；退休后，他仍然年年是先进，各种荣誉证书一大堆。现在，他还会抽时间去看望曾经的老领导，陪健在的领导说说话。如果有一段时间不见了，一些老领导还打电话叫他去家里坐坐。

有着62年工龄的他，从1958年进厂，为一拖奉献了自己的青春，退休后又在一拖社保中心服务了 25 年。他的这些平凡而令人感动的故事，是一拖无数平凡人中的一个代表，是红色故事里平凡人的闪光点。他秉承了老一辈为工厂无私奉献的好传统。一拖的光荣历史，又影响了一代又一代人。

要一拖不要遗产

"母亲病危,速来港。""母亲靠输液维持生命,盼速回港。"……1983年2月,邮递员将一封封来自香港的加急电报,送到拖拉机汽车研究所工程师徐熙的手中,可当徐熙赶到母亲身边时,她已在一天前与世长辞了。母亲给徐熙弟兄们留下了一大笔遗产,香港的亲戚朋友都挽留徐熙,要是留在香港继承母亲这笔遗产,一辈子也用不完。但徐熙没有一点留下的意思,他说:"我这个人不会做生意,也不想做生意,我的事业在工厂。"他不惜得罪香港的亲戚朋友,谢绝家人的一再挽留,很快处理完母亲的后事,提前踏上了回一拖的路程。

工程师徐熙在遗产和金钱面前不动心,绝非偶然。1957年,徐熙从吉林工业大学毕业后来到一拖,一干就是几十年。他致力于拖拉机的研制工作,从拖拉机单一产品到多种产品,无不浸透了他的心血。在"东方红"40型拖拉机进行试验时,他在市郊蹲点4个月,很少回家。他随拖拉机回厂,曾3次从家门口路过,都没顾上进家门。他和爱人都是吉林工业大学的毕业生,又同在拖拉机汽车研究所工作,为了腾出更多时间干工作,他们的两个孩子都是在出生两个月后就被送回了老家。

徐熙患有腰椎骨质增生病,时好时坏。在设计大马力拖拉机时,他的腰病又犯了,加上坐骨神经痛,每走一步都痛得钻心,但设计正临紧要关头,怎么能躺下呢?他每天仍坚持到厂里,带着病痛一心扑在工作上。

为了实现农业机械化,徐熙用自己的汗水和智慧浇灌了中国第一拖拉机制造厂,让"东方红"拖拉机奔驰于祖国大地,他觉得这就是最宝贵的遗产。

"东方红"之恋

不知从什么时候起,他爱上了"东方红"这三个字,爱上了一切和"东方红"有关的书、画等物品。一个个因此而产生的故事,在他生命的历程里留下一个个印记。他总是和历史赛跑,珍藏下许多即将消逝的东西。

还是毛头小伙的他,看到一拖生产的"东方"牌自行车,有一个"东方红"标牌,上面遒劲豪放的毛笔字让他心动了。于是,他守着这辆车,一直等到车子的主人来了,才红着脸说出想要收藏这个标牌的想法。主人看看车子,看看他,很是不理解,但看他很认真,就动身取了下来给他。他在高兴和满足之余,把口袋里仅有的几元钱给了人家。

类似这样的事情太多了,他的每一次收获,只是出于喜欢,其他都不重要。对于钱,别人用来享受生活,而他更多的是用来享受收藏之乐。他成了旧书摊和旧货市场的常客,那些摊主都知道他的情结,知道他的脾性,在同等价位的情况下,凡是和一拖有关、和"东方红"有关的东西,都先给他留着。就这样,他的爱好成就了他多彩的生活。

他不仅成了一个痴迷"东方红"的红色收藏达人,还在收藏之路上为"东方红"拖拉机和《东方红》民歌的故乡架起了时代的桥梁。

他叫麻志强,祖籍河南孟县,父母因生活所迫逃荒到了洛阳。1949年,麻志强出生在洛阳东关大石桥南街的一个回民家庭里。在那里,他上小学、中学，后来考入技校，毕业后被分配到洛阳纱厂工作，再后来调入一拖，他的妻子也在一拖工作。其间，他们饱受了不分配住房之苦，但这依然没有阻挡他的爱好。除了收藏，麻志强还喜欢书法，尤其喜欢康（康有为）体，久而久之，自成风格，获奖无数。由他书写的两块标语，现在还镶嵌在一拖大门口两边的墙上。

20世纪90年代初，麻志强看到《工人日报》的《政工新视野》专栏在征集刊头题字，当时有很多知名书法家参与投稿，如李铎、韩绍玉、凌士欣、苏士澍等书法大家都题写了刊头。他用汉简书体题写了刊头，没有想到，竟被选上了，还在报刊上用了两期，得了稿费40元。

一拖是洛阳工业中的"老大哥"，与它有关的故事太多了。围绕它的建设和生产，全厂干部职工奋力拼搏，短短几年就制造出了第一台"东方红"拖拉机，那种巨大的鼓舞，随着时光流逝都渐渐远去了，而他的收藏却留住了辉煌的历史。

麻志强收藏了一张珍贵的入场券，那是一拖在1959年11月1日举办交工验收重大庆典时，国务院副总理谭震林、河南省省长吴芝圃来主持剪彩的头天晚上，在工人俱乐部举行庆祝晚会的入场券。小小的入场券预示了那个划时代的农业机械化的到来，见证了那个热情沸腾的夜晚。

他还收藏了1960年以一拖"东方红"拖拉机诞生为内容的挂历。这是一本珍贵的挂历，距今已有60多年了。1959年11月1日，在厂大门口召开一拖开工典礼，从中央到地方许多领导人都出席了这次典礼。其规模之大，规格之高，前所未有。新华社以《中国5亿农民的大喜事》为标题发表了社论。谭震林副总理在典礼大会上向全国人民宣告中国迎来了"点灯不用油，耕地不用牛"的新时代。这本挂历就是那段历史的见证，意义非凡，且发行量有限，保存至今实在不易。

麻志强还收藏了一拖美工岳西岩创作的《大干快上支援农业》的宣传画，以及一拖庆祝河南省第六届运动会的彩色海报。

在旧书摊上看到《我们沸腾的工厂》诗集时，他爱不释手；还有中国少年儿童出版社专门为一拖出版的一本专辑，诗歌全部由一拖职工创作，非常有时代意义；《建国三十周年河南诗歌选》里面有一拖工人诗人李清联的作品，还有评论家对李清联诗歌的评论，他都一一买下了。很珍贵的是，有几本上面还有李清联的赠书亲笔签名，时间都在1959年。

他崇拜李清联，喜欢他朴实而又精美的诗句。后来，麻志强几经打听，辗转找到李清联，当面表达了对他的敬意。李清联当时在病榻上，身体很虚弱。回来的路上，麻志强产生了一个念头，去厂电视台提个建议，给李清联老师拍个录像。电视台接受了麻志强的建议，去李清联家里进行了采访和录像。这成为李清联老师与一拖的最后一次告别，他非常感动和高兴。李清联在弥留之际，又见到了亲切的一拖人，这在精神上给了他莫大的慰藉。

有一次，麻志强在旧货摊上看到一本河北人民出版社出版的刊物《蜜蜂》。翻阅时，他突然看到给"东方红"拖拉机起名的故事。文章说，厂里给拖拉机起名为"东方红"后，杨立功厂长抑制不住兴奋，立刻打电话告诉已回国的苏联总专家列布可夫。电话里，杨厂长说："我们的拖拉机名字起好了，你知道叫什么名字吗？叫'东方红'！"列布可夫专家听了立刻回答说："'东方红'这个名字太漂亮了！每天清晨，我们的农民开着拖拉机迎着朝阳，这是多么令人高兴的事啊！"这段鲜为人知的故事，出自《河南日报》驻厂记者之手。这本杂志至今仍被麻志强珍藏着。

他还收藏了洛阳《牡丹》杂志在1957年的创刊号，及1958、1959、1960这几年的杂志，因为上面都有一拖工人创作的诗歌。创刊号上的《妈妈叫我开拖拉机》的诗歌，让他非常感动。在《牡丹》杂志庆祝办刊60年庆典时，很多期刊连杂志社都没有留存，但他都有。因此，他被《牡丹》杂志评为优秀读者。

20世纪50年代，一拖在全国有极大的影响力，写一拖的文学作品经常在《奔流》《人民文学》《诗刊》上发表。1959年，《奔流》杂志上刊登了一拖宣传部写的《大战二十天生产出第一台"东方红"拖拉机》的文章，反映了那个年代一拖工人的革命干劲。收藏的这些文章和故事都强烈地震撼着麻志强，他从中获得了力量，对自己的人生有了目标，传承正能量和对一拖深深的热爱也扎根在他的心里。

1988年有一段时间，分厂的澡堂和车间的更衣室经常出现被盗的情况。盗窃者伺机撬门别锁，给职工们造成了很大的恐慌。当时，麻志强就在保卫科做值班保卫工作，这让他很不安心，决心一定把这个贼抓到，还工厂安宁。

那天下午，白班的工人刚走，夜班的工人已经在紧张工作。他还没走到车间班组的更衣室，就看到有个人正在撬锁。他大喝一声，一个箭步冲上去，这个小偷被吓了一跳，转身想跑，可麻志强上去拽住了他，欲送保卫科，这贼拼命挣扎，麻志强就是不松手。这贼个子大，又身强力壮，抡起拳头朝麻志强乱打。可麻志强不松手，两个人扭打成一团，最后两人滚到了楼梯口从二楼滚了下去。这时，恰好被另一个巡逻的值班人员发现，才抓住了这个小偷。而麻志强摔得不轻，半天没爬起来。麻志强的事迹受到了全厂职工的称赞。此后一段时间，被盗的事情再也没发生过。厂长在大会上奖励了他30元，差不多相当于他一个月的工资。事后有人说，你胆子可真大，如果小偷带有凶器，给你一刀就完了。他说，那个时候，只想着把小偷抓住，其他的都没顾上想，不能看着大家的财产受损失，要对得起工厂给的这份工资。

这以后，他被调到宣传科做政工工作。每天下班后，他都要到车间里看看。这段时间，车间时常发生生铁块被盗的事。这些生铁块都是熔炼好的，是生产拖拉机的上等元宝铁，这些铁块被送入冲天炉熔化后就能浇注成拖拉机需要的部件。他心里在想着这个事，忽然发现路上有一个堆得很高的垃圾堆，他感觉很奇怪，而一旁装垃圾的人神态也不正常。麻志强问："怎么这么大的垃圾堆？"他上前用脚踢踢，原来里面藏了不少生铁块。麻志强怒喝一声："谁藏的铁块？"那个人想溜，麻志强上去抓住了他带到保卫科。经审问，终于搞清楚，有个别职工和外面拉垃圾的内外勾结，盗卖生铁块。厂领导召开大会，称赞麻志强是工厂的守护神。做这些事情，他感到非常自豪，他觉得自己尽到了作为工厂主人翁的责任。

麻志强来到一拖后，干过车工、钳工，因为写得一手漂亮的字，总是被抽调去参加各种活动。1997年，他担任第二铸铁厂宣传科副科长。一天，他在《新闻三昧》杂志上看到一则报道，说陕北《东方红》（原名为《移民歌》）歌曲的作者李有源的后代因贫困上不起学，他看后久久不能平静，心里很不是滋味。

《东方红》这首歌，麻志强在上小学时就会唱。老师曾告诉他，《东方红》这首歌是陕北的一个农民创作的，表达了对伟大领袖毛主席的热爱。这首歌受到了全国人民的喜爱。厂里生产的"东方红"拖拉机，不知带富了多少农民兄弟，可李有源的后代还上不起学。麻志强想："我们有责任帮助他。"

回到家里，他和妻子说起这件事："我想给他们家寄点钱，能帮多少是多少，让孩子们先上学再说。"妻子丁巧云很支持他。第二天，他就给报道里的李有源家——地址在陕北佳县张家庄寄了200元。很快，李有源的儿子给麻志强回信说，已经和学校联系了，孩子很快就上学了。这个孩子叫李伟，是李有源的重孙。

李有源的后代在表示感谢的同时也告诉麻志强，先前他们不知道，原来"东方红"拖拉机是洛阳生产的。麻志强收到李有源儿子的回信后，又到邮局寄了100元。其实，他和妻子的工资并不高，妻子身体不好，常生病住院，且儿子还在上大学，但他觉得陕北这个孩子上学更重要。

麻志强寄钱帮助《东方红》创作者后代上学的事，很快被分厂和总厂知道了。时任宣传部副部长的田鹏，感到这是一件非常有意义的事。因为一拖正在搞"唱响东方红的故事"，他立即上报给了党委书记刘炳昭。

于是，这件事在一拖引起了极大反响，厂党委开展了全厂上下为《东方红》家乡人募捐的活动，从少先队员到五七工厂的残疾人员，从总厂领导到生产工人，在短短的时间里，募捐到了138600元。在这次活动中，麻志强又捐款50元。一拖将这笔款项命名为"中国一拖东方红奖学基金"，并通过麻志强和李有源的后代，与当地的"东方红"小学建立了联系。

1998年5月1日，总厂党委书记刘炳昭亲自带队前往《东方红》的家乡，麻志强、丁巧云夫妇也受邀前去。厂里拿出几千元"东方红"奖学金，来奖励"东方红"小学的优秀教师和学生。一拖第二装配分厂、东方实业公司分别向李有源的后代赠送了"东方红"170拖拉机、"东方红"农用运输车各一台。一拖的中小学生和二铁分厂等职工共同捐书13000余册，为"东方红"小学建起"中国一拖东方红图书室"。

从此，《东方红》歌曲的家乡和洛阳的一拖之间，架起了一道红色帮扶桥梁，一拖开始持续资助李有源的后代上学和佳县张家庄"东方红"小学的优秀学生，为老区人民培养人才。

1998年8月21日一大早，张家庄的村民们穿着节日的盛装，唱着《东方红》，扭着秧歌，到佳县县城迎接一拖人的到来。麻志强因工作忙，没有前去，但写给李有源家人的信和资助李有源后代上学的事，让李家人都非常感激。学校领导还在欢迎大会上念了他的信。1999年国庆节，厂里前去送"唱响东方红的故事"的奖励基金，麻志强夫妇也一同前往，他受到了李有源家人和张家庄小学师生们的热烈欢迎，还上台讲了话。

李有源已于1956年去世。麻志强见到了李有源的小儿子李增堂，他坐着轮椅，不能行走，麻志强捐献的钱，就是给了李增堂的孙子李伟。那天，他们见了面，双方心情都很激动。从此以后，他和李有源的后代建立了更加亲密的联系。

这件事成为一段佳话，被广泛传播，《工人日报》、《中国机电报》、央视频道以及河南电视台《感动中原》栏目和教育频道都进行了报道。《洛阳晚报》头版刊登了文章《"东方红"架起爱心桥》，《新闻三昧》也编发长篇通讯报道了这个故事。

一拖对"东方红"小学及李有源后代的爱心捐助年年不断。10年后，麻志强和他的妻子再次来到这里。这次，夫妇俩给李有源的两个儿子带了两桶油、两袋大米，还带来一幅"新的生活从东方红开始"的四尺整张的书法作品。看到李有源当年上不起学的重孙已经上大学了，李有源两个儿子的家里也都发生了很大变化，麻志强十分欣慰。

这一次，他还见到了李有源的另一个孙子李锦鹏。李锦鹏正在办家庭式的"东方红"纪念园，为了永远唱响《东方红》这首歌，纪念园里有爷爷李有源的故事，还有一拖赠送给他们的"东方红"拖拉机。

后来，麻志强收到了李锦鹏的一封信：听说一拖还生产过"东方"牌自行车，李锦鹏想请麻志强找一辆来放到纪念园里展览。麻志强一听，是好事，就去收旧物处打听。没多久，好消息传来，有一辆加重"东方"牌自行车，车上还有"东方"二字的牌子。麻志强当即说好了价格，对方了解他的用途后，仅收了50元。当时，车子在洛阳涧西的王府庄，他又花钱请人送到家里。接下来，经过商量，麻志强将自行车托运到佳县，然后再让他们用车拉回去。麻志强为支持"东方红"纪念园，号召他所在的一拖老年书法协会，在建党百年纪念日前夕，为纪念园捐赠116幅书法作品。

李有源的家乡在黄河边，不远处有个白云山，毛主席曾去过那里。当麻志强夫妇来到《东方红》歌曲的家乡时，心情格外激动，仿佛又听见了那歌声。他在毛主席曾居住过的枣园窑洞前，在"东方红"小学校门前，在白云山下，都拍照留念。

麻志强退休后，不忘初心，痴情不改。在迎接中国共产党百年华诞前夕，《共产党宣言》成为他红色收藏的又一个高峰。从收藏第一本起到第100本，他又完成了一件大事。

这100本《共产党宣言》中，有袖珍版的，也有绝版的，他先后用了21年时间，一共收集了17个版本共100本《共产党宣言》。这些《共产党宣言》，在他心里播下了红色的火种，鼓舞着他践行心中的梦想。1948年出版的《共产党宣言》正好也是其100周年纪念版（《共产党宣言》诞生于1848年），内容还有中俄文对照。

麻志强说，他第一次知道《共产党宣言》是在20世纪60年代，正上初中的他，从政治课本里学到，在1848年2月，马克思和恩格斯创作了改变人类历史格局的《共产党宣言》。1920年，陈望道先生以神圣的使命感，第一个将《共产党宣言》翻译成中文，马克思主义的光辉思想从此在中国传播开来。麻志强对陈望道先生心生崇敬，他听说，在1920年春，陈望道先生全神贯注翻译《共产党宣言》时，误把墨汁当红糖蘸粽子吃，并对母亲说"够甜，够甜"，留下了"真理味道有点甜"的故事。1993年，麻志强光荣地加入中国共产党。

麻志强收藏第一本《共产党宣言》,是在2000年的冬天。他在旧书摊上发现一本1949年6月出版的精装版《共产党宣言》,咖啡色硬皮封面上有"干部必读"4个醒目的繁体大字,该书装帧精美,排版考究。"这么好的书被摆在地上,风刮来刮去,怪心疼的。"麻志强想收藏,可他一问价钱,吓了一跳。他当时的工资只有2000元,而这本书要价1000元,经过讨价还价,人家也要800元。犹豫了几分钟,麻志强还是将它买了下来。他分两个月付清了书款,第一个月付500元,第二个月付300元。

偶然,他看到《洛阳日报》整版刊登了关于《共产党宣言》中文首译本出版100周年的报道,还看到了上海市博物馆以海内外出版过的各种版本的《共产党宣言》搞了一面宣言墙,很受触动。他想到,如果能集齐100本,也搞个"双百双贺",那该多有意义啊!

有了这个想法后,麻志强差不多每个星期都会去书店、旧书摊或古玩市场转一转,还托亲戚朋友帮忙找寻。身边的人都知道麻志强在收集《共产党宣言》,也都热情地帮助他,给他提供信息,给他鼓劲,让他坚持收集下去。

功夫不负有心人,在建党百年的"七一"前夕,他终于实现了"双百双贺"的愿望。麻志强应邀到洛龙区为党员们和洛阳理工学院的学生分享了自己收集100本《共产党宣言》背后的故事。他也因此成为洛阳收藏《共产党宣言》第一人,在洛阳引起轰动。《牡丹》杂志及《洛阳日报》都做了采访和报道。

他还收藏了100个方墨盒,从20世纪20年代齐白石等书画名人的墨盒,到抗日战争、抗美援朝、50年代社会主义建设时期、60年代学雷锋的墨盒等。墨盒上面有各个时期的图案,都非常精美。

他的收藏故事里,有着令常人不解的付出。他和妻子都是工薪阶层,妻子由于患病，落下脑血栓后遗症，住院、吃药，是不小的花费，但他除了保证妻子的需求，遇到心爱之物，哪怕省吃俭用，也要收藏。有一次，他看到一本详细记录洛阳解放过程的册子，它是由当时解放洛阳的陈赓部队的政治部编写的，1948年印刷。他爱不释手，可人家张口要6000元，真是要价太狠，可他一心想收藏。没想到儿子知道爸爸的心事后，很理解和支持他，把自己不多的积蓄8000元给他，帮他实现了愿望。

因老伴得了脑血栓后遗症，不能引起她情绪波动，他有时不得不瞒着妻子搞收藏。麻志强的书法作品和文章多次在《中国书画报》《工人日报》等报刊上发表，还曾在全国首届回族书画大赛中获得优秀奖，并入选大赛作品集。

他创作的一副"家住九都铜驼巷，心连一拖东方红"的对联书法，刊登在《工人日报》的副刊《新闻三昧》上。

在书法创作的道路上，他取得了不平凡的成绩。至今，一拖的大门口还挂着他书写的"加强企业管理，建设两个文明"的大幅标语。麻志强现在是中国楹联协会会员、楹联书法委员会委员、河南省书法协会会员、洛阳市涧西区书法协会副主席、一拖书法协会主席。

如今，他说他最重要的事就是照顾好老伴。她一日三餐离不开他，他要为她穿衣、做饭、洗漱。他的爱好也离不开妻子的支持，每当他拿出一件藏品，妻子都会和他一起回忆。妻子虽身体有病，可记忆力很好，会纠正和提醒他相关的时间、人物和内容等。两人争论着，乐此不疲。

麻志强是个细致入微、善良体贴的人，更是有执着追求和坚定信念的人，他多次被评为优秀共产党员，他们家多次被评为洛龙区文明家庭。几十年的人生之路，他痴心不改，无论对社会还是对家人，他都做得很好，因为"东方红"给了他爱和温暖，他一定要把这些爱和温暖传递下去。

飞上千米高空，拍摄一拖东方红

贾克智是中国一拖退休职工，1960年参加工作，曾先后在一拖公安处和销售处广告科工作，自1964年开始摄影创作以来，他创作摄影作品3万余幅，形成了自己独特的艺术风格。贾克智以一拖为背景，拍摄了许多珍贵的照片资料，用镜头记录下了一拖在改革和发展过程中许多珍贵的瞬间。其中"东方红"系列摄影作品获得河南省第八届摄影展一等奖。他曾获河南省摄影家协会30年摄影贡献奖。

几十年来，贾克智为一拖和涧西的工业园区拍摄了2万多张照片，也留下了许许多多鲜为人知的摄影故事，永久收藏于洛阳市档案馆。

照片具有永恒的力量。贾老师的一组组纪实性照片，记录着一拖发展的点滴和一拖人的故事。这些源于工厂和工厂主人翁的照片，真实而动人。在拍摄"东方红"系列摄影作品的过程中，当时厂里面没有彩色设备，只能靠摄影师的技术和经验来弥补设备的不足。他自己配药水，在暗房中一次次试验……在今天看来像是很简单的一张彩照，当年他和同事们却要花费很长时间，在那么艰苦的条件下，没有一种深爱企业的感情，是坚持不下来的。在一拖建厂30、35周年的重大纪念活动中，他拍下了珍贵的一拖第一代领导人"全家福"。贾克智说：在一拖工作近60年，能为一拖"东方红"铁牛的发展记下点点滴滴很高兴、很自豪。

20世纪80年代后期，对产品的推广成为一拖重要的任务。贾克智到了广告科后，才发现很多装备都没有，尤其是在当时，彩色照片只有南方深圳等大城市能洗，洗一张一尺大的就要800多元。在这种情况下，贾克智决定自己来洗，但没有设备，不会技术，全然不知怎么操作。在他苦思冥想时，意外在一本摄影杂志上看到了对制作彩色照片的介绍。他赶紧一字一句抄了下来，然后开始制作。

为了药水的采购、配制，他跑遍了医药公司。然后制作恒温箱，其他设备也一点点给凑齐了，终于可以洗彩照了。但没有想到的是药水毒性很大，整天在彩色药水里浸泡的手，受不了了。手被腐蚀，脱皮、糜烂，到后来指甲脱落、指头变形，再也不能恢复。

就是这样，他留下了一张张精美的照片。其中几张照片上是红太阳普照"东方红"拖拉机停放场和"东方红"拖拉机的发运情景，铁牛熠熠生辉，无不体现着伟大的东方红精神，令人振奋。

为了拍摄一拖和一拖所在的涧西红色工业园区的风貌，贾克智登过洛阳热电厂210米高的烟囱。那是1983年，他和另一位摄影师王铭一起登上烟囱。他是从烟囱里面一步一步上去的。烟囱的底部有30米的直径，越往上直径越小，最上面的直径只有3米。他一口气爬上后，站上去觉得整个人和烟囱在一起摇晃。可他顾不上多想，赶紧拿出家什拍照。俯瞰一拖的厂房和生活区，真是壮观无比，灯光球场、大明渠、俱乐部一一呈现在他的视野里。

登高拍照是他一次难忘的经历，后来，他有了乘小型飞机在空中拍摄的经历。他从同行那里得知，洛阳玻璃厂的一个退休工人用3万元买了一个蜜蜂3号小飞机，在邙山卫校那块玉米地除掉了3行玉米作为跑道。他想用这个小飞机拍个涧西区和厂区的俯瞰照片。

和对方谈好了价钱，飞行 40 分钟 140 元。那天上午 10 点飞机起飞，但风特别大，控制不住飞机。到一拖的上空时，飞机在二三百米的高空，因风太大，无法拍摄，只好回去。到了邙山玉米地的跑道上空的时候，油快烧完了，又和泡桐树梢碰撞，飞机直接掉到了地上，飞机报废。幸运的是他人没事。

后来，贾克智还是想完成对空中俯瞰照片的拍摄，他又到安阳机场租热气球，前后飞了 8 次，花了几千块钱。拍摄那天，是在一拖技校广场起飞的，正在考试的学生们发现了，因为头一次看到热气球上坐了人，都稀罕得不得了，纷纷跑出教室到操场上看，校领导不知发生了什么事。后来，校长李晓庆看到是贾克智在热气球上，知道是在拍摄。这样，他拍到了比较理想的俯瞰图。实际上，热气球也很简单，就是一个筐子的形状，他站在里面拍摄。

在返回时，要在洛阳邙山上的飞机场降落，他不小心撞到了飞机场的简易围墙，正在田地里干活的老百姓都围拢了过来。机场的领导找他，但他一到保卫科就发现眼前的人是他认识的张西山，机场保卫科也不再好意思让他赔付损失了。

一拖俱乐部始建于 1956 年 11 月，建成于 1957 年 9 月，为欧式风格，面积 2414 平方米。俱乐部内有图书馆、阅览室、放映室。1986 年，为给职工盖宿舍，俱乐部被拆除，幸运的是，在这之前他拍摄了不少俱乐部的照片。

他的镜头中留下了很多一拖编组站的图像。编组站在 1955 年建成，负责给一拖和其他几个大厂运输货物，是工厂通往全国各地的一个运输大动脉，是涧西各大工厂不可缺少的运输基地，现在也成为一拖红色工业遗产的一个重要项目。

操作热气球的师傅姓郝，非常不幸的是，就在贾克智完成空中拍摄的一个星期后，他得到消息，这个热气球在开封出事了，郝师傅不幸遇难。这时，贾克智才感到了后怕。

想起这些经历，贾克智非常感慨，当年为了完成拍摄任务，他不顾一切，从没想到个人会有什么闪失。他的拍摄技艺超群，与他的不顾一切抓住机会是分不开的。

退休后，他把所有的照片做了整理，然后将所有的照片电子版捐献给了洛阳市档案馆。这是他拍摄生涯积累的所有资料的最好归宿。

当从王协温那里得知我的《东方铁牛——共和国农机长子成长纪实》书稿正在整理出版时，他就带着U盘和笔记本电脑，来到王协温家，也约了我过去，让我们浏览了他拍的很多关于一拖的照片，还讲了拍摄过程中的故事。

有几张照片给我很深的印象，通红的太阳腾空而起，映照着东方红拖拉机停车场，使我心中顿时也腾起了浓浓的东方红情结，仿佛一种爱、一种敬仰在缓缓流淌。他在照片下写道：一拖的东方红精神，一拖人的情，一拖人的爱，一拖人的心结，一拖人矢志不渝，让"东方红"拖拉机红遍全国大地，让"东方红"跨洋过海，一拖是祖国的骄子，"东方红"拖拉机是一拖人的骄傲。他说出了一拖人的心声，也更是他的心声。

一拖工人子弟的往昔记忆

洛阳的十大厂矿闻名全国，而十大厂矿也是洛阳的一道风景线。国家的"156项目"让古城洛阳焕发了生机，从此，拖拉机厂、矿山机器厂、轴承厂、铜加工厂、四〇七厂、耐火材料厂、热电厂、玻璃厂、棉纺织厂、五一一一厂等，成为洛阳的红色工业。

在当年，能生活和工作在"拖拉机城"，曾让无数人羡慕。一拖从中州路一分为二，中州路南是工厂的生活区、学校、市场；路北从建设路起一直到涧河边上的火车编组站是厂区；西边是矿山厂、四〇七厂；东边是轴承厂、铜加工厂。

一拖家属区从0号街坊、4号街坊一直到12号街坊，在将近10个街坊里还分布有农贸市场、食堂、澡堂、幼儿园、小学、中学、保健站、文化活动室。此外，一拖还有自己的医院和俱乐部。为了使从上海、东北、天津等地来的建设者们生活、购物的方便，围绕这方圆10里的工业城，洛阳建了两个购物市场，即上海市场和广州市场。

一拖有3万多职工，加上职工家属，总数有近10万人。工人们吃饭有食堂，住房有宿舍，结了婚还给分配住房，有了小孩后，有国家规定的产假，工厂里有哺乳室，女职工工作时有喂奶时间，过了哺乳期，厂外有日托或全托的幼儿园，再大了有子弟小学、中学、高中、大学。一拖是十大厂矿的龙头老大，子弟们也以老大自居。在当时，有不少人家中的两代或三代人都是厂矿的建设者，子孙们耳濡目染，大多会选择接父辈们的班进工厂当工人。

就洗澡来说，凡是热加工的分厂都有澡堂，冷加工分厂也有好几个，这是由工作性质决定的。热加工的工作，一个班下来就看不清鼻子和脸了，所以都配了澡堂。厂外也有澡堂，但多为工人家属们使用。澡堂很先进，有淋浴喷头、衣物箱，地面干净漂亮。工厂职工洗澡都是免费的，家属凭证就可以进。这让其他市民特别羡慕。

夏天，一拖厂区后面有个生产冰糕、汽水的车间，凡一拖职工们夏天都会发冷饮票。热加工的职工们每年的降温费用不完，想喝了就可以去领。

子女们从小耳濡目染，工厂的车床、震天响的大锻锤、铁水浇筑工件时四溅的飞花，还有被大人呵斥不允许看的焊枪火花等，现代化的工厂在他们心中烙下深深的印痕。工厂里那种机油、汽油等混搭成特殊味道的油香，也给一拖子弟们留下了特殊的感受。

一拖给职工的福利很多。房不管大小总会给安置，过年都会发年货，看病不要钱，生病有病假，儿童有保健室，职工生病住院车间还会安排陪护，住院或转院可以按比例报销，报销时总厂、分厂拿大头儿，个人拿小头儿。

正月十五看花灯，涧西各大厂都要放烟花。一拖每一个分厂几乎都要出花灯，都比着看谁的灯先进、有排场。花灯在工人师傅的手里越来越现代化，有的甚至装上轴承，焊上座椅，小朋友们可以坐在上面，从东到西依次有各厂矿的花灯展区，排满了中州路、景华路。一拖的花灯，后来又做成花车在街道上巡游，车上播放着流行歌，有的上面有军乐队，统一的大盖帽、军服，排场得不得了。后来，一拖的花车还被选送到了北京，一拖最有实力的机器分厂连续几年被选定为国庆天安门彩车展花车。

在那个年代，进大厂是人们梦寐以求的事。后来，他们的孩子长大了，成为一拖的第二代建设者。子弟们内心深处对工厂的情感一生都难以忘怀。

改革开放后，市场经济影响了工厂的福利。一拖这个有着近10万人的城堡，不再有计划经济庇护，终于到了不堪重负的那一天。很多福利逐渐减少直到取消，埋怨声、指责声不断，但谁都无法改变这样的现实。

最先受到冲击的是一拖的子弟。为了工厂的生存，他们当中大部分人都随着企业的转换，被迫下岗或待业。从那时起，大厂子弟的未来变成了未知。

面对残酷的现实，那高大雄伟的工厂，难道要被市场经济拖垮吗？不，无论是创业的第一代还是继承父辈事业的第二代，他们对工厂的爱变得更深。即使他们离开工厂去另谋生路，即使他们的生活境遇一落千丈，他们仍旧爱一拖，怀念一拖。无论在祖国的何处，看到"东方红"拖拉机，他们就像看到了家，看到了父母的身影，这就是洛阳一拖的子弟。

他们的父辈常说，国家是最慈祥的母亲，一拖是在母亲怀抱里长大的共和国长子，工厂把能给的都给了，能做的都做了。至今，那些家属区的街坊，那些幼儿园、学校，仍旧在洛阳熠熠生辉。一拖人应该感谢这个钢铁拖城。不知从什么时候起，"我骄傲，我是一拖的子弟，我是拖拉机创造者的后代"，会让一拖的子弟们忍不住泪奔。

2021年前，一拖房管处仍然有自己完整有效的管理方式，每个街坊都有管理员。如果哪儿漏水了，走廊灯不亮了，到厂区房管所登记一下，就会有人来修。楼上、楼下都是熟悉的面孔，大家享受着工友、邻居带来的温馨。

作为一拖子弟，改革让他们经历了一场历练，心灵得到了洗礼，但无论是贫穷还是富有，他们对一拖的爱没有变。在他们的眼里，一拖是父辈们为国争光的地方，拖拉机为祖国的建设发挥了作用。如今，一拖可能和父辈一样步入老年了，两鬓染霜，步履蹒跚，但他们永远都会自豪地说："我们是大厂的子弟，我们是一拖的后代！"

洛阳是座古老的城市，一场工业建设把厚重古老的文化和现代厂矿文化结合，造就了建设者，造就了这块土地上自强不息的工人子弟。他们成了父辈创业精神的传承者。

第十三章 永远的『东方红』

"东方红"拖拉机与1元人民币的故事

中华人民共和国成立10年后，发行了一版币值1元的人民币，纸币上一个女拖拉机手驾驶着拖拉机，满面春风。她驾驶的就是中国工人自己生产的拖拉机。能开着中国的拖拉机在祖国广阔的田野上奔驰，这是一件多么幸福和鼓舞人心的事！坐在上面的姑娘，齐耳的短发被风吹得扬起，脸上洋溢着幸福的笑容，那年轻的风姿和拖拉机耕地的画面，构成了一道美丽的风景。

人民币上的图案选择了拖拉机，因为它是那个时代农业机械化的标志；选择了女拖拉机手，是因为在新时代男女平等。这个设计是一个时代的缩影，是国家工业建设和社会发展的写照。

现实中，关于女拖拉机手和拖拉机还有很多故事。旧时的女性，大都逃脱不了几千年来男尊女卑旧传统思想的影响，她们的任务就是生儿育女，侍奉丈夫，照看老人，整天围着锅台转，读书、学习和工作的机会很少。

在毛主席领导下的新时代，真正有了男女平等。起初，妇女拥有了学习和工作的权利，但很多工作岗位还是没有向女性开放，比如开火车、汽车、拖拉机等这样的大型机械设备。

1948年，黑龙江的土地上正在开展开荒运动，人们罕见地发现了一名女拖拉机手，这个女孩子叫梁军。在当时，女孩子开拖拉机是一件很稀罕的事。

其实,梁军的命运也是很不幸的。1930年3月,她出生在黑龙江省明水县一个贫苦的家庭里,父母为其取了一个有着男孩气的名字,叫梁军。她刚两岁时,父亲就不幸去世了,留下母亲和4个孩子,本来就贫困的家庭雪上加霜。为了养活这些孩子,母亲带着子女们选择了改嫁,却不料,几年后继父也去世了。唯一能安慰这位母亲的是,大儿子长大了,已经可以帮她分担很多事情。但儿子到了成家的年龄,母亲实在没钱给儿子准备彩礼,于是就咬咬牙做了一件无奈的事,就是将刚刚11岁的女儿梁军,许给了梁军的表哥家,以此换来了儿子的彩礼钱。

对于这一切,年幼的梁军选择了默默接受,但她提了一个要求,她要念书。母亲知道愧对女儿,她点了头,拿出一部分聘礼钱,送梁军去乡里的小学读书。进入学校后,梁军学习非常刻苦,她把命运寄托在了读书上。

梁军各科成绩均名列前茅。1947年,梁军顺利考取黑龙江省德都萌芽乡村师范学校,开始了半耕半读的生活。本来她的理想是成为一名人民教师,然而在一次看苏联电影《巾帼英雄》时,她受片中的女拖拉机手感染和鼓舞,立志也要成为一名女拖拉机手,就毫不犹豫放弃了当老师的想法。

梁军做事果断,还确实有点儿男孩的性格。次年,她听说黑龙江为了加快农业发展的步伐,需要大批拖拉机驾驶员开垦北大荒。当时没有说明女生不能报,她便报了名,随即参加了当地举办的拖拉机手培训班。在这个学习班,她创造了两个一:她是第一个报名的,也是70多名学员中唯一的女性。

这在当时引起了不小的轰动,很多人都担心梁军坚持不下去。1949年1月,梁军顺利完成培训,成为即将成立的中华人民共和国的第一名女拖拉机手。同年10月,梁军加入了中国共产党,并光荣地出席了在北京召开的亚洲妇女代表大会。

当年受到梁军的影响，又有 11 名女性加入拖拉机手培训班。为此，学校专门为她们成立了一个女子拖拉机队，并将其命名为"梁军女子拖拉机队"，梁军担任队长。接到任务后，梁军立刻投入工作，手把手带领学员们学习。1950 年 9 月，梁军当选为全国劳动模范，受到国家领导人的接见。这一年，她刚刚 20 岁。

荣誉并没有让梁军停止前进的脚步，她又有了学习的念头。1951 年，她先是到北京农业机械专科学校学习，随后又考到了北京农业机械化学院（中国农业大学工学院的前身），逐渐由一名拖拉机手成为有理论、有实践的农机专家。她以优异的成绩毕业后回到家乡，成为黑龙江省农业机械化研究所水田机械研究室副主任。

故事没有到此为止，后来发生了人民币的故事和关于一拖的故事。

那是 1959 年，梁军受邀参加一批国产新拖拉机的剪彩仪式，仪式结束后便是演示会。领导对梁军说："你是咱们国家第一个女拖拉机手，今天就由你来开这台来到东北的国产拖拉机进行表演。"梁军无比兴奋地坐上了拖拉机。

这台国产拖拉机，正是 1959 年一拖制造的"东方红"54 型拖拉机。当年，这一款产品和 1958 年出产的红旗轿车遥相呼应，都是国家工业建设的伟大成果。一拖和红旗轿车厂都是党和国家领导人慎重选址、确定的建设项目。而工人师傅们也不负众望，在很短的时间里就生产了自己的拖拉机和汽车。她深切地感觉到中国的拖拉机真了不起，也就是在那一刻，"东方红"拖拉机和一拖，都深深印在她的心里。

梁军驾驶着我国自主生产的拖拉机，百感交集。她第一次开的拖拉机是苏联赠送的几台老式拖拉机，但那时已经算是非常先进的农业机械设备了。她有过想法，什么时候能开上国产的拖拉机？此时，当她真正坐在了自己国家生产的拖拉机上时，她的脸上绽放着灿烂的笑容，这一幕被记者用镜头记录了下来。

为什么人们都认为1962年版1元人民币上的拖拉机是一拖的"东方红"拖拉机，女驾驶员是梁军？关于这一点，梁军解释说："1元人民币上的图案是艺术家的创作，那上面的人物并不是我本人，画家也没有找我当模特，可能是有记者拍过我开拖拉机的照片。如果全国亿万人民都认为是我，那就是我了。这份光荣是祖国的光荣，也是全国妇女的光荣。"

后来，设计第三套人民币的设计人员侯一民，揭开了这版人民币图案设计的故事。他说："这个形象是创作人共同创造出来的，她是梁军又不是梁军，也可以说是以梁军为代表的所有女拖拉机手。"

他说的没错，只要"东方红"拖拉机是真的，女拖拉机驾驶员也确实有，这就足以反映这个时代了。女拖拉机手梁军和"东方红"拖拉机以及这张1元人民币，永远定格在了那个火红的年代。

从1959年她和"东方红"拖拉机邂逅开始，后来有了三次机会来到一拖，还被一拖聘为荣誉职工。

第一次是在1962年，梁军受邀来到一拖。参观一拖后，她激动不已。看到停放的拖拉机，她立刻就坐了上去，还饶有兴趣地驾驶着拖拉机。在下车间参观生产拖拉机的过程中，她详细地了解拖拉机上一些重要零件的加工工艺和相关技术，然后把很多零件的名称记在她随身带的本子上。那晚，她回到住处，对照名称，随即写下一张清单，第二天交给了身边的工作人员。原来，有很多群众听说她要来一拖，委托她购买履带拖拉机配件。没过几天，一拖就把梁军购买的拖拉机零件发到哈尔滨了。

第二次是在1995年，梁军又来到一拖。这一年，一拖举行建厂40年厂庆和第 100 万台拖拉机下线仪式。梁军受邀坐在主席台上，随即与一拖的领导共同为第 100 万台拖拉机下线剪彩。会后，她参观了一拖的新设备、新厂房。应厂领导的要求，她还开着这台拖拉机在厂区行驶了一段。她说，能和拖拉机结缘，能和中国最大的拖拉机厂结缘，还能亲自试驾新型的拖拉机，自己真是太幸运了！

第三次是在 2010 年 7 月，梁军又有了一个机会来一拖。2010 年，黑龙江农垦总局要给梁军出传记，梁军希望能用自己和"东方红"拖拉机的合影做封面，若能到一拖拍摄更好。没想到，她的愿望实现了，一拖再次邀请了她。她来到厂里后，登上 LV3804 最新式大马力轮式拖拉机，留下了珍贵的合影，她还要求摄影师一定要把"东方红"3 个字拍大点儿。在梁军的心里，"东方红"拖拉机不仅是国产拖拉机的代名词，也凝聚着全中国人民对中国农业的希望和祝福。

2013 年 4 月 28 日，梁军应邀参加全国劳模的"五一"活动，并受到中共中央总书记、国家主席、中央军委主席习近平的亲切接见。

梁军对一拖的感情，岁月可鉴，而一拖也没有忘记她。2005 年，一拖"50 年之旅动感东方红"采访组辗转到哈尔滨去拜访梁军。记者在梁军家客厅的一面墙上看到，墙面上整齐地挂着梁军从 19 岁开始，包括第一次开拖拉机的所有纪念照片。当采访组告诉梁军，一拖要聘请她为荣誉职工时，她非常激动。

时间到了 2015 年，在一拖建厂 60 周年之际，一拖采访组再次来到哈尔滨去拜访梁军。这时，梁军生病后还没有恢复好，许多采访都被她婉拒了，但听说一拖采访组要来，就毫不犹豫地答应了。她紧握着一拖记者的手，诉说起对一拖的怀念、对"东方红"拖拉机的情感。她拿出了一拖 50 年厂庆时厂里送给她的《"东方红"记忆》影集。就在记者即将离开时，梁军专门拿出自己收存的第三版 1 元人民币，颤抖地握着笔，在上面留下了"梁军 2015.9.10"的字样，分别送给来访人员。

谁也没想到，这竟是梁军和一拖的永别。2020 年 1 月 14 日 13 时，她病逝于哈尔滨，享年 90 岁。

梁军的生命历程走完了，而她与拖拉机的故事，与一拖的故事，成为永恒的历史。

第十三章 永远的"东方红"

"东方红"拖拉机红遍布达拉

1962年2月19日这一天,好几台"东方红"拖拉机停放在田间,等待着开春礼炮的鸣响。按照藏族传统,当地农民都会身着节日盛装,每家每户都端着自家的"切玛"(象征五谷丰登)聚集在田头,互敬青稞酒,然后开始撒种,以祈求一年的丰收。

在这天的春耕仪式现场,最抢眼的是多辆"东方红"拖拉机,排列成行,插着国旗,系着哈达,还有五颜六色的花束点缀。"铁牛"让旁边的牦牛有点儿相形见绌,但它们都是藏民们的最爱。"东方红"拖拉机在蓝天的映衬下漂亮极了!

10点左右,村民们端着"切玛"和青稞酒,轮流为每一位拖拉机手敬酒。他们是土地新式的耕耘者。就这样,在美酒飘香和载歌载舞中,一年一度的春播序幕在"东方红"拖拉机的轰鸣声中拉开了。伴随着"东方红"拖拉机掀起的层层土浪,一颗颗种子也被播进希望的田野中,西藏同胞的春耕在高原上正式开始。

驾驶拖拉机的机手中有一个美丽的藏族姑娘,她驾驶着拖拉机首先开犁后,后面有多个身着藏装的美丽姑娘撒种。而另一边的村民们则围成一圈,把手中的糌粑撒向天空,唱起祝福的欢歌,祈求风调雨顺、五谷丰登。在这样的仪式中,拖拉机似乎也喝足了美酒,努力地耕作。洛阳的"东方红"拖拉机从中原到西藏高原，成为最美的风景。

那时，藏族每年的春耕仪式上，"东方红"拖拉机是仪式的主角，因为"东方红"拖拉机的加入，使农民们步入了机械化时代；因为"东方红"拖拉机的参与，他们开始了更加幸福的生活。

第十三章 永远的"东方红"

"东方红"农耕馆

坐落在一拖大门西南边的农耕馆,是一拖辉煌历史的浓缩保存地。在农耕馆最显眼的地方,陈列的那台拖拉机,被称为中国强车、功勋车,也被称为中国农民的"铁牛"。老师傅陈胜利摩挲着这台叫"1204"的拖拉机,想起了曾经和工友们共同奋战的岁月。当年,新上市的1204型拖拉机供不应求,他们日夜奋战,这边下线,那边验收,合格的拖拉机就立即装车配送。

除了这种型号的拖拉机,农耕馆里展出的其他不同时期生产的拖拉机,都和陈胜利40多年的工作经历有关联。农耕馆展出的那台40型拖拉机,是20世纪80年代生产的,那时他才20多岁,正年富力强,他说:"这些拖拉机像我的孩子,我熟悉它们身上的每个部位、每个零件。"他想起在调试阶段,为了攻关,都是日夜三班倒奋战在车间,有时竟忘了父母的生日,忘记了孩子开学的时间,只知道农民兄弟需要多少拖拉机,他们就生产多少。

"我是一拖的第二代。我是听着一拖隆隆的机器声长大的,我一直没有离开过这个地方,一拖有我一生忘不掉的东西。"这个文质彬彬现担任装配分厂纪委书记的蒯新生说。他出生在一拖职工医院,成长在一拖子弟学校。

还有那台18年无大修的功勋拖拉机,是用一台"东方红"C1002型从青龙山农场换来的。这台功勋拖拉机在青龙山农场服役了近20年,按它的

"东方红"54型履带拖拉机——中国一拖自主生产的第一代产品（被采访者提供）

工作强度，小检大修是很正常的，但农场工作记录簿上，没有它大修的记载，也很少出现故障，是名副其实的功臣。2002年，蒯新生到青龙山农场出差，特意来到农场找到了那台置换功勋拖拉机的C1002型拖拉机。这台拖拉机被系着红丝带。青龙山农场的驾驶员们对一拖人的过硬技术由衷地佩服，常常会伸出大拇指："一拖不愧为'拖老大'！"

一位女工反映，农耕馆里处处都留有她爷爷和她父亲的工作印迹，她爷爷当年是响应国家号召而来的，她父亲是在一拖子弟学校毕业后主动报名进厂的，而她也是自愿选择到一拖的。能接过父辈们手里的接力棒，能坚守在一拖，她很自豪。她的爷爷有时会自言自语："一拖和我一样老了，可你们不爱爷爷吗？所以呀，你们爱一拖就是爱我，一拖是为国家出过力的……"她曾经笑话爷爷的话太幼稚，但了解了一拖的历史，她才理解了爷爷的话语。老一辈在一拖奠基石上开凿过，那里留有他们的汗水和智慧，他们怎能忘怀？作为子孙，他们有责任把一拖的事业传承下去。

质量部检查员李伟是一名工科大学生,他说,他最看重的就是在中华人民共和国工业建设初期诞生的拖拉机,因为那是老一辈一拖人用强大的民族精神和劳动创造精神造出来的。因此,毕业后,他选择了一拖,就是想在这里感受中国人共同向往的那种"东方红"精神。他告诉父母,选择一拖,不是来图享受和挣钱的,他希望用这种精神,把一拖这笔宝贵的财富传承下去。这正是父辈们留给子孙们的财富,留给一拖的希望。

60多年前,一座红色铁城在黄土飞扬的洛阳拔地而起;60多年后,"东方红"拖拉机城又成了红色旅游目的地。"东方红"农耕馆,更是一拖"东方红"精神、铁牛精神的浓缩。在这里,火红的岁月永远显现着英雄的形象,永远映照后代子孙。现在,涧西区开发了洛阳市工业遗产红色旅游项目,一拖农耕馆让人们领略着国家"156项目"在洛阳的丰硕成果和社会主义工业文化的独特魅力。

当年,以一拖为首的洛阳几个大厂,和长春、武汉的重型机床厂遥相呼应,成了国家最具代表性的工业厂区标志。一拖雄伟的厂部大楼与矿山厂、轴承厂等交相辉映,汇成气势磅礴的涧西工业群。这是20世纪50年代社会主义计划经济时期独特的风景,它们与国庆10周年时的北京十大建筑(人民大会堂、中国国家博物馆、中国人民革命军事博物馆、民族文化宫、民族饭店、钓鱼台国宾馆、华侨大厦、北京火车站、全国农业展览馆、北京工人体育场)在政治文化背景、建筑设计的审美追求与内在精神、气韵等方面都有惊人的相似之处。其历史价值、美学价值与观赏价值,是中国乃至世界范围内社会主义计划经济时期的优秀工业遗产之一。

作为中华人民共和国工业的经典,作为洛阳红色革命遗产的组成部分,一拖"东方红"拖拉机,是教育后代、承载在中国共产党领导下中国工人阶级艰苦奋斗的珍贵资料。

从 20 世纪 60 年代开始，中国外交部陆续安排了许多外国友人和与中国建交的绝大部分国家的驻华大使，来一拖参观访问。

从 1997 年 5 月 8 日的"第一拖拉机股份有限公司"，到后来的"中国第一拖拉机工程机械集团公司"，再到"中国一拖集团有限公司"，一拖仍在发展壮大。

到 2004 年 10 月 11 日，"东方红"大马力轮式拖拉机年产销量首次突破万台。

2008 年 2 月 20 日，一拖又归入国机集团。

在新时代，一拖仍然闪烁着灿烂的光芒。

中国一拖产品遍布全球

1959年11月1日，规模宏大的一拖开工典礼剪彩后，中国向世界宣布：中国人民耕地不用牛的时代开始了！中国人民可以制造拖拉机了！这种强烈的主人翁精神，让每一个劳动者克服了巨大的困难，完成了国家交给他们的重任，建起了一座共和国农机大厦。

经过几十年的艰苦奋斗，截至2019年，一拖累计为社会提供了355万台拖拉机和270多万件动力机械、工程机械产品；大、中、小型拖拉机市场占有率和社会保有量均居全国首位；累计向100多个国家和地区出口农业机械、工程机械等各类产品数万台。经过半个多世纪的发展，一拖已经由建厂初期的单一履带拖拉机生产企业，发展成为以农业机械、工程机械、动力机械、车辆和零部件制造为主要业务的大型综合性机械制造服务集团。一拖的创建是经典，更是中华人民共和国工业建设史上一群先驱者的不朽诗篇！

"东方红"拖拉机正式投产后，"东方红"被国家工商管理局认定为中国驰名商标，结束了中国农机行业没有中国驰名商标的历史。中国一拖的四台"东方红"拖拉机曾被作为国礼，赠送给泰国皇家农林示范园。

中国一拖人，在20世纪50年代，自力更生，为国家创造了工业设备、流水生产线，创造了能够在自己的工厂里完成的铸造、锻造、冲压、机械加工、热处理等工艺。到 21 世纪，一拖已具备年产大马力轮式拖拉机 5000—6000 台、履带拖拉机 25000 台、中小马力轮式拖拉机 15 万—20 万台、柴油发动机 10 万台、联合收割机 4000 台、压路机 4000 台、工业推土机 2000 台的生产能力。

在中国缺少粮食的年代，一拖生产的拖拉机不仅为中国人解决吃饭问题做出了贡献，也为农村建设做出了伟大贡献。可以自豪地说，"东方红"拖拉机驶遍全中国，红遍全世界。

这些无可争议的数字，永远让一拖人振奋和感动，一拖"东方红"精神不朽！

后 记

今天，我在台灯下收集一拖当年的资料，看到了 1959 年 7 月的一张《拖拉机报》上刊载的文章——《拖拉机厂向全厂进行厂史搜集的征文启事》，全文如下：

> 为了迎接交工验收，厂党委决定编写一部拖厂的工厂史，希望全厂职工都动手，积极为厂史写稿和搜集资料。厂史的编写，原则上是写真人真事，但也可以在事实的基础上进行适当的艺术加工。也要有一定的文学色彩，每个人最好是写自己所经历的实事文稿，字数多少不限。从选择厂址、勘察处理古墓、基建生产准备，一直到千台时的竞赛、生产第一批拖拉机、赶制排灌发动机、试制新产品等，都可以写。
>
> 整个厂史编辑成稿后要有一定的完整性。每个职工在为厂史写稿和收集资料时，可以知道多少就写多少，能写什么就写什么。如果因文化程度所限，可以采取一人口述、一人执笔代写的办法，集体合作也可以。有关厂史的来稿资料请送厂党委宣传部。

由此看来，厂史是重要的，它是鼓舞后人的教科书，是弘扬前人英雄事迹的纪念碑。

1959年，一拖的建设者们都在做这个事，而我们今天更应该做好。60多年后的今天，我仿佛接到了这个接力棒，踏着他们建厂的号子，在机床的轰鸣声中，看浇铸时迸射的火花，一次次沉浸其中，一次次湿润了眼睛。不知不觉中，那些奋斗者的身影都走进我的书中。

那是个没有条件创造条件也要上的年代。为了实现我国自己制造拖拉机，无数人艰苦奋斗、废寝忘食，生产出了第一炉铁水、第一炉钢水、第一个零件、第一台燃油泵、第一台发动机、第一个轴瓦、第一台机床、第一台冲压机床、第一辆16马力煤气拖拉机、第一台"东方红"54型履带拖拉机。

一台拖拉机有数千个零件，而每一个零件，都需要一系列的工艺操作。如果一切条件都具备，那就只是个劳动的问题了。可当时的工厂处在摸索阶段，厂房刚在荒土上立起，机床没有，炉子没有，铁锭、钢锭没有，工具、刀具没有，实验室、热处理及一些必要的检验处理条件还不具备。然而，农业生产形势严峻，已经等不起了，国家下达了任务。祖国的需要比什么都重要，能为国家担当，更是最崇高的荣誉。

眼前空空荡荡的一切，使他们发愁。然而，一切就从这里开始了，一拖从自己武装自己开始了。

车间相继开工了，机修车间开始给自己造设备，工具车间开始造刀具，铸铁、铸钢、有色铸造车间给自己砌炉子……一切都在和时间赛跑，又都在一次次试验失败和革新改进中前进。车间成了战场，大家日夜奋战，直到成功。这是一场拼搏，一场为国家的工业建设而进行的拼搏。这就是战士的勇气，这就是工人阶级的智慧。在奋战中，他们成长了、成熟了。铸钢车间安装成功了，拖拉机厂在厂前开庆功会，各级领导都来了。

1958年，人们把无数个不可能的事情都变成了可能。1958年"五一"，一台铁轮子的拖拉机来到了北京展览，还有20台在洛阳参加游行庆祝；10月1日，"东方红"履带拖拉机诞生，参加了国庆游行，人们在厂前彻夜狂欢。

其间，苏联专家带来了技术、经验、图纸，他们以一个老大哥的身份，尽心尽力，为一拖出谋献策。如果没有他们，中国的拖拉机生产还要摸索更长的时间。

一台"东方红"拖拉机诞生的过程，就是一场一拖人自力更生的大历练、大比拼。

1959年，一个个车间相继开始试生产，已生产的辅具机床能满足自己80%的需求。一切问题都在建设中被解决，拖拉机厂就是这样从婴儿成长为少年，成长为结实的青年，成长为拖拉机生产英雄，成长为国家农机行业的巨子。拖拉机厂载着全中国人民的幸福，向着党和农民的期望一步步走来了，向着胜利一步步走来了。

洛阳这块古老的土地，也曾是中华民族的文明源头，从最早的二里头文化，到最早的"东方红"拖拉机，无不显示了中国人的智慧和创造力。2019年，南京大学周晓虹教授一行人来到洛阳，要完成一项红色工业的项目，我很幸运成为他们的采访者。

他们风尘仆仆，不辞辛苦，想要记录下一拖20世纪50年代的创业史。这令我感动，引起了我的思考，作为一拖人，我更有责任把这段历史展现出来。

后来，和这些还在世的第一代一拖人接触时，他们对当年的追述，曾经无怨无悔的付出，深深地打动了我，他们的泪水和我感动的泪水汇在一起。就这样，我开始了收集、采访和写作之路。

从一头扎进这本书的写作开始，"东方红"拖拉机的故事让我不能自拔。我出生三个月后，即1954年3月，建设者们便开始在这里勘探。一个伟大的工程，就这样诞生在这块古老的土地上。

一幕幕电影般的回顾，一个个曾经为之奋斗的人离去，可这一个个感天动地的故事不能丢，这就是我写作的动力和源泉。我爱那个年代，爱那个年代无私拼搏的人。

在一次次采访中，他们婆婆的泪眼中，充满着对当年的怀念，他们说起当年的苦累也是笑着。一拖啊，几万人深深的情结，让我感到笔头太重了，甚至重得握不动了，但我早已沉浸其中不能自拔。在他们的感召下，我一日日不停地写着，肩膀疼了，手腕疼了，腰直不起来了，而我的心里是满满的幸福。数十万字的文稿，一遍遍斟酌，一个个核准史料，前后经过了5次逐字逐句的修改。这本书引起了方方面面的领导、老师、朋友的关注，他们用各自的方式来帮助、支持这本书的写作。今日，终于可以收篇了。

今天，当我们回顾历史，从悠长岁月中，淘洗出这一行行滚烫的文字，谁都会向奋力开拓、鞠躬尽瘁的奠基者们深深鞠上一躬。特别是那些已入垂暮之年依然不改初心的老前辈，不但献出了火热的激情和青春年华，还注定要与工厂朝夕相望、生死相依。20世纪50年代的大部分建设者都年事已高，有的丧失了记忆，不能书写和口述，只有个别人还能比较有条理地回首往事，以致某些内容的考证困难重重。

《东方铁牛——共和国农机长子成长纪实》是一座纪念碑，每一个字都是记录奠基者们感人壮举的碑文。书稿的内容订正，得到了已故建设者们亲友的多方协助，在此一并深表感谢！因此，我的心中有两个"铁牛"，一个是钢铁的"铁牛"，一个是纸质的"铁牛"。那段"铁牛"诞生的创业史惊天动地，而本书的出版也充满了曲折和艰难。可以说正是因为东方红精神的激励，才有了纸质"铁牛"的诞生。

记得就要动笔的时候，我没有了底气，因为那个火红的年代离我很远，第一手资料太少，而这个时刻，一拖第一代创业者王协温、陈松旺、段国栋、张太义等老人对我伸出了援助之手。他们回忆着当年的经历，又给我找了一些当事人，关注我写的每一篇文章，给我订正历史事件的时间、人物，使我的信心一点点增加，握紧了书写的笔头。

当我把书稿拿出来时，我又没了信心，这能成为书吗？在忐忑不安中我想到我敬重的《洛阳晚报》副刊原主编、作家徐礼军，想到资深编辑、作家冷慰怀，我拿给他们看，几乎同时，两位老师肯定了选题，但也指出了书稿存在的大问题。我的心情掉到了冰点，但他们却没有放弃而是给我指导，于是我再次修改书稿。在这个过程中几经崩溃，几次放下，两位老师的鼓励，点燃了我的希望之火。

当书稿修改完毕了，可出版又成了难题，我又一次犯难了。几经难眠，我第一个想到洛阳市作家协会原主席赵克红，经过沟通，他愿意帮我想办法。涧西区政协原主席杨超群、长安路街道党工委原书记杨成轩、一拖集团公司原副书记郑鲁豫、一拖东方红史料收藏者麻志强等也积极为我想办法。这是一场接力赛，这是一场东方红精神的传承和传播。

一拖第一任副厂长郑定立的女儿郑田芬，北海舰队老军人后代、中核建新华水电投资公司陕西公司豫西公司总会计师李亚伟，一拖公关处刘久英，97岁的我的学姐樊晓雯听说后立刻向我伸出了援助之手，他们含着对这段红色历史的敬仰，用自己的一份爱心，为这本书的出版出谋划策。

与此同时，很多普通人也纷纷预定此书……我的内心涌动着一道道波澜，掀起一阵阵波涛，感动陪伴着我。

这是我必须要在这篇文章里讲的话。

这本书就要付梓了，我深深地感谢一拖，感谢那段岁月，感谢东方红精神造就了我和我身边这群人。我深情地遥望那个沸腾的年代，致敬每一个为一拖奋斗的人。

这本书的很多资料来源于《拖拉机报》《洛阳市第一拖拉机厂志》《一拖人》等报纸、书籍、影视片段，有很多资料是参考了杨晋毅教授研究新中国工业历史的文章，也有很多资料是根据段国栋总编口述和被采访者的采访记录整理的。贾宝源老师为我提供了大量的原始照片，老同学白洁为我联系采访人不辞辛苦从中斡旋，还有孙华敏、郑鲁豫、王协温和陈松旺等给予我帮助，从而有了一个个真实可信的人物和故事，我在此一一致谢。

无私奉献的一拖人太多了，但本书旨在重点写建厂到第一台拖拉机的诞生这段艰难而光辉的历史，因此很多人物都没有出现在书中，加之个人能力有限，所以敬请谅解。

真诚地感谢洛阳市涧西区委宣传部，洛阳市新佳文化传播有限公司总经理郑学通，河南省作家协会副主席、洛阳市作家协会原主席赵克红，洛阳市职工作家协会主席曲焕平，涧西区政协原主席杨超群，中国一拖实业公司原总经理麻林，《洛阳晚报》副刊原主编徐礼军，拖拉机报社原副主编段国栋，涧西区图书馆馆长王娟峰，著名诗人、编辑冷慰怀，洛阳轴承厂干部崔书乾，诗人、文史学者乔仁卯，涧西区长安路街道党工委原书记杨成轩等对我的支持和帮助。

在此，还要感谢我的西峡老乡、作家李俊科前期对书稿的校对，也特别感谢贾献朝、王君超、李亚伟、马淑琴、麻志强、田耕等在百忙中多次参与书稿的审读。很多接受我采访的老人年事已高，他们盼望有生之年看到本书。由于种种原因，这本书迟到了，这些老人中有些已经辞世了，在这里向他们说声对不起。

因时间久远，接受采访的老人大都年事已高，有些回忆难免与事实有出入，敬请读者谅解。

因各种原因，有些图片无法找到摄影者信息，本次出版未能为拍摄者署名。如有知情者能够提供相关信息，可以告知作者一并感谢，并在本书再版时完善拍摄者信息。

最后，请允许我以一个一拖人的名义向中州古籍出版社致以最崇高的敬意，是你们慧眼识金才让这本《东方铁牛——共和国农机长子成长纪实》面世，和千千万万个读者见面。一拖人谢谢你们！

李芸霞

2023年11月

参考文献

1. 第一拖拉机制造厂厂志总编辑室. 洛阳市第一拖拉机厂志[Z]. 1985.

2. 洛阳市文史资料研究委员会. 洛阳文史资料:第二辑[Z]. 1987.

3. 中共洛阳市涧西区委,洛阳市涧西区人民政府. 洛阳市涧西区六十周年:1955—2015[Z]. 2015.

4. 洛阳市涧西区志编纂委员会. 洛阳市涧西区区志[M]. 北京:海潮出版社,2010.

5. 洛阳市涧西区史志办公室. 涧西年鉴:2016[M]. 郑州:中州古籍出版社,2016.

6. 丁一平. 工业移民与洛阳城市的社会变迁:1953—1966[M]. 北京:经济管理出版社,2013.